# 成一文集

## 中篇小说集·千山

成一◎著

山西出版传媒集团
北岳文艺出版社·太原

**图书在版编目（CIP）数据**

千山 / 成一著. — 太原：北岳文艺出版社，2019.1
（成一文集）
ISBN 978-7-5378-5656-0

Ⅰ. ①千… Ⅱ. ①成… Ⅲ. ①中篇小说 – 小说集 – 中国 – 当代②儿童小说 – 长篇小说 – 中国 – 当代 Ⅳ. ① I217.2

中国版本图书馆 CIP 数据核字 (2018) 第 189411 号

书名：千山
著者：成一

出 版 人：续小强
责任编辑：陈学清

书籍设计：张永文
印装监制：巩　璠

出版发行：山西出版传媒集团 · 北岳文艺出版社
地址：山西省太原市并州南路 57 号　邮编：030012
电话：0351-5628696（发行部）　0351-5628688（总编室）
传真：0351-5628680
网址：http://www.bywy.com
E-mail：bywycbs@163.com
经销商：新华书店
印刷装订：山西人民印刷有限责任公司

开本：787mm × 1092mm　1/16
总字数：3886 千字　总印张：271
版次：2019 年 1 月　第 1 版
印次：2019 年 1 月山西　第 1 次印刷
书号：ISBN 978-7-5378-5656-0
总定价：698.00 元（全 12 卷）

1981年作者与作家李锐（左一）、崔巍（左二）、韩石山（左三）、张石山（右三）、蒋韵（右二）、东黎（右一）在太原

1982年作者与作家路遥在西安

1982年作者与作家吴若增（右一）等在西安碑林

1985年秋作者与作家周宗奇（右二）、日本汉学家吉田康夫教授（右一）、荻野脩二教授（左三）、坂田东洋男教授在日本京都小酒吧

系列小说《苦夏恋情》（北岳文艺出版社1990版）书影

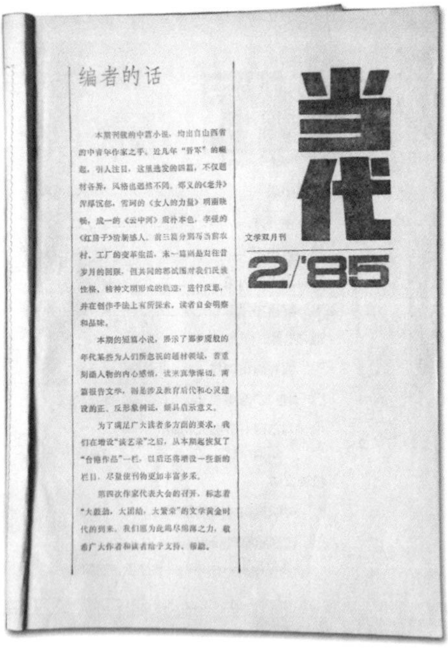

编者的话

本期刊载的中篇小说，均出自山西省的中青年作家之手。近几年"晋军"的崛起，引人注目，这里选发的四篇，不仅题材各异，风格也迥然不同。郑义的《老井》浑厚沉郁，雪珂的《女人的力量》明丽晓畅，成一的《云中河》质朴本色，李锐的《红房子》清新感人。前三篇分别写当前农村、工厂的变革生活，末一篇则是对往昔岁月的回顾。但共同的都试图对我们民族性格、精神文明形成的轨迹，进行反思，并在创作手法上有所探索，读者自会明察和品味。

本期的短篇小说，揭示了那梦魇般的年代某些为人们所忽视的题材领域，着重刻画人物的内心感情，读来真挚深切。两篇报告文学，则是涉及教育后代和心灵建设的正、反形象例证，颇具启示意义。

为了满足广大读者多方面的要求，我们在增设"谈艺录"之后，从本期起恢复了"台港作品"一栏，以后还将增设一些新的栏目，尽量使刊物更加丰富多采。

第四次作家代表大会的召开，标志着"大鼓劲，大团结，大繁荣"的文学黄金时代的到来。我们愿为此竭尽绵薄之力，敬希广大作者和读者给予支持，帮助。



《当代》杂志1985年第二期扉页编者按语影印

# 目　录

# 悬挂滑翔

悬挂滑翔,最初是在老若的一本外国画报上看到的,滑翔机五颜六色,十分鲜艳的色彩,飘飞在蓝色的天空上。至今还记得那天空蓝得叫人惊叹。

当时老洙说,天空怎么会那么蓝?记不得是谁说,那是因为画报的纸好,印刷技术也好。还有人说,摄影的设备和技术也好。说这话的,也记不得是谁了。老洙坚持说,毕竟是天空蓝得惊人。

当时我赞同老洙的观点,认为首先有蓝得惊人的天空,然后才有蓝得惊人的照片和蓝得惊人的画报。当时我并没有意识到自己是在坚持唯物主义的观点。

那是许多年前的事了,那时很难看到外国画报,更不用说是在我们那个古老的流浪地了。老若是北航的,他说他的专业是飞机外形设计。不过,他当时正在失恋,很少谈他的专业,也很少谈当时的形势,当时的流放生活。也不谈唯物主义。但他带来了那本外国画报,这本画报上有悬挂滑翔的照片。

老亚说，他也记得有这样一回事，那时老若有一本外国画报，画报上的确有悬挂滑翔的照片。他说，那像大鸟一样的色彩鲜艳的器材，应该叫滑翔器，不能叫滑翔机。

我说，你这样内行，为什么不赞助一下老沫？

他说，现在的赞助就像病毒一样可怕。

我说，老沫不是病毒吧。

他说，当然。不过，老沫可能是要我们替他宣传一下，他滑翔已经成功，似乎还创造了什么纪录。老客，你应该写篇文章。

我说，当然我可以写。

他说，省体委，你认识人吗？

我说，我认识一位处长。处长说，目前我国还没有开设这个项目。这是一个空白。

他说，是空白才好。填补空白，才有意义，才有宣传价值。

我说，填补空白得有人承认，有人支持，也就是说得有人允许。

他说，所以你认识体委的处长不行，得认识体委的主任，起码得是管事的副主任。那里的处长，我也认识几个。

我说，那最好是认识主管体育的副省长。

他说，在我们那批人中，好像没有当副省长的吧？

我问，你有没有希望？

他说，好像希望不大，年龄优势已经没有了。

我想也是。他在这个厂长的位置上，停留得太久了。这里不是那种能够把他发射到省级轨道上去运行的大型企业，送他升到厅局级恐怕也希望不大。不过，他的厂子经济效益一直不错，听说老亚现在也很有钱了。

我从来没有找他拉过赞助。

我联想到，老沫现在飞上蓝天去做悬挂滑翔，恐怕也没有年龄优势了。

我们那批人，年龄都差不多。当时，最大的二十六岁，最小的二十二岁，二十四岁属猴的最多。那时，大学多为五年制。我们从大一到大五，都有。好像也是大三的最多，永远逃不出中间大、两头小的客观规律似的。

当时，我们都觉得自己已经很老了。所以，大家很快就以老字辈互称。记不得是谁的动议了，他或者她说，我们这个老字辈的尊称，应该同自己的姓名脱离关系。“老”字打头，后面自己再加一个你满意的字。

我说，最好找一个一般人不常用、但又不生僻的字，就像翻译外国人名时所使用的那种字，没有什么明确的意义。

我想，主要是我的这个动议，激发了大家的兴趣。为自己寻找一个没有意义的字，与“老”相加，成为自己的新尊称，谁都觉得很有意思。那时，我们的心理都向革命倾斜，谁也怕同外国沾边。所以，我们绝对不是想为自己起一个外国式的名字，有前面那个“老”字管着，后面这个字再外国化，也仍然是中国化的。

后来，有人说我们是对被称为老九不满，才这样改名的。我们说，这真是惊人的误解，我们不过是想脱胎换骨。

老沫说，他觉得叫老九，也不错，老九在《智取威虎山》中是第一号人物。

我说，你真没有幽默感，这是早被人们说烂了的幽默了。

他说，你有什么新幽默。

我当时说，九在中国的数字中，是至大之数，皇帝被称作九五之尊。

他说，仍然是第一号人物。

他说他就用这个“九”字了，只是把“九”改为“久”。

我当时说，你太没有想象力了。他们既把老九当作老末，你为什么不叫老末呢，反其意，明白吗？

他说，那就叫我老末好了。

我当时说，老末还是有明显的意义，给“末”加点水分吧，叫老沫，如何？

老沫当时说很好。

后来，我们这批人几乎都相继走出了那个流浪地了，只有老沫至今还留在那里。我一直感到，他走不出那个流浪地，是不是与我当年给他起的这个名字有关？

所以，我一听说他悬挂滑翔着飞上了蓝天，真是高兴极了。他虽然是老末，但却是真正飞出了那个地方，而先于他的我们，不过是走出来，以至是爬出来的。所以，我想尽自己的全力，帮助他飞出来。

我忽然发现，老沫已经没有年龄优势了。我们这种年龄，连升官都失去了优势，飞上蓝天去填补悬挂滑翔的空白，的确有困难了。即使已经试飞成功，以后也只能做教练之类，不知老沫现在的体格怎么样。

老沫是学外文的，可惜当年学的是俄语。他说他在大学是校队的主力，足球队。左右腿各骨折过一次，都打了石膏，躺了几个月。

老亚当年挑中了那个“亚”字，不知是出于什么考虑。是不是参照了亚历山大之类？他不做解释，只说，从此叫我老亚好了。我说，这个“亚”字有比较明显的意义。他说，没关系，他喜欢这个字。

老若选中了“若”字，也没有人明白是为什么。他那时正失恋，什么也不愿意多说。我们曾经猜测，他正失恋，可能取其怅然若失的意思？但立刻有人说，他是已经失去了，根本不存在什么若失不若失。总之是真正没有什么明显的意义。

老诺所选的这个“诺”，也不知是什么含义。她是不是想同失恋的老若建立一种交谈的关系？后来证明，根本没有出现这种事。她在我们那批人中，当时可以说最漂亮的一位女士，可惜她当时并没有失恋。

老茨，老迪，老弗，老丽，是其他几位女士给自己脱胎换骨后重新选定的芳名。她们也都没有什么想象力，我当时觉得。尤其是对老丽这个芳名，觉得最没有水平了，意义太明显，又太像女性的称呼。老丽说，“老”是对“丽”的否定，起码是有力的贬低，所以“老”加“丽”是一种很不平凡的组合。后来我觉得她说得很有道理。

后来，老丽曾经当过两届女县长，当然是副县长。我见过一次，正像那种带流行色彩的女强人，没有多少女性的意味了。我记得她是天津纺织学院毕业的。

我们男同胞中，还有叫老克的、老特的，等等，我叫老客。我这个尊称也没有什么水平，当时我只是想，我不刻意挑选，完全放松了思维，跳出来的第一个字，不管什么，就是它了。于是，就跳出一个"客"字来。

我至今不知道这是什么意味。

我是学中文的，在当时我们那批人中，可能是最无所谓的专业，幸亏我的母校是那种叫人听一次就能留下深刻印象的大学，所以那时没有人敢鄙视我。现在，那深刻的印象已经差不多被我磨平了，只剩下了无所谓的一切。

我连老沫也不如，从来没有梦想过悬挂滑翔，飞上蓝天。

飞上蓝天一定很有诗意，但我没有梦想过。我学过怎么读诗，注诗，评诗，也写过几首诗，没有追求过自己飞上蓝天这种真正的诗意。

当你飞上蓝天，做悬挂滑翔之时，俯视大地，会多么富有诗意。

老若说，你得全神贯注，追踪上升气流。

我说，难道不能俯视大地，享受诗意？

老若说，你得全神贯注地操纵滑翔机。

我记得当年老若是说滑翔机，而不是说什么滑翔器。

老诺说，那一定得非常勇敢。

老丽说，不是勇敢的人，他不会喜欢飞机。

老亚说，那不叫飞机。

老若说，悬挂滑翔，全靠你移动身体的重心来控制滑翔机，上升，下降，左右转。

我说，操纵自如之后，就可以俯视大地，享受诗意了。滑翔机比飞机飞得低，更飞得缓慢，很有种悠然自得的样子，非常适宜从蓝天的角度来欣赏大地的诗意。

老若说，气流变化莫测。

老诺说,那是勇敢者的游戏。

老亚说,那不叫游戏,叫运动,是一种运动。

是游戏,还是运动,我记得当时争论了很久。没有定论,各人都坚持自己最初的观点。其实,我们谁也不怎么懂得悬挂滑翔。当时,可能只有老若懂得,他是北航毕业的,但他没有参加我们的争论,我们争论起来之后,他就默然走了,显然还很伤心。他正失恋。

我记得,当时老沫也没有参加争论,仿佛不怎么感兴趣似的。那时他好像只对蓝天感兴趣,可能说过当时当地的蓝天不够蓝这类话。

在劳动之余,他喜欢下棋,是中国象棋。

那时,我们是在一个水库工地劳动。劳动的项目很简单,从取土场开掘了黄土,装上平板车,拉到正在修筑的水库大坝上。那个水库并不大,而且就选在黄土沟壑之间,从取土场到大坝并不远。当时,体力劳动对于我们那批人,已经不再构成威胁。从很小开始,我们就不断接受劳动的洗礼了。

尤其比较幸福的,是水库指挥部的同志们,对我们相当欢迎,不是那种出于政治任务式的欢迎,后来证明是一种真诚的欢迎。他们还从来没有指挥过这么多的大学生,他们说你们是正儿八经的大学生。他们后来说,他们这个地方从来还没有给分配过这么多的名牌大学的毕业生。后来这个水库工地一直没有形成那种对我们进行强制改造的高压气候,我们改造得比较自由。

可能因为当时比较自由,所以我们才过多地讨论了悬挂滑翔的问题。

可能还有一个原因,那个水库工地正好背靠着马投崖。

马投崖像一道笔立的屏障,阻挡着从蒙古吹来的风沙和从西伯利亚袭来的寒流,庇护着它脚下的那一块平原。这块平原据说是一个很古老的灌区,老乡称它为十八村水地。

老特是学水利的，他说这块平原应该是阳武河的冲积平原。他还说，这条阳武河很独特，流径很短，流量却不小，而且流量常年稳定。它的源头是阳武峡谷中平地而涌的泉水。我们所修的水库，就是想蓄存这河水。

这里传说很多。后来我才明白了，哪里都一样：传说很多。

我们第一次听说背后那道笔立的山脉叫作马投崖时，都以为它叫作马头崖。

我们问，那山崖有哪里像马头？

无论是水库指挥部的成员，还是工地上的民工，听了我们的这种询问，都回报一种很特别的笑给你。

他们都说，马投崖是当年秦始皇的大太子扶苏，被胡亥赐死时，策马跳崖牺牲的地方。他们说，当时大将军蒙恬说好要陪太子扶苏一起策马投崖，但太子投崖后，他没有陪了走。他们有人说，蒙恬在生死关头不够忠主。有人说，蒙恬没有跳崖而死，是想留下来为大太子报仇。

那后来报仇了吗？

没有报成，不能证明不想报仇。

是不想死吧？

你以为蒙恬像你呢，人家是什么人物，大将军会怕死？

你才怕死！

你才怕死！

我们没有参加他们的争论，当时主要是民工们在争论，此外只有一个指挥部的成员参加了。他是为蒙大将军辩护派。

不过，马投崖的这个来历，当时使我们不少人忽然觉得，头上的蓝天蓝得也可以。

我兴奋了几天，才慢慢想起来，在《史记》中，扶苏好像不是牺牲在这个地方。当时不可能找来《史记》核实，我只是在我们那批人中间提出了我的疑问。

我们也展开了争论，关于马投崖传说的真伪。

老若仍然没有参加争论，他说，马投崖很适宜做悬挂滑翔的场地，或者起飞地。他说，笔立的悬崖，面对着平原，很难得的地形，在这里做悬挂滑翔，很可能会创造纪录。

那时，我们都一直以为老若很懂得悬挂滑翔，以为这就是他的专业，以为他早已悬挂在滑翔机下，到蓝天上飞过了。他飞得太全神贯注，可能也没有发现了多少诗意，我想。

不过，当时首先把马投崖和悬挂滑翔联系起来的，绝对是老若。

现在我回想，这个联系很可能是相当重要的。

当时关于马投崖的传说真伪难辨，主要是我拿不出否定的证据。我们那一批人，几乎是除我之外都倾向于肯定那个传说。后来我才明白了，传说是无所谓真伪的，它的魅力似乎正在真伪之间。当时我企图拿《史记》来验证老乡的传说，很可能反而更增加了这个传说的分量。马投崖的传说，使我们那一批人忽然意识到了一种古老，悲壮，不平凡。这种不平凡，悲壮，还有古老，就笔立在我们背后。

这种感受，可能同飞上蓝天，俯视大地的那种感受差不多。

所以，当老若把马投崖与悬挂滑翔联系起来，就等于把这两种不同寻常的感受相加起来了，你想，那会变成一种怎样的魅力？当然，这个魅力只有通过悬挂滑翔来体现了。

我把这个发现，写信告诉了老若。他回信说，不应该说成是两者相加，而是两者相乘。相乘不仅是得数大得多，更重要的是两者缺其一，相乘都会等于零。这就是乘法规则。

我不太明白这是什么意思，没有马投崖的传说，或者没有他当年带去的那本外国画报，可能就什么事也不会发生了？

我写信告诉他这道二十多年前的加法，并不想证明他当年怎么伟大，只是想诱导他也能赞助一下老沫。当年我们那批人，除了飞到国外的，现在就数老若飞得远了，他在深圳。他后来考了研究生，拿了学位，做了大学讲师，又很早就辞去教职，飞到了初创的特区。他说他要创办一家电子公司，生产微机。后来他的公司办得怎么样，一直没有统一的说法，就像传说一样。他偶尔来信，从不谈他的公司，只有很乐观，很匆忙的几行问候话。

这次，老若在来信中同样很乐观，很匆忙地答应了给老沫以赞助。他还希望得到一张照片，马投崖，悬挂滑翔中的老沫，北国的蓝天，当然是彩照啦。

不管是加法也好，乘法也好，记得当时老沫对悬挂滑翔，并没有怎么增加兴趣，他倒是对马投崖的传说有些兴趣。他也是为蒙大将军辩护派。

那时，他似乎已经开始讨好老丽了吧，因此对飞上蓝天产生不了兴趣？老丽也是为蒙大将军辩护派。

老丽那时还远远没有感染上女强人的色彩，她虽然常常努力想发表一些不同于女性的观点，但人还是一个女人。在我们那批人中，她不是最美丽的那种，也不是最不中看的那种。她又非常活跃。

我们不相信老沫原来就没有恋人。

老沫说，真没有。

外文系都是很风流的。我能证明这一点，其他几位也说他们各自的母校都如此。

老沫说，他们系也很风流，但他真没有。

你两腿骨折，打了石膏，静卧休养的时候，没有女生乘机讨好你吗？

可能有，我没有发觉。

老沫讨好老丽，主要是替她干一些体力活。

我们说，这怎么成？应该有种风流浪漫的意思。

老沫说，老丽那人太实际，比我还没有诗意，连蓝天也不会欣赏。

老沫能够看出，老若那本外国画报上的天空，蓝得惊人。

有可能是这次不成功的恋爱，促使老沫下决心飞上蓝天吗？

我居然收到老特的一封信，他对老沫不忘当年悬挂滑翔的梦想，终于把梦想变成了现实，表示祝贺。他说他一时还难以给老沫的这个新事业以有力的赞助，不过他很快就会邮寄一包悬挂滑翔的资料来。他请我收到这包资料后，能及时转交给老沫，他的祝贺，望能先行转达。他解释说，他没有直接同老沫取得联系，是为了避免给老沫带来麻烦，因为他出国多年，不知道我们当年流浪的那个小城，是否也解放了，他把“解放”又改成了“开放”。我知道你所在的大城市早已解放了，这里的“解放”也改成了“开放”。

我想，老特可能是由于无力赞助，或者是舍不得花费美元赞助，所以不好意思直接面对老沫。那个小城如果不开放，或者不解放，老沫能搞成悬挂滑翔吗？你这样飞上蓝天，是不是企图窃取军事情报！据说老特是早已得了博士学位了，完全应该会做这种简单的推理。

我完全没有想到，老沫居然也向远在国外的老特请求赞助。

这使我感到有些不是滋味，甚至有些替他感到难为情。你这么多年矢志不移，完全是靠了自己的努力，已经飞起来了，而且飞得这样漂亮，这样现代，为什么还要去向别人求乞？请求我们大家来帮助你，这完全是不忘旧情的表示。请那些现在掌权的老字辈们赞助一下你老沫，也完全应该。但向老特讨赞助，就有些让人觉得不舒服，仿佛你做了那么大的努力，就是为了换美元似的。

我想，不会是这样。

我记得，老沫独自一人留守在我们的那个流浪地，一直就不怎么愿意同大家保持密切的联系。尤其是对那些事业发达、飞黄腾达的幸运者，几乎有些不愿意保持联系了。人都有自尊嘛，这不难理解。他终于飞起来了，可以告慰一下各位，不应该借此发财。

老特在来信中说，他也希望得到一张照片，马投崖，悬挂滑翔着的老沫，中国北方的蓝天，如有可能，最好是彩色的。

我忽然想到，会不会是老若写信给老特，告诉了老沫悬挂滑翔成功的事，并请求老特给老沫以赞助？

老特当然也希望我写篇文章，为老沫好好宣传一番。还希望我能为老沫争取到官方的承认和资助。

写文章，跑官场，拍照片，概括起来大家要我办的就是这三件事。

不知道为什么，大家都给我来信，在好听的话后面，就是交办这三件事。赞助的事，没有怎么交给我。

我想了想，这三大任务似乎也是两头小，中间大。写文章，拍照片，这两大任务没有什么困难，可以说是自己的拿手好戏。只是跑官场要跑出成效来，不是那么容易。

我忽然想到，主管体育的副省长也是与我们一样的老字辈。可惜，当年不是同我们那一批人一起在马投崖下劳动，流浪。

我应该去见一见这位省长。

我也收到了老诺的来信，她说她的儿子立刻就迷上了悬挂滑翔，暑假要来找老沫叔叔学艺。她担心这项游戏危险性太大，而且滑翔机的造价恐怕也不会太低。现在市场上没有现成的这种滑翔机在出售吧？

自从飞出那个流浪地之后，我就一直没有再见到过老诺。听老亚说，老诺现在没有一点看头了。

我说，四十多岁的女人，还能有什么看头。

他说，当年的老诺，是最漂亮的，你还记得吧？

我说，那时候你是光棍，年轻的光棍，现在你是有钱的厂长，眼光不同了。

他说，真正漂亮的女人，什么时候都会保留那么一种出众的意思在。我说得不很明白。你有机会见到现在的老诺，就明白了。

我说我明白。

他说，记不得是谁说过，任何一个女人都有光彩照人的时期，有的长达数年，有的只有几天，甚至只有几小时。当然都是在青春期，现在流行叫花季。

我说，我现在终于不明白了。

他说，我不相信你没有听说过这句话。

你说一个真正漂亮的女人，永远都是漂亮的。你又说一个女人一生只有那么很短暂的一刻是漂亮的。

他说，当年老诺可能正处于光彩照人的时期吧，她其实不是漂亮的女人。我是这个意思，明白了吗？

我说，当年我们都正处于漂亮期，青春期，花期。

老亚同意我的这种说法。

我们就不再讨论老诺是不是漂亮女人的问题了。

我应该告诉老诺，悬挂滑翔的确是一种很危险的游戏吗？

我忽然又想到，以老沫这样的年龄，也就是以我们这样的年龄，成功地做悬挂滑翔，这很可能会产生轰动。当然，老沫早年踢过足球，体质好。

老特的来信中，完全没有对老沫的年龄优势提出疑问。这似乎可以说明，在国外像老沫这种年龄，做悬挂滑翔运动或者游戏，是不足为奇的。

在国外不足为奇，在国内就会引起轰动，这容易给人崇洋媚外的嫌疑。

如果省长提出了老沫的年龄优势问题，我就说在国外是如何如何。

如果省长提出从中国国情出发，我就说老沫当然是做教练。他在中国开创了这项运动，填补了我国的这项空白。如果可能，他想开办一家制造这种滑翔机的工厂。一旦这项运动开展起来，就会有很多人到市场上求购这种滑翔机。偏僻的马投崖，还有可能成为我省新的旅游胜地。我估计，我这样游说比较符合中国的国情和省长的口味。

我当然还应该给省长讲一讲马投崖的传说。

我一直没有为马投崖而专门查过《史记》。我早已有了自己的《史记》，只是一直没有想起来核查这个传说。核查传说也太愚蠢,太无聊了。但去见省长之前,是否应该核查一下?不过,那是老乡的传说,人民的传说,不是我编造的小说。

当年我们曾经数次去爬马投崖,越来越相信那里是扶苏太子壮烈牺牲的遗址。

在接近马投崖的丘陵地带,有一座烽火台。我当时觉得,历史顿时被物化了,感觉是既神圣,又通俗,忍不住有些激动。

老亚当时说,我看这不像是烽火台。

老乡们都说是烽火台。

老亚说,即使是烽火台,也不是古老的烽火台。

老丽说,你的专业是造纸,不是历史。

老沫说,就是,还不知你见过烽火台没有。

我说,造纸在中国是一个很古老的专业。

大家为我这一句机智的话叫好,不再争论烽火台的真伪。老亚有些不高兴。

我们都登上了那座烽火台。记得有些拥挤,好像谁几乎失足跌落下来,被谁拉了一把,女生们惊叫起来,历史的神圣气氛就这样被冲散了。

我坚持纵目远望,笔立的山峰,深邃的峡谷,古老的平原,我觉得很像一个古战场。那时我也喜欢做一些自以为是的想象。其实,我哪里见过什么古战场。

老若一直没有同我们去爬马投崖,登烽火台。他若去了,一定会说那里多么适宜做悬挂滑翔,这是没有疑问的。

我收到老沫的回信,他说照片不着急拍。他说,目前他的滑翔机造价还比较高,合格的材料不容易搞到,大多是因陋就简。因此,安全性还不能完全保证。不过,这项运动本来就是一种冒险项目。

我不太知道现在老沫是怎样因陋就简,但他成功了。所以,我感到更有责任帮助他，如果他因为滑翔机材料不合格，从蓝天上跌落下来，那就是大悲剧了。老沫也许备有降落伞吧，那样滑翔的成本可就更大了。

如果省长同意建厂，可以要求建立一家中外合资企业，中资请省里出，外资由我们来拉。这样生产出来的滑翔机，质量不会有问题。

在马投崖下修水库的时候，我们仅仅是议论悬挂滑翔，谁也没有下决心把这项冒险游戏付诸实行。即使议论，也是当时无数话题中的一个，不是天天都在说它。

当时我们都处于流浪状态，没有单位，没有“婆家”，只有一听就叫人亲切的“老房东”。工人阶级占领了我们的母校，他们说，你们去农村当农民好了。农民说，我们没有接到给你们发工资的文件。农民还说，我们都没有工资。于是我们就集中到了马投崖下的水库工地，领工资，做农活，把我们的问题解决得十分圆满。我们在古老的十八村水地逐村“号”房居住，平板车上拉着各人的全部家产。

所以，我们当时没有条件制作滑翔机。

当时只有一种条件我们具备，虽然在流浪，我们的心情和兴致还不错。

所以，当时我们议论起来话题无穷无尽，最多的是恋爱问题，最少的是国家大事。悬挂滑翔被夹在中间，比较接近国家大事，是属于议论较少的话题之一。

老沫那时候一心在追求老丽。他说，他曾约老丽到烽火台谈过几次，但每次老丽都是气喘吁吁，什么也谈不成。

我们说，你为什么要选择烽火台？

老沫说，那里比较僻静，很难遇到人。

我们说，这里不是城市，不是闹市，到处都是僻静，何必气喘吁吁地去登烽火台。

老沫说，烽火台有诗意。

老丽气喘吁吁，是不是有什么暗示的意思？

你们说可能是什么意思？

她可能很激动，听说她也是从来没有谈过恋爱。

她很实际，她总是问我家庭人口，家庭收入，家庭成分这一类问题。

谈恋爱不在于谈什么，只在于谈，明白吗？谈最无聊的话题而又能使人迷醉，这才是恋爱。老丽的喘气声，你不觉得动听吗？

没有感到动听。

老沫和老丽这次不成功的恋爱，可能是因为当时双方都太理智了。老沫说老丽太实际，所谓实际，也就是一种理智。

老若失恋，加上老沫的这次失败以及后来发生的同类事件，当时使我们意识到，我们的青春期显然已经过去了，我们已经老了。

我当时提出一种理论：恋爱是一种青春期现象。我们已经过了青春期，所以只能摧毁恋爱，而不再可能有所建树了。

老若感伤地问我，老客，你不是很幸福吗？

我说，我也岌岌乎可危了。

老沫说，你不要无病呻吟。

老沫失恋后，根本就没有痛苦地呻吟过，没有感伤，没有情绪低落，只是多少有那么一点失望和扫兴。失恋之后，他与老丽反而更亲近了。可见，他们是感情少，理智多。

老沫当时不承认我的理论，不承认他没有感情。所以后来他才移情于悬挂滑翔吗？他想以悬挂滑翔来证明自己还在青春期？

省体委的那位处长告诉我，目前在国内只有个别大城市在搞悬挂滑翔这个项目，但是作为旅游项目而不是作为体育项目搞。不过，听说还是由体委牵头搞，旅游部门它搞不了。我们这里有山，有地形方面的优势。

你们也想借此赚老外的美元？

我是说，你从旅游这个角度提出问题，容易引起省委省政府领导的重视。

你们为什么不从旅游的角度给上面打个报告?

我们体委头儿对这类项目不感兴趣。

我还想从中外合资的角度提出问题。

联合主办比赛?

办企业,生产滑翔机。

办企业,恐怕就得给经委拿去了。

你又不是体委的主任,管它谁拿走呢。

这位处长也是当年的老九,经军队农场改造后出徒,好像是学高分子的。所以我们能很廉洁地拉上关系。我叫他老高,其实他不姓高。我准备同主管体育的副省长也这样拉拉关系,当然不敢抱太大的希望。

管你们的省长,他人怎么样?

他思想挺解放的。

讲不讲人情?

现在官场谁能过了人情关。

我是说人情味的人情。

也还行。

在离马投崖不很远的一条山沟里,有一处军事仓库。

我们到水库劳动不久,就知道了这个秘密。水库指挥部一位爱讲卫生的干部告诉我们,这个军事仓库里面有澡塘,一说你们是指挥部的,就让你们洗澡。

我们就不断结队去这处军事要地洗澡。每星期澡塘烧一次水,每次我们洗澡要走十四里路,单程是七里路。那时不觉得路远,心情总是特别的好。

隐蔽在山沟里的军事要地,可能也很寂寞。

每次我们去洗澡的时候,总是很受注意,不是提高警惕式的注意,而是欢迎光临式的注意。当然我们知道,我们之所以受到欢迎,是因为在我们之中有女性,还是女大学生,还有像老诺那样正光彩照人的女大学生。

当时我们都认为,绝对是光彩照人的老诺把老热给召引出来了。

老热说过他是什么军事学院毕业生,我怎么也想不起来了,只记得属总后管。当时他独自一人给下放到这个山沟中的军事仓库,经受锻炼。所以,当他同我们接上头之后,真有种“他乡遇老乡,两眼泪汪汪”的意思。

后来老热同我们一起议论悬挂滑翔的时候,曾经提出过大家动手来自制滑翔机。

老若说,哪里有材料?

我说,水库工地有的是钢筋。

老诺说,钢筋多难看。

我说,可以油漆一下,白色,或者红色。

老若说,必须是铝合金管材。

老热就说,我们仓库里可能有,我们什么都有。

老亚说,你们那里都是军用品,动不得。

老热说,没事。

老热好像能支配那个军事要地的一切。这使我们很难信任他,所以,自力更生制造滑翔机的动议,就一直停留在议论中。

老丽提出飞机上天后,你们军事要地会不会把我们当作特务?

老沫就跟着说,就是,会不会把我们当作窃取军事情报的间谍?

老热说,没事。

这就使我们更不敢信任他。

从旅游的角度提出悬挂滑翔问题,省长会不会提出那里有军事要地的问题?

不知道马投崖附近的那个军事仓库还存在不存在。当年主要是备战苏修,现在苏修已经解体了。如果省长提出那里仍有军事要地,我应该说,可以在没有军事要地的地方开展这项运动,绝对不能说,人家的军事卫星早就把我们的军事要地拍摄得一清二楚了。

高处长说,省长思想挺解放的。

见省长的时候,我应该带一张照片去,古老的马投崖,悬挂滑翔中的老沫,北国的蓝天。当然是彩照。

既然老沫已经在马投崖成功地滑翔过多次,那么,基本可以断定,不存在泄漏军事秘密的问题。如果不得在马投崖一带开展悬挂滑翔,那么军方一定对老沫进行干预了。

很可能那个军事仓库已经迁出山沟了,那里毕竟太寂寞。

寂寞的老热常常跑七里路来找我们解闷。解闷的方式每次都是一样的:给我们男的吹牛,给她们女的干活。后来还不断向她们进贡一些食品,如饼干,罐头,水果糖,以后还增加了生肉,面粉,食油一类。他似乎要证明他不是吹牛,他什么都能搞到。

老亚说,老热是醉翁之意不在酒。

老丽说,老热很热情。

我们不久就明白了,老热已经把老丽追到手了。

这个时候,老沫很可能已经平静地同老丽结束了恋爱关系。因为老沫对老丽归属了老热,反应很平静,甚至还有几分幸灾乐祸似的。他说,老热犯了和他一样的错误:错把老丽当老诺了。

我说,你原来是瞄着老诺哪,难怪听着老丽的喘气声不动听。

老沫说,老诺已经有婆家了,我追她干什么?我是说,平时看老丽还蛮有那么点意思,怎么单独和她在一起,就不是那么一回事了,我一直很奇怪。

远看一枝花,近看一脸疤,人家老丽脸上可没有疤。

后来我明白了,老丽是沾了老诺的光,她总是同老诺在一起,于是就不免给人一种她也有点光彩照人的错觉了。我刚刚觉悟了,老热却很不幸地接了我的班,重蹈覆辙。

如果老热犯了与你同样的错误,他怎么能把老丽打动了?远看一枝花,近看很失望,老丽没有把你打动了,你也没有把她打动了,对不对?但人家老热已经把老丽打动了。

老热有军用品做物质基础，老沫只凭做体力活，两者不能相提并论。

老热干体力活也很出色，他甚至来水库工地替她们拉土上坝，替她们改造。

老沫自己还得改造，无法替老丽改造。

不过，很难说老热是在替老丽改造，还是在替老诺改造，她们两人使着一辆拉土车。

老沫说，他们互相打动了，对老热可能更不幸，老热是个好同志。

一开始，老热就表现得很热情，所以，我们就叫他老热了。老热这个名字有比较明显的意义，而且是我们大家给他起的。他也很满意这个名字。

后来听老诺说，老热一开始进贡食品，是想给我的，我不要，老丽就要了。

老诺这样一说，反倒让人有些不愿意相信了。

有一天，老丽穿了一件很新的军装上衣，是四个兜的军干服。从这一天起，我们就把老丽划入已有婆家的妇女之列了。

现在看来，老热真是一个好同志。当年我们如果相信他，说不定在他的热情鼓舞下，在他的军用物资支持下，滑翔机很可能就制造出来了。除了对老热不够信任，当时我们对悬挂滑翔也远没有像对恋爱结婚那么兴趣大。

当时有人似乎说过，我们要下定决心，不怕牺牲，排除万难，去争取飞上蓝天。但也只是说说而已，没有人想认真试制滑翔机。

有位朋友来闲坐，他说他认识那位省长的秘书。

我问，你们关系怎么样？

朋友说，还可以，差不多是哥们。

我说，我知道省长的这位秘书还很年轻。

朋友说，现在，哥们是一种境界，交情不一般的意思，不一定要年纪相仿佛。

我就说，我为我一个哥们的事，想见一见省长。

朋友说，那找个机会，把大秘约出来，我们一起吃顿饭。

我说，那就帮我的大忙了。

朋友说，你我也是哥们，不说这种话。

我留朋友吃饭，随意喝了几两烧酒。干杯中间他说，有时候省长也挺讲义气的。不过，他对悬挂滑翔的看法有些令人失望。他说，中国人没有多少冒险精神，这项运动可能不很适合我们的国情。

我说，无论如何，我得见一见省长，因为这是为了哥们。

朋友说，放心好了，保你能见成就是了。

我说，那就帮我的大忙了。

老克去西安出差，中途下车来见我。老克人不错，现在也没有飞黄腾达，所以我想与他一道去看看老沫。

老克说，这次恐怕去不成了，时间太紧。

我说，你还是那么没有自己富裕的时间？

有一批老同志要去西安参观，我是去打前站的。

现在都叫旅游，不叫参观了。

因为是公费，不能叫旅游。

现在有一种人很有钱，但就是没有时间，因为他们的时间都变成金钱了。另一种人有的就是富裕的时间，但他们没有钱，因为他们的钱变成富裕的时间了。当然还有一种人，他们既有金钱，又有时间，最好不过。最可怜的一种人，就是既没有金钱，也没有时间。

我属于最可怜的这一种，你呢？

我也属于你那一种人，可能时间和金钱都比你多那么一点。

你看老沫属于哪一种？

应该是最好的一种，因为玩悬挂滑翔是既得有时间，又得有金钱。

我也实在无力赞助老沫的这个新事业。我询问过,老同志们都不喜欢这种运动。

老沫提出要你赞助了吗,他要多少?

老沫没有提赞助的事,是我觉得应该赞助一下。

老沫为什么会喜欢上这种既费时间又费钱的运动,你知道吗?

我调回河北已经很久了,哪里会有你知道得多?

我调出来以后,也不是常常回去,当然我见老沫的机会比你多。我一直没有发现他在坚持创建这项运动。

他可能是要完成我们当年未竟的事业吧,因为我们全都走了,只有他留了下来。所以我很受感动,觉得应该赞助一下他。可惜老同志们都不喜欢这种运动。

你记得吧,当年在水库工地我们议论悬挂滑翔的时候,老沫并不怎么热心。

是的,那时他在忙于追求老丽,对不对?

我们分配工作以后,开始动手试制滑翔机,老沫仍然不热心。

那时他又被他媳妇追求,忙着准备结婚,对吧?

你说老沫现在有没有可能是想当明星,体育明星,悬挂滑翔的明星?

当明星,老沫可能已经没有年龄优势了吧?

我请老克喝了烧酒,送他上了去西安的夜车。关于老沫飞上蓝天的动机,我们没有讨论出什么结果。老克对他无力赞助老沫,一直脸有愧色。我说,这没有什么,我们个人的力量毕竟是有限的,我们还得依靠党和政府,依靠领导,你想开了吧?

老克也表示想要一张照片,古老的马投崖,悬挂滑翔中的老沫,北国的蓝天。

老克当年调回河北,似乎同悬挂滑翔还多少有点关系。老克现在也承认这一点。

在水库结业后，老克是被分配到县农机厂做了钳工，因为他是学工的，专业是精密仪器。领导想尽量使他专业对口：我们这里没有手表厂，明白吧。

后来，老克就负责为我们的滑翔机加工活动接头。有一天夜晚，他又去车间干我们的这件私活，不幸撞上了那件事。

后来他说，他根本就没有撞见。

我们问他，你进车间之后就没有听到一点动静吗？

我只奇怪车间怎么没有锁门，但我只想多干点咱们的私活，就没有怎么往别处多想。

你也不怕是发生了盗窃案件，把你当贼捉住吗？

我实在是没有多想，老若设计的活动接头真不好加工。

车间当时亮着灯没有？

没有开灯。我进去开了灯，接着开了车床的工作灯，又回头去关了车间的大灯，之后就开了车床。

这期间始终就没有听到什么动静？

没有，我一直在埋头加工活动接头。

我们分析，当时老克肯定是加班加的时间太久了，以致使那一对人无法在更衣室内再等候下去。神经长时间地处于高度紧张状态，谁也承受不了。同时，那一对人肯定也发现了，老克一直处于高度的精神集中状态，全神贯注地在干私活，并不是在有意堵他们。因此，他们才决定悄然突围。

老克说，他们本来可以突围成功的，我一直没有发现他们。是猛然一声响，才把我惊动了。

老克说他当时循声看去，发现有两个人影仓皇夺门逃去。

我喊了一声：谁——，我当时以为是贼。

当时看清是一男一女了？

当时根本没有往这方面想，所以只留下两个人影的印象。这印象后来才清晰了，男的个头瘦高，女的不高，用一件很宽大的衣服蒙在头上，不知道像谁。

我们都很兴奋了一阵，不过后来都一致要求老克什么都不要说，不要对任何人说，因为你当场没有抓获，又没有别的见证人。如果那个男人真是车间主任，你更得守口如瓶。

老亚说，这种事在农村多了去了，在工厂也不会少。

我说你这是诬蔑工人和农民。

老克说，那惊动了我的响声，可能是那个女的仓皇中给地上的管材绊了一下，记得是很清脆的金属声。

后来老克就一直怀疑车间主任对他有了戒备，甚至怀疑有意刁难他。

我们很气愤，认为应该适当反击一下。老若提出了一个施放试探气球的方案，大家觉得很妙，都同意了，老克也同意了。

老克向车间主任提出，他想调回老家去工作，放不放？车间主任很痛快地同意放他，还很热情地答应他，厂领导、县工交办、组织部那里的工作，我全包下来了，没有问题，都会放你的。

我们都没有想到，老克就这样走了。老克当然不完全是因为害怕车间主任才走的，他的对象在河北。我们没有想到的是，凭借悬挂滑翔第一个飞走的，居然会是老克。

当时分配最惨的是老若。他被分配到县综合加工厂，到厂里一看，共有四个门市部：缝纫、黑白铁、钟表修理、收音机修理。我替他问了领导：他是航空学院毕业生，领导没有一时疏忽吧？领导说，听说他在水库一直情绪不高。我忙说，他是失恋了，绝对不是对劳动改造有情绪。领导说，那可能是我们官僚主义了，对他的失恋关心不够，可惜我们没有飞机工厂，你看该怎么好哪？

我转达了领导的关心，问老若想怎么办？他说就这样吧，我去修理收音机。

老亚被分配到了汽车修配厂，很高兴，去了才知道全厂只生产一种螺丝钉。

老特对口分配到了水利局，水利局把他分到打井队，打井队分配他当了事务长。

老诺和老丽都分配当了妇联主任，老诺在城关公社任职，老丽就在马投崖附近的公社任职。老诺显然沾了光彩照人的光了，而老丽一定是为了离老热近便。领导说，因为妇女干部少，大学毕业生是干部待遇，所以大胆提拔了她们。

老迪虽然也按女干部待遇，可惜有海外关系，被分配到百货公司做了售货员。

老茨和老弗这两位女干部，当了中学老师。

领导本来也分配老沫去当老师，他说他还没有改造好，怕毒害了人民的后代，请求去体委体校之类的地方，多用体力，少用思想。当时体委体校都还没有恢复，就分配他当了体育老师，兼管生产劳动。那是县城里的中心小学。

领导本来也分配我去当小学语文老师，我说我天生没有口才，但文章绝对写得好，在两报一刊上都曾经发表过文章，当然不是社论，是些小文章。领导让我写了两篇作文，审查再三，包括我的档案，最后同意把我留在县革命委员会通讯报道组试用。

按当时的水平，我，老沫，老丽，老诺，我们四人分配得比较理想。所以我们显得比较高兴。老若因此非常鄙视我们，他说，我们离开大学时已经经历过一次分配了，对这么一次分配居然仍然这样在意，你们真没有意思。

我们说，这是我们的第一个工作岗位，对一生可能都很重要。

老若说，这里根本就没有我们对口的工作岗位。

我们说，领导已经尽了最大的努力了，这里怎么可能有飞机制造厂？

老若说，现在比较有条件了，我们可以分工协作，动手试制悬挂滑翔机了。

从老诺来信,我忽然想到,老沫所说的悬挂滑翔成功了,是不是在他的指导下,由他的儿子驾机飞上了蓝天。滑翔机也可能是在他的指导下,请人设计、制造出来的吧。这样比较合情合理。

由我们的下一代实现了我们当年的理想,这似乎更应该给予支持和资助。如果由当年我们那一批人的后代,组成一支悬挂滑翔队,去参加国际比赛之类活动,那该多么有意思哪！这有些像灵感似的,叫我激动了一下。

老诺这次来信,仍然是重点询问悬挂滑翔的安全问题。

我们后代中的女孩子,不知有没有飞上蓝天的冒险精神。有女孩子的悬挂滑翔队,才富有现代精神。

朋友还是朋友,在他的安排下,我和省长的秘书吃了一顿饭。

这顿饭是在一家外面不很起眼而里面却够高档的酒店吃的,像粤菜风味,还不够十分地道。不过这里很干净,很舒适,尤其极端的热情。有省长的秘书在座,受到极端热情的服务,是理所当然的。因此我像省长的秘书一样,始终无动于衷。

那晚在座的,除了省长的秘书,我的朋友,我,还有另外两位。

一位就是省体委的那位高处长,他听说我要同省长的秘书吃饭,就一定要来。他说他对悬挂滑翔这项运动,比我熟悉得多,他帮我说服省长的秘书能说到点子上。我请示了我的朋友,朋友说欢迎欢迎,没有问题。

另一位是我的朋友带来的,介绍时说是企业家。席间在洗手间,朋友对我说这位企业家是他带来付账的财主,这顿饭是这位企业家做东,还行吧？我说,合适吗？朋友说,他出这种钱高兴得很,我是问你饭菜吃着还行吧？

我觉得那晚的饭菜,比较而言还行。只是没有能和省长的秘书很好叙谈,他一直被企业家和高处长轮流霸占着。我的朋友就趁机不断与我干杯,真喝了不少酒。所以,在席间我是怎样向省长的秘书游说我们的悬挂滑翔和老洙的贡献，省长的秘书当时做了怎样的反应，后来我一点也回忆不起来了。我到底在席间提出过这件事没有？

我的朋友说，你一直在说那件事，说得够精彩。

我怎么什么也记不得了？

开始你好像没有精神似的，后来喝了酒才来了精神，把你那位哥们吹得像个英雄。

省长秘书当时怎样表态？

他也有些喝多了，说他也想驾机上天飞一圈。

高处长当时说什么？

高处长整个晚上都是在说摩托车拉力赛。

他一句也没提悬挂滑翔吗？

算了算了，高处长不是你哥们吧？大秘已经答应找机会安排你见省长，这你也记不得了？那位企业家还答应赞助你那位英雄哥们，你也没有记住吗？

我什么也回忆不起来了，连当时是怎样离开那家酒店的，也回忆不起来了。

我后来去见高处长，他说那晚他一直在给省长的秘书做工作，有点希望了。

有希望了，你指的是什么？

当然是悬挂滑翔。

我很想正色责问他，说我当时就在场，当时我并没有喝醉，但想起朋友的话，还是算了。同他究竟不是哥们，虽然同是当年的老九，究竟不曾在一起脱胎换骨。

他说，你会见省长的日期确定之后，请通知我一声。

我说好吧。我心里说，你想见省长，自己去见好了。

老亚听说我要见省长，表示可以与我同去。我说这是管体育的省长，不是管工业的省长。他说他不是为自己。我就笑了。

难道我就不应该为老沫出点力吗?

你就出钱赞助好了,官场我来跑。

你不是一直说你最讨厌官场吗?

你要当上副省长,我就不会这样讨厌官场了。

我绝对不是为自己。

我知道。你要想当副省长,起码得去巴结正省长,最好能同一位副总理拉上关系。

我说你真应该到北京去给老沫活动活动。

我怕你跟着沾光。

我让老亚写一份有关悬挂滑翔的请示报告,以备呈交省长。如果运气好,省长说不定会当场在这份报告上写下几句批示的,那就基本上大功告成了。见副省长这样级别的领导,你必须预备好多种可供批示的文件,报告,或者条子,这样你就可以见机行事了,在适当的时机,拿出适当的文件,把领导的批示及时搞到手。

老亚说,你是从哪里学到的这种经验?他显然被这种经验打动了。

反正不是从小说中学来的。

老亚答应了代写这份报告。当天,老亚还请我喝了一顿烧酒。

在马投崖下修水库的时候,我们都不怎么爱喝酒,那时似乎只喜欢吃饭。

那时候,我们一直很自觉地与民工同吃同住同劳动。“三同”之余大家聚在一起,除了说话聊天争论无穷的议题,就是想办法吃一顿饭。那是一种很纯粹的吃饭,大家各显神通,分头“搞”几斤猪肉、面粉、食油、大葱、食盐以及案板和面盆、锅、灶火,然后一起动手包一顿饺子吃。用现代的话说,那时吃得真是够“投入”,所以谁也想不到还要喝酒。现在大家聚在一起名为吃饭,其实主要是喝酒,可能酒比饭更容易使人“投入”吧。可惜,那时还没有发现这个秘密。

大概是在老特当了打井队的事务长以后，我们才开始发现酒原来是这样一种好东西。

老特说，打井队人人都能喝酒，我给他们灌醉了一次，几乎牺牲了。

老特说，他从此学会了喝酒。他说喝了酒以后，觉得自己也完全可以去做悬挂滑翔，飞上蓝天，胆大得很，自信得很，聪明机智得很，你们信不信？

有一天，老特来找我，他说他又喝了酒了，问我介意不介意。我闻到了他喷出的酒气，很难闻，我说不介意。他就对我说，最近老迪一直在追求他，他拿不定主意。

你说我该怎么办？

这得由你自由做主，因为她追求的是你，不是我。

我基本上倾向于不接受她的追求。

其实老迪也不错，她虽然比不上老诺，但绝对比老丽要漂亮，而且比这两位妇联主任要文静，温柔得多。

可她有海外关系。

你是想参军，还是想提干，或者想“结合”进领导班子？她的海外关系，绝对影响不了你打井。

我怕她对我的后代有影响。

一直默默无闻的老特，居然也能这样语出惊人，我想这可能就是酒的魅力。

他说那天他刚喝了不少的酒，老迪就又来追求他，他本来很不高兴，可不知怎么一来，他竟然粗野地拥抱了老迪，无耻地亲吻了老迪。老客，你说我该怎么办？

老迪当时使用了怎样的手段？

她没有使用什么手段，仍然像往常一样，来了就给我洗衣服。可我就神使鬼差似的搂住她亲了几下。你说我该怎样办？

还能怎么办，我们就等着喝你们的喜酒吧。

你们就等着太阳从西方升起来吧！

老特的这件风流事当时在我们中间传开之后，大家对喝酒的兴趣就忽然高涨起来了。因为老特在我们那批人中是最老实最善良的一个，所以我们觉得酒的力量真是太神秘了。不久，我们差不多都学会了喝酒。当然，那时候还没有学会喝名酒，是酒就成。

老若有一次喝了酒也说，有一个姑娘在追求他。

他当时仍然带着那种失恋式的深重痛苦，所以我不敢怀疑他是在说笑话，或者编故事。我想，如果他能与一个姑娘重新恋爱，那不仅可以减轻他痛苦，而且试制悬挂滑翔机的事业，可能会更有希望。

我问这个姑娘是谁？如果这个姑娘不错，你就跟她谈起来好了。过去的就叫它过去吧，这绝对是一句名言。

他说，这个姑娘绝对不错。她是位北京知青，县里把她选拔上来，本来是当播音员。她说她已经播了三月的音了，老乡们都说她广播就像中央似的，甚至许多老乡以为咱们的县广播站不广播了。因为她的声音太像中央的声音了。当地驻军就想把她招收到他们的文工团里。不幸得很，部队政审时发现她的社会关系中有一个污点。

是不是也有海外关系？

你不要打断我的话好不好？结果部队不要她，县里也不敢把她留在广播站了，她就被安排在我们加工厂了。你说我们加工厂那能叫工厂吗？完全是小炉匠式的作坊。她绝对是个好姑娘，她绝对不会在广播中间喊反动口号，她绝对比我们的老诺漂亮，年轻，她绝对正处在光彩照人的时期，但却让这样一个好姑娘在我们那样一个门市部绕线圈，就是电机里面的线圈，你懂吗？

我知道。你们能在这样一个小炉匠的作坊中相遇，绝对是姻缘前定。

你不要打断我的话好不好？我绝对不会答应这个好姑娘的。

你也嫌她政治上有污点？

你政治上才有污点！我是对恋爱完全心灰意懒了，你懂吗？我不能把我这颗已经破碎的心，交给这样一个好姑娘。

他说他只想把悬挂滑翔机试制成功，此外什么兴趣都没有了。

老若的神情一直很庄严沉重，但我听着觉得多少有些“酸”。都说酒后吐真言，老若酒后怎么反而像演戏似的，而且演得很“投入”。老若演出的这个风流故事，也很像是老特那个故事的翻版。我问他那个好姑娘怎样追求他，他说她一有空就来给他干活，洗衣服。我听了几乎笑了起来：这简直是公式化！

不过，当时老若领导大家试制悬挂滑翔机，也很“投入”。

老若根据那本外国画报，设计、绘制了样机蓝图和各个零部件的加工图纸。当时最困难的，是搞不到适用的合格的材料。好像从广播站、化肥厂等单位搞到了一些可以勉强使用的铝质管材，但老若说仍然不够。密度和强度都合格的尼龙布无法搞到，当了售货员的老迪说，是否可以用的确良布代替？老若说，也只好这样了。

当时的试制经费也不好解决。开始，大家都慷慨解囊，渐渐的都力不从心了。那时工资不多，不少人又得准备结婚。只好开动脑筋，去搞不花钱的材料。材料又要合格，又要不花钱，难度就更大了。可能因为有当年的这种经验，所以现在大家不约而同就都知道应该赞助老沫。

为了防止社会对我们产生怀疑和误解，我们的试制工作也必须打出一个正经的旗号。老若就分配我来设计这个旗号。我想，我们打出的旗号太革命了，恐怕也不会有人相信。我们可以声称，我们是在发明创造一种空中自行车，这个旗号怎么样？

老若和其他人都说，很好，我们发明空中自行车最终是要为人民服务。

我收到了老特从国外寄来的邮包。邮包的外观似乎就很漂亮，几位同事忍不住问：国外给你寄来了什么？我说是书，不是电器，或者录像带、情报、美金之类。

邮包内的书是绝对漂亮。色彩艳丽的滑翔机，飘飞在蓝色的天空上。天空仍然是那么蓝得惊人，滑翔机可清晰得多，款式多得多，色彩丰富得多。有一本很厚的画册，全部是以悬挂滑翔为题材的摄影作品，你真可以看一个够。我发现有一些照片是从滑翔机上俯拍的，俯视中的大地一派诗情画意，山水，田野，绿色，迷人得很。

显然，当年老若的观点是不对的，他说悬挂滑翔中间根本顾不及欣赏大地的诗情画意。他那时像个悬挂滑翔的权威似的，其实他可能也只是看过外国画报而已。他那时也没有欣赏诗情画意的情绪，他正失恋。

当年老若的那本画报上，只有一张照片是展现悬挂滑翔的情景。

老特还寄来一本怎样制作滑翔机的书，我猜测可能是这种书，因为书中有不少标着数字的草图。可能还有一本是介绍怎样进行悬挂滑翔运动的书。这些画报、书籍，所有的资料，都是英文的，我只好看图猜测。老沫专业是俄语，好像也不记得他后来改学过英文。

是否应该先找人把这些资料给老沫翻译出来？

在见省长的时候，是否应该把那本画报带去？那本画报太漂亮了，画报中的天空也太蓝了，蓝得惊人，蓝得简直有几分沉重了。滑翔机的色彩也似乎太艳丽了，全是火红、碧蓝、明黄、雪白一类，容易使人太兴奋。滑翔中的外国人也显得太淘气，太放肆，玩得太惊险，不怎么像是一种严肃的事业。不过，都说省长思想挺解放的。

如果省长提出，这项运动不适合中国的国情，怎么办？

你可以说，外国人能办到，我们中国人为什么就不能办到？这样回答很有力，只是容易使省长感到尴尬。如果决定把那本画报带去，你就应该先于省长把问题提出来：外国人能飞上蓝天去玩，我们中国人为什么不能与他们平等？我们早已不是什么病夫了，对不对？或者从旅游的角度提出问题：你看外国朋友多么喜欢玩这项运动，我们在古老的马投崖开设一个悬挂滑翔基地，一定能给国家创汇。

当年谁能想到，做事务长的老特娶了做售货员的老迪，日后居然能双双飞到国外。听说在开放以后，老迪的海外关系主动请老迪到国外去留学，老迪说要把老特带上，海外关系就同意了。当年老特还嫌老迪有这个海外关系呢，如果不是因为喝多了烧酒，鲁莽地搂住老迪亲了几口，他绝对不可能飞到国外的。听说老特早已拿了博士学位，不过这好像也是一种传说似的，可信程度在真伪之间。

在老特来信的空白处，老迪只附了一句话：请问候各位“老”人。

不知道那位“老”字辈的省长是不是也喜欢喝酒，一直忽略了这个情报。如果能同省长放肆地喝一回烧酒，那一切问题就可能好办得多了。省长不大可能像一般人那样放肆地喝酒，因为有一个身份问题，影响问题，比如酒后冲动了也去搂抱一个女人，那会造成什么后果？也可能不会产生什么后果。

当年没有同这位省长在一起脱胎换骨，今天他就不大可能同你一起喝烧酒。因为无论是你请他，还是他请你，这都是他给你的一种待遇。他犯不着给你这种待遇。

如果你写一篇文章吹一吹他，不知会不会得到这种待遇？

当年老若领导我们大家终于没有把滑翔机试制出来，直接的原因是经费不足。比如老若本来已经同意了老迪的建议，拿市面上的的确良布替代高级尼龙布来做机翼的布，但后来老若又说的确良布不合格。我们大家都说，要发扬因陋就简的精神，要求一切合格，那我们只好下马了，国家办事还因陋就简呢，我们怎么能右倾保守？

老若说，的确良布被上升气流撑破，把人从天上掉下来，谁负责？

谁也不敢负责。

老迪提出，那只好改买的卡布，或者涤纶布。她是售货员。

老若说，涤纶可能差不多。

在当时，做一条涤纶裤子，就够奢侈了。据老若计算，一架滑翔机要用多半匹涤纶，谁来出这笔巨款？那时还不流行赞助，由我们来分摊，实在心有余而力不足。

当时用做滑翔机骨架的金属材料，好像都备齐了，几乎不需要花什么钱。工厂里的工人师傅很支持我们发明空中自行车，他们说搞那么一点材料容易得很。但他们说，的确良和涤纶从工厂的库房里领不出来，否则，我们都不穿劳动布了。

半匹涤纶布，就那样难住了我们那一批英雄汉。

不过，后来我们才知道，导致滑翔机流产还有另外一个原因：老若从失恋状态直接就陷入了热恋状态。他是主帅，他忙于热恋，我们的事业就没有希望了。最可怜的是我们被蒙在鼓里，对飞上蓝天还抱着希望。其实老若那时也并不怎么懂得悬挂滑翔。

老若陷入热恋的消息，最先是老迪从她的售货员同事那里得知的。她先告诉了老特，老特又告诉了我，我告诉了大家。据老迪的售货员同事说，老若和那位播音员的恋爱，在他们当地人中间很轰动。

我问怎么轰动？

老特说，无非是搂抱亲吻吧。老若和老广一在宿舍里恋爱，他们加工厂的工人师傅们就要聚集在后窗户下，轮流观赏，工人们叫看电影。

老广是我们后来给老若的这位恋人起的芳名，她广播的声音很像中央的声音。为什么要轮流观赏，老特解释说是老若宿舍的后窗户比较高，也不怎么大，拥挤许多人可能会被发现吧。

两位有怎样精彩的表演吗？

我也问过老迪，她说她怎么好意思去细问？

人家老若和老广都敢给工人师傅表演，你们连问还不敢问？

想问你去问好了。

其实在我们试制滑翔机的初期，老沫就已经陷入热恋了。所以老沫一直就没有怎么参与我们大家的试制工作，他只表示要出一点钱，他说他的对象也愿意出一点钱,她也是咱们老字辈。后来我们叫老沫的这位对象为老香,听起来就像老乡,因为她就是本地人。

我们都认为老香可比老丽强多了,无论从哪一方面说。漂亮程度接近老诺,气质上又没有当时流行的那种战斗味儿,属于温柔温顺型,常常当着我们的面就很入神地入迷地端详她的老沫,而且是完全无意识的样子。

我们问他是怎么把这样一位老香追到手的。

老沫说,是她追我,不是我追她。

她怎么追你?

不断来给我缝缝洗洗,做顿饭吃。

又出来一个公式化。

老沫说,天地良心,向伟大领袖保证。

老香好像是学化学的,从本省的大学给分配到本省的一个山区小县,通过本人家长的关系,调回本县,并且就留在了县革命委员会文教组。老沫说她保证给他调动工作,一旦体委恢复,就叫他去。

我们问他,你和老香恋爱没有引起什么轰动吧?

老沫说,他和老香已经领了结婚证了。

这使我们大吃一惊。

其实在那前后,老丽和老热,老特和老迪,老若和老广,都暗自领了结婚证了。老亚在回老家探亲期间,也和他的一位中学同学完了婚,他说他们早已订了婚领了结婚证。

老莰和老弗也是为了结婚,调走了。

那时好像是忽然流行起结婚来了,我们那批人都到了结婚季节了。恋爱大多失败了,结婚却大多成功了。

我和老诺议论起这个规律来,因为当时似乎只有我和她在这个规律之外。我们保全着原有的恋爱,但结婚仿佛还遥遥无期。

我说,我们是不是被潮流遗忘了?

老诺说,我们那一位,太死板了。

他不同意领结婚证？

是我不同意。

他脱胎换骨后，被留在了部队，多么令人羡慕！

他太死板了。

同我们那位一样，她也是太死板了，不同意早领结婚证。你们这样做，是有什么想法，能不能介绍一下？

我就是觉得我们那位太死板。

我看，死板点好，可靠。像我这样，常常言过其实，总给我们那位一种不可靠的感觉，考验了这多年了还要继续考验，你说受罪不受罪？其实我学的专业就是那样一种专业，现在的职业又是那样一种职业，善于言过其实，你说对不对？

我不知道当时老诺是不是也想随了潮流，毁了原来的恋爱，然后匆匆同我去领一张结婚证。不过我那时实在没有那一种胆量：老诺是“军用品”。

我当时只希望老诺能担负起试制滑翔机的重任，因为她毕竟是学工的，虽然是电子专业。我说我做你的助手，随叫随到，全力以赴，大家都结婚去了，历史的重担就落在了我们两人肩上，说不定最后飞上蓝天的正是我们俩。

老诺当时很动情。

结果是可想而知的，我们俩同样一事无成。老诺那时正任城关公社妇联主任。

朋友说，大秘已经安排好了，明天午后两点二十分，省长接见你，时间是十分钟，两点三十分，省长还要准时去参加省长办公会。所以你必须在两点十分准时到达接见室。朋友说他联系一辆车，在明天中午一点五十分准时来接我。

明天你就不要午睡了好不好？省长也是牺牲了午休时间接见你，十分钟已经很可以了，你准备好了吧？一切要简单扼要，抓住要害。准备供省长批示的文件一定要带上，其他人一律不要带。

还有谁去？

就接见你一个人，所以你不要带任何人去。

高处长，我是决不会带他去的。本来想带老亚去，但只有十分钟时间，万一给老亚霸占几分钟，那就不好办了。应该说这十分钟是属于老沫的，我只好对不起老亚了。请示文件，老亚已经起草好、打印出来。老特从国外寄来的那本过分漂亮的画报，我决定还是带去，给不给省长看，到时再相机行事吧。

我觉得不应该怎么紧张，一位省长，而且是副职，似乎不必以伟人对待。听那位大秘说，省长同我们那一批人的命运也差不多：从大学下放到基层，又从基层升上来了。其实我知道他也是沾了第一次文凭热的光了。在那第一次文凭热中，我们那一批人大多飞出了那个流浪地，只有老沫没有沾光。改变老沫以后的命运，可能就决定于这十分钟，所以我又觉得不能掉以轻心。

在头一天夜里，我为第二天的被接见准备了很久，尽力周密地做了如何充分利用那个十分钟的计划，而且设计了不同的几个方案。忙到夜半，才忽然觉悟了：我对这位省长几乎一无所知，准备的这些计划方案很可能都是废品。在那事关重大的十分钟时间里，全得靠你机智勇敢，见机行事，临场发挥了。所以，我决定先好好睡一觉。

这一觉就一直睡到了第二天上午十一点，我觉得体力和智力都完全恢复了。

午饭时，喝了三小杯酒。

朋友的车在中午一点二十五分就把我接走了，三十七分到达省政府大院。

两点十五分，接见室开门，我第一个进入。

两点二十分，大秘出现，说省长马上要到了，只有十分钟时间，一分钟也不能多。

两点二十三分，省长到了。

省长问了我的姓名，年龄，工作单位和笔名，说他好像看过我的一篇小说，然后就让我说明什么是悬挂滑翔。

我讲解到两点二十五分，忽然闯进一个人来，显然同省长很熟悉，他把省长霸占了，省长也同他谈笑风生。我有些焦急，大秘却示意我安静等待。

两点二十八分，省长给那人写了一张条子，那人朝每一个人挥了挥手，走了。省长对我说，你接着说你的，悬挂滑翔看来是很现代的运动，对不对？

我说，是的，健康的伟大的走向现代化的民族都应该开展这项运动。

大秘走近省长，伸出手表，对省长耳语了一声。

两点二十九分，省长站起身来，同我握了手，说，好好好，我们以后再聊好了。说着，健步走了。

大秘说，今天不凑巧，不过也是常有的情况，以后再设法给你安排吧。说完，也快步走了。

到这时，正好是两点三十分。

我又收到一封老诺的来信，不过里面只有她儿子写的一页球迷式的信，他说他已经崇拜上悬挂滑翔了，他已经决定组织一个崇拜悬挂滑翔者协会。

我还收到了老丽的来信，她说老亚告诉了她这个消息，她十分高兴。她说她可以赞助老沫，还有什么困难，千万不要客气。

我决定先去拍那张照片：古老的马投崖，悬挂滑翔中的老沫，北国的蓝天。如果有这张照片在手，那么在那关键的十分钟里，也许就会有事半功倍的效果。说是十分钟，其实我只得到了三分钟。朋友对此有些生气，认为大秘有点不够哥们，又说这也是常有的事。如果下次仍然只能得到三分钟，那么就必须有这张照片。直观的形象的拍得出色的一张照片，说不定可以代替千言万语。在三分钟时间里，游说这样一件很现代的壮举，恐怕也只能采取这种办法了，虽然有点像让省长看图识字似的。

大家交给的三大任务，我本来打算先难后易。我认为对于老沫的飞翔来说，得到官方的支持是最重要的。我的宣传文章写得再好，如果党和政府不支持，绝对不会产生什么效果，比如引起社会的广泛赞助之类。说不定，就是通过关系也难以发表这种文章。至于照片，我以为是这件事大功告成之后的一个纪念而已。不过现在看来，还得先把这张照片拍好，把拍照片也提高到跑官场的高度来从难对待。最好能有专业摄影水平。

我只有一架傻瓜照相机，虽然是高级傻瓜，但也绝对不够水平。拍凌空飞翔的照片，恐怕得有变焦长镜头才成。

我给新华分社的一位朋友打了一个电话，朋友不在。

当年我们那批人在一起的时候，居然没有照过一张成功的合影照片。

我到了县革命委员会通讯报道组之后，曾经想给大家拍一张合影留念照，因为我手里有一架公用的捷克产照相机。当时老若、老亚、老丽这几个家伙一副不感兴趣的样子，好像这是怎么俗不可耐的事。幸亏其他人都拥护，老诺尤其热情，所以决定拍摄。

因为大家已经分散到各单位，有的还在乡下，我通过写信向各位约定了时间。那时打电话比写信还费时间。

约定的那一天，天气很好，蓝天白云，阳光普照。大家都如约赶到了，没有人罢拍。男人们几乎都是平常装束，女人们都经过了特别的打扮。男人中例外的，是老特和老沫，梳了头，穿了一件新上装，显然被追他们的女人给打扮过了。女人中例外的，是老诺，她还是平常样子，可能是对自己光彩照人太自信了吧。不过，我能发现她是做了不露痕迹的打扮。那时，老克已经飞回河北了。老茨和老弗也飞到男人那里去了。不过，老丽带来了老热，老若带来了老广，老沫带来了老香。

大家说，你也一定要参加合影。

我就使用了自拍。

几乎都是成双成对，只有我、老亚和老诺是没有对儿的，老诺就站在了我和老亚中间。

有人说，应该再拍一张，以防万一。

我说没有问题。

合影之后，我分别给每一对人拍了一张照片。每一对都够正经，并肩笔立着，仿佛表示不怕风吹雨打似的。只有老若和老广，做出了十分亲密的样子，手挽手，头挨头，微笑得自然和谐。老诺主动要和我合一个影，我不能拒绝，但做出了极其严肃的表情。后来老诺说，你严肃得不自然，露出了虚假。我说，我的专业就是言过其实。

照片冲洗出来，成双成对的都拍得很好，合影照却出了问题：我们几乎所有的人都没有睁开眼睛，只有老香一人例外，她睁着美丽的温顺的眼睛。

因为使用了自拍装置，而且我本人也同大家一样闭着眼，责任不应该在我。

大家都说我的照相技术太差劲，白白把大家折腾了一场。

老若说，这张照片很难得。你使用的快门速度是多少？

六十分之一秒。

在六十分之一秒的时间里，我们这样多的人无意中同时同步眨眼，这种概率太小了。

我觉得这其中也一定有鬼，或者是一种什么征兆。

朋友为我借来一架像样的照相机，带着配套的望远镜头。

要不要哥们陪你去？

我说不用了。

朋友说这架高级照相机也是从一个企业家手里借来的，放心用好了。

难怪我们那批人中，精明些的都去做企业家了，像老若、老亚之流，听说老热转业后也在办公司。当然最精明的，还是去做官，女人做到县长可能就令人刮目相看了，像老丽那样，但男人可必须做到省长才有那么点意思：生命以分秒计。

只有三分钟时间，我对那位省长仍然是一无所知。他似乎还能理解悬挂滑翔，可他没有给足应该给予的十分钟时间。

老沫没有去做官，也没有去做企业家，而要做悬挂滑翔的明星，我觉得是很可贵。所以我必须把老沫的这张照片拍好，拍出水平来。

我下了很大的功夫研究老特寄来的外国画报，不明白采用什么技术才能把天空拍得那么蓝，蓝得惊人，蓝得有几分沉重。我有些明白了为什么必须把天空处理得那么蓝：人悬挂滑翔在略显沉重的蓝天上，才会给人一种自然而又自由的感觉，就像舰船自然地漂浮在大海上。在沉重的蓝天上，把人处理成高调的亮色，像大鸟一样轻无负荷地飞翔，简直会产生一种梦境似的神秘感。我想，这样的照片，在一分钟的时间就足以把省长打动了。但把天空处理得那么蓝，把老沫处理得那么亮，只靠滤色镜片恐怕不成。

胶卷当然是用柯达的。

老香说，你看多么不巧，他正好回吉林老家奔丧去了。

我问：给谁？

他大爷。

你怎么没有去？

这个家你说丢给谁？

老沫和老香的这个家，我以前就来过，五间正房，一个小院，他们具有所有权，早已不盼望也不害怕房改了。他们有两女一男，都考上了大学。老香说她丢不下这个家时，显然充满了甜蜜感吧。也许正是因为有这样一个家，老沫才有条件把悬挂滑翔搞成功吧。

我在屋里院里都没有发现与悬挂滑翔有关的器材。

老香说，你住几天吧，他也该回来了。

这么多年了，老香的变化似乎不大，温情如故，甚至秀色也如故。

我向她提起悬挂滑翔。

她请我说明什么是悬挂滑翔。

当年我们那批人想搞,没有搞成,你们老沫终于把它搞成了,就是他制造的小飞机,或者叫空中自行车,不知道你们是怎么叫?

老香温和笑着,她说我们老沫什么也没有制造哪?

你别逗了。

我们老沫制造什么了?

我说笑话呢。

这时我才开始怀疑,我可能上了老沫的当了。

我在县城里做了简单的调查,没有任何人知道悬挂滑翔是怎么一回事。如果老沫真的有过悬挂滑翔的举动,即使想保密也是绝对不可能的,因为他像大鸟一样飞上蓝天,一定会成为奇闻传遍全县的。

我上了老沫的当了,大家差不多都上了老沫的当了。

这也很有趣。

只是,老沫过去并不是这样幽默的一个人。他和大家开这样一种玩笑,或者设了这样一个骗局来引诱大家上当,是为了什么?为了骗大家的赞助费吗?我仔细想了想,老沫在来信中好像从来也没有要求赞助,倒可能是我首先向老亚老若这些企业家提出了赞助问题。

我本来想等待老沫回来,同他喝顿烧酒,同时谈谈这个幽默或者骗局,但冷静想了想,感到还是不谈为好。

我对老香说,我是出差途中下车,不能久留了,请转达我的问候,请他节哀。

只有古老的马投崖和北国的蓝天,没有悬挂滑翔中的老沫,这张照片还有什么意思?我匆匆回来了。

# 历史试点

## 1

小森说，他们的光景很不好过，越来越不好过。

我问是他的工作处境不好，还是家里的经济状况不好？

他说都不好。工作不吃香，家里的经济也就不可能起飞，你明白吧？成天有人来求你，想尽办法给你送礼，你躲到哪里都有人能把你找出来，你想背着老婆睡个女人，也休想保密，但人家也不会给你泄密，送礼自动送成了两份，老婆一份，女人一份。你的工作要能这样吃香，你的家庭生活还能不发达吗？

我说，我知道你的意思了。

他说，我一直是不发达国家，他们是发达国家，工商局局长，税务局局长，银行行长，劳动局局长，煤销公司经理，他们是发达国家，你要当了县长副县长，也能成为发达国家。我永远是不发达国家，不发达国家中的不发达国家。

我说，我知道，我早就知道。

他说，你早就知道不能发达，为什么还要推荐我？

我说，那是什么时候，那时你不是很激动，很坚决吗？

他说，那时我不知道是给你做这种不能翻身的替死鬼。

我说，我当时给你说得很明白。

我记得我当年给小森说得很明白。我也没有拉他做替死鬼的意思。我是感到自己不适合写历史，才推荐了小森的。我虽然做了许多年笔杆子，不幸的是那时流行“假、大、空”，我中毒太深，可能已经渗进了潜意识，一直改正不过来。所以，不流行“假、大、空”之后，我就自动改写小说了。小说以虚构为前提，有点“假、大、空”的流毒，可能也不怕。我写的小说，后来真给发表了。不久就收到一笔稿费，四五十块钱吧，但在当时很引人注目，就像现在个人买了一辆小汽车一样。

使用我的各级领导人都很高兴，说实践证明你还是个笔杆子。

我说，实践证明我只善于虚构，我恐怕不能再给你们虚构文件和报告了。

领导人说，那你就为党为人民争光吧。

领导人的意思是说，你写小说要小心，不要反党反人民。

我当然不敢反党反人民，因为我也是人民。

实践证明，我后来也没有利用小说反党反人民。所以，领导人后来决定把编写新县志的任务交给我。各级领导人都强调了盛世修志的伟大意义。

我说，我懂，过去有作为的县官才修志，贪官污吏他没空修志，也舍不得花钱修志，我理解是这样。

领导人说，这次修志是全国的统一行动，不是我个人的意志。所以，意义重大，所以才请你这个笔杆子出马，别人，我们恐怕他写不了。

我对领导的信任，赶快表示激动得不得了。我说，修志就是写历史，世界上什么都是有生有灭，只有历史要永存，我理解是这样。但历史不能虚构。文件和报告，原则上不能虚构，在某种特殊情况下，不得不做一定程度的虚构，我的理解是这样。小说就纯粹是要虚构，所以它自古就姓

"小",从来就进不了历史。可以说,小说和历史一直就是冤家对头。我有自知之明,我绝对不适合写历史。如果让我虚构了历史,你们很可能要受到严重的牵连,遗臭万年也很有可能,至少要遗臭到下一次重新修志时为止。下一代在修正我的虚构时,又很有可能在新志里记叙一笔,这样我代表你们所犯的虚构历史之罪,就被写进历史了,也就是要同历史一道永存。这很可怕,我理解是这样。

经过我这样反复说明,领导人都同意了我的观点,决定不使用我编写新的县志了。他们说,你看谁能写了？给推荐一个！这是全国统一行动,我们总得贯彻落实吧。

我就推荐了小森。

小森本来是同我一起写小说的,可惜一篇也没有写成。他同我一样刻苦,一样是把业余时间都用来写小说,甚至推迟了结婚。因为他比我年轻。但他太严肃认真了,写进小说里的人和事,就同通讯报道一样,总是真有其人,真有其事,连情节细节也是有所本,就通畅不了。我说你怎么这样笨,文件和报告必要时还得虚构呢。他说,要经得起历史的考验。实践证明,我的小说发表了,收到稿费汇单了,他的小说还一直在等待历史的考验。那时,我没有意识到小森是编写历史的天才,只以为他是落入通讯报道的陷阱中出不来了。其实,像他这样笨,做通讯报道也不会做出成绩来。实践证明,正是这样。他一直在通讯报道组工作,一直发表不了像样的稿子,一直停留在发表"群众来信"这类稿子的水平上。比如,春耕前,就写封"来信",问备耕应注意些什么问题;天旱时,就在"来信"中问,今年为什么这样旱;发生了某某病虫害,就"来信"问应该使用什么农药。这样的"群众来信"发表后,也可以计入"发稿率"。我说,要想提高"发稿率",你得学会适当的虚构。他说,要经得起历史的考验。原来他是个历史天才。

各级领导人对他都没有印象。

我说,他特别谦虚,不爱出头露面。

领导上决定对他进行考察，然后进行研究。

实践证明，我的推荐成功了。当时还任命了一位刚免职的公社书记做组长，领导他编写新县志。那时，人民公社刚刚开始消亡。

小森当时很激动，很高兴。他说，终于不必再写“群众来信”了。他说，历史不是一般人写成的。他还说，历史也无须追求发表。可见，当时他的态度是很坚决的。

小森调入县志编写组一年后，我上调到了省城，可能在客观上使他做了我的替死鬼。几年后，听说正式成立了县志办公室，正局级，其实相当于正科级，那位老公社书记当了主任。其时人民公社正式消亡。又几年，老主任退休，小森出任副主任，正主任一时空缺。其时，雪花呢大衣和麻将牌开始在县级城市流行。又几年，小森升任正主任。其时，西服已在县城大量流行，家用电器中，彩电在县城最难买。又一年，小森开始不喜欢历史。其时，麻将仍风行于天下，历久不衰，包括县以下单位和家庭。又几年，小森要求调离“县志办”，未果。又要求，又未果。

他说，发达国家们抽的都是红塔山，永远抽不完。我抽的是什么？我和他们是一样的级别，都是正局级，我为什么不能抽红塔山？

我说，抽烟有害于健康。

他说，修志有害于抽烟。

我说，你为什么不把这一切写入历史？

他说，经费太少了。我们修志的经费，不够发达国家们的几桌酒席钱，也不够他们抽几天红塔山。

我说，你为什么不把这一切写入历史？

他说，没有经费，你往哪里写？

我说，但你是个历史天才。

他说，我是你的替死鬼。

他每次来省里开修志会议，都要跑到我这里叫苦。我给他的各领导人写过信，也面见过这些领导人，他们都是新的领导人了，但对我还是比较客气。他们一致说，小森同志贡献很大，能力很强，水平很高，没有合适的人选能接他的班。领导人意思是说，没有任何人愿意接他的班。你说该怎么办？

他说，你说该怎么办，我总不能一直做你的替死鬼吧？

我说，你知道，我们写小说的，现在也不是发达国家。

他说，我再也不想做你的替死鬼了。

## 2

小森带着解不脱的忧愁走了之后，我忽然产生了灵感：为什么不可以用逆向思维法，替他想想办法？

我们一直企图使你调离“县志办”，实践证明，从这个方向努力难度太大。如果换一个方向努力，也就是说，我们能不能设法使你的“县志办”变得吃香起来？你一定会发笑，笑话傻瓜的那种笑！但你知道吗，这里能不能成功的关键，其实也不很难，就看你善于不善于虚构。还是那个老问题，虚构。你知道，我也只擅长于虚构。

我想起了小森曾经给我讲过的一件事。很可能就是这件事，激发出了我的灵感。

他说有一位台湾同胞来信，要求帮助他寻找失散多年的亲人，也就是留在大陆老家的一位叔父。他说这位台湾同胞姓杨。杨同胞在来信中提供了寻人的省名，县名，地名，姓名。来信还说，他们是为了了却先父的一桩遗愿。先父生前估计，祖父祖母可能已经不在人世，他唯一的胞弟应该还健在。几十年消息不能通，生死两不知，这是最使先父临终不能瞑目者。

我当时说，这类故事我听得很多了。

小森说，这件事有特殊性。

他说，你想，为台湾同胞寻找亲人，这本来是民政局和统战部的工作，政协有时也协助一下，与我们县志办没有关系。但这一次，领导上却要求我们也协助一下,因为它有特殊性。

我说,请说明一下你的特殊性,一般性就拉球倒吧。

他说,杨同胞在信中提供的省名,是对的。县名,是我们解放前的县名,这好订正。问题出在村名上,杨同胞提供的是“西雨村”,全县根本就没有叫“西雨村”的。老客,你在我们县工作了十多年,你记得有这么一个村庄吗?找不到村庄,姓名也就没有多大意义了。

我说,这都是很一般的情况的。没有困难,同胞们会请求你们政府帮忙吗?

他说,我们不是政府,我们是不发达国家,不发达国家中的不发达国家。

小森那时已经不安心于重写历史的工作了。

他说,统战部通过很麻烦的民间渠道,要求杨同胞把村名提供准确,最好能进一步提供新的线索。后来杨同胞答复说,村名不会错的,家母记得就是西雨村。她虽然是在台湾同先父结婚,但一直很支持先父同祖籍的亲人取得联系。复信中提供的新线索,多是关于祖宅庭院的描述,几间房,种了什么树,下雨天怎么样,下雪天又怎么样,没有太大的参考价值。只有一点,都以为有价值,就把我们县志办拉扯进去了。这就是我说的特殊性。

我并不渴望听到什么,甚至已经不渴望再听下去。

他说,杨同胞在复信中说,他们听先父说过,我们祖上是隋朝的一位大将军,本来不姓杨,姓尉迟,因为打仗有功,皇帝把自家的姓赐给了我们祖上,从此就姓杨了。

我说,这也是很一般的一种传说。

他说,我也这样对他们说的,我们县志办的业务是重写历史,不是整理民间传说。统战部的头儿说,这是领导的意思,叫你们调查一下,看我们县在历史上是不是出过这样一位大将军,在历史上的知名度如何,如果情况比较理想,可以考虑把这位大将军的后代,也就是那位台湾同胞要寻找的叔父,发展成政协委员。领导上说,我们不是考虑他有海外关系,就让他进政协,主要考虑到他是历史名人的后代,政协委员也没有什么物质待遇，主要是精神鼓励吧。我们可以借此来提高我县的知名度，吸引更多的投资，这也可以叫作历史搭台，我们唱戏，也就是经济唱戏，对不对？

我问小森，你说对不对？

他说，我不敢说不对，也不敢说对。我研究了这么多年的县志了，真还没有在历史上碰见过这样一位杨大将军。但领导叫调查，我们也不敢不调查。领导上可能以为，去隋朝调查跟去农村调查差不多吧，你们去调查一下！让我们坐什么车去隋朝呢？我们查阅了所有的县志，二十四史中的《隋书》《新唐书》《旧唐书》，还参考了《隋唐演义》，结果也没有找到这位大将军。隋朝姓杨的大将军，有的是，但没有一个是出生于我们县。有一天，我在发呆时，忽然想，“西雨”颠倒过来就是“雨西”，“雨西村”不就是“永兴村”吗！你知道，用我们县的土话念“永兴”，就是“雨西”。结果，到永兴村去一找，就把杨同胞的叔父找到了，同时还给他意外地找到了仍然健在的祖母。老大娘快九十岁了，耳朵全聋了，又不识字，没法把这个好消息通知给她。老杨家其他所有不聋不哑的人都说，不很清楚他们的祖宗是不是参过军。因为有海外关系，他们家一直没有做过光荣军属。

他说，领导上对他寻人的才干，给了很高的评价，但对没有找到历史名人的后代，不够满意。你没有出这样一位名人，叫我到哪里去给你找？台湾同胞怎么可以把民间传说当作历史资料来提供呢？

我当时说，也可以理解，他们漂泊海外，可能总想拽住一条比较粗大的根吧。

当时，我没有想到虚构。

现在想起这件事的同时，忽然想起了虚构。

你如果能“成功”地虚构几个历史名人的后代，比如把一位很发达的什么局长，虚构成历史名人的后代，那么你的县志办就很可能发达起来。

我认为这个灵感十分难得。

## 3

我把这个灵感,写信告诉了小森。

小森回信说,你这种灵感,只能用于写小说。历史名人是客观存在,怎么能虚构?

我回信说,你怎么还是那样笨!那你就安心待在不发达国家里,重写你的历史好了。永远也不要再叫苦发牢骚说给我做了替死鬼。

小森回信说,我是怕犯错误。其实,我现在对虚构也不十分反感了。老客,你的这个计划真能行得通吗?

我回信说,你不相信我的虚构能力,也不要紧。我来给你客观地分析一下:我们的这个计划,经过实践,无非是这样两种结果,一是成功,使你发达起来;一是失败,使你犯了错误。发达起来,是你所盼望的;犯了错误呢,又无非是把你调离不发达的县志办,这不也是你所盼望的吗?此正所谓进可攻,退可守啊。另外,研究历史,就是在做去伪存真的工作,如果历史都是真实无伪的,还研究它干什么,还用得着你来重写吗?这说明,历史中有一点虚构是正常的,不必大惊小怪。你虚构一个历史上并不存在的朝代,那当然行不通,但孔祥熙把自己虚构成孔子的后代,似乎也无伤历史的筋骨吧。我们采取孔祥熙方式,懂不懂?你能不能再来一趟,我们在一起研究研究,制定出一个详细的计划,然后你再回去落实?

小森回信说,你把我的思想工作做通了。但我目前不能去,我们县志办目前没有出差经费了。

我回信说,我给你报销路费好不好?

小森回信说,那你就下来一趟吧,反正是你报销路费,好不好?

## 4

这次下来，我发现我熟悉的这个县城，又有了很大的变化，特别是饭店得到了大发展，满街是饭店，满城是饭店，满世界飘荡着煎、炒、烹、炸的诱人的香味。

小森介绍说，除了小吃摊，目前全城的饭店数已突破二百大关，已经引进了从熊掌、鱼翅到黄鳝、田鸡之间各种先进菜肴。

我说，真是变化大啊，你应该把这一切写入历史。

小森说，我不想写历史了，才请你来，你没有忘记吧？

我说，我记得我第一次来到你们这座伟大的县城时，所有的单位和所有的商店门外，都挂着一块完全相同的牌子：毛泽东思想大学校。我想买一支牙膏，就进了一间大学校，却是一家饭店。那时你们县城里的唯一饭店，就这样让我找到了。我们去吃过几次刀削面，那时你们县的人民叫它"两面三刀"。你把这写进历史了没有？

小森说，我应该请你吃饭。

我说，县长要请我吃饭，他比你有经费。

我说，我初来的那一年，雪真大，马路上的雪结成了冰。我们都非常喜欢大雪，北国风光，千里冰封，万里雪飘，历史性的画面。你喜欢吗？

小森说，我们得策划一下吧。

我说，我也喜欢山。你看，那一座山，从这条全城最大的大街向东望去，仍然能望见的那一座山，我一直认为它很秀丽。它很像桂林的那种山，又屹立在滹沱河边，从河水中看它的倒影，更加秀丽。只可惜就它孤独一座那样秀丽的山，身边的滹沱河又没有许多的水给它映照。你们的人民叫它天涯山，我一直不知道这是为什么，你考证出来了没有？

小森说，我早给你说过了，它本来叫天崖山，悬崖的"崖"，可能是文人们为了好听，把它叫成了天涯山。所有的县志上，都把它列为全县"八景"

之一,曰“天涯扫雪”。说它有化雪的神秘功能,无论多大的雪,都立刻被它融化了,从不身披白色。其实,经我们考证,它是由于山崖陡峭,难以从侧面看到积雪罢了。

我说,你总是这样令人扫兴!过去的县志上,本来也是有虚构的。无伤大雅,却添了多少诗意。你没有把先人虚构的这一景,给“修正”掉了吧?

小森说,我们策划一下好不好?

我说,我们这不是在策划吗?我正在考虑,在天涯山上能不能做点文章,如果在天涯山下给他虚构出一个历史名人的后代来,那造成的影响会比较理想。

小森说,最近全县都在传说,天涯山一带发现金矿了。

我说,这就更好虚构了。

小森说,那里的热点全在金矿上,谁还会理你名人不名人。

我说,那里又出名人,又出金子,正说明那里风水好。

小森说,我可以肯定地说,那一带没有出过历史名人。

我说,我们这不是在策划虚构吗?

吃饭的时候,县长果然说,天涯山一带的形势不大好,老百姓们听信谣言,到处乱挖乱刨,寻找金矿,我们县乡两级政府出面正式辟谣,也不很有效,反而还推动了这个淘金热似的,投入的人越来越多。据反映,最近已经发现有外地农民卷入。看来得研究新的对策了。

县长给人一种稳如泰山的可靠感。

我问,你们掌握的情况,那里到底有没有金矿?

县长说,有金矿,我们辟什么谣!

我说,我不问了,那可能是经济机密。

县长说,根本没有什么机密。

我问,谣言是从哪里传出来的?

县长说,一直追查不清楚。你公开调查,他们不承认是在找金矿,说是割草，或者是挖田鼠。私下里调查来的线索，听起来非常真实，某某村某某人，在天涯山的某某位置，刨得了几块各是多重的金疙瘩。等你到某某村一问，都说没有这个人，村干部也说没有这个人。你发现是谣言不是线索，回头再问那个提供谣言的人，他说他也是听别人说的。你问是谁，他会说他记不清了，也可能会告诉你一个人。老百姓可能也知道，这不是政治谣言，常常坦白。被坦白出来的那个人，又可能坦白出另一个人，你就一直追下去吧，没有尽头。很复杂的工作。现在的工作都复杂，很不好做。

我想开一句玩笑：现在的县长都坐着很高级的小车，都比较发达。我没有说出来。我只说，如果真有金矿，县里就发达起来了。

县长说，真没有金矿。

喝了几巡烧酒之后，我极其自然地说起了“历史搭台，经济唱戏”的话题。

县长问我，“历史搭台”是什么意思？很新鲜嘛。他说他懂得“搭台唱戏”是什么意思，但“历史”怎么搭台呢？

我看了小森一眼：那个故事不是你小子虚构的吧？

小森说明了为台湾杨同胞寻找亲人的事，以及当时领导上所做的指示。

县长说他想起来了，他那样说过，当时不过是即兴所言，还有些意义吗？

我说，我不懂经济，从文化的角度看，也许还是有意义的，起码有新意。

我尽量不动声色，也没有对“意义”做过分渲染。而且，看到县长产生了较大的兴趣后，就又极其自然地把话题岔开了。这是为了引起县长对“历史”“历史名人”及其“历史名人的后代”的注意，但又避免引起对我们，也就是对虚构的注意。

小森不太懂得这一层用意，饭后直埋怨我，为什么没有在领导面前大力宣传“历史”的重要性。

我说，你可真笨。

不过，在阴谋策划中，我还是听从了他的意见，不在正流行淘金热的天涯山一带制造“历史名人的后代”。后来的实践证明，这是一个无关结局的抉择。

## 5

我也听从了小森的意见，先选择一个不太引人注目的“试点”，进行首次虚构。

如果按我的想法，那就是直接进入前线，选择一个“大腕”，给他虚构祖宗。这样要么是一炮打响，要么是阴谋败露，成则发达，败则走人，干得解放一点，引人注目一点，不可以太小气。

小森不同意。他说虚构历史不同于虚报产量、虚报成绩和伪造名牌产品，必须经过“试点”才好。

我说，比起产值产量来，比起伪劣产品来，历史本来就是“虚”的。

我说，在“试点”后，你是不是要批量生产“历史名人的后代”？

我说，即使虚构失败，也不会犯不可原谅的错误，司马迁司马光写的历史，也还有不实之误呢。

但小森仍然坚持要“试点”，我只好同意。

小森又坚持，“试点”不能同他有任何关系。

我说，“试点”应该是关系户。如果成功了，肥水不流外人田，政协委员也是给自己人当好。如果不成功，关系户和你一心，这便于处理善后问题。

小森说，“试点”不能同我有关系，不然，人家很容易识破我们的阴谋。

我说，我们这不是搞廉政，是为了你发达，你不能忘记了这个前提。要发达，关系最重要。今后，不先同你建立关系，你能白送他一份“历史名人的后代”的鉴定书吗？

他说，“试点”的时候还是正式一些好。

我说，你真是一个天才，不发达国家的天才，历史上的天才。

我就给他选择了一个“试点”，同他没有关系，同我有关系，现在是很普通的老百姓，很一般的农民。如果能够成功地使他变成一个“历史名人的后代”，那肯定可以产生相当大的影响，甚至是某种程度的轰动。我估计是这样。

他同意了我的选择。

因为我选择的这个“试点”姓王，所以在虚构一开始就出现了难度。小森说，我们县历史上没有王姓名人。

我说，可以虚构。

小森说，无名的“后代”可以虚构，有名的祖宗绝对不能虚构，祖宗是历史上的客观存在。你说王二狗是唐朝的一位大诗人，谁信？

我说，你真是天才。看来我们得先从历史上选择祖宗“试点”，然后再回到当前，选择相对应的后代“试点”。

小森说，这是一条重要的经验。

就是在这时，我忽然想到了一位“历史名人”：王允。这可能是因为，前不久我刚刚又一次路过了王允的陵墓。对于一个县来说，王允应当算是“历史名人”，而且他与我所选择的“试点”同姓，我想这又是一个灵感吧，或者一种神助？

我对小森说，历史上的“试点”，我也找到了。

小森说，王允不是我们县的名人。

我说，他的故里离你们这里不远吧？

小森说，不在一个专区，相距三百里地呢。

我说，都在山西对不对？在漫长的历史中，三百里路算什么！这三百里路的距离，正好给我们留出虚构的余地了。

小森说，王允在历史上不是特别有名。

我说，不是特别有名，才便于我们虚构，你懂不懂？在老百姓中，吕布戏貂蝉的故事很有名，对不对？王允是一个相当理想的“试点”！

小森就问，你怎么把历史的“试点”与现在的“试点”对接起来？

我说，这是我的专长，你放心好了。

我们商定，我来负责历史上的“试点”，小森负责现在的“试点”。也就是说，怎样使得王允的后代流落到现在的“试点”里，由我来做这方面的工作。请放心好了，所有需要做的工作，我都能做好。小森负责同“试点”正面接触，可以明确通知王老大爷和王玉米，他们父子的祖宗就是东汉末年的王允，基本可以肯定了，最后的考证材料很快就会得到上级领导和专家们的批准。你就这样说，这种口气，老百姓听了喜欢相信。你也可以采取“吹风”的方法，不直接向王老大爷和他的儿子透露消息，而是在他们的外围“吹风”，你知道什么叫“吹风”吧？但先不要在社会上造成太大的声势，你知道这是为什么吗？你得先看看他们像不像“历史名人”的后代！他们的模样，我当然知道。我是说，在他们听说了自家的祖宗是王允之后，会有什么表现，明白了吧？如果表现不理想，你就得做工作了，就像电影导演们所做的那种工作。但你绝对不能把我们的阴谋泄露给他们。这是一条很重要的原则。

我说，可以告诉王大爷和他的儿子王玉米，就说我老客也参加了对历史的考证，提供了有关他们家族现状的许多情况。他们相信我。

我又说，你给王家父子讲他们祖宗的故事时，以讲功劳为主，他怎么团结和领导吕布把董卓给杀了，这是重点，可以多讲。他杀害蔡邕的过失，就不用讲了。蔡邕和你是同行，他临死之前，要求王允留下他的性命，以便把汉朝的历史写下来，你看人家这是什么精神？

小森说，蔡邕人家是多大的知识分子，又做了多大的官，我能和人家比吗？

小森让我去见见王大爷和他的儿子王玉米，我没有去。我说，等必要时候我再亲自出马吧。他们不认识你，这样就完全是公事公办的样子。

## 6

王大爷和我的关系，其实是很崇高的，很类似军民鱼水情，可惜我一直没有机会参一次军。那时，只是学习解放军实行了军事编制，我们同贫下中农民工相混合，编成了许多连队，同吃同住同劳动。当然这“三同”中也有不同，贫下中农是老师，我们是学生，他们是历史的创造者，我们是历史的寄生者，所以，他们教育我们，他们改造我们。不过，他们对我们相当好，老师的架子真没有，完全同我们打成一片了。在那个连队里，我听到的淫秽故事是一生中最多的。他们对我们，这是多大信任？

王大爷是我们那个民工连队的炊事员，他也是一个讲淫秽故事的能手。有一天晚饭后，大家聚集在伙房所在的那个大院里，听几个能手比赛讲故事，当然同样是淫秽故事。我们学生中有人提议进行评比，能手们都同意了。民工们一致要求我们大学生做评委，说这样既评得公平，也一定会有水平。我们也都同意了。我已经不记得那一次谁夺了第一，一直记得炊事员王大爷得了第二名。王大爷相当高兴，给大家炒了半瓢黄豆吃。

我还记得，伙房所在的那个大院靠近村边，有时候能闻到村外田野里青绿的气味从黑暗中飘来。那种时候，天上总是有星星。

我同王大爷的关系，与淫秽故事无关。

有一天，我在水库工地淋雨后，就病了，晚上发烧。我幻想着要求吃点什么可口的东西，幻想了许多，都没有提出来，只提出不想吃干粮，想喝点稀汤一类的东西。连队的领导说，甚也没屎了，就有点玉茭面，叫扁头青给他做碗玉茭面糊糊喝。我知道民工连队的伙房里什么也没有了，只有玉米面，一日三餐吃玉米面干粮，喝蒸干粮的蒸锅水，老师们说这是原汤化原食，但我病了，才幻想能吃点原汤原食之外的东西。既然不可能，我也就不幻想了。不过，王大爷后来给我端来半瓢小米稀饭，很稠，又是新米，那真叫可口可乐。王大爷说，他想跟村里的人家借点白面做拌汤，没有借下，狗日的，都怕借了不还。我说，借的小米，我还吧。他说，还屎吧！

我们同王大爷实在也没有特别的交情，只是民工们叫他扁头青，或者扁头亲，我们叫他王大爷，还给他评过一次二等奖。所以，我一直觉得王大爷给我做那么可口可乐的病号饭，体现了鱼水之情。

王大爷说，他特别喜欢听我们叫他王大爷。

他还说，他也特别喜欢我们叫玉米，不叫玉茭。他说他给他的一个儿子起名就叫玉米。他第一次是听一位下乡的女干部叫玉米,不叫玉茭,那时他就很喜欢。

我一直想报答一下王大爷。王大爷后来听说我到了县政府工作,也来找过我,让我报答他。他想叫我给他的儿子王玉米找一份吃香的工作。那时候,我刚刚结束了劳动改造,留在县里试用,自己还不吃香。我说,我一定操心这件事好了。后来,我终于取得了领导的信任,可以报答王大爷了,王玉米刚刚结婚,他不想出来了。王大爷骂他狗日的怎样怎样,他也不出来。等他有了出息,想开了,我又犯了错误,正在做永远过不了关的检查。等我恢复了元气,重新得到了领导的信任和使用,王玉米又一定要参军。结了婚参军,难度很大,我那时对虚构还没有多深的认识。后来,玉米决定进城开个体饭店,我帮助他办好了一切手续,结果又给他媳妇搅黄了:他只带他的一位"小伙计"进城来开店,"小伙计"就是小情人吧。听说他媳妇在那位小情人的脸面上留下了记号,他说无关大局。

自那不久,我就调回省城来了。想报答,报答得一直不顺利,等于没有报答。

他们没有来省城找过我。我打听过他们的情况,好像也仍然没有发达起来。所以,选择了他们做"试点",成功了,也许能让玉米当几年政协委员,也算是一种报答了。当然,县政协委员也没有什么级别待遇,但你如果会当,有可能从此发达起来,政协里全是精英人才,都是很宝贵的关系户。

我回来不久,小森就来信说,他已经找到了王大爷和王玉米,他们还没有富裕起来。但他们身体都很好,请你放心。

我可能从来也没有不放心过。

他说,王大爷的形象和面相不错,说他是名人的后代,人们很容易相信的。当然,老汉目前太不讲卫生了,还有许多不文明的习惯。

我觉得小森的思想方法一直有毛病。王大爷现在是越像农民越好,这样才能同"历史名人"形成一种强烈的反差,这种反差越大,产生的影响也才可能越大。千万不能让王大爷去表演文明的样子。

他在信中说，他觉得王玉米形象和面相却不理想，脸不方，眼不大，小胡子也不像是专门留着的，看了让人感到不顺眼，像反面人物。

这又是思想方法上的毛病。你管他像反面人物不像，即使是名人本人，也不一定都是相貌堂堂，何况是千年之后的后代呢，发生变异的可能性是太大了。

他的意见是，让王大爷出面担当王允的后代，你看怎么样？

他说，因为“试点”还没有最后落实到人，所以暂时未向王大爷父子通报我们虚构的好消息，也没有在村镇里“吹风”呢。

他最关心的，当然还是：你虚构得怎样了，一定要科学点。

我给他回了信，说虚构正顺利进行，请你放心。“试点”就落实到玉米头上好了，王大爷年纪大了，他开政协会大讲农村的淫秽故事，也容易暴露我们的阴谋。我的意思是，王大爷可能利用不好全县的精英人物，空担一个头衔，没有多少意义。我没有把这层意思直接写到信上就是了。我说，人不可貌相，这是很普通的道理，在历史上也是这样。

我让小森注意一下，看王大爷村里有古代的石碑没有，王家有家谱没有，村里有什么民间传说，关于村名的来历，关于村里几大姓的沿革，等等，你认为一切有助于科学地进行虚构的资料，都可以收集调查一下。不要太明目张胆了，也不必鬼鬼祟祟，这是你的工作，不要忘了。

我还问了一句，王玉米一直没有出去做点生意吗？

## 7

王允是被董卓的部将李傕杀死的。

那时候杀人，讲究灭族。据史书记载，王允也被“族”了。《资治通鉴》上说，李傕逮捕了王允，并杀之，“允妻子皆死”。这里说得太简单，只说老婆孩子都给杀了，但也把虚构“后代”的可能性完全给清除了。在王允坚决表示不能赦免蔡邕的时候，劝说他的马太尉骂了一句：你要断子绝孙！《资治通鉴》把这个情节记载下来，可能是要预示他后来被“族”的结局吧？蔡邕也不过是听到董卓被杀的消息，叹了一口气，他是一个历史天才，但他也有文人们多愁善感的毛病，你位列三公，主持朝政，居然就不能赦免这一声叹息，结果你老人家“无后”，未给我们留下虚构的线索，我们也要叹一口气了。

《后汉书》给王允立了传，说得比较详细，说他被杀时，他的十多个“族人”一起被杀，包括他的长子、次子。但留下了很令人鼓舞的一句：“唯兄子晨陵得脱归乡里。”王允毕竟有个侄儿逃回来了。

这就使王允给历史留下了后代。

王允的这位遗孤逃回故乡以后，为了防止被追杀，就继续北上三百里，来到王大爷他们村里，隐蔽下来。这在当时也应该是非常合乎情理的。

当时京城是一片白色恐怖。李傕将王允杀死后，“陈尸于市”，虽然皇上汉献帝很悲痛，老百姓们也都十分可怜他，但谁也不敢出面收尸安葬。所以，在这种险恶的处境下，他侄儿不应该在故里安住下来。故里的族长、村长之类人物，出于保护遗孤或者是怕受牵连的不同动机，都会劝他出去躲避的。

从京城逃出来的时候，这位司徒的遗孤不可能只身亡命北行吧，至少会有一位老家奴跟随。这位老家奴，历尽东汉末年京都那种杀戮频仍的可怕现实，他不但支持远离故里，而且主张就在王大爷村里常住下来。因为只有这样，才可能使王司徒的血脉得以延续下去，老家奴自己也很想过一种平静的山野生活。

为什么从王家故里北上了三百里，正好落脚在王大爷村里？可能在这里有亲戚吧。不应该有亲戚关系，彻底的隐居就不应该有亲戚关系。可能是看到这里风水好，或者是亡命到这里时，这位身心疲惫的遗孤病倒了，只好在这里住了下来。从此生根开花，传宗接代，有了王大爷以及他的儿子王玉米。

“病倒说”比较科学。从京城亡命出来，又惊又怕，还背着灭族的仇恨，吃不好，睡不好，翻山越岭，兵荒马乱，历尽坎坷，奔波千里，终于回到故乡，却又不得不连夜北上，继续亡命——铁打的身体也受不了啊，何况是贵族公子哥儿。

“风水说”呢，老百姓容易接受，特别是王大爷村里的老乡们会欢天喜地地接受。

采用哪一种，待定。

我把这个简单的构思，写信告诉了小森。我说，这仅仅是一个提纲，请不客气地提出宝贵意见。

小森很快就回信了，但他只字未提我的构思。

他说，王大爷家没有家谱，他们村里过去只有段家有家谱，但在“文化大革命”中给烧了，从此就再也没有家谱了。现在，听说何家想新立家谱，因为何家有亲戚在外地发了财了，但往上数只数到第五辈，就数不清楚了。王大爷说，何家是有了钱烧的，祖宗八辈子都是受苦人，有屌个续头！鉴于王大爷对祖宗的这种态度，暂时仍没有对他“吹风”。

他说，王玉米认为王家也应该立家谱，王大爷讽刺儿子说，等你发了大财，升了大官再说吧。玉米说他升官发财都能做到，显然是不负责任的吹牛。王大爷笑了，饱经沧桑的笑容，很有历史内涵。我意，仍拟把王大爷作为王允后代推出。

他说，王大爷村里现在也没有旧石碑了。听说以前是有的，立在庙里。村里的庙被破了四旧，石碑，兴修水利用了。

他说，村里的民间传说，主要就是王大爷给你讲的那些淫秽故事。另外，还有关于吕洞宾的传说，民兵抗日斗争的故事。

他说，这个村是杂姓村，没有大姓小姓之分。

他说他已经两次去王大爷村里搞调查，而且时间相隔很近，乡干部、村干部和老乡们都追问他，你在调查什么，是不是又为台湾追查亲戚？我该怎么回答为妥？他还说，玉米贩卖过一次西瓜，赔了，以后再没有做过生意，听说赌博的瘾头不小——你说这怎么能把他作为王允的后代推出去？我意，还是王大爷为妥。不过，王大爷听说我认识你，又听说你在写故事卖（他不懂作家是什么职业），就问我，你把他给你讲的那些淫秽故事写出来卖了没有？

小森的思想观念，的确有毛病。

## 8

小森又来信了。原来，他刚刚收到我的信。北上只有二百里路，信件走了几天呢？我想建议他使用直拨电话，我又知道他一定会说，没有打电话的经费。

我也没有这笔经费。

他在信中说，你虚构的还比较科学，我心里踏实了几分。接着说了几句恭维的话，恭维得很真诚。这话我爱听。他说，提出以下几条不成熟的意见，谨供你参考。

一是在当时的政治斗争中，王允是站在正义的一边，还是非正义的一边？或者是站在推动历史前进的一方，还是站在阻碍历史前进的一方？当然，现在老百姓不在乎这种问题了，但领导上很可能问这个问题。我们不能把非正义虚构成正义，把反动虚构成进步吧？以我不成熟的看法，是不是可以这样来解释：当时王允虽然站在汉朝末代皇帝的一边，但他维护的不是汉献帝封建主义的腐朽统治，而是中国的统一，他反对分裂。汉献帝下台后，不是果然出现了三国两晋南北朝的大分裂局面吗？

二是王允对家乡的感情，是不是可能考证一下？他对家乡有深厚的感情，家乡人民才会怀念他，纪念他，给他的后代崇高的荣誉。他在京城当大官时候想不起家乡来，倒了霉才叫子孙跑回来避难，这样老百姓对他的感情就差多了。

三是王允只有一个侄儿留下了后代，这是历史的事实。不过，老百姓会不会以为不是直系亲属，不那么崇拜王大爷呢？

他说他已经三下王大爷村里做调查了，这一次是专门去调查村名的来历。第二次，我把这个课题给忘了。但这一次我很伤心，虽然早已不是首次饱尝这种不发达的滋味。这次，村干部和老乡们已经明显地不再热情接待我了。我住了两天，村干部就有一天忘记了给我派饭。我只好找王大爷去了，因为你说过，王大爷如何善良，又如何是炊事员出身。但王大爷说，我们家里有人有狐臭，你恐怕吃不下我家里的饭。王玉米说，就是我有狐臭，老百姓叫臭骨头。看看你挑选的历史名人的后代是什么人吧！我几乎打道回府，不调查了，但一想这次是为自己，才忍住了。以前做调查，也常遇到这种羞辱，可那是调查纯粹的历史，与现在的老乡不大相干，人家不耐烦，你也没有办法。这次是为了把你们王家父子树立成历史名人的后代，你们连顿饭也不想管，狗日的们！

他说，这一次没有完成调查任务，村名来历仍不详。

他说，要不是你的虚构比较科学，我坚决不同意把王家父子树立成典型。

王大爷父子的表现，真是叫人又可气，又可乐。我想，小森一定是向村干部和他们领导的村民包括王大爷父子，做出了声明：他不是来给台湾同胞追查亲戚的。他还是这样不善于虚构。

小森上次来信说到，王大爷村里的干部和人民，对他的调查表现出了很大的好奇。我在心里就说，这是一个难得的机会，一种很好的形势。你应该把干部和人民的这种好奇心进一步加以强化，使他们觉得你是在做一次空前重要、空前神秘的调查。譬如，可以给他们造成这样一种朦胧的印象，你似乎在寻找历史上某些下落不明的珍宝。至少，你不能那么早就公开声明，你不是在追查台湾亲戚，让老乡这样怀疑你，你也不可能再犯里通外国的错误吧？他们对你做各种各样的怀疑和猜测，就必然会产生各种各样的传说和谣言。其实，谣言和传说在本质上是一回事。这些谣言和传说，很可能有助于我们的虚构。

但你把一个多么好的机遇给断送了！所以，你受点羞辱，也没有什么。

我对小森提的那三点宝贵意见，也认为是扯屎淡。什么正义非正义，进步和反动，分裂和统一，现在领导人不会去参加一千八百年前的政治斗争。你只要说王允在当时是相当于总理一级的大人物，就会被批准是历史名人。考证王允对故乡的感情，你更是糊涂了，你们县本来就不是王允的故乡，哪里会有什么感情？你忘记了我们虚构的前提了？

后来我觉得，小森提出的第三点意见，可能还真有些参考价值。我为什么不可以给王允虚构一个逃脱出来的儿子呢？

儿子不好虚构，孙子也可以。

《后汉书》的《王允列传》中，只记载了他的长子、次子被杀，难道他就只有这样两个儿子吗？王允到底有几个儿子，这可能已是历史上永远无据可查的一个漏洞了。所以，你说他的一个最小的儿子，被某义士暗中救出，大概也难以被人证伪吧。

他的一个孙子被搭救出来，这种可能性就更大了。

李傕等叛将在围攻京城时，吕布就感到大势不好了。他曾经劝说王允和他一起逃走，因为他们一起谋杀了董卓。当时王允表示他不会临危逃生，幼主汉献帝和汉朝的江山全在他身上背着呢，他怎么能把这一切扔掉，自己去逃生呢？他表现得很忠贞，很悲壮。吕布自己带着董卓的头颅，逃走了。

在吕布逃走而京城未被攻陷的这段时间里，王允应该能够预料到自己被"族"的下场吧？他难道不会做一点准备吗？他不会像小森那么笨，为了表示自己的忠贞，就坚决要求自己家族的所有成员，都同他一起殉葬吧？特别是在马太尉骂他断子绝孙之后，他完全可能早已做出了保存后嗣的周密部署。虽然处在岌岌可危的乱世，但他毕竟是主持朝政的司徒大人，为自己安排一下后事，那并不是很难的。

李傕等攻陷京城之后，也没有马上杀王允，因为王允手下还有可以指挥调动的将领。李傕是在将这些军事将领分化瓦解之后，才把王允抓起来杀了。在这段时间里，王允也来得及安排自己的后事，包括秘密保存后嗣。

所以，史载“唯兄子晨陵得脱归乡里”，说不定正是王允生前周密安排的结果。很可能，王允在京城陷落前，就将自己的一个儿子或者一个孙子，密藏在其兄府中了。或者由他的这位“兄子”带领，早已远离府第，躲藏在一个更为隐蔽的秘密处所。“族”案发生时，谁能追查到他们！

我想，还是把他的一个孙子保留下来，传宗接代，比较容易产生真实性。王允被杀时，是五十六岁。在那时，这个年龄早应该子孙满堂了。那时的人们，大概也不会像小森那样，为了写小说，就推迟结婚。

那么，王允的侄儿带着自己的这位小侄儿，逃回故乡以后，是继续一同北上直奔王大爷村里，还是自己留下来了，只命老家奴带了王允之孙，继续北上亡命？

我意，让王允的“兄子”留在故里，而让其孙流落至王大爷村里。这样，在历史上就留下了其兄子“得脱归乡里”的记载。这位死里逃生的王侄，本来是想在天下太平之后，将避难在外的王孙接回来，但在他生前天下就一直没有太平了。也可能是，他逃回故乡没有几年，就去世了——他是贵族公子，经过了这样一场突变，从天上掉到了地上，身心都受到极大的摧残，未享天年是并不奇怪的。而王允的小孙子，因为年幼，既有很强的生命力，又不知世间愁滋味，所以就在王大爷村里生根开花，传宗接代，一直到现在，给我们留下了“历史名人的后代”。

我把这个新的构思，写信告诉了小森。

同时，对他所受到的羞辱，表示热烈的慰问。我希望他一定要忍耐，不敢有任何不理智的举动，以免使我们前功尽弃。

我还希望他能追查一下王大爷村里那些古代石碑的下落。兴修了水利，譬如砌到了水渠上，那其实也是一种保存的方式，谁敢破坏水利设施呢？

村名的来历,也请继续调查清楚。

## 9

门铃响过,我开门看见王玉米,没有把他认出来。

他穿着西服,打着领带,戴着一副太阳镜,留着长发。这样的包装,现在已经是很普通,已经流行到县以下的广大乡村了,我是知道的。但我仍然不能习惯王玉米也这样包装起来。

我说,你也现代化了。

他说,我在村里劳动,也是这样打扮,不是进你们大城市才这样打扮。现在都是这样,哪里都是这样。

我说,这样很好,现代化很好,王大爷也很好吧?

他说,跟以前一球样。

我问,你现在怎么样?

他说,你说我们老王家的祖宗是谁?

当我认出他时,就知道小森已经给他"吹风"了,但我猜不出他来找我是为了什么。我感到我得小心从事,以防同小森的"口供"发生矛盾。

我说,我怎么能知道你的祖宗是谁?

他说,伍主任说你知道。

小森姓伍。这家伙,一开始就把我出卖了。

我问,伍主任是谁?

他说,他是县志办主任,管历史地理,他说他认识你,我看他是个起不了山的人。

我说,你是说县志办的伍主任?那是个了不起的人,现在你们全县最有水平,最有学问,最谦虚,最名声在外的一个人了。历史语文,天文地理,他全懂。在全省学术界,老伍也够有名的,你怎么不问他?

他说,伍主任说你知道得详细。

我说，我还是听他说的呢。他那是谦虚，或者是同你开玩笑呢，故意让你狗日的舍近求远，懂不懂？

他说，我不管屎他，你说我们老王家祖宗是不是貂蝉的干爹？

我说，你没有先问问你爹吗？

他说，我爹说我是没睡醒正做梦发癔症呢。

我问，你们老王家还有比你爹老的老人没有？

他说，有是有，都老糊涂了，问也是白问，都只记得他爹他爷是受苦人。你快说球了吧，我家祖宗是谁？

我说，我听伍主任说，还没有确定，只是怀疑，一千八百年了，不好确定，非有专门的学问不能确定。省里的专家也有这种怀疑。目前，只是怀疑，你懂不懂？

他说，我看差屎不多，怀疑得有水平。你听说过没有，貂蝉的老家离我们那里就不远，当然不是一个乡，但不远。你没有听说过？

我听说过他们那一带流传的有关貂蝉的传说。但我在虚构王允的后代时，居然就没有想到这个传说。我只是注意在历史上找线索，而忘记了这个很重要的民间传说。王玉米提供了一个很重要的证据，他也打开了我的思路。很好。我主张让这个小伙子出面当典型，看来还是正确的。当然，这个小伙子现在也不很小了。

我说，貂蝉是个传说中的人物，说她的原籍就在你们那一带，这更是一个传说，全国有好几个地区有这种传说。即使历史上真有一个貂蝉，她也真是你们那一带的人，也不能证明她的干爹，即那位司徒大人王允，就一定是你的祖宗。

他说，这还不是明摆着呀，不是离着这么近的老乡，能认干爹？

我当时觉得玉米分析得很有道理。

玉米说，我祖宗在当时是多大的官？

我说，相当于总理或者首相吧，除了皇帝，就数他大，那时皇帝又小，实际上那时数他大。要不，怎么会有人想杀他？

他说，你告我，他的坟墓在哪？我得去给他上一次坟，恐怕有一千八百年没有人给他上坟了吧，当惯那么大的官了，一千八百年没人给烧钱，够恓惶了。

我这才反应过来，这个王玉米已经认王允做祖宗了，而且要去上坟。我这里还没虚构圆满呢，他倒要去上坟，形势发展得也太快了。

我说，现在还只是怀疑，你懂不懂？伍主任，我，还有省里的许多专家，都只是怀疑，谁也不敢肯定。你现在就去上坟，小心人家把你当骗子给抓了！

他说，你不用操心了，一千八百年没有人烧钱了，你告给我地点，别的不用多管了。

我劝说不下，只好告诉了他，王允的坟墓在哪县哪乡哪村，怎么坐车，下车后往哪个方向去，墓地是什么样子。

我说，你到了那里，暂时得保密，假装成一个旅游者，可以磕头，可以烧纸，但不能多说话，更不能乱做宣传，明白不明白？

他说了一声明白，就要走。

我说，你不用这么着急！

他说他要去厕所。

我说，屋里就有厕所，不用出去。

他说，我不习惯。

他就急急忙忙走了，一直没有回来。我想，王玉米是上坟去了。

## 10

我为王玉米的上坟行动担心了一整天。他会不会被当作骗子，给当地抓起来？也可能仅仅被当成一个神经病患者。我们同他开了一个玩笑而已，他就信以为真了，他没有进行诈骗的动机和目的。不难向有关部门说清楚，只是一旦惊动了有关部门，我们的计划就多半得告吹。

第二天，我忽然想通了，王玉米比小森有作为，我们一边虚构，他一边行动，也就是一边落实，这不是很好吗？说不定等我们虚构圆满的时候，玉米的行动就已经在社会上形成某种传说了，这种传说可以被引用来做我们虚构的证据。

玉米也提供了一个很有价值的传说：貂蝉的籍贯。

我写信问小森，你给王玉米吹了风，也不给我打个招呼，他给了我一个措手不及，他去给王允上坟，你知道吗？

我要求他深入调查一下有关貂蝉的民间传说，不要只调查农村的淫秽故事。

我没有说他比起王玉米来太没有作为，话不能在信上说，大概也不能当面对他说。

因为王允和貂蝉是老乡，所以他收她做了义女。又因为是老乡加义女的关系，后来才把拯救大汉王朝的重任，交给了这个绝色美人，叫她离间董卓和吕布。

吕布逃走，王允被杀，这时候貂蝉应该还活着，很可能跟着吕布也逃走了。

所以，当吕布带着貂蝉逃出京城，而李傕还没有杀他的这一段时间里，王允在安排后事，选择后嗣的安全藏身地时，他一定会想到貂蝉。貂蝉跟着大将吕布逃出京城后，貂蝉的故里应该比他自己的故里安全。当时已经天下大乱，武艺高强的吕布，恐怕一般人还不敢得罪吧。让他的遗孤藏身在自己的老家，鉴于他自己已经被诛族，说不定会有人告密求荣求赏，这种事，他在朝中应该见得多了。但让自己的子嗣藏身在貂蝉的老家，那就比较安全了，说不定人人都会参加到保密保护的正义行列中。行不义者，可能都得想想，自己的脑袋经得起吕布砍吗？

这样，王允的孙子到了貂蝉的故里，就距离王大爷村里不远了。

进一步，再怎样前进到王大爷村里？

貂蝉的姥姥家在王大爷村里？

这是一个可以考虑的方案。

我把这个新方案,也写信告诉了小森。

小森来信说,他根本不知道王玉米去给王允上坟的事。我还没有正式给他吹风呢,只是那次他说他有狐臭,把我气坏了,一时冲动,对他透露了几句。当时他只问王允是多大的官,并没有说要去上坟扫墓。我一直不太赞成让这个王玉米出面当我们的典型,你是知道的。可惜,王大爷对我们给他虚构的这个祖宗,没有任何明显的反应,不知道他是相信还是不相信。

他说,把王大爷虚构成王允的直系后代,很好,但真实性就可能差了许多。不是直系关系,历史意义又不大。五千年了,七拉八扯,我们谁也可能是历史名人的后代,你说对不对?所以,我同意把王大爷说成是王允的直系后代。你应该进一步提高“直系说”的真实性。

他说,坚决不同意把貂蝉拉进来。貂蝉是小说中的人物,不是历史中的人物。我们这里有关貂蝉的传说,据我考证,主要是因为当地的妇女生得丑,而且是长期的丑,普遍的丑,于是就虚构了出过历史美人貂蝉的传说。意思是说,我们这里妇女的美色,早在一千八百年前就被貂蝉给拔尽了,所以一千八百年来我们的广大妇女只好为貂蝉的“超前”美丽而丑了。从这个意义上看,广大妇女肯定不会对我们虚构的王允的直系后代感兴趣。我们提前一千八百年把自己的美色贡献给了貂蝉一个妮子,她却用这美色施了美人计,原来策划美人计的就是这个王允,那么大的官,就没有别的本事呀,牺牲了我们广大妇女的美丽,你也没有挽救了汉朝的命吧?还是老乡呢,太不给我们广大老乡护脸了。

其实,我们这里广大妇女的丑,在历史上跟王允根本没有关系。我们不但不能把貂蝉拉进来,而且还得适当揭露有关貂蝉传说的虚构性。当然,这是我不成熟的看法。

我看了信,觉得小森思维上的毛病,又暴露出来了。你想借重王允的知名度,就根本不可能回避貂蝉的美色。在老百姓中,王允的知名度是同貂蝉的美丽紧密联系在一起的，你否定了这个美人，谁还承认王允是名人？

小森信上说，在王大爷村里的水利设施上，没有找到半块古石碑。村干部说，有可能被老乡们偷去，砌进房屋的根基了。

他说，村名的来历，仍然众说纷纭，没有多少参考价值。调查到几则有关杨家将的民间传说，可能没有用吧？

## 11

王玉米说，我去上坟时，为了快，坐了一辆个体户的公共汽车。个体户说得好，你上车，我就给你开车。我上了车，他就叫我买票，说你买完票，我就给你开车。我买了票，他说等公共汽车坐满人，就给你开车，驴日的，钱刚到手，话就变了。我问，多长时间能坐满人，驴日的说快得很。这一回，我真算是见了快了，足有两个小时没有坐满一车人，就跟农村开会差屎不多，半天等来一个人，上车见不开车，人家又下车走了，你说什么时候能坐满？我为什么不下车？驴日的，我不是上了当了吗，一上车就买了票，我看除了我，没有人先买票，都比我有球经验，你也不给我介绍介绍这种经验！我坚决要求给我退票，驴日的理也不理我了。我打那孙子吧，人生地不熟。扔了那票钱吧，驴日的，他要了我二十多块钱呢！你不是说只有一百多里远吗，狗孙子要了我二十多块钱，还说比坐出租优惠得多。他那辆公共汽车破烂得肮脏得跟公共厕所差不多，还想跟出租汽车比，我忍住了没打那孙子！你说我倒霉不倒霉，一千八百年没有给祖宗烧纸了，叫我受了这一份洋罪。

我说，现在出门都得有经验，你这就有了经验了。你上坟没有遇到麻烦吧？

他说，坐公共汽车这件事还没有给你说完呢。我在那公共汽车里等了两个小时，才等来十几个人，都跟我一样，没有经验，上了当了。我们商量，看能不能打那驴日的车主，车主听见了，就开了车。我们正傻欢喜呢，有人发现了汽车是绕着车站转，从汽车站转到火车站，又从火车站转到汽车站，而且是见人就站，恨不得把满街的人都拉进他的公共厕所。我们又商量要不要打那驴日的，车主听见了，说已经给你们开车了，转几圈，叫你们参观市容，不收费，优惠你们，老师傅你坐车吗？去哪？上车，有话上车再说，我们这是快车，去哪都快得很！又转了一个小时，又有十来个人上了车，也就是上了当。但公共汽车仍然没有坐满，还空着十来个座位。我们没有再商量要不要打那驴日的车主，车主就不转圈子了，冒着黑烟，出了你们的城市。

我说，路上的麻烦也不会少，可能还有持刀抢钱的，你没有遇到吧？

他说，出了你们的城市我就睡着了。后来，我给人推醒，以为到了站，睁开眼一看，是个妖精似的女子，有股药味冲进我的鼻子来，就是现在女人们使用的雪花膏香水那难闻的气味。我说你推我做什么，她说请先生下车吃饭啦。我说是花钱吃还是白吃，她说白吃也可以啦。我朝外看了看，公共汽车停在野地里，公路边只有几家野饭铺。我心里说不敢下车，那肯定也是黑店，但那个妖精女子拉住了我的手，驴日的，不由你不下车。这就又上当了，进黑店吃了一碗肉丝面，你说要多少钱？二十块。我说你们真敢要，我刚在山西省会吃了一大碗美国牛肉面，人家要了不到五块钱，你们这碗又小又没有肉的肉丝面，就要二十块？妖精女子说我的手是叫你白拉的啦？我说是你拉了我还是我拉了你？她说当然是你拉了我啦。我正要打这个不要脸的妖精女子，黑店里站出三个愣后生。我这才想起是去给祖宗上坟，叫他们打个鼻青脸肿，见了祖宗不合适。就说，不就二十块钱吗，给你们，就算是吃了一碗人肉面好啦。妖精女子说，先生很懂事啦，饭算你白吃啦，手不能给你白拉啦，欢迎再来拉啦。上车后，我问了问，凡是给拉下车吃饭的，都是这种价钱。车一开，我想个体户车主肯定和这家黑店有勾结。我也明白了，那个妖精女子，为什么满嘴拉拉拉。想明白后，我很快就又睡着了。

我说，我介绍你去坐火车，你非要坐汽车，还是个体户的汽车。吃一堑长一智吧。上坟没有受到怀疑吧？

他说，到站后，下了车，就都好了，住店吃饭都没有受太大的欺负，你知道为什么？

我说，你住的是国营旅店吧？

他说，现在国营也一样灰，我是有了祖宗保佑。

我问，你在旅店就宣传你是王允的后代了？

他说，我没有宣传，一直保密，怕再有黑人拉拉我，不是遵守你的指示。

我问，你是第二天去上的坟？

他说，那坟墓可真大！你看占了几亩地？

我说，你成天种地，还看不出来？汉墓都比较大。

他说，那么大的坟墓，要埋多少东西？

我说，你看见的坟墓，其实并没有埋着王允，也就是你家先人的遗体，可能只埋葬着你家先人的一顶帽子，或者一双靴子，古代叫衣冠冢。

他说，我家祖宗的骨头呢，埋到哪了？

我说，你家先人王允，杀了董卓，董卓手下一名姓李的大将，后来又杀了你家先人。杀死后，又把你家先人的尸体扔到了京城的大街上，皇帝和老百姓都很同情你家先人，但也只敢哭，不敢收尸。

他说，操他祖宗的，这是为什么？

我说，都怕死吧。董卓手下的大将们把京城都给占了，杀了你家先人，给董卓报仇。你先人领导吕布杀了董卓的时候，也是把董卓的尸体扔到了京城的大街上。老百姓欢天喜地，放鞭炮，喝喜酒，当然也没有人给他收尸。董卓是大胖子，太阳一晒，肚皮下的肥膘化成了油，有人就在他尸体的肚脐眼中放了一根灯芯，点着了。这盏肚脐灯，日夜不灭，着了好几天。所以，董卓手下的大将杀了你家的先人，当然也要照样扔到大街上了。

他说，我操他祖宗的！

我说，老百姓认为你家先人是忠臣，董卓是奸臣，所以没有人给你家先人点肚脐灯，可能你家先人也不那么肥胖吧？

他说，我操他祖宗！

我说，你这哪像是忠臣的后代，嘴里太不卫生！后来，你家先人的一位老部下，叫赵戬，甘心丢了官，才勇敢地出面收了你家先人的尸，在京城安葬了。所以，你家先人的遗体没有运回老家下葬。你看见的衣冠冢，可能是老家的老乡为了纪念你家先人，后来建设起来的。目的就是为了让你有地方磕头烧纸，磕头烧纸就是纪念。你纪念得还顺利吧？

他说，我当时全被那么大的坟墓吓傻了，傻愣傻愣地只知道盯住那么大的坟墓傻看，其余什么都忘了，连磕头烧钱也忘了。回到旅馆后，也没有想起来，直到坐上回来的火车，才想起来。

我松了一口气。我说，你能去亲自看一看，也算是一种纪念。你傻愣傻愣地站在那里，你家先人一定以为你在给他默哀。默哀是一种很先进的纪念方式。

他说，在回来的火车上，正好有一男一女坐在我对面。我坚决不坐汽车了，坐了一辆火车，没想到我对面坐了一男一女，公开亲嘴，一路上就没有停止过。中间只停止过一次，是女的坐在男的怀里，对我说，你不必不好意思，你可以随便看，我们不会收费。说完又继续公开亲嘴，一直亲到终点站没有再停止。狗日的们，也不怕把嘴亲肿了。我开始还看得很起劲，女的说了可以随便看，我就看得没多少意思了。后来，我就睡着了。

我说，现在大家都很解放，也很大方，叫你随便看，你就好好看吧，睡了觉多不礼貌，辜负了人家的一片大方了。

他说，我不是真睡，是在装睡，想看看这一男一女是给我表演亲嘴呢，还是真那么爱好亲嘴。我装睡以后，人家仍然在继续亲嘴，说明是真爱好亲嘴。我就真睡了。火车到站以后，我醒了，发现对面的一男一女还没有停止亲嘴，可能不知道火车已经到站了。我想通知他们一声，又一想，拉球倒吧，就说你们随便亲吧，我得走了。我就下车走了。

我说，你最好不要有这种爱好，你是名人的后代。背后跟女人亲不亲嘴，没人管你，但公开做这件事，就影响不好了。

他说，以后我得选个正经日子，来给祖宗正经上一回坟。

## 12

我写信告诉小森，说王玉米首次给王允上坟，基本顺利。他回去以后，可能很快就会造成一定的社会影响。他有很强的宣传能力。所以，我们的虚构方案就不可能再做大的修改了，只能在细节方面尽量充实一下。玉米已经完全接受了我们的方案，我们如果再变，就同他的宣传口径发生矛盾了。我们虚构出来的名人后代，已经从实践方面有力地推动了我们的虚构工作。形势不错。

我说，就把王大爷村里定成貂蝉的姥姥家好了。貂蝉担负了实施美人计的重任以后，在她的家乡引起了强烈的反响，主要是反对的呼声很高。我们好不容易出了这样一个美人，倒叫你们派去勾引一个老奸臣。貂蝉的母亲受不了这种舆论压力，就避住到娘家去了。她父亲几次三番去请，也不回来，自己也就在岳丈家住了下来。后来王允的遗孤来投奔他们，也就在这里居住下来。可能貂蝉的母亲不很愿意收留王允的遗孤，她不能原谅王允把自己美貌的女儿派去实施连环美人计。但貂蝉的父亲知道王允是忠臣，也可能他同王允还有点交情吧，一个是美人的生父，一个是美人的义父，起码不会太绝情，于是就收留了亡者的遗孤。这也很合乎情理。

我还建议小森，现在可以适当向更大的范围"吹风"了，譬如县城里，县级机关里，剧院、舞厅、饭店里，如果有机会，可以向县上的主要领导人包括县长在内，适当透露一点消息。但要说得策略点，艺术点，留有余地，调子可定成：目前还在进行考证，难度较大，但也大有希望。农村的大型庙会，也可以去吹风。

我说，以后的工作，你就全面抓起来好了，我为你耽误的时间太多了，付出的脑力劳动也不少了，我不会向你收费，我们还是友谊第一。但我还得写我的小说，我们写小说的现在也是不发达国家。我把虚构贡献给你，你如果发达起来，应该向我支援点历史，或者是纪实。在我们这一行，现在纪实比虚构吃香。

不多说了，祝你一切顺利。

小森立刻就回信了。

他说，你把我引上了一条错误的道路，现在要丢下我不管，这怎么成呢？我同意你创作的这个故事，全部的情节和细节都按你的设计方案定，包括把貂蝉拉进来，还不行吗？但对于史志工作来说，创造性的假设虽然重要，严密的考证更重要。你只提出了出色得像小说一样的假设，但证据呢？你一件还没有拿出来！

他说，你一点证据也没有，叫我怎么向县长吹风？另外，你布置的“吹风”任务，工作量也太大了。现在搞活经济，建立市场，全县差不多天天都有庙会和集市贸易，我天天出动去散布谣言，王大爷村里的调查任务还没有结束，我能忙得过来吗？

他说，你坚决不能抛弃我，否则，我就要揭露你策划的阴谋！

盼你尽快明确答复，并祝你身体健康。

这个小森，我完全是出于一片助人为乐的高尚动机而帮助他，他居然要揭露我？

好吧，我继续帮助他就是了。搞阴谋诡计，看来不能半路退出，我和小森成了一根绳上拴着的两个蚂蚱了，谁也甩不了谁。

我想，既然整个故事都是虚构的，那么它所需要的所有证据，也只能从一个途径获得，那就是虚构。

可以虚构一些有力的片纸只言，说它们引自哪些哪些真实存在的历史典籍。

也可以虚构一些并不存在的历史书籍,说它们提供了怎样怎样有力的片言只语。

还有王大爷家世世代代口头相传下来的家史。这当然也得虚构,而且得王大爷同意诉说这种虚构的家史。

还可以虚构一些民间传说。

我想,这一切都不是很难。

我想,领导人不可能是历史专家,如果他们有点官僚主义,那就更好了。县长是县志编纂委员会主任,副县长都是副主任。历史最终是由他们批准。

当年,我给他们起草报告和文件的时候,为了免去无休止的修改之苦,常常把自己的话冒充为“两报一刊”的话,甚至标榜成马克思恩格斯列宁的话,他们一律都批准了。我知道他们太忙了,记不住“两报一刊”和马恩列斯说了些什么话。毛主席的话,我不敢虚构。

我想,这几年忽然涌现出那么多的气功大师,说他们都是从古代一代一代传授下来的。听说有一位大师,居然是从东汉一直活到了现在。历史典籍中,好像没有记载过这样伟大这样长寿的气功大师。好像也没有多少人要求提供有力的考证。我们只是说,王玉米的祖宗可能是东汉人,并没有说他本人就是东汉人。

我把这些都写信告诉了小森。我希望他理直气壮一些,可能已经成功在望了。

小森来信说,我对你表示崇高的敬意和衷心的感谢。

他说,最近忽然有了机遇,我就给县长吹了吹风。因为是县长,我十分谨慎,先从貂蝉的民间传说说起,这个传说在老百姓中真实地流传着,不是我们的阴谋。我真没有想到县长会有那么热烈的反应,他击掌大喝道:好! 你们为什么不早说嘛! 我们一直想举办一个什么节,就是想不出一个有特色的有吸引力的什么节来,现在好了,很好,好! 我们就举办一个貂蝉节！你们抓紧把貂蝉的所有资料整理出来，越快越好，好不好？我说好是好，只不过貂蝉是不是我们县的人，还有疑问，全国有好几个地方都有这样的传说。再说，貂蝉本人也是一个传说中的人物。我正想接着提出我们虚构的王允的后代，但被县长打断了。县长说，民间传说不必怕，只要有知名度就行。貂蝉的知名度可能比南方的刘三姐大吧？有竞争更不怕，我们就是要把貂蝉竞争过来，在全国第一个亮出貂蝉故乡的牌子来！你们抓紧搞资料，突出一个快字，如果首届貂蝉节举办成功了，我第一个重奖你！当时我几次争取把王允提出来，都没有成功。

他问我，你说貂蝉这样受重视，对我们的"试点"工作是有利，还是不利？

我立刻回信说，形势很好。

我说，你可以在貂蝉的资料中，把从王允到王大爷以及王玉米的发展历史，也就是我们精心虚构的那个故事加进去，一道呈报上去。说貂蝉，也绝对回避不了王允。这真是一个极好的机遇，给你提供了一个借题发挥的大天地，你一定要利用好。

你如果真得了政府重奖，应该分给王玉米一笔，百分之十吧，因为是他最先提出了貂蝉问题。我不瓜分你的奖金，因为我怕你揭发我。

祝你万事如意。

小森来信说，那你得抓紧把所有证据和考证结论虚构毕，尽快报来，越快越好。

小森已经带出一点做指示的味道。

## 13

我开门后，立刻就认出了王玉米，但他身边站着的那个年轻女子，我不认识。

我问这位姑娘是谁？

玉米说,她不是姑娘了,是我的朋友。

我想,这就是那位要同玉米进城开饭铺的“伙计”吗?但她脸上并没有留下什么记号。

我说,欢迎欢迎。

她很大方地笑了一笑。

王玉米说,我们计划去一趟首都,她说在北京,我说肯定不在北京,在南京,要不在开封,伍主任说在西安,你说在哪?

我问:你们想去东汉时候的首都吧?

玉米说,对得很,就是我家祖宗光荣牺牲的地方,也是他当宰相的地方,你说在哪?

我说,你家先人牺牲的地方,伍主任说得对,是在西安,当时叫长安。但东汉的首都一直在洛阳,所以你家先人做大官的地方,应该是洛阳。他做的大官,当时叫司徒,不叫宰相。

玉米说,你亲口说是死在京城呀?

我说,就在你家先人被杀前几年,董卓逼着皇帝把首都从洛阳迁移到了长安。当时洛阳建设得比西安好,皇帝去了西安很受罪。要不你家先人要领导吕布把董卓杀了呢。董卓死后没几年,首都又迁回洛阳。不过这时你家先人已经牺牲在西安了。现在,西安洛阳都是旅游城市,你们都可以去,都带身份证了吧?

那个女子说,带了。

玉米说,我们不是去旅游,主要是看看祖宗牺牲的地方,要是汽车不多,我就趴在那道大街上,哭吼几声。你知道是哪道大街吗?

我说,现在的西安洛阳早不是东汉的西安洛阳了,那时的西安洛阳已经埋在土里了。

他问,为什么?

我说,跟人一样,死了就被埋葬入土了。但旅游还是可以的,去祖宗做官和牺牲的城市旅游,也是一种很先进的纪念方式,不一定非要趴在大街上痛哭。这样做,很容易影响城市交通,你说现在哪个城市汽车不多?再说,你扑地大哭,必然要引起围观,以为你被小偷欺负了,哪还会有纪念的气氛?你们出远门,要把钱保管好,这很重要。

那个女子说,我们知道。

玉米说,我反正得在西安大街上哭吼几声。

女子说,洛阳也得去。

我说,玉米你现在是不是发财致富了,前几天出门给你祖宗上坟,刚花了不少钱,现在你又要去西安洛阳旅游,一定是发了财了。

玉米说,上坟回来这几天,手气特别顺,赢了驴日们的不少钱,这是祖宗保佑,所以,我得去他牺牲的地方哭吼几声。

我说,你出了远门,要多加注意,一举一动,一言一行,都不要忘记了自己是谁的后代。你是他的朋友,要多提醒他。好不好?

女子说,我知道。

玉米说,我们坚决坐火车去。

我当时没有把坐火车同他们是一男一女联系起来。

小森来信说,他终于有机会向县长提出王允问题了,但县长的反应不佳。

他说,我现在接近县长的机会很多。县长指示,一定要以貂蝉为主,其他人物尽量精简。第一,貂蝉是中国历史上有名的美人,第二,貂蝉的故乡就在我们县,有这两条就基本可以了。其他问题我看一律精简掉算㞗了。为了把貂蝉的故乡成功地争取过来,你们一定要拿出过硬的历史资料来!这是关系到全县经济起飞的大事。如果我县这个"貂蝉搭台,经济唱戏"的重大举措取得重大成效,我第一个重奖你,好不好?

他说,县长向他列举了筹办"貂蝉节"的许多设想,举行女子健美比赛,最佳礼仪小姐评比,"貂蝉杯"最美女歌星大奖赛,"貂蝉杯"交际舞舞后大奖赛,女子美容大奖赛,时装名模邀请赛,等等。我们自己也要选拔、训练、组织壮观的美女队伍,为大会服务。总之要围绕美女大做文章,办成一个美女如云的盛会,这样的盛会到目前为止,在全国还没有先例。当然,我们搞美女如云,是为了吸引国内外海内外的经济界人士来我县投资。尤其欢迎有识之士来我县投资开发金矿,金矿资源我们不再保密。有些老同志提出,弄这么多美女来,会不会出问题? 县长说正计划制定类似"三大纪律,八项注意"的文件,在内部严格掌握。

他说,我现在很忙,只能放下王允,集中抓貂蝉。但仍然任务重,时间紧,你能不能继续给我大力支持,提供有关貂蝉的历史资料?这是关系到全县经济起飞的大事。

我写信对小森说,我向你表示热烈的祝贺。

我说,有关貂蝉的历史资料,你也很容易获得,我们在"试点"中已经取得了经验,貂蝉有什么历史呢?虚构而已。

我认为你们县长提出的这一重大举措,很好,但有一个比较大的困难,不知你们怎样克服:你们县妇女长期的普遍的丑,怎样组织美女队伍?

我说,王玉米已经去西安洛阳朝拜他祖宗的故地了,我们的"试点"恐怕还不能半途而废。

我说,现在有人开始给你送礼了吗?

你们县妇女长期的丑,普遍的丑,忽然请来如云的美女,那得使用多少警力来保护,或者还得请求驻军给予支援吧?但这话我没有在信中说。我看,小森也被美女吸引住了。他们的县长,对健美、美容、选美、歌星、舞后、名模等等所有现代美女们的竞技活动,都很在行。所以,我也没有把不够乐观的话说出来:出丑女的地方举办美女节,能有多大吸引力?妇联会不会提抗议?

金矿到底是有,还是没有?我仍然不明确。

我只说祝你身体健康。

## 14

王玉米和他的女朋友旅游回来，我发现他们的嘴唇都肿了。嘴一肿，人就显得很难看，尤其是女人。玉米的这个女朋友本来也不是美女。但我没有把这一男一女嘴都肿了，同玉米曾经嘲笑过的那种爱好联系起来。

所以，我问：你们的嘴怎么都肿了，上火了吧？

玉米说，上火了。

女子的脸红了一下，也说上火了。

出门旅游，上火是很正常的。所以，我仍然没有想到玉米所描述过的那种公开的亲嘴表演。

我说，你们旅游还顺利吧？

女子说，顺利。

我说，没有玩几天呀，西安洛阳都去了吗？

女子说，去了洛阳，没有去西安。

玉米说，老客，你看我买了件什么东西！

我接过那件铁器，看了看，很普通，不是古代文物，也不是现代工艺品。

玉米说，这是洛阳铲！你见过吗？

听说是洛阳铲的那一刻，我真是害怕了。洛阳铲是洛阳盗墓者的祖宗发明的先进的盗墓工具，这我是知道的。我也知道，它已经被建筑、考古等行业引进过去，用于正途了。但它在盗墓者手里，仍然是盗墓的先进工具。

我说，你买它干什么，当放羊铲用吗？

他说，我在洛阳也打听过了，放出风说只埋着帽子靴子的古墓，里面说不定有金银财宝，怕人盗墓，才放出那种风来。

我说，最近历史专家们刚开过一次会，一致同意王允没有留下直系后代，他的儿孙们当时就都被杀了，那时时行抄家灭族，有人怀疑逃出个孙子来，最近证明没有，全死了。

他说，都姓王，都是一省人，一千八百年前肯定是一家。

我说，你还是另寻祖宗吧，刚开了会，一致同意王允不是你祖宗，领导也批准了。

我还对他说，你只要动了王允古墓的土，那就是犯法了。

女子说，我们知道。

玉米说，驴日的。

我立即给小森直拨了一个电话，但那边找不到他。

我立即写信通知他，我声明立即撤销虚构历史名人后代的试点，王大爷和他儿子王玉米同东汉的王允，没有任何关系。貂蝉节与我也没有任何关系。此声明不存在任何商量的余地。

祝你万事如意。

小森很久以后才写来一封信。他说，貂蝉节期间和以后，他仍然是不发达国家。可能因为貂蝉节举办得不够成功，领导上没有重提重奖的事，只要求把貂蝉节写入本县的历史。你说这样妥当不妥当？

我回信说，貂蝉节与我没有任何关系。祝你身体健康。

# 麦子画家

## 上 篇

我非常喜欢画画。因为我一直把画画当作一种高尚的精神寄托，虽然那时和现在一样，谈高尚的精神寄托是很可笑的。那时，我把这种精神寄托当作一种阴暗心理保留下来，就像现在把它当作陈旧观念残留着一样。但我是一个色盲患者。这是一种先天性的生理缺陷，没有办法，我就只能喜欢画家了。贫下中农老乡称画家为画匠。乡村的画家我也是一见就喜欢。

我第一次见到的乡村画匠，他们显得很傲慢。他们就像农民一样，很土，说着当地农民的方言，但对我很傲慢。他们是师徒二人，师傅比徒弟更傲慢，这比较正常。

那天午后，我从水库工地劳动回来，在民工食堂吃了高粱，回到住处，就见到了他们。

我们的房东早说过要请画匠。那时，我们在老乡家里号房驻扎。房东的五间正房是新房，说是盖成刚刚三年，他们住进去也才两年。第一年进行必要的装修，像粉刷，油漆，糊顶棚，后两年就是为请画匠做准备。我们问，请画匠来画什么？房东老大娘说画炕围呀，仿佛说这样普通又这样重要的一件事，你们都不知道。房东老大爷是位解放军离休干部，他给我们讲解了炕围和画炕围是怎么一回事。他说，他从部队带回的安家费，全他妈的用在盖这五间新房上了。所以，不能一鼓作气把炕围画出来，缓了两年。他说，钱比较紧张，你们看我也抽起小兰花旱烟了，香烟暂时抽他妈不起了。但钱还比较好办，难办的是他妈的麦子，分不到麦子，也搞不到麦子，我得把供应我的那点麦子他妈的一月一月积蓄起来。我们问，积蓄麦子干什么？房东老大娘说，给画匠吃呀！

我对乡村画匠的生活，后来产生了那么强烈的不可遏止的向往之情，可能同吃麦子也有点关系？那时，我们同水库工地的民工实行“三同”，其中一同就是同吃高粱和玉米，一直吃不到麦子。不过，我不承认这是对乡村画匠生活产生激情的主要原因。

那天的整个下午，我就一直在观看画匠师徒怎样展开画炕围的第一步工作。

我也开始同他们交谈。

我很快知道了师傅姓黄，徒弟也姓黄。我问你们是一家吗？黄画匠说不是一家。除此之外，他们就不愿多说他们的情况了，或者是根本就不愿意和我交谈似的。

房东老大爷也姓黄。和画匠师徒是一家吗？老黄说不是。他喜欢称呼他老黄，我们就叫他老黄。当时老黄对画匠介绍我说，他是在水库下放劳动的大学生，他也爱好美术。

黄画匠这才回问了我一声：你姓甚？

我说我不姓黄，姓客，客气的客。其实，我并不姓客，老客是我给自己起的一个外号。我说我姓客，是为了引起黄画匠对我的注意。

但他对我的注意，仍然没有多了一分。

那天的整个下午，我就只知道他们都姓黄，除此之外什么也不知道。他们的绘画水平怎么样，我也看不出来。中午，他们显然吃了老黄的麦子了，因为我看见他们喝了很多杯茶，抽了很多支烟。在喝茶抽烟中间，他们与老黄讨论盖房的费用和辛苦，讨论了很久。大约到四点钟左右，他们才开始打磨将要作画的那部分墙壁。所以，我看不出他们有没有水平，老黄说他们很有水平，是本地最著名的画匠。老黄和老乡们的审美水平高不高呢？

但黄画匠向我显示出来的那一份傲慢，却深深地吸引了我。那时，所有的文人艺人都被打倒了，他们失去了架子，变得和蔼可亲，或者卑微可欺，或者天真可爱，谁也不敢傲慢了，我想不到这位画匠还这样完好无损地保留了那一份傲慢。后来我问过他，你就不怕贫下中农给你提意见或者造你的反吗？他傲慢地看了我一眼，不回答我。

想到麦子，我才发现自己问得有多么傻。老乡们把积累了许多年的麦子，敬献给画匠吃，怎么会舍得造他们反？老黄说，国家不供应一般老乡麦子，老乡们一般都得积攒很多年麦子，才能请得起画匠。同时，钱也得积攒许多年。

我说，在我们家乡，麦子很多。

老黄说，我去过你们老家，你们老家老乡的家里，没他妈一家墙是白的，自古用不着请画匠，对不对？

我说，我就是画家。画家比画匠有水平。

老黄说，他不会请我给他在白净的墙壁上作画。

我心里说，那也不一定。但我承认，是房东老黄请来的黄画师使我重新认识了麦子，人原来还能把麦子吃得那样隆重！

但我不称黄画匠而改称黄画师，同麦子没有关系。我感到，画师是介于画匠与画家之间的一种称呼。后来老黄家的炕围画证明，黄画匠的水平的确高于一般乡村画匠，称他为画师是确当的。我改称他为画师时，他还没有开始作画，只是很傲慢很坦然地吃着老黄为他积攒起来的麦子。我觉得这是因为我很有眼力。

我也承认,那一带老乡家里的墙壁的确是白的。这种白白的墙壁,那时给了我们一种多么美好的感觉,甚至是无比幸运的感觉。因为,在整个的学生时代,我们已经到过了太多的乡村,从平原到山区,从北方到南方,我们还没有见过这样白白的墙壁。有些乡村,街道两厢的墙壁是白的,但屋里的墙壁一样是黑的;又有些乡村,村支书家里的墙壁是白的,而一般老乡家里的墙壁,一样是黑的。这里老乡家里的墙壁,居然家家都是白的,我们感到很惊讶。当然,要是放在今天,就没有什么可惊讶的了,老乡用人民币把整个墙壁都裱出来的,不是也有的是吗?

我们问:你们这里是全国卫生模范乡村吗?

老乡说:模范个球,屎也不是。

我们问:那为什么家家的墙壁都这么白?

老乡说:本来就屎是这么白。

我们问:你们的烟火也是白的吗?难道就熏不黑那白白的墙壁吗?

老乡觉得我们提出的问题十分有意思,据说后来还把这个问题编进了他们的民间故事。

当时,他们给我们做了解释:烟火是由灶火钻进了炕洞,又从炕洞钻进烟洞,最后从房顶冒出去了,是黑烟白烟,你们看房顶上的烟洞就明白了。他们说,我们每年都要用白土粉刷两次家里的墙壁,一次在过年以前的腊月,一次在入夏之前屋里停火之后,这是乡俗了,不是为了给公家讲卫生。白土很便宜,自己的力气更便宜。

在老乡的方言里,“便宜”也有“方便”的意思。

他们说时有种自豪的神情。我们认为这是值得自豪的。

他们这个值得自豪的乡俗,当时使我想起了伟大领袖的一句著名语录:一张白纸,可以画最新最美的图画。这可能是因为我喜欢画画,也因为在老乡白白的墙壁上,看到了很美的和不很美的炕围画。很美的画,是吃了麦子的画匠留下的作品。不很美的画,也是吃了麦子的画匠留下的作品,只是吃麦子的天数也就是作画的天数比较短而已。按当时的观点,画的内容不够新,多是陈旧的风景或者是陈旧的古人物,还有凤凰、牡丹、寿桃、如意之类。老乡们说,他们喜欢这种内容的画,这是乡俗,不是不想给公家革命。

我说,六六年你们就没有破"四旧"吗?

老乡说,风声紧过几天,我们用报纸、麻纸把"四旧"贴住了。炕围画都是用清漆罩过的,风声过后,把报纸麻纸一揭,用水一擦,屎事没有。

我说,这里的老乡真是爱美的老乡!

老亚说,这里的老乡真逗,住的像庙,吃的像料。

老诺说,这里的老乡爱表面,家里墙很白,可一年也不洗一回澡!

老亚是我们之中说话最刻薄的家伙,他以为他这句话说得特别出色,"庙"和"料",押韵押得多绝,简直是绝句!他是学工的,不知道顺口溜和绝句有什么差别。几位女生问他,"庙"和"料"是什么含义。他得意地说,老乡家里墙壁很白,又画着壁画,你们说像不像庙?老乡永远是吃高粱玉米,又主要是高粱,你们说像不像饲料?

我痛斥老亚说,你就像动物一样,只知道吃,不知道美!我当然也不喜欢饲料似的高粱,但我觉得白色的墙壁和漂亮的壁画,总是让人喜欢的。

老诺是我们之中最漂亮的一位女生,可惜太严肃正经,不够多情,不够浪漫。她的着眼点是卫生,比老亚着眼于吃高级些,但仍然没有上到美的高度。她也是学工的,专业是电子之类。我说,老乡一年不洗澡,你怎么能知道?大家都笑了。她说,她能闻出来,说得很正经。

所以,当我向他们提出,我将要求跟着黄画师走乡串户去给老乡画画时,他们都完全歪曲了我的高尚动机。老亚之流说我主要是为了吃老乡的麦子,也就是说我是出于一种动物的需求。老诺之流说我根本不会去:你走乡串户,到哪里去洗澡?其他人说,恐怕领导不会批准,你是在这里劳动改造,懂不懂?

我说,我给老乡作画时,也可以吃高粱!

我说,我一不怕苦,二不怕屎,还怕不洗澡?

我还说，我这也是深入农村第一线，为贫下中农服务，作画也是一种劳动吧？我不收报酬，不吃麦子，这也等于是改造吧？

那时，每星期日，我们到离水库工地七里远的一个军营里去洗澡。这个军营建在山沟里，因为它是一个保密仓库。编制不多，每星期日才烧一次澡塘。这里的解放军们为了每星期能看一次我们之中的女大学生，特别是像老诺那样漂亮的女大学生，就同意我们进军营去洗澡。

那时，水库大坝刚筑好根基，水库里一点水还没有。

那时，大家都说，领导肯定不会批准我的这个非分的要求。有个女生说我的这个想法很浪漫，可惜她不像老诺那么漂亮。

我觉得，跟随黄画师在这样爱美的乡村走乡串户，的确是一件很浪漫的事。那是一个不大的平原，有一条常年流水的不大的河流流过。还有引河灌溉的渠道网，渠道的堤岸旁长着成排的柳树或者是杨树，柳树比较年老，杨树比较年轻。那里的天空很蓝，云彩很白，成排的柳树和杨树，还有满地的高粱，很绿。老乡说，高粱是杂交高粱。最主要的是老乡家里很白的墙壁，还有对画和画匠的尊敬。还请画家很隆重地吃麦子。老乡指着北面的山说，那里有一个山口，再往里，有一个焦家寨，那是焦赞驻扎了多年的寨子。老乡还指给我们看烽火台。但在当时的形势下，我感到这里像是一处世外桃源。

我开始考虑怎样巧妙地向领导提出我的浪漫要求。

民工连连长指导员听了我的要求，很爽快地就批准了，连一分钟也没有多考虑。他们说，你想去哪就去，反正公家给你们发工钱呢，又不挣㞎我们的工分。

我说我也是为了进一步深入农村，加强改造。

他们说，改造个球，难道我们农村是劳改队，我们成年都在劳改？你真会画画？

我说我真会。

他们让我当场画给他们看。

我就在他们的记工本上给他们画了一匹马。

他们认出了是马，就问我会不会画狗。

我给他们画了一条狗。

他们又让我画老虎。

我又画了一只老虎。因为在当时形势下常画纸老虎，所以这只虎不小心也有些像纸老虎了。

他们说很像老虎，他们很高兴，他们说行，老客，你就去当你的画匠吧，不过你得小心，不敢中了我们农村婆姨们的美人计，中屎了美人计，东家就不给你出工钱了。

我以为他们是在说笑话，就说我会严格要求自己，不会犯错误。

他们笑了，我没有在意。

营里的领导人，是县里的下放干部，他们也不反对。他们说，你们想去搞农村调查，是好事，我们没意见，你们想调查球甚？

我只是打着农村调查的旗号，就说计划调查大好形势。

他们说，大好形势还用调查？好不好，你经过调查都得说球好，你说对不对？你会画画？

我说会。

他们也要求我当场画给他们看看。我给他们画了一匹马。他们又让我画猴子和老虎。他们认为我画的三种动物还都像，就提出你要小心农村的美人计。他们说得很认真，不像是幽默。我们这两位营级领导人对被下放一直想不开，认为是派性在作怪。所以，在我们的印象里他们只爱发牢骚，不爱开玩笑。他们常轮流称病在家长住，对我们的领导松松垮垮的，我们都特别高兴。他们居然也提出美人计问题，我感到应该引起注意。

我问他们，这里的农村画家常遇到美人计吗？

营长说，你多加小心，不屎吃亏。

指导员说，你深入下去就屎知道了。

他们说，你要下去，同指挥部打球一下招呼。

我说我知道。

我观察黄画师和他的徒弟，仍然是那么傲慢。我问三句很热情的话，他们只傲慢地回答一声“是”或者“不是”。他们对房东老黄也有几分傲慢，但不像对我那么严重。

我开始猜想，黄画师这么傲慢是不是为了预防老乡的美人计呢?

房东家里好像没有美人。房东老大娘已经是个老大娘了，她身边的那个女儿，才十一二岁。我给她也画过马、小鸡、蝴蝶等动物，所以老黄说我懂美术。此外，就是老黄和他们的两个儿子，两个半大小伙子。老黄还有两个大女儿，已在外面工作了，从照片上看是很漂亮的。照片能有什么用呢？再说，老黄是解放军出身，一身正气，又说话不离他妈的，黄画师完全用不着提防什么吧。

村里的姑娘媳妇们常来看黄画师作画，中间免不了说说笑笑，黄画师对她们好像也不是那么傲慢。只是这样成群结队，也不像是什么美人计。我认为美人计也属于阴谋诡计。

房东老大娘请了一位妇女来帮助她为画匠做饭。这是一位中年妇女，不难看，爱干净，不知道她能不能算是美人，但她做饭是有水平的。她擀出来的面像图画纸一样的白，一样的薄，一样的平。她蒸出的馍像是由一个模子压出来的，一样的大，一样的白。她捏出来的饺子，也像是由机器批量生产出来的，一样的大小，一样的形状，还有一样的花边。她做饭的时候，还能使满院飘荡着使人无法无动于衷的香味。黄画师和他的徒弟，每顿饭都是在这样的一种香味中，端坐桌前，贪婪地进食，吃得满头大汗，吃得神采飞扬，吃得心满意足，吃得轰轰烈烈。我想，他们成年累月都是在这样吃麦子，怎么仍然能吃得这样贪婪，这样沉醉，这样隆重？这同造饭的那位女厨师有关系吗?

那位中年女厨子认为，画匠们的吃相很文雅，饭量也不大。

我感到很惊讶。

房东老大娘说，我们在外多年，已经不会这样细致这样隆重地吃麦子了。

老黄并不陪着画师吃麦子。他和老大娘以及他们的儿女也吃高粱玉米。我们吃的高粱，形状一直像牛粪。

老亚说，没有吃过麦子的地方，才把麦子吃得那样隆重。

我痛斥他说，你就知道吃，像动物一样！

他说，你追求的美，是美人的美吧？

老诺也说，对美人计问题，不能掉以轻心！

我痛斥了她们的观点。只爱美人不爱美，我认为也是一种动物性。我没有直接这样对老诺说，因为她也是美人。据我进一步观察，认为黄画师也有一身正气，他的傲慢可能是由此正气而来。同女厨子之间，并没有发现任何可疑的证据。而且，一切都在于自身，正像伟大领袖的一条著名语录所说的，外因只有通过内因才能起作用。我决定向水库工地的最高指挥部正式提出我的申请。

从黄画师傲慢而又零散的言语中，我知道了他曾经做过几年小学教师，教过美术和自然地理，是六〇年大饥饿期间自动退职的。所以，我也理解他的吃相了，同时我们也交谈些“写生”“透视”“明暗”之类比较专业的话题。我也给他画过一匹马，他没有要求我再画别的动物。他仍然很傲慢。

他会带我去周游四乡吗？他会同意我打入他们的乡村画家队伍吗？

他们还仍然在给房东打磨将要作画的墙壁，在涂抹泥子，还没有开始作画，我想我是有时间让他来接受我的。

指挥部政工组的领导，也不反对我深入农村搞调查。他们还计划在简报上表扬一下我。我说，坚决不能表扬我。他们问为什么？我说，等我调查回来，取得了比较大的胜利再表扬行不行？他们说行。

一位戴眼镜的领导，就给我讲了一个乡村画匠的故事。

他说，那天早上，我估计最少也有七点钟了，因为讲故事的人说当时太阳已经把窗户照得一片光明了。这时画匠还躺在东家儿媳妇的热炕上，狗日的，当然还是赤条条一身肉什么也没屌穿，当然也不是那么赤条条亮着一身肉在给东家展览，他赤条条盖着东家儿媳妇的花被子还在死睡，不用说夜里他和东家儿媳妇干了不少好事。在这时，儿媳妇已经不在她的房里了，有人说她是出去倒尿盆去了，有人说她是去给画匠做饭去了。总之是她已经不在她的屋里了。她男人那些天当然是外出不在家了，有的说是在外地工作，有的说是来我们水库工地出民工了，也有的说是在村里当饲养员，夜里不回家里住，总之是男人不在家。无巧不成书，故事都是这样，对不对？这时候，儿媳妇的老公公，按你们的叫法就是房东老大爷，偏偏就出来爬梯子上房要去取什么东西，究竟上房取什么东西，也有各种各样的说法，我们抓主要矛盾吧，不用管他是上房取什么东西好不好？你说那梯子放的地方吧，正好就对着儿媳妇的窗户！老大爷爬上梯子，如果往儿媳妇屋里瞅一眼，赤条条的画匠就暴露了。幸亏，上房的时候老大爷没有往儿媳妇屋里瞅。

他说，老大爷上了房，把画匠惊醒了。他听见房上有人，又从窗户看见了梯子，他狗日的可给吓坏了，用儿媳妇的花被子把自己严严实实地打包住了。但有人说，画匠是老手了，他三下五除二就穿好了衣服，从从容容溜出去了。也有人说，老大爷上房，本来就是为了堵他，后来是儿媳妇出来也上了房，故意和老公公争吵，调虎离山，画匠才溜了。也有人说，这是公公和儿媳妇订好的美人计。

我说，我遵守三大纪律，八项注意。

他们说，你真会画画？

我说我真会。

他们要求我画给他们亲自看看。

我给他们画了一匹马。

他们说挺像，要求我再画一头牛。

我画了一头牛，很听话的一头牛。

我又按他们的要求画了一只鸡，是公鸡，正“雄鸡一唱天下白”。

他们很满意，说，你去同指挥部的几位领导同志请示汇报一下吧。

我说，好得很。

指挥部的领导同志笑容满面地说，深入农村搞调查研究，好得很。你是美术大学毕业的吗？

我说，不是。

领导上说，那你为什么会画画？

我说，我爱好美术，业余时间没事就画，在革命大批判中也画，得到了很大的锻炼和提高。

领导上说，那你画个东西给我看看，画什么都行，好不好？

我就给领导上画了一匹马。

领导上表扬我说，画得很像嘛，你再画一匹大洋马好不好？

我就画了一匹大洋马。

领导上说，也很像嘛，你再画一匹奔跑的大洋马好不好？

我就又画了一匹奔跑着的大洋马。

领导上说，很像嘛，快马加鞭对不对？深入群众，调查研究，和农民打成一片，为人民服务，这都是很好的。但你和农民打成一片，也要注意，小心上了他们的美人计。我们下乡下得多了，比你们有经验教训。我有一位老战友，出身很苦，战争年代很勇敢，就是在和人民打成一片时中了农民的美人计，结果受了处分，又不得不娶了这样一个农村婆姨，一直提拔受影响，个人经济也受影响。我们不是看不起农民，你们也一定要同农民打成一片，但不要中了他们的美人计，好不好？

我说，好得很。

领导上说，你最好同其他领导同志也打一打招呼，好不好？

我说，好。

当时指挥部有一位政委，两位副政委，一位总指挥，三位副总指挥，共计五位领导同志。我都一一向他们做了请示汇报，并遵命给他们画了马以及其他动物，他们也全都要求我提高对农村美人的警惕。他们说，阶级敌人好办，美人不好办，你要被拉下水，或者被招了女婿，我们真不好向革命委员会交代。

我向各位领导一一表了决心，坚决不辜负领导的期望。

老亚得知各级领导居然真的批准了我这个非分要求，很嫉妒，问能不能也把他带去。

我说，你自己去申请好了，各级领导都很英明。

他说，我不会画画呀。

我说，你可以表演吃麦子。

他说，你有什么了不起！我不精通美术，但我喜欢音乐。

我说，我知道你会吹笛子，唢呐会不会吹？

他说，你想让我去给领导表演吹唢呐？

我说，你可以申请去当乡村音乐家，同样可以走乡串户，同样能吃老乡的麦子。

老亚说，你是想让我去当吹鼓手？

我说，这里老乡办丧事，已经允许请吹鼓手了。

老亚说，你有什么了不起！

我感到我还不能高兴得太早了，黄画师会不会同意我跟随他去为老乡服务，还是个很大的疑问。他对我画给他看的马，没有做任何评价，只是很傲慢地看了一眼。

我发现我不应该画马给他看，因为在老乡家里的炕围壁画上，我没有见到过马，除了风景，就是人物，古装的人物。我为什么总是画动物而不画人物呢？是不是我身上也有没有改造掉的动物性呢？其实不是我只喜欢画动物，是各级领导都要求我画动物，从民工连的领导一直到指挥部的领导，都要求我给他们画动物。动物不好画，人物也不好画，但人物的写生也就是模特儿比较好找，画家周围都是人，有空就可以观察人，而动物的写生模特儿就不是那么好安排了。水库工地到处是民工，但没有一只老虎。领导真是英明，相当内行，考验我绘画的水平，就偏叫我画动物，各级领导都是这样。我真是够幸运的！

老诺说，各级领导叫你表演画画时，是你主动先画一匹马，这是你亲口说的事实吧？

我说，我画了马之后，领导上并没有外行地要求我画人物哪？

她说，反正是你自己开了画动物的先例！

漂亮的老诺，总是这样让人扫兴。

我就又给黄画师画了一个人物，算是一个古装的美人吧。

当时黄画师正在吃麦子，仍然吃得满头大汗，神采飞扬。他傲慢地看了一眼我画的这个古装美人，没有说一句话，继续贪婪地吃房东的麦子。

那位中年女厨子说，这个女人画得挺俊。

黄老大娘说，画的是个女人吗？

老黄说，我看怎么像他妈个外国女人？

我心里承认，我把这个美人的五官画得有些像印度风格了，但我并不是有意的。

黄画师在大家作了评价以后，他仍然没有做任何评价。

## 中　篇

政工组的领导忽然传唤我，很把我吓了一跳。领导上是不是后悔了，要收回成命，不再同意我浪迹四乡，去做浪漫的画家了？

老亚说，肯定是这样！他显然很高兴。

老诺也这样认为，她说领导应该有这样的水平。

我说她们是“不盼自己发财，就盼别人倒霉”。这句谚语，是我从老乡那里才学来的，正好用上了。在这句谚语面前，她们一直说不出话来。看来这句谚语是真理。

政工组的领导笑容满面，我感到形势不够好。这笑容是一种反悔的歉意吗？

领导上说，你计划什么时候下去搞调查？

我说，等黄画师给我们的房东画完炕围壁画，就跟他走。

领导上说，你估计什么时候能画完？

我说，我们的房东要求画成最高水平的壁画，黄画师说那得精工细作，起码一个月时间。

领导上说，那就很好。

我问为什么好？

领导上问我，你会写美术字吗？

我说会。

领导上问，大美术字呢？

我说，大小都会。

领导上笑容满面地说，真是好得很。指挥部的领导们知道你有很高的美术水平以后，就想让你为我们的水库建设做出贡献，当然不影响你深入农村搞调查。我们水库工地当然也没有必要画壁画，你说对不对？领导们就决定请你写美术字！

我问，给黑板报上写美术字？

领导上说，政委和总指挥们不分管黑板报，他们要求你把美术字写到高大的土崖上，一个字起码要有一人高，体现出我们工地上全体指战员的伟大的革命气魄来，你说好不好？

我说，很好。我不敢说不好，我怕我不服从领导以后，我那浪漫的理想会被他们扼杀掉。再说写美术字，可能比拉车运土要美。

领导上说，还要体现出我们坚持“政治建库”的革命精神来，好不好？

我说，好得很。

领导上说他们会派出民工把土崖铲平，写什么美术字，领导上也会定，还允我选一个助手，就从我们那伙大学生中选。

我先想选老亚，想让他尝尝受我领导的滋味，但猛然决定选老诺。我考虑，老诺工作认真负责，比较好领导——我也想领导她。

领导上同意了我的助手人选。那位戴眼镜的领导人笑容满面地说，在你们中间不会发生美人计这样的事件吧？

我说，我挑的这个女生简直严肃得过了头，呆板得让人受不了，否则，我怎么敢选她来和我一起完成这样一件具有重大意义的政治性任务呢？

戴眼镜的领导人说，我是同你开玩笑呢。

我说，我挑的这个女生，从来不开玩笑。

领导上说，玩笑还是可以开的，对不对？

我说，对。

老诺问我，为什么挑选了她？

我说，这是领导上的精神，组织上的决定。

她说，我一点也不懂美术哪？

我说，你会画直线不会，用尺子比着画直线？会吧？那就行了。至于往哪画直线，画多少条直线，每条画多么长，你听从我的指挥好了。

她说，那么是你领导我了？

我说，也可以这样说，也可以说我是画家，你是学生，我是师傅，你是徒弟，我是匠人，你是小工。

她说，你去领导别人吧，别人也都会画直线！

我说，领导认为你原则性强，政治觉悟高。用美术字写标语，是政治性很强的工种，你知道领导上要求一个字写多大？至少一人高，两人高、三人高都成。如果用这么大的字写一条反动标语，你想那会是多大的事件？

她说，那么是让我领导你？

我说，也可以说是互相领导吧，这样就平等了。

她说她从来没有听说过"互相领导"的提法。

我说在一个理想的家庭里，男人和女人是平等的，也就是存在着一种互相领导的关系。你说是不是？

她说，你严肃点好不好？

我说，我这只是一个比喻，我绝对不想和你组织一个家庭。

她更严肃地说,你严肃点好不好?

我望着她美丽的面孔,发现我给黄画师画的那个古装女人有些像她。老诺美丽的相貌,的确有一种印度风格。我们曾经背后议论过,老诺是不是混血儿呀?这话后来不知道怎么叫老诺知道了,她找到当时参加议论的每一个人,大发了一通脾气,愤怒的程度,使用的措辞,发作的时间,几乎都是一模一样的。她向我们重申,我的出身是城市贫民,我和帝修反没有任何关系。其实,她父亲是个工程师。我们中有人说,印度也是第三世界。老诺很肯定地说,我和印度也没有任何关系!我们都说,我们那是开玩笑呢。她说,开玩笑也要严肃些。我们怀疑,一定是老亚为了讨好老诺,把我们有关混血儿的议论报告了她。老亚死不承认。我们猜想,他打了小报告,可能也没有达到讨好老诺的目的。

我想,我可以把老诺当作画古装美人的模特儿,这样,以后跟着黄画师去给老乡作画,就有希望露一手出来。我看过老乡墙壁上的一些美人,都不够美,而且美得很雷同,像一个模子脱出来的。黄画师说,乡村画匠不懂写生,师傅怎么画,他就怎么画。黄画师懂得写生,但他写生的模特儿只能是本地美女吧?绝对不能和带有印度风格的老诺相比!以老诺为模特儿的古装美女,一定会光彩照人,美艳无比,把这里爱美的老乡征服了。当然,首先得把黄画师征服了。

这可能才是我挑选老诺做助手的真正原因吧。但这原因,我不能对老诺说。

老亚对我把老诺选做助手,很不高兴。这是可想而知的。

他说他早就有言在先了:你搞美术,意在美人,怎么样?现在事态的发展已经充分证明了这一点!

我说,那是组织上的决定。

老亚说,我不会画画,但智商比你低不了多少!

我说,我真是想叫你给我当助手,因为我一直想领导你。但领导上考虑老诺政治上比你可靠,可能是怕我用美术字写反动标语。

老亚说，算了吧，你挑我有什么用，我不是美人！

我说，老诺美是美，但谁能讨好了她？你都讨好不了她，我怎么敢讨好她？

老亚说，谁说我讨好过她？

我说，老诺对我说的！

老亚说，你有什么了不起！

这一次，我把老亚气坏了。不过，这也并没有影响到他在民工食堂吃高粱，形状像牛粪似的高粱，他和平时吃的一样多。我也像平时吃的一样多，没有因为高兴而多吃高粱。

老诺亲自去见了各级领导。

我问她，领导上怎么说？我是不是正确地传达了领导的精神？

她说，这里的领导都不够严肃。

我明白没有发生任何变化。

黄画师的作画进度，还只是刚刚开始给收拾平整的墙面上底色，白色的底色，比墙壁原来的白色清亮一些细腻一些的白色。

我说，黄画师画画真是一丝不苟，极端认真负责哪！

老黄说，画画不是打仗，不能提倡速战速决，得慢工出细活。

黄老大娘说，好画匠都画得慢，我们不怕慢，就怕快。

中年女厨子说，画画跟绣花似的，比巧呢，不能比快。

我心里说，你们得让他们吃多少麦子！我口头上说，我早就看出来了，黄画师是很有水平的。

对我们大家的这一片恭维，黄画师仍然是充耳不闻，视而不见，好像是在专心上他的底色，其实他仍然是那么傲慢。

对他的这种傲慢，我不能进行任何攻击，因为我必须讨好他。如果我攻击了他，我浪漫的理想就可能难以实现了。所以，我必须接受这种傲慢，甚至得向这种傲慢表示一种敬意。我早已习惯了向各种事物表示致敬，比如向工人，向农民，向造反，向劳动，还有向高粱。不过，对于一个匠人或者艺人来说，只有卑躬屈膝恐怕还不够。我得继续向他展示我的画技。

我又向他展示了一位古装的美女。这是我重新画的一个美女，画得比较精细。我知道如果上了色，效果会更好，但我怕暴露出自己色盲的原形，只用很细的线条表现出了画面上的明暗，以使美女显得有生命一些。听说房东是选中了“西厢记”中的美女，所以我这个美女就给她穿上了崔莺莺的衣服。不过，她美丽的容貌我还是以老诺为原型的，非常精细地描绘了那双印度风格的大眼睛。当然，神情不是她常有的那种太严肃太呆板的样子，而是一种委屈、忧郁的样子。她在说“这里的领导都不够严肃”的时候，就带有一点这种神情。当时我觉得她在这少有的一刻，是很美的——从一种纯美术的角度看。我想，一个古装美人，如果她的表情是严肃的，或者是傲慢的，那么老乡们可能也不会喜欢吧？

黄老大娘看了说，这个女子不丑，就是脸不干净。老大娘可能不喜欢脸部有表现明暗的线条。

中年女厨子说，这个女子跟活的似的，盯住瞅人。

老黄说，她像文工团的演员！

黄画师这次盯住看了一阵，仍然没有说什么。

他的徒弟也盯住看了一阵，不说什么。

我想，这可能是一个有意义的进步。此前，黄画师一直是傲慢地瞥一眼我画的动物和美人，而现在他盯住看了一阵。这“一阵”，大约有一分钟。我很高兴。

后来，我把这幅画稿拿给老诺看了。

她严肃地说，你画的这是什么呀？

我说，这是我的作业，向黄画师交的作业。

她说，你画的是什么人？

我说，古代的美人，老乡的墙壁上喜欢画这种古代的美人。

她说，古代美人就是这样啊？难看得很！

我说，你看像谁？

她说，难看得很！

我画得难道不像她吗？我看了她，又看了看画稿，相当像。我不明白她为什么说难看。

民工为我们铲平的第一面崖壁，不算高峻。标语是横着写四个字："政治建库"，这是领导上决定的。领导上还安排民工在崖壁的半腰，铲出了一条半米宽的台阶，那是供我们站立其上写美术字的。

站在这个不低的台阶上，不仅可以俯视整个水库工地，而且可以瞭望那个不大的平原。那时满平原都是葱绿，虽然主要是高粱的葱绿，但远远望去同样怡神悦目得很。

我问老诺是不是也有这种感觉？

她说，我有些害怕。

我问她，你害怕什么？不是害怕我吧？

她说，站这么高，脚下又这么窄，我害怕掉下去。

我说，在你感到快掉下去的时候，可以拉住我。你不害怕我吧？

她说，我时刻都害怕掉下去。

我说，你可以时时刻刻一直拉住我。

她严肃起来了，说，那像什么样，全工地都能看见我们！

我说，当你掉下去的时候，全工地也能看见。

她说，你不要吓唬人好不好？

从纯美术的角度看，老诺在感到害怕的时候，那神情也是比较美的，一严肃起来就不怎么美了。崔莺莺与张生偷情的事败露以后，她可能也是这样一种神情吧？

我让她退出台阶，先到安全的崖坡上去休息一下好了。我自己把那面崖壁丈量了一下，分成了四等份。然后，我也退下来了。我说我得先设计一下。

老诺说，你为什么喜欢美术呢？

我说，这里的老乡都给画家吃麦子，而且吃得很隆重。麻烦的是，画家们得提防老乡的美人计。

她说，你严肃点好不好？

我说，这是各级领导指示我们的。

她说，这里的领导都不够严肃。

我说，他们是实践出真知，你知道这是一条著名语录所说的。

她说，那你去给老乡画画，就不怕吗？

我说，我要是遇到真够水平的美人，我就把她画下来。她一听说要画她，可能就不敢使用美人计了，谁不想把自己画得高尚些？

她说，你说农村画家不高尚？

我说，我没有说过吧？我只说过他们很傲慢，不像我们这样已经彻底放下了臭架子。我有一个观点，一个画家只有坚守纯美术的眼光，才能发现美，欣赏美。比如，我面对你这样一个美丽的女人，如果有私心杂念，想讨好你，或者妄想爱你，或者想和你结婚，或者想和你这么那么，等等。

她严肃起来，说，你严肃点好不好？

我说，我就是在阐述一个很严肃的观点，我举例说我如果对你有私心杂念，我就不可能很客观很科学地发现你的美丽，欣赏你的美丽，评价你的美丽。你听懂我的意思没有？

她说，我听不懂你说什么。

我说，“情人眼里出西施”，你听说过这句话吧？这句话的意思就是说，情人看他的情人，东施也能看成西施，丑八怪也能看成美人，这就是不客观不科学，你懂吧？为什么会看走了眼？因为是情人，情人其实就是有最大私心杂念的人，全世界除他的情人，谁也不存在，对不对？同样道理，男人有了私心杂念，对美丽的女人也会看走眼了，心里只想着他要达到的目的，把你的美丽倒放到一边了，或者出于私情，脱离实际地夸大你的美丽，你说对不对？

她说，你们男人谁没有私心杂念？

我说，我对我的那位，就充满了私心杂念，我们已经结束了恋爱，只等待结婚了。别人都说她很美丽，但我自己对她的美丽把握不了。但我对你这样美丽的女人，就能用纯美术的眼光来欣赏，评价，写生作画了。因为我对你没有私心杂念。我对其他美人也能做客观冷静的处理，所以，我不怕美人计。

她说，你这是什么理论？

我说，你客观地说，你那位能客观冷静地欣赏你的美丽吗？

她说，他？死板得很。

我们一直不能想象，被严肃无比的老诺认定为"死板得很"的人，会死板到一种什么程度。老诺一直说，她那位在部队农场劳动改造的男朋友"死板得很"，怎样死板，她一直严肃地不说。现在，我用我这套理论分析了她的那位为什么死板，也就是为什么对她的美丽熟视无睹——因为你们已经有了太大的私心杂念，你们也结束了恋爱，只等待结婚了。她承认我说得有点道理。

后来，我们开始画线条的时候，她说她已经不怎么害怕了。

我们用粉笔线条把美术字的轮廓画出来，民工再按照我们的粉笔线条把美术字的笔画铲出凹陷来，然后再由他们在凹陷的笔画里刷上白石灰水。我说，白字就很醒目。领导上说，白色不够革命。我就建议给白字加一个红边。领导说很好。

这样，红边就得由我和老诺亲自来加。

老亚说，你讨好老诺的办法，够高明的，披上了理论色彩。

我说，你总是以小人之心，度君子之腹。

他说，你先用纯美术的前提，解除了她的戒备，然后就大献殷勤，大唱赞歌。

我说，你知道，我的那位不比她丑，你不要破坏我们的婚约好不好？

他说，你那位远在天边，这一位近在眼前。

我说，我很快就要周游四方去了，老诺给你留在眼前，放心了吧？

他说，你了不起！

我觉得我没有什么了不起的。不过，在画粉笔线条和给白字加红边中间，我已经能很客观很冷静地给老诺讲解她如何美丽和为什么美丽，使用着“线条”“比例”“质感”“色彩”“光线”等等一些专门术语。

老诺也能够比较冷静地听我讲解了，而且兴趣在渐渐浓厚起来。

我有时也在我的写生本上，给她画几笔，帮助她理解自己的美丽。我这个写生本，是领导上发给我记劳动心得的，所以不够标准，每页上的蓝线格，使画出来的人和动物就如同漂浮在蓝色的波浪上。老诺对自己的某一部分漂浮在蓝色的波浪上，已经不再提严肃与否的问题了。她有时也看得入了迷。但她并没有联想到我画的古装美人，可能像她。

所以，老诺现在大部分时候是美的，一种没有私心杂念又显得成熟的美。我按照这种美，又精心画了一个古装的美女，原形还是老诺，妆饰还是崔莺莺。这一次，我大胆使用了色彩，因为怕出笑话，尽量上了淡彩。画完，我还请老亚给鉴定了一下。

他说，画得真像她哪！

我说，你看色彩谐调不谐调，就是看着舒服不舒服？

他说，漂亮得很哪！

我就把这一份新的作业，拿给黄画师看了。

当时，黄画师仍然是正在吃麦子，吃得神采飞扬，痛快淋漓，精神处于亢奋状态。我已经有些怀疑，在黄画师吃麦子的时候让他看作业，是不是恰当？他在十分隆重地享受吃麦子的快感时，可能不会客观冷静地估价我的画技吧？但我又想，要真正征服这位傲慢的乡村画家，恐怕也只能在这种时候——你的画技能把他从吃麦子的那种快感中吸引出来，他才可能对你收起那一份傲慢吧？

这一次黄画师傲慢的眼光，在我的古装美女身上停留了更长的一阵，有两分钟时间。而且，他首次发表了意见：你是仿照甚画的？

我说，我没有仿照什么，是随便画出来的。

他说，不对吧，我好像见过这张画！

我说，我的确是随便画出来的。

黄画师傲慢地看了一眼，又专心吃麦子去了。

老黄看了看这个美人，说，我看像穆桂英。老黄一直希望把壁画上的古装美人画成穆桂英，他说古代的穆桂英肯定在他们这一带英勇战斗过。但黄老大娘坚决不同意，她说当了一辈子部队家属了，不能在炕头再画一个部队家属。老黄说，穆桂英挂过帅，怎么能算部队家属！黄老大娘说，她就是部队家属。

所以，黄老大娘看了我这个美人，就坚决说不像穆桂英。

中年女厨子说，你画的女人越来越俊了，就是衣裳的颜色有些怪。

我说，古代的衣服就是这种颜色。

我对黄画师不相信我能画得这样好有些不满意，但想了想，还是感到很满意——他说是仿照别人的画而画出来的，这其实是对我的画技的一种很高的评价。他说他见过这张画，很可能是因为他见过老诺而产生的误解。因此，下一次交作业时，我要同老诺一起来。这样，他就不会再认为我在临摹别人了吧。对我在色彩方面可能存在的失误，黄画师也没有加以嘲笑，他可能被我画的这个神形兼备又似曾相识的古装美人吸引住了。只有那个中年女厨子看出了色彩方面的毛病。她的眼光总是很尖锐。但她并不重要。

我真高兴。我可能向征服黄画师，实现浪漫的理想，迈出了很关键的一步。

我们写的第二条标语，也是四个字，也仍然是“政治建库”那四个字，只是这四个字是竖着排列在土崖上。所以，民工在铲平的崖壁上，为每个字铲出了一个台阶。我说，这是步步高。老诺说，这是“可上九天揽月”。我感到她这句诗引用得不够美，不过我没有说出来。她说她已经一点也不害怕了。在高处，她常常很自然地拉住我。这种时候，她也很美。

在完成了第二条标语之后，我提议到离水库工地有五里远的那个镇子上去吃一顿麦子。那里是公社革命委员会所在地，有一家很小的国营饭店。我们自从担负了用美术字写大标语的重大任务以后，领导上特许我们可以自行安排出工时间，不必像在民工连队那样三班倒了。所以，我们去镇子上吃麦子，也可以自行安排，不需要向各级领导请假。

老诺居然毫无私心杂念地同意了我的建议，而且显得有几分激动。她在激动的时候，显然更流泻出一种美来。我想，崔莺莺在等待张生来赴约的时候，可能也是流泻着这样一种美吧。

在那五里路程中，我继续向她冷静客观地讲解着她的美丽。

她听得很入迷。

她说，她对自己的美丽，一直稀里糊涂的，在认识上没有自觉性。

我说，提高认识，必须有理论做指导。

她说，完全正确。我以前不明确自己会是这样美丽！

我说，伟大领袖教导我们人贵有自知之明，不是让我们只知道自己的缺点。

她说，五里路，没有走就到了。她在说这话的时候，有点神采飞扬的样子。

但她在吃麦子的时候，却变得非常严肃，认真，专心，吃相不够美。这个很小的国营饭店，墙壁也不像老乡家中的墙壁那样是白色的，更没有壁画，只有油腻了的标语。麦子也做得毫不隆重，老乡叫“两面三刀”，一两面，削三刀的意思。

老诺很专心地先吃了三三九刀，又加了三三九刀，共二九十八刀。我先吃了四三十二刀，又加了四三十二刀，共二十四刀。是我先吃完了第一个十二刀，说我还得再来十二刀。老诺就说，那我再来九刀好了。

在吃麦子的整个过程中，我们没有说话，没有交谈。

吃完最后一刀之后，老诺才说，这家饭店的卫生还是这样差。

我说，我同意你的看法。你看老乡家里的墙壁有多白，老乡给画家吃麦子有多隆重！

她说，我也同意你的看法。你看这餐桌有多脏，你看这苍蝇飞得有多讨厌！

我们就围绕卫生问题，交谈起来。

期间，过来了一个要饭的老乡。他说，大爷大娘行行好，给几两粮票。我很严厉地问他，为什么不在村里劳动，而要出来要饭？他说了一堆话，我没有听清。我问老诺，你听清了没有？

她说，我只听清了他叫我们大爷大娘。

我说，我也听清了他叫我们大爷大娘。

要饭的老乡这时就离开了我们的餐桌，转向别的桌子去了。我厉声把他叫了回来，他显得有些害怕。老诺问我，你要干什么？我给了要饭的老乡一斤粮票，问他，够不够？他又说了一堆我们听不清的话，只听清其中夹杂着不少“大爷大娘”。

要饭的老乡离开后，老诺说，他比我们年纪大，为什么叫我们大爷大娘？

我说，为了表示尊敬我们吧。

她说，幸亏没有叫我们老大爷老大娘。

我说，我们的外号已经带了“老”字。

我们又围绕“大爷大娘”和“老大爷老大娘”，聊了一阵天。

我觉得，在这次下镇里吃麦子的整个过程中，老诺的神情都不够理想，只有出发前的那一种激动，比较动人。因此，我决定在画新的古装美人的时候，就赋予她这种神情——因为有所期待而激动。这一次也仍然是在老诺的身上，穿戴崔莺莺的服饰。而在色彩上，我要请老诺来亲自替我把关。

在交作业的时候，请老诺在现场。我对黄画师说，这就是我临摹的原画。对照原画，黄画师应该被我的画技征服吧。

老亚对我和老诺的亲密关系，已经从嫉妒发展成羡慕了。他没有嫉妒到底，我把这归结到他是男人。我不想再故意气他了。

他问我，你现在还坚决要求去农村流浪吗？

我说，当然，那是我的理想，我不会动摇。

他说，你是不是要带着老诺一起去？

我说，她既不会画画，又太讲卫生，怎么能带她去？再说，她的那位和我的那位，也不会同意我们去自由浪漫的。各级领导也不会同意，他们最担心美人计。

他说，那么你到底是怎么取得她的好感的？

我说，正像那条最著名的语录所说的——“斗私批修”。

他说他不相信。

我说，就是斗私批修。

民工连的领导说，营里叫屎你呢。

我问，发生了什么事？

连领导说，能有屎甚事，叫你去，你就去。

营里，教导员回家里长住去了。营长说，指挥部叫屎你呢。

我问，是批评我，还是表扬我？

营长说，管屎它批评表扬，叫你去，你就去。

指挥部政工组戴眼镜的领导说，指挥们叫屎你呢，

我问，是标语写得有问题吗？

领导上说，标语写得很好，已经受到了县革命委员会领导的表扬。

我问，是总指挥叫我，还是副总指挥叫我？

领导上说，你就去见总指挥吧，省得麻屎烦。

总指挥笑容满面地说，标语写屎得不错，你去见政委吧。

我问，是见政委，还是见副政委，哪位副政委？

总指挥笑着说，直接见政委，省得麻屎烦。

政委说，你是美术大学毕业的？

我说，不是，我在大学是学文的，但我非常爱好美术。

政委说，你会画炕围画，我们这里老乡家里的炕围画？

我说，会！

政委说，好得很。情况是这样。县革命委员会郑副主任来我们工地视

察，对你写的大美术字标语很满意，连连说很漂亮，很漂亮。我们就向郑副主任汇报了你的情况，包括你要求深入农村，以给老乡画炕围的方式，搞农村调查。郑副主任连连说好得很，好得很。

我听了真是高兴。这里的最高领导也批准了我的理想。当时我把“郑副主任”，听成了“正副主任”，以为县里的所有领导都在为我的理想叫好呢。

政委说，郑副主任说他在家里正好刚盖成几间新房，可以请你们这位美术大学的大学生去给我画一画炕围。这是一个很光荣的任务，你看好不好？

我问，县革命委员会的正副主任共有几位？

政委才发现我听错了，笑容满面地说，郑副主任就凭这个姓，也不适合当副主任。

我问，郑副主任的家在哪里？

政委说，也在农村，离这里不远。

我说，我服从领导，愿意完成这个光荣的任务。但得请一位你们本地的水平高的画匠，和我共同完成这一光荣的任务，我还不太熟悉你们这里的风俗习惯。

政委说，郑副主任已经考虑到这一点了，他指名叫你提到的那位黄画匠，和你一起完成这件光荣任务，并说要以你为主，好不好？

我听了真是高兴。我也可以领导几天那个傲慢的黄画师了。

政委说，郑副主任很信任你，很欣赏你，很高兴能让美术大学的大学生给他家画炕围，所以，领导让你放手去画，充分发挥你的聪明才智，好不好？

我说，好得很。

政委说，郑副主任对你们只有两点指示，一是希望你们不要给他画古代美人了，把美人画成现代的革命的，好不好？风景可以照常画，风景是客观的唯物的，对不对？

我说，好得很。对得很。我觉得给美人换一身衣服，是很容易的。

政委说，第二点指示是，你们在生活上就不要特殊化了，好不好？

我当时立刻问，反应的速度之快，出我意料：是不是就是不让我们吃麦子了?

政委满面笑容地说,对,坚持“三同”,老乡吃高粱,你们也吃高粱,好不好?

后来回想,我在当时完全可以做出几种更聪明的回答。比如,我可以兴高采烈地答应下来,即使我为之争取的理想,真的就是为了吃麦子,那么在革命委员会郑副主任家里完全吃高粱,还可以继续到其他老乡家里吃麦子哪!我还可以用缓兵之计,因为黄画师在那时还没有正式开始给老黄画壁画呢,老黄是离休的解放军领导,郑副主任不大敢插在老黄之前把我们调去吃高粱。在黄画师精心为老黄画画的这段时间里,我有的是时间做出选择的。最下策,我还可以先答应下来,然后叫我的那位或者是我的弟弟,发一封电报来,请假走人。但我当时做了最冲动也是最愚蠢的回答——向领导承认了我是色盲。

我说,我画得这样好,却没有进美术大学,就因为我是色盲。

老亚得知我是色盲,高兴得一塌糊涂。

老诺感到自己受了骗。我说,难道我应该客观冷静地说你很不美丽?她仍然感到自己上当受骗了,不再跟我去写美术字标语。幸好各级领导经过研究后,认为我给大字标语所刷的白色和红色,都有些怪,决定不用我写美术字了。

这一切发生之后不久,老黄家里那位中年女厨子,也神秘地被辞退了。因为我问为什么不见这位女厨子了,老黄和黄老大娘都瞪我一眼,不说话。黄画师更不说什么,仍是埋头作画。

老亚分析说,是不是发生美人计事件了?

我说,那个中年女厨能算美人吗?

老诺说,你是色盲,能看出什么来!

我想,即使真发生了美人计事件,也不可能是老黄安排的阴谋诡计吧。在黄老大娘亲自司厨之后,黄画师吃麦子仍然吃得贪婪,隆重,热烈。不过,后来的事实证明,他的壁画也的确画得不错。

## 下 篇

我没有想到，二十多年以后黄画师还能记得我，并且能在省城找到我。

他说这二十多年来，他一直在农村给老乡的炕头画壁画。收入虽然不能同现在的暴发户相比，但长期都比较富裕，他已经满足了。这些年农村盖新房的越来越多，麦子也很多了，请他画壁画的一直排着队。他没有什么发愁的事了。只有一个心愿，也是一个最大的理想吧，想精心画一套炕头壁画，参加一次省里的画展。他说，有一位比他年轻，画技远不如他的画匠，人家会“活动”，会“烧香上供”，参加了一次省上的画展，现在“牛”得很。

我想起了黄画师当年的那一份傲慢，现在已经不再展现给我了。

他说他一直不知道我在省里的文艺界，要是知道，他早就来“活动”了，该给谁烧香，该给谁上供，也就有个引路人。该花多少钱，就花多少钱，他说不会比别人小气。

我说，文艺界是靠水平，不是靠活动。

他说，说是那样说。老客，你看我的水平还差不多吧？

我说，水平很高。

他说，钱，我也出得起。

我说，我既然帮助你，就用不着你花钱！

我也现出了几分傲慢。

黄画师说，只要能办成事，钱是小事。

我们就钱的问题争论了很久。我的观点是，文艺界如果也学会了大收办事费，那么还会这么穷吗？他的观点是，正因为你们文艺界穷，所以才学会了办事收费。都能说得通，所以谁也说服不了谁。后来才发现，我们多年不见了，不应该浪费了太多的时间来争论。

我说，一定给你办成这件事。

他说，办成事后，我也一定要把该花的钱花了。

我说，你放心地回去，精心地准备你的展品吧。

他说，你有了好消息，打电话打电报都行，不要怕花钱。

我在文艺界打了几个电话，问出了筹办这次“黄土高坡杯民间艺术大奖赛”的关键人物，并得到了他的三个电话号码，一个是家里的，一个是单位的，一个是大奖赛筹办处的。这三个电话号码，是一个真正的画家向我提供的。

整个上午，我轮流拨这三个电话号码，一个也没有拨通，多数时候是占线，不占线时又没有人接。

中午，我给那个真正的画家家里拨了一个电话，一次就拨通了。画家说，你下午再拨拨看，号码没有错。

下午，我又轮流拨这三个电话号码，拨了大约四十分钟，拨通了。

这个关键人物也姓黄。我说黄先生你的电话可真不好要哪！

黄先生笑得十分有力，耳机里传来的笑声全是钢铁般的声音，他说不要叫他黄先生，叫小黄。一定要叫我小黄，一定，不叫我小黄就是看不起我，我相当崇拜你我很早就崇拜你我没有崇拜过几个人你懂吗，你不够朋友你为什么不直接来找我？我知道他是个有点名气的画家，但我崇拜你！你为什么不直接来找我？你这是不是看不起我？你真不够朋友！小黄小黄，你一定得叫我小黄！

我说，好吧好吧，我知道你很忙，我只有一件小事求你。

他说，你还是不够朋友不把我当朋友看，你求我，这不是看不起我吗！你要把我当朋友，就不要说求我，天大的事，你一句话撂给我你就放心好了。我崇拜你把你当朋友，你不能说求我，说求我叫我多伤心。什么时候我请你吃顿饭，喝烧酒，老客你的酒量怎么样，听说了不得得很，对不对？

我说，我根本没有酒量，以前年轻，还能跟朋友们在一起起起哄，喝几杯，现在不成了，烧酒服不住了，只喝点啤酒，也没有瘾。

他说，啤酒不叫酒，我有科学根据！老客，你还是不把我当朋友看，我知道你的酒量，了不得得很！什么时候我们喝一回，不知道给不给我这个面子？

我说，小黄，那我先请你，我什么时间都成，我是自由人，就看你的时间，你是大忙人，明天晚上方便不方便？

他说，老客，老客，我说你不把我当朋友，你真不把我当朋友，我怎么能叫你请我？如果你看得起我，那得由我先请你，你比我年长，你又是名人，我崇拜你，怎么能叫你请我？我的时间也由我支配，我也是自由人，我不用向领导请假了，现在我就是领导了，我领导着各种领导人呢，老客你信不信？

我说，我相信。我在晋北农村改造的时候，认识了一个农村画家，是画炕围壁画的，我看有点水平。

他说，你看有点水平，那就是很有水平了，我相信你的水平，我崇拜你，老客，我先请你，好不好？

我说，他想参加你们的画展。

他说，老客你的关系，没有问题，一句话的事。那我们就说好了，我打电话请你，不能推辞，我们得喝烧酒不能喝啤酒，好不好？我这里有你的电话号码吧？

我说了三遍我的电话号码。我问他参加画展要办什么手续。

他说，你的关系，还办什么手续？你又看不起我，老客。

我感到电话那头的这位小黄，很可能是带着几分醉意。挂断电话后，我给那个画家朋友打了个电话，一拨就通了。画家说，你猜得不错，小黄一星期有六天是醉的。所以，你托他办事，得反反复复提醒他。他忘不了的事，一定给你办。

我想了想，我在电话中还没有怎么向小黄说明黄画师的具体情况，包括姓名，属于哪个地、县、乡、村等。

又想了想，刚才拨通小黄的电话，到底是哪个号码拨通的，当时也没有留意，一直在轮流拨着三个号码，拨通了就兴奋地说起话来。

说了一片醉话？

我还是给黄画师发去一封快信，说参加画展已经没有问题，关系都打通了。你一定要拿出高水平的作品来，证明你不是靠关系参展的。

你看，不必花你一分钱，就把事办了。

祝你身体健康。

我忽然想起，当年那个中年女厨子到底是为什么被打发走的？这个问题恐怕不便直接问黄画师。

为了反反复复提醒小黄，我一有时间就轮流拨那三个电话号码。经过几天的操练，我也找出了一些规律。每天下午四到五点钟，是最容易拨通小黄电话的时候。这时候开通的总是他家里的那部电话。晚十到十二点以后，画展筹备处他那部电话，有时能拨通。上午十到十一点，他在单位的电话有时也能拨通，只是拨通率比较低。除了这三个时候，你在电话里绝对要不出他来。下午四到五点钟，是小黄最热情最讲义气的时候，他滔滔不绝地说话，你几乎插不上嘴，这时可能是他醉意最浓的时候。晚上十到十二点，他总是显得特别忙：老客，客老师，你重托的那点事，我记着呢，你放心，我这里正马踩车呢，对不起对不起，明天给我家里打电话，好不好？上午十到十一点钟，偶尔要出他来，不论你说什么，他几乎没有反应——这时是你一直说，他一直哼哼，与下午正好相反。

我问那个画家朋友，这怎么回事？

画家说，小黄就是这样一个人。但他是给朋友办事的，只要他没有忘记。

我说，要不要请他吃顿饭？

画家说，他最爱好吃饭了。但像你我这样的人请饭，恐怕排不上他的日程。你反反复复提醒他，给你办了事就可以了。

我感到画家说得很对。

小黄在下午的电话里，一再说没有什么问题。

有一天，我给老亚打电话，顺便说起了黄画师的事。老亚现在是省城一家中型企业的厂长。

他说，他也认识那位小黄，他们厂还赞助过他，好像也是搞什么大奖赛。那个家伙，太能喝酒！你和他喝过酒没有？没有，我不是小看你，你绝对不能同他喝酒！

我说，你绝对行。你在小黄面前也给黄画师说一说情，好不好？

他说，我不懂美术。

我说，你懂得喝酒就行。

老亚说，好吧好吧。

黄画师把展品带来了，按我交代的门道送交筹备处，却被拒收。他十分慌张，出了满头的汗。他说，不花钱办不了事，你不信，现在信了吧？

我安慰黄画师，慌张没有用，我来给你想办法，好不好？

送交展品的门道，是小黄告诉给我的。他反反复复都是这样告诉我的。

当时是上午十一点钟。我拨了小黄在机关的电话号码，一直没有人接。我又拨了他家里和他在筹备处的电话，都拨不通。

黄画师更加慌张，说，这是他一生最大的理想，花点钱是很情愿的，你看你，不听我的，这可怎么办好？

我说，你先不要慌张好不好？你要信得过我，看得起我，你就不要慌张，好不好？

他说，好是好，但钱是不能省的！

我答应替他花钱，他仍然慌张不止。我请他留下来吃饭，请他把展品留给我，由我给他送交筹备处，他都不答应。

我说，到下午四点至五点时候，我保证能让你顺利把展品送进去，好不好？

他说，好是好，但该花的钱，一定要花。

说完，他就慌张地走了。我问他去哪？他不说。我怕他这样慌慌张张地出去，发生了车祸怎么办？但拦不住他。

下午三点钟,黄画师慌慌张张地回来了——他没有出车祸,我松了一口气。从四点开始,我给小黄拨电话,到四点二十分,拨通了。

小黄在电话里又滔滔不绝地指责我不够朋友,同时传来兴奋的滚滚浪潮,还有醉意,还有强有力的钢铁般的笑声。

我把拒收展品的消息,插入了他的醉酒的兴奋中。他说这是绝对不可能的,谁敢这样做?老客,你说出这个拒收的人来,是谁,是哪个浑蛋,你告我!

我说,不追究了,你再给打个招呼好了,明天我这位朋友再去送展品,好不好?

他说,你不说,我也要严加追查,太不像话,绝对不像话,不像话得出奇!

我劝了半天,希望他不要怪罪工作人员。

他终于答应了,说你们也不要理他们,展品不要给他们,老客,展品就先放在你那里,什么时候评委们开始评选,我派人直接到你那里取,你不要理他们,现在送交他们也没有什么用!

我坚持还是按筹备处要求,在评选前把展品送去。但小黄坚决不让理"他们"!

黄画师对享受这样的特别待遇,十分不放心。

我又问了那个画家朋友,他说只要没忘记,小黄还是给朋友办事的。

黄画师还是慌慌张张,放不下心来。我一直嘱咐他,过马路一定要小心!

没有几天,黄画师相当慌张地赶来,说他听说评委们已经在天天香饭店报到了,评选工作马上就要开始。

我又在下午的电话中,把小黄要了出来。他说,你的朋友连评选也不必参加了,评选也就是那么回事,直接送展厅算了,就这样定了。

黄画师对这样的特殊待遇,更是不能相信。他说,你一定是托了骗子!他还说,他已经在美术界找了新关系,准备把该花的钱花出去。

我天天和小黄对话,他说我成不了大气候。

我问那个画家朋友，他说现在是关键时刻了，你更得反反复复提醒他！

黄画师不断探听来新消息，评委们已经离开天天香饭店了，展品已经确定了，展厅已经开始布置了……他惊慌沮丧，感到一生的最大理想就这样完了。他已经花了该花的钱，但“新关系”也只是要走了他的壁画小样，展品原作一直没有交上去。

我也感到有些上了当。我想，小黄为什么不能欺骗我呢？我又想，我当年吃麦子的理想没有实现，今天黄画师参加画展的理想为什么一定要实现？不能实现，这可能是比较多的情况，甚至有点是宿命？

大奖赛开幕前一周，我们都完全绝望了。但我还是在坚持反复提醒小黄。他说他真把这件事给忘了，接着是滔滔不绝的对自己的咒骂。他说明天一定派人去取展品，一定。

我们没有抱什么希望。黄画师坚持要回乡下去了，我劝他参加一下开幕式比较好，可以认识一些名画家和更管事的人物。这一次不成，还有下一次，怎么能说你的理想就完了呢？黄画师说再也不想参加什么画展了，但可以看看展出的是些什么作品，能比自己的水平高多少！

只是，第二天小黄真的派人把黄画师的展品取走了。

开幕式上，黄画师在展厅里看到了自己的作品。当然位置不够好。

他对我感激涕零。

后来小黄在电话里说，为了把黄画师的作品插进去，他临时撤下一件已经布置好的展品，还不知道是谁倒了这个霉。他有力地笑了。

后来我很想见见这个小黄，但约了好几次，都是他的原因没有实现，我知道他太忙了。

我打电话问老亚，怎么才能见到小黄？

老亚说，你只有通过吃饭的渠道。

老亚还说，老诺现在也在忙于吃饭，她在抓“三产”。我前不久去北京，见了她，她已经成了一个胖老大娘了。

我说，你请我和小黄吃一次饭，好不好？

老亚说，好得很。

## 矿泉溪水

我不相信在南神头发现了矿泉水，因为我不怎么敢相信六儿。

六儿说，还是优质矿泉水，含什么什么元素，不含什么什么元素，是请专家化验出来的。南方的专家，广东的专家，人家日弄你做甚，你说？

他说，你喝过健力宝吧，健力宝还不就是矿泉水加点果汁，再加点蜜糖。我们南神头自古就出产水果，什么水果没有？梨、槟果、枣、桃、杏、核桃，你都吃过！

我说我吃过，但那时我们可不是白吃。

他说，那时你们多有钱！

那时我们能叫有钱？

那时不知道我们南神头有矿泉水，要不，我们南神头也早出产健力宝了，你信不信？

那时广东也没有健力宝呢。

我们当然不能叫健力宝，叫满堂红怎么样，你说？

满堂红？为什么想叫满堂红？

你吃过满堂红，怎么就忘了？满堂红槟果，我们南神头出产有名的满堂红槟果！

满堂红，倒是很吉利，只是不够新潮。

可我们的矿泉水是优质矿泉水，白白流了多少年。专家们说，这股水装进瓶里就是钱，它在国际上很畅销。

那道沟里流出来的那条小溪，真是矿泉水？

那是专家们化验出来的，我日弄你做甚！

他说，那道沟叫马槽沟，你忘了？

我真忘记了它叫马槽沟。

当年我们以为它的形状像一个马槽，所以老乡叫它马槽沟。老乡们都笑了，显然在说：哪有那么简单。他们说，叫它马槽沟，是因为当年慈禧太后逃难时，在这里饮过马。

当时，我们觉得自己真是太简单了。慈禧太后饮过马的地方？我们立刻都瞪圆了眼看它，好像在瞻仰似的，用心看了十几分钟，企图看出一点不平凡来吧。可能当时什么也没有看出来，否则，我怎么可能把它完全忘记了？

老乡把这样大一条沟给慈禧太后做了马槽。

慈禧太后逃到怀来的时候，只想吃鸡蛋，她饿坏了。不知道她当年吃鸡蛋的地方，留下了什么名称和典故，吃蛋村，或者圣蛋镇？

又不是慈禧太后下的蛋，怎么能叫圣蛋？

圣蛋，也容易让人听成圣诞。圣诞节是帝国主义的节日。

帝王将相也有上山下乡的时候。

当时我们对马槽沟做了这样一类议论，没有看出什么不平凡来。

那实在是一条很平凡的山沟，沟底流淌着一条溪水。就像所有的溪水一样，它很清澈，流量也不大，但饮马还是绰绰有余的。问题是，这道沟和这条溪距离南神头村以及附近的大路都比较远，而村子就在河边，河水也是清澈的，在一百年前它根本不可能被污染。附近的大路也离村子不远。

大路在村子的东北方，而马槽沟却在村子的西南方，从大路上逃难过来的皇家人马，如果要饮马，为什么要离开村边的那条河而去远就马槽沟的溪水？

这是我们后来发现的疑问。对我们的疑问，村里老乡有三种解释。

一种说法是，当时逃难的大队人马是在村边的河里饮马，只把慈禧太后和光绪皇帝的马牵到了马槽沟饮，再怎么说，那里的溪水也比河水干净。

那你们怎么吃河水，不吃溪水？

我们？都是草木之人，吃甚都一屎样。再说，河就在眼跟前，近呀。

当时，慈禧太后和光绪皇帝喝的是河水，还是溪水，知道吗？

喝了绿豆米汤，绿豆米汤败火。

你们慰问慈禧太后的绿豆米汤，是用河水熬成的，还是用溪水熬成的，知道吗？

听说慈禧太后没有喝我们的米汤。

另一种说法是，当时慈禧太后的人马没有走大路，是翻山越岭从马槽沟那边过去的，那是逃难呀，又是逃避八国联军，不比平常，不宜走大路。

当时，八国联军并没有追赶到山西来，有什么必要翻山越岭？

再咋说，那时也是逃难，慈禧太后和光绪皇帝够恓惶的，不想走大路丢人现眼。

怕丢人就去翻山越岭？不可能。我们上山下乡，并不丢人吧？

反正是够恓惶可怜。

谁恓惶可怜，我们，还是皇家？

我们贫下中农也够恓惶可怜。

还有一种说法，说慈禧太后当时没有翻山越岭，走的仍然是官道，但当时的官道就在马槽沟那边，现在的大路是解放后新修的。

我们在马槽沟一带，没有发现任何古官道的遗迹。

六儿说，学大寨改天换地，你们哪还能寻见旧官道的古迹？屎毛也寻不见一根了！

六儿坚持这种解释，这种解释也最难驳斥。

六儿那时是个十八岁的后生，没有结婚，在村里也没有当干部，可他消息很灵通。他说，大队干部开会，他可以自由参加。他也经常来自由参加我们的聊天。他把大队干部会议的机密，村里老乡们的新故事和旧传说，传达给我们，同时也一定把我们的故事和言行，传达给了大队领导和广大贫下中农老乡。不过，当时我们并不归南神头的干部们领导，我们是因为修水库而"驻扎"在这里。所以，对六儿也毫无戒备，反而觉得他很讨人喜欢。只是由于他传达的消息太多了，其中的水分和谬误也过快地积累起来，我们就不敢十分信任他。他对此也不怎么在乎，于是就更讨人喜欢了。

从南神头赶往水库工地，或者从水库工地返回南神头，虽然并不直接经过马槽沟，但一定要跨过从这道沟里流出来的那条小溪。所以，也就常常停在溪边，捧起清凉的溪水喝几口。现在根据当时喝溪水的记忆，已经很难判断出它是不是矿泉水。过去二十年了，不可能准确地记着当时的口感——鬼，就是现在你也不可能根据口感来鉴定矿泉水！当时你劳累不堪，只感到那溪水很清凉，很解渴，此外就与在村里喝到的河水没有什么不同了。我们也不怎么在乎这里是帝王将相饮马的地方：没有嫌它肮脏，也没有把它神圣化。

当时我们没有喝过矿泉水，在聊天中似乎也从来没有聊过矿泉水。

六儿说经过了专家鉴定，肯定是优质矿泉水，含什么什么元素。如果是本省的专家，又在省城，我可以去拜访一下，偏偏是什么广东专家。现在吃饭讲究吃广东菜，请专家难道也讲究广东牌？

六儿在第一次告诉我在他们南神头发现了矿泉水的时候，也没有说这个发现同我当年的房东有那么重要的关系。他只是说发现了矿泉水，说请了广东的专家进行化验，说可以生产健力宝似的饮料。我想，他是有了"广东情结"了，因为他最近一直在做从广东批发水果的生意。

我离开南神头之后，几乎就没有再见到过六儿。

有一次,我跟着一位县革命委员会副主任,深入南神头检查工作。是检查积肥,还是检查补苗,已经记不得了,只记得我刚刚钻进革命委员会副主任的吉普车里,正要离去,六儿狂奔着追来了。

他"老客——老客——"地高喊着,我觉得应该下去同他打个招呼。

但革命委员会副主任却很果断地说,走我们的,不用管他!

吉普车立刻也狂奔着逃走了。

我只好把胳膊尽量伸出车外,向他挥手致意。

革命委员会副主任问,那人是喊叫你吗?

我说,是。

他说,我还以为是喊叫我。

司机说,我也以为是个告状的,要拦住主任不放手。

革命委员会副主任问,那是个什么人?

我说,是个贫下中农。

司机问,他喊你什么?

我说,老客。

革命委员会副主任问,他为什么叫你老客,你并不姓客哪?

我说,那是个外号。

他问,为什么起了这样一个外号?

那天我没有给革命委员会副主任汇报这个外号的来历,因为我觉得他太使六儿丢面子了。

六儿对此好像也不怎么在乎,因为在第二天他就进城来找我了,请求我给他找个吃商品粮的工作,什么工作都行,他可以一不怕苦,二不怕死。我没有见着他,我仍然跟着县革命委员会副主任下乡检查工作去了,我只见到他给写我的一张字条:

老客你快了(接待他的同事说,他是说你阔了),给我找工作,吃商品粮,什么也行,毛主席说一不怕苦二不怕死,伙计至今取(娶字之误,同事解释说)不上女人。

我问同事,他还说了些什么?

他很能说,很逗人,很机灵,他讲了许多你们大学生的故事。他又说你很伟大,他和你的关系不同一般。我问他找你有什么事,我可以转告或者给你记下来,他说他会写字,他就给你写了这张条子。他还给你留下一包果干,我领他到机关食堂吃了一顿午饭,饭票拉球倒吧,六两细粮票你得还我,我也不客气了,这个后生口才很好。

在水库工地劳动改造完,我被分配在县革命委员会通讯报道组试用。后来革命委员会的领导人在下乡检查工作的时候,就总要叫我随行。同事们说,你很快将被领导人重用!我也激动了一段时间。结果发现同事们和我自己都把领导人的意图领会错了——领导人叫我跟随,可能仅仅是为了提高随员的"规格":领导人有大学生跟着伺候。我对同事们说,伺候与服务是同义语。同事们都同意我的说法。

只是,我显然不可能给六儿找一个吃商品粮的工作,我刚刚当上领导人的服务员,而且还在被试用中。

六儿似乎接连不断地又来过几次,我都没有见着他。他给我的同事们也一一送了果干、杏干、黑枣。他们没有再让我支付更多的细粮票。

等到我再次见到他,就是现在这二十年以后了。他说他们控制着省城的水果批发市场,你信不信?

他说,我们从广东发几车皮香蕉回来,需要一星期时间。货到以后,差不多在当天就全部批发出去了。你见了吧,这两天街上到处卖香蕉,那就是我们刚发来一批货。

他说,发一车皮香蕉,需要资金三四万,批发出去,能赚一万。

开始我有些不相信,后来就相信了。

他说他早就知道我调到省里来了,也一直注意读我的小说。

我说,我的小说没有意思。

他说，我是害怕把我写进你的小说里。

这一次，他还没有说在他们南神头发现了矿泉水。

六儿说，马槽沟的矿泉水，其实是改改爹发现的，改改爹你记得吧？

我说，我当然记得，他是我们的房东。

我记得改改家的院子很大，种满了树，好像多为桃杏树，也有枣树吧，房屋不多，也不是新房屋了。春天，桃杏开花的时候那院子真是迷人，可惜只在那院子里过了一个春天，空气多好，许多的蜜蜂。

六儿说，改改爹的腰腿不好，你也记得吧？

我说我记得。

改改爹总是佝偻着腰，腿脚也不好使，走动艰难，终年穿着老棉裤。当时我们问他是不是关节炎，他说就是关节炎，是在口外学生意时候得的关节炎。

改改娘说，你学了什么生意！一脸鄙夷。

六儿叙述了改改爹发现矿泉水的经过。

你知道改改爹腰腿有病，几乎是个残废，有生产队的时候他没有挣过工分，全是靠改改和她娘挣工分，还有改改女婿从城里给家里捎钱，你说对不对？自从包产到户各家单干消灭了生产队以后，你知道分给各家各户的果树到了秋天得靠各家各户自家去看秋，你不知道？就是在各家果树跟前搭个窝棚，日夜住人看守自家树上的梨果，清楚了不清楚？互助？互助不㞞行，生产队就是从互助组开始的，实践证明不㞞行，你想，刚消灭了生产队，谁还互助？改改家没有男劳力，就把改改爹打发到坡上看秋去了，反正他在家里也没用，你说对不对？分给他家里那片果树，正好就紧靠着马槽沟。他天天喝马槽沟里的那股矿泉水，就把老汉的腰腿给喝好了。

他怎么知道那股溪水能治病？

他知道个球！

六儿你现在出来做生意，说话还这么连球带把的，也不学着文明点，讲究点公关艺术，能行吗？

一星期，挣一万块钱，你能行吗？

我说我不行。

六儿说，改改爹他日夜在坡上看果树，不喝马槽沟里的那股水他喝甚？改改娘有天给他送三顿饭，有天给他送两顿饭，还都是叫别人给捎带去，她不亲自给他去送饭。

我知道房东老两口关系不好，当时还听说改改娘在村里有个老相好。这个传说好像最早也是从六儿嘴里听来的。六儿今天说的这个故事也很像是个传说，一个多年患着风湿性关节炎的老汉，被关系不好的老伴赶到野山坡上风餐露宿，结果倒把关节炎的老顽症给治好了，就像一个典型的因果报应的故事。那么，改改娘得到了什么结果或者报应呢？

我问了六儿这个意思。

六儿说，老大爷发现了矿泉水，老大娘当然也很高兴。当年我们老大爷老大娘叫得很洋气。

我问，是高兴发现了矿泉水，还是高兴治好了关节炎？

他说，都高兴。

我问，老两口的关系是不是因此就变好了？

他说，都老屎了，还有什么好不好。

我只听说洗温泉能治疗关节炎，没有听说喝矿泉水能喝好关节炎。

他说，你不相信吧？专家们原来也不相信。他们一化验，就相信了。你不懂化验，你可以回我们南神头去见见老大爷，一见你就相信了。

我还是不敢太相信，但为了验证六儿讲的这个新故事，我能专门回一趟南神头吗？近来我干什么都兴致不高，可能也妄想赚点钱了。如果回一趟南神头，我能学到点赚钱的本领，即使不是一星期赚一万的那种水平，我回去不回去呢？

我去过六儿的水果批发站一次，是他邀请我去的，非去不可的那种邀请。我想他可能是要在我面前炫耀一下吧,他的邀请才那样热情而蛮横,非去不可。因为我当时也实在没有兴致。去那里深入生活吗,去叙旧去回首往事吗,去帮助过去的贫下中农发财致富吗,或者去巴结发了财的农民朋友吗,去按照优惠价批发点香蕉回来给儿子吃吗?

我说我一定抽时间去拜访你。

他说我仍然还是看不起他。

我就只好跟着他去了。

那是他刚找到我不久,在他租赁的那间民房里充满了很重的汗臭味,光线也不好。我觉得有些像回到了农村。

他向我介绍了屋里的两个农民,也向这两个农民介绍了我。

这两个农民一个比他年纪大,一个比他小。他说这两个伙计都是南神头的,老客你可能记不得他们了吧?我看了看,是非常陌生的两个人。

你们也记不得老客了吧?他在咱们村住过,就住在我家附近,号的是改改家的房。

那两个农民茫然而又冷漠地打量着我。

他们始终就这样冷漠地打量着我,不管六儿怎样吹嘘我。他们没有同我说什么,也没有向我点头,我向他们点了点头,可能还带着些笑容。他们扔掉我,同六儿说起生意,说得很专心,很专业,也很专横。

当时六儿听他们说了几分钟话,就说,你们定屎吧,很有气魄的样子。

那两个伙计立刻骂起他来,他毫不客气,也对骂起来了。这些骂人的方言,唤醒了我的许多记忆,我沉浸在这些记忆中,没有干涉他们的对骂。

一直到六儿把我带到一家不很卫生的私人小饭馆,我还没有从那些记忆中完全走出来。我发现眼前有苍蝇在飞翔,发现塑料台布油腻得粘手。这同我记忆中的情景是一样的。

我说不必破费,我说回我家里喝酒多么自在,我说我有一个当饭店老板的朋友,我说了许多借口,希望不在那家小饭店吃饭。除了苍蝇和油腻,我也不想忆旧。

他说他现在有的是钱，他说在高级饭馆喝酒才不自在，不能划拳，不能吐痰，他说你不愿在这里跟我喝酒，就是看不起我！

我说，我很高兴在这里跟你喝酒。

我问，刚才你们吵什么？

他说，都是驴日的！

我想，我应该说些让他高兴的话。

我问，你们这个批发站你是头儿吧？

他说，这个头儿不好当，真不㞞好当！

六儿的气色果然好起来了，很有气魄地喝叫了一声，再次把小饭馆的老板喝出来了。

后来他解释说，他们不叫批发站，现在时新叫批发市场，把持这个批发市场的都是咱们老乡，你不信？我不是只领导着那么两个驴日的，广东住着两个伙计管采购发货，还有两个伙计专门管押车，你见到的那两个驴日的在这里往出批发。我们这是一个公司性质的单位，我早说我们就正式挂出一个公司的牌子吧，驴日的们都不同意！他们都入了股，我也不能太一言堂了，你说是不是？他满脸非常得意的表情。

老客，你给我们公司美美起它一个名字！

开始喝酒的时候，六儿说他想起来了，当年他借过我们几斤烧酒，一直忘了还了。

我想不起来有这回事。

水库上发给你们的，用葡萄糖瓶子装着，不是薯干酒，是粮食酒，你们一人分了一瓶，你们男大学生一人要了一瓶，女大学生是一人要了一斤白糖，对不对？那是过什么节，县上慰问你们的，对了是庆祝九大胜利召开，想起来了没有？

我想起来了。

我们男生都要了一瓶酒，是想喝醉一次。那时，我们谁也没有喝醉过，只见过一个带民工的村干部喝醉了，在水库工地躺了一夜，没有人发现，被发现后他已经醒酒了,什么事也没有,真他妈的了不起。我们发誓说,每人都必须把自己的那一瓶酒喝干,然后大家一齐醉倒,我们不一定要醉倒在水库工地上,那样影响不好。我们还决定把下酒的菜“搞”得尽量好一点,因为有人听说喝醉酒是一件很受罪的事。但是猪头肉、花生米这一类东西,在水库工地非常不容易搞到,多出点钱也搞不到。当时,白酒可能更难以搞到,所以县革命委员会才“特批”了白酒来慰问我们。当然不是专门慰问我们,慰问品也得花钱来买,特别是白酒也没有配套带了下酒的菜,来慰问奋战在水库革命工地的指战员。我们又决定,等有机会进城采购点罐头之类,再一醉方休吧。

就在此期间,我们的酒被六儿骗走了。他说他的一个最最重要的亲戚要办喜事,万事齐备,只差几斤烧酒了,你们不知道我们农村娶个媳妇有多不容易!他说这酒当然是借,很快就能还给你们,因为已经走好了后门,只是到底哪一天能把烧酒走出来,没有十分的准头,但办喜事的日子已经定好了。这种日子,不能变动,你们可能也知道。

我们当时是怎样同意借给他的,已经记不起来了,总之是借给他了。可能没有都借给他,因为我记得我们终于喝了那次策划已久的酒,谁也没有醉倒,显然酒精的数量大大地不足了。后来,我们就听说六儿借去那几斤酒,是自己给喝了,根本没有办什么喜事。

我们觉得六儿真是够可爱。

我说烟酒不分家,又是多少年前的事了。

他说,我得还你们,还茅台行不行?

我说,你是什么时候娶的媳妇?

他说,包办婚姻,没尿劲。

我说,我记得你那时成天发愁娶不起媳妇。

他说,没尿劲,喝酒。

又喝了几杯酒之后,我问他,当年你说你跟改改有一手,是不是真的?

当然,现在她也老尿了,没看头了。

她还在南神头吗?

早跟着她老汉出去当了家属了。

改改现在在县城工作吗?

听说是,老尿了,喝酒。

他似乎也不怎么想忆旧。我没有喝多少酒,也没有吃多少菜和饭,后来一直没有发现传染了肝炎、痢疾之类。

这一次六儿也没有提到矿泉水的事。当时他刚刚同我取得了联系。

当年,六儿常常在我们面前吹嘘他同改改怎么有一手和有怎么一手。主要是在我们这些男大学生面前,有时候也当着女大学生的面吹嘘。我们一致认为他是在吹牛,所以也就愉快地听他吹下去了,连女生们也慢慢习惯了这种吹牛。

改改当时是个二十来岁的小媳妇。身材很高,脸总是红扑扑的,因此确定她因羞涩而脸红了,就有一定的困难。我们中间有人说她的眼睛是丹凤眼,但也有人不同意,说丹凤眼不是那种样子。我当时根本不知道丹凤眼是什么样子,所以现在已经没有什么印象了,就只记得这位房东的女儿个子很高,脸总是很红。还记得她是嫁给了一个在县上当干部的男人,他当时是个小干事。我们问,小干事没有资格带家属吧?改改说,除了县长书记,都不能带家属。改改这个小媳妇就留在了娘家。她娘说,改改不愿意到她婆家去住,婆家在山里,太穷,太远,女婿又不在家。但六儿说,改改出嫁了,还留在娘家,其实是舍不得离开他。改改的丈夫回来,按当地风俗不能在女方家中住宿,所以他们在村里租有一处住房。六儿说,那地方他常去。

我们当时都不相信六儿的这种吹嘘。虽然有人说改改生着一双丹凤眼,但在我们看来并不是那种风流轻浮的女人,她在娘家勤快地做家务,还经常下地去挣工分。可能因为她天生脸就很红,所以在和我们的接触中,总显得很羞涩,与其他姑娘媳妇没有什么不同。

不过，当时我们谁也不知道农村的风流女人会是一种什么样子，而且我们谁也没有结婚，不知道婚后两地分居到底有怎样艰难。那时我们已经越过了恋爱季节而进入了结婚季节吧，对改改那样的小媳妇可能无形中产生了好感，不甘心让六儿去玷辱她似的。但我们又被六儿所创作的故事吸引着。我们主要是指我们男性大学生，女生们后来似乎也被吸引了，但她们说主要是为了进行批判。

他给我们讲他的故事时，原来使用了许多的专用语，像黑话似的，我们都听不懂。后来听懂了，才发现很淫秽。同时我们也发现，同我们一起在水库工地劳动改造的贫下中农民工们，平时也是满腔满口这一类淫秽的黑话和由这一类黑话组成的故事。所以，我们就更不相信六儿所说的故事了。

他进一步把他的故事细节化。

我们更不相信了，因为我们也不懂那种细节。

你们不信去问她。

我们怎么能去问她？当时，我们也有“三大纪律，八项注意”。

他还说她身上有什么记号。

我们怎么可能见到她的身体？他纯粹是拿我们开心。

他又让我们在改改面前问一句话，记得是很短的一句话，字面上干干净净，意思又有些莫名其妙，现在已经记不得是一句什么话了，其中仿佛有个水字似的。当时六儿说，这是只有他们俩才明白的一句话，你们问了这句话，她肯定要脸红。

我们怀疑那是一句很淫秽的黑话，六儿可能是设了一个圈套，让我们去犯调戏改改的错误。虽然六儿一再说，那句话肯定不是赖话、灰话、黑话，但我们谁也没有去做那个试验，我们甚至没有敢向工地上的民工请教这句话。我们都害怕那是一个圈套。

后来，不知道是我们男生中的哪一位，居然把这个游戏对老诺说了。她在当时是女生中最漂亮的一位，也是对六儿的故事批判得最有力的一位。她居然去问了改改那句话。据她说,改改听了那句话的反应很一般,只平淡地笑了一笑,说你是听六儿混说的吧,他是个挨刀鬼,从小就是个挨刀鬼。

她没有生气吗?

没有。

她没有脸红吗?

没有。

她本来就够脸红的了,你怎么能看出她没有脸红?

所以说六儿的这个试验是在开你们的玩笑,他编造了这个故事,是为了教唆你们学坏,老先生们,懂不懂?

老诺的这个试验结果,当时使我们感到有些失望。老诺虽然漂亮,但不够多情,也许因为她是学工的,或者因为那时她已经敲定了终身?她和她的一位分在军队农场劳动改造的同学,业已结束了恋爱,只等待着结婚了。

我们把这个结果告诉了六儿。他说,那是老诺把他的那句话翻错了,改改已经质问过他了,是不是把我们的事对大学生们张扬了?

我们分析,老诺把话翻错的可能性是有的,同时,改改没有生气或者脸红,也可能出于一种机敏?只有用这种很一般的反应,才是一种最佳的掩饰吧?当然,也很可能像老诺所说的那样,我们是中了六儿的圈套。

这个游戏之后,我们没有发现改改有什么变化,脸还是那样红,没有变得更羞涩,也没有变得冷淡恼怒。六儿也还是常来,来了也仍然是被改改支使着干各种各样的活计。这种种迹象,使我们不知该做出怎样的判断。

那时候,我们感到唯一可信的事实,就是改改爹向六儿射去的那种仇恨的目光。老汉行动不便,似乎被排挤到了这家人的生活之外,他总是带着那个麦秸编的旧蒲团,呆坐在院外的一个石礅上。石礅在一棵桃树之下,连我们有时也会忘记了他的存在。但只要六儿一到,就肯定能从那棵桃树下看到他射出的那种仇恨的目光。

当然，我们之中也有个别人认为，老汉那可怕的目光里，不见得只有仇恨。

六儿说，自从改改爹发现了矿泉水之后，南神头很热闹了几个月。当时还没有请广东的专家来做化验，不清楚马槽沟里流的是矿泉水，老乡们就传说是神水。神头流出了神水，谁听了也相信，你说对不对？

他说，后来就传说是傅山在马槽沟显灵了。

我说，我看过一份傅山先生的年谱，他生前并没有去过你们南神头。

他说，老乡们是说傅山成仙后来显灵，清楚吧？

我说，傅山先生是明朝末年很有名的反清义士，他怎么可能去慈禧太后饮过马的地方显灵？

他说，老乡们的传说，它还管你清朝明朝？后来又传说是周总理显灵，又传说毛主席也来了，所以马槽沟的那股水才忽然变得那么灵验，不管你是什么病，一喝就好。

我没有什么可说的了，就听他说。

他说，开始是只治腰腿病，跟改改爹一样的那种腰腿病，后来就什么病也能治了，再后来就是没病也能给你治病，你不信？男人你没病可你想长寿吧？女人你没病可你想生个男娃吧？喝了马槽沟的水都管事。

他说，开始只是本村的老乡去求神水，后来是本乡的老乡，再后来是本县的，有农村的老乡，也有城里的人民，很快本县也打不住了，来了外县的老乡和人民，后来又来了外省的人民，但绝对没有广东的人民。

他说，那几个月我们南神头真是人山人海，自产的水果不用出村，就做了好生意了。村里还开了不少饭铺和旅店，都是好生意。村委会计划在马槽沟拉一道铁丝网，实行收费求神取水。听说一致同意叫改改爹负责承包马槽沟的这个新的村办企业，给他定的提成比例特别优惠，因为他是神水的发明人呀。

我终于听得入了迷，一边很认真地想象着那几个月中南神头的盛况。将一项群众性的迷信活动转化成一个可能是很赢利的村办企业，这有点可笑，但更具有创造性。或者在冥冥之中真有天意、真有神灵，要关怀一下恓惶可怜的改改爹，给他的病残和屈辱一点补偿吧。面对着人山人海的盛况，不知改改娘会做什么感想？

但六儿说，改改爹又臭又硬，他不当负责人，也不参加承包，谁劝也不听。

改改娘劝也不听吗？

骂他他也不听！

她还是常骂他？

又臭又硬，活该挨骂，没见过，老了还是又臭又硬。

我想改改爹这样做是对的，他一定是不想拿关怀他的神灵去卖钱吧。只是改改娘的态度有些不可思议，她对神灵和天意居然也那样不敏感、不敬畏吗？当时，我没有对六儿的这种陈述本身产生怀疑，可能是他叙述的情况把我吸引住了。过去了多少年，那里还仍然像以前那样富有故事性。

我问，那个新的村办企业后来谁负责承包了，赢利情况如何？

六儿说，后来没办起来，你们的老大爷不带头，村里没人敢承包。其实，改改爹不是怕得罪神仙，他是受不起那一份劳累，他坐了一辈子了，你想？

那你为什么不出面去承包，你也不怕得罪神仙吧？

我已经出来批发水果了。我一听说村里出了这种事，就说马槽沟里流的肯定是矿泉水！请广东的专家来一化验，果不其然。

他的这种说法，我当时也没有产生什么怀疑。用科学破除了迷信，很难使人引起怀疑。他从广东批发水果，当然也就了解矿泉水是当代的热门饮料，这也很合乎逻辑。而且，这股矿泉水的发现者仍然是改改爹，于是也就仍然体现着某种天意。

我承认，我有些赞赏这种天意。

在经过了二十多年以后，我对改改和她娘的故事，不但早已经没有了什么怀疑，而且也早就兴趣淡漠了。所以我一直没把它写成小说：这一类故事我后来在农村别的地方，不断听到，几乎处处都存在。写这种故事的小说也太多了，我没有写它。

听六儿说，改改娘是在改改爹没有得关节炎以前，也就是他还在口外驻庄做生意的时候，就在村里有了相好的了。改改爹坐在院中那棵桃树下，也曾经对我们说过，他当年是在归化就是现在的呼市一家京羊店里当伙计，伙食很好，但规矩很多，大半年是在冰天雪地里受罪。有趣的是，六儿说他们那里把相好的也称作伙计，她爹在口外当伙计时候，她娘就在村里打下伙计了。后来我们知道了那一带老乡的确把搞婚外性关系叫作打伙计。这使我们对终日充满仇恨地坐在院中那棵桃树下的老大爷，产生了同情和理解。同时，我们对打伙计的故事，仍然保持了很大的兴趣，因为那时我们已经到了结婚的季节，但又都没有结婚。我们都想在劳动改造合格以后，再解决那件终身大事。

当时，我们很想知道改改娘的那位老伙计、老相好是谁。

但六儿一直不对我们说，他只告诉给我们一个秘密：你们注意，老大娘只要穿上那件灯心绒布衫，洗了脸，梳了头，一人出去，就是去见老伙计了。

尽管我们仍然担心会上六儿的当，但还是开始注意了。注意了很久，也没有发现希望发现的情况出现。

六儿说，那是因为你们住进了她家院里，得有耐心。

后来我们是终于见到了六儿所预言的那种情况，但穿戴整齐的改改娘是不是去见她的老相好，谁也没有去证实。连一直对这个故事持批判态度的女生们，连女生中那个最漂亮又最勇敢的老诺，在这种情况出现后，也没有敢去探明一个究竟。她们很聪明。

她们一直对这件事保持批判态度。她们说，你们的房东老大娘又慈祥又热情，又精明又干净，又勤劳又灵巧，真是一个理想的农村老大娘。如果她对你们的房东老大爷态度好点，如果她不是中农老大娘而是一个贫下中农老大娘，那就更理想了。

老大爷曾经对我们说过，他如果不是在土地改革以前得了关节炎，早早被打发回来,就可能给划成地主成分了,最低也得是个富农。她还有什么不满意的?

因为他经常对我们说这句话,有一次这话就给老大娘听见了,她很鄙夷回敬了一句:梦吧,你能发了财?

但女生们仍然不相信我们的房东老大娘会有作风问题,她们一直认为改改娘是一个比较理想的农村老大娘。

我们也感到房东老大娘很好。她对我们的确是又热情又慈祥,尤其是她有一句话令人非常感动:叫你们这些嫩娃们到我们这恓惶地方来受这种罪,千万得小心,可不敢得了他那种病!这句话,她还常说。所以,我们认为改改娘即使真有作风问题,也是可以同情和理解的。那时只是觉得她已经是老大娘了,还有这种问题,有些不可思议。其实,当时我们的房东老大娘和老大爷,也只有四十多岁。四十多岁,在那时我们都觉得是很大的年龄了,我们只有二十多岁,但已经感到自己开始老了。所以,我很高兴地自称老客,老诺和其他男女生们也一样,都是自觉自愿地高兴当老字辈。

老诺说,你们房东老大娘的作风问题,如果真像六儿说的那样,保持了几十年,那就是伟大的爱情了,根本不可能。

为什么不可能呢?

她是个很理想的农村老大娘。

伟大的爱情也不过是一种理想。

理想和理想不一样。

爱情和爱情都一样。

那时真是爱说废话,其实我们很想同意老诺的看法,又很想同意六儿的说法,相当矛盾。老诺是女生中最漂亮的一位,当时又处于光彩夺目的时期,而且她能这样大方地热烈地主动性很高地同我们一起讨论作风问题,不应该总同她对立。不过,六儿所说的故事也有难以抵抗的吸引力。当时以为只是故事的内容,也就是房东母女俩的作风问题对我们有一种难以抵抗的吸引力,没有觉察到这件事的故事性也具有很强的吸引力。

母女两代重复着一个相同的故事，这本身就有很强的故事性。故事的起因，都是夫妇两地分居，我们男生中也有人做了这样没有诗意，也就是没有故事性的总结。

老诺说她结婚后绝对不同意两地分居，调不到一起就不结婚。故事给她的启示，也毫无诗意。不过，她显然无意中同意了改改母女故事的真实性。她不承认。

当时我们不敢彻底承认那个故事是完全真实的，是看到房东母女俩居然生活得那样平静，那样问心无愧，在村人和我们这些外人面前，那样脸不红、心不跳。当然，改改的脸色是天生的很红。村里也没有人言的风浪。只有改改爹那不熄地发射着仇恨的目光，反倒使人感到有些异常。

特别是，六儿作为一个当事人，一个故事中的重要角色，唯一出场的第三者，竟然那样意趣高昂地绘声绘色地向我们这些外来者极力宣扬这个故事，就像在宣扬别人的这种故事似的。这也有些不合常情。

后来过了几年我就明白了，类似改改母女的故事原来是很常见的故事，很平常的故事。像六儿那样把自己的这种事当作一种趣闻或者是一份功勋向别人大肆宣讲，这也是常见的事。当时很可能因为我们是那样少见多怪，才大大激发了六儿宣讲的兴头吧。

改改母女的生活本来是不完美的，但在她们求得某种补偿之后，又不可能不伤害别人。所以，房东老大爷的仇恨似乎也应该得到某种补偿。于是就有了那种天意吗？

我们一直感到改改的丈夫，是一个很乐观的人，他总是同我们讨论国家大事。他好像在县民政局当干事，说话洪亮，带着干部讲话的那种特殊节奏，个子也很高，但比较瘦。那时我们都觉得，他将来会当大干部。我们劝六儿要小心些。

六儿说，我也要做大人物。

六儿说，他们这些在外做批发水果生意的南神头老乡，计划合股集资在马槽沟兴建一座广东健力宝似的矿泉水饮料厂。厂名大家都同意叫满堂红,矿泉水饮料的牌子也同意叫满堂红。他说你给联系一个书法家来写"满堂红"这三个字,可以请水平最高的书法家。

我说,最好能请高级领导人来写这三个字。

他说,也可以考虑。

我还建议最好不要把厂子建在马槽沟。

为什么?

那不是慈禧太后饮马的地方吗?

他说,这不怕,可以提高知名度,就在马槽沟建厂。

他还谈到了投资问题,说是他们集资解决三分之一,贷款解决三分之二。设备、技术,当然是从广东引进了。总之,他说得蛮像那么回事,没有引起我的任何怀疑。

在这之后,他才能忽然说:可惜我们这样一个伟大的企业,办不成了。

我问出现了什么问题,是官僚主义吗?

他说,不是官僚主义,是你们的老大爷,他真是又臭又硬得出奇。

我问,是改改爹?一个残废老汉,他怎么可能阻碍你们?

他说,我不是早跟你说了吗,他已经不残废了,他喝马槽沟的矿泉水喝好了。

我一直不能习惯当年的房东老大爷已经不再残废的事实。

我问,老大爷是不是认为他第一个发现了马槽沟里流的是矿泉水,就以为那水是他的,不允许你们开发建厂?

六儿说,如果情况是这样,那就好办了,我们有钱,我们可以给他钱。问题不在这里,他又臭又硬。

他说他们投资兴建广东式矿泉水饮料厂的伟大计划,受到了各级领导的大力支持和热烈欢迎,乡里各位领导和县里的各位领导都是这个态度。有一天,县委的王书记亲自来到马槽沟视察,他想亲眼看看这里的地形,亲口尝尝矿泉水的味道。王书记你认识,老客,你在县上当笔杆的时候,王书记他也是个小干事,听说是在农林局画表格,个头很高大,留着大背头,说话的声音也很洪亮,早就很像一个领导人了,可惜总也升不上领导阶级。你想起这个人来了没有?

我只想起了改改男人,他要是发福了,很像一个高大的领导人。但他不姓王吧?

是大学生吗?

不是,可看着也像个大学生。

他叫王什么?

我不知道他叫王什么,就知道他叫王书记,王干事,王局长,王乡长。

我没有能想起这个人来,但六儿判定我肯定认识他。

他说王书记亲自到马槽沟来视察,给了谁你也得热接热待吧,村干部们很热情,但全村老乡大多数不知道领导人来视察。干部们怕老乡们不热情。你们的老大爷不知道从哪儿预先知道了这个消息,他就提前跑到马槽沟,在王书记必经的那条路上,横放了一根胶皮水管,摆出一种抽水浇果园的架势。其实他根本就没有浇地,后来人们都说那天马槽沟就没有抽水机,也有人说那天根本就停电。

我真猜不出我们的房东老大爷,将要给县委的领导人做怎样的表演。

六儿却偏偏要我猜,说你猜他要干什么?

我很果断地说,我根本猜不出来。

他埋伏在他的果园里,等到王书记的小汽车碾过他的那根胶皮水管,就像下山虎似的冲了出来,拦住了王书记的去路。你猜他要干什么?

我绝对猜不出来。

他说汽车压破了他的胶皮水管了,得赔他!其实,他的那根胶皮水管早就破烂得该扔掉了,村里有许多老乡可以证明。他是专门讹人呢,但你也不能讹县委领导人王书记吧?

村干部说,这是王书记!

王书记的司机说,道路是国家的!

王书记的秘书说,书记是来帮助你们发展经济,奔向小康的!

他真是又臭又硬,一直抱住小汽车的车头不放,只说必须赔他,怎么也不改口。

最后村干部说,快叫人来劈头抽他。

王书记的秘书也说,打电话叫公安局来人。

王书记的司机掏出几张百元大票,说钱有的是,看你敢要多少?

他还是不改口,不放行,又臭又硬。

改改爹会变得这样强硬,这样刁顽吗?

六儿说,我哄你干甚?有全体南神头的老乡可以证明。

他说幸亏人家王书记有水平,有肚量,没有跟老汉一般见识,满脸带笑从司机手里拽出三大张百元票子,递给了老汉,还问够不够。那老汉真还敢要这买路钱,接过这钱,一声不吭,放开王书记的小汽车,走回他的果园去了。

我问,这同你们建饮料厂,有什么关系?

他说,这个建厂项目,王书记不批了。

我说,你不是说王书记很有水平,很有肚量吗?

六儿说,那是当时。当时没有收拾他,还给了他那么多钱,真算有水平,有肚量了,你说对不对?听说交了买路钱以后,王书记仍然按计划到马槽沟进行了视察,还亲口品尝了矿泉水,就像没发生那件事一样。不过也有人说,那天出了这件事后,王书记就取消了视察计划,掉转小汽车车头,冒了一股黑烟,回县里去了。人们都认为,改改爹肯定要吃家伙了。后来,他倒没吃上家伙,把我们那个伟大的建厂计划给耽误了。那天,我不在村里。

我说,事后,你们没去找找关系,疏通一下吗?

他说,什么办法都用过了,不管屎事。王书记人家是既不收礼,也不要钱,只要求那位老大爷公开认个错就行。书记说,他不是跟这位农民老大爷过不去,那件事实在是关系着他在全县的崇高威信,没有这个威信,他今后还怎么在全县做工作？这些话，是书记的秘书亲口说的。但改改爹又臭又硬，高低不给你认错。

改改娘没有劝他吗？

谁劝也不屎行。

我记得六儿始终没有请求我去劝改改爹，也没有请求我去疏通王书记。

我当时问过，改改男人现在也应该高升了吧？

六儿说，还是干事，老干事。

我有些不大相信。

我真无法想象现在的改改爹会是一种什么样子。

他的关节炎好了，腿脚没有毛病了，精神上一定有一种扬眉吐气的冲动吧。但也不能冲动成这种样子，居然向县里的领导人敲诈起买路钱来了。他一定是老了。很年轻的时候，为了谋生或者发财，在遥远而寒冷的口外，失去了健康，接着又失去了女人的恩爱。做了那么多年的残废男人，他积累了太多的仇恨。老来重新得到了健康，但这健康能补偿得了什么？大概只能给仇恨增加一些发泄的力量吧。但你发泄的可能不是地方。

如果我出面劝说，老大爷他可能向领导认错吗？我相信这是不太可能的。当年我们虽然喜欢听农村里的淫秽故事，但同房东老大爷的关系还是相当好的。他说，多少年了，还没有人像你们这样，跟我说过这么多的话，听我说过这么多的话。他曾经很详细地给我们讲述当年在口外的荒原上“走房子”、赶“京羊”的经历，那也是许多的故事。很惊险，但不淫秽，所以也没有记住多少。只记得我们从他的那个院子撤离的时候，他的目光里完全没有了仇恨，就留下了一片可怜。这种关系，对他来说应该是很珍贵的。但就凭着这么一种珍贵的关系，肯定不可能化解他的仇恨。

六儿并没有代表南神头的全体人民，请求我出面劝说改改爹认错。但我却产生了极大的热情，很想在化解这个僵局中有所作为。我以为自己主要是为了不使一生可怜的房东老大爷，在得到天意关怀之后，被胜利冲昏头脑，结果仍然受到全村老乡的孤立。我想我这是一种善举。

但劝解这位老大爷显然难度比较大。劝解王书记有没有可能呢？

经过努力，我终于按照六儿的提示，把这位书记的形象回忆出来了，但我记得这位书记原来是姓程，不是姓王。他在当小干事的时候，的确就非常像一个领导干部了，从形象到风度，配了套地像。记得那时任何一位领导人都拒绝让他做随员，怕他以假乱真，所以他一直没有接近领导的机会，也就一直得不到提拔。你就是再像领导人，你也不是领导人。听说他后来调到外县去了，又接受教训，从形象到风度都做了调整，终于得到提升。作了怎样的调整，我已经没有多少记忆了，把背头改成了板寸短发，言行举止上带出一点老娘们气……可能有类似这样一些吧。但他应该是姓程，我也没有听说他又调回去了，而且还是做了最高领导。

后来我向六儿核对这两点，他说他一直就是说程书记，没有说王书记，程书记调回去还不到一年吧，是从西山一个小县调回来的。听说是省里一个大领导到那个小县去视察工作，一见程书记就相中了，评价是很有水平。后来很快就下了山，调回我们这个平川大县来了。你说他怎么能受改改爹那种气？太伤他的威信了。其实，他也不过是个处级干部，省里的处级干部遍地都是对不对？

我想我不可能把程书记听成王书记吧？

他说，没错，就是你听错了。我连书记的姓也记不准，还能投资办厂吗？

那就是我听错了。

我说，我计划给程书记写一封信，请他不必和改改爹一般见识。我想起他来了，当年我和他下过几盘棋。

你写信肯定不顶球事，他会给你承认有这种事吗？他给你回信肯定会假装吃惊，哪里有这种事？你是听谁说的？就凭二十年前你们下过几盘棋的这样一种关系，他很可能还会追查谣言。当然，他也不敢把你怎么样了，因为你是作家，他怕你给他满天做宣传。你想，他会给你承认他打击报复一个农村残废老汉吗?

我感到六儿分析得很有道理,于是我就提出:那么我回去一趟,亲自去见见程书记?我不知道我为什么被激发出这样高涨的积极性。

但六儿对我的热情却显得很不以为然,他说你亲自见了他又能怎么样?他不给你承认你能逼他承认吗?

难道你不想开发马槽沟的矿泉水了?

怎么不想?

我看你对解决这个问题没有一点热情。

老客,我来找你,可不是求你给我们解决这个冤案。不让开发建厂拉屎倒,我们在这里批发水果也不少挣钱。

你是不相信我能帮忙吧?

我跟你重新接上头,真的不想麻烦你,你写小说多忙呀?你能跟我们说说话,我就心满意足了。

我说我可以写篇文章,正面来处理这件事,农民不懂法制,书记怎么肚里能撑船,重在教育,不记私仇。当然还有深入农村,亲自视察,支持大办乡镇企业。你们是村办企业性质吗?

老客,你快拉球倒吧。你快写你的小说吧,你要是想把这件事写进你的小说,我们支持,但平反冤案,你就拉球倒吧。

我说我在省里听说了这件事,特地来做正面采访,因为毕竟有感情嘛。这样,他就无法不承认了,你说对不对?你们计划办的厂子,应该是股份制企业,最时兴的体制了。

拉球倒吧。我还没有问你,你们中间那个最漂亮的女大学生老诺,她现在在哪?

六儿把话题岔开了,对我这机智的善举显出不感兴趣的样子。这时我完全没有怀疑过,他可能是在做一种精心策划的表演,我仍然以为我的热情,我的积极性,还有自认为的机智,都是来自实行善举的高尚动机。

我坚持叙述我的正面采访策略,六儿仍坚持追问老诺的下落。

我说,老诺她也老了,早就没有当年那一份漂亮了。

我看她也难看不到哪,人家老诺的基础多好。现在这些城市女人,都是假装漂亮,只能看见她的化妆,看不见她的基础。基础这一说法可能不准吧,就是你见不到真人是个什么样,能看见的全是一片化妆,我的意思你明白了吧?当年人家老诺她们,也是城市年轻女人,真得很,美得很。那时,我可真是第一次开了眼界。老诺现在在哪工作,不在山西吧?

她们现在已经成了老大娘了。

当时我没有认真考虑六儿为什么要这样打岔。

老诺她们成了老大娘,那我们就已经变成老大爷了。现在我们已经能够理解一切了,老大娘为什么还会有作风问题,老大爷为什么会有不熄的仇恨,这可能本来就不是问题。但是我却仍然相信,房东老大爷对程书记那么不恭敬,本质上是出于对作风不好的老大娘的仇恨。他一个农村老汉,怎么可能对领导人产生仇恨呢?

我们当年并不是领导人,是接受改造者,但改改爹就已经把我们当成了国家干部。他那双平时发射仇恨的眼睛,在望着我们的时候,就好像是在望着领导干部似的。当然这是我们自己的感觉。后来我们要离开改改家的时候,老大爷望着我们的眼睛里一片可怜,就像孩子要离开爹娘似的。当时我们真是受宠若惊,但又有些不知所措,第一次体会到了做干部、当爹娘的滋味。

后来,老诺说她也有这种感觉,房东老大爷看她的时候,就像是看一位女县长似的。那时候,县长不叫县长,叫革命委员会主任。老诺问我们,她难道真像一位革命委员会主任吗?

想讨好她的人都说,像。认为讨好她也是白讨好的人,说她只像个妇联主任。

其实我们搬出改改家之后,还是常常去那里串门,看望老大娘老大爷,听六儿讲故事的。因为我们只不过是同女生们互换了一下住处,离最后搬出这个村庄还有多长时间,那时我们谁也不知道。

这次搬家,可以说也是由六儿引起的。

六儿说:自从你们进驻了改改家,改改对我就明显地不像以前那么好了,而且越来越不好了。

我们就问了一声为什么?那时我们真不够敏感。

六儿说,你们都挣工资,吃商品粮,国家干部待遇,又文化水平高,脸面也比我白。

我们说,改改男人也是挣工资,吃商品粮,国家干部待遇。

六儿说,他没有你们文化水平高,也没有你们脸面白,没有你们说话好听。

我们说,这又有什么关系?那时我们真不是装傻。

他说,你们把我比塌了!

我们说,这不能怨我们吧?我们仍然不怎么明白他的意思。

后来老诺听了我们的复述,立刻就说,你们必须警惕了,要防患于未然。

我们问,我们应该警惕什么,预防什么?

她说,你们房东的女儿,那个小媳妇改改!她看上你们中间的一位,是很有可能的。

我们终于明白了是什么意思,也很佩服老诺对作风问题的敏感。

我们说,你不是说改改绝对不会有作风问题吗?

我们问,你说改改可能看上我们之中的谁?

又问,你看谁将同六儿决斗?

又说,还有改改的原配男人呢,将来很可能就是我们的领导人!

我们口头上说得很风趣,可心里还真警惕起来了。

进驻农村以前,水库指挥部的领导干部已经给我们做过交代:你们同农民打成一片可以,但要小心犯错误,主要就是男女关系的错误。女同学不要单独行动,男同学小心中了老乡的美人计。接着就举了一个例子,干部某某,就是因为年轻时下乡中了美人计,结果不但受了处分,耽误了提拔,还只好娶了那个农村婆姨,后悔了一辈子,这当然绝对没有看不起贫下中农的意思。你们应该向贫下中农学习,向贫下中农致敬,但不敢中了他们的美人计。领导人说,历史的经验值得注意。

对于改改究竟是不是美人,我们一直意见不一致,比如她是不是长着一双丹凤眼,就有截然不同的两种看法。一种说是,根本就是典型的丹凤眼。一种说不是,如果丹凤眼就是这样,那肯定是一种没落的审美观点。改改的身材比较高,对此我们没有分歧。还有人认为改改是已婚妇女,早已不是处女了。对她同六儿有作风问题,我们当时倒没有怎么苛求。只是考虑到,如果万一有人中了不一定是美人的美人计,那可能会很冤枉,也可能会引起很多麻烦吧。

后来,我们就一致同意搬出改改家,以便防患于未然。

为了使热情的房东老大娘,充满仇恨的房东老大爷,特别是有可能成为美人的改改不致受到精神上的打击,才想出了同女生互换住处的计谋。借口是女生们的房东太不讲卫生,她们又太爱干净,关系没有处理好,而我们男生喜欢不讲卫生,一不怕苦,二不怕屎,所以叫女生过来讲卫生,我们过去不讲卫生好了。女生们都支持我们的行动,她们到这时仍然认为我们的房东老大娘,是比较理想的农村老大娘。

老大娘本人也相当高兴,她对我们说她很讲卫生的评价,非常满意。

老大爷还是受到了不小的打击,因为他把我们看得太高大了。后来发现老诺也很高大,他好像才缓过气来。

对改改本人,我们一直不知道她是不是受到了打击。对于我们突然要搬走,她显然感到很意外,说离水库修好不是还早着哩嘛。我们的借口也被她一眼看穿了:你们也真笨,给她们重寻一家讲卫生的房东不就行了吗,你们何必两头都搬动,不嫌累得慌呀?她还真叫六儿给女生们寻找合格的新房东。六儿当然是只答应,不落实。不过,我们搬走的那一天,她很平静。

那时,我们也太多情了,以为改改会哭红了眼,或强烈反对女生搬入她家,其实什么也没有发生。

我们和女生互换住处以后，仍然常常到改改家去串门，聊天，听故事。因为六儿也仍然常去。不过，他一到，老诺就指挥他干各种各样的活计，几乎是一件接一件，不给他以任何喘息的机会，甚至都没有机会给我们讲故事了。

我们说老诺，你这不是篡夺了改改的指挥权了吗？

她说，我这是在保护改改同志。

可能就是她的这种指挥风度吧，很快赢得了房东老大爷的尊敬，一直用看待女县长的眼光看她。

房东老大娘对老诺的泼辣和六儿的勤劳，也极其满意。

六儿自己也非常满意，他很高兴让老诺指挥他。

改改也似乎没有什么不满意的。

大概只有我们开始怀疑，是不是上了六儿的当了？

我终于把自己的善举，付诸行动了。我知道我是出于一种冲动，但绝对不知道是被一种圈套的魅力所吸引。

我一回到那个县城，就发现在任的县委书记是姓王，而不是姓程。我在这里工作的时候，这位王书记也是一个小干事，但他并没有程书记那种天生丽质，他很平凡，没有当官的时候，甚至很猥琐，根本就没有程书记那种天生的领导气质。不过，我跟他也曾经下过几盘棋。

我问，你当书记几年了，该进一步高升了吧？

他说，刚当了两年，书记以前当了三年县长。

我正好是六年前回来过一次。我问，你当书记是接了谁的班？

他说，程书记嘛。程书记你一定记得，他没有当书记就像书记了，很有派头，很有风度，很有水平，想起来了吧？

我说我想起来了，他现在呢？

王书记说，升了副专员了，听说很快要升专员，你没有听说吗？

我不知道打击报复房东老大爷的是哪位书记。按六儿描述的情形，应该是程书记，按时间推算，又应该是这位王书记。所以，我事先机智地策划好的计谋，没法用了。

我不敢贸然向王书记发动攻势，甚至也没有敢向他打听事件的真相。我只是向他散布了一个似是而非的谣言：我在省里听说是你当了副专员，原来是老程？他就追问是听谁说的，我当然努力回想，又回想不起来。

我说，老程只是天生像领导人而已，他比你真有水平？不见得。

王书记说，也不能这样说。来干了这一杯，怎么样？

我干了杯说，没有老百姓告你的状吧？

王书记说，绝对没有。

总之，我在现任书记那里，什么也没有得到。我想找熟人打听一下事件真相，但二十年后，县委县政府机关里的熟人已经不多了。没有当官的熟人就更不多了。当官的熟人，一定会站在书记的立场上，书记如果要求保密，他们肯定不会向我泄密。

我想到了改改男人。他在民政局工作，又是老干事，又是老大爷的女婿，他应该站在事实的真相一边。我到了民政局，一位化了妆的年轻女人告诉我，他早留职停薪了。

我说，他现在做什么生意呢？

她说，当画匠，走村串户，给农村老百姓的新房里画墙围，听说也不少来钱。

我说，他什么时候改行当了画家？

她说，有两年了。你是记者吗？

我没有注意她提到的记者问题，也没有联想六儿为什么不对我说改改男人改行的信息，我只是感到改改男人改行做了乡村画家，太可惜了。我一直觉得，他也像程书记似的，有种天生的领导气质。我在县里当笔杆的时候，我发现他对自己的领导气质一点也不珍惜，对到民政局要求救济的所有人民（他非常爱说“人民”这个词），其实主要是农民，都要做一次精彩的领导人式的讲话。所以，人民都很害怕他。其实，他是一个很善良的人。那时,他就喜爱写写画画,因为没有接近领导人的机会。领导人也很害怕他的讲话。

我想,做个走村串户的乡村画家,可能也比较浪漫,又很来钱。但他对自己老岳丈讹诈县委书记的严重事件,总不会袖手旁观吧?

我问他在城里的住址,化妆女子就给我说了一个地址。但我没有找到这个地址。现在县城里的家属宿舍,多得像迷宫一样。后来我才知道,化妆女子给了我一个错误的地址。

我这时仍然没有产生任何怀疑。

我决定先做一下街头采访,向那些在街头下棋的退休干部和工人,做一种对方觉察不到的采访。我觉得做这种采访,自己既得心应手,又能得到比较可靠的信息。一个农村老汉,拦路向县委书记要买路钱,这样的事件一定会在民间流传。退休人员,可能不会坚决站在领导人一边了吧?

他们说,的确发生过那样的一个事件。但对事件的具体过程,他们有三种不同的说法,特别是被讹诈的书记,他们提供了三个人选,在王、程之外,又增加了一位。

第一种说法是,那天被讹诈的就是现在的王书记。王书记多和善,多稳重,多老练!那个老汉拦住书记的小车以后,司机秘书跳下来就要打这个死老汉,说老狗日的你是想死讹棺材呀,也不看看这是谁的车!但人家王书记当下就发了火,不是朝那个老汉发火,是朝他的司机秘书发火,十分严厉地批评了他们。书记对老汉很客气,说老大爷你是不是想告状呀?老汉说,书记你这样仁义,我不告状了。书记就说,那我这里有二百块钱,给你,算我支援了农业吧。结果传来传去,传成一个农村老汉,拦住书记的汽车,讹了二百块钱。你说我们社会主义,哪有这么胆大的农村老汉,敢讹诈县委书记,他真不想活了?

第二种说法认为,第一种说法纯粹是给现任书记拍马屁,这个事件根本就不是发生在王书记手上,那个农村老汉讹诈的是程书记!现在农村,什么老汉没有？那个老汉就是想讹一根新胶皮水管。可人家程书记能给这种形势吓住吗？当时，书记不许司机秘书说话，他亲自下了车，笑着对老汉说，老大爷，车没有撞着你吧？压坏你的水管了吧？这时候，老汉已经被书记的派头给镇住了，改口说没有压着。书记说，我看你的水管也不㞞行了，我赔你一根新的好了。书记当时并没有给钱，是回到县里以后，指示物资公司给老汉送了一根水管。老乡们就传成是讹了书记多少多少钱，你说书记下乡还用带那么多钱吗？

第三种说法说第二种说法也是拍马屁的说法，其实，那个农村老汉拦住的是一个外县的县委书记，当时也没有讹到钱。你想，跟书记的司机秘书，能给你吃这一套？但外县书记路过我们县城，向我们的书记反映了这一严重事件。我们的书记当然很生气，指示要严肃查处。乡里落实县里指示，决定一罚款，二检讨。那个老汉一没钱，二没文化，一直不好落实。后来就传成是讹了我们自己的书记了。外县书记还讹不成，能讹本县父母官？

我感到第三种说法比较合理，不存在拍马屁倾向。但如果是外县书记，就不存在视察矿泉水的问题了。再说，我们的房东老大爷，钱不知道现在有没有，文化还是有一点的。他很年轻的时候学生意，文化也学了一点，写检讨，我估计还是不大成问题。

直到这时，我才忽然明白了，这些退休的干部和工人，都把我当成记者了。有人又问过我：你是记者吧？认识我的一个老同志，也说过：听说你当了记者。对记者，他们一般不会说出真相。你这样公开在街头采访，他们更不会说出真相了。

我决定直接去见房东老大爷。他是事件的第一当事人。

我向王书记说明了，南神头的这位老大爷是我过去的房东，我想去看看他。

书记并没有异常的反应，很正常地说，是吗，我给你派车。

第二天一早，书记派的车就按时到了，并没有借故拖延或取消。

在车上，我问司机，听说南神头发现了很有开发价值的矿泉水？

司机说，矿泉水？我没有听说过。

我说，开始老乡们不知道是矿泉水，都说是神水，能治百病。

司机说，现在农村的神水神树很多，来的神仙也很多，毛主席周总理也常显灵，这都是事实，但没有听说在我县发现了矿泉水。

我说，就在南神头的马槽沟，是很好的矿泉水，专家鉴定了的！

司机说，是吗，省里发现的吗？

这时，我只感到难以理解，还没有想到应该怀疑。

来到南神头后，老乡们都说马槽沟跟二十年前一球样。他们说那里神仙显过一次灵，但不知道什么叫矿泉水。你说什么叫矿泉水？

司机和老乡都说，马槽沟那里大小汽车都不能走。我靠着二十年前的记忆，徒步跑到了马槽沟。真的，这里和二十年前一样。

坡上的果树林已经有了开花的消息，沟底的溪水静静地流淌着，仍然很清澈，溪边的草地草已经很青绿。但这里流着的不是矿泉水。我望着蓝天，春天的蓝天。我也望见了坡上果树林里没有拆掉的窝棚。

在去马槽沟之前，我去见了改改爹。南神头村里的新房很多，很漂亮。我们的房东还是那处老院子，老房子，已经显出一种破败来。很大的院子，种满了树，树木已经有了新绿或者是开花的消息，但在树木之下是满园的枯草。那是去年的枯草。

房东老大爷靠在房檐下晒太阳，他仍然坐着一个麦秸编的旧蒲团。

我说，你认得我吗？

他说，认得。

我说，老大娘好吧？

他说，她早死了。

房东老大娘已经死了？六儿一直没有对我说过。老大爷说得这样轻松。

我说，老大娘是哪年去世的？

他说，她早死了。

我说，你身体还好吧？

他说，我好了，我的腰腿已经好了。

我说，你的关节炎好了？

他说，好了。

他站起来，给我在院里走了一个来回，带着一种孩子似的得意。的确，老大爷的腰能挺直了，腿脚变得也轻便了，完全成了一个健康的老大爷。

我说，你的腰腿是怎么治好的？

他说，她死了，我就好了。

那次，我所能问出来的，只有这样一句话：她死了，我就好了。吃什么特效药了，是不是喝了马槽沟的神水，你秋天去果树林看秋吗，你拦过县委书记的汽车吗？对这些问题，老大爷只是笑着，没有反应。我终于看出，那是一种痴傻的笑。在老大爷的眼睛里，已经没有了仇恨，但也没有别的东西来代替，比如欣喜，忧伤，饱经沧桑之后的失落或者安详，老大爷的眼睛里什么也没有了。我不知道他是不是认出了我。

但我明白了，这样的老大爷是不会去拦路讹诈书记的。村里的老乡说，他们也听过这样一个故事，但保证不是发生在南神头。

我问老大爷的腰腿是怎样治好的？老乡们说，他们也不知道，老婆死了，老汉的腰腿就好了，事实就是这样。他们说，老汉根本不去果树林，他家的果园从一开始就转包给别人了。你说他到马槽沟看果园？他们都笑了。我说老大爷是不是喝了马槽沟的那股神水？老乡们也同样笑了，说马槽沟闹神的时候，老汉的病早已经好了。

老乡们也问我，你是记者吧？

所以，我还是亲自跑到了马槽沟。我知道了这里没有矿泉水，那么老大爷的腰腿是怎么治好的——我完全被这个疑问吸引住了，忘记了六儿对我的欺骗。

临别，老大爷说，你的点心好吃。

他的眼睛里,什么也没有了。我相信他没有认出我来。

我们最后撤离南神头的时候,比想象的要平淡得多。

那一天,可能是个好日子。村子里好几家人办喜事,娶媳妇或者嫁闺女。六儿到外村赴喜宴去了,说是一个很重要的亲戚,也是娶媳妇。改改和她娘也到外村赴喜宴去了,说是她大姐的大儿子也就是她的大外甥结婚。她们姐妹三人,没有兄弟,两个姐姐都嫁给了农业社社员。前一天,老大娘说这话的时候,很伤感。所以,我们在南神头的最后一个晚上,都很早就休息了。

撤离的那一天是好日子,许多人都赴喜宴去了,我们只同老大爷做了平淡的告别。老大爷行动不便,从来不去参加喜宴,也不出去赶会或者劳动。

他说,你们走呀?

我们说,我们走啦。

他说,你们走吧。

我们说,我们走了。

老诺她们好像还说了:老大爷多保重身体。

我想,当时老大爷的眼睛里可能没有仇恨,但会有一些闪动的东西。可惜那时我们没有顾上看。因为这其实是一次很平淡的转移,从南神头转移到另一个村庄去驻扎。我们经历了多次这样的转移。距离最后的撤离,我们谁也不知道还有多远。

你们走吧,我们走了,极其平淡的离别。但那一天是好日子,我们说我们也在老乡的好日子里转移吧,我们都同意,就在那一天离开了南神头。

我回想不起来,那天是在春天,还是秋天。

我问六儿,你为什么要欺骗我?

他说,我欺骗你什么了?

我说,你们的马槽沟里哪有什么矿泉水?

他说,我是想帮助你编一篇小说。

我说,还有什么改改爹拦路讹诈书记!

他说,改改爹没拦路收费,可那是真有的事,编小说不能用吗?

我真想骂他一句:你这个驴日的!

他说,你看能编成一篇小说不能?我看能。

你这个驴日的,我几乎骂了出来。

我说,改改娘死了,你怎么也没说?

他说,这不是重要消息吧?

我问他,改改爹的腰腿是怎样治好的?

他说,我也不知道,只听说老汉腰腿好了,我回一趟南神头,时间太紧张,顾不上见多少人。你知道,我其实是个公司总经理,忙屎得很。

我问他是不是在这里打上了城市伙计。

他说是。狗日的你们城市的女人不好打,夜晚睡觉还化妆,枕头上也拿腔拿调,不给你说句真真切切的悄悄话。什么时候我给你引过来,你一看就明白了,根本不能跟你们的老诺比!

我说,你千万不敢把你的伙计带来,我们这里扫黄抓得紧。老诺的男人现在是领导干部,你说话更得小心。

他说,领导干部也需要赞助。你问一下,看老诺需要不需要赞助?

我说,你还是赞助你自己的满堂红矿泉水饮料厂吧。

我从南神头回到县里,曾经又去找过改改和她男人,仍然没有找到。我听说改改有时在集市上卖水果或者蔬菜。我到几个集市找过,没有找到。

我只好托了一个过去的棋友,让他代我寻找改改和她男人,问一问她爹的腰腿病是怎么治好的。这个棋友,当然既不是王书记,也不是程书记,是个仍然没有起山的县干部,副科级,而且是那种没有人烧香的副科级。他说他老婆有时也到集市上卖点东西。

我也没有向王书记告别。我几乎向他发动了一场盲目的进攻,想起来很后怕。到底是谁遭遇了一个农村老汉的讹诈,那个农村老汉又是谁,事件发生在哪个村,最后是怎么处理的,我想,我不用管了。我不是记者,对吧?

后来棋友来信说,改改男人和改改都不知道老汉的腰腿病是怎么治好的。他们也感到有些奇怪。他们说老汉不出来和闺女女婿一起过日子,老汉要自己过日子。他们叫我祝你身体健康。我也祝你万事如意。

我请教过一位小有名气的大夫。大夫说,按你说的这种症状和病历,老大爷的病是不可能治好的,就像机器的零件完全锈蚀了,目前人体的零件还不太能随便更换。

我说,但老大爷的病是真好了,我亲眼所见。

大夫笑了。他说,除非遇到了神仙。

我忽然想,会不会是遇到了气功大师,或者是外星人呢?

还有一种可能,老大爷是装了几十年的病,以此向有外遇的老大娘抗议?但他几十年这样装病,不但自己受了大罪,同时也为老大娘那伟大的爱情创造了太多的有利条件,老大爷怎么会选择这样一种抗议手段呢?在他很年轻的时候,终年在口外的荒原上经受千辛万苦,老大娘却在村里建立了自己的爱情。他发现了,一气之下没有想开,就装了病,把一切都丢掉了,但受惩罚最厉害的是谁呢?这似乎不太可能吧?

我倾向于遇到了气功大师或外星人。但老大爷周围的人,关系比我更密切的人,都没有对这个奇迹发生什么兴趣,我好像也不应该问更多的为什么。只有那个无法叫人信任的六儿,把这个奇迹编进了他的新故事。但马槽沟里并没有流出矿泉水。

## 高高的戏台

头发白了。胡髭也白了。果真已经衰老了吗？他还不到花甲之年。他的脸膛仍有一股汉子气概。腿脚蛮利爽。也未发福，大了肚子。饭量却没减，茶饭好赖，都要吃饱。脑筋呢？唉唉。须发忽然变白了，是用脑筋用的吗？县委书记这副担儿，他已经挑了许多年了。难啊。哪一天能不费脑筋？可偏偏这二年把脑筋都用到头发胡髭上了！叫人家看着不顺眼，不时新，成了老派人物的标记。据说须发变色和营养有关系呢。他要不是被关了监狱，营养太差，大概也不会这么早早白了须发吧。当然也不是白了少年头了。不算这账。

班房也没白坐。过去何曾有过那么充裕的时间来想自己？春夏秋冬，日日夜夜，总是无尽头地忙碌。丢个盹也要后悔。撒泡尿都得小跑。办不完的事，见不完的人，开不完的会，还有费不够的脑筋。可从容反省起来，还是想得美，做得差。哪一年没有闪失？哪件事办得尽善尽美？更甭说做下了那么些蠢事，错事，窝囊事，难啊。

在班房里清夜醒来，他是常常不能相信自己竟敢当了那么多年县委书记！领导十几万、几十万人呀。他果真比那数以万计的人都强吗？他知道的，自己是个普通人。普通极了。在当基干游击队员的时候，他还曾为自己的好枪法傲气过。在做区粮秣委员的时候，也还曾经为自己的一点小精明而兴兴头头。后来，当上区长，局长，部长，也都有过那么一点儿自我满意的东西。但自从挑起县委书记这副担子，是再也没有满意过自己了。简直就没有时间来想自己，也委实没有什么想头。他的那点儿能耐，是越来越扯淡咧。多年来，人们还把他算作一位硬书记。他只有苦笑。硬什么呀？难得很。你就是真生出三头六臂来，也还是难啊。你就是真比自己所领导的几十万人都强，可能强过这几十万人加起来的总和吗？县委书记这顶官帽，是过于沉重，过于严峻了。甭看它有权威的光彩，却更有无情的一面。一旦将它戴在自己的头上，你有再大的能耐也会显得不足。可你的一丁点毛病，些许的不慎，轻微的失误，都会放大在几十万人面前。而你既敢于来领导这千万人，他们便有权利拿最美的愿望，最好的结果和最严格的尺度，来要求于你。这要求简直像紧箍咒一般，不容你偷懒，疏忽，松心。你只有竭尽全力去满足这要求。哪里还能顾得及来欣赏自己！你毕竟也是凡夫俗子。你竭尽全力也不可能完全满足千万人的要求。难啊。

所以，在被"解放"出来，地委书记老弓找他谈话，要调他到这个大县再做县委书记时，他说了许多畏难的话，希望能派比他强的人去。弓书记说："省委已经批了，干吧。我还不一样？难哇。你看，我的头发都没啦。"就是，老弓的头发没有白，却干脆脱光咧。也是费脑筋费掉的吗？他不能再说别的了。干吧，省委已经批了。他是一匹老辕马了。负重涉难而行，便是他的使命吧。难，也有难的乐趣哩。他又忘记想自己了。忘记了自己的平凡，忘记了自己的艰难。他知道，并不是仅仅凭仗自己的力气，去负重涉难前行。他又竭尽全力忙碌起来。

可是，这次省委来的那个人，却不谈一句话，就又罢了他的官了。那个人连他的汇报都不肯听。他一张嘴，那个人就扭头去跟左右说话，时而皱紧了眉，时而仰脸笑，像他没有在汇报一般。他说了半截，停下来了。那个人却立刻说："你说你的。你继续说你的。抓紧时间。"他继续汇报了，那个人也继续去跟左右说笑。分明是没兴趣听他汇报。

“你说完咧?”

“完咧。工作没做好,请……”

“好啦。你多大年纪?”

“五十八。”

“老谭是个老书记了。”秃顶的地委书记老弓插话说。

“能看出来。头发胡髭都白了嘛。嗬哈,嗯。怎么样?老弓,咱们回去吧!”

“我们工作没有做好,请……”

“好啦。咱们走吧?走——”

那个人就这样走了。这人的一切,叫他感到陌生。当然,他同这人并不熟识,但农村的劳模,他是熟悉的。这人不是劳模出身吗?可叫他感到这么陌生。连他的一句话,也不肯屈尊听听。难啊。

三天之后,地委书记又来了。脸色不好看。秃额顶发着灰郁的光。

“那人发火了?”

“不用说咧。老谭,你物色个人吧。”

“接替我?”

老弓只拍了拍自己的秃顶。

“嫌咱的头发白吗?”

“不用说咧。我还不一样?你看,头发都没了。老谭,你物色一个人吧。”

“一二十岁,最好是女的,最好是不识字的?”

“这些话,就不用说了。你好生物色一个人吧。一定要稳当的!年纪大些没关系。只有一条,恐怕还得从农村大队挑。那人就看这。但千万要物色一个稳当的。起码你放心才成。拿一个大县哇!你呢,老谭,还得留下来,有个招架。别的话,就不用说了。我走了。”

老弓拍着灰郁的秃顶,匆匆走了。脸色很不好看。他自己的脸色呢?

大概也不好看。这不是又叫罢了官了吗？而且不是叫野娃们夺了权，是叫上级给撤了……原因呢？嫌他头发胡髭白！他果真衰老了吗？不。他还是一条汉子。他早早白了须发，是因为这二年疙疙瘩瘩，太艰难咧。现在，不说一句话，就……

可老弓说：不用多说咧。别的话，不用说了。他还能再说什么呢？什么也不用说了。他是一匹老辕马了。也真该替换下来了。须发白了。气力不济了，也太疲累了。他是留恋那顶沉重而又无情的官帽吗？不。物色一个接替他的人选吧。

## 二

挑选谁来接替自己呀？

他想到了一个人。也是一个普通的人。比他年轻许多，却也像他那么老气，呆板。连喜怒哀乐，也不常显露。也不常在机关里露面，一味埋身在乡下。蹲在再灰的村子，也不见愁色。灰村蹲成好村了，也不见有欣喜之色。似乎不愿意显露于人，闻达于世。可蹲一个大队，却变一个大队，有神奇的色彩放了出来。只是落后变成先进了，这个姓蓝的就走了。又埋身于新村子。什么职务也没有。只挂着个一年一度的工作员，工作组长，工作队长。就没有人提拔这个老蓝吗？还是有什么问题和污点？没有。是个党员。也曾经想提拔这人当副站长、副科长、副局长之类，都被推辞了。是嫌官儿小吗？他跟这位老蓝相熟了之后，问过。这人说："咱有咱的专业，拿县长的官儿也不想换。"还挺傲气哩。可他到底觉得，这句话很值钱！就凭这句话，也真想挑上这个姓蓝的呢。当书记县长，不也是一种事业吗？只有把权威的光彩看得淡泊，才会倾身于事业，去承受那不为常人所知的重压。当官，也许才更需要这种"官不换"的精神吧。可惜，这个老蓝不是农村大队的支书，主任，民兵营长。挣着六十多块钱工资哩。还住过几年农学院。可惜了。

那么，也从农村的劳模中挑选一个吗？只是不知道荣任了书记之后，会不会也变得陌生了？尔耳，也可惜得很，这个县里几个有名气的劳模，还“黑”着呢。有的还戴着帽子。他还没有来得及把他们都“解放”出来。唉。新起来的新人物呢？还看不准。那还有谁呢？

难啊。简直是难透了。要交代得了那个人，又得老弓满意，他自己放心，还不能羞辱了全县几十万人。这二年的工作，就是这么疙疙瘩瘩，舒展不开。不白了头发才怪哩。

他竭尽全力来办这件事，还是越挑越难，费煞脑筋。转来转去，总是想到老蓝这个人。老蓝最理想了，却不够条件。够条件的呢，却不理想。他终于从老蓝想到了另一个人。想来想去，物色上了这个人。

## 三

黑蒙蒙的深色大窗帘，慢慢变得透亮了。天倒亮了吗？嘿呀，竟没有迷糊一觉，天就亮了。这就叫失眠吗？老是听领导干部们说，他们有失眠的毛病。他不能理解。乏累了一天，那瞌睡是会自个儿找来的，撵也撵不走。他一向是躺倒就着，越累睡得越美。可这一夜他却睡不着了。瞌睡不知哪儿去了。他也像领导干部们那样失眠了。可失眠的滋味也并不怎么难受。只是觉得不实在。睁着两只大眼，忽然就不知道自己是在什么地方了。

他怎么忽然就待在这里了？这里真是地委招待所的高级房间呀？屋顶中央的大吊灯分明亮得很刺眼。高大的深色窗帘威严地兀自垂落在那厢。肥胖的沙发，精巧的茶几，光滑的屋地，以及那些明腊腊的桌，椅，柜，都一齐闪着一种神秘的光彩。这是实在的。但他总不相信自己会待在这里。不相信这气派，这光彩，竟也是为他而有的。

昨天夜里他是在哪儿呀？在他村里。在他家里。在大队开完干部会，就回到家里了，一沾着枕头就睡着了。女人又没有等他。她对他当支书是越来越不感兴趣了。嫌他不顾家，连担水也不挑，更不用说指望他起房盖屋啦。老婆,汉,四个娃们,挤在那么一条小炕上。女人总是朝他摔天骂地,没有好眉眼。他又何尝不想盖几间新房?没有力量呀。大队的油水就那么好沾吗?女人见识。幸亏他没有朝那方面用心思。他也真不会用那心思。沾了油水,又不叫人家发现,就不知道有些人是怎么沾的。他想象不来。可他更想象不到今夜竟会睡在这软忽囊囊的大床上,钻在这雪白、软和的铺盖里。昨天夜里睡得挺美,什么梦也没做。今天夜里就忽然变成县委书记咧?天爷!

县委书记!县委书记是多大的干部呀?比省委书记、地委书记小,比公社书记、大队支书大。坐小汽车哩嘛。不简单。他见过几位县委书记。人家个个都是人物哩。不简单的人物。现在这个谭书记更不简单。甭看和和善善,肚里有货!在回头拐弯的骨节眼上,敢煞敢放,厉害呢。才调来两年吧,全县就不一般咧。二十几个公社书记都不敢要奸哄他。不简单!他怎么也能去当一个人物呢?怎么忽然把他捉来接替谭书记呢?

吃罢早饭,他正要下地,忽然就打来一个电话,说谭书记要来。谭书记来了呢,就叫他上小汽车。说地委请他去,有事。

“谭书记,有甚事呀,这么急?”

“去了就知道了。走吧。”

“去几天,带粮票吗?”

“走吧。什么也不用带。上车吧。”

他就这么被捉走了。在车上,也问不出究竟来。谭书记仍是说:去了就知道了。可书记的脸色很异常,不多说话,也不问问他们估了多少产。出什么事了吗?捅下什么乱子了吗?啊,谭书记瘦了,胡茬也没刮,有疲累的气色。

“谭书记,你身上不熨帖吗?”

“挺好呀。”

谭书记朝他笑笑。笑得也异常。不好,准是出什么事咧。不过,他闷想了一阵之后,终于还是想开了:总往赖处想做甚?反正不会把他捉进法院去。难得和书记这么坐在一搭。不能白坐了。

“谭书记,能不能再给我们几吨尿素?”

“回来再说吧。”

谭书记又朝他笑笑。仍笑得不自然。坏咧,准不是什么好事!真惹下什么乱子了吗?有人告下他的黑状了吗?他们村出了什么反革命案子了吗?还是他在三干会上检讨自己,说得太实在,叫捉了典型了?他胡思乱想,越想越紧张。

天爷,他咋也想不到,把他捉到地委来,是叫他这个小土地爷儿当县委书记!这虽然是吉非凶,但对于毫无想象力的他来说,是如此突兀,如此不可思议,如此一声霹雳,真比捉他进法院还要叫他紧张不知多少倍哩。

“大楼同志,怎么样?”地委弓书记那么亲热地瞅住他,“有什么困难没有?”

“不行,我不抵事!真是叫我当呀?不行!咱是种庄稼把式,不抵事!”

“省委已经批了。干吧,大楼同志,组织上也是经过慎重考虑的。当然,担子不轻哇——”

“弓书记,谭书记,我真不抵事!咱是庄稼把式……”

“这是工作需要,也是形势需要。大胆干吧。还有老谭协助你!”

“我真是当不了。怎么偏偏瞅上我呀?”

“大楼,甭推托咧,干吧。”谭书记也亲近地对他说,“你比我年轻,从第一线上来,干吧。你驾辕,我拉套,一搭干吧!”

“谭书记,你还不知道我呀?”

他不是推托。这是他不能想象的事。县委书记!他怎么能做县委书记?在他四十六年诚实的庄稼人生涯中,从来没有过不切实际的想象。

他的父亲曾经寄予他的最大希望,也只是识几个字,将来能做个买卖人。可惜老子早早故去了,他没能在书坊里识许多字,就回头来老实做庄户人。

土改分了地了。有了自家足够养种的地亩了。他呢,也正当生发幻想的青春妙龄。可他必须首先吃力地挑起全家生计的重担。寡母病弱，弟妹尚小，他无法幻想。他的最大理想，就是娶一个媳妇，添一把人手，进城参加工业建设吗？他想过，挺美。但走不了。

入了社了。他可以少操心了。可以开发一下自己的想象力了吧？只是，他还必须首先当一个好劳力。劳动不好，不行。娶上媳妇，添了娃，弟妹上学堂，寡母更软差了，六口之家全得靠他。得拼命做工分。下了工，也得拼命做营生。自留地，猪羊鸡，拾粪，捡柴，卖瓦盆，忙得很。有月亮的黑夜，就舍不得早睡。没月亮的夜晚，又舍不得熬油。连到队上开会，他也嫌耽误工夫。他自然当不了干部。也不怎么想当。只当过几任饲养员。饲养员日夜有工分。可惜，这么赶趁着做工分、做营生，往往还是希望的多，得到的少。他是仍然产生不了幻想，仍然没有想象力。

女人早就聒叫着想盖几间新房。他没有敢认真去想象。土木不可擅动。起房盖屋，那不简单。不是想不想盖的问题，得有力量呀！所以，想也没用，甭去想还省脑筋。当然，不想，有些事也会发生。只是好事、美事不会平白落在他头上就是了。饲养员能平白当上吗？梦吧！

因此，那年工作队长老蓝忽然物色上了他，想叫他当支书，他已经是被吓坏了。老蓝是喝醉酒了吗？是拿他耍笑吗？还是捉了他大头了？

他们这个灰村子，谁上台，谁捞油水。捞也捞够了，也该挨整下台了。倒塌到没油水可捞了，就剩下挨整了，谁还稀罕当干部？他是叫捉了大头了！可老蓝是个好人。物色上他，或许是诚心抬举他哩。他没法叫老蓝为难。只好填了志愿书。只好老实当大头。那支书也实在不是什么荣耀美差，像支撑他家那般的穷光景，不只有几张嘴，而是有几百张嘴等着要吃喝。他仍旧得拼了命地赶趁。他仍旧没有幻想。一年大翻身吗？亩产吨斤粮吗？想大的干大的吗？他不敢想。不是想不想的问题，得有力量呀！他只相信破了命地干。扎下脑袋，撅起屁股，干。不这么干，几百张嘴吃喝什么？这么干下来，庄稼在地里是肯长了，收割回来也耐打了。人不哄地皮，地皮不哄肚皮嘛，这算什么能耐呀？

可谭书记就看得起他了。来过他们村好几回。还叫他进城开了几回会。这是他没有想象过的美事。他挺开心。只怕这美景不长。比如,遭上个年馑,产量跌下来,书记还能看得起他吗?还有,有几百张嘴,就有几百种心思;吃饱了肚,心思就多了,也不好弄。当第一把手,前头没有人站着,心里总发虚。天爷,支书还当得发虚哩,怎么忽然就叫他当县委书记?也是捉了他大头了吧?

可谭书记是个好人。这他知道。地委弓书记呢,虽说脑袋瓜贼亮,没几根稀毛,可也善眉善眼的。他们不会捉弄他吧?而且说是省委批的。啊呀,省里怎么竟也知道有他这么一个小土地爷儿?他真的已经成了一个人物了吗?鬼!他还不知道他。不抵事。当县委书记,他不抵事。当支书他也不抵事。不过,当村干部比做社员到底大不了多少。一样土眉混眼挣工分。一样吃自家养种的五谷杂粮。说话也自由。刷牙洗脸也不那么当紧。公家干部可就不简单了,何况还是县上的书记!不抵事。谭书记,弓书记是再好的人,再诚心抬举他,他也不敢揽这买卖。公家的书记不比庄户人的支书。他还不知道他呀。

谈话进行得不顺利。主要是他不识抬举。弓书记有急事先忙去了。他和谭书记只好住了下来。一整夜,他可怜地辗转在那软忽囊囊的大床上,受了罪了。他虽然没敢揽下那般不可想象的差事,但已经觉得自己是被忽然抛到一个新的境界里去了。他原是在自己与这境界之间,划了一条分明的界限的。他越觉得那境界高远,美妙,神奇,很可敬畏,不可企及,也就越要惊慌失措,越怕自己是被愚弄了,越怕这一切都不是真实的。他并不是嫌弃这个境界,而是不能解释这个令人敬畏的美差为什么偏偏会落到他的头上;在他看来是不可能发生的事,为什么竟然发生了。他不断开了又关了那盏屋顶的大吊灯,怀疑自己是否真实地睡在这堂皇的房间里,又怀疑自己是否仍旧挤在家里那有汗腥气味的小炕上。他睡不着觉。他失眠了。但天色却那么早早地就透亮了。

不久,谭书记敲门进来。

“大楼,没睡好吧?”

“睡来,睡来。”

“考虑得怎么样咧?”

“不抵事。谭书记,你还不知道我呀?”

他仍是这么说。但谭书记却没有继续打劝他,转而去说夜里做了一个什么梦。啊!他本希望谭书记还会继续劝说他一番的。说他能干得了。说应当服从组织分配。等等。可谭书记竟没有再劝说他。啊!就这么给推辞掉了吗?不识抬举的货。世上还有他这么不识抬举的货吗?!

司机小夏也进来了。

“吴书记,你没有带牙刷毛巾吧?”

吴书记!这是叫他吗?他已经成了吴书记了吗?

## 四

“谭书记,您忙呢——”

“是徐大夫呀,快坐。”

“不坐啦,谭书记。我知道不该来打扰您。您——”

“我怎么啦?我成了伤病员咧?还是怕我想不开,可能会寻死上吊?哈哈——你们太小看人了。”

“不是这意思。可您得注意身体,谭书记……”

“好,领你的情。你还在培训赤脚医生吗?”

“我就是为这事来打扰您。我想专门搞一期儿科培训,搞得系统一些。可人家还是叫抓普及……”

“知道你就是又来搬我这个权威哩,对吧?”

“谭书记,本不该来打扰您。这是一件小事。”

“徐大夫,我愿意帮忙。不过,我劝你先去见见新书记。现在老吴的权威比我大。他会更痛快地帮你的忙!”

“谭书记——”

“真是这样。吴书记是个很好的同志。你接触多了,就会知道。”

“谭书记,您得注意身体……”

这位徐大夫也来慰问他了。他真的像个病伤员吗?

“谭书记,新来的文件。”是机要员小田。

“小田,以后来了文件,先送吴书记。”

“嗯。”

“喂,你这妮子怎么也愁眉苦脸的?”

“谭书记——”

“小田,放心,我又不走,还继续给你物色对象嘛。就是太忙了……”

“谭书记!”

“我把这事也跟吴书记说说。吴书记也是个热心人。”

“谭书记,你得注意身体……”

哈,这妮子也叫他注意身体!

他是不是流露出什么情绪来了呢?不会吧。他已经做了充分的努力,极力显得若无其事。跟大家多寻些闲话扯,免得过多注意那件事。人们提到了,也要轻轻松松,甚而还说两句玩笑话。“哈哈,这有什么意外的呀?书记的职位又不是我买下啦,旁人就不能当呀?”为了显得真正轻松,他从地委回来之后,特意去理了发,刮了脸,还寻出一身正经服装来穿。精精神神,高高兴兴,轻轻松松,让位交班。

是呀。他是早就想望能有这么一天,高高兴兴,轻轻松松,精精神神,把自己头上压着的官帽儿,交给一个比自己强的同志戴。要说过官瘾,他是早过够了。成年焦头烂额,疲惫不堪,实在应该退下台来,喘歇喘歇,再积聚一些力气了。公务之余呢,也享受一点别种乐趣。听听戏文,看看闲书,杀几盘棋,跟小孙孙斗一斗嘴。也像许多人那样,请它一二十天假,回老家走走住住。老家又不远,却总是没空闲回去从容住住。只是,这次让位交班,他心里总感到疙疙瘩瘩,有点苦味儿。也挺有些委屈哩。还有许多忧虑。吴大楼是他物色、推荐的人选。可他总有些放心不下。大楼也许不会坏事。但能挺得吗？这几天，大楼很有些惊慌失措，怯怯地像个小媳妇。他把压在自己头上，压白了头发的这顶沉重而又无情的官帽儿，给大楼戴上了。大楼会不会被压垮呢？按说，这个村支书，同我们的每个公民一样，是有权利来做自己的各级领导人的。可吴大楼却是这么惊慌失措。惊慌失措，当然比投机的狂喜好。可会不会被压倒呢？会不会叫全县泄了气呢？他终于卸下头上的重帽子了，却仍不能轻松起来。那无形的紧箍咒仍束在头上，他感到疼痛，不安。他会不会加害于这个忠厚的庄户人呢？会不会对不住全县几十万人呢？这不是他们自己挑选的领导人。是他替他们物色、推荐的人选，他是不得不降格以求的。可全县几十万人，却不会降低对自己领导人的要求。这顶沉重而无情的帽子啊！

但他是不是将这种情绪流露出来了呢？他极力显得轻松，可不断来看望他的人们，却一律情绪低落。人们叹息，摇头，气恼。人们安慰他，夸赞他，替他打抱不平。部局长们表示要当他的保皇派。公社书记们说他们也想辞职。乡下来的庄户人呢，想去北京告状。驻军的那个胖政委，竟拍打着桌子骂。哎呀，是不是他的情绪影响了他们呢？不能这样。他们不能只保他。不能躺倒不干。不能去告状。不能泄了气。他焦头烂额，疲惫不堪，使出吃奶劲儿，才刚刚把全县的气鼓起一点儿来。不能再泄了气。老弓叫他留下来，是替大楼保驾。他应该领着大家一搭来保驾新书记。他们不应该涌到他这里来叹息，摇头，生气。倒该去围住新书记，互相熟悉起来，互相获得信心。他躲几天去吗？他下乡去吗？干脆钻在家里逗孙子吧？不能。还不能。人们会更以为他在闹情绪。他得照旧工作。以便大楼能腾开身子，让人们去围住他。

咚咚的脚步声。又是谁来了呢？是西营公社的书记老吕。他的脸面更阴沉得厉害。进来一屁股坐下，便不说话。

“老吕，你怎么也来咧？我又不是挂了彩，负了伤了，有什么看头！没有提二斤点心来吗？”

老吕仍不说话。

“怎啦？你也想躺倒不干啦？”

“谭书记，老官龙又病倒咧。”

“啊——”

他再也显示不出轻松的样子了。唉唉。这又是一声紧箍咒。老官龙，他还没有来得及把老官龙“解放”出来。他还有多少事没有来得及做。一个村干部，一个土改的老党员，一个全县挺响的老劳模，辛苦了一二十年，倒挣下顶坏分子帽子戴。坏在哪儿呀？他派人复查过。半寸厚的定罪材料中，能拣出来的，就是对抗四清。说对抗，不过是态度不好吧。可当时，我们的态度呢？如临大敌，像进了敌占区了。好像我们自家培养出来的四不清，贪污犯，坏分子，越多越好似的。这个县有多少村干部定了罪，戴了帽？数字怕人呢。看来，我们究竟是凡夫俗子。忙忙碌碌，轰轰烈烈，却不免会做下些怎样的蠢事，错事，窝囊事！大楼或许是幸运的，现在戴上官帽儿了。可老官龙呢，还“黑”着呢，还戴着一顶坏蛋的帽子。他们不都一样是我们培养起来，依靠着的村干部吗？

“谭书记，老官龙是听说你犯了错误，忽然又病倒了。”

“老吕，你回去捎话给老汉，我又没咋，也没调走。他的问题，会解决的。甭太熬煎了。新书记也是村干部出身，叫他放心。吴书记也会给他摘帽。”

“谭书记，吴书记行吗？”

“咋不行？老吕，你没去看看大楼同志吗？”

“没去。我跟人家不惯熟。”

“去看看吧。多接触几回就惯了。大楼也是个忠厚人。”

“以后再说吧。老官龙的问题，怕得抓紧点呢。唉。”

“叫他放心。有组织呢。再说，由吴书记来解决，恐怕比我更方便哩。叫老汉放心。”

## 五

小汽车跑得真快。小夏这娃挺不简单，能那么轻巧地把车子开得如此飞快。翻不了车吧？不会跟大汽车碰了头吧？人家娃是给领导干部开车的司机，不是村里开拖拉机的愣货。他应当坐得自然一点，甭这么紧张、拘束，像个小媳妇似的。他已经不是搭谭书记的车了，是小夏专门开车送他回村呢。应当像谭书记那样，全不把坐小汽车当一回事，而把头枕在后座背上，眯住眼想点什么。甭老是朝车外张望。本乡本土的景物，没见过？

但车外的景物却在吸引他，不由他不去看。地面真宽。庄稼绿得可爱。村子过了一个又一个。树木也挺精神。公路上不断头的大汽车，小汽车，拖拉机，自行车，骡马拉的胶皮车，毛驴拉的小平车，也都跑得很带劲。竟有这么多车呀？这条油漆公路也修得好。平展展，望不断。远处是山。山里有几个公社呀？六个。是六个。山里还有煤窑。还有老林子。还出产莜麦。听说还长灵芝草。听说还有扶苏太子的墓圪堆，焦赞驻扎过的村寨，慈禧太后逃难时喂过马的马厩，不知是真是假。可这座洋灰大桥是哪个书记手里修的呀？真够气派。河滩也真宽。沿河的稻子也长得好。算咧。甭看咧。又不是没见过。可这是多大的光景，多大的产业呀！

他真能干得了吗？前天，他跟部局长们见面的时候，怎么竟冒了一句："你们甭怕咱！"人家都笑了。是在笑话他吧？谭书记介绍他跟部局长们见面，他本来就紧张得像个小媳妇似的，却还叫人家甭怕他。人家不笑等什么。准是把他看露了。刚亮相，就叫人家看露了。跟上鬼了吗？冒了那么一句话！

小汽车拐了弯，离开了柏油路。

"吴书记，"小夏叫得很恭敬，"村里还不知道吧？"

"知道了吧咋呀？又不是中了状元了。愁哩。哪如在村里熨帖？"

"就是。当书记不容易。你看谭书记，头发都白啦……"

他本以为小夏会说:吴书记你愁甚呀,不行,人家会眼巴巴挑上你呀?可这娃却说当书记不容易!小夏也看露他了吗?

不过实在说,谭书记是不简单。调来才两年吧,全县一股声叫好。可为什么忽然把谭书记给撤了呢?啊呀,这几天不知慌慌什么,光顾想自己了,竟把谭书记忘咧。谭书记犯错误了吗?在地委也没顾上问问。可谭书记是个好人。是个不简单的人物。现在竟叫谭书记做他的副手。他真比谭书记强了吗?鬼。他还不知道他呀。看看他这个愣货,光顾自己慌慌,竟忘了替谭书记想想。不是谭书记看得起他,他能有今天呀?

小汽车驶近他村了。

这就是他钻了四十多年的吴家庄。屁股大一个村庄。只出产五谷杂粮。还出产像他这样没见过大的庄户人。他们知道了他当上书记,会怎样翻天覆地呀?那些下台干部会不会眼热?队长们会不会有气?伙计们是怎样撅起屁股受苦来,你倒美得坐了天下!亲戚们呢?本家长辈们呢?还有他那女人!总是摔天骂地,反对他当干部。看她还说什么?女人见识。

但村里似乎很平静。村口没有聚着人,灰秃秃的,像平常一样。村里真还不知道吗?汽车进村了,仍未见受到注意。街上干脆就没有人。连喜欢跟着小汽车跑,哇哇叫的屎娃们,也不见。唉,他头一回坐小汽车回来了,却连响响地按几声喇叭的机会也没有!

“吴书记,回家吧?”

“去大队!照直走。”

但大队也没有人影儿,锁着门。人呢?他几天不在,就散了伙了?

“小夏,走,回家吃饭!”

“不啦,吴书记。快甭招呼我。你这次回来,不比寻常。快忙你的吧,我走咧。”

“回家喘喘嘛。不吃饭,也喝口水!”

“不啦,不啦。还是后天来接你吗,吴书记?”

这娃!竟如此匆匆忙忙,“嘟”一声,就开车走了。转眼不见了影踪。

很快连嘟嘟声也听不见了。

他立刻感到有些寂寞起来。从这里被捉走之后,他叫怎样一连串应接不暇的意外场面包围住,真像做梦一般。现在是梦醒了吗?他还是他吗?还是奔跑在这熟悉的,凌乱日脏的村街上,叫人开会,催人出工,调解纠纷,担水拉粪吗?嗐,小夏这娃要是把小汽车开到他家门口,准会把他那没见过大的女人吓煞……

街门还是旧样儿吧?院里却多么凌乱日脏。女人在哩!在淘洗高粱。快看谁回来咧!她却不看,猫了腰专心做她的活儿。

"嘀,嘀嘀。"

他只得笑了笑。她回过头来了,流着汗。但一见是他,就沉下脸来。

"呀呀呀,你是又死到哪儿来?倒歇心,一走又是几天!"

"嘀嘀。"

他只是嘀嘀,不再怕女人的聒叫。叫她先聒叫个够吧。然后,再吓她一跳。

"嘀嘀,嘀嘀,拾到官印咧?还不快去担桶水!"

她说什么,拾到官印咧?是不是村里已经听说他的事啦?

"我说,这几天,有人说我什么没有?"

"你没听见吗?快去担桶水来!"

"到底有人说我什么来没有?"

"就像谁怎么爱见你,没走几天,就攒下几车好话等你!好话我没听见,肮脏你的话,还没听够?快去担水!"

他大失所望了。村里竟还不知道。这就告诉他的女人吧?甭这么急。真还有些舍不得说出来呢。老婆还把他当窝囊货数落,可他呢,已经——嘀嘀。多有意思。叫她再聒叫个够吧。

"唉呀呀,你还愣怔甚?就这呆样,还有心思当干部!怪不得又有人给你寻思出好话来咧,说你快当县长呀。我说,快当省长呀,真会日脏人!"

呀,村里原来已经知道啦!可怎么不见一点动静?莫非真是众人见他当了书记，不高兴？大家是怎么扎下脑袋，撅起屁股，干哩，他倒美得坐了天下！

“好我的神神，担桶水难煞咧！”

“我也得喘歇一下嘛！”

他不再管女人聒吵，进屋去了。这般清冷场面，叫他颇不能忍受。他是正处在高度兴奋中，所以也要求村里翻天覆地般激动。可村里呢，却把他当书记的消息，当成了一句玩耍话，没有准备一个特别的场面。大家在照常忙碌各人的事。他却感到反常了，寂寞了。寂寞得令人憋闷！去寻干部、队长们吧？可怎么向他们说呢？嘀嘀，咱当上县委书记咧……不像样儿吧？有一个人来介绍一下，就好啦。小夏已急笃慌忙地走啦。叫他老婆去介绍行不行？她那嘴说不了正经事。也不像样儿。只好等谁来了。来了人，必会问：是真当上书记了？他不得不承认。然后，就传播出去了。

不见谁来。女人仍在聒叫。他是没有心思去吓女人一跳了。女人吓煞，并不足以平衡他心里的兴奋。他渴望一个更盛大的场面。谁来了？唉，是个老婆儿。跟女人借什么东西。屋里是这么窄巴，邋遢。当了书记，家里该像个样儿的。会搬进城里去住吗？可惜没去过谭书记家，不知人家那是什么光景。还不见谁来。众人是故意这么冷落他！啊，那是他父母的照片。二位老人要是能活到今天，会怎么说呢？“憨娃，你能给人家当了那县官吗？”嘀嘀，不开通的老人。

“大楼嫂，你家掌柜回来没有？”

啥，像是吉虎在吼叫。是他，大队主任，他的连手伙计。

“回来跟没回来一样！有本事永甭回来……”

“回来啦？那我吃了饭来寻他。有一堆事等他。大楼嫂，得给掌柜吃顿好的吧？说不定真当了县长，嘻嘻。”

“呸，他还当省长呀！”

吉虎怎么竟连院也不进，嘻嘻着就走了？老婆这张烂嘴呀！

“是支书回来咧？”

又是谁？偏是三队的毛旦，倒霉。别人不来，这货却扑进院里来了。

“刚刚回来。身上不熨帖……”

老婆在挡驾。可毛旦却已长驱直入室中。

“支书，你们研究来没有？我那工，队长就平白扣啦？你给做主不？”

败兴不败兴！等了半天，偏等来个这货。还是为那几分工。但他不能像过去那么烂骂了。他是公家书记了，已不是村干部。得耐住性子。可毛旦咬住不放，非得听个准话不走。他现在哪有心思来断这几分工的案子？但又不能像庄户人那么自由烂骂。有一句话，几乎要冲出口了：“把你这灰货！你知道你现在是跟谁为难哩？”他极力忍耐着，没有说出来。

幸好毛旦已经达到了将他磨草的目的，偃旗息鼓了：“嘿嘿。支书，你先吃饭吧。反正大队得给我做主。我也肚饥哩，走咧。嗐，支书，听说人家你快当县委书记呀，有的事吗？嘻嘻。我先走咧。”

他不由地立刻对毛旦说：“有的事吧咋呀？我都愁煞咧，你倒鬼缠起来没完！”

“支书，真有的事？你真要当县委书记？”

“我哄你做甚？我都愁煞咧……”

“真的事？真的事！”

毛旦喊叫着，跑出去了。

他见这情形，心里一下子通顺了。从进村以来，心里的那股激流，七折八拐，总找不到一个决口。此刻到底有了决口了。他忘记了毛旦曾经那么折磨他，忘记了这货一向是那么叫干部头疼的角色。他甚至很有些儿羡慕毛旦。羡慕这货能那么尽情地跑到街上去吼叫：“真的事！真的事！”他若能这么去吼叫，才过瘾。但绝不能。疯啦？

## 六

“谭书记，怎么这时才来？”

"老吕,我是路过,稍停停就走。"

老吕瞅了瞅谭书记,就引书记进了自己的办公室。

"有事吗?"

"没事。我是想看看老官龙。病怎样了?情绪呢?"

"老汉尿血哩。公社医院给查了查,怀疑不是一般病,叫去大医院查一查。老汉不去。"

"怀疑什么病?最近才尿血吗?"

"谁知道呢。反正是忽然躺倒啦。我看是听说你降了职,老汉觉得没指望了。"

"不该这样。走,去看看老汉。"

"谭书记,你去?我看,算咧。我去,还不方便,甭说是你。人家刚降了你的职,你就去看四类分子,算咧!"

"我会掌握。你找个村干部来陪我去。"

"我看,算咧。我保证把你的意思传到老官龙耳朵里就是。"

"老吕,不用多说咧,你快去找个村干部来。"

"我替你亲自去传话,还不行?"

"不用多说咧!我还着急着赶回城里去哩。"

"唉。那我也得去安排一下!"

"好吧。快些。我会掌握。"

不方便。这几年,不方便的地方太多了。疙疙瘩瘩,处处受掣。他一调到这个县来,就听说这个老官龙了。有多少材料上点名举例,证明阶级斗争。可又同时碰到那多人说到老汉的气魄,骨头,心眼,能耐和功劳。他很想见这个老汉,可不方便。他派人复查老汉的案情,还没有动手解决,就惊动了上下左右。老汉的名声太大了,"解放"起来不方便。他只好等待时机。时机没等来,他倒先下台了。现在,不当一把手啦,还是不方便。但他应该叫老汉放心,他不当一把手了,还有组织在。新书记也是自家同志。或许会更方便,更痛快地"解放"老汉。人们都说老汉是有骨头的人。不该太泄气了。应该先去查一查病。就真是四类分子,也有看病的权利嘛。

外面,村里的广播喇叭在喊叫:四类分子到大队开会。

这就是老吕的安排吧。可重病的老官龙怎么能去大队?他还是被引到西营大队部去了。老吕叫他进了一间小屋。并没有村干部来陪同。小屋门外,站了两个年轻人,像是民兵。屋里炕上,躺着个身手挺大的老汉。炕边,怯怯地站着个闺女。

"你就是黄官龙吗?"

"是哩,"那女娃忙怯怯地说,"这就是我爹。"

"唔。怎么啦,病了吗?"

"是哩。我爹病重咧。"

"唔。我是从县里来的,姓谭。"

"你是谭书记呀?"那闺女立刻问。

"算是吧。我……"

"你就是谭书记?"那黄官龙也忽然支起身来,问。

他点点头,严肃地细瞅这老汉。

一副绵善相嘛,并不像他所想象的那样,是个倔老头儿。显得虚弱吧,也并不像他想象得那么憔悴:精神还好。

老汉也睨了眼瞅他。瞅了一阵,忽然又躺下来,很冷漠地说:"谭书记,你走吧。"

"爹!"闺女立刻不安了。

"谭书记,你快走吧。"

"爹!"

这是什么意思呀?他严肃地说:"黄官龙,你的案子,我们还在复查。你要……"

"甭查咧。我的案子,没错。"

"爹!"

“错不错，查一查就清楚咧。没错，你就好好改造；错了呢，纠正……”

“没错。甭查咧。”

“爹！”

老汉的语气仍很冷漠。是有情绪吗？是对他有些不满吗？但那神态是平静的。平静地躺在那里，合着眼皮，不再看他。

“黄官龙，你有病，可以跟大队请假，出外就医。问题是问题，病是病。”

“你走吧。”

“爹！”

“你们还不知道吧？县委最近来了新书记。他会抓紧查清你的问题。还是先去看病。”

“你快走吧，谭书记。我是四类分子。我不想翻案，你也甭给我翻案。我是个草木之人，不值得连累你们。我也没病。我老了。不值得你们沾骚惹臭。走吧。”

“爹！”

老汉始终是这么冷漠。是否在责备他呢？他只好出来了。临走，老官龙又支起身来，瞅了瞅他，却没说话，又平静地躺倒了。只有老汉的闺女，怯怯地问：“谭书记，新上台的吴书记，真会抓紧给我爹摘帽吗？”

“只要该摘，就会抓紧摘。”

他回到公社，向老吕说到老汉的冷漠，问是否是责备他。

老吕想想，说：“不会吧。老汉是个脑筋清楚的人。他大概是真怕连累你哩。他也许觉得，由于复查了他的案子，你已经犯了错误，不能再连累你了。”

“不对吧？老汉是那么冷漠……”

“老汉是个脑筋清楚的人。我刚才一边给四类分子训话，一边也想，真不该叫你去见老官龙。要是叫人家再把你的副书记也给撤了，下面的情绪就更灰啦……”

“老吕，你也这么说？你不是总吵嚷：‘西营要想变，除非翻了老官龙的案'吗？这是工作上的事。我插不了手,也会有别人来抓扯,解决。”

“可吴书记行吗?”

“咋不行?”

他匆匆上车走了。老官龙的那种冷漠,却使他安静不了。真的没有一点责怪他的意思吗？真的是怕连累他吗？可这不是谁比谁值钱的问题。老汉是草木之人,他就是金枝玉叶吗？他也是草木之人,凡夫俗子。只是在党的岗位上,各有各的责任罢了。稳妥地“解放”老官龙,这也是他的责任。负不起这责任,还有什么价值？他本来是可以及早“解放”老官龙的,要不是从策略上考虑得太多的话。现在呢,看来该从速解决问题了。老汉又病倒了。即使不是因为他降职而失望了,也不该背上连累了他的重负。再说,人们都在问:吴书记行吗？由大楼出面来“解放”老宫龙,会产生很好的影响。老官龙是个名声大的人物。大楼抓了这件事,不用宣传,不用登报,不用开会,全县就会很快改变对新书记的看法。事后有什么麻烦,他来负责任。他是真正的后台。新书记不了解情况,没有经验,受了蒙蔽了嘛。

小汽车已经拐上柏油公路,却仍然在缓慢行驶。

“小夏,开快点!”

“回去不误吃饭就是咧。不看路上车多？跑不开。”

“是嫌我没敬你烟吧?”

“就是！谭书记,你也该稍微清闲清闲了。有人家吴书记呢。你倒比当一把手还忙!”

“看你这娃说甚哩,开快点吧。”

小夏不听他的,仍在稳稳行车,却忽然问:“谭书记,你看吴书记行吗?”

“咋不行？不比我差。你开的是牛车吗？我倒指使不动你了吗?”

小夏只是嘻嘻地笑,却不加速。

他只好又眯住了眼。这后生,竟也跟大家一样,把他看成了伤病员,竟也问吴书记行不行。“解放”老官龙,大楼不会有意见吧？都是村干部嘛。

## 七

他是有一个高大的身材。差二指就碰到门楣了。比谭书记足可高出半头吧？如若穿上谭书记那么一身正经干部服，也留那么一个大背头，大概会挺像个领导干部呢。可他身上呢，穿着稀松的土制服，不正规。秃葫芦脑袋上，戴了一顶旧劳动布帽子。没那正经货，只好暂先如此。土褂儿，老婆下功夫洗过了。帽子呢，也是老婆翻寻出来，刷洗得挺干净。戴上总比不戴强。扛着花和尚似的秃头，还像书记吗？幸好，他有一个高大的身材。那个姓徐的女大夫说，他身材魁梧，很有气派。身材高大，是实话，天生的嘛。很有气派，是真的吗？他穿着稀松的土制服，戴着顶劳动布旧帽儿呀。倒是姓徐的女大夫有些不凡的气派，大大方方的，挺会说话，口音也好听，像是大地方的人，见了他，毫不怯生。她是轻轻地敲了敲门，才进来的。

"您就是吴书记吧？"

"就是。"

"吴书记，我是县医院的大夫，姓徐。您挺忙吧？"

她是笑着说的。

"不忙，不忙，你坐吧。"

"我只有一件小事，吴书记，耽误不了您多少时间。我知道您挺忙。"

她又一笑，坐下来，继续说开了。口音挺好听。说得文雅清利。还总是拿眼睛瞅住他说，毫不怯生。该笑，就笑一笑。该愁，就皱皱眉。很自然。很不简单。他倒是有些不自然了，不敢总瞅着人家。那不像个领导。

她果然只说了一小会儿，就站起来了。说："吴书记，您看，也不是什么大事，不耽误您的时间啦！可不找您，又不成。您见了我们局长，提一句，就成啦！行吗，吴书记？"

"行，行行。"

"那太好啦！吴书记，能看出来，您是个有气魄的领导。"

她伸手出来，跟他握手作别。他更不自然了。她却仍然很大方，瞅住他说："啊，吴书记，能看出来，您身体挺好，不过，也得适当注意休息。好啦，再见啦，您甭动。"

徐大夫轻盈地走了，轻轻地关上了门。一个挺不简单的女人。过去，他到医院看病，怎么没见过这个女大夫呀？贵人难见嘛。那阵他是土猴儿一只，见不上正经大夫。现在呢，这位女大夫倒来求他了。还怕耽误他的时间，只坐了那么一小会儿！

呵呵。这一阵子，来见他的人是太多了。本来，谭书记继续主持工作，是想叫他腾出身子来，看看文件，材料，表格，熟悉情况哩。但找他，见他，求他的人却蜂拥而来。部局长们，县直单位领导，公司工厂头头，驻军首长们，公社的书记主任们，还有跟他相识的、不熟的、同乡同村的、非亲非故的，都涌来围住了他。弄得他吃饭，睡觉，上茅房都不得清静。不过，他还是挺愿意来接受这许多人物的致敬的。是的，涌来围住他的都是不简单的人物，不是村里那些庄稼人。多少年来，他为了养活一个数口之家，是那么破了命地辛劳不息，却还常常难得宽裕。他真的已经当了这么不简单的领导干部了吗？这些天，他所阅看的文件，材料，表格，管的事体是那么大，用的口气也那么大，夹带着的数码儿也那么大！数码儿后面带一个"万"字，简直是平常事。而那许多人物，穿戴呢，气派呢，说道呢，一招一式，都似乎各有一套似的。人家仿佛也是同他比试，向他挑战来了吧？他真的也成了贵人了吗？可他到底只敢确认：他那高大的身材是真实的。这高大的身材，终于也能给他增添气派和光彩了吗？

谁又来了？是机要员小田。

"吴书记，新来的文件。"

"放下吧。"

小田放下了文件，似乎还想说什么，但只生冷地瞅瞅他，就款款走了。

小田像是一个活泼的闺女嘛，怎么见了他就有了呆气呢？总是拿那么一种生冷的、好奇的眼光呆看他。看他不像个书记吗？看他脸黑，手笨，铺盖卷儿没有绸光缎亮吗？还有给他打水、扫地的公务员，给他端饭的炊事员，认不得他写的字的打字员，好像也都是拿这种生冷、好奇的眼光呆看他。他从来没有被这么多"员"侍候过。一定不像一个书记，不会消受这侍候。这些"员"，俊气，机灵，手艺高，都是些排场的角色。他应该大样一点。该说，也得说他们几句。

谁呢，谁又来了呢？吔，又是个姑娘。不过，像是个乡下妮子。

"你就是吴书记吧？"

"啊。"

这妮子怔怔地瞅了瞅他，忽然就哭了。

看看，来不来就哭！有什么事不会说吗？到底是乡下妮子。

"咋咧？你先说，甭哭嘛！"

这妮子呜呜地哭得更厉害了。

"看看你，有什么，先说嘛！"

还是哭个不止。

真是乡下妮子！这是到了什么地方了，也这么呜呜地哭。不怕人家笑话呀，不怕耽误了人家领导的时间呀？他应当生一下气。可敢不敢生气呢？对一个乡下妮子耍态度，不应该吧。可拿一个书记，央哄一个乡下妮子，也不像样儿吧。敢不敢生气呢？

"我说，你这妮子是哭甚呀？"他还是原先的口气。

"吴书记，"那妮子终于开口了，"我爹，我爹病重咧……呜呜。"

"你爹是谁，咋啦，说清楚呀！"

"我爹原先是西营的支书，四清给戴上，呜呜，戴上帽子，冤哩，是冤枉，呜呜，现在，病重咧……"

"啊，啊。"

"吴书记，你就给我爹摘了这顶帽子吧，求你，呜呜，不是翻案，退赔出去的房屋，箱柜，树株，都不要咧。就求领导给摘了帽子。万一我爹，呜呜，万一我爹不行了，不能戴着帽子走哇，呜呜……”

“啊啊，啊。”

“谭书记派人查过咧，是没贪污，就是跟人家工作队顶牛来……万一我爹，呜呜，戴着帽子，闭不了眼哇……”

“啊啊……”

他啊啊着，忽然觉得自己的鼻子里有点儿发酸，跟着有几颗泪蛋儿便涌上眼窝。他有些慌了，想把它们打发到肚里去。可不济事，下不去。只好小心地把它们挤碎了，叫咸水儿暂先爬在眼珠上。他很奇怪。自己虽也是苦寒出身，但眼窝里却一向不易出产泪蛋儿这东西。哭天抹泪，屁事不顶。还不如该做甚做甚。现在走了运了，倒忽然出产起泪蛋儿来啦？这个村支书也挺可怜，挺不走运，叫戴了一顶帽子。不就是不想戴着这晦气的帽子下阴曹吗？这好办！这妮子也哭得挺恓惶。对她爹也挺孝顺。

“我说，闺女，快甭哭咧！不就是想给你爹摘帽吗？行咧。我给他摘就是啦！你甭哭咧。”

“真的吗？吴书记……

“我不哄你！”

“真的呀？吴书记，呜呜……”

怎么又哭起来了？啊呀，这妮子竟咕咚一声，给他跪下了！

“吴书记……呜呜……我可见到青天啦……”

他将这妮子拽起来了。他觉得这么跪下来，喊他青天，太乡下气了。看人家那徐大夫怎么表示感谢呢？不过，他心里挺畅快。他真成了青天老爷啦？在这个乡下妮子面前，倒是表现得很像一个书记。有气派的书记。

“吴书记，人家说是省委工作队定的案，不好抓扯……”

“行咧，甭多说咧！中央定的案也不怕。回去叫你爹宽了心，多活几天吧！”

“不会连累你呀，吴书记？我爹不是翻案……”

“该翻案也得翻！退赔的不公道，也得给你家退回去！这好办！”

他很兴奋,什么也不放在话下。他终于很像一个有气派的书记了。旁人不敢抓扯的事,他来管。一个庄户人,村干部,快死了,还得戴着帽子下阴曹。人生憾事,莫过于此了吧。他不能白受那么多人的敬重。他来管这件事。只一句话,那妮子就跪下来喊他青天了。嘀嘀。他竟可以来管这等生死大事啦。对咧,往后法院枪崩人,也要他批字儿呢。

## 八

平川的庄稼还正绿着呢,这里已经在收割胡麻、糜黍、豆子。树叶儿、草叶儿也露出灰败气色。山坡又要变得丑了。可天却高了,蓝了。清爽的空气凉阴阴的。这片草场也真不赖。在平川也许算不得大,可在拥挤的群山中间,就挺开阔啦。草也厚密。灰败的草叶儿中,结满了草籽儿,可仍有野花开着。大体望去,也仍是绿色的。四面挤着的山呢,越远越蓝得好看。

“老蓝,我还真不知道西山有这么个好地方哩!”

“就是可惜了。五八年在这里办过个良种畜牧场,不久就下马啦。后来,我又呼吁过几次,县里再没人感兴趣,当地社队也不热心。”

“你没跟我呼吁过呀?”

“谭书记,我本想等你缓过气来,再正经找你,可你倒垮台啦!”

“不说这,不说这。咱们不是说定,出来闲逛跶吗?老蓝,这草场有野物吗?”

“有野兔,狍子。社员们说,还有过豹子。”

“有野兔、狍子就行。你有猎枪吗?火枪?”

“我哪有火枪、水枪!武斗吗?”

“老蓝,我看你也是个呆板人。还算是个知识分子呢,就没点爱好呀?”

“爱好?嘿嘿。连正经专业还弄不成呢,成年就是下乡包队,选干部,换班子,查苗补种,估产催粮!从学校出来一二十年啦,什么也没搞出来。”

“看看,你又来咧。我可是早有一个爱好:到各地去逛跶,当旅行家。

对啦,可不是野心家!”

他坐下来了。那草场,山峦,蓝天,野花儿,真有些唤起了他那依稀的夙梦。是呀,什么时候能够清闲地到各地去开开眼,到天下那些好地方去逛逛呀?他年轻的时候,就这么妄想过了。那时环境太残酷。等解放了吧。到那阵,要去县城,省城,京城,都看看、住住。去天津、上海逛逛。到西湖游游。到出人参的东三省,雨水不断的湖广地面开开眼。他不是贪恋那些好地方,只是能亲眼看看就满足了。他眼界太窄了,想亲眼看看天下之大,世界之奇。看完,还回来。回到自己该在的地方。该做甚还做甚。人都有些梦想、嗜好吧。而他这个逛跶天下的梦想,似乎也只能是梦想。解放了,却更忙乱了,比打游击还忙乱。虽也住到县城了,还从这县调到那县了,甚至也到省城、京城开过会了,可满目看到的却总是些困难,麻烦,做不完的愁事。此外还看到些什么景致啦?记不得有什么了。

“喂,老蓝,你游过西湖吗?”

“我?嘿嘿。我正在东湖大队蹲点哩。我还去南湖大队参观过高产小麦。”

“快甭说笑话了。你说,西山干部群众的情绪,真有那么大的波动吗?”

“你还不信呀?本来今年山上的庄稼还长得不错。可一听说你犯了错误,换上个时新书记来,人们都吐了舌头了。甚至说,地里的庄稼还不知道给谁长着呢。当然,信不信由你。我也不是存心当你面说好听的,群众怎么爱见你,怎么舍不得你下台!叫我看,你这两年太拘束啦,十分力气,只使出五六分。与其拘束着干也是下台,哪如使出十分力气来,痛快干一番下台?”

“这还像句话。我也知道没舒展开。还没正经打开场子,就叫人家撵下台啦。可大楼这人,总还靠得住吧?大楼是你扶起来的人物呀?”

“我可不邀这份功。早知今日,我也不会扶他。这不是叫他受洋罪吗?”

“不用多说啦,你我尽力替他招架些是正经。老蓝,我有个想法,考虑再三,还是觉得由你去跟大楼通通气,比较妥当。他对你印象好。最近几次问到你。对我,就拘束了。而且,我是倒了霉的人,他会不会疑心我的主意呢?所以,来请你出马。”

“哈,你原是别有用心呀。什么主意呢?”

“回头跟你细谈。大楼要是果断地踢出了这头一脚,全县的情绪就不一样了。想不到西山这么边远,人们的情绪波动起来倒不落后。大楼必须尽早得到全县的信任才好。”

“这倒像你这老手干的活儿。”

“我是后台策划,你是同谋啦。将来有了麻烦,大楼不过是上当受骗,咱俩可谁也跑不了啦!”

“我好办,可以反戈一击。是现在就回去吗?”

“对。跟我坐车回去。”

他回头望了望。天更高更蓝了。空气清爽,荫凉。草叶儿,树叶儿有了灰败的气色,但整体望去,草场仍是绿的。有野花儿开着。山峦越远越蓝得好看。但他只望见日头偏西了,想到赶回县里,不会很早。

## 九

这天晚上,又有许多人来访。最后一个,是老蓝。

这是熟人啦。老蓝在他村下乡时,抬举他做了支书。那是他交上好运的开端。他能有今天,多亏了老蓝。此时重逢,不亦乐乎?

“快甭叫我书记!还叫大楼,叫村里的小名:狗狗!你还不知道我吗?”

老蓝笑笑,仍叫他书记。

嘀嘀。大名、小名儿都叫不出口啦?怕什么!不管叫什么吧,快来畅畅快快地说说话。可老蓝只问他村的事,庄稼怎样,老婆娃们好吗,是吉虎接了支书的班了吧,说不起兴味来。老蓝只好换了个话题。

“吴书记,你看我在的那村,最近发生了一件摘帽子的事,挺笑人。”

“快说说,什么事?”

“我蹲点的东湖大队，有个支委，也是个老光棍。多年愁闷着想娶个媳妇。前不久，这人竟偷偷去算了一卦。算卦先生开了卦说，命里倒是该有媳妇，只是沾上晦气咧。叫他到人常往来的大道上，把自己常戴的一顶帽子扔了。若是有人把这帽子捡走了，就把晦气带走了，便可以转运逢喜。吴书记，你看这人竟去扔帽啦！”

“迷信，讲迷信！”

“是呀。可他扔了几回，也没扔掉。你说咋？他见有人来了，就着急慌忙地扔下帽子就走。人家以为他慌丢了，捡起来，追上他，还给他了。”

“哈哈，哈哈。”

“这人以为那晦气是扔不了啦，回来就躺倒不干了，什么会也不参加。”

“哈哈，迷信，讲迷信！”

“就是。吴书记，我工作没做好。”

“这也不能怨你。”

“得加强西山的工作，吴书记。”

“就是。”

“吴书记，你认得西营村的黄官龙吧？听说过这人吧？”

“你说谁？西营的谁？嗐，对咧，想起来咧，黄官龙，原先是挺响的人，后来灰啦，是吧？原先当支书来，是吧？对咧，对咧！昨天他闺女还来求我，叫给她爹摘帽，哭得挺恓惶。我答应咧，给老汉摘帽！老蓝，你也跟他熟惯呀？”

“啊，啊啊。我跟老官龙有一点儿交情。听说老汉最近病得挺重……”

“就是。他闺女就怕老汉戴着那个晦气的帽子，闭不了眼。唉。我给老汉摘帽子！”

“那就好。”

“老蓝，你就是为这事来的？嗬嗬。我已经答应给黄官龙摘帽啦，嗬嗬。”

他现在心情畅快起来了。没想到这件事也能领了老蓝的情。老蓝是他的恩人哩。老蓝还没张口说出来，他倒早应承咧，挺美。看老蓝，也分明挺满意他。嗬嗬。

老蓝走了。大概不会有人再来了。睡吧。有几点钟了？他没有手表。反正不早啦，睡吧。

他脱下了自己那顶帽子，用手指头搔了搔有些刺痒的脑袋。好几年不戴这顶帽子了，乍戴起来，头皮刺痒哩。可不戴吧，光葫芦头不雅观。但忽然一个闪念，他把注意力集中到自己的这顶劳动布旧帽子上了。他想起了老蓝讲的那个扔晦气帽子的事儿。

啊呀，他也戴着一顶帽子！会不会也是沾染了晦气的帽子呀？笑话。迷信！而且，他正走运哩，有什么晦气！但是，他是什么时候不戴这顶帽子咧？是当上支书以后？不，是不戴这顶帽子以后，才当上支书。有点儿不对劲呀。就是。自从他的寡母病重下世之后，他背下一屁股债，好几年身上的穿戴就没见过新了。这顶劳动布帽子，还是他当上饲养员，老婆高兴，给他买下过年戴的。可没戴多久，人家把他的饲养员也给撤了。真有晦气呀？从老蓝来下乡之后，看得起他，他一高兴，不捂这帽子啦，泼开干活，倒真的时来运转了。是有说道呢！可他扔了这帽子不戴，也没人拣了去呀？坏哩！他不戴了，记得是他那大小子捡起来戴来。这小子头上长了癣，捂上了这帽子。不。是捂上了这帽子，才长了癣。而且，后来大小子报名当兵，也没当上。这还不晦气呀？

他越想越邪，越想越不安了。唔，现在夜深人静了。他干脆去把这顶晦气的帽子扔到厕所的茅坑里去吧！不行。扔到茅坑里，谁还能拣了它去呢？他真的觉得这顶帽子很可畏起来。终于匆匆把它塞到一个抽屉里了。

哈哈，看他这是做甚哩！迷信，这是讲迷信！他现在是什么人啦，该反对迷信，批判迷信！不过他睡下之后，却怎么也睡不着。他又失眠了。可这一次，却完全不像在地委招待所那高级房间里，失眠得那么新奇，飘忽。他是懂得了失眠的滋味真不是种滋味了。

## 十

天亮了。天终于亮了。太阳的光明愈来愈强地充满了他的房间。啊，他是发神经了吗？一夜胡思乱想，疑神疑鬼，自作恐慌，一场虚惊！哈哈，帽子！帽子跟当书记能有什么关系？红红的太阳不是按时出来了吗？他仍旧是书记。他不能讲迷信。

他提起精神来，去刷牙洗脸。只是今日却无甚心思在嘴里，脸上，认真弄出许多泡沫了，草草走了过场。该出去走走了。谭书记是天天早起出去练拳的。他身体铁打的一般，无须锻炼。不过，还是见天早起出去蹓一圈儿好。这样也许更像个领导样儿。在霞光中呼吸几口新鲜空气，心情也畅快。比在村里早早起来，沿街吼叫社员上工，是畅快多了。但今早出去，戴帽子不戴呢？

吓，为什么不戴！帽子呢？唔，是塞在抽屉里了。哈哈，看他这点胆量！他嘲笑着自己，坦然走过去，用力拉开抽屉，伸手一把抓住了那顶帽子。哈哈，看它能咬他一口吗？能吃了他吗？自作恐慌。

可他不由觉得那顶帽子是奇怪地沉重起来了。咦，这东西怎么死沉死沉的呀？右手把这东西交给了左手。仍然是死沉死沉的。不对劲！他甚至觉得手指头好像有些发麻了。左手又把这东西交还了右手。似乎还是发麻。他失手又把这东西丢到抽屉里去了。想了几分钟，他终于"砰"地推上抽屉，咔嗒一声，上了锁。

他光着秃葫芦头，出去散步了。不雅观就不雅观吧。但今天无论如何要回村一走，把那晦气的东西处理掉。

"老吴，愁什么哩？"

"唔，嘀嘀，没愁甚，谭书记。"

"哈哈！是坐在办公室里，闷不惯吧？走，咱们一搭下乡跑跑去。情况慢慢熟悉吧。还是乡下痛快！"

“是哩。可谭书记,我想回村走走……”

“那你就回吧。老吴,有什么事吗?”

他觉得谭书记那汗津津的脸上,那笑眯眯的眼里,似乎有一种叫他发慌的含意。他不由地说:“也没什么事,没事。”

“老吴,昨晚地委来了通知,要开县委书记会议。有关材料,我已叫办公室准备。咱们是不是先抓紧下去跑跑,多掌握点情况……”

“是叫我去开会吗?谭书记,还是你去开吧!”

“老吴,当然是你去。放宽心,弓书记不会难为你。那咱们吃了早饭就走!今晚呢,就住到你们吴家庄。有什么事,顺便办办。”

“谭书记,那我就不回村咧,不回咧,也没事。”

唉,谭书记偏偏这时拽住他去下乡。下完乡,就得去地委开会。怎么一切都赶得这么紧呀?谭书记要是能替他去开会,他就有时间回村去处理那顶帽子啦。谭书记却不肯。笑眯眯地瞅他,看出什么晦气来了吗?

开车之后,他发现大楼的神色仍有些异常,失失慌慌的。怎么啦?昨晚老蓝还对他说:大楼的情绪挺好。“解放”老官龙的事呢,大楼早同意了。他挺高兴,放下心来了。只是觉得大楼想得太简单。有些怕大楼冒失了,弄得声势太大了。得想个稳当的方案才好。不过他还是猛然觉得轻松了。他物色、推荐的这个人,总还不致叫人们泄气呀。他或许可以真的清闲一下了。不。就是再忙碌,疲累,他也愿意啦。可早上,大楼怎么显得有些异常呢?脸上有些愁容,神情有些失慌。怎么啦?家里有什么事吗?唔,大楼怎么连帽子也没戴呀?刚剃过的头,还有些发亮呢,不怕受凉吗?

“老吴,咋没戴帽子?忘咧?秋凉了,小心感冒了。”

小夏立刻刹了车,说:“吴书记,回去拿吧?乡下风大。一早一晚,冷呢。”

“快走吧,快开车走吧!我专专不戴它咧!脑瓜上火,头皮刺痒,我专专不戴它咧!”

“老吴,到底秋凉了。乍一脱下,不行吧?”

“行，行！脑瓜真是上火咧……”

小夏笑笑，又开动车子走起来。大楼是怎么啦？越发显得慌慌失失。

“老吴，家里有什么事吗？甭为难。要不先送你回村吧？”

“谭书记，没事，甚事也没！咱们先去哪呀？”

不是说好了先去西营公社吗？怎么又问？大楼到底是怎么啦？先去西营，他是想趁势很自然地提到老官龙的案子。这比郑重地专门找大楼谈这件事，会随便，平淡一些，会减轻大楼对这件事的注意。既避免造成怎样的思想负担，也免得过分去张扬此举。在下乡这几天，可以从容地、随便地商量一个稳当的、不那么注目的“解放”方案。可大楼的神色却忽然张皇起来，像背上了什么精神负担。老蓝不是说，“解放”老官龙，是大楼自己先应承下来的吗？

“咱们先去西营吧。”

“是去西营？去西营做甚？”

“西营公社这几年生产总上不去。我看是在四清中伤了点元气。基层干部被整得太惨。光大队支书，就有四个给戴了帽子……”

帽子，怎么又是帽子！谭书记是怎么啦？咬住帽子不放咧！谭书记不断那么瞅他，带着某种含意。是不是从他身上看出什么来了？啊呀，坏啦！坏啦！西营，西营，那个戴着帽子，病重得快不行了的黄官龙，就在西营村。他是已经答应黄官龙的闺女，要给她爹摘帽子。也应承了老蓝。还说别人不敢摘，他敢。他怎么这么冒失呀？这顶四类分子的帽子，会不会也是谁摘走，谁就沾走了晦气呢？啊啊，他是太冒失了，张口就答应下来！还那么美气，真以为成了青天老爷了。就像他美不滋滋地戴上那顶晦气的旧帽子，还以为比光葫芦头雅观哩！青天老爷要是那么好当，还能轮到他来当吗？谭书记是个多么不简单的人物，却也会忽然倒了霉。是不是因为给那些戴帽的村干部摘帽儿，沾上晦气了呢？啊啊。已经糊里糊涂拣起一顶晦气帽儿来了，不能再摘一顶来。宁可是瞎迷信，昏猜疑，也不能太冒失了！

“谭书记，西营，我去过，甭去咧。去旁处吧，去咱没去过的公社……”

“老吴，怎么啦？已经快到了，已经跟公社的老吕打过招呼了。”

“先甭去咧，去旁的公社吧。去西营前头的那个公社吧。我想先到没去过的地方跑跑。”

“那就少去一阵吧，反正是路过。老吕他们还等着哩。”

“算咧。算咧。先到旁处吧！”

“那好吧。”

大楼到底怎么啦？昨晚，老蓝还说，大楼的情绪挺好。怎么睡了一夜，就忽然像失落了什么？

## 十一

全专区的十几位县委书记，对他都挺客气。跟他亲热地握手，很感兴趣地打量他，从他的秃头，一直瞅到他的笨鞋。可大家并不嫌他难看、不雅。都笑盈盈地说，早听说了，很想见见他。还说：有什么大胆的想法，新鲜的招儿，得好好谈谈，不能保守！开会，讨论，吃饭，闲坐，在各种场合，大家都愿意听他说话。说走了嘴，乱套了，忘了下文，也没人笑。对他像真感兴趣。地委弓书记在会上，还专门就提拔他讲了一片话，很长一片话。他更成了大家注意的中心了。这个县委书记会议，似乎就是在欢迎他来加入书记行列。

假如不是心里压着那顶晦气的帽子，他该是多么欢喜呀。这么多书记！人人都有一种不凡的气韵！这些跟他一样身份的书记们，是那么叫人觉得可敬，可爱。说话，走路，笑法，坐样，就是互相耍笑几句，都分明跟一般人不同。他是否已经这般地不同于一般人了呢？啊。有这么多现成的榜样，他可以仿照着学呀。向一人学一点儿，他就大不一样了。但这是可以学到的吗？他恍惚觉得，大家好像在背着他议论什么事。会不会是在议论他呢？人家是咬着耳根议论，他听不见，只能看见人家皱眉，瞪眼，摇头，笑。怎么没有人来跟他议论？他一走近，人家就不议论了，转而问他些问过的话，虽然仍是笑盈盈的。

就是跟他住在一个房间里的两位邻县的书记，也是如此。好几次，他走进房间时，这二位书记正头顶头在议论什么。见他来了，便立刻分开了，笑着来跟他说话。同时，留背头的李书记就又抓起那保暖杯来，吸溜茶水；胖胖的张书记呢，就又拿起那电动刮脸机器，嗡嗡嗡地刮胡子。是在回避他吗？

那保温杯和电动刮脸机器，是好东西。这二位书记使用着它们，挺体面。而他们又完全将它们不当一回事，这就更有些不凡的气韵了。李书记说他有胃病。张书记说他的胡髭长得太快。都不是专专稀罕这东西。张书记还说，那电动机器虽然投资大，但挺实用，随手抓起来就能干，不必像刮猪毛似的还得热水烫。说得多有趣。不说价钱贵，却说投资大。还说自家的胡髭像猪毛。说玩笑话也不平凡。他也买个电动机器吗？他的胡髭并不旺。他也买个保温杯吧？他也没胃病。但他们到底是在议论什么呢？

弓书记找他谈了两次话，也叫他疑心。虽然这回见面，弓书记已经把他当作老朋友了。很亲热。很随便。甚至拿他的秃头开玩笑："哈哈。咱们是两个和尚见面啦！你看我这脑瓜，比你还光亮。"可弓书记谈开话，却没有夸赞他，总是说担子不轻，责任甚大，要慎重，沉稳。要一步一步来。不怕慢，只怕站嘛。有时怕跌倒，站一站也不要紧。一跌倒，全县都得跟上栽跟头哩。要多跟老谭商量。多依靠老同志。多依靠组织。多依靠群众。个人能有多大力量呀？翻来覆去，就是说这些话，好像很不放心。是不是提拔他提拔得后悔咧？

赶紧散会吧。他这么失失慌慌，准会出差错哩。唉，要是扔掉了那顶旧帽子，再来开会，多好。实在说，这样的书记会，很叫他留恋的。与他平起平坐的人物，都是那么不平凡。可是，来开会之前，谭书记却愣拽着他下了几天乡。还几次提到复查黄官龙的案子。谭书记为什么也向他提这个案子呢？黄官龙的闺女来求他，老蓝也来问他，谭书记也来催他！他们都串通起来，想叫他倒霉吗？不会。谭书记，老蓝，都是好人。也许真是他自己身上有了什么晦气，要应在这件案子上倒霉。他必须赶快回去把那顶劳动布旧帽子处理掉。哎呀，他怎么能把那顶帽子锁在抽屉里呢？那不是把晦气牢牢锁在自己身上了吗……

仍然是软忽囊囊的大床，雪白软和的铺盖，高大威严的窗帘。但他只能老老实实地躺在黑暗中，不能开灯，不能乱动。睡在对面的李书记有失眠的毛病。可睡在套间里的张书记，却是那么香美地在打呼噜。啊，本来该是他睡在那套间里打呼噜的。刚到的时候，张李二书记很客气，执意叫他睡套间。可他睁着眼，打不起呼噜来。而张书记打雷般的呼噜声却使李书记也睁了一夜眼。第二天，只好请张书记进套间了。他也是打惯了呼噜的呀。要不是压着那顶帽子，他大概也会独自睡在那套间里，很香美地打雷吧。早上起来，李书记也会描绘他的雷声，有趣地骂他，像猪哼，像牛叫，像火车吼，大家哈哈地笑……赶快散会吧。

## 十二

"老蓝，你真的没有跟大楼说别的吗？或是你的态度过于严肃，口气过于郑重？"

"谭书记，我不是说啦，就只是平平常常表了个态：那就好。这之先，还说了个笑话儿。"

"可大楼怎么变得那样怪呀？"

"谁知道呢。本来，他当书记就怪。尤其是他自己就觉得很怪嘛。所以，变得怪，也不算怪了。"

"老蓝，你在说什么？"

"什么也没说。"

“该怎么办呢?”

“着急也没用。谭书记,我还是先回东湖去了。”

“再住几天。等大楼开会回来,再跟他扯扯。”

“那好吧。咱们先出去闲逛跶一圈儿吧?”

“老蓝,你在讽刺我呀?”

“哪敢呢。那杀几盘棋吧?”

“算咧!”

老蓝竟嘻嘻地笑了。是在失笑他吗?他那么苦心策划了一番,一夜之间,就落空了。他真是太窝囊了吧?窝囊不窝囊吧,只是大楼忽然变得莫名其妙,不可捉摸起来,叫他更加感到忧虑,甚至是害怕。这些天来,他所忧虑的,是怕大楼干出冒失的、不稳当的、“时新”的事来,更怕大楼挺不住,干出窝囊事来。他完全没有想到,自己物色、推荐的这个村干部,会忽然变得不可捉摸起来!这不可捉摸,是比真干出冒失、“时新”把戏,做下窝囊事,要可怕得多哇。他连招架都没法招架了。

“谭书记。”

一个怯怯的声音。噢,这不是老官龙的闺女吗?

“进来,来。”

“谭书记,吴书记真不在吗?”

“吴书记到地委开会去了。有事吗?你爹的病,出去看了没有?”

“谭书记,我爹叫我来对吴书记说,甭给他翻案……”

老汉到底是什么意思呢?

“闺女,你爹还说什么来?”

“上回,我偷偷来找吴书记,我爹愣骂我哩,呜呜……他说,我们是草木之人,不值得连累你们。他说,因为他的案子,已经连累了你。他说,呜呜……他活不了几天咧,甭给他翻案,甭连累你们,你们不比我们……”

啊,果真是这意思吗?

“闺女,不是你爹的案子连累了我。谁也没连累我。查你爹的案子,谁也连累不了。该纠正不该纠正,有政策哩。叫你爹甭太熬煎了。还是先去看病。他咋知道活不了几天咧?”

“谭书记,我爹不去,咋说也不去,呜呜……他就成天躺在炕上寻思,还该谁的钱没还,还借谁的东西该送,经手的什么事该交代……还说,呜呜……给他洗一身干净衣裳就行咧……”

啊!

“闺女,你先回去吧。叫你爹想开点,甭太熬煎了。有政策,有组织哩。还是先去看病……”

这女娃走了。但他知道,老汉似乎并不熬煎,似乎真是那么平静地在等待死去。是感到没有指望了吗?不,老汉是平静的。也许的确是真诚地决定,要以自己的故去,来免去他们的祸累。唉!这就是人们说到的老汉的骨头吗?

“老蓝,你看,不着急行吗?”

唔,老蓝的眼窝里闪着湿润的光亮。这个呆板人!

“谭书记,老官龙太有些轻看自己了。”

“不。老汉是在羞我们!”

“可他也不该有这意识:他把自己看成了草木之人……”

“不!老汉是在责备我们!”

“信不信由你。谭书记,你看大楼不是也有些看不起自己吗?要不,他怎么会那么怪!”

老官龙是真的把自己看成草木之人吗?不。可大楼呢?大楼却是真的惊慌失措了。然而,他是的确知道,他自己绝不是金枝玉叶!老汉的骨头,也绝不比他的骨头不值钱。他应当来证明这一点。他应当坚决地促成“解放”老官龙。为了老汉,为了大楼,是他应该付出代价。

“老蓝,你看,我们再怎么跟大楼谈谈?”

“谭书记,我现在只能做一件事。”

“做甚?”

"帮老官龙去看病。"

"你,你背他去?"

"你不用管,我有办法。"

## 十三

全县二十几个公社书记,都坐在他的面前了。他们都是他曾经很敬慕的人物。只是,有些奇怪。他怎么觉得他们有些逊色了,平常了,失掉了原先那种神奇色彩?他们一个个都那么认真、那么感兴趣地在等待他讲话,完全不像县委书记们听地委书记讲话时那么从容,大样,自然,想仰脸就仰着脸,想眯眼就眯住眼。这些公社书记是不是也觉得他神秘呢?不会吧?他知道,他们鬼着呢。

不过。他也没有心思来研究他们。他着急着想回村去呢。可谭书记已经安排好了这个公社书记会,叫他传达地委精神。他又被无可奈何地拽住了,还是不能立刻回村去处理那顶帽子。似乎真有一股神秘莫测的力量在左右着他,不容他自由行动。真要倒什么霉了吗?但是,他必须开一个短会,赶快散会。不能迟疑,必须果断。

好啦。在当天开晚饭前,他就果断地把会散了。谭书记提了几次,要再开一两天,以便他能借此跟公社书记们熟悉熟悉。可他还是果断地把会散了。就是得这样,不能迟疑。他要是真倒了霉,熟悉了吧又有甚用?要是能当稳书记呢,有的是时间熟悉哩。那么今晚就回村去吗?显得太慌张咧。明天早起吧,明早一准走!

唉,谭书记又来了。又要来拽住他吗?

"老吴,明天开个常委会吧,按地委精神,议一下当前工作……"

"谭书记,我看,常委们还是先下去跑跑吧,甭老是开会!"

"也好。只是,有些事急需议一下……"

"还是先下去跑跑吧,跑跑再说,不误事。"

“也好。”

谭书记却坐下来了。又要说什么呀？果真拽住他不放啦？必须果断。

“老吴，地委领导，弓书记，对咱们有什么指示吗？”

“也没甚指示。弓书记只是说，要慎重，稳沉。咱们是大县嘛。”

“是哩。老吴，咱们是得慎重，稳当些。得多依靠组织，多依靠群众。咱们个人能有多大力量呀……”

谭书记为什么也这样说呢？跟弓书记说的是一股腔调。他们通电话了吗？都对他不放心啦？

哎呀，又是谁来了！

“吴书记，谭书记，你们都在呀。”

“老吴，认得吧？这是西营公社的书记老吕。老吕，你坐。”

“啊啊。老吕，你坐。”

“吴书记，我是有件事来问问。”

“说吧。”

“听说县委要重新复查老官龙的案子，真的吗？”

谭书记接住就问：“听谁说的？”

“西营的村干部说，是吴书记亲口对老官龙闺女说的……”

看看，晦气的事就愣往一搭里挤，避也避不开！他怎么就冒冒失失地答应了呢？口气还挺大。想摘下那顶帽子给自已戴吗？

“老吴，真是你说的吗？哈哈，你倒挺能沉住气呢。”

“那闺女是找过我。可我也没有说死，就一定给她爹摘帽。我是见那闺女哭得挺恓惶，安慰她哩。只说抽空再查一查……”

“吴书记，谭书记，‘解放’老官龙，我们公社干部群众都拥护。众人早就说：西营要想变，除非翻了老官龙的案。一听说吴书记要重查老官龙的案子，人们就当喜讯儿传哩。老汉最近又病得挺重……”

“老吴，黄官龙的案子，我已经组织人复查过了，明显是冤枉。可这案子当时是省委工作队定的。人家听说要平反，在上面翻腾得挺厉害，说我们搞一风吹。我怕影响到‘解放’，其他一批村干部，只好暂先搁下来了。我看，现在倒是个时机……”

“谭书记，老汉是个有骨头的村干部。就是性子太烈，跟人家工作队硬顶牛……”

“老吴，我看咱们拿起来，把这案子办了吧。我熟悉情况，就交给我办吧。万一会有什么麻烦，我负责。反正你是新书记，顶多检查一下，没经验，不了解情况就是了。我是后台，我背这个黑锅。这案子迟早得纠正。怎么样，老吴？”

看看这个谭书记！又拽住他不放咧，又是那个黄官龙的帽子，还又跑来一个姓吕的公社书记！难道他们真是串通起来，要存心叫他倒霉吗？不，不像。谭书记脸上没有歹毒的奸气。这个姓吕的呢？也像是厚道人。特别是老蓝，还会来害他吗？不。他们都是好人。他们也许都是无意的。无意中被那个神秘莫测的力量左右着，来逼他倒霉。

“谭书记，这事再说吧。再说吧，老吕。”

“吴书记，老官龙病得挺重，得抓紧……”

“老吴，现在是个挺好的时机。你当书记，比我吃香……”

“再说吧，再说吧。”

## 十四

不能在本村扔。村里谁都认得他。现在更是引人注目啦。得跑到远远一个生僻的地方去。要寻一条田间大路。最好路旁有树，很密的树丛。他扔下帽子，就躲藏到树丛中。不能像西山那货傻等着，叫人家追上来。要沉得住气。等人家走远了，再出来。最好能……可这仍然是考虑了许多次的那个方案。

突然一个刹车！

“咋咧？小夏！”

他不由惊叫了一声。看时是车子排在了一溜大卡车屁股后面,等着错车。

"没事。前面修路呢,吴书记。"

"稳当点,稳当点,甭急。"

不会翻了车吧?不会跟大卡车碰了头吧?那顶晦气的帽子就在车上呢。他觉得不能大意。不能再眯住眼费脑筋了。他睁眼瞅着错过车,瞅着拐下油汽路,瞅着驶近了他的吴家庄。可睁眼瞅着的时候,也仍然不由在想:回去怎么处理那顶帽子呀?

在距村百步之远,他就下了车,把小夏打发回去了。他怕惊动众人,被缠住,有麻烦。呀,他生活了四十多年的村子,怎么越发显得狭小、陈旧、凌乱了呢?没有气派,没有光彩,没有灵气。他若再回到这里过活,会憋闷煞哩。无论如何,他不能回来再叫那晦气罩住了。

可多怪!他不想惊动众人,却偏偏不断碰到人。他不得不停下来跟人们寒暄几句。寒暄了几句,人们还是不肯放他。怎么偏在吃早饭时分赶到村!碰到这么多人。问他这么多话。也不嫌麻烦吗?连接了他的班、当上支书的吉虎,也瞪着眼瞅他,大惊小怪地叫喊:"嚯,正经像个书记咧!你的小汽车咋没开进村呀?叫咱伙计们也坐一坐,怕甚?"还问他吃的什么饭,睡的是炕还是床,也不嫌麻烦!而那个一向跟他捣乱的毛旦,一见面,竟捶了他一拳头。这货,好像跟他有深交似的!

使他更觉意外的是,连他老婆也忽然变了样儿了。她穿戴得竟然整洁了。衣裳还是原来的衣裳,可洗涮得干净了,穿在身上也侍弄得熨帖了。那头发也梳理得有了光亮。在眉眼间更分明添了光彩和体面。她也晓得这样变呀?她并不晓得他要回来,竟拾掇得这么齐楚,整洁,体面,像过节似的。她见他进了门,虽又照例在脸上摆出些恼色来,可那分明是在掩饰,甚至可以说是在表示她的称心和喜悦。

但是,她张口说的第一句话,却很不好:"你咋脑袋秃蛋蛋地回来咧?帽子呢?你咋不戴你的帽子?"

这句话立刻败坏了他的情绪,触痛他的心病了。他变了脸,将他的不安，烦气，焦急，都表示出来了。

“你说呀，你咋不戴帽子咧？嫌你那秃葫芦好看呀？”

他更黑风了脸。

女人准是以为他在耍威风。刚当了几天官儿，就想改变家中的形势呀？她更加重了恼色，追问不舍。

“你是咋咧？就不能问问呀？”

“你就少麻烦两句吧！”

“咋咧？这就问得不对啦？偏得问！是谁当初嫌秃和尚头难看？是谁叫人家翻腾出那顶帽子，洗呀涮呀，费煞劲给你拾掇？这没戴几天就不稀罕咧？当大官儿了，嫌寒碜咧？扔了吗？丢了吗？还是送给哪个相好的咧？”

看她有多烦人！不想提那顶晦气的帽子，她偏偏咬住不放啦！连那难听的话也端出来了。哈，送给相好的。他什么时候有过相好的？一顶男人的烂帽子，能当宝贝相送吗？心窄的女人。

可是，送帽子，唔，送帽子，对咧，对咧，可以送帽子！经过了千思百虑，此刻，女人的恼骂忽然触发了他的灵感了。送帽子，对呀！他怎么就没早想出这个妥帖的方案呀？这多省事，保险，稳当。不必跑到远处去。不必怕人发现了。不必怕没人拣了去。好方案。西山那个支委就没有想到这法儿吗？太笨了。他很为自己想出了这个颇具创造性的方案而欣喜，更有一种如释重负之感。

他的脸色变过来了，和气地对女人说：“快甭麻烦人咧。帽子在哩。我戴不惯。头皮刺痒，上火。不戴它咧！”

到下午，他就提着一个包儿，走进了德保老汉的家。包儿里装着全部礼品：二斤点心，几颗鸡蛋，他的一身旧衣裳——一件袄，一条裤，加上那顶干净的劳动布旧帽子。这是很好的搭配。他走进德保老汉家，也没有一点慌乱。

德保老汉吃了一惊：“啊呀，是大楼呀！甚时回来的？快，快……看连个正经坐处也……”

他忙和气地说：“六叔，又不是旁人，客气做甚？”

他痛快地坐到老汉的土炕上了。

“唉，不知你来，没打扫……”

“客气做甚！六叔，上回走得太急，没顾上来看看你。”

“看我做甚？你不容易呀，当上这么大的干部……大楼，你也恓惶了多半辈，不容易。”

“六叔，身子还好吧？”

“还是那样。天一冷。就气短。我个死老汉，就这样咧。大楼，你有了前程咧，不敢犯错误。”

“是哩。六叔，还是给队里看树吧？往后，有精神就去转转，没精神就算咧！我叫吉虎多照顾你。”

“这二年，你们够照顾我咧。窝在家，也孤清清的，出去转转也省得孤闷。”

先这么说了一阵闲话。说得很从容，和谐，亲热。应当把礼品拿出来了。

“六叔，我回来得匆忙，也没顾上给你买几斤城里的细点心。这是供销社卖的那粗点心，还有家里攒下的几颗鸡蛋……”

德保老汉更吃惊了：“弄这做甚？大楼，你也不容易……”

“这呢，是我穿的一身旧衣裳，也不值甚，给你添身替换的吧。我看，咱爷儿俩的身手也差不多。六叔，甭嫌弃！”

“大楼……”

“算我的一点心意吧。往后，我不在村咧，顾不上照顾你。这是一点心意。”

“大楼，不容易……”德保老汉真诚地动了感情，“不容易，大楼……你当上这么大的干部咧，忙你的大事吧，甭结记我这个死老汉……唉唉，不容易。”

“六叔，这也不值甚。往后，有了难处，给我捎信！”

“大楼，我是活一天少一天咧，麻烦你做甚？你快忙你的大事吧，不敢犯错误……”

挺顺利。一切都如他设想的那样，礼品顺利地送出去了。他彻底松了一口气，但不能着急走，还得坐一会儿。坐一会儿，再从容离去，那一切就都好了。

“六叔，赶过年，叫队里给你做身新衣裳。”

“唉唉，我个死老汉咧，穿新不穿新都一样。有你这点心意，我就高兴咧。往后，见天出去给队里看树！”

“六叔，你试试那身衣裳，能穿吧？我看咱俩的身手差不多。”

“甭试。不能穿，我心里也高兴！”

“那试试这顶帽子吧，能戴吗？”

“甭试，甭试。”

“试试，试试！”

德保老汉终于郑重地拿起那顶劳动布旧帽子，戴到那花白的头上了。竟然合适。挺合适。老汉笑了。天真地，忠厚地，感动地笑了。

但是，这笑却是突然向他刺来了。他不敢正视。他终于有些慌乱了。

他赶紧告辞出来。德保老汉送了他很远，始终带着那天真的，忠厚的，感动的笑意。

他更加不敢正视。归来之后很一阵，他不复再有轻松的感觉。他深感于心有愧。他甚至觉得自己不是东西。

天爷，他是把什么礼物送给了这个心善的孤寡老汉了？是晦气。是他自己的晦气。老汉或许就要灾难临头了吧？是他亲自把自己的晦气送给了老汉，并不是老汉贪便宜，无意中拣去的。还那么忠厚地，欣喜地感激他。他是太狠心了，太造孽了。老汉跟他没仇没恨，他竟这么欺负老汉……

不过，他终于想到了：自己的晦气究竟也不是什么灾难，不过是庄户人的穷窘生活，起不了山，发不了迹罢了。德保老汉不一直也是过的这样不起山的生活吗？老汉一辈子就是孤清清的一个人，晦气不晦气吧，还能怎样呢？能当上书记吗？唉唉。德保老汉真是可怜呢。他当稳书记，不能忘了老汉。他一定要叫吉虎照顾好老汉。过年，一定得给老汉做一身新衣。回到县里，看有什么治喘的好药，也给老汉捎点。还有，得叫队里给老汉准备一副好寿材……

他也想到，这一切也许纯粹是他神经哩。哪儿有什么不可捉摸的晦气、运气！德保老汉挺可怜。他送给老汉一身衣裳，一顶帽子，二斤点心，几颗鸡蛋，有什么不好呢。老婆还挺心疼这些东西。相信晦气运气，那是落后，那是迷信，那是四旧。但愿他是做了好事，而不是造了孽。

他到底从沉重的负疚中，慢慢把自己解脱出来了。

## 十五

"谭书记，我还是回东湖去了。"

"你再找大楼谈谈嘛！"

"我无能为力。我是早该回东湖去了，却白耽误了这几天。"

"老蓝，帮老官龙去看病，可是你自告奋勇去的呀。后悔啦？"

"后悔不后悔吧，反正是白跑了几天，无能为力。"

"徐大夫真的也查不出是什么病来吗？"

"要确诊，得去大医院化验。可老官龙死活不去。徐大夫也只能怀疑不是一般病。再说，我们是以'外查'的名义去的，徐大夫也没多带东西，没法检查。老汉也不肯多说。我跟他多少也有些交情呢，竟不肯多说几句。就是冷冷地催：你们快走吧，你们快走吧。我们只好偷偷给他闺女留下几十块钱，回来了。碰了一鼻子灰。我回东湖去了。"

"老蓝，你再找找大楼嘛，问问他到底有什么想法？有什么心事？"

"算咧。再去碰一鼻子灰吗？我回东湖去了。"

老蓝到底还是走了，回他的东湖去了。西山的东湖是个好地方。东湖要是真有水，就更美啦。老蓝会有办法吧。可对于老官龙，对于吴大楼，老蓝真的也无能为力了吗？他呢？他自己呢？他也无能为力了吗？就看着老官龙病重下去，戴着坏分子的帽子死去吗？就看着大楼莫名其妙地失去了众人的信任吗？公社书记会议也简直开得莫名其妙！不知道讲了几句什么，就匆匆忙忙叫散会。谁的提议也听不进去。公社书记们嚷嚷吵吵。影响多不好！而他，简直就不知道该怎么招架。他还得招架，还得促成大楼“解放”黄官龙。现在，只有一个办法了：靠组织的力量。他要在常委会上郑重提出来，由常委们集体决定。或者，是请地委老弓出面。还是先靠常委会吧。老弓的头发已经没有几根了。他得尽力去招架。

## 十六

他的心落在肚里了。还是落在肚里舒服。想吃，想睡，想说，想笑，浑身觉得轻松快活。只是身体内似乎正萌动着一股什么劲儿，像从泉眼里涌出来一般，突突流，不断头，憋满筋骨，涨满血管，想突破出来，发挥发挥。是呀，他上任当书记已经好些天了，还没有正经踢腾几脚给众人看看。谭书记刚调来时，人家那头几脚踢得多漂亮，全县上下一股声叫好。可他呢？就只顾胡思乱想，疑神疑鬼，自作恐慌了。哈哈，纯粹是发神经！什么帽子，什么晦气运气，纯粹是迷信，笑话！他得赶紧踢几脚给众人看看。得踢几脚鲜的，叫众人信服，惊叹。怎么踢呀？啊，嗯，唉，想不出鲜招儿来。去跟谭书记他们商量商量吗？不。好汉还得自己当。

“吴书记，新来的文件。”

“放下吧。”

小田放下文件，仍然是用那种生冷的目光，但却是很平淡地瞅了他一眼，就款款走了。

怎么仍旧是这样生冷地瞅他呢？而且连好奇的意思也没有了。看他还不像个书记吗？也是呀。他身上没有绸光缎亮。也没有保暖杯、电动刮脸机器那类稀罕东西。吃的，住的，用的，都太一般化了。村里人还问他吃的是什么，挣多少钱，好像怎么高级，阔气，排场。谭书记挣百十多块钱呢，他不过四十来块。吃的呢，也不过是家常便饭。以前的书记们吃的也是这茶饭吗？他们是不是看他寒碜，窝囊，不像个书记，有些怠慢他呢？看那生冷的目光！不过，还不能先想这些。得先踢几脚鲜招儿，给众人看看。唔，对了，在村里不是常听人们说，县长有县长的文件，省长有省长的文件吗？只是，他已经看了许多文件啦，怎么也记不得有鲜招儿可以效仿呢？

文件，又来了这么多文件。养猪，民兵，政治夜校，秋粮征购，任免通报，中央首长……唔，中央首长做甚来？中央首长给下乡的城市娃们送材料。派专人专程去哩。隆重的仪式。念中央首长的信。青年娃们哭了……是高兴得哭了吧？是感动得哭了吧？是哩。可那隆重的仪式，是怎么隆重法呢？张贴标语，敲锣打鼓，万人大会，搭一个戏台吗？

这是个鲜招儿。现成的鲜招儿。可他怎么敢仿效中央大首长的样儿？嗐，文件发下来，不就是叫学着做吗？现成的鲜招儿。他又不出省出县，就在他管的本县送嘛。也不摆人家那大首长架势，他亲自去送嘛。送什么材料呢？材料文件有的是。只是仪式一定要隆重。要红红绿绿张贴标语，红红火火敲打锣鼓。要人山人海开一个万人大会。要搭一个像样的戏台。他给千万人讲话，千万人给他鼓掌。但他不能慌。

戏台就在县城广场搭吗？不，城里人鬼。头一回，还不能在城里。回他们公社搭吧？嘀嘀，在父老乡亲面前，咋好意思摆开架势讲话？去西营公社吧？也不行。不行。那个黄官龙病得挺重。老汉挺可怜。唔，对了，去西山吧！山里人厚道。老蓝不是也说：要加强西山的工作吗？对，就在西山搭一个戏台，开一个万人大会。

又有人敲门。真烦人。此刻，他顾不上见谁。他正忙碌怎样重大的事哩，谁也不见。该拿架子，也得拿点架子。谁也顾不上见。

停停，又敲门。

不见！

又敲了几下。

谁也不见！

不敲了。走了。好像是轻盈的脚步。谁呢？会不会是医院的那个徐大夫？轻轻地敲门，轻盈地走路。可能是她。该叫她进来。可她上次托他办的那件事，他怎么忘了呢？光顾发神经了，还是该叫她进来，进来叫她给德保老汉开点治喘的好药。但会不会是黄官龙的闺女又来求他呢？

不想这些了。还是用脑筋来想想正经事儿吧。他一定要拿出气派来，踢好这头一脚，不能慌！

## 十七

“老吴，你是说，开一个大会，送材料？”

“对。”

“开一个大会……”

“谭书记，怎么样？”

“啊，怪新鲜……”

“呵呵。”

“挺新鲜……”

“呵呵。要弄得隆隆重重。”

谭书记看他，很有些吃惊。

“谭书记，行吧？”

谭书记看自己的脚尖。

他呵呵笑。

“老吴，我还想先说说西营老官龙的事。老汉病得很厉害，可能不是一般的病。尿血已经很久了……”

“谭书记，是甚病？呀，尿血……”

“谁也不知道。老汉死活不肯去检查，医治。”

“没钱吧?”

“是没钱。可是村干部,社员们,都悄悄借给他钱。老蓝,也给了他几十块钱。可老汉就是不肯去。他知道自己活不长了,他想早些闭了眼……他想他死了,就不必查他的案子了……老汉是怕连累我们!老汉一再要求,先甭查他的案子,怕连累我们!”

“啊——”

他听见谭书记的声音有些颤颤的,他的鼻子不由也酸酸的了。

“老吴,我们该做的事太多了……”

谭书记的声音仍是颤颤的。他的鼻子更酸酸的了,甚至有几颗清鼻涕流了下来。啊啊。黄官龙是个好人。可真倒霉,真恓惶。谭书记也真是一个好人。几次三番求他给老官龙摘帽。老蓝也是个好人,也来向他求过情,还给了老官龙几十块钱,真是好人。可他呢?光顾发神经!疑神疑鬼,不敢答应。哈哈,有什么晦气运气呀?他不是稳稳当当做他的书记吗?看看,连谭书记也这么三番五次来求他!老蓝也求过他!他们都是抬举他的恩人哩,竟也这么来求他!他是书记了嘛,不是一般人了。老官龙的闺女还给他磕过头,叫过他青天大老爷!怎么不敢拿出点书记的气派来呢?摘吧,叫谭书记给老汉摘帽!叫众人看看他到底像不像一个书记!他手里有这个权,为什么不敢用呀!怕甚?倒霉啦,晦气啦,那是发神经。他现在正感到身体内憋涨着一股劲儿,力大无比。是哩,他是省委批下的正经书记,正吃香哩。谁敢来找麻烦?真有麻烦,谭书记不是说替他背黑锅吗?谭书记真是一个好人。摘,就叫谭书记给老官龙摘帽!

他揩去清鼻涕,响响地说:“谭书记,那你就给老官龙摘帽吧!”

“啊——”

谭书记又吃惊了,看看他。没有想到他会有这么大的气派吧?嘀嘀。

“摘!你赶快给他摘!到时候,咱们再开一个大会!就在西营开,搭一个戏台,开一个大会!”

“啊——”

谭书记好像更吃惊了。没有想到吧，他会有这么大的气派？

“老吴，那送材料的大会，是不是暂先不必开咧？”

“开，先开这会，隆隆重重！”

“老吴，你要送的那小册子，宣传部不是早发下去了吗？”

“悄没声发下去，没人重视。要隆隆重重！”

“当前有几件事，急需我们去抓，秋收……”

“开这会，耽误不了多少工夫！”

“西山那地方落霜早，秋收已经开始。那里居住也分散，交通不便，开千数人上万人的大会，太费劲……”

“又不是天天开！”

“那么，老吴，先在常委会上讨论一下，再定吧。”

“谭书记，这么一件事，我还做不了主呀？”

“老吴，你毕竟是代表县委去送材料哇！”

“我只以书记的身份去送材料，不代表谁……”

“啊——”

## 十八

戏台搭得挺漂亮。彩带，柏枝，红幕布。吊着电灯，汽灯，红灯笼。五彩绸旗在飘舞。五彩灯泡在闪动。挺排场呀。但戏台是不是搭得太高啦？远远望去，像个水塔。搭这么高做甚？怎么上台呀？爬着梯子上去吗？唔，到底戏台高了眼宽。山后面的老林子也望见了。但是哪儿有煤窑呀？哪儿是焦赞驻扎过的村寨呀？会场的标语果真张贴得不少，连半天空也悬挂满了，遮住了日头。锣鼓家伙也不少，简直是人人手里都有一件家伙。大家都在专心地敲打，头也不抬。只是那锣鼓声却有些发皮，不甚响亮。嗬嗬，从哪飞来这么多长尾巴喜鹊呀？真多。可也有些怪。长尾巴喜鹊们都排着整齐的队，像雁似的。而且，一声也不叫，整齐地，悄没声地飞来飞去。啊，台下坐的人，也不够一万人吧？不够，差远咧。一个大队开会，也不止这么多人。人呢？怎么不都来开会？有人回答说，够了，挨个儿数过的，一万零八人。他左看右看，还是觉得不够。是不是哄他呢？他已经开始讲话了吗？可他一点儿也记不得刚才台下坐的那一万零八人给他鼓掌来没有。台下的人们，仍像在村里开会一样，凌乱地坐着，吵吵嚷嚷、东瞧西望，你站起他坐下，小娃哭女人笑。他的讲话声音竟也是皮皮的，很不响亮。扩音器没电了吗？一定有人在捣鬼。可这是个什么字呀？黑乎乎一团。他念得卡住了。往后看，天爷，竟都是些难认的字，黑乎乎一团一团。他记得，讲话稿子他是预习过的，都是些好认的字呀？莫非谁偷偷把那份稿子换掉了，存心丢他的人吗？他急得出汗了。台下的人们忽然一齐静默下来，一个个伸长了脖子看他。又一齐开心地笑了。笑得站了起来，围了过来。一个个竟都是熟悉的面孔。常委们。部局长们。驻军首长们。公社书记们。工厂公司头儿们。吉虎。毛旦。亲戚本家。他那梳洗得挺齐楚的老婆。戴着他赠送的劳动布帽子的德保老汉。挺大方的徐大夫。面孔生冷的女机要员。公务员。炊事员。司机小夏。那个乡下妮子戴着孝，却搀着个老汉，叫爹。老蓝指着他对老汉说："这就是吴书记。"邻县胖胖的张书记瞅着他笑，手里的电动机器仍在嗡嗡响。瘦瘦的李书记一边喝保暖杯里的茶水，一边也抿着嘴笑。谭书记过来，跟张李二书记说了句什么悄悄话，他们三人更大笑起来……

他猛一急，醒了。身上，脸上真有湿津津的汗。定了定神，只见月光射在东墙上，不甚明亮。满世界却安静极了。

他擦擦汗，想到一定要好好预习讲话稿，不能叫认不得的字卡住了。

## 十九

"谭书记，你听清了吗？搭了一个大戏台！喂，喂喂！听清了吗？就在东湖那个草场上，喂，是草场，不是操场，搭了一个大戏台……"

啊！已经搭了一个大戏台了。他和弓书记最担忧的事,还是发生了。发生得这么莫名其妙,这么不可阻拦。是他物色错人选了吗？物色、推荐了一个勇敢分子,投机分子,狂热分子吗？不。吴大楼做书记也许并不称职,却的确是一个地道的庄稼人,忠厚的村干部。啊,已经搭起了一个大戏台,在东湖那片仍然绿着的草场上。那儿可能是西山最开阔的地方了。可那是搭戏台的地方吗？他曾经做了艰难的努力,但戏台还是搭起来了,莫名其妙地,不可阻挡地,令人陌生地搭起来了。他物色的这个人,竟也变得陌生起来了吗？大楼不是终于答应给老官龙摘帽了吗？可还要搭一个戏台。在西营再搭一个戏台！他也像老蓝那样,宣布无能为力了吧？不。他还得招架。也许真像老蓝说的那样,他还没有拿出十分力气来。他并没有衰老。他还是一条汉子。还有弓书记呢。还有老蓝呢。还有县委呢。还有全县几十万人呢。

“老蓝,不用多说了。你尽力招架着吧。听见了吧？”

电话筒里传来的嗡嗡声,显得那么寥远,深邃。

# 千山

## 一

上路的这一天，她起得很早。烧火做饭和独自静静地吃饭的时间，满院满村还仍然黑着静着。灶房里的油灯一直晃着，像是惶惶不安似的，却出奇的明亮。只有自家的公鸡和全村的公鸡在不停地打鸣啼叫，叫得跟往常一样昂扬，一样仁义。

大小起来了，他媳妇没有起来。孙子娃们也没有起来。

大小说："出了门，你要小心。"

她说："我知道。"

他说："路上，不要太赶趁得急，乏了就早些歇。"

她说："知道。"

他又说："太阳出来再上路，太阳没落时就歇了。"

她说："知道知道。"

他说："小心火车。"

她说："我知道。"

他又说："进了山，更得小心。"

她就说："谷薅罢了，你早些锄过。"

他说："我知道。"

她又说："鸡娃看小心跑丢了。"

他说："知道。"

她说："我走后茶饭不用太仔细，再磨几升新麦吃吧。"

他说："知道。"

她说："跟你媳妇多对付些，不要吵嚷争抢，你要多忍让她。"

他就说："你早些起身吧。"

她就起身了。

往头上罩好了那块新置买的白毛巾，摸了摸缝在裤腰里的五万块钱，低头又瞅了瞅，很妥帖，并不显山露水，就拿过那半截竹竿，拄定了。大小提起她准备清楚了的行李，给她搭上了肩，在肩上掂了掂，掂得妥帖了，就走出屋门，走出街门，朝村街走去了。

大小跟到街门外，便站住了，说："你再把这一万带上吧。"

他就摸出一张软得无有响声的票子，递向她。

她说："盘缠足够了，你给你媳妇扯衣裳吧，千万多忍让她。"

她没有停步，朝黑暗中走去了。

他没有再动。也没有再说什么话。能想到的话已经都说尽了，没说尽的意思还是得拿这几句话说，不必说了，只站住，等待着望不见那黑暗中晃动而去的白毛巾。白毛巾是很快就望不到了，却仍然能听到那竹竿点地的响声，还有谁家的狗叫声，还有自家的和全村的鸡叫声。

她觉得该说的话似乎还远没有说尽，只是赶路要紧，不敢耽搁，不能说了。她没有回头，也没有听见狗叫，连鸡叫也听不到了。

满村都黑着，天上的星星也稠密地明亮着。潮凉的夜气早已裹住了她，不过肚里的茶饭还很热，她什么都能看清。村外的大路她是熟悉的，熟悉那两道很深的车辙，没有下雨，车辙里没有积满泥水。这黑暗她也是熟悉的，黎明前就是这样潮凉。沿了这条路，一直往东，过两个村庄，再走，就会走上铁路了。都说你要小心火车，大小也说你千万要小心火车，她知道。她早知道在大路和铁路交叉口，立着一块圆木牌呢，叫你小心火车。走到那个交叉口，她就朝南走了，沿着铁路，一直朝南走下去。

都说你就沿着铁路走吧不用你多打听。不用你翻山蹚河不用你住店打尖，这一路上不用怕你走迷失了路。都说得美，你们走过铁路吗？只可惜推车驴车大轱辘车走不成铁路，不过乡里乡亲我们哄你做甚！她拿定了主意走铁路，纳鞋底，置买毛巾洋瓷碗，磨麦起面蒸干粮，没见他们笑话她。

只有大小劝过她两回，说，要不就使了小小兑回来的那十万块钱打张票，坐火车去吧，反正通火车。他媳妇没有劝过她不用去，没有说远路风尘扑死去呀，不知道眼看锄地要忙是咋的，也没有一听说花那十万块钱就变了眉眼，心里不知怎样想，嘴上没说甚。

她说她能走。村里常出门的男人都说能走，她还打票坐火车做甚，走路她不怕。坐火车还真怕，不小心把她拉到不知什么地方扔下不管，她还是得往回走冤枉路。

大小也没有太劝她。再劝，她也是拿定主意了。她拿定主意要到小小那里去一趟。

他娶了外路媳妇，已生了一个娃，都没有引回家认一认祖宗。他捎信回来说做了县上的科长了，忙呢，顾不上引了媳妇娃回来，说媳妇也是挣公家小米的工作干部，也忙。

收了麦又薅谷，她就不忙呀？走罢这一趟，她还得赶趁回来忙大秋。她一个庄稼老婆，出这一趟远门容易吗？自从拿定了主意出远门，她是很激动的。那么遥远的路程，她要走。除了回娘家，除了进城赶会，她也出一回远门怕什么。有一半的冲动，仍有一半的害怕，就像十六岁出嫁时经验过的那样，害怕中掺和着一种莫名的冲动。其实，也没有可害怕的，更没有值得兴冲冲期待的，就是那样，都是那样，过不尽的庄稼日子吧。你一个有儿有孙的庄稼老婆是疯了吗？

可惜一直没有听见有谁这么骂她。有人骂，她也要走，也要出一回远门。可惜就没有人骂她笑她劝她拦她，只说你就沿着铁路走吧，不用怕迷了路。其实仍旧是过不尽的庄稼日子，家家都一样、年年都一样的庄稼日子。已经四十多岁，已经做了四十多年的庄稼女人，她已经老了，有儿有孙，没了男人。

黑暗的野地里寂静一片，什么也听不见，只能听见自家竹竿点地的响声。熟悉的野地，熟悉的黑暗，熟悉的寂静，只有这竹竿点地的响声是新鲜的。瞎子就拄了这样的竹竿，这样笃笃点地。她老了，还不是瞎子。

已经走过了谁家的地亩，哪是谷地，哪是玉茭，她都知道。高站在地亩里鬼怪似的黑影，那是谁家坟头的柳树棵。她男人的坟头也有一棵柳树，那也是发送他时孝子拄的哭丧棒。插在他的新坟头，也活了，活成了一棵枝叶碧绿的大树。就是长歪了，斜转身站着，够他辛苦。

你看你临走也没顾上到坟头去对老汉说一声，自从拿定了出远门的主意就总是慌慌失失，一直没有想起来去跟他说一声，真是疯了。我说命短的老汉，我出一趟远门还要回来，至迟赶忙入秋就回来啦，七月十五我不在还有你大小和他媳妇，他们会给你过鬼节，赶十月初一我准回来了不误给你送寒衣，冷冻不着你。我是去看你小小。他出息了当了科长了，我早告诉过你吧。他媳妇是外路人，生养的娃们还是你的血脉，我得叫他们回来给你上上坟。我没顾上早去跟你说一声，你看我出这趟远门容易吗？不过你也不用操心多心，我是走铁路，一条道走去就到了，不用操心多心。

老汉的坟在村西，她是朝东走。她相信他已经听见她给他说的话了，只是觉得这样的事就慌慌失失得给忘记，不知还有什么该做的该说的没有检点到。慌慌什么呀？过不尽的庄稼日子，早不该急慌了。

再没有想起还有什么事给遗忘，搭在肩上的行李包袱和干粮布袋就已觉着沉重了起来。还没有走几步路，她就会这么不中用？行李包袱里，有自家一件夹袄两双新做的鞋一个新买下的洋瓷碗，还有就是给小小他们捎去的干枣芝麻绿豆，也没敢多拿怕自家驮不动，远路没轻重，她知道路途太遥远了，都说有好几百里路。才走了不到二里吧，不敢这样不中用。连铺盖也没有带，反正是夏天。干粮不能不带，天天走路天天得吃呢，都是新麦面白馍，风干了，不能算沉重。你不是娇贵的女人。新做的鞋难免要僵硬，只怕不耐磨，铺陈得厚，纳得更密。

才过了官渠，官渠里有水在流，今年雨水多也不缺水，麦秋收成好，谷苗也稠密，薅谷就受了罪，锄得不勤还会叫草长疯，大小不会不操心吧。他太怕媳妇，媳妇厉害得不像个女人，他可怜得不像个男人。自家那死了的老汉想想也够享福啦，男人是男人，女人是女人。

小小媳妇是公家的工作员，大概也爱宣传解放女人。不知道她磕打不磕打男人。小小比大小精明，再精明怕也拿不住解放女人。自家老汉要能再熬几年，她也会做几天解放老婆吧，张口就骂他是挨刀货。

天还是黑暗一片，山也是墨黑一片，但她能分清天和山。天快亮了吧，潮凉的露气分明更重了。在这很重的露气里，有一股熟悉的绿腥气味，那是庄稼、野草、树叶。闻见了绿气，看不见绿色，山像薄薄的一片黑纸贴到了天边缘。那是城东的山脉，朝南却望不见山，天和地接到了一搭，在一片黑暗中分清了界线。远哩，走到大路和铁路的那个交叉口还远，一头是行李包袱，一头是干粮布袋，不能算沉重，你不是娇贵女人，勒着坠着，不算疼痛。走到铁路不远，进山还远，快安心走路吧不要思前想后。

想安心就是安心不了像十六岁待嫁那时一样，一半害怕一半冲动。那时是个傻妮子，不知道娘家和婆家都是一样的庄稼日子，急急慌慌，从从容容，一样是过不尽，一样是遥远的日月。麦秋忙罢是大秋，大秋收罢又种麦。现在她是个傻老婆吧，黑天野地，一片寂静，就只兴冲冲活着她一个憨老婆，像个鬼魂似的。谁都没有劝她拦她，大概谁也不相信她会真出远门去，可谁也没有骂她笑她，都说你就沿了铁路走吧，一直朝南就到啦，是乡里乡亲诚心诚意。可铁路是跑火车，人能走吗？她见过铁路。

坐了驴车进城赶会。她经过那大路和铁路的交叉口，驴车轱辘碾过铁轨，就咯噔咯噔震得麻人，车上的老婆媳妇就乘势放开了笑嚷。她也一样放开了笑嚷，总没有细看铁路是什么模样，只知道两根铁轨很明亮很长远，铁轨下堆了碎石子。叫人小心火车，却没有碰见过火车，只在城里听见过火车吼叫，很像是牛叫似的，但那叫声多大多凶！她没有听见再比这更大更凶的叫声了，叫得也麻人。那时却没有在意。

她想笑嚷一声。黑天野地那会吓死个人，没有人，她还没有碰见过人，男人女人都没碰见一个。也没有碰见鬼魂，鸡叫过了，鬼魂也歇息去了，她瞅住熟悉的黑暗，知道天色忽然就要明亮起来。在四十多年过不尽的庄稼日子里，这个黎明叫她彻心地不能宁静，害怕着又期待着，是一个难有的黎明。害怕什么又期待什么？是天明，是铁路，是远山吧，还是仅仅有所期待有所害怕就难得呢？她好像听到了一声火车的吼叫，牛叫似的，却很轻很绵。不会是火车叫，离铁路还远，离山就更遥远，她知道，仍然是什么色彩什么声音也没有，只有这个难有的黎明。任她在兴奋中咀嚼。

## 二

她已经打听清楚了，今天铁路就要进山。她也记得今天是出门远行的第三天。第一天上了铁路，第二天路过了一座城，只听说过没去过的城。第三天就要进山了，这比她所期望的要早，又比她所想象的要远。不停不歇走了两天，打听了几回，知道赶趁了七八十里路程，这七八十里原来就这样遥远。眼里的世界越来越不熟悉，脚下的铁路却越来越熟悉，从来没有走过的铁路已经变成走不尽的路，就像村里那过不尽的庄稼日子。这赶路的日子却变得急急慌慌，夏天长长的太阳也仿佛在赶趁似的，她更难以安心，不知在惧怕着什么又期待着什么。

是山吧？她想起她是进过山的。那是上五峰山，沿了云中河，一直朝西走。那年小小出疹不顺，抽风抽得怕人。她进山去烧香摇签，都说五峰山上的签格外的灵验。签是真的很灵验，小小度过了那一难，如今出息了当了县上的科长了。只是那回进山是一心求神祈签，没有怎么留意山中情形，依稀记得越往里走林子越密，村子越稀。她进一户山里人家要水喝。瞅见石片垒起的屋墙上挂了一张虎皮。

前方山中不会有野牲口吧，现在是太平时候，野兽伤人的事不听说了。村里的猪羊还仍旧靠画在墙上的白石灰圆圈吓狼，土匪的传闻也早听不到了。她是沿了铁路走，铁路上跑的火车惊天动地吓人也会吓狼吓虎。

但这天一早醒来，迷迷蒙蒙，她还是觉得又被沉重的惧怕给压住了似的，仿佛是做了个吓人的梦来。可惜梦中情形想记也记不得了，只记得梦是给火车震碎碾破啦，却留下一片清晰的惧怕压住她。

定神看看，那时是正有一趟火车开过。空空隆隆，惊天动地，她躺着木椅分明在荡动，整个孤寂的候车室都在揪心地荡动。货车很长很沉，牛似的叫着喘着。飞驰过来，凶猛，放肆，很一阵才远去了。走了两天了，她以为对那笔直而无有尽头的铁路和轰隆来去的火车，自家是该惯熟了。不料每夜睡去都是被它惊吓而醒，悸怕不已。

屋外天刚刚亮了，货车驶去留下的一片孤寂似乎比夜里还要沉重。在这沉重中，她又感到疼痛了。肩，腰，腿，一齐给她疼起来，疼得发酸，酸得发胀，胀得发沉。还有那两只裹小了又解放了的脚除了疼得发酸发胀发沉，还疼得发辣，仿佛一世的辛酸疼痛都积攒到这里来了。她是被疼醒的，不是被火车吓醒的，她想。已经做了四十多年的庄稼女人了，已经有儿有孙了，已经熬死自家的老汉了，鬼魂都不怕，也不该怕狼怕虎怕火车。在黎明的一片孤寂中，她没有听见狼的嚎叫。她也不是可以娇贵的老婆。在火车空空隆隆碾压过去之后，她还感到过一种莫名的快意。

第一天，她终于走到大路和铁路交叉口的时候，夏天的太阳已经爬升不动。她也坐下来喘歇了一阵，只见铁路也被太阳晒得冒了热气，那两根铁轨是分明软悠悠在热气中飘晃。细看铁路边缘那人走的小道，细窄是细窄，走她一个老婆足够，而且很平很直，望不见尽头地朝南伸展去了。朝南仍然望不见山，一片绿庄稼接连了蓝天，蓝天上倒有山脉似的云彩。她没敢多歇，也没有想到回头朝自家村庄那边望望，慌慌忙忙便走上铁路了。记得没有走几步，没有细看铁轨碎石子，没有觉到路旁的树投下了阴凉，火车就迎面朝她扑来了。她刚刚瞅见一个黑点，刚刚听见牛似的吼了一声，心里还没想起这是火车，只说不用怕，它就凶猛放肆地朝她冲压过来，她只觉到一片撼天摇地，一股强悍粗鲁的旋风，一个高大冲动的黑物，一阵空空隆隆，在这一切中只想她是被压碎了。她木木的什么也感觉不到了，不觉得疼痛，不觉得沉重，只有一片空空的飞荡的昏黑，很久过不去。但她终于知道了自家并没有被它压碎，还记起它远去时像一条草绿色的蛇，一节一节，蜿蜒而去。她就忽然莫名地涌起一种快意，是知道了自己终于没有给它压碎吗，还是为自己终于经见了它？她已经知道绿颜色的是人坐的票车。

她不会是被火车吓醒，也不该是娇贵的因疼痛而醒。昨天就计划好了吧，今天得早早醒来，因为铁路要进山了。她似乎宁静下来了，天也的确是亮了。她挣扎着站起身来，走了出去，寻见车站上的自来水龙头，洗了一把脸，喝了几口水。水不像村里的井水甜，却一样冷到了脊梁。

你看走铁路够多方便，走一程就有站，有站就有可以宿身的候车室，宿一夜也没人要你的住店钱，还有任你白喝的自来水，剩下的就是驮了你自家的干粮布袋行李包袱走路啦，你还害怕什么，快歇了心往前赶趁吧。进了山也有铁路火车车站候车室自来水。整黑夜还给你亮着明闪闪的电灯，够你方便，够你享福，够你走到头再走回来，火光能吓狼，电灯也吓狼，不用害怕。

太阳还没有出来，东方阴暗的山脊上头，看不见烧红的颜色，只比别处白亮。南方的山脉是影影绰绰一抹暗淡，那山仿佛还格外遥远。但车站上的公家人告诉她，老大娘铁路马上就要进山啦，你还是坐火车吧火车快得很，火车有水喝有饭吃有厕所厕所就是茅房不臭方便得很。火车她是不坐，她能走，已经走了很远的路程了，马上就进山却怕是在哄她吓她吧，山还瞅不清影踪呀。不过那个公家人很和善，不像个奸猾人，听口音是外路人，黑脸大眼睛。站台上还亮着电灯，没有听见狼叫，听见了公鸡在闷闷地打鸣。离车站不远有一个村子，瞅不见灯光和灶火冒出的青烟。铁轨发着幽静的青光向空荡的远处伸射去了，潮凉的露气从四野的庄稼地里弥漫过来。她不由觉得心里还是有些空荡，不知有什么在等待着她。

她回到候车小屋，开始吃干粮。小屋里也空荡起来，嚼干粮的声音就那么尖厉得难听。她尽量小心地嚼馍，却似乎更尖厉得怕人，仿佛就不是自己咬出的响声，倒像是别处有意弄出来的古怪声音。你看你一个老大娘了还胆小得像个十六岁的憨妮子，这是新麦做的净面白馍呀，快香香地吃吧。什么也没有掺，菜缨糠白玉茭面什么都没有掺，不是出远门走远路，哪舍得吃这样的净面白馍，天天顿顿叫你吃，够享福了吧，一个老大娘了还享这样的福，不知害怕什么。干粮干粮，咬着不能不响。可她听着还是觉得尖厉得难听，像磨牙声。这磨牙声一定会把什么惊动了，惹怒了。太阳快出来了，不会有什么还隐藏着吧。太阳一出山，她就上路。都说要等太阳出来再上路，她还记得的。

但她终于决定不再等待太阳了。在这一种空荡中等待，除了太阳，她总疑心还有别的什么在隐藏着，越等待越惊怕，直到忍受不住，就撒手沉下去了，她在梦里常常有这样的经验。现在也像在梦中，空空的，闷闷的，死静死静的，什么颜色也没有，只有不知是自家还是别处发出的磨牙声，正在把什么惊动惹怒。山也不像黑脸大眼汉说的那样近，老大娘马上就进山啦。走吧，不再等待太阳了。他怎么叫她老大娘了？

她就上路了，在无声无色的黎明中，重新驮了行李干粮，罩好白毛巾，拄起竹竿，挣扎出小站，没可能跟谁说一句话，便踏上了铁路。碎石那边，就是引导她前行的笔直又发亮地伸向无尽远方的铁轨，这边是路基上的灌木丛。露水向她洒来，听见了公鸡远远的打鸣声，更闷更飘。手拄的竹竿也开始发出尖厉难听的古怪声，传向空荡的旷野。她不想叫竹竿点地，却又无法支撑摇摆着的自家。一步一拐，今天更比昨天摇摆得厉害。这样不中用，难怪人家叫她老大娘。火车强悍粗鲁地猛扑过来，不愁把她冲倒压碎。不过,此时能有一趟火车冲来也好,它会把这一片空荡、孤闷、死寂冲一冲的。黑的货车,绿的票车。都像蛇一样远去了。

没有空隆的响声,山还在遥远的前方。影影绰绰,一片迷蒙,不知有什么隐藏了。野牲灵不敢上铁路,解放了不会有土匪。歹人,她不怕,四十多岁的庄稼老婆了,一个老大娘。你已经老了,早不再需要打扮,早没人来爱惜,有你没你早就不重要啦,你什么罪都能受,什么活都能做,什么话都能听,早到了不值钱的年岁,成了不值钱的性命了,不会有什么来难为你,你也不该再怕什么啦。东边天际仍未烧红,太阳仿佛也很遥远,她静息了气小心走路。偶尔有几声闷闷的鸟啼,几声蚂蚱飞起时沉沉的拍翅声,都像是很虚假的声响。因此,铁路两边那暗莲蓬的庄稼地亩里,就越发像隐藏了什么。她无法扭转地相信,在这神秘的无声无色的世界中,一定有什么在酝酿和制作着。只要她略不小心,就会被触发了,骤然间爆放出可怕的事来。而她又只能不停步地向那不可知晓的惧怕靠近过去。

天似乎更亮了。两条铁轨闪出比周围世界分明许多的银亮光泽,却冷冷的,像月亮的光。她不由又在盼望着能有一列凶猛放肆的火车开过来。用力去听,只听见一片寂静,压迫着她又吸引着她的那一片寂静。收了麦,她就忙着薅谷,跪在地垄里,薅一步,往前爬一步。不值钱的庄稼老婆都是这样做活。薅谷坐月子,是庄稼女人两大受罪营生。这两大罪,她都能受用。她坐过五回月子,两回活月子,三回死月子,死活都是一样的罪,她像死过了五回。薅谷的罪是年年都得受。今年雨水好,谷苗草苗一样稠,两腿都给薅没了,只好满地垄里爬。这一切,她都记得。可仍然听不见火车开过来。要有,那吭哧吭哧声远远地就听见了,响得很清脆。

一种奇怪的响声分明突然涌出来了:咯吱咯吱,仿佛在把什么压裂。终于要发生什么骇人的情形了。这压裂声不知从何处涌来,她不敢拿眼去搜寻,只是不变地瞅住前方。那一定是不能去瞅的情形。她不能去惊动,又不能停住自家的脚步和竹竿的响动,努力静声息气,却毫不知觉地就那么用力咳嗽了一声。之后,她都意外极了。

立刻，就传来了一声更加奇怪的响声。在极度的亢奋中，半晌，她才意识到那仿佛是人的声音。于是，在她不变地瞅住的前方，忽然就显现出了一个影绰的人形。

她不由又咳嗽了一声。

那人形也回了她一声咳嗽。

是男人，是男人那种粗糙的嗓音。她觉得忽然松了一口气，仿佛希望是男人，应该是男人似的。她看清了，他挑着重担。咯吱咯吱，是扁担被压着发出的响声。会是歹人吗？她有五万块钱。还有一布袋白馍。可那一片恐惧在开始退去。

很一阵，她才跟他相错而过。他压着重担，却给她让了道，连看也没有敢看她。他显然也受了惊吓，他吓慌了她，她也吓慌了他，他还是个粗壮的愣汉。她闻见了一股鲜气，他是挑着两篓鲜桃吧。那咯吱咯吱的响声仍然响得很急促，他还在惊慌着吗？黎明时分正是鬼魂散去的时候，她摇晃在空寂的旷野，像一个鬼魂。她没有停步。

好像真有火车驶来了，吭哧吭哧，远远地响得很清脆。等它近了，就将变得多么凶悍可怕。

东方天际在这忽然之间烧红了，鸟雀的啼叫声也跟着稠密起来，星星落尽了，她觉得奇怪神秘。

朝前方望去，在铁路伸展过去的尽头是一层挨一层的山峦，已经有了幽蓝的颜色。

## 三

走了很久了，前方的山脉才开始慢慢脱去幽蓝。

马上马上这马上可有多么遥远，她是什么都不觉得了，只觉得山很遥远，路很遥远，越走越遥远，一切都很遥远了。她的村子，婆家的村子和娘家的村子，她那怕媳妇的大小和有出息的小小，解放了的大小媳妇和宣传解放的小小媳妇。嘴馋又尿炕的孙子娃们和猪娃鸡娃们,缸里的新麦和地亩里的谷苗玉茭,还有死了仍然辛苦着的老汉,自家四十多年的庄稼日月,都越看越遥远了。世界都化进了遥远中,只活着你一个不值钱的庄稼老婆。还能再碰见个男人吗?白天,太阳是红的,天幽蓝幽蓝,草木绿得发暗,谁也不会吓着谁了,可以说上几句话。大路上,总能碰见拉脚的大车。你不会坐人家的车,可以跟他们说上几句话。车倌们野是野,你总可以说几句话。火车不跟你说话,只凶悍放肆地想把你压碎。都叫她走铁路,大路也遥远得不知留在了什么地方。前方只有山,它终于开始脱去幽蓝,绿的草木,黑的岩石,它挺高胀大,挡住了铁路。可它还是很遥远,无声无息,地亩更瘦薄,村子更稀疏,见不到人。

斜爬上去的沙石坡,铁路落在了一道沟凹里。沟凹也那么狭长幽远。高挺的远山,狭长的蓝天,她觉得自己也像胀大了许多,笨重地压在发僵发软的双脚上,每迈一步像挨一回刀似的尖疼到心。老汉一生也没有跟你说过几句话,只会说挨刀货,大小的媳妇也好说挨刀鬼,孙子们也学会说挨刀货。老汉没有见上孙子。那时,觉得孙子是那么遥远,庄稼日子总是过得那么遥远,望不见尽头。他没有说几句话就急急慌慌死去了,挨刀货。车倌们都很野,只可以说上几句话。她多想在这沟凹里歇上一歇。走出沟凹,就是山了。她没有歇下来,一步一疼,一步没停。

又走了很久,走出沟凹。沟凹小,却是小山堆,似坟堆形状,一座又一座。正经的山还远远站在前方,更兀然拔高了,挤成一排。高高的山头上有零星的树棵可见,背阴这面披挂着厚茸茸的草皮,绿得发暗。铁路傍着坟堆似的小丘,弯弯曲曲绕了很久,才干脆把它劈成了两半,又落进沟凹里爬伸了很久。她觉得很渴,就听见了流水声。她怀疑是幻觉,可流水声响得很真切从容。也许是先听到了流水声,才记起了自家口渴。真切的流水声也响了很久。

再爬出沟凹,是一座桥,铁桥,铁路要过桥了。桥倒不长,可它有多高!桥下是河,流水声原是从这河里发出,看去却没有多少流水。尽是牛似的石头。桥那面是一道山口，山口里是一层挨一层的山峰，它又是多么幽深遥远。河就是从这山谷中流出，却没有多少流水。她又忘记了自家口渴，只觉得一股幽森阴凉的顶头风从山谷中刮来。就没敢停一步，木然踏上铁桥。

第一步，她就觉得铁桥在摇晃，踏上去的木板咯噔一跳。她抓紧了铁栏杆，幸亏有铁栏杆。可她无法转移地想，铁栏杆之间的空档很大，她只要一松手，就可以沉下去了。这桥有多高！脚踩着的木板之间，空档也似乎越来越大，能瞅见河里牛似的石头和流水在石头之中绕来绕去。她一直觉得拄着的竹竿是早失手伸进木板之间的空档去了，她已在飘荡，只一松手，就沉下去了。在梦里，是早就预想到这一天了。她忽然很清楚地记起，五峰山是四月十八赶会，五月十三是关岳庙会，二十七是城隍庙会，六月二十三是火神庙会，七月二十三又是城里的骡马大会，八月初八是她们村的会。赶会就是赶人，人看人，人挤人。可她还是想一松手，就沉下去。桥边的木板是这样不牢靠，一步一响，一步一惊。这时候，山口里那一层挨一层的山峦，似乎已浸到了水里，一步一晃，只有桥上的铁轨仍然无情地闪着光亮，亮得耀眼。可河里牛似的石头像在流水之中滚动。这一切，都是梦中早有过的。所以，他们都叫你走铁路。他们谁也没有走过，却都叫你去走。只一松手就沉下去了。这桥看着不长，却也是这么耐走。六月二十三是火神庙会，她还能记得。现在也正是六月，五黄六月。

她终于过了桥，也终于决定坐下来歇一歇了。正经的山，终于被她倚靠在脊背后头了。自从出门以来，时时盼望着的似乎就是这一刻吧。可无情的铁轨依然向前方幽深的山谷里伸展而去。她倚靠着山壁，却仍旧觉得在摇晃荡动，放到石路上的腿脚更像悬浮在半空里，落实不下，河里的流水声，又使她想到了自家口渴，口渴极了。但铁路悬在半山腰，只能听见流水声，喝不到它，她觉得这就是自家的命。山势真陡。阴森的风从山谷里吹来，凉得解不了渴。山谷里阴凉得不像是夏天，四野幽静得不像是白天。一切都更遥远了，只有一座一座的大山静立着，仍不知有什么在等待着她。

听到了一声牛叫。河滩里有人在放牛吗？没有，只有牛似的石头。老牛也会吼叫，不像你那死蔫打蛋的老汉，一生也没对你说过几句话。又听到了一声牛叫，跟着是吭哧吭哧的喘气声，这么大的喘气声，终于记起这是火车要来了。是进山的火车，一条绿色的蛇，它也这么费劲地喘气。平川一抹遥远，也像被浸泡到水里去了，忽忽荡荡，小山丘更像一座一座的坟头。一阵轰隆轰隆，自家倚靠着的山壁分明也忽荡起来。火车冲上铁桥，就像山崖倒塌下来猛然发出了巨响，一股昏黑的旋风跟着飞扑来了。她努力放开胆听任它冲扑过来。可仍然觉得山壁真要倒塌下来了。火车依然像是从她身上碾压过去，轰隆轰隆，碾压了很久。她仍然没有看清火车里坐着的人，只见它蛇一般盘着山腰远去了。很久，才牛似的又叫了一声，遥远，清脆，似乎还很快活。可她放开了胆，却还是给它惊吓了一顿。

什么也听不见什么也看不见了，山谷里又是一片死样的寂静，盼到了山，也依旧是一样的寂静。天爷，你像憨老婆等汉似的，还憨坐什么！下一个车站，你过夜的下一个车站不知还有多远，忘了打听了，只打听了进山多远。她站起来，赶紧上路了。歇了一阵，腿脚却比没歇时候更沉重了许多。进山绝不止十几里路，可车站上那个穿蓝制服的男人，跟她说话时候和气得很，和气得像哄小孩娃们似的。他会这样和气地哄骗你呀？

一头是山壁，一头是河谷，铁路仍不变地伸向无尽的远处，只是它盘在望不见顶的山壁上，变得细弱了。河谷也不算狭窄，对岸的树棵，看去像是一根野蒿。可夹在这两头的大山之间，河谷也很细弱了。这头是瞅不见顶的山壁，那头是一座挨一座的山峰，怎么就忘记了打听下一个车站有多远。没有人烟吗？也不见有庄稼，只有稀疏的树棵，像野蒿一样。河水流去，响声也很细弱。水流在深深的谷底，她喝不上。得趁有日头时候赶路，她更觉得自家细微得像个虫蚁似的，不知怎么能够爬出这个山谷。使世界变小了的大山，一架挤一架，像赶会似的都聚到了这里，数不清的多，说不出的高。在这细小的山谷里，她看不出日头偏西了没有。日头在细狭的蓝天上，看情形是爬行不了多久。一个新的盼望，一种新的焦虑，一阵新的惧怕，又使她急慌起来，那遥远的感觉也更沉重地裹住了她。

她觉得又走了很久了，那爬在细狭的蓝天上的太阳，都给她真的走遍了，可大山却一动不动。河谷对岸，那一座挤在众山中间像个抄手老汉似的山峰，仍然不动地坐在她的左首。她记得一进山口就瞅见他了，背了身，抄手坐在她的左首。可她已经走了很久了，这个老汉还是坐在那里没动。她急慌起来。不能慌，不用慌，都说看山跑死马。你迷了路了，铁路在身边，都说走铁路不会迷路。他跟住了你，不肯离去，他是谁呢，不会是你死去的老汉吧？好像是一个很老的老汉，但她不敢细瞅。她老汉是那年赶罢火神庙会得病殁的。正是五黄六月，死也死得不是好时候，正热。他活着时很耐冻，大冬天秃光光的头上还冒热气，就没见他抄过手。发送的时候，单的棉的好赖都给他备齐了。现在又正是热的时候，也还是红天白日，不会是他。她不敢细瞅，山谷里幽静得不像是白天，阴森得不像是夏天。

太阳是眼看着就跌落了这头山壁背后，把她和铁路都丢在了背阴里，只照亮着河谷那头的山，照亮着坐在众山中间一动不动的那个抄手老汉。一定是走迷失了，铁路仍在身边，不变地伸向远处，铁轨在阴暗里发着冷冷的光亮，她却走不出去，开始出冷汗。要真是你，就帮我一把吧，不要难为我。你不是缺钱花吧？每年上几回坟，回回不少给你送钱，纸钱元宝没少给你。也不知道你好吃个甚，你没说过你好吃甚，你就没跟我说过几声话。你不说，我也忘不了十月初一给你送寒衣，天还热呢看看你就冷冻成那样。你不用多心不用多心，不用难为我。真要是你，就刮一股旋风吧。没有旋风刮来，只有山谷中的一片幽森。要真是你，就飞一只鸟来，叫几声吧。不见鸟来，不闻鸟声。天色却黑暗下来，阳光全不见了，仿佛就在忽然之间。山谷那面，众山都变成了阴暗的影子，只有这座抄手老汉似的山峰，还映在发亮的天幕上，很清楚，他是一个老得多的老汉。她仍然不敢去仔细辨认。

山谷里没有风了,只有阴森的凉气,没有鸟叫声,只有河水还在流着,发出了清晰的响声。但这响声不像是男人的谈话声,也不像是女人的哭啼声,倒像是牲灵的饮水声,也像锅里热气烧开的咕嘟声。要真是你,就快帮我一把,不用难为我,你不用多心。我知道你的心思,我知道你娶下我不称心。不称心我生得太俊,可这能由我吗?十六岁跟了你我也没打扮过没搽粉戴花,你也没给我买过粉买过花扯过红衣裳连话也没多说过就好说挨刀货叫我听,村里人们都要说我生得太俊这也不由我呀。我也没打扮没搽粉戴花穿过红衣裳他们要说要跟我说话你就不高兴你又不跟我多说话。你不想说我生得俊说别的也行呀你不说就好说挨刀货不知道你这话是疼爱还是不称心,不称心吧你就那么急急慌慌死了做甚,大热天看把你就冷冻成这样,你不是不怕冷冻吗大冬天秃光着头脑不肯戴帽顶毛巾还直冒热气,我没气着你呀。他们好跟我说话我不能不理人家一个村乡里乡亲抬头不见低头见又都是你们一把爷们,赶会好叫我坐他们的大车叫你坐你又不坐,赶会就是人拥人人看人我也不能不叫旁人看,庄稼媳妇老婆挤进会场里就是疯疯闹闹我也不能装成憨傻老婆,你不知道憨傻老婆赶会更疯闹得丢人,我也没给你丢人。没给你丢人你不用多心。她出了一身冷汗。她觉得自家耐不住了,得把她的一切都跟他说出来,好像在这骇人的寂静中真听见了一声鸟叫,还仿佛是布谷鸟的叫声:快快种谷,定神静气一想,似乎还是河谷里流水的咕嘟声。你不用多心,真没有给你丢过人,你不知道车倌有多野可你活的时候我真没给你丢过人,你死了也没有,没有,我忘不了十月初一给你送寒衣清明给你送元宝死了还要去跟你,我能解放到哪,没有没有,你不用难为我不用多心。

似乎又听见了一声鸟叫,却仍然像是流水声。她觉得自家耐不住了,但还是忍耐着叫他相信她是已经把一切都说出来了。终于在远远的前方,她瞅见了一点灯光。快走到车站了吗,天爷。可她很快发现,那点灯光是在游动。鬼火吗?她是真的耐不住了,耐不住了,你真要这样难为我,你还是不相信你没有给我买过粉买过花扯过红衣裳你没有跟我说过几句话,不由我呀,没有,生得俊不由我,我早老了。听到了牛叫,还有吭哧吭哧声,她松了一口气,是火车来了。她不再害怕,地动山摇,猛凶放肆,她也放开胆来等待。可她没有想到,夜行的火车射来了多么强烈的白光,她只觉在轰隆轰隆中,自己早给照化了。

火车过后,她发现河谷那岸的众山,一个个都变成了老头形状,分不清哪个是原来总跟了她的抄手老汉。老汉不再难为她了?可她什么也没有说出来,他听错了吗?我什么都对你说了没有叫你怄气丢人的事,活着不称心死了还叫你生气做甚,你不能站直了站得熨帖些老那么斜转身站着不嫌辛苦呀。你放宽心歇着吧冷冻不着你也不缺你花的钱,子孙们我给你管你不用操心我。

不见了他,她是更有些慌了,不知道这一夜会怎样过去,不知道还会碰见什么。已是满天的星星,流水声却听不见了。这头也没有了倚靠的山壁,两头都是赶会似的众山,一个个都像老头形态,都静默着一动不动。她什么也不敢再想,连自家在不断地走路也意识不到了。魂灵里同这个山谷一样什么也不敢有。这样走了不知多久,才终于又在幽深的远处瞅见了星星似的几点光亮,它们不再劳动。她不相信那就是车站,可忽然就感觉到了疲累和疼痛,也忽然想起了口渴。今天还没有喝过一口水,干粮呢,记不得吃过没有。清早喝过水吃过馍,可清早已经多么遥远了。

## 四

铁路还是沿着河谷走。

河谷里仍旧有流水,但听不见了流水声,只能看见水在流。水大得多。宽得像一条河了,曲曲弯弯,流在谷底,银亮银亮,还是跟条蛇似的,只是不动。河怎么会越往上水越大呀?她觉得奇怪,但不去细想。

河谷底下,看去也宽展得多,不见了牛似的石头,平了,河水能弯来弯去,有时还能照出山的影子。可那岸的山什么也不像了,不像老汉,不像牛脊背,不像凤凰,不像笔架,不像虎头,只挤在那里,像密密的坟头。不能说像粪堆粮堆吗?她没敢细想。

这头的山壁还是很高,高得瞅不见顶。山壁裂着一道一道一层一层的石缝,倾斜着从顶上张裂下来,仿佛要歪倒身塌落下来了。石缝里却长满了野草,开出一片蓝色的花。全是蓝颜色,没有红花,没有黄花,没有粉花,全是棺罩上的那种蓝色。天也是这种蓝色,远处的山也是这种蓝色。

山壁顶上探出了那么险峻的一片崖头,也斜裂开一层一层一道一道的石缝,一定是倒塌了一半,这一半空悬在那里,多玄多险。都说是千年的崖头砸灰人,她害怕做甚。不能去想。空悬着的崖头半腰里,长了一棵树。抬头瞅着,像一棵蒿草,它是一棵树,就是倾斜着像横了插在崖壁里,生得奇怪,又活得多辛苦。看不清它是一棵什么树,沙杨河柳,它不是杨柳,也不是松树。不是槐树,不是枣树,不是桃树,像黄桷,像苦楝,但瞅不清楚。哪里不能生呢,辛苦地横悬在这里,不由它吧。

不知从哪里忽然飞来了成群的水老鸦,呜哇呜哇地鸹叫着。一个个都是黑身白肚。颜色不好,叫得也难听。要下雨吗?天晴得很蓝,幽蓝幽蓝,日头也刺眼,只有那头山峰上停着一堆白云彩,白得像一团一团的棉花。又蓝又白,也不是好颜色,连日头也烧成一团白了。水老鸦乱飞着不肯远去,它们好像欢喜呢,叫得却那么难听,呜哇呜哇,像哭声,不,像流水。老鸦屎不会落在她身上吧?不会这样不吉利。它们落到了山顶上,又飞起,又欢喜地乱飞了一阵,呜哇呜哇,终于朝北远飞去了。没有碰上喜鹊,却过了一群水老鸦。喜鹊也是黑身白肚,可它尾巴长。

碎石子埋住了木头,木头上摆放着两根铁轨。铁轨给磨得很亮。就是这样,都是这样。

那大概是庄稼,一条一条,一块一块,挂在了陡陡的山坡上。庄稼也能横着长呀?那绿颜色的大概是糜谷,黄颜色的是麦子吧。还没有收麦呀,现在这节气只能是麦子。麦子早该收了,挂在这里的却刚刚泛黄。那灰颜色的,不知是什么,灰绿灰绿,庄稼没有这种颜色。是野草,野草也不是灰的，野草也不会长得这么齐楚。

碎石子中间也开着几朵蓝颜色的野花。

河谷里流水又发出了响声。水中卧着几块牛似的石头，冲过石头，是一个小跌水。响声很脆，不是呜哇呜哇，溅起的一溜水花，却是雪白。

有火车从背后来了。牛似的叫声在山谷里传得很远。她没有回头去看，也没有躲闪，只觉得脚下的路颤动起来。轰隆轰隆，它开过去了。是一趟货车，很长，很黑。很远了，又叫了一声，山谷里就有一阵回音，闷闷地响着，终于又沉静下来。

碎石子中间的几朵蓝色的野花，仍然静静地开着，没有被染黑。

山壁上，飞着几口蝴蝶，不大，却是黑颜色的，黑蓝黑蓝，带着些白色的碎点。

山壁笔直而上，望不见顶，像刀切一般的齐直，还能看见斜斜的石缝。石缝里还是挤满了蓝色的野花。

你为什么就说了，把一切都对他说了？没有说，没有，正耐不住要说，火车就来了，没有来得及说。说了，刚说完，火车就来了，等火车过后，他就不见了，没有说，他怎么肯走。

那灰颜色的，不知是什么庄稼，是山里出产的莜麦吗？她从来没见过这种庄稼。又听不见了流水声，河弯曲着很亮。那头，贴着山峰的一堆白云彩，化开了，像烟，像流水，也像刚刚犁过的地亩。

没有说，我怎么能说。那阵，很慌很怕很黑很急，火车也来得很猛很快很凶很亮，什么也记不得了。还是记不得是说了没说。夜里就想过几回，想不清楚，也不记得睡着了没有，全身总像悬在半空中。

昨夜她挣扎到车站，把站上穿蓝制服的男人吓了一跳。他提着一盏灯，问了她不少话，叫她老大娘，问买去哪里的车票，外路口音。她不记得给他说了什么话。只记得喝了水，是河水，凉到了脊梁。还记得夜里总在想，梦里也在想，想不清楚，不记得给他说了没有，不记得睡着了没有，不记得做梦没有。没睡着怎么能做梦，可总是悬在半空中，落实不下。

碎石子埋着木头，木头上摆放了两条铁轨，给磨得银亮，就是这样，都是这样。碎石子中也开着几朵野花，是粉红色的，红得很淡，淡得发白，几片绿叶是灰绿。

我说了什么，我有什么，我记得什么也没有，清清白白。可他总操心我有，她们也都不信我没有，他死后她们更不信了。老婆媳妇们总操心我有，他操心有。我不记得自家有甚，没有，是给他清清白白。这我还能不记得呀，没有。自家还能不知道有没有，没有。

车站上的男人是外路口音。他说，老大娘，你坐火车多好。她说，没几步路，她看他少也有四十多，一脸络腮胡，可叫她老大娘。她是老了。这站上没有自来水，也是下河担水。河水凉到了脊梁。她想起了在什么地方闻到过的那一股鲜桃的气味，却记不得是在哪里了。

河谷里有一群羊在饮水，却瞅不见羊倌在哪里，只能看见两只放羊狗。

她可以给她们说说山里是怎样奇怪。灰色的庄稼挂在陡陡的山坡上，树横长在悬空的高崖上，河越往下流，水越少。她们不会相信她。媳妇老婆们只相信她有。大小媳妇也一定是听信了她们的话，才对她那么厉害。是这样，就是这样。总以为这媳妇是过于解放了，原是听信了她们的话。多年就没有想到是这样，现在终于清楚了。可我就像侍候婆婆一般侍候你，你就信了她们的话。麦秋多忙你也没受一天罪吧你奶娃呢，我又是割麦打麦做饭送饭我也不怕，早受惯罪了可也为不下个你，真要为男人也早为下了就是为不下个你，薅谷我爬在地垄里一步一爬也没叫你去爬，你还是一口一声骂你自家男人挨刀鬼，我娃大小也太好欺负不像个有火气的男人，要你这么个丑媳妇就是为了叫你来欺负我们娘们俩，那时看着你丑丑憨憨能过日子，谁想你是这么个没分量的挨刀货，一句话不对付你就去住了娘家，可怜我娃三趟五趟抬不回你来当自家是金枝玉叶，我娘家人来吃顿饭你就摔天摔地好几天，你苏联花布都穿上了，还哭喊没衣裳，你给我端过一碗饭还是铰过一双鞋。我真要为男人早为下了还能受你这份磕打，你就听信了她们的话，你推过一回磨还是背过一回柴你当你是金枝玉叶，你关了门成半夜不叫你男人进屋，我家小小在外头是科长，村长还不敢磕打我们娘们，你倒关紧门成半夜不叫我娃进屋。

她不知道怎样就忽然冒出了这么一股怨恨之气。在村里在家里似乎也没有这样气过。媳妇咬硬厉害脾气大，可还是生娃过日子，庄稼日子就是这样，都是这样。那时婆婆气媳妇，现在媳妇气婆婆，家家都是这样。想想媳妇也那么遥远了，没有惹你气你，怎么就忽然来了这一顿气生呢？山谷里是这样寂静。

没有，没有，自家没有为下男人。媳妇气婆婆，家家都是这样。可她忽然发现，河谷里的流水是朝前流去了，而她却一直以为河水是仍旧朝后流的。她吃了一惊。她记得进山的时候，河水是朝后流出山了，难道河水会从平川往山里流吗，就像往山里走似的？她也记得铁路是一直沿着河谷走，并没有翻山越岭。今天，她看河水也是朝后流去了，只是河水大些，听不见响声，怎么就忽然掉头朝前流去呀？她是迷了路了吗，又掉转身朝回走去了？

她仍旧傍着铁路，这头还是陡立的山壁，那头是河谷，河谷对岸还是赶会似的群山。太阳也火热热烧化了似的悬在前头。群山之上，仍有一堆白云彩，只是变成了一层一层的山脉形状了。山谷里仍是这样的寂静，河边不见了那群羊和狗。河水有了细波浪，白亮的水花是朝后涌起，水的确是向前流着。碎石子中间仍有很淡的粉红野花开着。山壁上不再有蓝色野花挤满石缝，只长满了很高的野草。天还是那么幽蓝幽蓝，有几支老鹰在款款地飞，很高。

她想歇一歇，但太寂静了。她也开始想到了口渴，但河谷太深。仍然想不起是在哪里闻到过一股夏桃的鲜气。她掏出一个干馍吃起来。

没有，她的确是没有。

那灰色的庄稼大概就是莜麦，不会是大烟吧？听说深山里还有人偷种大烟。可哪里有人呀，寂静的山谷里就只活着她一个庄稼老婆。

还有火车，她知道火车又来了，吭哧吭哧的响声，从前方远远传来，又要山摇地动，又要轰隆轰隆响得抓心。就是在火车要来的那一刻，她惊慌得耐不住，对他说了。可她哪里有，没有。早知会这样，真不如早为下一个男人，没有。等待着火车凶猛地向她冲过来，她不惊慌。在一阵冲击和震颤中，她真的没有怎么惊慌，但似乎是又不由数骂了几句大小媳妇，挨刀货，没头鬼。又骂她做甚？

火车远去了，她觉得它很轻松快活，她觉得自己也平静下来。只是正吃着的干粮却给落满了煤烟灰。这面山壁也忽然斜缓了，她望见一片黑森森的树林。火车吓人，也会吓狼吓虎。但这是多大一片树林。是松树吧，黑森森，爬满一面山坡，也像赶会。

## 五

车站上的人说，前头要过山洞，叫她小心火车。她问，还有多远，人家说十来里。多远？六公里，就是十二里，大嫂，小心火车。

这一回，她听清了，是十二里。那一回，她一定是听错了，把几十里听成了十几里，没有把她给走死。也许是没有听清公里，把公里听成了私里了，公家的里比私人的里整整多一倍。车站上的这个男人怎么叫她大嫂，可还年轻呢，也是外路口音。老的叫她老大娘，身上是哪也不疼不痛了，小的倒叫她大嫂了，奇怪死个人。这两天，身上是哪也不疼不痛了，自家面色可能不再像屈死鬼似的难看怕人。可她到底是老了。钻山洞，只说要小心火车。她知道小心火车。

铁路还在山谷里走，山谷里已经没有了那条河，有庄稼地，一条一块的，绿的黄的灰的。还有很小的村子，石头垒起的墙，只是仍然看不见人。背阴的山坡上，也还能看见些绿森森的树林。从树林里，她没有听见狼叫虎吼，只听见了几声野鸡叫，咕咕咯咯，传得很远。它们飞起来也是咕咕咯咯，吓人一跳。都在白天经过树林，心里突突的，到底也没听见一声狼叫。车站上那个瘦男人叫她大嫂，奇怪死人了。现在树林很远，什么也听不见。那天,还在山坡上看见一群石鸡,像半大鸡娃似的,在草丛里窜得飞快。她养的新鸡娃不会跑丢了吧,可他叫她大嫂。

铁路转了一道弯,还在山谷里,可就望见了山谷的尽头,远处铁轨不知朝哪里伸去了。她忽然想起,是要钻山洞了呀?这样快,望望天空,天麻阴着,很亮,瞅不见太阳。十二里路,就这样快。他叫了一声大嫂,全身是哪也不疼不痛了。

那就是山洞,她渐渐望见铁路真是伸进了远处一个黑黑的圆洞里。这圆洞越来越大,山谷尽头的那座山也就越来越高。她又开始觉得自己像虫蚁一般微小。不会有火车来吧,山谷尽头寂静得怕人。不用怕。全身哪也不疼不痛,行李干粮也早不觉得沉重,那个年轻的瘦男人还叫了她一声大嫂,奇怪死人了。

洞口真够大,用石头碹了,倒塌不了吧。大嫂,小心火车,没有火车,出奇地寂静。出奇地黑暗,越来越暗越来越黑。铁路已经看不见了,碎石子,碎石子埋着的木头。木头上摆放的铁轨,全看不见了。就是在那个可怕的黑夜,铁轨仍能看见,它仍然闪着光亮。还有天上的星星,还有山,黑影似的山,老头似的山,抄手老汉似的山,现在什么也看不见了,只能看见一片黑暗,看不见山洞的顶,山洞的边。全是石头碹成的,大嫂,小心火车,没有火车。竹竿很响,嗡嗡的,闷闷的,却传得很远,就像是从很远传来。她是忽然真变成了一个瞎老婆了,全凭手里的竹竿,它的响声却是从很远传来。

一滴露水滴进她的脖颈里,她吃了一惊,半天才感到了湿凉,给自家说这是洞顶的滴水。这时候,她不由朝这头的洞壁瞅了一眼,好像瞅见了一个什么东西。奇怪,一片黑暗能瞅见什么,眼瞅花了吧。是瞅见个东西,空空的,闷闷的,死静死静的,什么颜色也没有,在中间瞅见一个东西,但她没有敢再瞅,只静息住气往前走。什么也没有,是她眼花了。她没有,我没有,真是没有。

她不敢再朝这头看,只急慌而又小心地往黑暗中走。但仿佛是又到了预定的时刻,她又不由朝这面洞壁瞅了一瞅,爷,真是有一个东西。她急慌着走过去,不见了。是什么东西？什么也没有,只有一片黑暗。眼花了。她没有,我没有,没有。大嫂,小心火车。铁路看不见了,山也看不见了。她只看见了一只什么东西,她忽然明白了那是一只什么,它静静地伏着,只翘起了骇人的尾巴,在一片空空闷闷的无声无色中,像罗面的铜丝罗那么大。这东西哪会有这么大的,眼花了,什么也没有。我没有,真是没有,你怎么会相信她们的话,你怎就不相信我没有。眼花了,什么也没有。

在惊悸中,她终于瞅清前头洞壁根底还有一盏昏昏的灯,它在铁路的那一边。她是眼花了。但她又走到了那个预定的时刻,还是又瞅见了它。在一片空空闷闷的无声无色中,它静静地伏在那里一动不动,只微微翘起了那骇人的尾巴,它的确像面罗那么大。眼花了。前头灯已经近了,能看见铁路了,碎石子埋着木头,木头上摆放了铁轨。是她曾经做过的一个梦吗？没有,从来没有梦见过这种东西。这样骇人的东西,梦见了是不会忘记的,没有。我没有,你怎么就相信她们的话。她们就好操这种心,那些有男人的老婆媳妇就好操心这,你是跟上她们操这心做甚,你看我走这一路不恓惶呀,还难为我做甚,她们操心看住我。我想有吧能有成你也不想想,我有了我丢人你就不丢人呀,你看按你心思给大小娶的丑媳妇要有多厉害,你要不死也得棒打死你,你是难为我做甚也不嫌辛苦远路风尘跟上我,又变成个这东西惊吓我,我刚走得不疼不痛了你又不称心不放心跟来难为我,我要不是为了给你守门户早一撒手跟了你去了,你知道大小多绵善软弱没火性,不知道他媳妇多厉害咬硬心肠狠,我清清白白辛辛苦苦受罪受气给你守门户,你这么逼我做甚。她提起竹竿不再叫它有响声,可自家的脚步还是响得发闷难听。

她毫不知觉就咳嗽了一声,洞里就空空闷闷嗡嗡响起,像从很遥远的地方悠然传过来。

又到了那个预定的时刻,她不想去看,还是又看见了他。她已经相信那就是他了，静静地伏在那空空闷闷无声无色中，微微翘起那骇人的东西。她觉得已经又出了一身冷汗，全身又泛起沉重的疼痛和惧怕。你也不想想我有了我丢人你就不丢人呀，你就不嫌辛苦远路风尘跟了我变成这样吓唬我，你就不看这些年我恓惶成个甚，早就老了那几年没老也清清白白，你不看她们操了多大心看住我你不知道她们有多野，我清清白白甚也没有。

但到了那预定的时刻，她还是又看见它。它一定是他。你就这样不肯帮我一把，还像以前牛似的犟，真的给你说出来才能歇心可你叫我说甚这能由我呀不由我，我没有。

她在黑暗的前方，终于瞅见了一个发亮的圆洞。天爷，那是洞口吧，我说你不该还是那么牛似的犟。她不由加快了脚步，把竹竿戳得很响，洞里一片嗡嗡闷闷，不再那么死寂。可到了预定的那个时刻，她还是又看见了它。它一动没动，还是那样。她觉得是又出了一身冷汗，头皮都发紧了。只是脚下的铁轨已经重新闪出光亮，前面洞口已经很大，更强的光亮在往进涌。你该信我的话，远路风尘跟了我做甚，不是缺钱花吧？

她急慌不已走出洞口，两眼被光亮刺得发疼。但瞅瞅天，却不见太阳，似乎更阴得重了。天也很狭窄，被两架大山夹着。山坡上没有庄稼，没有树林，只有灰绿的稀草，稀草中间露了灰秃秃的岩石。天爷，铁路在前头又钻进了黑森森的山洞。

她歇下来。坐的是碎石子，很硬，不平，疙疙瘩瘩。脚踩的是铁路边沿的小道，沙和土，很平，很瓷实，灰的，白的，土色的，灰白土色。野草，石头，天空，也是发灰发白发土，地是真野草，真石头，真天空。碎石子埋着木头，木头上放着铁轨。碎石子也是发灰发白，木头和铁轨是黑的，真的黑色，铁轨上闪着的也是真的亮光。两头都伸进了黑森森的山洞。干粮是真的，真的新麦面馍，熟的，干的，咬着咯嘣咯嘣地响，响声也是真的，没有味道，什么味道也吃不出来，不是越咬越香甜，也不是越咬越苦越酸，没有味了。想不起什么来。村子和庄稼，四十多年的性命，都遥远得淡薄得像是前世。一路的疼痛和辛苦也像是前世的事。出气还是真的,卸放在脚边的行李包袱干粮布袋是真的。她从碎石子上挪开身子也是真的,好像有火车来了,是真火车吧。没有听见牛似的叫,空隆空隆的响,没有感到震天撼地的颤动,看见了黑色的车头车身车尾,钻出这个山洞,又钻进那个山洞,蛇一样。

她也钻进了山洞,没有去看。不要看它也还在等着她,不用看也全是一片空空闷闷无声无色。竹竿探路的响声也没有了,没有从手下响起,也没有从远处传来。洞里的黑暗也没有了,不黑暗不明亮,什么颜色也没有,什么东西也没有。就只有我,我有。你不是想听这句话吗,你不是就操着这个心吗,你不用逼我吓我难为我了,不用远路风尘总跟了我受这份罪了,我全给你说,全说,叫你称心解气不白辛苦这一趟,叫你高兴解恨有话可说,叫你把前世积攒下来不肯说的话都说出来,我有,是有,真有,有,你听见了吧,全说了,全给你说了,有,我有,全说了。不记得有什么,什么时候有,只记得害怕你,害怕她们,更害怕他们,害怕全村的人,前世的人,人们吵翻了天,封死了门,街门房门,唾沫淹了猪圈,笑声流成了河,枣树上挂满了衣裳,我的衣裳,你的衣裳,前世人的衣裳。世人都高兴,你也高兴,我只记得害怕,不能高兴,敲锣打鼓过了河,麻鞭落满了村口,狗汪汪叫,大车过铁道咯噔咯噔响得麻人,她们高兴得放开来笑,我不敢,怕放开手,就沉下去了,你总嫌我太俊,叫你坐你又不坐,就是不叫我坐,不叫坐又不说话,一生一世也没有跟我说过几句话,就会逼住我说有,我是有,我有你高兴个甚,我只记得害怕,不知道怎样拨开了街门,不知道是谁敲窗户,我咋能看见,我不敢看,我只记得害怕,只记得前世的人都高兴,在枣树上挂满了衣裳,敲锣打鼓过了河,狗汪汪叫,庄稼地里也蹲满了人,世上只有我害怕,可不由我,你又不说话,女人们赶会谁不搭大车去,你不去,我连鞋袜也没顾上穿,满地都是立着的茭茬,麻鞭纸又落了村口,封了街门,封了房门,人们吵翻了天,满满一盆猪食也给踩翻了,鸡扑来抢着吃,撵也撵不开,都不怕人,就只我怕,不由我,台上坐满了干部,不叫我回家穿鞋袜，叫你上台斗争，枣树上挂满了衣裳，寻不见搭麻绳的地方，狗汪汪乱叫，鸡撵不开，想一松手就沉下去，松不开，只见她们放开了笑，你也跟上她们笑甚，你不用再跟我了，不嫌辛苦受罪，我还得跟你，千刀万剐由你吧，不由我，没戴过花，没搽过粉，没穿过红衣裳花衣裳，就只我有，没有高兴，就只有害怕，没有颜色，没有响声，全给你说了，全说了，你就不能放下你那吓人的尾巴，变牛变马变猪变羊也不要变成这东西。

还是看不见太阳，还是不黑暗不明亮，但看见了山，山上的草，草中的石头，看见了碎石子，碎石子埋着的木头，木头上摆放着的铁轨，还有几朵蓝色的野花，还有挂满衣裳的枣树，洒满村口的麻鞭碎纸，满地的尖利茭茬，还有坟头的纸钱锡元宝，没有再看见它。听见了雷声，看见了闪电，感觉到了大风，真要下雨了。是下雨了，雨是真的，真的越下越大了。瞅不见可避雨的树和山洞。山洞已变成身后的远远一个黑圆点。你真是变风变雨了？下这么大的急雨是想击死我，由你吧由你。什么也看不见了，山，草，野花，坟头全看不见了，只有急雨，雷声闪电。由你吧。干粮布袋不能湿，行李包袱也不能湿。她停下来，把干粮布袋行李包袱伏在了身下，让脊背承受急雨的厮打。由你吧，五万块钱不能湿。干粮不能湿，湿成一布袋糨糊再风不干了，绿豆芝麻淋湿就生芽了。衣裳淋湿能吹干，身上淋湿能擦干，都湿了，湿透了。急雨发白发亮，满山谷都在敲锣打鼓，雷声闪电比麻鞭炮仗响得凶险，不见了山、草、石头，雨是真雨。顾不上接一洋瓷碗雨水喝，张开嘴雨水也能流进肚里去。雨水可真凉，肚里也湿透了。水能把她漂走吧，雷能把她劈了吧，可干粮怎么能下水泡，绿豆芝麻红枣叫谁捎去呀，五万块钱给水泡烂了还咋花，脊梁湿透了，连肚里也湿透了，由你吧。忘了戴一顶草帽，都忘了，都湿了，那一群呜哇呜哇高兴地乱飞乱叫的水老鸦也是你变的吧？早八辈子就飞走了，你也不嫌辛苦。没有一棵树，没有一个洞，没有下冷蛋，没有人对她说，小心淋雨，大嫂。都湿透了。

## 六

太阳没有落山,她就走到了。太阳出山她才走,没有再过山洞,没有再淋雨,没有再迷路,也没有病倒在山谷里。不记得山谷里有没有河,过没过桥,不记得山是什么形状,碰见人没有,歇没歇,渴没渴,太阳没落山,她就走到了。

车站在河东,县城在河西。城池斜座在山坡上,一圈城墙,方方整整,都能瞅见。瞅见了人,是活人,真的人,还有河滩里绿生生的庄稼。

车站也大,人也多,都是男人。候车室里摆了很多长木椅,有人坐着,有人躺着,都是男人,她挑了一条空椅坐下来,长椅是真的,男人是真的,这间大屋也是真的。身上是湿的,衣裳是湿的,那是汗泅湿的,肚里却还像是仍然湿透了似的。山洞和急雨是昨天的事,昨天的事已经遥远了。是肚里饥了饿了,咕噜咕噜,像水在翻滚,寡寡的水,凉凉的水,发酸发涩的水,可雨水并不是这般味道呀?不是雨水,是饥了饿了,真的长椅,真的大屋,真的男人们。干粮没有湿,脊梁湿透了,她只觉得自己不是真的。

"大嫂,等火车呀?"

她吃惊地看看这个人。他坐在她对面的长椅上,盘了一条腿,膝盖上隆起一块补丁,补得很精致。

她不知道自家怎样回答来,是等火车,还是等明天的太阳。

"搭往南的车,还是往北的车?"

他说得很和气,仍然盘着一条腿。

"往南的火车是下一点,往北的是九点钟,往西去的汽车明天清早六点,你是去哪,大嫂?"

他这个人还真好说话,也没问他,就一句挨一句说起来,就是蓝裤上补了一块黑布补丁,补得很精致。

"你们那里不旱吧,今年天雨好,跌籽就长,只要伏天不旱,算好年成了，你咬干馍难咽吧，去外头买碗油茶就上吃舒坦，五百块钱一碗有杏仁花生芝麻，穷家富路出门不要太仔细，大嫂。”

这个男人说这么多话做甚，好像跟她早惯熟似的，她忽然害怕起来了。身上湿，肚里也湿，不知道这个男人跟她说这么多话做甚。

她背起了行李干粮，提了竹竿，走出大屋外。外面很风凉，又瞅见了斜坐在山坡上的一圈城墙，太阳正下山，一半没在山脊后，一半还露着，金亮金亮，真是太阳。一半太阳烧红了一堆云彩，都说早烧连阴晚烧晴，明天不会有雨，不怕湿了干粮。那个人说雨水好，还嫌她湿得不够，外头卖吃喝的真不少。他说买一碗油茶就了吃干粮舒坦，认也不认识平白无故就信他的，他也太爱见说话了。

不记得在哪闻见一股鲜桃味，不知道有卖夏桃的没有。真有卖油茶麻叶的，还有卖凉粉、荞面碗脱、肉丸汤、卤肉火烧、熟牛肉、夏果、香瓜、西瓜，又是油茶麻叶。没有夏桃就拉倒吧，去寻一洋瓷碗凉水就解渴得很。可油茶里真是有杏仁芝麻五香佐料呀？还说穷家富路，当她是要饭老婆吗，她腰里还装着五万块钱一文没花。

一路走过去，这些卖吃喝的男人们也是大娘大嫂招呼成一片，不花这五百块钱，就真当她成了要饭老婆了。她就是这一个人，又是大娘又是大嫂地叫，他们也瞅得眼花了，还是她不是真人。她清清楚楚瞅见蓝裤上补了块黑洋布补丁，针脚很精致，可她没有瞅清这个男人有多大年纪，也记不得脸上有没有络腮胡。

“大嫂，倒碗油茶吧！”

不花这五百块钱不知道这油茶是不是真的，就倒一碗吧。

油茶里真有杏仁花生芝麻五香佐料，就了吃干粮也真是咽得顺口顺气，这个卖油茶的也叫她大嫂。油茶是真的，就是太烫了。大热天喝这么烫的油茶，又叫她出了一身汗，全因为听信了那个爱说话的男人的话。她也记起来了，她早就喝过油茶的，不花这五百块钱也早知道油茶里有杏仁花生芝麻五香佐料，真叫那个男人说傻了，她给上了当。老天爷，那五张一万块钱的票子还装在裤腰里头新缝的兜儿里,这可怎么往出掏呀?真是轻信了那个人的鬼说上了当了。叫卖油茶的先扣住她的行李干粮,跑到背静处去掏钱吗?这可怎么跟他说,老天爷,又是你在难为我吧?你把我浑身浇了个湿透,也不给我留下个能换衣裳的背静处,没树丛,没庄稼地,也没草庵瓜棚,秃光光一片山沟,生叫我暖着湿衣裳不敢停步地走,刚下罢雨潮气多重,脊梁早已冰凉甚时能暖干,你也真厉害。恓惶得喝了一碗热油茶,你也不高兴,你还跟着我做甚,不嫌辛苦。

"大嫂,再倒一碗吧?"

祖宗,快不敢倒了。背过身,弯了腰,急慌了半天,终于掏摸出一张一万块钱的票子来,人家找回她九千五百块,她出了两身热汗,里外都湿透了。

太阳已全没下去,一堆云彩还烧得火红的,明天淋不了雨了。吃了喝了就剩下等太阳再出来,太背静的地方不能去坐,人多的候车大屋里又尽是男人,那个能说会道的挨刀货不知又会叫她上什么当。她走上台阶,在大屋外倚靠住墙根坐下来,心里就想不敢瞌睡,人多呢,小心行李干粮叫人提走。河滩那岸一圈城墙还看得清楚,进山前就经过了一个县城,也不记得看见城墙没有,在村里进城赶会时,见过她们那里的城墙,也喝过她们那里的油茶,早知道有杏仁花生芝麻五香佐料,怎么就给那人说得像八辈子没听说过油茶是什么似的。那个人不会又是他变了来跟住她吧,她不记得给他补过那黑洋布补丁,针脚倒有些像她补得那么精致,可他能变得那么会说话,下辈子也不可能,她没看清他多大岁数,脸上有没有络腮胡,他也没长过络腮胡,一脑门皱纹,像犁沟似的。官渠要改从她家地亩中间穿过,枣树也得砍倒十来棵,成亩打担的好地,枣树年年也不歇结得正稠。他挂着一脸犁沟愣不说话,大小也不说话,大小媳妇快活得说砍就砍吧,枣木烧火火还旺,省得烧豆秸茭茬怪扎手。一家人全不反对,就她一个半死老婆跟人家嚷吵。嚷不出声来了,急出一身热汗,也挡不住人家,人家说全村数你这个老人咬硬厉害,她要真那么厉害也不用受媳妇磕打了，说话也得公道吧，她日夜躺在地亩里不叫他们挖渠砍树，媳妇也不给她送饭，老汉大小也不管她，就不怕有狼舔了她，她也熬得太困了。

“大嫂，你瞌睡去候车室吧，外头潮气大，小心你的行李。”

她吓了一跳，睁眼看了半天，才知道是车站上的人。天黑灰灰的，对岸的城墙已经看不清了，早化进黑暗的山脉里，天边还留着些亮色，显得山更黑。卖吃喝的那边也冷清下来，只能瞅见点点昏黄的灯光在晃动。她瞅瞅自己的行李干粮，还有那根竹竿，都在。猛然一惊又想起，买油茶找了的九千五百块钱还装在大襟下的衣兜里，慌忙一摸，还在，再摸摸裤腰下，四万块钱也在。瞅瞅没人，她又慌忙把衣兜里的钱塞进了裤腰里面，觉着那里鼓鼓的，又沉了不少似的，怎么就睡着了，多险。

她走进候车室，里面好像也冷清了许多，屋顶的灯黄黄地亮着，还有人，还都是男人，躺倒在长椅上的多，坐着的少。刚才那个争着跟她说话的男人瞅不见了，她稍放心些，到一条空椅上坐下来。坐着，不敢再迷迷瞪瞪瞌睡了，还有人醒着。山里的小车站多清静，黑夜就她一个人，孤单是孤单不怕丢了东西。那个爱说话的人真是瞅不见了，瞅了一圈不见他。是坐火车走了，她没有觉着有火车来过，迷迷瞪瞪做了那么一个梦，生了一场气，火气仿佛还顶在胸口没有消散尽。她家哪有那么多枣树，总共五六棵，长在地头起，不在地亩当间，也从来没听说官渠要改道重修，这算什么梦。梦里情形还能记得，没有梦见枣树上挂满了衣裳，院里本来也没有枣树，只有一棵香椿树。可她总是梦见躺在庄稼地亩里，孤孤单单生着一场气，庄稼很稠，把她没了。记得前几天不止一回做过这种梦，不是为官渠枣树，却也是躺在很稠很旺的庄稼地亩中间，生着一场气，气得醒过来火气还顶在胸口，久久消散不尽，没有梦见总跟了她的死老汉，也没有梦见挂满衣裳的枣树，梦不见山和虎，再不被火车惊醒震醒。那个人是坐火车走了吗，不会是跟了她的死老汉吧，她不记得给他补过黑洋布补丁。她也不记得在哪里见过挂满衣裳的枣树。大屋里有些闷热，屋顶上的电灯黄黄的，有人在打呼噜，她不敢睡着。

“老大娘,是等下一点的火车吗?”

对面长椅上躺着的那个男人原来没有睡着,翻过身来对她说话,不是先前那个人,他膝盖上没有补补丁,是新新的蓝洋布裤,很白的汗衫,留着公家人那种分头。看不出有多大岁数,但不瘦,听不出什么口音。

“真热,还早呢,老大娘你也躺下歇一会吧,到了点,车站上有人喊,不用怕误了车,坐夜车够乏人,上了车也是睡,可明天还要乏得像是三天三夜没睡觉。出门就是受罪差事,这头也没个客栈,住店还得过河去,半夜三更再跑过来,更受罪,躺下睡一觉吧,不怕,头枕住行李,不枕住也丢不了,歹人不多了,车站上有人上夜班,真热,火车上怕更热,不怕,躺下歇一歇吧,老大娘。”

这个人更能说,说起来就停不住,说完了,又翻过身,枕住行李睡去,不一会就打起了呼噜。刚才听见的就是他打呼噜吧,没留心。还说热,说受罪,翻身就睡着了,刚才不是说梦话吧。他叫她老大娘。她就听他的也躺倒睡一会,她是等太阳,更早呢,他不会是又在诓骗她吧,他穿戴得够齐楚。不知道怎样就做了那样一个梦,她家哪有那么多枣树,死了的老汉也没有见过大小的媳妇,也不知道在哪见过挂满衣裳的枣树,石缝里只挤满了蓝颜色的野花,她这才叫受罪呢,一步一步走。不过身上哪也不疼不痛了,行李干粮也轻得没甚分量,干粮不敢早早吃没了,路还远。没有坐着醒着的男人了,她也躺下吧,也枕住行李包袱,听这人的。坐着也抗不住那一份困乏,明天还得走路。可她躺下后,那一份困乏却不见了,只能听见对面长椅上的那个男人打呼噜的响声。呼噜声也不重,可就是觉得满世界只响着这呼噜声,她仿佛从来没听见过男人打呼噜的声音,麻烦死人。山里小站上孤闷是孤闷,却没有这种麻烦。明天还要走路,走路不怕了,这一份麻烦才是在叫她受罪。不是死老汉又在折腾她吧,你还没走呀,你也不困不乏不瞌睡呀,我等明天的太阳出来还得走,你不叫我歇一会是嫌我受罪还不够,你也快坐上火车走吧,听说火车里热,你不是怕冷冻吗,去坐坐火车,你也没坐过吧,去坐吧,不用你远路风尘受辛苦了,我明天还得走，走路不怕了，走惯了，叫我睡一会解解困乏，不用叫我再做生气的古怪梦了，我真是熬得太困了，太困了。可她还是抓不住那一份困乏，仍听见满世界只有那一种男人打呼噜的响声，轻轻的，不是太难听。还说真热，还说受罪，可自家睡得那么美，却麻烦得她不能睡去解乏，还说你也躺下吧，枕住行李，不怕，大嫂。他是叫她老大娘，这个挨刀货。她相信一定又是死老汉在跟了她。

她满心麻烦，又坐了起来。没有人坐着醒着了，大屋里闷热，电灯黄黄地吊在屋顶上。满世界仍然只有那一种男人轻轻打呼噜的响声，仿佛是从远远的什么地方传来。

## 七

她没有等待太阳出来就又上路了。醒来得很早，喝了自来水，吃了干粮，还洗了一把脸。黎明还是无声无色的，那座城池灰蒙蒙安睡在对岸的山坡上。重新背负了行李干粮，往头上罩好了那条白毛巾，一路擦汗洗脸，它已经不那么白了，鞋面还新，鞋底已磨薄了，又拄了那半截竹竿，它没有磨去多少，她走出了车站。无色的天空上，还剩着几颗星星，风是凉的潮的，没有动静，碎石那边是引导她前行的笔直发亮的铁轨，碎石这边是路基上的灌木丛，有露水向她洒来。手拄的竹竿发出了特别的响声。四面都能望见山脉，黑蒙蒙一圈，好像很远，她知道不远。身上很轻快，腿脚也不发懒，疼痛是更没有了。没有了，你歇心走路吧。

河滩里，山坡上，有暗蓬蓬的庄稼。但听不见闷闷的鸟啼声，听不见蚂蚱飞起时沉沉的拍翅声，连鸡叫也没有听见，你就歇心走路吧。只仿佛是曾经走过的一个地方，哪里会呢？刚刚离开一座城，她第一回经过的一座城，是立在平川，不是坐在山坡上，一圈城墙，四个城门，车站不小，一夜都有人。她歪在行李干粮上，一夜没做梦，睡得解乏了。不记得怎样睡着的，也不记得怎样醒来的。醒得很早，喝了自来水，吃了干粮，还洗了一把脸，没有跟谁说话就上路了。不记得昨天跟谁说话没有，都是不相干的人，只记得花了五百块钱买了一碗油茶喝。这一路，本不必花钱，花就花了吧，都说穷家富路，那一碗油茶也真美，有芝麻花生杏仁，只是喝得太快了。花了五百块钱，反倒觉得裤腰那里沉重多了鼓凸多了。仿佛是曾经走过的一个地方，不会，她还是朝南走，左手那边是显亮了的天际，那是东。五万块钱花了五百块钱，这是真的，朝南走也是真的，挂满衣裳的枣树不是真的。不穿鞋袜她走不了路。也从来没有听说官渠要改道，都不是真的。没有打听前头还有没有山洞，今天不会下雨，天上剩着的几颗星星也落了，灰蒙蒙一片像阴天似的，不是阴天。准备了又准备，就忘了戴一顶草帽出门。头发上顶着的毛巾是新的，一路洗脸擦汗早不白了，想买一条带红绿花的毛巾，怕她们笑话没敢买，买了一条雪白的，越白越不耐脏。她跟她们厮处得仁仁义义，春天，自家院里的香椿树发了新芽，就给她们捏一把吃，使磨借牲口，谁也好张口不要心思，她们没有操心我有，只操心我走迷了路，遇上歹人和狼，她什么也没有遇上。遇上它没把她吓死，她没惹它，它也没糟害她，静静地伏在那里，微微翘着怕人的尾巴，一动也没动。都说不做亏心事，不怕鬼敲门，半夜没有人敲过她的窗户，没有，她没有。要有，它能一动不动，会对她那么仁义？还没有给他丢过人。

在这无声无色中，只活着她一个不值钱的庄稼老婆，除此之外就仿佛还隐藏着什么正在酝酿制造，稍不小心，就会爆发出来了。什么也没有，没有枣树，没有人敲窗户，没有封死门，没有光脚跑进茭茬地亩里，但有一种奇怪的响声却是分明涌出来了。仿佛是曾经听过的一种可怕响声，咯吱咯吱，似乎要把什么压裂。

不是真的，这响声是真的。

她不能去惊动，静声息气，不能乱瞅，只仍旧看住前方，还是不由咳嗽了一声。之后，她很后悔。

立刻，就传回了一声咳嗽，像山谷里的回声。半晌，她才明白了不是自家的回声，是旁人的声音。

她看见了一个影绰的人形。

她又不由咳嗽了一声。

又传来了一声咳嗽的回声。

是男人，是从男人那种粗糙的嗓门中发出的咳嗽声，不是自家的回声。的确是曾经经过过的，她松了一口气。她看清了迎面走来的男人挑着一副担子，咯吱咯吱是扁担的响声。不知是挑了什么。

走近时，他没有匆匆相错而过，却站住了看她。会是歹人吗？她闻见了一股臭味。

“老人，起这么早是去做甚，吓我一跳！”

她看清了他是挑着一对粪桶，进城担大粪吧，她迈上碎石子，哗啦哗啦，错过了他。

“老人，庄稼高啦，小心些吧，等太阳出来再走。”

不是歹人，她不会遇上歹人，不会叫她遇上歹人，她也不是歹人，没有给他丢过人。她还能闻见大粪的臭味，没有回头再看他，加快了往前走。扁担的声音并不很响，是空粪桶。刚才却听见响声很大很奇怪。千年的崖头砸歹人，为人不做亏心事，半夜不怕鬼敲门。半夜没有人敲过她的门和窗户，一路空悬着的崖头也没有塌下来砸住她，更没有遇上歹人和狼。他叫她老人，她是老人，是死了老汉有了儿孙的老人。

牛似的叫声，轰隆轰隆的震动。是又有火车开过来了。黑旋风似的，但没有把她冲倒，仿佛是经历过的。

天就忽然大亮了，听见了鸟雀的吱喳声。

太阳也出来了，前方的山脉幽蓝幽蓝。

是曾经经过的。她不是大嫂，不是大娘，她是老人，死了老汉有了儿孙的老人。全村数你这个老人咬硬厉害，她们是说数你心善，仁义，做活利索，针线精巧，家里什么时候都锅是锅，碗是碗，单是单，棉是棉。

斜爬上去的沙石坡，铁路落在了沟凹里，沟凹狭长幽远，往前能看见高挺的大山，朝上是一长条蓝天，都是经过了的，太阳在左手，她在朝南走。

不会迷了路，不会碰上歹人和狼。不值钱的庄稼老人了，谁也不会难为她。你不乏不累，不疼不痛，走得正轻快，不出门你腿脚也成天成月成年不得闲，坐月子也坐不了几天，坐死月子是三天下炕，十天做活，薅谷就爬在地垄里，一步一爬，不觉得累过。五黄六月顶着太阳走远路，连顶草帽也想不起来戴，你不怕太阳晒。

走了很久，走出了沟凹。沟凹外是小山堆，一座又一座，坟堆似的形状，也像粪堆粮堆。正经的大山站在对面。挤成了一排，高高的山头上有零星的树棵，背阴坡上贴了厚茸茸的草皮，绿莹莹，都仿佛是曾经经过了的。坟堆前，哭丧棒没有插正，柳树长歪了，站得够他辛苦。活得也辛苦，一身汗腥气，白洋布汗衫总有一层发黄的汗碱，磨不烂，也给汗碱沤烂了，锄地就脱光了脊梁，省衣裳，省不下辛苦。一瓦罐米汤，仰头就倒进了肚。

碎石子埋着木头，木头上放着铁轨，铁轨当间，木头当间，还有野花、蓝的、粉的、白的。

一座铁桥，不长，很高，桥下是河滩，只有牛似的石头，没有水。她真有些渴了，她也能喝下一瓦罐凉米汤。桥那头是一道山口，很幽深，一层挨一层的山峰，经过过的。

第一步，就觉得铁桥在摇晃，桥上的木板咯噔一响，她抓住了铁栏杆。活放着的木板，也不怕给人偷走，不怕给一股旋风卷走，真仿佛是又一回走过这座铁桥。山口里那一层挨一层的山峰也又一次像浸到了水里，在飘抖晃荡。一样的铁路，一样的铁桥，还有一样的河滩，一样的山口吗？

下了铁桥，走进了山口，一片阴凉幽静。她没有坐下来歇一歇，得赶紧走，不累不乏，也不渴了。一头是山壁，一头是河谷，河谷里没有水一座一座的山峰，曾经见过的一样，但不再像老头，也寻不见了那个抄手老汉。她一直就没有敢仔细辨认辨认，看是不是真像自家老汉？不知那时是怕什么。现在不怕了，她是千奇百怪都经见过的老人了，可现在什么也瞅不见，只有一座一座的山峰，像经见过的，却什么也不像。不像老头，不像自家老汉，也不像别的老汉，不像坟头，不像粪堆粮堆，只像山峰，不说不动地挤在那头。太阳晒着它们,也晒着她。她是坐了轿嫁给他的。是马拉的轿车,不是人抬的花轿,她是盘腿坐在轿车里。头上顶着红布盖脸,一路都觉得很黑,也很渴,只能瞅见自家穿的绣花鞋。那时,她什么也没有想,只瞅住自家的绣花鞋,觉得很渴,不能喝水,不叫喝水,只吃了几颗煮鸡蛋。只能看见自家的绣花鞋是踩在苇席上,几张苇席轮流铺到当街当院叫她踩,还为她请了鼓班放了麻鞭,她却什么也没有想。只有一半的害怕一半的新奇,没有想他会是怎样一个人,没有期望他会出奇,也没有害怕他不出奇。先拜天地,又拜祖宗,最后才夫妻互拜。最后才终于看见了他,看见了也不知是怎样个模样,那时就没有看清,一辈子也没有看清,只记得脑门上有几道犁沟似的皱纹。

那时就有吗?记不得了,那时就看不出他是什么模样,看不出他出奇不出奇。他也终于看见她的眉眼脸面了,可从那时起一直不知道他是称心还是不称心,他一直没有说过。婆家村里的后生们闺女媳妇老婆们那时拥挤着来看她这个新媳妇,也不知众人称心不称心,没有听见人们叫好,说俊,也没有见人们挤着不走,不像大小媳妇过门那一天,众人都说俊,拥挤着看不够。大小媳妇过门那天是骑着毛驴,她那天坐的是轿车,只记得穿了一双绣花鞋,只记得绞了脸,不记得穿着什么衣裳,不是红的花的,不是绸的缎的,只记得是棉的,冬景天才穿的棉衣裳。那时是五月,麦刚收毕,她热得身上湿透了,很渴。穿棉是要她过日子厚诚。她是真厚诚了,那时十六岁,现在四十多了,老了。她是在朝南走吧,是朝南走,一头是山壁,一头是河谷,仍沿着铁路,不会走迷路。

太阳晒着那头的山峰,一座连一座,近处是绿的,远处是灰的,再远成了蓝的。天还是蓝的,太阳晒不着她了。太阳歪向西了,铁路落在了背阴里,铁轨还发亮。在众山当中,再也看不见他。他真走了吗,你真走了吗,真是坐火车走了?你没坐过火车,我也没坐过火车,坐过牛车、马车、马拉的轿车。给大小娶媳妇,我赁不起轿车,媳妇俊,却是骑了毛驴嫁过来,所以她那么厉害。我真是赁不起轿车了,请了一班鼓,你也没给我留下元宝大洋，就走了。说甚你也不走，说坐火车你就走了。你不走也行，就不嫌我独自家走路孤单孤闷呀，我不怕了，已经是经见过千奇百怪的老人。哪座山峰也不像你，不像别的老汉，不像卧牛，不像虎头，不像凤凰，只像山，都像山，一动不动，一声不响的山。山谷里连河水也没有。只有树，只有草，只有野花，只有幽森阴凉，我不怕了，你就在吧，你想跟住我就跟着。我不累不困，不疼不痛，不渴不饥，不慌不怕，只是孤单孤闷，可你就真坐火车走了，只留下了山。

是真有一座火车开过去了。她没有听见它牛似的叫唤，没有感到山摇地动，没有见它轰隆轰隆地扑来，没有喘气，无声无息地就开过去了，这是真的，真有一趟火车开过去了。

一座一座的山峰也落到了背影里，可仍然没有一座像他。太阳落山了，他仍然没有现身，真走了，真坐火车去了。她没有记住刚才开过去的火车是票车还是货车。说是票车里很热，可坐货车也够辛苦，滚一身黑煤面，他还是不嫌辛苦。她还记得五峰山是四月十八赶会，五月十三是关岳庙会，二十七是城隍庙会，六月二十三是火神庙会，七月二十三是城里骡马大会，八月初八是她们村赶会。她是很久没有赶过会了，自从他走了她就没去赶会了，就像再不会坐月子受罪。院里的香椿下来，就叫大小到集上去卖。他太不咬硬，卖不下好价钱，剩回来就送给左邻右舍。她断不了求人，犁地得求男人们。小小当兵走了，大小学会了犁地。那一年，几乎把枣树卖了，可她从来就没有梦见过枣树上挂满了衣裳。天就黑了，一座一座的山还看得清楚。不像他，没有他。又是无声无色的世界，树、草、野花也看不见了。铁轨还发亮，刚出来的几颗星星不很亮，也没有月亮。一觉醒来，月亮照在窗户纸上，什么声音也没有，只有蛐蛐泠泠地叫唤。

她歇下来，吃干粮。记不得晌午歇来没有，吃来没有。身上还不太乏，肚里还不太饥，一定是歇过吃过，只是记不得了。新麦白馍咬着香甜，但听不见了自家咬干馍的响声，仿佛入嘴就酥，入嘴就化了似的。她想咬得响些，叫河谷里传来回音，惊动起什么，爆发出什么。听不见自家咬出的响声，也没有把众山惊动。众山峰化进了黑暗里，她没有听见鼓班的吹打和麻鞭乱响。星星稠了，仍不很亮，没有月亮，什么声音也没有，连蛐蛐那冷冷的叫唤也没有听见。

走吧，她又朝前走去了。她不觉得劳累，不觉得疼痛，也不觉得慌和怕。前方也瞅不见灯光，只是一片黑暗。没有打听离下一个车站有多远，打听了也得一步一步走。走不尽的路，走熟了的山，走熟了的孤寂，走熟了的黎明和黑夜，她不再有所害怕也不再有所期待，一切都仿佛是经验过的。就像那过不尽的庄稼日子。

## 八

高的山峰都离铁路远了，蓝蓝地立在蓝天边上。近处的山包都像坟堆形状，不高，很多，一座连一座，绿得发厚，像给水泡涨了，鼓蓬蓬的。

她猜想到那长满山坡的大概是果树吧，一样绿得发厚，一样鼓胀饱满，像人作务出来的庄稼，不会是野树。果然满山遍岭都是果树，走了一阵，终于看清楚了，她猜得很对。老人，你什么都经见过了，果树就是果树，像山就是山一样吧。你见过一片枣树，还没有见过这样满山遍岭都长满了果树。看不见了高悬的山壁，也没有了深深的河谷，满眼都是望不尽的果树，你得记住，回去给人们说一说这种情景。她只怕记不住。

她得记住，可这满山遍岭的果树仍然不能使她忘记那一碗油茶，在那个车站花五百块钱喝了的那一碗油茶。她记不得是不是夜里又梦见喝油茶来，反正一早起来就一直在想那一碗油茶，很热，很香，很美，真有芝麻花生杏仁五香佐料，可惜就那么急急慌慌倒进了肚里，没有过瘾地品尝那一份香美，只出了一身热汗。车站如若还有卖油茶的，她就会再买一碗喝，不过瘾，买两碗三碗五碗也不在乎了。可惜又是小车站，清清冷冷的，只有井水，连河水自来水也没有。干粮又是入嘴就酥，一酥就化，咬不出声音来，不觉之中就填到肚里很多。一顿吃这么多还了得呀，忽然惊醒过来，不敢再填了。肚里却空空荡荡的，好像无底洞似的没边没沿。她害怕起来了，又喝了几碗井水，不觉得凉不觉得热，也空空荡荡的，赶紧上路吧。没有再注意到太阳出来没有，黎明时候天黑不黑，潮不潮，不觉得身上疼痛，不觉得心里慌和怕，也不再觉得孤单了，只觉得肚里空荡，还想吃喝，更无法摆脱地想着那一碗油茶。真的，车站上如若还有卖油茶的，就是一万块钱一碗，她也会买了喝。可惜没有，一个清冷的小车站。不过，肚里虽然空荡，可身上却仍然有劲，走起路来似乎已不用自家去管它，不知不觉就在一步一步迈向前去了。一个老人了，吃喝了那么多，肚里还觉空荡，这不是肚饥，是嘴馋。脊背上的干粮布袋，已经减少了半截了，早就觉不出有什么分量了，可路还远呢，不能放开了吃着解馋。

她觉得很奇怪，她一生也没有这么馋过。都说女人坐月子会坐馋了，可她坐月子都是喝稀米汤，可奶水足得发胀，胀得发疼，大小小小都给她奶得长大了。没有油茶，稀米汤也能过瘾，稀米汤也没有，只有干粮，干粮不能再吃了，只有走路。身上很有劲，还是看山吧。山离开铁路越来越远，近处都是坟堆似的山堆，不高，很多，一座一座，又像是新麦面白馍形状。碎石子，木头，铁轨，铁轨发出看熟了的光亮，伸向无有尽头的远方。等走到小小那里，就先叫他给她买几碗油茶喝。

要记住满山遍岭都是果树，果树越走越近。看清了，是梨树，还是梨树，梨树，都是梨树。她没有见过这样多的梨树，娘家后院里有一棵梨树，说长了几十年了，年年还结梨。长到鸡蛋大小，还不甜，她们就拿竹竿戳了吃，吃到秋天吃不完，等梨熟了还摘了送亲戚。她有几年没吃到娘家的梨了，核桃大小的青梨蛋，也能吃吧。甜梨就了干粮吃，也美。

梨树下的阴凉。

下了铁路，过一条小沟，爬一道小坡，就是梨树。

天很蓝，没有云彩，山也很蓝，梨树是一片绿。在娘家吃青梨时候，还是不知害羞的小妮子，老大娘你还是赶路吧。

梨树下好阴凉。

铁路又像给晒软了，望不到尽头。瞅见了一个人，他在梨树下锄地，戴着一顶草帽，能猜出是个老汉。天很蓝，太阳高照，梨树一片绿，他是活人不是假人不是鬼。

她不是去吃梨，去看看梨树。耽误不了你赶路，不用急慌，梨树下好阴凉。

她说："大哥，锄地呀，谷苗留得这么稀。"

他说："苗不稀了，梨树下的庄稼，你是去看闺女吗？天够热。"

她说："是去看儿子，你们的梨树可真大。"

他说："一亩四棵树，不像本地口音呀，从哪来？哪，够远，真不近，坐下歇凉吧。"

她说："尽过山，一路都是山，你们的梨树可真大，一亩四棵树？"

他说："还有一亩两棵的，都是山，据说你们那里的地面宽，一马平川，好地方，一路够受罪。"

她说："你们这里也不赖，满山遍岭都是果树，我们那里没有这么多树，一马平川是庄稼，你们又种庄稼又有树，都是摇钱树。"

他说："梨果不能当饭吃，费工不值钱，我们缺的就是庄稼，满山梨果，茶饭不强。"

她说："我们也不是成年净米净面吃，你的梨树可真大。"

他说："成百年的老树了，就是年年粮食不够吃，茶饭不强。"

她说："庄稼人家都一样，好吧赖吧只图吃饱也不易，成百年了？"

他说："清朝明朝的树都有，受苦的男人敢给吃粮食，女人不敢吃，梨果销得很远，不值钱，你是去看儿子呀，在外做买卖？"

她说："当科长挣公家小米，我们也是受苦人吃干，闲人喝稀，忙时吃得硬，闲时连汤带水，一路吃干粮也不熨帖，有年代了清朝的树。"

他说："还有明朝的树，儿子们都孝顺吧，当科长茶饭差不了。"

她说："孝顺是孝顺，媳妇们也孝顺，庄稼日子也有怄气的时候，你的儿孙也孝顺吧？"

他说："也算孝顺，小狗日的们，你们那里雨水还好吧？"

她说："今年雨水还不差，麦秋收成也不差，一路吃干粮。"

他说："我们有些受了旱。"

她说："梨树比庄稼耐旱吧？"

他说："旱死是难，梨果吹不大一样没收成，我看夏天雨水少不了。"

她说："我看也少不了，路上还淋过一回雨。"

他说："梨果只怕冷蛋打，今年是大年，果子挂得稠。春天，梨果开花满山遍岭一片雪白，你来得不是时候，看不上了。"

她说："春天正忙，出不了门。"

他说："我们也正忙，正是缺粮食时候，秋天梨果熟了，你赶上尽管吃得解渴吧。"

她说："秋天更忙。"

他说："天正热，你也走干渴了吧，没水给你喝，进村去吧，不远。"

她说："不啦，还得赶路。"

他说："不远，翻两道梁就是，远路风尘够受罪。"

她说："不啦，就看看你们的梨树，没见过，满山遍岭，一亩四棵。"

他说："那你歇吧，我去给你摘几个毛桃，不好吃，能解渴。"

她说："不用啦，不渴，就看一看你们的梨树。"

他说："不远，说话就摘来啦，你歇吧。"

他丢下锄，钻进梨树林就不见了。

她有些过意不去，但心里很宁静。这样宁静地跟他说了这样长时间的话，很惬意，真想就这样一直说下去，还有说不尽的话。在这样遥远的地方，在这从未见过的梨树之下，说了这许多话，饥渴的欲望，顽固地想喝一碗油茶的欲望，还有对下一个车站的期待，似乎都忽然消散了，心里只有一片宁静。梨树下真是一片好阴凉。铁路上又有一趟火车开过去了，空隆声和牛叫声只显得悠扬动听、从容宁静。她还有说不尽的话。

在宁静中她轻松地坐了很久，望着满山遍岭的绿树，幽蓝的天，天边幽蓝的山脉，还有眼前稀疏的谷苗。坐了很久，望了很久，才意识到他这么久还没有回来。他说不远，怎么还不见回来？他不是真人吗？她没有看清他的模样、长相、年纪，只觉得他是一个庄稼老汉，一个受苦人，一个熟悉极了的受苦人。不是真人，又是自家那死了的老汉跟着她吗？一张锄分明真实地扔在谷苗的垄沟里，熟悉的锄，光滑的锄把，明亮的锄头，一样的又是真实的，而且她心里仍然这样宁静。

他回来了，他是真人，捧着一草帽青绿的毛桃。他说摘几个，却捧回满满一草帽，他说不远，却走了很久，可都是真实的。

他说："吃吧，不好吃，野树，吃不了带上路上解渴。"

她说："吃几个得了。"

有些涩，有些酸，有一股生味，不过是解渴。

他全给她倒进了干粮布袋。

她还想再说一阵话，又想到反正说不尽，就从容上路上了。

走时，她只看见他往手心里唾了一口唾沫，便弯身去锄地，没有看他的模样，长相、年纪，反正是熟悉极了的受苦人，不用看。便从容下了坡，过了沟，重新走上铁路。

有些涩，有些酸，有一股生味，她又吃了一颗。

又吃了一颗，一颗又一颗。

不能再吃了，留着一路解渴吧路还远，可不由又摸出一颗吃了。

桃核都留下来了，想回家在院里也种一棵桃树。

铁轨仍然闪着光伸向无尽的前方，她走得很轻快，很宁静。没有成熟的毛桃果然很解渴，她不再觉得口渴，也不再觉得肚饥，更不再去想那一碗放有杏仁花生芝麻五香佐料的热油茶。干粮能够吃到头，不用发愁。

他往手心里唾了一口唾沫就弯身去锄谷。

往灶火里塞了一把柴火，跟着就冒出一股浓烟，什么也瞅不见了，眼里呛出辣辣的生泪，柴火受潮啦，柴火是野蒿，浓烟里充满了蒿味，有一种香味。豆秸烧火火旺，风箱吹成了刺眼的白火焰，哔哔吧吧响着。谷草留着喂牲灵，棉花秸烧火也火硬，可没种多少。麦秸牛也吃，还得留些和泥抹墙，玉茭秸秆也烧了火。忘了对大小说，得早些打野蒿，今年雨水多野蒿长得旺，不敢指靠烧秸秆。你不在，只怕媳妇烧火不仔细，长长的一冬一春她不操心烧多少。还得打猪草，还得锄地，还得担水，还得浇地，入了伏还得点白菜萝卜，媳妇除了做饭奶娃喂猪做针线顶不了事，忙不煞我娃大小呀，媳妇的针线也不强，冬天的衣裳怕她做不妥帖。你是跑出来做甚，锄罢谷，玉茭高粱棉花都该着锄了，一轮锄过该二遍，忙不煞人呢就大小一个男人扛，你是出来做甚，小小跟他媳妇都有小米挣，不用你操心，出来就为看山呀，为做那样一个梦。枣树上挂满了衣裳，她相信那是一个梦。死的老汉在村里在家里就跟着你，出来还是跟着你，不知希图什么。快去快回吧，不能住到忙大秋，铁路走熟了，山看惯了，腿脚也走得轻快了，往回走一定快得多。大小像他老子一样死蔫打蛋，媳妇生得俊，又喜欢解放，你不能离开。你走后大小忙营生谁给他操心媳妇，不能住到忙大秋。

出门时的冲动现在也很遥远了，脚下走不尽的路已经同村里那过不尽的日子连接到一起，一路的兴奋和辛劳，一路的期待和惧怕，全都化进了熟悉中。并没有什么可以惧怕，可惧怕的不过只在梦中，并不真实。也没有什么可期待，期待到的也仍是熟悉的庄稼日子。现在，她只有一种期待了：快些回到村里家里。

一颗又一颗，她已经把毛桃吃完，酸、涩、生的味道早不觉得，只觉得解了渴，甚至也解了饥。桃核都留下来了，想在自家院里也种一棵桃树。院里没有枣树，只有一棵香椿树。她有儿有孙，没有人敲窗户，也没有想搽粉戴花。她没有，他也没有疑心过，你也没有俊过俏过，她们对你也仁义，没有谁操过心，你却天不亮就出门去了，留下死蔫打蛋的大小和俊俏的解放媳妇，你真是一个憨老婆。

梨树终于将要望尽，天边的山脉却还在。

## 九

一边是高山,一边是河谷。

高山高得望不见顶,像刀削斧劈一般陡直,又像给什么压碎了似的布满了裂缝,裂缝里长满了野草、野花、野树。

河谷很深,谷底有水在流,流得很急,能听到清脆的流水声。

河谷那岸也是很高很陡的高山,山壁上也布满了被压碎似的裂缝,裂缝里也有野草、野花、野树。

山谷很窄,两岸陡直的高山之间,留下一条很窄的蓝天。

在这山谷里铁路就更细窄,但路基上那碎石子中间仍有野草野花。

山谷里还有幽凉的风吹送不停。

你真是一个憨老婆,就这样放心地出了远门。你想小小不能把他吼叫回来呀,他当了科长也还是姓他老子的姓吧。你当了科长也早该回来给你大哥撑撑腰,不要叫你那外路媳妇回来给她大嫂宣传解放。他死蔫打蛋跟他老子爷一般,我上五峰山给你磕头上供求下一个好签,我喝稀米汤把你奶大,你回来给你爹上上坟,请村长到家吃顿饭。

一座铁桥跨过河谷,高悬在半空中,铁梁铁架铁板铁钉,两道明亮的铁轨,两道稀疏的铁栏杆,枕木,木板也油成铁的颜色。

两头是陡直的大山,几座石头砌成的桥墩也像陡直的山峰。

桥下是河,奔流着急水的河,在深深的谷底传来很近的声音。

谷底两岸也有绿草绿树,树也像草。太阳把铁桥的阴影投到很深的谷底,阴影也是铁的颜色。

山谷里的风声也像铁的声音。

你不敢叫她去赶会，要去你跟她相跟上去，挤人，人看人，女人们都要放开了笑。五月二不敢叫她独自坐了人家的马车去，赶会就是人，十七是城隍庙会，六月二十三又是火神庙会，都不用去，她不用去，你不用去，你和她相跟上也不用去。火神庙会不是好会，你爹就是那年赶毕火神庙得了病，不知他犯了什么忌，都不去。你给她扯衣裳另挑个日子进城去。进城时门户要锁好，街门屋门都得操到心，丢不了东西也怕跑了鸡。柴火也不敢再淋雨。秋菜的籽种得早些买，等到六月赶会就迟了，到集上粜粮食就得操心买，你死蔫打蛋不敢叫人家闪骗了你。

铁路钻进了山洞。

石头碇的洞口，洋灰碇的洞壁，洞里一片黑暗，在黑暗的尽头有一个悠远的亮孔，像十五的月亮。月亮照不亮悠远的黑洞。

洞里有灯，昏黄的灯光也照不亮铁轨。

有凉凉的水珠滴落下来。

脚步和竹竿发出嗡嗡的沉响，也很悠远。

但什么也没有。

也没有太阳晒得出汗。前方的月亮越来越圆，越来越大。

铁路爬出山洞，又钻进山洞。

洞里很黑，再瞅不见月亮，觉不到悠远，只有很近的黑暗，很昏暗的灯光。

仍有凉凉的水珠滴落下来，仍有嗡嗡的闷响，响声也很近。

但什么也没有。没有太阳，也没有月亮。

我梦见媳妇又跟你吵闹，你身上又给她掐下黑紫的血印，脸上也抓下一道一道血指甲印，娃们哇哇地哭，你一脸血指甲印羞得出不了门。我说你要忍让，你快去给她扯衣裳，娶她没有赁轿，你又喜欢她生得俊，她娘就是厉害女人，你又像你爹一般死蔫打蛋。

你不要打发她去开会，你不能去吗，不会说话就坐在人堆里打盹怕甚。女人们开会就是挤到一堆扯男人的闲话,人比人比死人,你死蔫打蛋能经住她们比呀。夏天天长,吃罢夜饭就早些关门歇吧,割下野蒿不敢忘了编蚊绳。没蚊绳点着,蚊虫咬得人睡不稳觉,可不是要麻烦得跟你吵闹。你白天受苦,放倒就睡,女人们却吃不住蚊虫咬,一咬就要掐你抓你,你不能死蔫打蛋放倒就睡死过去,得多编些熏蚊虫的蚊绳。

山洞真长,山洞里什么也没有。

你真是一个憨老婆。

铁路仍在山谷里,没有了河。

山谷宽展了,山似乎不高了,但山头很多,像聚到一处赶会。

一座山峰连着一座山峰,连成了一片,绿山,灰山,蓝色的山,遥远的尽头化进了蓝天里。

山的阳面是秃裸的岩石,山的阴面却是绿茸茸的草皮,还有绿色的野树,山也怕太阳吧。

不像凤凰,不像卧牛,不像笔架,不像仙女,不像老汉,只像山。还想拴车马,死蔫打蛋白想一场,你还是操心置台水车吧。

操心你媳妇。

轰隆轰隆由远而近,牛似的一声吼叫,脚下走不尽的路开始颤动起来,火车就凶猛放肆地冲过去了,一片山摇地动,一股强悍粗鲁的旋风,一阵轰隆轰隆又由近而远。

像一条黑色的蛇。

牛似的又叫了一声,远山响起很快活的回声,望不尽的远山。

车皮里装的都是煤。

回家就坐火车吧?

不能多住，得赶紧回家，回家就坐火车啦，叫小小给你打张票。

不是怕走路，不是怕受罪，你也不是娇贵老婆，得赶紧回家去。

回家坐火车。

（发表于《黄河》1988年第1期）

# 商家笑史

## 一

光绪二十三年自春三月起，何举人停康府家馆教职，归家居母丧，已近半年时候。因为他多半生驻京师经商，不惯在家久居，守到这时候早觉百无聊赖了。老父见他这种情形，便赐他一本冯梦龙编纂的《古今笑史》，教他研读。

老爷子自幼习儒，虽未获功名，只做了一生的塾师，但颇以满腹学问自负。及今在家养老，十分推崇这本《古今笑史》，但对冯梦龙却大加诟病：书中所网罗的公案本来大多摘自于正史，属先贤重臣名士宿儒的许多美谈佳话，怎么可以批评为笑料呢？这个一生不得志的冯梦龙，专以讥笑得志者为能事，实在太小气了。对本朝康熙年间，将冯梦龙原书名《古今谈概》易为《古今笑史》，重新刊印的朱氏三兄弟，老爷子就更为气愤了：冯梦龙他还不敢公开名之为笑谈，你们倒胆大，只怕世人正色谈之，竟公然冠之以“笑史”名，“史”难道是可以讥笑的吗？因此，老爷子赐他这本《笑史》，并不是供他解闷的，一再叮嘱：“当正色研读耳！”他正居母丧呢，也不宜寻笑解忧。

只是，他奉命正襟危坐，肃然敬读，却动辄就忍俊不禁了。好在他居丧期间，为示孝心，一直独居于偏院中一间原供储放柴薪的陋室，即使发笑失态也没有谁能发现的。只是想到身服母孝，内心不安。但这书卷确有魅力，捧起研读便放不下了。

这日近晚，他往内院给老爷子请晚安毕，无事可做，便复归偏院柴屋研读《笑史》，不觉又入了迷。直到四更时分才觉笑累了，释卷睡去，这一觉便睡到了次日日高三竿，猛然醒来，定了定神，立刻就慌了。慌忙中披衣趿履，急奔内院而去。

到了那里，见老爷子已在屋廊前濯足了，心里就想：今日必要挨罚无疑。

他忙低头施礼说："为父在上，不孝子这里恭请大安了。"

老父果然脸有愠色，正要斥责什么，忽然像嗅到了异味，便急忙伸鼻搜寻，终于追到他这厢。于是发现他睡眼惺忪，衣履不整，一副落拓相，大骇道："我说好臭，原来是你还不曾洗漱哪，快去快去，熏昏我了！"

他给驱逐出来，倒也庆幸免了一罚：疏忽于请安之课，向例是要挨罚的。

由内院被逐出，正是外院，这里本是他素常起居的地方。他正要往正屋去洗漱更衣，忽然就觉得脚下一滑，忙低头看时，我的祖宗，原是踩到一摊稀屎中了。又是那个不谙事的外孙随心所欲出恭于此，倒教老爷子将臭名栽到了他的头上，正想发作责问，就听到了一阵妇人的笑声。

谁竟敢幸灾乐祸地笑他？

循声看去，却是自家夫人同女佣一道在院中捶洗衣物。她们并未理会他这厢，原是在径自说笑。只怕又是在听那女佣扯说村中野合的淫秽故事吧。他越发气恼了。自家夫人蓬头垢面更甚于他，终日又专喜同女佣一道操作粗重活计，全没有主妇尊贵。

他发狠甩去了那只被污的鞋子，蹦入正屋。一进来，又被自家两位女公子互相叫骂的声浪给淹没了，这两女本已出嫁，却时常拖了外孙男女住在娘家享福，像吃大户似的，来了又终日这样争斗不止。小姑奶奶，你们这是催命吗？

这日自跳下炕来，他这样连连受挫，将这半年来居家的种种苦楚，全部引发上来，实在觉得再也忍无可忍了，为先母所尽的孝道怎么可能功德圆满呢？居丧三年之期，怕是守不到头了。

居丧以来，老爷子的排场依旧摆得十足，真教他受不了。每日三请安，稍有疏忽他便得受罚。那罚法也绝：罚你吃一碗肥猪肉。近日读了《笑史》，他才明白这罚法原来典出于此。可经典中被罚者原是一个馋贪猪肉的仆人，正投所好，喜罚不厌的。可他久住票商京号，吃肉吃怕了，一碗肥肉只看一眼也心惊肉跳呢。家中男仆倒也愿意代他受罚，只是罚时老爷子必与他同桌啖食，父食十片，子不得食九片，怎么作弊？老父年逾古稀了，啖食肥酥的能力仍奇健。凡肥猪肉，不拘何种烹法，皆称之为东坡肉，吃得津津有味，咂咂有声。相形之下，他受的那一份罪就难以形容了，哪里还敢疏忽于请安之课呐？

老爷子接受身为举人的不孝子请安，又常忽来兴致，命他行一跪三拜大礼，还要垂训一个没完没了不准你起立。您老有何圣训呀？他耐了性子恭听，又绝了，好像是在正色说笑话。现在也明白了，所述笑话原来都是《笑史》中所辑录的公案。那时尚不明白，听了笑吧害怕受罚吃肥肉，不笑吧又实在难以忍耐，真难了。

老爷子老来忽然患了洁疾，现在想想也一定是受《笑史》流风所致。病情之重，较经典所列公案有过之而无不及。老爷子独居内院，居室要日扫九遍，庭院日扫三遍，终日便是一片扫帚声响，污秽与吉祥全给扫去了。居室又亲执扫具细加扫除，家仆不准踏入一步。遇有访客，非延人不能者，客去即狠加额外一扫，并洞开门窗良久，以驱散污浊气味，虽严冬不能例外。即使他去请安，也要严加防范，喉中偶有痰音，即令赴厕。三扫庭院，虽委之于家仆，老爷子仍立在房廊虎视始终，稍有尘起，便严厉呵斥。男仆已扫技不凡，仍叫苦不迭的。

最教男仆叫苦不迭的，还要算提水的重差。合家主仆十余人，每日用水本来就很可观。家中后园虽有一井，只是水质甚为苦涩，仅止于浇园使用。合家吃水洗浆，全靠男仆往村边一甜水井担挑。自老爷子患洁疾之后，一人费水过半。每日洗面六遍，每洗均用水三盆，谓之先湿，再涤，后净。每日濯足又早午晚凡三，每濯也循先湿再洗后净的成规。洗手便不计其数，触物即洗，仿佛世界处处污浊似的。这么洗法，费水本已不少了，老爷子却还有苛规：凡他所食所用之水，只取前桶而令倾弃后桶，说仆人身后那桶水，怕给其屁污染了，决不可用。祖宗，这不是笑话吗？现在知道了，原来老爷子是以《笑史》做经典，不仅勤勉仿效，还多所发展。名士多怪癖，您老岂非想做风流名士耶？只是，怪癖之于名士可化为风流，之于庸人则显做痴愚了。父为子纲，他不敢讥笑老爷子为痴，但长此相处，教他怎么受得了。

自家夫人又恰恰与老父成两个极端。终日蓬头垢面，不事装扮，言语粗俗，又专喜同女佣一道操作家务，相互嬉戏、没有主子身份。夫人并不识字，更不曾读什么经典，却也怪诞如此。虽说夫为妇纲，但夫人一直视他为宾客，居家既久，连那一点客气也早没有了。夫人的怪诞，他也习惯不了，即使退避偏院柴屋，仍觉难以忍受。

他于十六岁弃儒习商，入康家天成元票庄学徒，经五年，才出徒歇假半年，归乡省亲。那时候，晋人已以从商为贵，乡中头等子弟都争相入商号求发展，其中入票号者又尤以为贵，虽中县学秀才不能与之相比。他即以秀才身份改投票庄，乡谚说这叫改邪归正呢。因此，他出徒还乡时候身价已高。父母趁此歇假，欣然为他择亲成婚。

新妇出身小康商家，芳年十七，面目姣好，性情也温柔可人，他甚是眷爱的。只是，她一味温顺，却似幼稚不谙事，怯生生终日昼夜不语。或许厮守久了，当可相知吧。可惜，从择亲至洞房花烛，其间许多礼仪便已费去假期一半，而新婚厮守两相未熟，连相知的话语还没有听她说一句，半年限期就到了。他只得中断了万般眷恋，匆促赴京号上班去了。他被总号选派到驻京师分号，本是大重用，可天高地远，思情就更苦不堪言。

等他苦熬过一届三年班期，歇假奔家而来，见到的新人就忽然是这样蓬头垢面一个村妇。

何以竟突变如此哪？

母亲说你媳妇这样贤惠还不好呀，你三年不在，教她给谁打扮？

老父说士为知己者死，女为悦己者容，京师又值会试吧？

妇人痴生生不语。

都说久别胜新婚。他新婚加久别，急匆匆自千里之外奔来，面对的却是这么一个村妇，昔日那姣好之貌、温柔之情早残留无几，只剩了那陌生依旧。惊骇之后，毕竟有积蓄了三年的相思烈焰，可她却似冷石一般，昔日的怯生竟变成了畏惧，畏而推拒，祖宗，原来那个幼弱芳女忽然有了这么粗壮的气力。一双多么粗涩的手，三年中间只积蓄起这么强大的力气，真教他羞愧难敌。在两相角力中间，他那一腔烈焰也渐渐熄灭。而她倒慢慢开始略事装扮，言语也稍多，日间司炊洗浆似增了欢畅。那时候，家计还艰苦，没有仆佣，她即操作仆佣营生。他虽身在票号，但年功无多，形同下人，每年只得劳金十几两银子。两相垂怜，他倒很想重建眷爱，那时候年轻哪。

票庄号规苛严，驻外伙友上至老帮副帮下至学徒，全不准携带家眷，不准在外纳妾，更不准宿娼嫖妓。只有因张罗生意，招待客户而陪吃花酒，可作例外。但那也是老帮副帮的美差，他这等小伙计靠边去吧。因此，京师虽仕女佳人满目，亦是镜花水月，徒然上火罢了，解渴败火便唯盼三年熬尽，下班奔扑家室。她虽大变，究竟是自家妇人，朝夕共处，渐将大变的不适也看惯了。无奈彼之冷身不及偎热，假期之限又满，号规无情，只得再次断情，去远行上班。三年后再度归来，妇人蓬头垢面愈甚，冷漠如旧又添悍相，力气就越发强大了。

如此以往，三十多年过去，在外思归，归来思去。在那如旅的岁月中，各自变异不止，终于相敬如宾而相畏日甚。他在京号屡有功绩，不断加俸增股，直至升任副帮地位。只是，衣锦有加，青春难再，及至他中了举人，归居乡里，已经老了，越发不惯在家久居。

夫人这样情形，同重排场又患洁疾的老父，自是水火不能相容，萧墙之内，战火不息。先母性慈，生前既怜媳妇，又惧老夫，夹在中间那一份苦难可想而知，终于撒手西去了。中举后，他改就康家家馆，每月可归家小住三五日。然而，他不仅难以相谐水火双方，反倒成三国鼎立。再加上自家两位女公子，拖儿带女，来此添乱。两女所嫁也都是殷富人家，只是两婿全不长进，经商屡败，日子过得没有风光。两女便勤来母家受用，视之为巨富一样。这两位小冤家，又肖似其母，不喜装扮，粗俗少礼，老爷子甚不喜爱，她俩及外孙们均不得踏入内院一步。连外院嬉闹哭叫之声，也常遭斥责。自治母丧以来，这两位小姑奶奶更一直住着吃大户，遥无去期。三国鼎立又演成春秋战国，征伐连天。他唯一钟爱的儿子，送到成都学生意，终年不得一见。这个家实在无可留恋的。

居丧期间，他退避偏院柴室，明为志孝，实情却是无处藏身哪。他像个还俗的和尚，对于红尘中的繁难纷扰，早已隔膜难适，视之形同苦海。那日早起，他连连受挫，再也忍无可忍，决定复归康府家馆去了。

当日夜晚，他不再研读《笑史》，挑灯给康家老太爷写了一道书信。老仁台仁厚无比，准晚生归居三年母丧，感激涕零日夜思报云云，但以什么理由请求废孝道而早复教职哪？令他吃惊的是，脑中立刻就生出了理由！康府虽然以商立家，但本族家馆也一样只教授四书五经。他受聘执教后，以自身从商经历为借鉴，又受京师大兴新学风气感染，便建议在四书五经外加授算学、地理、时务等新课。这一建议，很得康老太爷及几位少东家的赞赏。于是，教授新学由他主持，那理由也便由此而生：余感念之中唯以误东家子弟而终日不安万分，新学不似儒学，讲究连贯渐进，勤为演练，荒废既久势必前功尽弃矣。今先母业已入土得安，祭奠亦早出七，故乞准即日就馆复教职，免废贵族子弟千秋学业，略报老仁台垂爱盛德，祈早示下，晚生何某顿首。说起来这也叫忠孝不能两全哪，他很为如此灵敏地寻来的这个理由得意。

仆人送呈书信后五日，果然见康家轿车昂扬抵达自己家门。他真似弃家出走一般，匆忙收拾行装，辞父别妇，登车去了。那本《笑史》，不知怎么的，竟也挟带进行装中。

安坐车内，用新法算学屈指算了算，自离馆日至今赴馆日，乃一百七十六日，尚不足半年期限。回想从十六岁离家入票号以来，每归家，都以半年为大限。昔日在京上班，三年例假限定半年，但除去往返京晋途中所需一二十日，在家远不足半年期。这一回仍不足半年，实在也是最长一次了。若再多住三四日，准会患癫狂病症没有疑问。他今年五十五岁。按占卦预言，大限还未到呢。

车辚辚缓行，他很想静心吟几首新诗。一行新诗未得，忽然就有一股羞热涌出颜面，你如此急迫地重归家馆，会不会被东家疑心为贪图那一年三百两银子的礼金哪？康家虽极开明的，但更重忠孝大节，居丧之制乃古之大礼。苍天可鉴，他实在是因家丑所迫，绝非舍不了那三百两银子。四年前，他在京号做副帮，已有六厘身股，每个账期可分红利六千两银子，年均入银一千五百两，为现塾师礼金五倍之巨哪，那是什么数字？为赴乡试，他不是毅然舍弃掉京师副帮的肥差吗？只是，举人老爷一年只挣三百两银子，也委实少了些。居丧三年不入银，虽不至坐吃山空，但合家主仆十余人，仅有薄田几顷，佃户又极刁滑的，不过他多半生做银钱生意，早腻味了银钱，今已身为人师，再没有比误人子弟的罪名更难背负了。左右寻思，心也就渐渐安静下来。

心静之后，却再无诗兴了。轿车所经乡野一直是极其恬静的，车道旁的溪水不时将清音送入轿内，车前的马蹄声也一直极有韵味。深秋的气候不冷不热，极宜人的。可惜再也生不出诗兴了。

## 二

康家有家规,凡塾师出门,在行前和归来时候,当家长辈都要例行设宴席饯行洗尘,以表示尊师的仁德。

何举人归来,便有管家来询问:“何老爷久违了,东家要循例设便宴招待,老爷有孝在身,不知方便不方便?”

他说还是不必坏了东家家规吧。

管家说理当如此哪。

管家与他同年,身后也一样有两女一子,而且竟也是十六岁入康家为仆,于今得佣金虽为二百两,但经手采买,外快不少。据说其家资颇厚,远甚于他这等举人呢。不过这位夏管家的相貌天生忠厚,手脚嘴又勤快得很,深得东家上下喜欢,他统领的几十名仆佣也很臣服他。未读圣贤书,倒会在仆佣中间施行仁政,对他们连严色厉语也极少使用。只是,夏管家今日的神色却似乎隐藏了一点什么意味,令人生疑。忠厚还是天生的忠厚,笑相也是如旧的,老爷也叫得并不勉强,但他是感觉到了一丝异样,说“理当如此哪”时候好像有些心不在焉似的,难道东家对他的归来真有不悦吗?不该贪财不孝,或戴孝就职犯忌,或是他流露了脱离苦海的清爽欢悦,没有丧母的哀色?也许他应当婉谢此宴吧。

入宴后果见异样:东家出来的主陪不是康老太爷却是主持家政的四少爷了。虽被延入上座,心神不由显出些惊慌来。

四少说,“今年重阳节,家父约了几位老友出游凤山,大家凑热闹,图登高的吉利。回来这几日觉得很劳累,不能来陪何老爷了,托晚生代为张罗,何老爷不是外人哪不会见怪吧?”

他慌忙起身揖手说快不敢这样抬举不才,“不知老东台贵体欠佳,在下该先行去给老仁台请安才对!”

四少说何老爷快请坐,开席了,“家父也不当紧的,只是劳累稍过些吧,那日高兴爬了几步山。半年不见了,家父十分想念何老爷的,何老爷回来就好了,又可时常陪家父说说话。老夏,开席吧。何老爷瘦多了,还当节哀哪。”

听四少这样一说,他心里踏实了一些,看来东家并没有见怪的意思。只是,这位主持家政的四少爷本来就是极性绵心慈的人,平素对下人也很和善的。即使心有所嫌,也不会形之于色,不敢大意了,忠孝究竟是大节。四少不喜功名,也淡泊于商事,只一味喜爱医道,平常以给村人诊脉施药作为乐事,但也绝不会把忠孝大节看淡了。

他就显出沉重神态说:“家母忽然弃我西去,创痛无可弥复,在下已将一切都看得很淡漠了。只是一生受东家大恩未报,怎好再负误人子弟的罪名哪?这才挣扎精神,夺情复职,自古忠孝不能两全,报效东家也是先母所愿的。”

四少忙说:“何老爷大义,家父也很感动的,这里就代家父先敬何老爷一盅水酒了。”

他连说两声不敢担当后,接盅掩而饮下肚去,便觉一股热气漫往全身,十分的振奋受用。自家老爷子虽然排场摆得十足,但一生不会饮酒。老来也曾经学习过对月小饮,可惜雅兴易生,酒力却难胜,虽佳酿入口亦是摇头吐舌,似小儿喝汤药只差没有啼哭出来。所以,只得拒酒而专嗜肥酥,到底是做穷儒做得太久了。自家不擅酒,便也不准别人沾染。他居家半年,仅在发丧那日设席酬谢吊唁宾客时候,饮过几盅,而且哀伤之至中那酒味苦得厉害。此外便不知杯中滋味了,只知酒瘾发作时候其中滋味也够苦得可以。投身商界多年又一年直驻京,张罗应酬哪得缺少了这味杯中物,不过未守三年之丧实在不是因为酒瘾难耐哪。

他慌忙压下了振奋感觉,站起身来持重地说:“这一盅就请四少爷代令尊大人赏脸喝下,聊表在下对老仁台的一点敬意。”

四少恬静地说:“那就从命了。”说着便仪态大方地饮尽了。

在座的五少爷九少爷以及另一位塾师李老先生,也都接着敬了一巡酒。其后，夏管家也敬了他一盅，酒辞是给他压惊。他一听倒真先吃了一惊，惊何之有——可能是指母丧之哀吧，这个天生忠厚的刁奴老夏。

今日席桌上的菜肴也似乎油酥过甚而精细不及，远不像康老太爷出来做陪时那样清淡有致，淡中见精。康家款待第一等宾客时候，向来以清淡为特色，招待穷酸粗人才是大油大肉，夏狗才倒敢低看于他，这不是有欺四少的慈悲吗？

席间，四少倒真是没有注意满桌摆了些什么，随意指点着大盘小碗劝大家尽兴，一边很说了些令他高兴的话。说何老爷停职以来，族中入馆的子孙还真想念何老爷呢，何老爷教授的新学很有趣的，讲述京师见闻更叫他们着迷，都叫嚷要去京师吃冰糖葫芦看太监公公，还想去上海看轮船和洋人。他忙说不才授业无方，只怕会教贵府子弟不专于圣贤书，误入歧途。四少说何老爷这是哪里话，老太爷觉得甚好，咱家生意遍天下，后辈也当广有见闻才好。九少也说看祁县渠家少爷已赴东洋游学了。他听了心里当然高兴，很想多饮几杯，以释半年来的郁闷窘迫，只是一想到忠孝大节又不敢放纵了，酒后将家丑抖了出来那可了得！

酒过三巡，又略吃了几口面食，他便作沉重状起身谢退。四少送出，他想了想，觉得还是去看看康老太爷脸色才可最后安心，便说今日怎么也该给老仁台请安才合情理。

四少说何老爷真是太客气了，走吧。他觉得四少真是仁厚大度之至。

曲曲折折，穿过几处庭院，进康老太爷久居的老院大门，经外跨院、外正院，才抵达老院内正院，一路富丽堂皇气象至此减到了几近于无，而一种神秘之感却反而浓重得森气逼人。这时候天色已灰暗下来，内院里更显寂静无边，东西各五间相对的厢房，全无灯火地退隐到暗色中了，正北的统楼也于黑暗中更觉高大，由底层窗口透出唯一的亮光。

“谁——”

黑暗中传来老仆有力的喝问。

四少恬静地说是何老爷到了。老仆没有出声，仍隐身于黑暗中。

四少延请他进入正屋，就听见东边隔断那厢传来康老太爷的声音：“是何先生到了？”

四少说是何老爷到了。

他正要回话，却见康老夫人已从西边隔断这厢走出来了：“何老爷是今日到的吗？”

“是今日到的，特来给老太爷老夫人请安来了。”

说着忙挥手施礼。

“何老爷客气什么，你瘦了，回来也好，省得闷在家中悲伤过分，我们老爷时常说起你，快进去吧，白事还办得排场吗？”

他忙谢过康老夫人的厚意，只见老夫人丰采依旧。因为老夫人并不年老，只四十多岁是康老太爷第五位续弦夫人。本就是个美人胚子，虽从了老太爷喜欢俭朴的习惯，简服淡妆，却更显得明洁素雅，超俗不凡。每见到她，他就不免要生出家若有妇如斯此生亦足矣的感慨来，这感慨当然有些邪恶。这次守了自家那位蓬头垢面的悍妇半年之久，忽见了这位高雅的夫人，那一份感慨自然更加邪恶了。青天可鉴，他绝非因为思念这位夫人，才坏了三年之丧的孝道。

他进入康老太爷的书房时似乎心跳不止，老太爷却在灯下静观一张石刻拓片。

“何先生到了，怎么不先来瞅瞅我这个老汉呀？”

听老太爷这么一说，他先就顿生了恐慌，稍一静心才记起了老太爷向来如此的，不拘客套喜欢村语白话，这是旧情如故的表示，该高兴才对。

他忙说：“这不赶忙给老仁台请安来了吗？晚生有礼在此了。”

他很郑重地向老太爷施了一礼，大别于在家应付自家老爷子。

老太爷丢开拓片，安坐下来，笑笑说：“罢了快请坐吧，你也穿起布袍了，图舒坦是不是？”

“晚生只是以此代孝而已，不敢学老仁台那一份风流。”

“我一个村中老汉风流个甚，你布袍角带，守孝也不失士人风度，丧事办得还顺当吗?”

“蒙老仁台厚爱,诸事都算差强人意吧,只是先母弃世,创痛难愈,无奈身负东家教职又不便……”

老太爷打断了他的话说:“你就想开一些得了,谁能不死哪,我也不中用了。”

他忙说:“听说老仁台身有不爽特来问安,但看老仁台气色甚好哪!”

“不中用了,重九那天想热闹热闹,出门爬了几步山,回来就不能动弹了。那天可惜缺了你,我们都是些土财主,作不成诗。”

“不才怎能受得住老仁台这样取笑?”

这时候他正想着如何重续给老太爷打断的话,将那忠孝不能两全的苦衷表达出来,却见一直陪在旁边的四少爷起身告退了。四少爷说何老爷同家父多说说话吧,这是不是有逐他退去的意思呢?

他就离座也欲作告退形状,老太爷却说他去他的你坐你的,他只得重坐下来,心想等说出忠孝不能两全的意思,再走也好。

“老太爷身体欠佳,晚生叨扰心里很不安的。”

这时老仆上了茶,他心安了。

“那天其实没有爬几步山,到底不中用了。六十岁那年,去西安字号察看买卖,还听了他们撺掇,去华阴重登了一回西岳,什么事也没有。”

“登华山可是壮举哪,晚生早有此愿,只是不敢一试。当年韩昌黎登上华山,心悸目眩,不能下,竟被吓得哭号不止,还给妻儿写下绝命书。华阴县令不知想了多少办法才将韩大人弄下山来。名满天下的韩愈那一副惊恐哭号的形状,世人实在难得一见,那位华阴县令也真够幸运了!”

“他哭号也是眼泪鼻涕的满脸恓惶吧,不会锦绣文章流满脸。”

“老仁台真是妙论!”

他本想博取老东家一笑,可老东家听去平淡如水,很有些自视为韩愈一流人物的感觉,他有些失望。

“何先生这回哭灵,也声泪俱下了吧?乡人看你是举人老爷,哭得不佳不会饶你的。”

“断肠之痛，哀伤本也止不住的。”

“写戏闹丧了吗？”

“未敢从此陋俗，一切都止于本朝定礼。”

说出这话，他觉得再说忠孝不能两全怕很难了，三年之丧更是圣贤之礼。他从老东家的脸色上也没有看出什么异常的意味来，好像你守丧不守丧全不值一提似的，礼不下庶人吗？他虽有举人出身，可既非品官又不是巨富，不过形同庶民罢了。想了想，他还是觉得必须表白一下才好，不说忠孝难以两全，可以援引古例，请求老东家准他停俸在职，以居母丧，这岂不是忠孝两全了吗？只少了那三百两银子。就忍痛割爱吧。生出这样一个妙论，他又精神一振。可惜，老太爷将话锋又转回重阳登高的情景上来了。

应对之间，他终于抓住机会讲了一则苏东坡旷达不拘的逸事：“当年苏子瞻被贬到琼州时候，艺菊九畹，可海南天气炎热哪，到十一月菊花才开，苏公不拘节序，云：‘菊花开时即重九’，果以十一月十五日邀客泛酒作重阳，真是风流旷达之士。”

不料，老太爷听毕竟说：“他也是没有办法了。”

说完，老太爷就端起茶碗来表示出逐客的意思，他那不拘古礼，停俸在职居丧的下文便没法说出了。

他起身告退出来，老夫人在外厅又说了些送客的好听话，更使他加重了衷肠未竟的遗憾。

回到他的居室，才觉真正寂静无边。康家习惯，天黑即锁门闭户，家丁上岗巡夜。秋夜萧瑟，寂静无边，独对孤灯，居家时候的那一种难以避去的烦扰是终于远去了，但他究竟不是遁入空门的和尚，中断了半年的另一种难以挣脱的寂寥，是这么快的就又袭来。老东家少东家如故，那位夫人也如故，他重返康家所怀着的种种不安，其实是这样的无关紧要，简直就不会有谁肯来注意他。虽待若上宾，尊为老爷，实在也不过同夏管家一样是个奴仆而已。那夏狗才忠厚有方，尚可参与康家内事，而他却只能给主子消遣罢了。康家尊师也实在是为本族子弟计，不这么抬举家馆先生，如此豪门巨室中子弟，哪肯听你授业解惑？离家之后那一份脱离苦海的清爽，至此已消散得所剩无几。

好在一路劳顿，又吃了三杯酒，这第一夜，他并未闷坐多久即落入梦乡。

第二日，他坐了轿车进城到澡塘泡了半日澡。这本是他在京师驻庄中间养成的嗜好，不免想起在票号时候的辉煌光景。在澡塘恰又遇见天成元总号的一位协理，寒暄之间不免说到京号生意。

“去年庚子事变，京号损劫不小。仓皇之中，押运现银回晋，结果途中全被乱兵所劫。总号同仁都说，若何老爷仍在京号执事，万万不会做出这样蠢事的。”

他虽说，若遇此变就会拿那些银子接济京师朋友，日后依仗这些朋友，生意定能变化无穷的。不过，说过之后心里甚感痛楚，徒有其才，再难一施了。当初不知为什么要赴乡试争这个举人空名，就图给大家叫这一声何老爷吗！总号一班老朽也太可恶，他中举后竟令离号，说是从此不便支使举人老爷了，这一声霹雳，当时几乎将他击疯哪。

因此，这天烫澡归来，心绪就更为不佳，虽浑身通泰，入夜却怅然难眠。寂寥无边，再不会有什么风险突变等他去出奇制胜的。

第三日，他到馆开课，还是特别论述了三年之丧的大礼和古来曾有过的“夺情”先例。他提前回馆，是循“在职居丧”的前例。可他“在职”又会有什么出色的作为呢？哄哄这些蒙童，如自家老爷子那样落魄到底。老爷子现在以他这举人空名为贵，摆足了排场，老东家也以能消遣举人老爷而娱乐，可京师分号经庚子事变后，于重振信誉中正有多少谋略待用哪！被劫的客户银钱，当悉数赔偿才是上策。老东家却不会就生意上的任何事咨询于他，这是规矩。

他忽然也想给学子们讲一个笑话，那位夫人也很爱听他说笑话的。

## 三

光绪十九年为癸巳年。这一年既不逢京师会试，也不值各省乡试。因此，他在这一年产生了参加科举的念头是很奇怪的。

这年正月，戴膺老帮三年班期届满，因生意上没有什么麻烦缠身，总号准其按时下班回晋歇假探亲。天成元京师分号的生意，便循例由他代理。他升任京号副帮已有几年，对主理号务并无畏惧的，甚至想在代理老帮期间做几笔漂亮生意，再建佳绩。可见当时他并没有厌倦了票号营生，康家天成元票庄在全国商界是声名显赫的百年老字号了，与李家日升昌，侯家蔚泰厚，乔家大德通、大德恒，渠家百川通、三晋源，贞家志成信，曹家锦生润等票号，同为晋省西帮票商中的巨擘，隐然共执全国金融牛耳。能侧身其间，本已叫世人垂涎不已了。天成元票庄在全国各码头设有几十家分号，而其中又以京师分号为马首，犹如官场中的直隶总督位居于各封疆大吏之首一般。他从学徒起，便被选出派驻京号，几十年升迁加股不止，在天成元内，人位也够令同仁仰慕的了。仅那一个账期六千两银子的红利，已抵得上州县杂官的官俸，弃此肥差而去考举人，是活得不耐烦了吗？

他驻京的三年班期，每期届满恰逢辰、戌、丑、未年，正与京城会试的正科考年相合，因此，每逢他三年下班回晋省亲之时，正是京师三年大比试结束不久。那时节，中榜贡士得意非常，等待着去赴殿试，落第举子则将失意的伤感塞满茶馆酒肆，京城一时热闹极了。但他与京号伙友，也不过打探打探晋省同乡有几人中榜，哪一省中榜人数居先，中榜者中有无本号资助借贷过的客户，殿试有望金榜题名者，本号是否可早做联络拉拢，如此而已。他实在也不曾为科举盛事，怦然心动过的。只有回到家中，自家老爷子必然要问及会试事，他也懒得给他详说。

这年既无会试又无乡试，京师街市平静。而且，那时新学兴起，学界已有废科举之论。京师票行同仁，则在议论合股试办银行事。因为夷人银行在通商口岸纷纷开设分行，国内银钱生意渐为其所夺。他正想为促成票号改革旧制，出些奇谋。票号为总号独裁制度，说不动总号的一班总理协理，旧制很难有变。他与京师票行中的一班同仁，正在密议挟诸侯以令天子之策，拟发动西帮票商驻各码头分号，一齐促请晋省总号做变革打算，以葆山西票号百年来盛热。对科举他实在毫无用心的。

回想改变了他后半生命运的那一日，其实也并没有什么不祥之兆。那是戴老帮下班后第二个月，京师天气已很暖和了。前一夜，他陪户部一位书办小宴，多饮了几杯酒。因为同本号相与甚厚的这位书办，给他透了口风。说湖南有一笔官银要解缴来京，日升昌票庄已在暗中张罗，想兜揽这笔巨款的汇兑生意了。湖南藩库方面，不是一向与你们天成元有交情吗？他一听先吃惊不小，日升昌又要夺他们在湖南的官银生意，非同小可。转而一想，是不是这位书办又有什么用钱的地方？便一面大表感激，一面又巧做探问。果然，这位书办新近纳了一房小妾。他立刻许诺将封二百两银子作贺，又问明了湖南官银解京期限。酒也便吃得不少。半醉之中，这位书办还是说日升昌对兜揽这笔官银，确有动作。这时他才真的吃惊了。但很快就转惊为喜：这是天助哪！他刚代理京号事务，便有了这样一个建功的机会，日升昌虽不是容易应付的对手，但他们天成元在湖南方面毕竟有棋可走，所幸是这个紧要情报来得及时哪。

当夜，他即以密语形式给长沙分号和晋省总号发了急电，同时也想好如何到户部去做得力的活动。这样忙碌兴奋了半夜，就寝已晚，第二日便迟起了一个时辰。起床后，伙友侍候洗漱、早点、饮茶毕，他便觉得来了精神，坐入柜房，他先招来外账房梁子威，交代他去户部先做铺垫。梁子威也颇能干，尤擅长交际，已顶身股经年，在京号内人位仅次于戴老帮和他之下，伙友称之为三掌柜的。派这位伙友办此要务，他很放心。票号伙友身为庶民，本难以入官府衙门见官的，但京号老手自有独特套路。因此，派出梁子威时候，有没有想到官场名分的重要，欲争一个老爷的身份来顶着。梁子威退去之后，他是仍在想着与日升昌争斗的事，再细加思量，又拟了一份密电,替长沙老帮谋划一计,并为能出此计而暗自得意了一阵。这日上午就这样过去了。

午时,梁子威归来,回报昨晚所得情报属实,并说通过茶房二爷已与户部某司郎中接了头,相许不日与何副帮密晤。他夸奖了几句伙计们办事甚是得力的话,并准梁子威午间于小灶同他用餐,以表犒劳的意思。餐间又小饮数杯。

午后小憩起,他的精神本是很清爽的,只是体肥惹热,觉有细汗上身,打算到澡塘去泡澡。就在这时候,梁子威来通报,有一位宋姓举子持帖求见。他问是前山西巡抚张大人的那位小同乡吗?

梁子威回说就是。

"此公去岁会试不是又落榜了吗?所借咱号银钱还未归还哪。"

"不像来还贷的样子。见不见呢?"

"见还是得见见吧。"

不过他已猜到这位宋举人恐怕是又来求贷的。前年有张熙抚台大人的面子,本号曾借贷给这位举子。当时也觉这位举子气度不俗,日后或可成些气候的,不料去年再度落第了。而张大人又于去年八月病逝任上,借款虽数目不大,也怕要倒账了,若再求借,当婉拒之。

梁子威引入来客,看其气度仍未受挫似的。相见礼毕,请宋老爷就座,伙友上茶,尽力恭敬,问及近况,此公说去岁比试失意,回乡省亲,今重入国子监以图来年再试,言语中间倒毫无愧色。

"那就祝宋老爷来年好运了。"

"此番备考,志在必夺。"

"宋老爷来年金榜题名,本号也沾光了。"

"本官不会相信的。"

竟大言不惭地自谓本官,何副帮听后几乎失笑出来,看这副生瓜蛋模样,哪有来年必夺的希望哪?

"宋老爷日后发达,本号是早已确信不疑的,所以倾力资助。只是票行规矩所限，宋老爷前年借去的银子，期限早逾，还望宋老爷能将本息还清，我们也好向东家交代。”

宋老爷一听便有了怒色，傲然说：“你们也太有辱本官了，区区小金本官会赖账不成？况有张抚台大人作保呢，本官一时失意，只望贵号仁德，再借薄资于本官，日后定涌泉相谢的。”

他猜测不错，果然是又来借银子的，只是这种蠢相以前怎么就没有看出来呢。他赔笑说：“宋老爷肯赏脸照顾本号生意，是我们的福气。不巧得很，本号老帮下班回山西歇假去了，临走交代下来催还欠账。宋老爷旧账未了，新账我们也不好写的。”

“真想不到张抚台大人遗骨未寒，你们便翻脸不认人了！”

当时，他即沉了脸，“宋老爷何以出言不逊如此，借还本是商家常理哪！”

“本官今日算是领教了：商家果然是只认孔方不识孔孟，染此铜臭，岂能不坏我前程耶！”

祖宗，谁能料到此公竟会出此恶语，他怒气上冲以至一时语塞。梁子威正待接上论理，他止住了，只说了声送客，便退入内室。同这样一个蠢材叫骂，岂不有失本号大雅吗？

其实，这正如京城俚语所说，林子大了什么鸟儿都有，本也不必见怪的。可惜这个灾星的出现，又似乎是劫数有定似的，只是当时未能觉察罢了。

逐走这个可恶的举子，当时又没有别的生意待办，因此全号伙友便对此公议论起来，为本号受此大辱而愤愤不平。由奚落宋某的愚顽到历数天成元大号的威严，又说咱家不只是仅有银子哪，藏龙卧虎人才济济，各分号伙友中秀才出身的就有二十七位，论道德文章，上至东家老爷和总号总理，下至各码头老帮，全不逊于穷儒，就是学徒也从熟读四书五经开始呢！

群情也如烈火，他陷身其中怎么可能冷静得了呢？虽然表面显出恬静，并大度地说：一个屡试不第的落魄举子，同他计较什么，但内心也烧起了一团火。

就在那时，梁子威又说了几句要命的话："何叔您的学问文章，在天成元是头一名状元，平日随意写出的信札，连京官大员也称赞呢，您若赴考比试，总不会名落孙山的。天成元广有秀才，若真能出几名举人进士，更当名震商界，也教那班迂儒乃至官场不敢再看俗了我们。"

梁子威的这几句话，可真是往一团火上浇油了，不只是众伙友听了一齐来附和抬举，连他自己也怦然心动了。从那一刻起，便是他跌入末路的开始，可怜其时竟浑然不觉。对于梁子威这番要命的话，虽觉有巴结之意，但内心还是以为斯言不差，彼甚相知，甚至像那位宋姓蠢材似的，竟也有点本官此去志在必夺的失态感觉，真是遇了灾星哪。回想那日正为湖南官银与日升昌交手，喜获情报又谋得妙计，在那一种春风得意中，浑然顺势给引入末路了，这正是劫数吧。

不过，那要命的一日，在当时似乎也没有什么特别，与他在京号的无数日子相比，远不是惊心动魄的一日，它也就表面平静地过去了。此后，他依旧倾力张罗号务，一切又都格外地顺利。与户部那位郎中大人的密晤就十分称意，孝敬不多而那笔巨款交部日期却获宽限，当晚还陪这位大人去吃了花酒。不久，总号又来密电夸奖，并说已令长沙分号做特别安排，而总号所示安排与他所出之谋竟甚相合。他会心一笑。又不久，长沙也回电，驱虫已有眉目，谢他救了一命。他自然又不免得意。

岂不知这许多得意，却是在催他步入陷阱呢。每临静夜，在细品这得意滋味后，便不由要想及梁子威那日所说的要命话，斯言不差哪。若果真能一试科举，举人贡士是自信可取的。想十五岁中秀才入县学，那时知道什么？后弃儒从商，从提壶扫地起至今副理京号，所缺憾者既非钱财，也非商务上的建树，身为天成元大号的驻京副帮，在官场走动仍属庶民布衣，所少的只一份正途功名了。果取得一份功名，近可为天成元大号增光，远可给自家祖宗争脸的。这样夜思不绝，真就忽然给那一份功名迷住，犹如当年新婚远别来京上班，夜夜想的就只是那家中的新妇一般。

如果只是他独自这么痴迷于功名，或许也不至于日后落得那悲惨下场。因为票号号规严酷，任何人一入字号，人身便属于其家，调动升降、人位高下、所司职责，全由总号独裁而定，稍有违逆就对不起了：离号走人吧。不用说您想高攀功名，就是私下去见东家说三道四，总号也不会相容的。因此，他虽然心驰神往于功名，本来也不过是一场白日梦，单相思罢了。要命的还是那位三掌柜梁子威。梁子威自那日说出那要命的一番话之后，似乎也着了迷。他倒不是也想争取一份功名自耀，偏偏是对那日所言颇觉有自家创见，仿佛是谋得了重振本号的什么良策绝招似的，十分得意，因此也便念念不忘了。一有机会，就同何副帮大议这要命的创见。为了佐证他的所见不谬，便不断大诉他多年在官场走动的苦衷，我们便只配同茶房二爷说话哪？他本来做着白日梦害了单相思，已经鬼迷心窍了，又怎么能经得住梁子威的这般蛊惑呢。那时候他丝毫也不曾戒备日后梁子威可能取他而代之，实在说梁子威那时也真是将一片敬意奉付给他了。若稍有戒心，他当会对梁生厌，那样便会渐趋清明，随后的一切也自然就太平无事了。可怜他在劫难逃哪。

戴老帮自正月归晋歇假，至立秋返京上班。这半年中间，他的确又做成了几笔漂亮生意。期间，只有一件事受挫。联络西帮票商驻京各号，运动晋省总号改革旧制，试办银行，各号老帮终于意见不一。虽都认为改旧制势在必行，但选不出一个有力人物做挑旗者，只怕应者生畏，而总号老总们也不会为之心动。各京号老帮副帮，虽然一个个全是票行高手，但彼此伯仲，终显不出一个出类人物来。大家议论，若有一个像三晋源、百川通的财东渠楚南学士那样的人物带头，事情才有成功的希望。渠楚南在西帮票商的诸多大财东中间，是唯一正途进士出身者，与其他捐纳了二三品补官的财东相比，自然出类拔萃。改革旧制，众人也想仰仗于正途功名，这对正鬼迷心窍的他，又是一个不小的诱惑。

戴老帮返京上班后，对他代理号事的佳绩，自然多所夸奖，特别带来总号老总们的赞赏口信。他听了心上舒坦，嘴上也不过连说过奖之类，把成就归于老总老帮的栽培提携。要命的梁子威趁这个时候，果真兴冲冲把他那个要命的创见陈述给老帮了。在京号共处多年,他还是第一回亲见梁子威将自己的文才口才演出得那么出色,再现那个宋姓灾星的傲相恶言何其惟妙惟肖,而论及本号争取功名之重要之轻易之近利之远景,就更惊天动地了。他当时惊叹不止。

戴老帮一向本是极有主见的,威严持重,不苟言笑,不是轻易可以打动的人。这一次竟给梁子威说动了,多么奇怪。

“开此先例,我看非何掌柜莫属哪!”

戴老帮竟然选中了他来开刀,你说这是预谋吧老帮刚刚返京伊始呀。当时他得意于知遇之幸正混沌未开。

梁子威附和说,众伙友也是这样看的。

戴老帮说,这得请示总号。

记得当时戴老帮因旅途劳顿身有不适,又加之立秋后京师仍较山西炎热得多,说要休歇几天。休养之中,若忘却此议,不就得以幸免了吗?他没有再加催问,只便中禀告过运动改革旧制受挫的事。戴老帮虽办事持重,但对改革票号却很积极,时局变化在京号是首当其冲的,张罗生意日渐受旧制掣肘,更有切肤之痛。听到受挫消息,老帮叹道:“这次回晋也曾向总号力陈革新的急迫,老总们仍含混推诿,不为之动。现下连朝廷科举都被议论废旧布新,我票业旧制何以还不早做革新打算呢?”当时提及废科举的议论,老帮和他竟没有联想到梁子威那要命的创见,日后多次回想,总觉奇怪极了。

戴老帮返京一个月后,接到总号指示:准何副帮明年应乡试,当勉力以赴,为本号争光。记得那日京城秋雨连绵。

## 四

光绪二十年为甲午年,各省乡试,考期在八月。鉴于应试生员须先行通过科考,总号特恩准他于正月十五日上元节后即可提前下班回晋了,因为他三年班期到来年才届满。按号规，一切驻外人员非遇祖父母、父母大丧，不准破例下班，虽劳绩卓著如各码头老帮者也不例外。总号准他如此破例，真是非同寻常。

离京前夕，戴老帮合全体伙友盛宴为他饯行。一个个都是祝他蟾宫折桂，金榜题名，仿佛他要去赴殿试似的。梁子威更亢奋异常，演出吉言华章时候，竟情不自禁涌出两行热泪来。

他当时如坐春风，还调侃道："此去似赴刑场哪，谢梁小弟挥泪相送。"日后倒果然应了自家这句戏言，那时他真知是刑场在前，会充那英雄吗？

戴老帮那日倒持重如常，似乎曾叹息说："京号少了何见一把好手，我怕又要复发旧疾了。"

老帮眼光老辣，那时或许已卜知到什么了吧。可怜他云云雾雾，浑然不觉，还说："我最迟至十月即可返京上班的，子威暂副理号事，才力不在我下。"

回到晋省太谷，循例先往城内总号办理休假手续。平素，外埠人员归来，先须将随身所带行李和两本手折，呈交总号柜房，由专人查验。一本折子开列行李清单，一本记着路途盘费账目，两折均由所在分号于离号前开具加印。总号核查无误，才准回家享假，苛严无情胜于官衙。这回他踏入总号大门，便有茶房伙友迎出说："是京号何掌柜到了吗？大掌柜吩咐过的，要见。"

入柜房，内事掌柜也亲热不同于前，揖手说："何掌柜好运，一路辛苦了。"

他呈上行李和手折。

内事掌柜说："验不验吧，大掌柜要见，快请。"

他说："还请照规矩查验为好哪。"

"那就请先进去吧。"

往年，办理手续毕，也有老总召见询问京号营业情形的时候，可这次一踏入总号门，便是一路传唤不止，气氛已大不相同了。至此，他才忽然有些紧张，紧张之中不免又有些畏惧了：如此负命赴考，果然能中举吗？败阵下来，多年在天成元的劳绩就将毁于一旦。但打退堂鼓又太晚啦。

穿中厅，入内院，已有一少年伙友侍候他进入正房。大掌柜盘坐在炕榻上，正吸水烟。德国洋火炉将华室烤得暖似阳春。

他施礼说给大掌柜拜晚年了。

“罢了罢了，何伙计路上还顺当吧，年下京城还红火吗？”

他回说顺当红火，便觉额头有细汗沁出。

“考个举人，何伙计你觉着不甚难吧？”

“自少小入号，早不专心于儒学了，只怕有负总台的厚望。”

“叫我看也没什么难，一班儒生都难脱一个‘迂’字，只会断章取义，穿凿附会，不足畏的。何伙计在商界锻炼，少了迂腐，多了灵悟，不用害怕。”

“大掌柜说的是，我当勉力备考，为咱号争光。”

“去账房支些银钱，一应花费都由柜上报销，咱家姓钱，何伙计不用受了制。你家也不清静，去寻个僻静住处，柜上报销！”

“多谢总台如此器重，不才此去志在必夺。”

“这就对了。今晚，二掌柜留你在小灶吃饭。夜里住柜上客房，明日雇轿车去见东家。”

他还真没有受过如此抬举，感激惶恐之中，又恍惚觉着自家像个受宠的少年郎了，有些忘却了自己已年近半百，在享受宠爱教谕中间，真有些青春再现的感觉。这很可能也是铸成后来大错的一个原因。

总号晚宴较分号更为丰盛，在居下受宠的情形下，酒也难拒，吃得不少。而于微醉中，更觉年少体轻了。

翌日坐了轿车往城西南康家堡，一路更心情亢奋。总号有规矩，本号属下从业人员，不准擅自私下去见东家，以避说三道四之嫌。他入天成元几十年来，除东家来京号巡视买卖，有几次得见康老东家及几位少东家外，从未有幸见面，更不用说亲入康家府第了。今日荣幸亲入，当然激动得很。

康家巨宅，远看像一个城堡，院墙高耸，合围似筒，说有铁筒家业之喻。而登楼俯瞰，十几处庭院错落相连，布局形似一个篆体“寿”字。这是他早听说过的。今日得以亲临其境，却什么山也没有看到，在恍恍惚惚中，被曲曲折折引进一个三进老院，只认出了康老东家安坐在一把并不精美的太师椅上。

他忙施大礼说给老东台拜晚年。

老东台似乎也是说罢了罢了，问路上走了几天，年下京城也热闹吧。老东台也如票号老总们似的，不喜客套斯文，满口何伙计地唤他，还笑他说话有京音，没有忘了自家是山西人吧。说到科举，老东家也诟病士风，说他们钻在训诂注经中，既不得旨，又无己见，何伙计你不用怕他们。先辈有言，六经有解不如无解哪，经学诠解不大可靠。

“去年秋上，省上学政来访，相坐说闲话，也很厌恶时下抄袭庸滥的风气。学政倒是个开明人，只是今年不知谁来山西主考。午饭教四少跟你一搭在小灶吃，何伙计能喝几盅吧？听说你在京号张罗生意不赖，今番赴考也给咱好生张罗。”

他说了些感恩不尽的话，老东家似乎没有听见，倒是康老夫人进来说，何掌柜去年代为采买的洋参很好。这是他第一次见到康老夫人，可惜当时没有发现她那么年轻有风韵。

第一次在康府坐席，也只觉比总号宴席为佳，没有发现那清淡的特色。

归家，得应试消息，父亲最高兴。那时老爷子虽已讲起一点排场，但尚可令人容忍的，洁疾也不重。母亲却说：“你爹年轻时就痴痴迷迷要考举人，三年一折腾，没有把我们饿死，也没有考中，你们何家没有做官的风水，你做生意刚起山，又往你爹那死路上去撞甚？”日后回想，先母真是圣明。夫人对他应试之举无动于衷，只对他提前归家感到意外，蓬头垢面如旧，衰萎却又甚往年。

他在家仅居三日，便带了行装书籍，往凤山龙泉佛寺备考去了。

春末，赴太原府参加先期科考，以精通乡试三场科目取得应试资格。那时他又得意起来，心也大安。天成元太原分号当下设宴祝贺。他写信札禀告总号和东家，不入家门，又直往凤山佛寺继续临阵磨枪。

乡试会试三场大考，科目均为定制。首场考四书五经，各出四题，应试士子各选一题，每题作文七百字。第二场，考论、判、诏诰、表，判考五题，其余各一题。第三场考经史、时务、策，共五题。这是他早熟知的，从幼小随父入馆就读，便是为这日后的三场大考悬梁刺骨呢。随父课读时，大受苛责，直到十五岁县试中秀才，方知自家记性甚好，很有些一路去夺状元的自负。可惜那时晋省时风已变，乡中第一等子弟都争入商号，其中又尤以入票号为上，第二等子弟才求举业，进仕途。他随时俗弃儒从商，当然还因为做家馆先生的老爷子太穷了。入天成元学徒，除提壶扫地，侍候掌柜老帮及资深伙友外，仍得课读四书五经，只外加了打算盘，背记各地银两平码。那时更知自家性灵强记，又知自家相貌俊秀了，有才无貌，票号也不录取，这比科举还苛刻。驻京后，号规限制如网，于号事之外几乎没有行动自由，任何嗜好更不准沾染，只有读书练字被嘉许。及至在京号人位渐高，频繁交际于商界官场，仍以谈经论道为高雅。从商半生，除做银钱生意，所知所用仍不过是四书五经、程朱理学这些学问罢了。老总和东家，虽训示不必拘泥经学注诠，但本朝科考一向专于程朱本义，也不能太听信了他们的训示，当灵活自主的。只是三场时务策论，可大为发挥。时下京城朝野议论变法，时务策论正可阐发新论。迂儒历来只重首场四书五经，而轻三场时文，他应时风之变而于三场试卷中出奇论，当胜一般士子一筹的。

他这个应试策略，后来证明确属灵悟之举，很有效的。此外，有天成元大号做他的强大后盾，心气也大盛。再加上他在谒见总号老总和康老东台时候所获得的那种青春再现的感觉，一直持续到三场大考终了，终于使他一举中榜了，多么倒霉。

七月十五，他移师太原。太原分号邀他就本号客房备考，为图清静，他谢而另租一家上等客栈。后来回想，当时专心考事，移师之期竟未挑选吉日，七月十五日中元节俗谓鬼节哪。在鬼节移师赴考，岂不是又暗示考场如刑场吗？劫数早定了。

八月入贡院就试，被排定居住的号舍又恰为天字第九号。当时还想他本为天成元票号选手，得居天字号舍，甚吉，天字巷是吾家哪。初九日首场开试，十二日二场，十五日三场，他被封在号舍九日，伏案作卷，从容挥墨，一路无有遮拦，更不曾想到大半生事业就这样被自家一笔一笔勾销去了。

考毕走出试院，太原同仁都说他并未消瘦，想必卷子很出色了。他故做谦谦状，说老了老了，坐号如坐牢哪，吃不住这份罪了。太原老帮又要开宴慰劳，他坚持了说，凶吉未卜呢留待发榜后再说吧。

回去拜见总号老总们，更不敢妄自夸口，只说尽力而为了。大掌柜也未深问，只说何伙计辛苦了，好好休歇去吧。多半年的花销，果然慷慨教账房入账报销。本想去拜谢老东台，但总号没有放话，也不便擅自前往的。

回到家中，老父自是询问不已，出的什么题，又怎样写卷，卷面清洁吗，卷首姓名籍贯年貌出身三代所习本经，都书写清楚没有，首场七艺起止虚字有无相同，行文避庙讳圣讳否，仿佛他仍为学童似的。他烦为作答。老母却说他消瘦了，考试太不叫种营生，哪有在京号享福。先母圣明哪。夫人依旧无动于衷，只促他给在成都学生意的独子写道家信。

他归家静坐后，心里到底有些忐忑。卷子虽自觉得意，但科举上的事一向风云莫测，毕竟久不专心学问了，若万一落榜，怎么有脸面重见东家老总哪？其实他哪里会有落榜的福分呀！越静坐越不免忐忑，越忐忑越难以静坐。因此，在家又仅住三五日，便毅然往晋南出游黄河龙门去了。

仲秋时节，乡野怡人，一路缓行中间心情也安适下来。因此，过韩候岭，谒洪洞大槐树，平阳府访古，绛州遇雨，均得诗一二首。直至西行抵河津，才醒悟到，此来莫非是想借龙门之吉耶？乡试会试的贡院正门，谓之龙门，求举士子一向将科举登榜比附做河鱼跃龙门，你不嫌劳苦跑到这里是想暗祈中举吧？然而悟到了这层用意，在黄河龙门的壮观真实展现于眼前时候，他却再也吟不成新诗了。其后，又往解州、蒲州游访，仍未得诗。解州有天成元分号，同仁自然也开席招待，只是总觉得酒味甚苦。此地醋由柿子酿成，味苦涩不中吃，然同仁款待的酒却是杏花村佳酿，苦味不在酒，是自家担心名落孙山哪。

出游月余，回到家中，仍没有发榜，那真是惶惶不可终日。死期将至了，还在这么祈求着，回想那时真够可怜。

十月初六，太原分号给总号传来消息，丁酉乡试已发榜，何掌柜榜上有名，同榜中举六十名，另加副榜八名，何掌柜中正榜第三十八名。总号派来报喜的伙友还传告说，老总意思，何掌柜赴省参加同年会毕，总号再开宴祝贺。

他听此喜讯，心中一块石头落了地，一种从未体验过的喜悦漫漫涌起，不知今年头名解元是谁。他正不知该如何表达此种心情，却见老父已发狂喜，大叫一声祖宗，就流下两行老泪来。见此情形，他倒冷静下来了，这不过是玩票哪，不可大喜失态。老父要设家宴大庆，他说官家报喜的还未到，忙什么。老母只说他比老子强。夫人这次有了喜色。

初十日，官家报喜的到了，村人涌来围看。

次日，他即赴省。官署张筵款待同榜举人做同年会，盛况自然不同寻常。他举目四望，还是年轻士子居多，他几乎可为长者了，至此那种青春再现的感觉消散至尽。不过是玩票哪，他尽力克制，但一种历尽磨难终于成仙似的全新感觉，却还是弥漫了全身，拂之不去。筵庆之间，听大家议论，此科果然甚重三场策论，他自然会心暗笑。新科举子相庆之间，已多有互称老爷了，他哪里会知道正是这一声老爷，折了他的锦绣前程。

其后，新科举子多数仍流连省城，投门拜官，活动来年赴京会试的名额。他身为票号中人，并无求仕的想法，只想回总号交代。太原分号同仁的贺酒这回不能推辞了，丰宴竟夜，开怀而饮并不知醉。席间，太原同仁已呼他为何老爷了，他只以为是酒间嬉戏呢。

总号贺宴，更非同寻常，城中各大商号老总俱邀来同庆，本号大掌柜亲出做东。天成元人才济济，藏龙卧虎，自然成了席上的主题。他又尽力克制，不敢露出飘飘似仙的失态来，恭敬地给在座嘉宾躬身谢酒。酒便吃了空前之量，幸未醉。

接着遵照大掌柜意思，往康家堡给东家谢恩。康家一宴，与总号迥异，老东台亲临了，而相陪只主持外务的三少和主持家事的四少，寥寥四人相对，但规格甚高。他矜持始终，虽老东台仍满口何伙计地夸他。老东台有二品补道的身份哪。

归家，有家宴，还有族人亲友的宴请祝贺，连日应接不暇。

他有今番荣耀，除东家和总号知遇之恩，还缘于京号同仁一番厚意，而且他离京既久，也该上班去了。总号虽没有限令，他不能居功放任哪。因此，在家又住了半月，便打点行装去总号报到了，请求返京上班。

于是他听到了大掌柜对他的宣判："何老爷已荣为举人，本号系民间商号，日后再不便支使举人老爷了。这事关朝制，只得恭请何老爷另谋高就，咱号失何老爷这样的人才，实在痛惜之至。鉴于何老爷在本号年功既久，劳绩卓著，议定加发劳俸一年，本账期所顶身股，也延至年底结止，结账时当核定份额，发付红利。"

## 五

从听到大掌柜令他离号的宣判至清醒地意识到自己身在凤山佛寺，中间一段记忆是无论如何也没有梳理清楚。

他清醒地意识自家身在凤山佛寺时候，已是阳春天气，寺院中的一池牡丹正值花期。他凭窗眺望，见山色青青，山顶塔影古松依稀，初以为仍在此备考。及至看见院中这一池盛开的牡丹，才忽然生疑了：不是在这里经历过暑期了吗？虽居山麓仍觉炎热，住持和尚说，今夏的确比往年炎热。他说入夜凉爽到底比京城享福。怎么牡丹又会重现花期哪？再看案头，已不是四书五经朱子集注，而是些佛经卷本。这是怎么一回事呀？

他急忙出寻住持和尚。和尚正在山畔菜畦除草。头顶太阳的确不甚毒热，而山野也非秋色。

“长老辛苦呢。”

“何掌柜出来散心吗？”

“今为何日？”

“三月二十日哪。”

“何年？”

“戊戌年哪。”

“长老，怎么会是戊戌年？”

“日月有序，法轮常转，怎么会差呢？何掌柜去年十一月初三返此，已安居四个多月了，岂不知觉吗？施主真坐禅有了功夫，全忘净世间变化了。”

他听后颇感吃惊，居此已四月有余，的确全无知觉哪！低头细瞅自家衣着，缎袍洒鞋已甚污皱。票号人员一向须讲究衣冠整洁的，这是号规。自家这副行头，也证明无有知觉的，可这是怎么回事哪？

他怅然返回寺中，默坐寻思，已渐渐记起了去年应试的事。不是中举了吗？排榜三十几名，未获解元。但也未负东家和总号期望。连连吃喜酒，吃得天昏地暗，一直醉至今日吗？不过他记得那时一直惦记着京号同仁，决计尽早去上班。打点了行李，去总号销假报到。行李循例没有多带，依号规上班之后可添置新衣，柜上报销。他中了举人，可依举人例置办新服，又怕华贵胜于老帮，不妥，但到官场走动毕竟方便。检点身边行装，确无新服。是了，往总号报到时候，大掌柜告知，柜上再不便支使举人老爷了。他本不想走科举入仕之路的，总号却仍期望他去考进士。省署学政是十八岁得中进士，在同年会上，他看这位学使阁下，相貌也平平的。他若不入票号，十八岁也说不定可中进士呢，他的记性特强。然而竟记不起这四个月的光景！参加会试不是也得赴京吗？

戴老帮见他中举归来，分明喜不自胜，一向那种严正持重的风度也全脱去了。京号伙友也唤他何老爷，他厉声斥责，他们才仍叫他何副帮、何掌柜。梁子威又情不自禁，流出两行热泪。他说，子威你才学不在我下，三年后轮你去再争一个举人回来。梁子威说，明年会试，何叔先取个进士回来。戴老帮却说,何兄还是做主理京号的打算吧,我老矣,顽疾缠身,要恳求总号准许退休,告老回乡课孙去了。他说,我取这个举人虚名,并无取您老而代之的忤逆之念,您老主持京号实在无人可替代的。京号贺宴也似总号规模,西帮票商驻京各号老帮,俱被邀来同庆,天成元广有人才藏龙卧虎又成席上议论的主题。他尽力克制,不敢飘飘似仙,俯首躬身一一谢酒,酒之过量较在总号盛宴上更甚,却仍没有醉倒。只不知后来怎么又置身于这凤山佛寺呢?又返此备考会试吗?会试考期在二月,初九首场,十二日二场,十五日三场。今已三月二十,怕试榜已发,四月即举行殿试了。他仍在这里温习佛经,到底是怎么一回事呢?

后来,慢慢跟住持和尚细问他去年来此情形,仍觉疑团重重。

和尚说,去年十一月初三,天阴得沉重,午后见细雪落下。傍晚将关山门时候,见有人影踏雪走来,步态蹒跚。小僧进来告之,老身即出去察看,及近,才认出是何掌柜。却见神形疲惫,只身简装,远不像前次来时那样坐着轿车,随带了许多书箱行李。莫非是考场失意了吗?

他忙将掌柜迎进禅室。

"何掌柜有什么失意的心事吗?"

"中举了。"

"中了?那施主大喜了。"看掌柜情形,却不相信。便又加了一句说:"施主还是听我们红尘外人说一句,中与不中,都不必太看重的。尘世功名利禄都是过眼云烟。"

"长老说得对,我这里有银子,全数捐予寺上了,收我修行吧。"

那是几百两银子呢,贫僧不敢收纳,因为掌柜提出要出家修行,言辞不对头。那时神态似木然又似平静,看不出是中举了还是失意了,中举了又怎么会来此修行呢?多半是失意了一时心境不佳来此解忧吧。便只劝慰掌柜先安住了再说,想读读经卷方便得很。

几百两银子?这是从何而来呀?他记得离家上班是从不带银钱的,赴京路途盘缠是由总号发给,他既已被总号辞退,便不会发他盘资了,上京盘资也没有这么多的。

银子呢？和尚说那日掌柜坚捐不让，只好代为收藏，悉数匿于禅堂，一文未动的。

那么年下也是在这里度过的吗？

可不是呢，掌柜真记不得了？

和尚说掌柜终日默默无言地住到腊月，没有离去的意思。几次探问，也不作答，无喜无怒没有表情，进寺中素食，坐禅堂寒室，埋首佛卷，真似远离了尘世一样。直到年关近了，依旧如此。

没有人来寻他吗？

不曾有过的。

丢了一个举人老爷，竟没有一个人来寻找，他不能相信。东家总号会这么无情？京号同仁呢，也没写信来问问他的下落？还有家人，老父老母自家夫人也忘记了他，由他出家去了？

正月里也没有香客发现他吗？

年节本是人间重大的节庆，世外僧院便格外清冷了。冬去春来，天气日渐转暖，掌柜仍沉静不变至今，莫非真决意要出家吗？听老身一言，红尘外营生也不比世间轻逸哪。

他的确没有出家的念头呀？

在此念了几个月的佛经，对落榜的烦恼也该除净了吧？掌柜当重返人间，一切都是因缘前定，不必太看重的。

他的确是中举了。

他忽然骇然追问："长老，恳请据实相告，去冬来时我是否跣足披发，癫狂而至呀？"

"不曾不曾，施主是只身踏雪而来，只显疲惫并没有什么失常之处。"

"在此呢，是否喜怒无常？"

"也不曾的，一直没有什么分明的表情，施主神态跟我们僧人相似。"

"说什么没有，怒斥责骂或是说三道四？"

“没有没有，何掌柜一直静默不语，极少说话的。”

“中间可曾出走？”

“更不曾的。”

“长老，不可出于慈悲而隐恶行于我哪，真是如此？”

“何掌柜，我们出家人为何要讨好于你哪？”

没有癫狂出丑就好啦，他可以重返人间。这几个月虽然记忆茫然，但终于没有出丑，又神使鬼差地隐居于世外佛寺中，即使癫狂失态也不易为世人笑看。老和尚说得确凿无疑，他不曾失态，可以相信的。虽因中举而失职，也不至于就弃俗出家哪，如此懦弱，全不像个半生征战京师商界的人物。只是记性忽然差了，熟人问起这几个月到哪里去了怎么回答？见机行事吧何掌柜你还不会见机行事是怎么的。

辞别凤山佛寺时候，他往三佛阁给那尊巨佛敬香磕头，又往酎泉喝了圣水。住持和尚取出了那不知何来的几百两银子，他仍欲全数捐为灯油香火，和尚不肯收纳。因为直到这时候和尚仍以为他是考场失意了，不想乘危发财。推让之下，只收了四十两。

山野无处去雇轿车，只好依旧辛苦自家腿脚，踏春而归了。一副落魄相也只好任它去了，遇了故人相机行事吧。春日融融，柳暗花明，沿了溪水下山而去，倒十分的快意。还是人间好哪。一路未遇故旧，甚幸。

抵故里，村人有几分惊异。有人以至问他：“何掌柜不是遭劫了吧？”他做自得形态说：“出外云游，故落拓不羁如此。”说完，哈哈一笑。

及家，合家更惊异不已。他曾想说路途遭劫了，又觉同家人游戏也无趣的，便以归途患疾搪塞过去，信不信由你们了。

老父追问，不是赴京上班去了，怎么又如此落魄归来？

他说，您老忘记我已是举人老爷了吗？举人老爷不能再侍候他们了。

老母问，生意也不做了？

他说，举人老爷不能做生意的，这是朝廷规矩。

夫人蓬头垢面什么也不问，也如僧尼神态。

老父却追问不止，这一向在京做甚，没有去吏部投供候补一个州县官职吗，或是参加会试落第了吗？

他说，“您老真是的，”他几乎说出一个“迂”字来，“现下以举人候补州县，你苦等二三十年也是寻常，纳捐卖官花样越来越多，就是正途进士，你没有门路，想及时封官也难呢。”

老母便说，我早说你们何家没有做官的风水，只是不信。

老父说，何家能出一个举人也可欣慰了。老爷子似乎就是因此开始摆足排场的，洁疾也从此日甚一日。

后来，母亲告他，去年腊月东家康府曾差人来请过他，他们说他早赴京去了，来人没有说甚走了。他听此消息，大为感动，丢失了几个月，到底还是有人记起了他，而且是东家，东家仁厚胜于家人哪。家人原来是以为他这一向远在京城，故不曾四出寻找，也可体谅的。疑团原来是这么简单，他的记性的确不行了，那几百两银子呢？是总号辞退他所发付的礼金吗？献身天成元几十年，劳绩卓著，只给几百两银子就打发了，当时他怎么肯收？依号规，顶了身股的经理人员，告老退休后原股份还能照领不误的，他所顶的六厘身股还算不算数哪？为这六厘身股，多半生几乎等于卖身给天成元了！被辞当时情形，仍记忆不清晰的，记性真是差多了。

得去见见圣明的东家。

在家休养几日后，重振衣冠，便起身去访东家。

三入康府，那里仍显深邃莫测。所幸康老东台立刻赏脸会见。

这回进入外厅，先见到了康老夫人，才第一次发现是如此年轻，他有几分惊骇。年轻的老夫人客气和善，竟也唤他作何老爷，他更惊出了细汗。

老东台邀他入书房说话，面子也给得不小，而且不再以何伙计称他，先就兴奋起来。但转而一想又觉这样客气怕不是好兆，老东台也同意将他逐出天成元吗？

“召棠你是从京城回来的吗？”

“不是不是，晚生因应乡试心力交瘁，躲往龙泉寺静养了一些时候。”一种多年的习惯无形中支使他不敢在老东台这里见机行事，不由将凤山之踪据实相告。

“我说呢，难道咱们这位新科举人又进京赶考去了不成?”

“家人不知实情，以为又赴京上班去了。晚生少小即投身东家商号效力，应乡试已是勉为其难，心力交瘁，不堪重负，哪里还敢奢望会试。”

“京号有信说，朝廷变法已势在难免，康有为新派近已获专折上谕大权。若实行变法，你看对咱家生意有无损伤?”

他一听便先吃了一惊，幸亏未敢虚言在京，否则问及京师近况不就露馅，好险哪。不过老东台问及变法和京号生意，他正可乘机显一显自家才干，或许老东台会重新启用也说不定的。于是又有些转惊为喜了。

“晚生在京号虽效力几十年，但只知埋首张罗生意，对朝廷大政实在不敢妄言。听新派议论，与咱们西帮票商最利害相关者，便是促请朝廷开设官办中国银行。官家银行一立，我帮票商生意就难以再葆百年盛势了。一来以我民商之力怎么能与官商权势相抗衡；二来我帮票商的大宗生意，一向全赖兜揽官库巨额款项的调解汇兑，官家银行一开，哪里还有我们的生意？当然，新派力主开办官家银行，是欲遏止夷人银行在华势力，不独专为压制我西帮票商。而洋人银行又是夺我帮民商银钱生意的大敌。我帮票号处于官家银行与夷人银行的两相夹攻之下，日后盛势是堪为忧虑的。”

“哈哈，真是危言耸听了。”

“老东台明鉴，这并非晚生不吉之言，西帮票商驻京同仁都有此虑的。不过，我帮执全国金融牛耳二百多年，根基雄厚，势力遍及海内，信誉又无有匹敌者，如能顺应时变，及时做变革打算，仍可长盛不衰。”

“我们也行变法吗？看来你也是个新派。”

“晚生只是为东家百年大业着想。京号同仁多次会商，以为当务之急，是协调西帮各票号，仿银行新制，集股开设三晋汇业银行，以做各票号之有力后盾。现今朝野上下，无论洋务派还是变法派，都大倡兴办实业。如有三晋银行做依托，我西帮票商的雄厚资本，即可与大兴实业的潮流互为推动，银钱生意仍可变化无穷的。”

“你说的开办银行，以前也听过驻外伙计议论。只是，银行系有限责任制，与我票号无限责任制大异，有失我西帮票商二百年来的商德哪。我帮能有今日，唯以信义仁德立足。仿夷人有限制，不是唯利是图吗？”

他一听，原想大展已才的兴头顿时就凉了，一时冲动竟说了这许多老东台不爱听的议论，重新复职的希望算是告吹无疑。

“晚生妄言，还请老东台宽厚不究呀。”

“你已荣为举人了，我能怎么你呢，说说闲话罢了，生意上的事全由总号掌柜们张罗。听说你已离号，不知有什么打算？”

“晚生多半生从商效力于东家，实在也别无所能的。”

“连做官也不会哪？”

“在下一向视仕途为畏途，此番应试已后悔莫及了。留职天成元不方便，恳请老东台在康家其他生意字号内另赐一职，即使地处边远也愿高就的。”

“其他字号的掌柜也一样不便指使你这位举人老爷，你要不去做官，就来咱这家馆做先生吧，不知肯不肯屈就？”

做家馆先生不是又步了自家老爷子的后尘吗？但除此也别无可择，多年的习惯也教他难驳老东台的面了，只好应诺下来。所幸的是，就康府教职也算仍未脱离商家，聊可自慰了。

后来明白了他在天成元的六厘身股已被终止，虽曾求助于东家，但有总号独裁的旧规，还是覆水难收，只好甘认倒霉。一年一千五百两银子哪！

## 六

丢了孝道，复归康府家馆就职，日复一日地与这班蒙童做伴，毫无波澜，他也渐觉百无聊赖了。

家馆书院在康府西北一隅，虽近于那个“寿”字布局的起首地位，但与主家庭院互为隔离。塾师居室在书院内，专为塾师备的灶房也在院内，他与那位李老先生便终日囚于其中。未被召唤，他也不便随时出见老东家少东家的。老东台闲来召见，也不过漫话今古，解解闷罢了。平素就只有那位夏管家和护院的武师偶来闲坐，扯谈也无兴味。在康府，他这塾师地位实在也只同管家武师同等级，每想及此便更心灰意懒。授课中，给这班蒙童讲述京师见闻，虽也有些兴致，但也渐渐明白了：自家不过是借此忆念昔日那辉煌光景。自居丧归来，这点兴致也淡漠去了。

夜晚，在那无边的寂静中，便只好又拾起老父所赐的那本《古今笑史》来研读，但已引不出多少笑意来，真是怪了。此书难道果然是正色经典哪？

这日夜晚，他又在灯下研读其中奥妙，久久没有倦意。忽然中间，好像听到一种异常的响声，闷闷的，似从东家庭院那厢隐隐传来。

这是什么声音哪？

他忙丢了《笑史》，凝神息气全神来倾听，但什么声音也没有了。只有那无边的寂静。他不肯罢休，仍全神贯注侧耳倾听，足足半个时辰，依旧没有再出现任何声响。

他趋身近窗口向外张望，只见一片黑暗，满天星斗。远处屋顶上那个供家丁巡夜观望的小小眺楼，有一点昏暗的灯光，一如寻常，并未有什么动静。

他失望地复坐案前，就再无心研读《笑史》了，仍凝坐着，留神倾听，依然寂静无边，什么也没有。

休歇了吧。他正这么一想，就仿佛忽然又有什么响声传来，只是更轻微似的，又似清脆而非闷闷状。忙追寻时，早消失得寂然无影踪了。

此后他静候良久，终究再无所获。但静坐追忆那两次响声，一直确认不了是什么响声。

他终于上炕就寝了。躺下，仍追忆那是什么响声。后来又怀疑是否真听到了什么响声。因此入睡时已不知是几更时候。

次日康府也平静如常，只是这反叫他愈觉其中深邃莫测。早在京号做小伙计时候，他同伙友们就爱私下猜测，康家会有多少银子呀？康家不止有票号，还有绸缎庄、茶叶庄，以及在口外起家的那一大摊买卖。历经百多年，生意越做越大，到底会积攒了多少银子，那实在是一个诱人的题目。从小伙计猜到他做了京号副帮，也不曾猜出一个大概来。侧身京号多年，他虽然早知道了凡商家全以保密为要规，票行尤甚，西帮票商又尤甚，但对猜测东家到底会有多少银钱，仍兴致浓重。这是因越严密反而越诱人吗？也可能永远也猜测不透，便永远吸引许多傻货去猜度不止。他不是傻货吧，却总也丢不下这个痴念，难怪后半生会糊糊涂涂被逐出票号呢。

进入康府后，这个痴念又似难以戒除的恶习一样，不知不觉就春风吹又生了。神秘的康家东家，现在是身入其中了，探测一个大概总多了许多方便。在闲无波澜，百无聊赖中间，这成了他的一大嗜好。静夜独坐，常常回忆，计算天成元历届账期中，东家银股所分的红利数额，觉得自己的记性还未衰弱。只是四年一届账期，他在天成元总共三十多年，也仅经历七八届，此前那久远的账目，自然无法计算。还有康家的其他生意，虽熟悉市面行情，实在也不好估算。东家的房产浮财，更无从估价了。早听说东家有几件稀世宝物，但进出老东台书房也未见到什么，那里简朴如常，还不及京号内账房排场呢。后来忽然推测到，在这“寿”字形深宅大院中，必有一巨大银库隐于秘密处。回忆在京几十年，曾经历几次大风险，受政局动荡牵连，银市吃紧几乎难以支持，都是东家速出巨量现银，转危为安的。没有巨大银库，怎么做票号财东哪。入康府四年来，他便留心察看，什么也没有看出来。又犯傻了，银库是可以给外人随意察看出来的吗？只是既成嗜好，弃之也难。

去年有庚子事变，时局混乱，康家驻外商号纷纷将现银设法运回。他虽日夜留意，终于不知将那许多银子匿藏何处了。他推想，银锭入密库，当在夜深人静时进行吧。所以入夜便格外留神动静，可怜连响声也不曾捕获到几回。偶有异响传来，也如这般似有似无的，神秘极了。朝廷两宫出逃西安中间途经祁县，乔家大德通票号争到了接驾大功。康家闻讯，即出三万两银子赶送祁县，孝敬两宫。前一夜也是沉寂无有声息，第二日就忽然将雪亮银子装车启运了，真神了。

越觉得神奇，探究的瘾头便越大起来，你是想做贼吗，教老东台知道了你一个举人竟暗自在下这样的工夫，那还了得哪！兀自用功，谁能知道呢，做了半生银钱生意，喜爱测算银子也不为非分吧。

自那日夜里听到异响之后，他又接连留神了数日，一无所获。后来只得重新拾起那本《笑史》研读，聊解寂寞。

研读既久，果然笑意消散而精义独存了，他渐有灵悟，越来越觉得这的确是一本好书哪！只是，他与自家老爷子所见大异，并不觉得它是修炼风流名士的经典，倒是从业商界者的明鉴。他若早研读此书，也不会一时痴迷，断送了前程。

以他亲身经历，西帮票号录用号伙本来就极其苛严，聘用后又首重培养。培养中间如教习这本《笑史》，那会多么有益，于票号于号伙都将受用无穷的。初入号的学徒，都是从乡中第一等子弟中挑选出来，体格健全，家世清白，相貌端正，资质聪明。入号后，先教以读诵四书，选读五经及纲鉴易知录，习写字，练珠算账簿，试作文书，熟记办事规矩。后参加服务，从洒扫房屋，清洁庭院，洗涤衣物，烧菜做面，照看柜房，待客敬茶，到外出取送物品，传达信息，迎送宾客，这许多功课哪一项都得精熟练达。回想当年真是受了大苦大难了，掌柜苛严远胜塾师，历尽苦难却轻抛锦绣前程，你没有因痛不欲生而致疯癫，亦可入《笑史》了。许多功课，不精专交代不了掌柜，而威严之下，精专又宜过而流于痴迂。痴迂成性，怎么还能成为商贾中好手？你不相信，可读《笑史》。

愚以为在培养号伙的许多功课中，实在应增加一研读《笑史》新课，兹恳求东台老总明察而采纳，尽早实行。凡本号同仁伙友，务必熟知四书五经，精通票行业务，但又不可迂腐、怪诞、痴绝、专愚、谬误、无术、癖嗜、汰侈、荒唐、贪秽，一如《笑史》所鉴。虑及先读《笑史》，恐无知学徒松懈钻研正课心志,可在许多正课研修圆满,确认其为可造之才后,再令研习《笑史》。前天成元驻京副帮何召棠谨以至忠之心敬业之德献上策于东家暨总理仁台足下。

他本来想将《笑史》中所辑古今公案,一一添加新的批注,以经商为旨,阐发新论。只是,这实在是一项浩大工程,还是先行禀知康老东台后再从容批注吧。说不定,老仁台会慷慨出资,以何注版本重新刊印出书。就职康府家馆以来,已别无奢望了,曾想自编一本别集,辑录自家历年所吟诗句,恳请康家资助刊印,聊附风雅。可惜往年商务冗繁,得诗不多,偶有所成也多涉银钱,太俗气了。近四年倒清闲得百无聊赖,却反而更寻不到诗意了,怪得很。批注《笑史》,这不是正可酬此情怀的一件正经事业吗?

忽然又寻得了这样一件正经事业,他夜晚有事可做,白天授课也多了精神,虽不敢擅自拿《笑史》教习东家子弟,但在教授经学中间,不免兴致所至,便引出《笑史》中几则公案,做自家的新颖评述。学子们倒也听得兴趣盎然,乐融融的。

然而,已有许多时日了,一直未被老东台召见,教他无法禀告自己的创见。康老太爷做重九登高,至今还没有恢复过来吗,还是又出远门去做新的消遣了?人生在世,如东家这么活一辈子,真是远胜那些官场显贵不知多少。相形之下,他此生休矣,新注一本《笑史》,怆然自慰吧。只是,东家似将他遗忘了似的,一直未获召见。惶惶企盼,又渐将新生兴致淡漠下去。

忽然有一天,夏管家来传话:老太爷请何老爷过去呢。

他一听便顿时兴奋起来,老东台并不曾忘了他哪。他急忙更衣,然后袖里放了一卷《笑史》,便应召前往了。

曲曲折折,来到老太爷所居的老院内正院,拾阶入正房外厅,就又先见到康老夫人。老夫人分明也很兴奋。

“何老爷到了,老爷正等着你呢!”

什么事呀,看老夫人脸色仿佛有些喜气似的,难道会重新起用他吗?

老太爷连声唤他进书房,他心跳着趋入,老夫人未避去也跟了进来。

他不及施礼毕，老太爷便说："何先生是久住京城的人，你来看看这些照图，是真是假？"

他走前看时，书案上摆着十多张洋人西法照图，图中所照却不是昔日在京所见的那种西洋风景，却是京师风光和宫殿禁地。顿时，引起他无限感伤。

"你快说是真是假？"

"哦，老东台，老夫人，看那几张风景照图，确是京师实像，那些宫殿照图也像本朝皇宫，只是此属禁地，在下也不曾亲睹的。不知这些洋人照图何能照出？"

"何老爷，这是你们京号戴掌柜刚刚寄到的。"

"戴膺附信说，这些照图是去年两宫圣驾西巡后，洋人以西法照得，又加翻印，在津沪洋行私售。他们不知怎么购得，寄来叫我们这老朽开眼呢。"

"京师风景雄视天下，极其可观的。记得当年老东台几次到京察看买卖，也曾到各处观赏过的。"

"去是去过几次，好像不似照图中这么好看哪？"

"洋人照图颇讲究技法，如作画似的，有许多巧妙，所以照出图景来倒比实景中看了许多。"

"皇上宫殿怕还是实景壮观，这照图虽然逼真，却看不出金碧辉煌的颜色，黑黑白白的你说是不是？"

"皇宫禁地，一向人迹罕至，在下实在无缘亲睹的。在京听官场形容，确是金碧辉煌，堂皇巍峨之致。今得观此照图，真是开了眼了。"

"何老爷说的是，我们凡俗之人看看照图，也有眼福了。"

"老戴信上还说，朝廷两宫圣驾即将回京，市面平稳了，叫老汉我重游京城呢。哈哈，这不是想要我的命吗？"

"戴老帮是一番好意。晚生在京号时，我们也时常议论，自开海禁以来，时局日新一日，京师及津沪汉情形，已与前大不相同了，甚盼东家和总号老总们出来看看。方今官界学界都有人出洋考察,唯我商界还没有这样举动,只听说祁县渠家楚南学士出游东洋。以我康家地位,也不当落后的。”

“何先生你更厉害,撺掇我出洋游玩,可惜老了,动弹不得了。”

“何老爷说的也是,出外开开眼多好。我们身为妇人,更没有这种福气。”

“老夫人得此西人照图,京师风光亦宛若近在眼前。这些照图也实在是一般人不易得到的大观哪!”

又指指点点,闲话了一阵图照中的风光宫殿,知道并没有他的什么喜事,便想到了袖里《笑史》。只是老夫人兴致勃勃地一直在观赏照图中风景,他也不便向老太爷陈述自家创见的。于是,那个邪恶的意念又难以拂去了,自家若有这样一位妇人在家厮守,现在的赋闲日子也当好过的。康家有不许纳妾的家风,但康老爷一生续弦凡五,到古稀之年仍能有这样一位佳人相伴,到底是福分大了。康家各商号伙友,也被令崇尚不得纳妾的东家家风,可谁能有那样福分。

“何老爷多坐坐吧。”

老夫人终于告退,他同老太爷又说了些闲话,才从袖中取出那一卷《笑史》。

“何先生袖着什么书?”

“是冯梦龙的一卷《古今笑史》。”

“唔,你也在看那本书呀,解闷吗?前几日,我也拣来看的。”

祖宗,老东台也看《笑史》,难道久不召他来闲话古今,就是因为有这本《笑史》解闷吗?

“原来是借此解闷,不期读久了却发现了新义。”

“你发现了什么新意,快说说给老汉听。”

“老东台,我看这实在是我们商界一本必读之书!”

他将久已思得的那一番精论,慷慨陈出,又大加发挥,觉自家口才今日也十分的给劲,妙语不断吐出,胸间畅快无比。

老东台听得似乎很入神,想不到听毕却畅笑了。

“何先生说笑史,也别出心裁,甚妙,甚妙。”

“老东台,晚生实是当真的。”

“罢了,你想逗老汉一笑,我已经笑了,甚妙。”

“实是当真的。”

“你也想叫大家解闷吗?由他们去专心张罗生意吧,我们只管我们。”

“愚见有所不妥吗?”

“甚妙。”

老东台说毕,满脸笑意的,却端茶送客了。

他只好起身退出。归来很惴惴不安了一阵,思之再三,方觉自家创见似又与康家商德相左了。所幸康老东台仁厚无比,只作笑谈,并不曾细加追究。后来回家小住时,即将那本《笑史》退还了自家老爷子,任其去做风流经典。

此后他即在家馆赋闲度日,除仍留神捕捉那种难以期遇的异响之处,暂时又重新开始寻找诗意,为编一本别集用功。不久,又忽来兴致,跟了护院武师,每天清晨演习形意拳。

(发表于《黄河》1991年第2期)

# 惊人之举

## 一

光绪二十九年,清廷终于决定设置国立银行。这是中国第一家国立银行,当时交由户部组建,并“以部专其名”,称户部银行。当时的户部尚书是鹿传霖,在领旨之后还是颇有自信的。

在廷议的时候,太后说了:“钱银生意,咱们都不懂,可以叫山西人给咱们操办,他们懂,也靠得住。”军机大臣瞿鸿玑在正式奏折中,也有“山西巨商,所立票号,法至精密,人尤敦朴,信用最著”这样一些话语。而鹿传霖自己,同山西票庄中的那些大号,多有交往,关系不错。户部呢,同西商票庄的交往就更为密切一些。因为这些票庄大多在京城设有分号,当户部遇到银库“支绌”的时候,就常常很方便地向票庄借款,而遇到有“库银”也就是官款一时用不着的时候,也常常很方便地放到票庄来生利息。所以,倚重于山西票商,组建这第一家国立银行,既为鹿传霖所情愿,也叫他觉得比较有把握。

他做的第一件事，就是决定召集山西票庄的领袖们，集议一次。当然，要向他们传达一下圣旨，特别是朝廷、太后对他们的器重。不过，重要的还是要他们出钱，出人。

户部已初步议定，银行要办起来，起码得纠合资本四百万。当年盛宣怀开办通商银行，还打出要招商五百万的旗号，虽然后来只招到二百五十万。我们是朝廷的官银行，说四百万，就是四百万，这不是旗号。四百万中，户部打算出一半，另一半向民间招股。

如果，山西的巨商们肯认股，这区区二百万，对于他们根本算不了什么。只是那些在京城设有分号的四十多家大票庄，一家拿五万，就成了。出人呢，也是想请他们这些大号，各家选两三名金融好手，来银行担当重任。

鹿传霖开始想得很乐观：精明的老西们，这一次应该是乐于出钱、出人的吧。因为这样做，他们既能讨好朝廷，又等于朝廷为他们山西人开了一家官办银行，这是多大的好事！

然而，户部的请帖发出后，直到临近了集议的日子，那些大票庄的驻京分号，才陆续向部里呈来回复，而且口信也相差不多：敝号的总理闻知受到朝廷夸奖，诚惶诚恐！鹿尚书大人有什么吩咐，尽管跟敝号驻京的伙计说……都这样一些废话，竟然没有一位票号领袖，答应奉召进京！

鹿传霖对此大为不悦。他本来是请各大号的老总们进京，隆重地集议一次，没有想到他们就这样架子大，一个个都不肯出山。难道他们还嫌本官的面子不够大吗？他以往在几处封疆大吏的任上，对西帮票商一直多有关照，自认为交情不浅，这一次怎么一点面子也不给？难道连朝廷的面子也不给吗？他这是奉朝廷圣旨，抬举他们啊！

那天，户部的银库郎中张伯讷在座，见尚书大人不悦，就说："或许是那些老总们大多年迈，进一次京不容易吧？"

鹿传霖冷冷地哼了声，说："有什么不容易，他们出一次门，比我们还排场！庚子时，太后西狩，多大年纪了，那又是受的什么罪？"

张伯讷说:“两宫西狩时,路过山西,这些票商大号集款甚巨,救了急,所以这次办银行,太后特别想着他们。”

鹿传霖大声说:“那就连我们户部也不放在眼里?更不必说,本大臣一向也不是他们讨厌的人物吧?”

“大人也不必与他们太计较了,据在下所知,那些老总们实在也是许多年不出门了,即使肯应召前来,想来也是一班老朽了,走一个过场,议不成什么事的。”

“要真是一班老朽,我还计较什么?你没有看见吗,庚子后,两宫自西安回銮,这才几年,京城各行各业,都还没有缓上那口气来,只有这老西的票号,复业后倒比遭乱前还要兴旺似的。”

“他们复业后,不计庚子劫难所受的损失,将乱前的一切票据,仍如约兑现。京津许多票号被抢劫,巨款丢了,连账本都给毁了。但他们守信认账,凡持他们的旧票,都给兑现。这一手,重振了他们的声誉。庚子之乱,那是塌天之祸,两宫都离京了,赖账吧,谁不得自认倒霉?”

鹿传霖又冷笑了一下,说:“老朽能使出这样一手吗?”

张伯讷忙说:“以在下看,票商中能手,近年大都集中于他们的京号中,许多高见妙着,常常是他们向总号建议的。那些老总们,囿于老号,坐井观天,已经很难适应当今天下的变化了。”

“老西的票庄,向来是总理独裁制,那些老总们不点头,叫他们出钱,出人,你不用想。”

“那当然。不过,我们办银行所需要的人才,还是京号中这些能手。他们长驻京都,见多识广,也深知西洋银行情形。大人不妨给这些京号老帮一个面子,先召他们来集议一次。将来他们如入我们银行,肯定将不负大人器重。”

鹿传霖还是叹了一口气,说:“真不明白,这样的好事,他们怎么这样冷淡?这不等于朝廷给他们老西开了一家银行吗?或许他们另有什么老谋深算?”

“那就更应该早召他们，集议一次，听听他们说什么，他们的总号一定会对京号有所指示。”

鹿传霖说：“那也只能这样了。”

他想自己堂堂户部尚书，朝廷要臣，自己失了面子，还要再给他们面子，真是大失体统。但想自庚子动乱后，朝廷已经是囊中空空了，只是筹集给洋人的赔款，就几近向各省乞讨了。朝廷都没有面子，自己还怎么强硬？这次太后终于同意开办银行，据他猜测，很可能也是穷怕了。庚子逃难时，太后才知道，天下的钱财原来也不是自家的，向各地筹饷，那有多难。那时她就总说，朝廷也得有自家的钱铺，看看现在想花他们的钱，就像割他们的肉似的！我们逃难要饭，他们才不可怜！

但现在开办银行，户部哪里有钱啊？部议的时候，他说部里要出资一半，那实在也是一种旗号。只指望，能将民间招商股份尽早集齐，就先开张了。然后，通过统一国币，发行纸币，发放公债，来弥补官股不足。

他这户部银行，官股空着，全靠民股垫底运作，这是不是被山西票商中那些老谋深算的领袖，看破了呢？

这正是鹿传霖最担心的。

## 二

参加集议的那十几位京号老帮，倒一个个真是精明老练的人物，而且还有点雍容儒雅的风度。鹿传霖虽然对他们所代表的票号都是熟知的，但这些老帮他却一位也没见过。是啊，他们这等人物，如果不是遇到这样的机缘，怎么可能见到他！

事前，鹿传霖打算破例给这些老帮赐座，但此刻他不想给他们这种荣耀了，就让他们都站着吧！

根据张伯讷事先的提示，鹿传霖特别注意了一下蔚泰厚的京号老帮李宏龄。张伯讷说，李宏龄是位很开明，有远见的金融老手。他所代表的蔚泰厚票号，及其六家实力相当的蔚字联号，又差不多是西帮票商中执牛耳者。蔚泰厚一向以压倒"票号第一家"日升昌为经营宗旨，事实上从光绪十年之后，蔚字号已比日升昌强大得多了。这些，鹿传霖也是知道的。但他看这位李宏龄，好像也没有多少出众处，自始至终，和别的老帮都说着一样的话。

他们对朝廷组建国立银行，异口同声说：圣明之至。

他们还一齐说，我们西帮受到朝廷如此器重，诚惶诚恐。还说，我们一向受户部器重，受鹿大人器重，感激涕零。

然而，对于出钱、出人的具体意向，却异口同声说，当如实禀报，请总号裁定。此外，谁也没有多言一字。李宏龄也同样没有多言一字。

张伯讷婉转地问他们："总号的意思，你们一定知道吧？"

他们都说："总号只命我们，恭听户部衙门吩咐。"

张伯讷又问："你们估计，总号会如何决定？"

他们都说："我们不能对总号妄加猜测。"

张伯讷还特别问了李宏龄，他的回答，和其他老帮如出一辙。

鹿传霖对自己礼贤下士，亲自主持的这次集议，相当失望。

## 三

李宏龄对朝廷组建国立银行，是喜忧参半。

庚子动乱后，山西票业虽然恢复得不错，但他知道这不会是长久气象。如今，洋人银行已如洪水猛兽，势不可挡，民间像样的金融生意，多被他们夺去，甚至官方也在不断向他们借款举债了。西帮票业历来以官款生意为大宗，现在国立银行一起，通国财政必然要由它包揽无遗，我们还到哪里去做大宗生意？在洋人银行和官家银行这样的夹击下，兴盛了近二百年的山西票业，恐怕真要日薄西山了。这正是李宏龄所深感忧虑的。

其实，在朝廷还未准许组建官银行以前，他就早有这种忧虑了。也不仅是他一人独独高明，或者敏感，其他京号同仁也一样早有这种末路之忧了。

只是，这次组建户部银行，朝廷独独倚重山西票商，也算是忧中有喜吧。如果将来的国立银行，真能为我西商所把持，拯救票业于末路，也许还有几分希望？

李宏龄明白，票号旧制，根本不可能与银行的新制抗衡，将票号旧制改为银行式新制，也许是西商可行的新生之路。现在，朝廷将组建国立银行的重任，委于我们，这也许是我西商票号不该覆灭的天意？有国立银行做靠山，革新票号，就有可能游刃有余地从容进行了。

这是天赐我生机。

所以，在接到户部的召帖后，李宏龄很快就给平遥老号的毛云生总理，发去一封很长的电报，陈述了这一天赐良机，极力劝说毛云生能进京一趟。但老号却迟迟没有回音。他又发电催问两次，才得到那个令人失望的指示："电报太啰唆了，你先听听户部说什么。"

毛云生不进京，其他字号的老总即使想进京，也不便出头的。

李宏龄能看出来，那天，鹿传霖尚书对召见这一班京号老帮，是不那么高兴的。他没有说几句话，一直毫无表情地坐着。只有张伯讷问了一些话。而老帮们又什么也答应不出来——各家老总都没有更多的指示，叫他们答应什么？

尚书大人亲自召见他们，却是这样一个冷冷的场面。这不是一个好的开头。

所以，被鹿传霖召见后，李宏龄很快又给毛云生写去一封长信。除了转达户部对西商的厚望，特别说明了今日之天下，已不是昔日之天下，不参加国立银行，恐怕我们将难以存身于新的天下了。"忽然天赐良机，正是兄力挽狂澜的时候，兄振臂一呼，票业各帮各号同仁，当会齐声响应的。朝廷寄厚望于西商者，实仅寄厚望于兄一人耳！我西商雄视天下二百年之票业，今日存亡已系于兄一身耳！立我国家银行，臣服洋人银行，成败之间，亦在兄一言耳！”因为李宏龄知道毛云生有好大喜功的毛病，所以用了许多这样的言辞，想说动他。

当然，李宏龄也再次暗示了：太后既然想叫我们给她办银行，我们恐怕不想办也得办吧？这是非同小可的事！

在等待毛云生指示期间，李宏龄邀请大德通的京号老帮梁纬堂，商谈了一次。

大德通是祁县乔氏家族的票号，虽不及蔚泰厚声名大，但它的财东乔氏，一直治家较严，对票号的总理也能压得住。不像蔚泰厚的财东侯氏，几代主持家政者，都只会吃喝嫖赌，字号中的事，全由总理一人独揽。所以，李宏龄想请梁纬堂向乔氏说明朝廷的意思，看乔氏能否出面联络各号的财东，以尽快促成此事？

但梁纬堂一开头就问：“你们蔚泰厚是什么打算啊？”

李宏龄说：“我还不知道。你们老号呢？”

“我们当然得先看你们的态度。但你们这次是唱哪出戏啊？叫我们成了丈二和尚，摸不着一点头脑。”

“梁兄，你这是什么意思？也叫我摸不着一点头脑了。”

梁纬堂别有意味地望着李宏龄，笑了笑。

“你是装着这样吧，好像什么也不知道？”

“梁兄，我装什么啊？我真是没有得到老号的任何指示。”

“那么，我问你，你自己对参加国立银行，怎么看？”

“我当然是非常赞成的！我甚至认为，这是关乎我们西帮票业存亡的一个大举动。”

“那么你们蔚泰厚，是不是想独家承办朝廷的国立银行？”

“梁兄，你这又是从何说起？”

梁纬堂又那样异样地望着他，笑了笑。

“我们老号来信说，这回朝廷邀请我们西帮票庄参加国立银行，祁、太、平三地的同业都有议论，唯独你们蔚泰厚好像静无声息，什么议论也没有传出来。这样一件大事，我们大家当然得先看贵大号的态度啊！许多同业老总，上门去请教你们的毛云生，都被挡驾。说毛掌柜身体不适，不便出来，至于参办银行，因事体重大，想先听各号高见。这哪像贵大号一向的作为啊？”

李宏龄听后，也觉得有些异常。因为毛云生一向喜欢做票商领袖，所以常常先发制人，有什么主张，总是抢先散布出去，以便让大家早明白他的意思。这样，在集议时，大家往往顺着他的意图说。这样，既抢了先，又好像不是怎么强加于人。毛云生每每得意于他的这种做派。这一次，怎么就静无声息了呢，还要先听各号高见？

“我真是不知道这些情形。”

“宏龄兄，你也有些反常啊！你一向对老号意图，了然于胸，这回，怎么会这样隔膜呢？”

“梁兄，难道我是在给你演戏吗？”

“老号想让我从你这里，探听点毛云生的意思，看来也不会有什么收获了。这就像我们大家，从你们老号那里什么也探听不到一样，明里暗里，都探听不到。我想，你们贵大号一定在筹划什么惊人之举吧？只是，让我们大家怎么回复户部，回复朝廷？”

“你让我怎么向你说清？”

他请梁纬堂来，本来是想联络他，共同促进这件大事的成功，不想，自己反倒被怀疑为破坏此事的同谋了。如果是老号真是有什么图谋，或者惊人之举，他当然也会遵命行事的。问题是，他对那一切，实在是一无所知啊！

难道毛云生真在策划什么惊人之举？而且居然要瞒着他们京号？

## 四

李宏龄想象不出毛云生在策划什么样的出奇对策，他只能不安地等待着总号的回信。但终于等来的回信，同样极其简单，极其令人吃惊：“信里说的,都知道了。你先操心张罗京号的生意吧。”

这是什么意思啊?他披肝沥胆,言真意切,写去那么一封长信,居然就得到这样几句回答?而这又叫什么回答!他所禀报的那样一件大事,居然无一字指示,而这件大事又是朝廷交办,户部尚书大人亲自督办的啊!你毛云生再好大喜功,财大气粗,也不能眼里没有朝廷,没有太后,没有户部衙门吧?李宏龄与毛云生共事几十年了,他知道毛云生还不是那样一个浅薄的家伙。那么,毛云生是真要出什么奇兵了?

李宏龄驻蔚泰厚京号,也有几十年了,还从来没有这样被老号蒙蔽,如坠五里云雾。他所主持的这一间京号,难道不再代表蔚泰厚了吗?

毛云生真会图谋独家承办国立银行?不,那根本是不可能的。即使你蔚字号有足够的财力、人力、能力,户部会答应吗?朝廷会答应吗?那不成了蔚字银行,何言国立?再说,国立银行,那是一个金融衙门,不是一个赚钱的银号。我们参加国立银行,是为了用它做靠山,而不是取而代之。毛云生不会不明白这个道理吧。如果真有这类图谋,他也必须通过京号来秘密动作,怎么反而向京号保密呢?

除此之外,毛云生还可能出什么奇兵啊?

李宏龄真是百思不得其解。

就在这种时候,户部的银库郎中张伯讷,又要召见他。他明白,召见不会有别的事,一定是催问总号的态度。可他怎么回复啊?

李宏龄就想在被召见前,先宴请一下张大人,以缓和缓和气氛,并相机找个借口,解释一下为何有所拖延。只是,请帖送上后,得到的回复是:张大人公务繁忙,不能领情。李宏龄更感到情形不大好了。

见到张大人后,倒是让他坐下了。

但张伯讷劈头就说:“你说,贵号到底给不给我们户部面子啊?”

李宏龄慌忙起身跪了下来:“大人这样说,我们小号能活吗?”

“起来,起来,你们还小啊?你们是天下第一大号,连我们也不放在眼里了。”

“大人这样说,我们就只有死路一条了。”

李宏龄不敢起来。

“起来,起来。”

李宏龄仍不敢起来。

“起来说话!”

“谢大人。”李宏龄站起来,垂手而立。

“看你这么大年纪,坐下说话。”

“谢大人。”李宏龄忐忑不安地落了座。

“你说,你们蔚泰厚想不想参加我们户部银行?”

“因为事关重大,敝号主事的,正在慎思密想……”

“你说,要想到什么时候啊?”

“当然要尽快决断。不过,我们也还得听听同业各号的意思。”

“你蔚泰厚是领袖,别人都看你家,连日升昌也说,要先看看他蔚泰厚的意思。可你家偏偏按兵不动!真能沉得住气啊,是给我们摆谱吗?”

李宏龄立刻站起来了,连说:“大人,一定是误会了!据在下所知,敝号毛掌柜他们正为此事殚精竭虑,寝食不宁。因为我们毕竟是民间商号,忽然要承担如此重要的官差,实在是一时不知所措。我们哪里敢按兵不动?实在是怕稍有不妥当的言行,又为同业所效仿,岂不坏了朝廷的大事?所以,我们才慎之又慎,不敢张扬。请大人不要误会。”

“坐下说话,坐下说话。你们做生意,一向是大手笔,这一回怎么这样缩头缩脑,躲躲藏藏,是不是以为我们衙门,要占你们多大便宜,要抢你们的生意?”

“我们哪里能这样想?能孝敬朝廷,那是我们的荣耀。只是,这件事太重大了……”

“不是事关重大,我们敢劳动你们?朝廷,太后,是看得起你们老西,才把这样的重任交给你们。再说,这对你们老西,是多大一件好事,你们难道就看不出来？一家出几万两银子，一两个人，对于你们谁家，不是九牛一毛？可这朝廷的官银行，不就给你们老西把持住了吗？我们不相信，你们就算不过这一笔账来？”

“我们明白朝廷的恩典，只是，我们也得为朝廷着想。”

“那你说，你自己是什么想法？”

“我？”

“就是你，你自己是什么想法？”

“在下只能听命于总号，不能擅自做主，大人是知道的。”

“我只想听听你的想法，又没有叫你做主！”

“在下以为，朝廷设立国立银行，是顺应潮流的英明之举，是大势所趋。没有国立银行，我们根本无法同洋人的银行抗衡。而我们票号旧制，也日益不适应当今金融交易了，革新之路，我看就在改银行新制。变革票号为银行，没有国立银行做靠山，那是无法实现的。所以，朝廷设国立银行，实在也是为我们西商票业，开了一条新生之路。”

“你们掌柜毛云生，他不会不懂这样的道理吧？”

“当然。”

“那他还犹豫什么？”

“在下远离老号，详情不太知道。”

“你回去一趟，见一见毛云生，当面说一说，好不好？叫他尽快做出决断。”

“可我们有规矩，没有总号的召唤，是不能随便回山西的。”

“这是鹿大人的意思。鹿大人本来对你们老西寄予厚望，也一向对你们很偏爱，对不对？但这一次，你们可叫鹿大人失望了！”

“请转告鹿大人，我们实在是因为事关重大……”

“你不用啰唆，赶紧亲自回去一趟。送客！”

## 五

李宏龄倒是很想亲自回山西一趟,见一见毛云生,看他到底拿的什么主意,想出什么奇兵。但他权衡了一下,觉得还是派副帮沈国蟠回去一趟比较妥当。

总理毛云生既然这样向他保密,他却忽然不召而至,会不会产生什么误会呢?所以,派沈国蟠回去,比较有回旋余地。沈国蟠是奉户部鹿尚书之命,回去急商参加银行事,并不是对你毛大掌柜有什么不满。您不管策划什么惊人之举,也得给我们透点风哪!否则,朝廷怪罪下来,我们区区京号,怎么能承受得住?

此外,李宏龄也觉得,自己毕竟上了年纪,千里之旅,这样匆匆来去,实在有些招架不住了。

李宏龄向沈国蟠交代,回去务必当面向毛云生说明京城情形的紧迫。你就说,再不尽快做出决断,户部,乃至朝廷,都会认为是我们蔚泰厚一家,在从中作梗,恃财犯上。就这样对他说!得到毛云生指示,就赶紧回来,不敢见了媳妇,就睡起来没够。

就在张伯讷召见李宏龄的次日,沈国蟠便匆匆动身回晋了。

那时京汉铁路已经通车了,而正太铁路还没有修成。票商们从北京回山西,一般都是先坐火车到正定,再雇马车往回走。路途上,得用去五六天的时候。

所以,沈国蟠返京时,已经是将近二十天之后了。李宏龄当然等得有些焦急,不过他知道这也是最快的速度了。他们这些票号的驻外人员,三年一个班期,这期间,没有总号的特许,谁也不得回家。沈国蟠比他年轻,已经有两年多没有见媳妇了,这一回去,怎么也不可能说走就走,总得多睡几天,解解渴吧。

沈国蟠回来的时候,李宏龄看他精神好得多了。他就说:"叫你见了媳妇,不要睡起来就没够,户部衙门等着回复呢。你倒好,回去搂住媳妇,只怕把朝廷也忘了。"

沈国蟠忙说:"哪里是这样,哪里是这样,我是因为一直见不上毛云生,才耽搁了这许多天。"

"我们见毛云生,还会那么难吗?按规矩,我们这些驻外老帮副帮,回到老号,不是得首先去见他吗?不向他报到,那是连父母、老婆都不能见哪?"

"可我这次回到老号,只见了协理戴子厚,始终没能见上毛云生。"

"你没有见毛云生?"

"我见不上哪!"

"他不见你?"

"戴子厚先是说,毛大掌柜身上不熨帖,就不见你了。我说,我这次回来非同小可,不见不成。戴子厚说,那你等两天再说。我出来打听了打听,也没人听说毛大掌柜得什么病,只是近二年深居简出,一般人都不大能见到他了。"

"你千里迢迢地赶趁回去,又是为了这么一件大事,他真能不见你?"

"我等了两天,又去求见。戴子厚说,毛大掌柜身上还是不大熨帖,他听了你禀报的情形,说很好,都知道了,就不用见毛掌柜了。还叫你多歇几天,再回京号。我说,我这是十万火急,不见毛掌柜不行呀!现在,京城都说,就是我们蔚泰厚按兵不动,从中作梗,恃财傲上,不想叫朝廷开办官银行,连户部对我们也起了疑心!如果我们再不做决断,户部真要在太后面前,奏我们一本,蔚泰厚不给满门抄斩才奇了怪!你们总是说,知道了,知道了,要知道了,你们得拿主意,做决断啊!你们迟迟不做决断,叫我们京号怎么向户部、向朝廷交代?这都是我对戴子厚说的原话。"

"戴子厚他怎么说?"

"他说,毛大掌柜已经有了主意,叫转告你们,这种关乎朝廷的大事,我们还是少出头为好，随同业之议吧。看其他字号怎么行动，我们就怎么行动，他们出钱，我们也出钱，他们出人，我们也出人。”

“拖延了这么长时间，就想出这样一个对策？这哪像我们蔚泰厚拿出的对策，这哪像他毛云生做出的决断！”

“当时，我一听，也傻了。赶紧就说，以我们蔚字号在票业同仁中的地位，这样做，恐怕会引起非议吧？大家一直在看我们如何动作，等了这么长时间了，现在我们又忽然放出风去，说要先看大家如何动作！这叫同业各号怎么想？户部又会怎么想？我又说，既然要看大家的意思，毛大掌柜早应该联络日升昌、三晋源、大德通、协成乾几家大号，召集各帮各号，公议一次啊？戴子厚说，毛大掌柜身上一直不太熨帖，再说，在这种官事上，他也不想太出头。”

“那你到底也没有见到毛云生？”

“可不是，我再三地恳求，戴子厚终是说，毛云生不想见我。我问，是不是因为我没有经老号准许，擅自回来，毛大掌柜不高兴？戴子厚说，那倒不是，这么大的事，回来说说，也很好。我又怀疑，是不是戴子厚在从中作梗啊？可我们和他，向来也没有什么芥蒂呀？”

李宏龄不再说话。沈国蟠带回来的消息，更令人疑虑重重。既然老号已经放出这种风来，那说明毛云生似乎并没有谋划什么惊人之举。可凭他和毛云生共事几十年的经验，他相信毛云生不会做出这样暧昧的决断。毛云生是个喜欢霸道的人，他要是想参加，那一定拉着大家参加；他要是不想参加，那肯定也不许别人参加。面对这样一件关乎朝廷的大事，以毛云生那种地位、那种性格的人，怎么可能这样暧昧无为？或许，他放了这样的风来，也仍然是一种烟幕？他是要在局面糟糕到底的时候，才出来收拾残局，表演给朝廷看？

## 六

军机处已经给鹿传霖传过一次话,说太后问起过:“咱们的银行,筹办得怎么样了?”他只能请军机处向太后奏明,筹办得很顺利。其实顺利什么呀,简直是一无进展。

他至今不知道,那些老西们为何不肯明白表态。他们难道真的对参与组建户部银行,没有一点兴趣?那些主事的老总们,真的是一班老朽了,一点都看不出日后的国立银行会对他们的生意,乃至票号的生存有什么影响?或者,他们是看清了户部银库的空虚,看清了官银行中的官股,不过是一种旗号?

老西迟迟不肯表态,使鹿传霖越来越相信,他们是看破了户部的空城计。那些老谋深算的家伙,肯定是在等待户部做出什么承诺吧。你们官股空着也成,但我们出钱,出人给朝廷办银行,你们总得给我们票号一点特权吧?比如,户部银行成立后,官款生意,还应该保留一部分给我们做。

这或许是应该考虑的?

但那天,他邀请外务尚书盛宣怀小宴,盛宣怀对户部银行中官股民股各占一半,还有异议。盛宣怀认为,官股多于民股,那才能算国立银行。

鹿传霖苦笑了一下,说:“我们要是有钱,还何苦这样求乞似的征集民股?我这户部银行,名为国立官银行,可国库哪里还能拿出钱来做本啊?当今是天地生财有限,国家用款无限!光是赔款一项,款目之巨,就旷古未闻。”

盛宣怀也笑了,说:“因为没钱,我们才开银行啊!但没钱,得想没钱的办法。”

鹿传霖心里想,那就是没钱,也要打出有钱的旗号吧?他说:“办银行事务,老西们可老辣得很,什么能瞒得住他们?”

盛宣怀说:“西商我也领教过。修正太铁路,我也曾想向山西商界招股，鼓动了多少年，也没有成功。直到去年，我才向法国人借到这笔款。那还是给他们修铁路！一个银行，一个铁路，那是最值得投资的事业，借债也值得兴办。老西居然都不热衷，他们富可敌国，又有什么用？你办银行，如果老西真不肯认股，我可以鼓动两江的商人支持你！”

鹿传霖忙说：“还没有到这一步，何况我也在两江总督任上充过数的。”

或许因为鹿传霖是直隶定兴人吧，他还是更希望能依靠山西票商，来办户部银行。老西这次的动作，虽然有些令他失望，但他仍然觉得，比起南方商人来，西商毕竟还是更可靠些。只是，不知如何才能进一步将老西鼓动起来？

或许，可以学一学盛宣怀，把旗号打得再醒目一些？反正是空股，户部何不号称将增资一百万，总共出官股三百万，民股不增，仍招二百万。户部为什么要增股？就说，因为将考虑给你们保留一定份额的官款生意。我们生意少做了，所以在银行里要多占股份。这是官银行，他们每家所占股份没有多少，但给他们保留一定的官款生意，那可能是很重要的。但要明确告诉他们，凡不参加户部银行的字号，今后一律不许经营官款生意！

鹿传霖觉得自己的这个主意，有拉有打，不错。他向张伯讷说了，张伯讷也认为：很高明。

“那位李宏龄回来了没有？”

“听说回来了。”

“那我要见一见他。”

## 七

李宏龄听说户部鹿尚书要召见他，立刻感到如芒在背，惶恐不已。

沈国蟠返京后，李宏龄已经向户部的张伯讷送呈了禀报：敝号总理正在联络同业，力促各号以大局为重，尽快做出决断，早日共建户部银行，不负朝廷恩典，等等。他知道这样的禀报，户部是不会满意的，可他也只能这样禀报了。他能说出，蔚泰厚已决定随大流这样的话吗？

这次鹿传霖亲自召见他，那一定是要向他发泄户部的不满，甚至是愤怒。他这年过花甲的身躯，可能得一直伏跪在那位鹿大人面前，一动不动，接受痛斥吧。毛云生安坐在老号里，吸足了料面，然后就静候着残局的出现，可自己却得在这里代他受辱！

李宏龄去户部的途中，心里非常不是滋味。但见到鹿传霖后，情形却有些出乎他的意料。行过礼后，尚书大人立刻就让他坐下了。鹿尚书并没有表示什么不满，也不像前次那样一副冷冷的面孔，甚至也没有提起命他回老号催问的事。鹿传霖只是问了他的年龄，在京号做事多少年了，总理还是毛云生吗，蔚字号的财东侯氏，现在是谁当家，等等。这倒使李宏龄有些不安起来，因为他不知道鹿传霖要唱什么戏。户部是不是因为太失望了，已经决定不再依靠西商来组建银行？

直到鹿传霖说出了户部的新决定，他才放下心来。看来，户部仍然想依靠西商——这真是天意吧。户部要增加官股一百万，李宏龄明白这不过是一句空话。即使是决定给西商保留一点招揽官款生意的权利，他知道这也是不能长久的。至于不参加官银行者，一律不许经办官款，也不过是把话说明了而已，不说明，事实也必将如此，否则，建立官银行做甚！不过，这几条新决定，也许能促进那些老总们，早做决断？

“我们开办户部银行，绝不是要夺取你们票商的生意，而是当今主理国内外财政，势所必须。这犹如当今新建铁路，并不是为了断绝一切土路。你们应该能够理解的吧？”

“我们深知开办新式银行，是势在必行。我们票号，将来不改银行，恐怕也难以存身于今日世界的。以自身计，我们也是拥戴户部银行的。”

“那就请你号发挥领袖作用，联络同业，赶快作断，共图银行大业。太后催问得很紧，我们不敢怠慢啊！”

“大人，我们更不曾怠慢啊！”

从鹿传霖这次礼贤下士的“怀柔”姿态中，李宏龄当然也感觉到了某种隐而不现的凌厉和强硬，这也许是户部所做出的仁至义尽的最后通牒。

现在，也许已经到毛云生出来收拾残局，一显身手的时候了吧。在被鹿传霖召见后，李宏龄立刻给毛云生写去了一封急信，很长的一封急信。

然而，又是很久没有回音。

## 八

这天，大德通的梁纬堂来访。他对李宏龄说，日升昌和协成乾两家，已经联合提出一个方案：表示同意应邀参加户部银行，但有一个条件，那就是户部要先还清迄今所欠我山西各票庄的借款。最近，他们正就这个方案，在同业中间广为联络。

梁纬堂问："你们蔚字号是什么态度？"

李宏龄说："他们没有同我们联络啊？"

"那你看这个方案如何？"

"这不是等于拒绝参加吗？我估计，户部历年欠我们各种借款的数目，不会少于四百万，它哪里有钱还我们？堂堂一国户部，开办国家银行，资本也才定了四五百万，而且还叫我们出一半，官股那一半，多半也是空头支票。你说，它哪里能有力量来还我们的旧债？依我看，这个方案，比直接谢绝户部的邀请，还要对我们不利！"

"为什么？"

"这不是有点趁户部之危吗？或者说，户部正因为欠了我们这么多钱，所以才把组建银行的美差，送给了我们。我们不领情，倒也罢了，不能这样再反逼一步！讨还这么巨大的官债，本来就不容易，这样乘人之危，得罪了户部，以后恐怕就更没有希望了。这是朝廷借你的钱，他不还你，你能把他怎么样？"

"那你们蔚泰厚准备怎么办啊？为什么至今没有一点动静？为什么至今不肯出头露面，召集各帮各号，公议一个妥善的对策？难道你们真是要甩开我们大家,单独去讨好户部,巴结朝廷?”

“梁兄,我是有口难言啊!你们为什么不请你们的东家乔氏,出面联络各家财东,早图一个良策?”

“我们是小号,哪里能轮得上我们挑头啊?”

“难道我们就这样错失天赐良机吗?”

“我们真是不明白,你们蔚泰厚到底是怎么了!要真是错失良机,那罪责就在你们蔚泰厚!”

是啊,毛云生,毛大掌柜,你有什么惊人之举,为什么还不拿出来呢?现在的形势已经更为严峻了。如果让日升昌和协成乾把同业都笼络过去,正式向户部呈上那个方案,那就一切都晚了。当户部被激怒后,你即使有神机妙算,那又有什么用呢?你的神机妙算,惊人之举,为什么到了现在,仍然不见有所动作啊?

终于等来的总号回信,又是平静得令人吃惊:“信上说的,都知道了。还是专心张罗你的生意吧。”

毛云生,毛大掌柜,你也太刚愎自用,太目中无人了吧!

没过多久,户部郎中张伯讷给李宏龄送来一封私函,说,浙江绸缎商已正式向户部提出申请,希望能参加组建国立银行,愿意无条件出人,出钱。鹿大人及本官,真不知你们老西还在啰唆什么!

李宏龄当即决定,他要亲自回一趟山西,见一见毛云生。

## 九

经过数日急促的旅行,到达晋中的平遥时,李宏龄已经疲惫不堪。但他还是直奔蔚泰厚的总号而去。

协理戴子厚听到通报,匆匆忙忙迎出来的时候,带着满脸的吃惊。他有点慌张地说:“宏龄兄,你这么忽然回来,是发生了什么不测吗?”

李宏龄挥挥手说："里间说话。"

戴子厚忙引李宏龄，走进了自己的里账房，并斥退了下人。

"发生了什么不测吗？"

"我必须立刻去见大掌柜！"

戴子厚面有难色，说："大掌柜身上不大熨帖……"

李宏龄随即愤怒起来，厉声诘问道："连我也不能见他吗？这是谁下的圣旨？是他，还是你？我以花甲老身，千里风尘，赶趁回来，你也不问问我身上熨帖不熨帖？不是万分火急，我这样赶命似的赶趁回来见你们做甚？啊？"

戴子厚被李宏龄这突然爆发出来的怒火，惊呆了，半天没有说出一句话来。

李宏龄一回到老号，就这样大发雷霆，当然是因为心里的这股怒火，已经忍耐得太久了。但他所以敢这样发作，那还是因为他有这样的资格吧。他不仅同总理毛云生年龄相仿佛，资历相仿佛，而且在驻京的几十年中，为蔚泰厚立功多多，难以历数，是字号中深孚众望的第一贤才。不过，他这样发作，实在也是很少见的。

这时，他见戴子厚被吓成了这种样子，似乎才发现自己太失态了，就说："子厚，我实在是因为万分紧急，必须见大掌柜！"

戴子厚有些缓过气来，但对李宏龄的要求，仍是不知所措。

李宏龄又厉声问："大掌柜他到底在做什么？在修行吗？还是在睡女人？连我也不能见？你说！"

戴子厚忙说："宏龄兄，并非我不让你见他，我正想以实相告，只是……"

李宏龄打断他，说："那我们就赶紧去见他！"

戴子厚深深叹了一口气，说："那就先去吧。"

他们穿过两处大的庭院，进入一道月洞门，就到了毛云生所住的那处小院。这处精致豪华的小院，此刻显得非常冷清，沉寂。李宏龄立刻就感觉到有种异样。

下人已经挑起门帘，他抢先一步，进了屋。他惊呆了。

毛云生此刻静静地歪坐在他的那把名贵的太师椅上，一脸呆傻，对他们的到来，几乎没有什么反应。

戴子厚大声对他说："这是京号的李宏龄，他回来了。"

毛云生抬头瞅住李宏龄，眼珠一动不动，脸上也没有任何表情，半天，才咧嘴说："我知道，知道，很好。"说时，有一道口水从嘴角流了下来。

李宏龄长叹一声，走出了屋子。站在这死寂的小院里，他听到戴子厚还在大声向毛云生说什么。

"他什么时候成了这样？"

"快两年了。"

"东家知道吗？"

"我请侯四爷来看过。四爷看了说，不咋的，多抽口白面，就精神过来了。"

"都抽成这样了，还叫他抽！就不怕把你们侯家的生意抽塌？"

"侯四爷他也是抽大烟的高手。"

"可字号的大掌柜，那是抽大烟的位置吗？"

"我也几次对侯四爷说，毛大掌柜成了这样了，也该换个主大事的人了吧？四爷立刻就瞪了眼说，换谁？我家蔚字号生意，怎么能离开毛掌柜！以后，你们多操点心，别叫毛掌柜受累，就成了！"

"他成了这样，你们怎么也不早告诉我们？"

"四爷怕张扬出去，侯家的字号受欺负……"

"可他成了这样，还能主什么大事！"

"他抽过大烟，还能精神一阵，但这一阵，也越来越短了。你来的长电报，长信，不等给他念完，他的精神气就过去了。所以，他每次都是说，知道了，知道了，叫他们张罗生意……"

这就是他一直所猜测的惊人之举吗？李宏龄想到此，不由又长叹一声。这难道也是天意吗?

李宏龄返回京城后,知道蔚泰厚已经难有作为,也只好称病不出。

不久,日升昌和协成乾两大票庄,果然联络了同业中的大多数,正式向户部提出了那个先还债,后认股的方案。结果,也正如李宏龄所预料的,鹿传霖及张伯讷终于对西商彻底失望了。户部很快就答应了浙江绸缎商的请求,将组建中国第一家国立银行的美差,转而交给了他们。

次年,即光绪三十年,户部银行正式开业。

光绪三十四年,户部银行改为大清银行。

从此,西商票庄的重要支柱被砍倒了——他们失去了经营官款的权利,开始走上了风雨飘摇的末路。

这一切,也都如李宏龄一直忧心忡忡地所预料的那样。他把这一切,报告给总号后,很有一段时间,得到的回复也依然是:知道了,知道了。

(发表于《金潮》1995年第3期)

# 回家的路

## 第一部

### 1

我是个哑巴。来到这个世界上，就什么也听不见，什么也说不出。但我的眼睛好，什么都能看得出来。天、地、树、河、庄稼、村子、家，我都看得清清楚楚。奶奶招呼我，妈叫我吃饭，姐姐夸奖我，爹生了气，我一看，就都明白了。

但小时候，我并不知道自己是哑巴，我还以为人都是这样，嘴和耳都没有什么用，一切全靠那一双眼睛。

我三岁以前，家里人也还不知道我是哑巴，都抢着抱我，亲我。我有两个姐姐，没有哥哥，我是头一个男孩子。谁家也是喜欢男孩子，我家也是。家里人喜欢我，还因为我生得好看。奶奶、爹、妈，都认定我比两个姐姐生得好看。两个姐姐也不恼，承认我比她们好看。当知道我是哑巴之后，全村的人也都承认我生得好看了，还不是一般的好看，好像是全村谁也比不上的那种头一份好看。因为谁见了我，都会显出那样一种万分可惜的眼神:这么好看的一个男孩子,怎么会是哑巴?

三岁那年,妈抱着我,爹骑自行车带着妈,走了很远的路,来到一个那么多人的大村子。后来我知道了那是比村大的镇子。镇上有医院。医院的大夫查出了我是哑巴。爹跟大夫吵了起来,妈抱住我哭个不停。我当时不知道发生了什么事。因为那时我还不明白,人得会说话,能听声音,我以为眼睛好,能把世界看明白就行了。

后来,爹抱着我,妈跟着,先走到镇上,又坐了汽车进城,请城里大医院的大夫给我查。查来查去,还是认定我是哑巴。爹没有跟人家吵,只是用头往墙上撞,妈还是抱紧我哭个不停。我不知道妈为什么哭,所以我当时也不敢哭。

回到家里,两个姐姐也哭。只有奶奶没有哭。

自从知道我是哑巴之后,奶奶对我就更好了。她不许妈和姐姐哭,也不许爹用头去撞墙壁。她还是像以前一样笑着逗我,抱我,亲我。她要大家只能对我笑,不能对我哭。我还看见奶奶跟村里的一个老婆婆、两个大男人吵了架。吵架是因为我,我能看出来。奶奶一定是不许他们笑话我是哑巴。

慢慢的,妈、姐姐们,不哭了。爹也不再生气。像奶奶一样,大家对我比以前更好了。他们每次逗我,招呼我,都要先指一指太阳。我渐渐明白了,这是他们给我起的名字。我叫太阳。太阳一出来,我就什么都能看见,什么都能明白了。没有太阳的黑夜,只能睡觉,我不喜欢。我喜欢他们叫我太阳。谁指一指太阳,我就明白是叫我。

不过,从我的名字,我开始发现自己与别的孩子有不同。天上只有一个太阳,把这个太阳给了我,别人就不恼啊?别人都不喜欢太阳?那别人喜欢什么呢?村里的孩子,没有一个名叫太阳的。除了叫我,没有人指太阳。招呼他们,什么也不用指。奶奶、爹、妈招呼姐姐,也是什么都不指。

人们在一起,都不指点、比画,他们只是不停地动嘴。

人们相互招呼、吵架、生气、高兴,都是不停地动嘴。

过年放鞭炮，姐姐，还有其他孩子，都捂紧了耳朵。夏天，天上有闪电时，她们也要捂紧耳朵。她们为什么要捂耳朵呢？

还有，我和别的孩子在一起本来好好的，突然他们就跑了，要不就是突然慌张起来，高兴起来，恼起来。等过一阵儿，我才能看明白，原来是有大人招呼他们。大人离他们很远，常常就看不见，怎么知道是在招呼？

我慢慢明白了，我与别的孩子不同。我的嘴，只能吃饭。可别人的嘴，除了吃饭，还有别的用处，肯定还有别的用处。我的耳朵，除了偶然有点儿痒痒，一点儿用处也没有。可别人的耳朵，肯定有用处。在医院里，肯定就是查出了我与别人有什么不同，妈和姐姐才那样哭，爹才那样生气，用头撞墙。

总之，我也慢慢知道了自己是哑巴，可我没有哭。因为我在家里很好，什么都能看明白，家里人对我是那么亲，我哭什么呀！村里人对我也好，很少再有人笑话我，欺负我。

哑巴就哑巴吧。我虽然跟别人不一样，可我一直觉得自己跟别人一样幸福。

2

我也和别的孩子一样，一天天长大起来。我比同岁的孩子还长得快，我一直比他们高半头，也一直比他们长得好看。只是，他们能上学，我不能。

我十二岁那年，大姐到城市里上学去了。大姐上学的那个城市，比爹妈带我去过的那个县城更远，更大，人也更多。大姐给我比画：过两年，她带我去那个又远又大的城市，给我吃我没有吃过的好吃的，看我没有看过的高高的房子，还要坐小飞机、划船，看狮子老虎。

我十二岁，个头儿已经超过二姐，就快赶上大姐了，我不太想看狮子、老虎，我只想上学。哑巴就不能上学啊？

大姐给我比画，她上学的那个城市，可能有哑巴学校。她去了就给我打听，打听到了，就送我去上哑巴学校，好不好？

别的孩子早上学了，我不能再等了，大姐，你就带我一起去吧！

奶奶不同意？奶奶怕我到那么远的地方上学，没人疼，受欺负？不用怕，我个头儿这么高，力气这么大，谁敢欺负我！哑巴学校，都是哑巴，谁也不会笑话谁，谁也不会欺负谁。大姐，是这样吧？

哑巴也有好坏？也有好欺负人的哑巴？

可我是好哑巴，我不欺负人，我谁也不欺负！

我看出来了，我明白了。奶奶、爹、妈，都舍不得我离开家，出远门。特别是奶奶，那是绝不会同意我出远门的。她不同意，谁也劝说不动。谁劝，她都只是哭，不听。但大姐表示，她能想出好办法来，劝说奶奶。

大姐，你能想出什么好办法呀？

先不要着急，先不要惹奶奶生气，你先去打听好了，回来再想办法？你肯定能想出好办法来？

上学，就是为了会用脑筋，会想办法。你要给我想不出办法来，那不是白上学了？

你还不相信大姐啊？

相信，我相信，我就等着你。

大姐是入秋时上学走的。那天，爹推了那辆已经很旧的自行车，驮了大姐的行李，要送大姐到镇上。到了镇上，再坐汽车走。我要跟着去送大姐，爹不想让我去。奶奶同意我去，大姐也喜欢我去送。爹比画着，就一辆自行车，又得驮行李，又得驮你们俩，哪能行啊？

大姐向我比画：咱们俩步行走，让爹骑车走，愿意不愿意？

愿意，愿意，我这么大了，还怕跑路啊？

所以，那天我和大姐早早就上了路。一路上，我真高兴。当时，太阳刚刚出来，一团火红，还不耀眼，可路边的树、庄稼，都给染红了。我看大姐，她也给太阳染红了。

我指指太阳，指指大姐：你给太阳染红了，真好看。

大姐也指了指太阳，比画起来。

我忽然笑了。大姐你指太阳，是招呼我，还是招呼太阳？我就叫太阳。

大姐也笑了。她一脸的火红。大姐和二姐都越长越好看了，我现在比她们还好看吗？我真想和大姐一起坐上汽车，一直把她送到遥远的新学校。

大姐，你的行李可真重，我跟着给你扛行李吧，我比你有力气。

你为什么只笑，我力气还不大？

不是笑我的力气小，那是笑什么？奶奶不会让我出远门？不能光听奶奶的，她就总认为我长不大，可我已经十二岁了。大姐，我都快有你高了。

大姐，你是不是怕花钱呀？坐汽车，花我自己的钱。你看，这是奶奶给我的钱，我都带来了。

不是怕花钱，那为什么不让我跟你去？

那你是怕人笑话吧？笑话你这样好看，怎么跟着一个哑巴兄弟？你一定是怕人家笑话你。一定是！我明白了。

绝不是？

就是，就是。大姐，我不跟你去了。我不想叫城里人笑话你。

不是，根本不是？是路太远了，离家太远了，怕我一个人回不来？

好吧，我不跟你去了。可是，大姐，这么远的路，你一个人，怎么拿得动那么重的行李呀？

你有办法？你会想办法？用用脑筋，就想出办法来了？上学，就是教人会用脑筋，会想办法，变得聪明起来？人一聪明，就什么也难不住了，什么也不用怕了？所以，你一定会送我去上哑巴学校？

那好，大姐，我就等着上哑巴学校。

那一路，我们都是迎着正在升起的太阳走。太阳先是把大姐染红、慢慢地又把她照得一身金黄。一路上，她也一直是那样高兴，那样精神，那样美丽。她走得比我还快。越走，我越相信，大姐一定会把我带进一个新的世界里。

从村里到镇子，以前总觉得要走很远的路，可这一次，不知不觉就走到了。我们到了，爹才骑车赶到。不久，汽车也来了。爹扛着大姐的行李，爬到汽车顶上，把行李放进大网里。汽车顶上的大网，原来是放行李的。等到了那个遥远的城市后，大姐就得自己爬到那么高的汽车顶上，去拿行李呀？

大姐上了车。

我看见车里人很多，有人坐着，有人站着。大姐上车后，是站着，没有座。大姐，你为什么不坐下？什么人才能坐？什么人只好站？大姐，你不是要去很遥远的地方吗？为什么不让你坐下？

大姐还是那样高兴地笑着，向我招手。她还是笑得那样美丽。

大姐，你为什么不坐下？站着多累，你为什么不能坐下？

大姐笑着向我招手。

车门关上了。车开动了。大姐仍然站着，仍然那样美丽地笑着，更起劲地招手。

汽车开走了，越走越快，越来越小。终于什么也看不见了，只留下了那条看不见尽头的公路。太阳照着这条公路，还留有几分金黄颜色。

大姐，你就一直那样站着吗？

我一直站着，望着大姐远去的公路，不想回去。爹让我骑车，他走。他知道我爱骑他的自行车。但我仍然不想回去。

大姐，你能想出什么好办法，来扛那么沉重的行李呀？

3

大姐走后，家里显得冷清了许多。那时，二姐已到镇子上学，也不常在家。爹、妈总在他们的养鸡场里忙。平常，家里就剩我和奶奶。我知道奶奶最疼爱我，可我也不能成天只守着奶奶呀。我都十二岁了，不想守在家里，我想出去，想到那些没有去过的地方，那些比镇子、比外婆家更远的地方去看看。村外的田野望不到边，村口的大路也望不到头。可奶奶只允许我在村里玩耍，不许我出村。有一次，我偷偷跑到镇上去看二姐，还没有走到，爹就骑车追来了。回来一进门，就见奶奶坐在院里哭。从那以后，我再也不敢偷偷跑出村了。

我只好等待着，等待大姐带回好消息，等待大姐想出好办法，回来劝说奶奶。

直到那年腊月，快过年的时候，大姐才回来了。大姐上学的那个遥远的城市，真有哑巴学校。但大姐并没有去劝说奶奶。从入冬以后，奶奶就病了。进了腊月，一直那样躺着，没有起过床。奶奶总是给我比画，她再也起不了床了，她等不到给我娶媳妇了。所以，大姐回来后，也没有向奶奶提起送我上哑巴学校。

大姐，你上学上的时间最长了，你看看，奶奶不会死吧？

不会？真的不会？那就太好了！奶奶最疼我了，奶奶不会死。奶奶为什么会病成这样？是不是怕我离开她，去上哑巴学校？

不是？人老了，就容易生病？

大姐，你没有对奶奶说过，要送我上哑巴学校吧？没有？那你就先不用提这件事了，等奶奶病好了，再商量吧。

我想让大姐给我比画一下，城市里的哑巴学校是个什么样子，又怕惊动了奶奶，只好作罢了。大姐，你的学校是什么样子？

很大？

有多大？

有咱们村这么大？都是楼房，很高的楼房？

那你也住在楼房里？住在那么高的楼房里，早晨倒尿盆那多麻烦呀！

不用出来倒尿盆，楼房里就有厕所？

那多臭啊！

不臭？

我不信。楼房里也生着火吗？

不生火？

那你们不冷吗？冬天多冷啊，怎么能不生火？

不冷？楼里有什么？我不明白你在比画什么。那东西比火还暖和？

我还是不明白,你比画的那是种什么东西。

村里谁家有这种东西?

谁家也没有?

镇上呢?镇上也没有?

我明白不了。我什么时候也能住一回楼啊。

那天,你下了汽车,是怎么把那么重的行李扛到学校去的?我一直惦记着这件事。

学校有人去接你?

那行李是怎么从车顶上拿下来的?

有人帮你?

大姐,你认识他们吗?

不认识?

不认识,他们为什么会帮助你?

人就应该互相帮助?好人都会互相帮助?

还有,那天在汽车上,是不是站了一路?

后来就有座了?

那我就放心了。

大姐、二姐都放假回来,又是过年,家里热闹起来。可惜今年奶奶病着,大家都不是太开心。过完年,大姐要走的时候,奶奶仍然没有起了床。她给我比画,大姐这一走,她就再也见不上了。

奶奶,你能好,大姐看出你的病能好,天一暖和,你就好了。

奶奶流了泪,但笑了。

大姐走时,只让我去送她。她骑车带了我,到达镇子后,她坐汽车走,我骑车回来。妈有些不放心,但爹愿意。他只是要我们别惊动了奶奶。

妈,你就放心吧,你的意思我都明白。我送走大姐,就赶紧回,不敢到别的地方乱跑,不敢回来迟了。迟了,奶奶要见我,寻不见,那可不得了。是这意思吧?我明白了。

出村的时候，是大姐带着我。出了村不远，我就跳下车，要求和大姐换一换，我骑车，她坐车。大姐看着我，笑了笑，就愿意了。

我带着大姐，骑得又稳又快。大姐也特别信任我，不怕我骑得快，倒好像骑得越快，她越喜欢似的。正月的太阳，不像秋天时那么红亮，那么金黄了。吹过来的风，也冷飕飕的。路边光秃秃的树，在风中摇摆，田野一片灰蒙蒙。但一路上，我们还是兴高采烈，真是不知不觉间就到达了镇上。

汽车来了，大姐上车走了。她仍是笑着向我招手。车上仍然是那么多人。在那么多人中间，我看大姐是最美丽的。

送走大姐，我骑车回到家里，妈就招呼我去见奶奶。

奶奶指着我冻红了的脸，直比画。

奶奶，冻不着我，我是在村里看灯笼，又有好多人家挂出了新灯笼。奶奶，你快好起来吧，好了，我扶你去看灯笼。

奶奶又流着泪，笑了。

4

可奶奶的病一直不大见好。就那样一直躺到快收麦时，好像病得更重了。她不断给我比画，她再也见不到大姐了，她真想见大姐一面。爹就赶紧发信把大姐叫了回来。

见到大姐，奶奶的病明显有了好转。

大姐给奶奶带来好多的新药。她仍然认定奶奶的病能好。

我相信大姐，她断定奶奶的病能好，那就一定能好。

大姐在家只住了几天，就得回学校去了，她不能耽误上学。奶奶也愿意叫她走，能见一面，她就高兴了。她又流泪，又笑。

这回，是爹、妈让我去送大姐，他们已经对我放心了。可惜，这回往镇上去的一路，大姐显得很难过，不像以前那样高兴。我骑得快，骑得慢，都不见她有什么表示。是不是奶奶病得很厉害了？

不是？那你为什么这样不高兴？你没有不高兴，只是累了？不对，我能看出来，大姐你是心里难过。你是为奶奶难过吧？你也怕再见不到奶奶了？

不是？奶奶能好起来？你没有难过？我能看出来，我能感觉出来，你是心里难过。你买回那么多新药来，你又从镇上请来大夫给奶奶看病，都不管事吗？

大姐，你心里难受，我心里也难受。你知道，奶奶最疼我了。大姐，你不用难受了，我相信奶奶会好起来的。你回来，奶奶一高兴，不是已经好多了吗？

这一路，因为大姐心里难受，我心里也难受，骑车也觉得比平常沉重了许多，去镇上的路，也好像遥远了许多。但我们到达镇子以后，等了好一阵儿，汽车才来。

那天，车上人不多，但等着上车的人很多。车一停，人们就往上拥挤。大姐没有去挤，她是最后上车的。

我万万没有想到，大姐刚刚上去，汽车就突然开动了，而且开动得那样猛。我看见大姐正要转过身来，向我招手，可还没有转过身来，突然开动的汽车就把她甩倒了。我看不见大姐了！把大姐这样甩倒，汽车也不停，还照样开着走！我追着汽车看，也没看见大姐站起来……

大姐是不是给摔着了，站不起来？会摔着哪儿呀？会不会被那样突然一甩，把头撞破？汽车上全是铁家伙，一头撞上去，就准得给撞破，准得流血不止……大姐一定是给撞坏了，我一直没有看见她站起来！

汽车已经越走越快。

大姐一定给撞坏了！

我转身跳上自行车，狠命蹬起来，飞快向这辆可恨的汽车追去。

汽车好像发现了我在追它，想要逃走，它跑得更快了。但我眼睛好，能把它死死盯住，你跑得再远，我也能看得一清二楚。我已经十三岁了，有了更大的力气，能把车子蹬得飞快。

为了大姐，我要蹬得再快些，更快些。大姐心里本来就难受，又给这样撞了,我一定得去救她。这辆汽车也太可恨了,也不看看大姐站稳了没有,就开车。开车吧,也不稳当些,像受了惊似的,开那么猛,是不是成心想害大姐?

我一定得把这辆可恨的汽车,死死咬住不放。

汽车开始变小了,但我仍然看得清清楚楚。

我还能骑得再快些吗?

它又变大了,变大了。它好像停下来了,它真是不动了。我快骑吧,它停下了。他们准是发现大姐给撞得不轻,要不,就是大姐看见了我,看见了我在追赶汽车。可恨的汽车,怎么又开动了?怎么又跑起来了?

不,你不能跑,你得让我追上去看看,大姐到底给撞坏了没有!

这辆可恨的汽车,又拼命逃跑起来,越跑越快,越来越小,眼看就要消失在公路的尽头了。但我不能放走它。大姐给我比画过,汽车不是一口气就把她拉到那个遥远的城市,而是走一路,停一路,不断有人下车,有人上车。那时候,我还不知道汽车能跑多快,自行车能跑多快,只知道汽车跑得快,自行车也跑得不慢。汽车走走停停,我骑自行车一步不停,就这样一口气追下去,一定能把它追上!

它已经跑得无影无踪了。在公路的尽头,最后的那个黑点儿也消失了。

但我心里只有一个念头:一定得把它追上。我一定得去救大姐!

5

跑汽车的公路,比乡间的大路要平坦、宽阔,也不起尘土。我憋足了气,拼命往前骑车时,直感到自己好像飞了起来。路边的树木,一根接一根往后退去。远处的电线杆,转眼间就移动过来了。那么长的一座桥,蹬不了几下,就跨了过去。刚刚路过了一个村庄,不久又钻进一片树林。

我从来还没有这么快骑过车,也从来没有独自走过这么长的路,但我并不害怕。我只是感到自己能骑这样快,追上大姐是越来越有希望了。我一心希望自己快了再快,尽快追上大姐。

天气虽然已经很热，公路上来回奔跑着的汽车还是很多。但我一直没有能看见那辆坐着大姐的可恨的汽车。那是一辆很长的专门坐人的汽车，绿颜色，背后挂了一层发黄的尘土。朝后的两个玻璃窗，也蒙了一层发黄的尘土，而且右边那个窗口的玻璃，破裂了，留着一个三角形窟窿。我早把它记得一清二楚了。但我再也没有看见它。

你跑不了，我一定要把你追住，我一定要去救大姐！我一步不停，沿着这条跑汽车的公路追下去，一定能把你追上。

早已出了一身的汗，又口渴得厉害。刚才过那座大桥时，看见桥下的那条河很宽，流动的河水在太阳的照耀下，闪闪发光。那时，忘了停一停，下河去喝口水。不能停，再渴你也不能停！你本来就没有汽车跑得快，怎么还敢停！

太阳已经这么高了，已经爬过了路边的树顶，难怪这么热，难怪出了这么多汗。我一点儿都没有发现太阳已经这样高了。太阳，我的名字就叫太阳。人们一指太阳，我就知道是招呼我。

太阳，你先不要这样热我，等我追上大姐，你再热，行不行？

太阳，你也给我先看看，大姐坐着的那辆汽车，离我还远不远？

太阳，你就是再热我，我也得追上大姐。她给汽车撞坏了，正流血不止。

再遇到河水的时候，你停下来喝水不喝？不喝，不能停下来喝水！不追上汽车，你就一步也不能停。

前方公路的尽头，出现了黑点儿。黑点儿停着不动！我立刻就不觉得渴了，也不觉得热了，只觉得浑身涌起一股按也按不住的劲头，飞快向前蹬去。

黑点儿越来越大。

黑点儿已经变成了蛇似的一长条黑线。

看清了，从我身后开过去的所有汽车，都在前方停下来，一辆接一辆，停在前方，排成了一条越来越长的队。

所有的汽车都得停下来，大姐坐着的那辆也一定停下来了。我终于把它追上了。我更来了劲儿，猫下腰，向前冲去。但越往前，路上越拥挤，车多，人也多了，已经不能撒开了往前冲，东躲西绕，想快也快不了。我心里真着急！

我终于追上汽车排成的这条长队了。这里更拥挤。我只好跳下自行车，开始一辆接一辆辨认这些汽车。只是没有想到，刚跳下地，两条腿就几乎不听使唤，要不是扶着车子，真要跌倒了。自从看见大姐被甩倒以后，憋了一口气追到现在，不知已经追了多远。我从来还没有骑车跑过这么远的路，又跑得这样着急，这样慌忙，这样一步都不敢停。这两条腿，刚才还有使不完的劲儿呢，现在怎么站都站不稳了？

我使劲甩了甩腿脚，觉得屁股那里也开始疼起来了。口也渴起来，渴得像在冒火。头发上，脸上的汗珠，不断线地往下滴。脊背后更是水淋淋一片。

但是，在汽车的长队里，我瞅见了一辆绿颜色的车，还是那种长长的专门坐人的车。大姐坐的那辆车，就是这种绿颜色。车后，也挂满了发黄的尘土。但朝后的玻璃窗给排在后面的汽车挡住了，看不着。

我推起自行车就向前挤去，向这辆绿颜色的汽车挤去。

一挤起来，腿脚就来了劲儿，疼痛、干渴、热、疲惫，也都觉不出来了。那真是大姐坐的那辆车吗？

好不容易挤到跟前，发现这辆车后的那两个玻璃窗都没有破裂。我看了又看，还是看不出裂缝，更看不出三角形的窟窿。我又挤到车门口，仔细看了又看，也没有看见大姐。要是大姐在车上，她也一定会看见我的。这不是大姐坐的那辆汽车。

我丢下这辆车，继续一辆一辆挨着往前找。又找到几辆专门坐人的长汽车，但都不是大姐坐的那一辆。不是颜色不对，就是车后头没有窟窿，更可惜的，是车上没有坐着大姐。

停在这里排队的汽车真多。再多，我也要一辆挨一辆找遍，一定要把大姐找到。

越往前，越难挤。好在，公路旁边不是河，也不是沟。实在挤不过时，我就走下公路，从旁边的田地里绕过去。就是在路外绕行，我也一辆一辆盯着汽车看。我的眼好，只要大姐坐的那辆车在队里排着，我就一定能发现。

可惜，我一直找到车队的最前头，也没有发现那辆车。只是发现，这里原来有两辆汽车撞到一起了。一辆给撞翻了，横着躺在公路上，车上装的煤炭撒了一地。另一辆冲出了公路，撞在路旁的一棵大树上，大树被拦腰撞断，车头已经撞扁了。汽车有多大的劲儿呀，撞一下，就这样可怕！幸亏这是两辆拉货物的汽车，不是大姐坐的那种专门拉人的汽车。

我看见了一摊血。

我不能挤在这里看了，我还得赶紧去救大姐。大姐也流了血。我总感到，大姐也流了血。

## 6

猛然间我才发现，太阳已经爬到头顶了。太阳，太阳，现在已经晌午了？我看了看自己的影子，已经给压在了车轮下。我开始追赶大姐时，太阳才刚刚升起不久。现在，太阳已经爬到头顶了，我已经追赶了大半天了？从太阳刚升起，一口气追到了正晌午，可前方的公路还是没有尽头。

我也再次感到肚饥、口渴。

今天真是尝够了又饥又渴的滋味。开始，还能忍耐下去，特别是想想大姐，就忍下去了。后来，就怎么也忍耐不了，肚里咕噜，两腿发软，又不停地出汗，感到自己就快支持不住，要连车带人一起摔倒了。那时，我也真想摔倒，倒在地上，睡他一觉。幸亏我吓唬自己，这是公路，你倒在公路上，想给汽车轧死呀？忍不住，也得那样忍着，忍过那一阵儿，就又好忍了。

经过又一条河时，我曾停了车，下河去喝水。可谁能想到，那条河里流的水，会那样肮脏，又黑又腥，哪能喝呀？还是后来瞅见一处菜园，正抽水浇地，我跑过去饱饱喝了一肚子水。那可真解渴呀！守着抽水机的，是一个比爹年纪大的大伯，很和善，见我跑进菜园，也没有过来撵我，见我趴下身喝水，也没有恼我。他没有看出我是哑巴。

喝饱了水，又把大姐硬塞给我的那两个熟鸡蛋，掏出来吃了。每次大姐走，妈都要煮许多鸡蛋，给她带到路上吃。今天早晨，大姐见我没有吃几口饭，就出来送她，所以到镇上后，一定要给我买火烧油茶吃。我不许大姐给我买，因为我真是不想吃。大姐就硬塞我这两个熟鸡蛋。自从爹办了养鸡场，鸡蛋我早吃腻了。可刚才吃起那两个鸡蛋来，那真是美得很！

现在，再也没有鸡蛋可吃了，也望不见能喝到水的地方。公路两边，都是开始泛黄的麦田，无边无际。风一吹，麦田就像流水一样漂动起来。但那不是水。田野里也望不见一个人。公路上来回跑的汽车也少得多了。

望着漂动的麦田，我猛然间想起了奶奶。这些时，奶奶总是不断比画，她活不到麦收时候了。我只顾去追大姐了，怎么就忘记了奶奶？

我从一大早就出来，现在太阳已经偏过头顶，这么大半天，不知道奶奶已经招呼过我几回了。总也招呼不到我，还不把奶奶着急死？

一想起奶奶，我也着急了，慌忙停下车子，不敢再往前骑了。

跳下地，只觉两腿发酸，脚踩着地面也有些发软。最难受的，还是口渴。向周围望了望，还是望不见可以喝水的地方。再向公路前方望去，看不到停着的汽车，也看不到村子了。

我不能再追下去了，我必须赶紧回家去看奶奶。奶奶一定着了急，一定又哭了，一定不吃饭，不吃药，逼着爹妈找我。爹妈大概已经赶到镇子找我去了。找不到我，妈又会哭，爹又会拿脑袋往墙上撞。二姐也会不上学，四处找我。太阳已经偏过头顶这么一大截了，要是这样追到天黑，还是追不上大姐，我在野地里怎么过夜呀？大姐给我比画过，人会互相帮助，好人更会互相帮助。在这很少遇见人的公路上，谁来帮助我呢？大姐摔坏了，她流血了，汽车上也许会有人帮助她。大姐会想办法，她在什么时候都会想出办法来。我不能追下去了，我得回家。

想到我独自一人孤零零的，要在这陌生的旷野里过夜，我第一次感到了害怕。我真的害怕了。

我掉转车把,沿着来时的公路,飞速向回返去。

7

我一边往回赶路,一边注意寻找水。我太渴了,渴得快要骑不动车了。但为了喝到水,我也得加快往回骑。

过了一座不长的桥,可惜桥下是一道干枯的河,只有石头石子儿,没有流水。我失望得几乎要哭了。

我渴得快要哭了。我后悔得快要哭了。

我真后悔。我真不该这样冒冒失失地追赶汽车,汽车跑得太快了。我现在才明白了,汽车跑得太快了,我骑车骑得再快,也追不上汽车。我太傻了。不过,那辆汽车也是太让人生气了,它就那样可恨地把大姐甩倒,也不停一停,等大姐站起来。我只顾了大姐,忘记了奶奶。

奶奶,你不要着急,也不要哭,我很快就回去了。再渴,再累,我也得回家去。爹、妈,你们也不用着急,我一定要在天黑以前回到家。

想到奶奶,想到爹、妈,我更想哭了,但我忍住不哭。

忍住眼泪,忍着极度的干渴,骑了一段路,终于在前方望见了一个村子。这个小小的村子,不在公路边,但离公路也不远。我得进这个村子,找点儿水喝,我太渴了。终于有一个村庄了,我不能错过这个喝水的机会。

村子越来越近。真有一条小路通向这个村子。我离开公路,上了这条小路。小路两边也都是泛黄的麦田,没有发现菜园,也没有望见井房。但是,村里一定会有水井。找到水井,我一定得喝个够,喝他个痛快。想到就要喝到水了,浑身就来了劲儿,小路不平坦,坑坑洼洼的,但我还是骑得飞快。

进了村,怎么也是空空的,不见人?对了,现在正是午间歇晌的时候。村里的水井在哪儿?我沿着进村的那条街,一直往前骑,没有发现水井。我终于遇见一个人,一个比爹年轻的男人。他低着头走过来,快走近的时候,抬起头来看了一眼。

我慌忙跳下车,向他比画:村里的水井在哪儿?到哪儿能喝到水?

他奇怪地看了看我,继续走他的路,没有停下来。他没有看明白我的比画?

我放下车子,跟着他,再次给他比画:我渴了,渴得厉害,水井在哪儿?我到哪儿能喝到水?

他停下来了,更奇怪地看着我,向我动了动嘴。

你不要动嘴,我听不见你说话,我是哑巴。你给我比画一下,指点一下,水井在哪儿?就像我这样比画。还是看不明白?我快渴死了,想喝水!水,水,水,你还不明白?

显然,他还是不明白。他还是动嘴问话,不动手比画。他奇怪地向我笑了笑,又动嘴说什么。我不明白他说什么,但我能看出,他已经发现我是哑巴了。他那样奇怪地向我笑,表明终于发现我是哑巴了。他一边动嘴,一边也学着用手比画,可我根本看不明白他在比画什么。

水,水!你看出来了吗?我是在比画水。

他还是看不明白,他不明白我是比画水。井,井!他也不明白井。

他又笑了笑,然后就转身走了。

走就走吧,我自己去找水井。我重新骑上车,在村里四处寻找。真是奇怪了,这个小村子都转遍了,也没有找到水井。

我又遇见几个村里的人,有男人,也有女人,但他们一样不明白我在寻找什么,一样告诉不了我水井在哪儿。

我急得直想哭。已经到水跟前了,就是喝不上。不能哭,你千万不能哭。要像大姐那样,想办法。对了,找不见水井,就先不找了,我去找一户人家,要口水喝吧。进了人家院里,指一指水缸,人家就能明白我是想喝水。

我选了一户街门没有闭紧的人家,放下车子,正要去推半敞着的大门,忽然想到,院里如果有狗呢?不管了,我实在是太渴了。推开了门,没有狗,真好,可是也看不见主人。主人都在歇晌睡午觉吗?也许有人在屋里坐着,没有睡。我在院子里没有看见水缸,水缸在屋里吧!我能直奔人家的屋里去吗?我发现街门上有铁环。我家的街门上,也有这种铁环,那是敲门用的。我先轻轻敲了敲门上的铁环,没有见主人从屋里走出来,就又加了劲儿敲。因为我听不见声音,所以,我可能使的劲儿太大了,正敲着,就见从屋里慌慌张张跑出一个女人来。她比妈年纪大,比奶奶小。

我给她比画,想要口水喝。

她揉着眼跑过来,看我比画了几下,好像终于看清了什么,立刻变成了生气的样子,嘴大动着,一把就将我推出了街门,接着就把大门紧紧关上了。

这个女人,她一定是把我当成要饭的了。你也不细看看我,我像要饭的吗?我只是要口水喝。这一次,我终于忍不住,哭了。

我不能再进人家院里去要水喝了。我进去,说不明是要水喝,人家一定会把我当成要饭的乞丐。我不是乞丐。可是,我又找不到井。奶奶、爹、妈,我真是太渴了。我也太饿了,但我绝没有想要饭。我这样渴,还是流下了这样多的泪水。

我不能这样哭了。但眼泪还是止不住地往外流。

这是从哪里跑来这么多孩子?他们都比我小,有男孩,也有女孩。他们围住了我,好奇地看我,笑我,他们的嘴也在动。他们已经发现我是哑巴了吧?他们也发现我在哭吧?可他们还在笑我。我不能这样给他们围着看稀罕,不能叫他们这样笑我。

我推着车走,他们也跟着我走。

我骑车走,他们也跟我跑。

我只有加快骑,骑出村,才能摆脱他们。可是,我就这样离开吗?不想办法喝到水,我怎么能骑回家呢?这些小孩会帮助我吗?他们只是兴高采烈地跟着我跑。

我停下车来。我开始给他们比画:我渴了,我太渴了,我想喝水,井在哪里？井，你们明白吗？水，人喝的水，你们明白吗？

他们看着我比画，也只是笑，非常高兴的那种笑。我都渴成这样了，你们还笑！但为了能喝到水，我继续给他们比画。他们也只是继续看着我笑。他们显然也不明白我在比画什么，不明白我是渴望什么。

就在我将要彻底失望的时候，我看见一个穿红衣服的女孩朝大家动了动嘴，大家就一下子都不笑了。女孩向我比画，我看不明白她是比画什么。有两个男孩也向我比画，我也不明白他们比画什么。那个女孩又朝大家动了动嘴，就跑走了。

其他人仍围着我不散，继续朝我乱比画。我什么也看不明白，但他们不再笑我了。我能看出，他们是努力想让我明白他们的意思。不久，他们都一齐回过头去——原来是那个红衣女孩回来了。更令我惊喜万分的，是她正端了一个水瓢走来。我能看出，那瓢里一定盛着水！因为她走起来，是那样一种很小心的样子。

水，一定是水！

我向她冲了过去。她真是端着一瓢水！她把水递给我，我接住就一口气把这瓢救命的水，灌进了肚里……老天爷，水真是天下最美的东西了，真美呀！可惜，这瓢水太少了，还没有觉着喝呢，就没了。这时，我才发现，那群孩子们正瞪着眼看我，见我这样一口气就把水倒进了肚里，高兴得一齐蹦跳起来。那个红衣女孩，正看着我笑，但不是那种嘲笑人的笑。她这时笑得真美丽。

我向她们指了指空瓢，比画我还没有喝够。

这一回，她们立刻都看明白了。一个男孩夺过水瓢，就跑走了。另一个男孩，也跟着跑走了。很快，他们就一人端了一瓢水，扭着走回来。我接住，把这两瓢水也都喝下去了。

就这样，我终于喝够了水，解了渴，彻底解了渴。我太感谢你们了，你们帮助了我，你们救了我，我太感谢你们了。从我的比画中，他们能看明白我的这一片谢意吗？

红衣女孩,我更得感谢你!你怎么就看出我是渴了?你不是看明白我的比画,一定是从我的那副样子,看出我快渴死了。我那副快渴死的样子,谁都能看出来吧,可惜那些大人们看到的,只是哑巴,看不到我快渴死了。万分感谢你,是你救了我!

## 8

离开这个小村子,重新回到公路后,我犯了一个致命的错误。我把方向完全弄颠倒了。本来,在进这个小村前,我已经掉转头,向回家的方向骑了一段路程。可是,当我出了这个小村子,重新回到公路后,没有继续沿着回家的方向走,却朝相反的方向,也就是我追赶大姐的那个方向,飞奔而去了。

当时,太阳已经稍稍偏西,我一直迎着太阳走。心里还想,我追赶大姐的时候,一直是背向着太阳走,现在要回家了,正应该这样迎着太阳走。可是我忘记了,上午的太阳和午后的太阳是不一样的,太阳也一直在走啊!上午,你背向升起的太阳走,午后你想回家,就得背向落下的太阳走!现在,我迎着西落的太阳走,那怎么可能回了家呢!可惜,这个致命的错误,我是在许多年以后才明白过来的。当时我一点儿都没有意识到,自己把方向弄颠倒了。

当时,还因为终于喝足了水,心里高兴,身上也好像添了劲儿,上了公路就飞奔起来,也没有太留心方向。特别是心里还一直在想着那一群小朋友,从来没有见过面的这一群陌生的小朋友,他们开始也嘲笑我这个哑巴,后来又那样热心地帮助了我,这是我从来没有经历过的。从小到现在,十三岁了,我就一直生活在奶奶、爹、妈、姐姐中间,最多还有村里的几个小朋友,从来还没有跟这么多陌生的小朋友交往过呢!我真有些舍不得离开他们。因为一直在想念他们,上路以后也没有发现什么异常。

我又是第一次走这样的远路,一路上都是陌生和新奇。再加上一直惦记着大姐,只注意看前方的汽车,对公路两旁的景象一点儿都没有多留意。所以,走错了方向后,一直也没有觉察出来。

就这样飞奔了不久，饥饿又慢慢强烈起来。早上就没有吃几口饭，中间也只是吃了两个熟鸡蛋，现在已经是下午了，还没有吃过任何东西。幸亏离别的时候，大姐硬塞给我这两个鸡蛋。现在，这两个鸡蛋早已无影无踪了，肚里只翻腾着一种难以忍受的饥饿。奶奶、大姐、爹、妈，饿了真是比渴了还要难受呀！可是，渴了，能向别人要点儿水喝，饿了，我是绝不能去向别人要饭吃的。

谁也看不起要饭的乞丐。

我一定要忍耐住，坚持骑回家。

又路过那座不长的桥时，望着干枯的河床，我感到有点儿熟悉。但我也只是想，这一定是来时经过的，所以才熟悉。我更加快了速度。

迎着西下的太阳骑车，也同样炎热得厉害。不过，下午总是有风吹着，还好些。麦田里的涌动的波浪，也比晌午好看。远处的大树、村庄，都像是漂浮在麦浪上。那些浓绿浓绿的大树，是柿树吧？我们村子周围，也有高大浓绿的柿树。村口，有一棵更加高大的松树。什么时候能望见那棵松树，就是到家了。这一路，我还从来没有见过那样高大的松树。

过了一个村子。

过了一条流着黑水的小河。

又过了一条大河。大河里流着水，但水不大。宽阔的河床里，长满了密密的青草。我想再下河去喝点儿水，又怕越喝水越感到饿，就忍住了。

后来，经过一个很热闹的镇子。镇子上有卖烧饼、油茶、面包、拉面、丸子的，我身上也装着钱。每回到镇上，奶奶都要给我钱。送别大姐时，大姐也给了我钱。我真想坐到饮食摊的小凳上，先吃一个饱。只是，见到这个镇子的热闹情景，我就觉得好像快要到家了。所以，我只买了两个平时常买的那种烧饼，一边狼吞虎咽地吃着，一边继续赶路。我没有买更多吃的东西，还因为害怕受欺骗。爹妈就经常提醒我，小心那些卖东西的生人欺骗你，他们最爱骗的，就是像你这样的哑巴孩子。已经快到家了，我不能叫他们欺骗。

离开这个镇子后，我一直认为快要到家了。所以，我就一直留心那个转向我们村的路口。从这个路口转上一条土路，一直骑下去，用不了多少时候，就能到家了。这个路口也没有特别的标记，但我能认得。

我看看太阳，偏西的太阳离落山还早呢。我不用害怕了，天黑以前，我肯定能回到家。现在，我不觉得太饿，也不觉得太渴，甚至也不觉得太累了。这时，天气也不太炎热了，风吹来，有了凉快的感觉。公路两边还是一望无际的麦田，但我很快就要望见我们村那棵高大的松树了。我心里高兴起来，整整一天，我第一次这样真正高兴起来。

奶奶，你现在还在哭吗？你不用哭了，我马上就要出现在你的面前。

爹、妈，你们也不用着急了，我就要到家了。

可是，我盼望着的那个路口，并没有很快出现。一直骑了很久，当我异常焦急起来，害怕起来，它才终于出现了。当时，我如果仔细看看，也许能发现这并不是我所盼望的那个能回家的路口。但是，我一见到这个路口，就处于一种难以控制的惊喜中，想都没有多想，便冲下公路，从这里转上了一条乡间土路。在极度的兴奋中，我只是坚信，很快就要到家了，到家了！

但是，不久我又发现，正是在这个路口，我丢失了回家的路。

9

在这条乡间大路上，我仍然骑得很快。这条大路，比从镇上回家的那条路要平坦、宽阔，两边也几乎没有树。但是我并没有发现这些异常。我只是异常兴奋地往前骑，急着想回到家。我第一次独自离开家这样长时间，虽然还不到一天，但我觉得已经离开好久好久了。所以，我什么都没有注意，只一心盼着早早望见村口那棵高大的松树。

可是，松树总也不出来，这条大路却像公路一样走不到尽头。直到太阳快要落山时，前方才好像出现了一个村庄。可是村口却没有那棵高高的松树。

沿着大路进了村，才发现这是一个很大的镇子，比靠近我们村的那个镇子大得多,街两旁的房子也高得多。我没有来过这样大的镇子,这是到了哪儿了?

我有些慌了。奶奶,我这是到了哪儿了?

我想找到送大姐上汽车的地方,可哪里能找到!我在镇子里乱转,越转越慌。奶奶,太阳快要落山了,我这是到了哪儿了?爹、妈,你们在哪儿,咱们家在哪儿?

我害怕了,不由得哭起来。我一边哭,一边还是慌慌张张在街巷乱转,我总想找到一处熟悉的地方,可我看见的仍然是一片陌生。连我熟悉的太阳,现在也看不见了,天呀,我这是到了哪儿了……

我一定是哭得太厉害了,街上的人们都站住看我。你们能帮助我吗?你们谁能帮助我?谁能帮助我回家去?

我跳下车来,好多人立刻围过来。他们大多是大人,只有几个和我一样大小的孩子。他们向我动嘴,一脸的奇怪。我向他们比画,我要回家,我回不了家了,可他们谁也看不懂。那几个孩子,也没有看出我是急着想回家。但他们很快看出了我是哑巴,因为他们也开始向我乱比画。他们这种乱比画,我根本看不出是什么意思。

他们帮助不了我,我不能这样给他们围住看哑巴了。我也不能哭了,越哭,他们看得越来劲。太阳已经落山了,可天还不黑呢,我得赶紧去寻找回家的路。我一定是在离开公路时,认错了路口。我得赶紧重新回到公路上去,只有回到公路,才能找到回家的那个路口。

当时,我还不知道自己早已把方向弄颠倒了,也不知道天下还有许多许多条公路,我以为只要找到了公路,就能回到家。

我擦了擦眼泪,冲开那些围着看我的人们,把自行车掉了一个头,就沿脚下的这条街,飞奔起来。其实,这时我早已不在进村的那条街上了,进村后慌慌张张地乱转了那么长时间,早已不知是停在哪条街上了。所以,我沿着这条街冲出这个陌生的大镇后,虽然也踏上一条乡间大路,但早已不是来时的那条大路了。我再次颠倒了方向,可当时我根本没有发现,也发现不了。

踏上这条路后，我只是一味地拼命往前骑，根本就顾不上去辨认周围的一切，连饥饿、口渴、劳累，也全都忘了。我只是害怕天黑，害怕黑夜降临后还回不了家。

那时是初夏，白天正长，太阳落山后仍然有一个长长的明亮的傍晚。可是，我尽管拼命地飞奔，直到天色已经昏暗起来，还是走不上公路。前方的土路在朦朦胧胧中，也变得没有了尽头。土路上来往的行人和车辆，也越来越少。

天呀，公路也不出来了，公路也丢失了。

奶奶、爹、妈，你们到底在哪儿？

但我不敢停下来，也不敢哭，还是拼命往前骑。

天一点儿一点儿黑下来，天上出现了星星。路边的麦田已消失在朦胧中，路上早不见了行人。我越来越害怕。公路怎么总也骑不到？公路真的也丢失了？

奶奶、爹、妈、大姐、二姐，你们谁来救救我？

我不敢哭，因为我太害怕了。我只能拼命往前骑。

越来越浓重的夜色，就像在前方极力阻挡我，周围的黑暗也好像一步一步向我逼近。除了这可怕的黑暗，我已经什么也看不清了。前方的路也看不清了。天上的星星已经很密很密，但是天上没有月亮。要是有月亮就好了，可惜连月亮也没有。什么也没有了，什么也丢失了。奶奶、爹、妈、大姐、二姐，我掉进黑暗中了，我害怕……

我更不敢哭。我如果哭起来，一定会惊动黑暗中更可怕的东西。我也不敢再往前骑了，再这样顶着黑暗骑，一定会撞上什么可怕的东西吧！我跳下车子，万分慌张地向四周张望，还是什么也张望不到，黑暗早把一切都吞下去了……

现在，除了我，就只有天上的星星。什么也没有了，什么也丢失了。那也是一颗星星吗？不是一颗，旁边还有一颗，还有一颗。这几颗星星很大,也很低,低得好像落到了地上。那不是星星,那是灯光吧?那是远处的电灯。有灯,就有人家。

我得赶紧去找灯光,去找有人家的地方!

能望见的那几点儿灯光,是在我的身后。我慌忙掉过车头,迎着黑暗,往回骑去。那几点儿灯光慢慢偏到一边去了,但仍然显得很遥远,很遥远。要走近那几点儿灯光,还得离开这条土路吗?不,不,我不能离开这条大路了,只要一离开,这条大路也要丢失得无影无踪。我就沿着这条大路,重新返回那个陌生的大镇去,那里有许多人家,也一定有明亮的灯光。

对,赶紧回到那个大镇去!

10

迎着黑暗骑了一段路程,我好像又能看清周围的情景了,路边的树,树后面的田野,特别是前面的大路。能看清路,我就能加快往回骑了。能看清的这些情景,还是笼罩在一片黑蒙蒙中。我也仍然很害怕,不知道在黑蒙蒙的前方会碰上什么可怕的东西。但是,我一直都没有碰见过人。

在树后面的田野上,有时会出现几点儿灯光。在大路的前方,却一直不出现灯光。出现了灯光,一片灯光,那就快回到那个大镇了。可是,我不知骑了多长时间了,还是望不见大片的灯光。在这可怕的黑暗中,还是只有我独自一人。

我越来越害怕,也越来越累,我真是快蹬不动车子了。我走不出这可怕的黑暗了。

奶奶,我今天这是怎么了?想找什么,什么就不见了;想要什么,什么就丢了。想追大姐坐的汽车,总也追不到。想回家,又找不到回家的路口。想返回公路,公路也丢了,回不去。想返回傍晚时走错的那个大镇,这个大镇也不见。为什么都不想见我?为什么都想离开我?奶奶、爹、妈,你们也想离开我呀?大姐、二姐,你们也想离开我?

大路前方有灯光了,终于有灯光了。不是一片灯光,但很亮。很亮的灯光还在移动,正迎面移动过来。这不是镇子,也不是村子,村镇不会自己动呀。是什么可怕的东西……不,不……是人提的灯笼吗?灯笼不会这样亮。这灯光已经越来越亮。是汽车的灯光,汽车的灯光!

我跳下车子,等在路边。这辆汽车会帮助我吗?帮助帮助我吧!把我拉出这黑暗,拉到一个有人有灯的地方吧……移动的灯光变得更亮了,怎么走得这样慢呀?汽车不会这样慢。今天,我注意看了多少汽车,汽车不会走得这样慢。是什么可怕的东西吗……不,是拖拉机吧,就是拖拉机,一定是拖拉机。村里就有拖拉机……

终于把拖拉机等来了,我站在路边使劲向它摇手,它射来的强光照得我两眼生疼,我还是使劲向它摇手,蹦跳起来摇手……但是,它没有停下来,带着一股风从我身边开过去了,开过去了。

是因为天黑,没有看见我吗?不是,不是,它射出了那么明亮的强光,照得周围像白天一样,怎么能看不见我?它是不想帮助我,不想救我。

眼看着这辆拖拉机带了一大圈光亮,无情地渐渐远去了,我终于忍不住哭起来,大哭起来。我什么也不怕了,只想哭,只想使劲大哭。越哭,就越想起这一整天所遭遇的一连串不幸。越想起这些不幸,也就越想大哭。

我不知道就这样哭了多长时间,只是感到自己已经哭得很累很累,浑身的力气已经哭尽了,尤其感到好像把肚子也完全哭空了。可是,我哭了这样长时间,也没有把隐藏在黑暗中的什么东西惊动。四周还是一样的黑,还是一样看不见村庄,看不见灯光。

我不能再走了,往前往后都不能再走了。我也走不动了,走不动了。我把自行车推倒在地,靠住路边的一棵树,一屁股坐下米。坐下来,反而觉得两腿更沉重,屁股也开始疼起来,在车子上整整骑了一天了。但最强烈的,是空肚子里翻涌上来饥饿。我太饿了,一整天都没有吃过一顿饭,太饿了。

现在,到哪儿能找到吃的呀?我努力看着黑蒙蒙的田野,田里好像也是麦子。生麦穗不能吃。除了生麦穗,别的什么也看不见。田野里有几点儿很小的灯光,那一定在很远很远的地方。半夜了,还有灯光,奶奶、爹、妈，他们一定还亮着灯，在等我，一定在等我……但你们在哪里呀？

夜里的风，有些凉。

我也太渴了。

太累了。

不知不觉，我居然睡着了。睡着了也没有做梦，什么也不知道了。

也不知道睡了多长时间，我被一种强烈的振动给振醒，只觉得自己是躺在一张不停抖动的床上，被谁猛烈摇晃着。醒来，发现自己果然是侧身躺着，眼被强光刺得睁不开……难道天已经亮了？我立刻跳起来，才看清是拖拉机射来的灯光。

我站到路边，又使劲向它摇手。这次的灯光移动得很快，转眼间，它就跑过来，又带着更大的一股风，匆匆跑走了。跑过去了，我才发现这是一辆拉东西的汽车。可是这辆汽车也没有理我，它也不想帮助我。

我刚才睡着了，是这辆汽车把我振醒，振得那么厉害。我原来是靠着树，睡着后就躺到了路边。汽车一来，能感到那么大振动？我以前也没有在路边躺过，不知道自己还能感觉到从地上传来的这种振动。可是，能感到这种振动有什么用啊？汽车、拖拉机都不理我，都不想救我。

自行车，我的自行车呢？没有丢了吧？

我转身找到了它，才不慌了。刚才，就这样把自行车丢到一边，倒身睡去，要是有人把它偷走，我可怎么回家呀！

我紧靠着车子坐下来。那辆汽车早已无影无踪。除了天上的星星，四周还是黑蒙蒙一片。空肚子还是饿得很，夜里的风也更凉了。但我还是又睡着了。

## 11

我又被一种振动弄醒，但这次的振动不是那样厉害、急促。醒来后，发现自己又躺在路边，一条腿压在自行车上。看看天色，仍然很黑，只是天边出现了一弯细细的月牙。望见这细细的月牙，我高兴了一下，可惜它太不明亮了。

在灰蒙蒙中,有一辆马车从大路那头走过来。原来是马车把我振醒了。

我慌忙站起来,等着马车过来。这辆马车会帮助我吗?

马车一步一步走过来了,我迎上去向它摇手,比画,可并不见车倌有什么反应。他仍然坐在车辕后面,随着马车一摇一晃的。是因为天黑,他没有看见吧?我跑到近处,完全把他看清楚了:原来他抱着赶车的鞭子,睡得正美。他睡着只是垂下了头,身子却倒不了,稳稳地摇晃着。我跟在他身边一边跑,一边推他,他也醒不了。拉车的两匹马,也好像是一边走路,一边睡觉似的,不怕我,不理我。

我已看清车上几乎是空的。我就是跳上马车,车倌也发现不了。但这辆马车会把我拉到哪儿呀?

我停下来,不再跟着马车跑了。它在一步一步走远。我这才发现,天色好像已经不是黑蒙蒙,而变成灰蒙蒙了。天是不是快亮了?细看,天上的星星还是很多,但已能看清路边的田地里是长着麦子。我不能再睡了。我也再次感到了饥饿。

现在能找到什么可吃的呢?只有田野里的麦子。生麦穗能吃吗?能吃不能吃,也只好吃它了,我是太饿了。

我下了公路,走进麦田,掐了几个麦穗,就放在手里揉搓起来。我这是跟爹学的,到麦收的时候,他常这样,把麦芒、麦皮搓下来,吹干净,看看麦粒鼓不鼓,看完也扔进嘴里嚼嚼,嚼完就吐掉了。但这里的麦穗还有些绿,不能很干脆地搓下皮来,我又太着急了,只匆匆搓了搓,吹了吹,就往嘴里吞。又是麦皮,又是麦粒,竟然也都吞下去了,还觉得很香呢。我真是太饿了。

我也不知道就这样吃了多少生麦粒,只是觉得自己身上已慢慢有了劲儿。独自站在这夜色朦胧的野外,也不那么害怕了。天真是快亮了。这一夜,奶奶、爹、妈,他们睡觉了没有?他们找不见我,会急成什么样呀?他们肯定都没有睡觉,奶奶一定是站在村口等我,等不见我,谁也劝不回家。妈一定是一直坐在镇子的公路边,哭着不回村。爹也许会沿着公路来找我。

想到这里，我跑出麦地，回到大路上，扶起了自行车。我不回那个陌生的大镇去了，得赶紧去寻找公路。找到公路，才能找到回家的路。昨天夜里，我已经牢牢记住了，靠着这边的树往前走，是去那个大镇的方向。靠着那边的树往前走，是通向公路的方向。于是，我掉转自行车，靠向路那边的树，跳上车，急急忙忙又开始往前骑去。

歇了一夜，两腿、屁股好像更疼痛，更僵硬了，两只胳膊也觉得又沉重又僵硬，浑身上下都有一种说不出的难受。但是再难受，我也得往前骑。现在再也不用怕天黑了，越往前走，天会越亮。骑到天亮时，说不定就返回公路了。

但是，天亮了，太阳出来了，太阳已经很高了，就是总也骑不到公路。这中间，经过了两个小村子、一个大镇子。这个大镇子，明显不是昨天傍晚经过的那个大镇。那个大镇的样子，我还记得。我已经懂得了记忆路过的一切。可记忆中的那条公路，却像丢失了一样，总也不出现。

在这个镇子上，我又买了好几个烧饼。吃了两个，在身上装了几个。卖烧饼的是一个老奶奶，但她比奶奶小得多。她给我喝了一碗水。出了这个镇子不远，就遇到一条很清的小河。我到河边洗了一把脸，又喝了几口河水。

我遇见生人，就向他们比画：离公路还有多远？什么时候能走回公路？可仍然没有人能看明白我的比画。我不再向人们比画了。我就不相信，这样一直走下去，能永远走不上公路！

## 12

从天不亮一直骑到下午了，我才终于重新上了公路。我终于把公路找回来了！当时，我是多么高兴啊！重新看见公路上跑着的汽车，我高兴得都哭了。

奶奶、爹、妈，我又找见公路了，我就要回家了。

当时，因为高兴，没有立刻发现这条公路有什么异常。上了公路，只感到松了一口气，就先坐到路边。我也很累了。坐着吃了两个烧饼，看着来来往往的汽车，慢慢才感到太阳晒得难受。想找个阴凉地方坐，却看不见一棵树。这时，我才想起来，昨天走了一天的那条公路，路两旁总是不断有树。可眼前这条公路，怎么两头都望不见一棵绿色的树？

还有，刚才走上这条公路时，爬了一道很大的坡。可昨天傍晚从那个路口离开公路时，并没有下坡，和回家的那个路口一样是很平坦的。

我不由得站了起来，慌忙向四周张望，越看越感到陌生。不过，那时我仍然相信，只要是公路，就一定能通向我们的那个镇子，通向我们村，通向我们家。直到多年以后我才知道，这时我找到的是另一条公路，离昨天我走的那条公路已经很遥远了。

这时我虽然不知道天下还有许许多多公路，可我已经知道辨别方向了。昨天迷了路，就是因为不知道辨别方向。现在，我该沿着这条公路朝哪头走呢？两头都很陌生，哪头都没有记忆中熟悉的情景。现在我熟悉的，只是头顶的太阳。

太阳，太阳，奶奶、爹、妈招呼我，就是指指太阳。

太阳，你能帮助我吗？

昨天，我追赶大姐的时候，是背着太阳走。我们的那个镇子，我们村，我们家，是在太阳升起的那个方向吧？昨天傍晚，就是因为朝着太阳落下的方向走，才迷失了方向。

对，就沿着公路，朝太阳升起的那头走。现在，虽然已是下午，太阳早偏离了头顶，但我还是能分清太阳是从那头升起的。

选定了方向，我就重新跳上车子，匆匆开始赶路。已经下午了，如果不再迷路，我也许在天黑前能回到家吧。

我是多么想回到家！离开家虽然只有一天一夜，可好像已经离开多长时间了，昨天我经历的那一切，也好像很遥远了。可是，我仍然理解不了，家为什么就这样丢失了？我为什么就回不了家？我为什么会来到这样一个陌生的地方？

这一切疑问，我去问谁呀？离开了家，我的一切疑问都没人能明白。我的比画，谁也看不明白。陌生人的比画，我也看不明白。我的脸色，我的表情，我的焦急，我甚至哭起来，陌生的人们都不会太在意。他们大多是看一阵，就走开了。我向这些陌生的人们，比画不清自己的家在哪里，是什么样子。他们也不能给我指明回家的路。我为什么这样倒霉？只是到镇子上送了一趟大姐，就落入了这样一种绝境？

公路两旁，仍然是无边无际的麦田。风吹来，麦田也滚动着波浪。可这一带的麦子，怎么有些稀疏？田野里，树也很少。这一带，看着真是很陌生。但公路上各种各样的汽车，来来往往不断，倒使我感到熟悉。这些汽车会帮助我吗？

大姐能坐汽车去很遥远的地方上学，又能坐汽车回家，我就不能坐汽车回家去吗？

大姐给我比画过，拉人的汽车是走走停停，各处都有停车的地方。在停车的地方，就能上车。我得留心寻找这种停车的地方。

大姐还给比画过，坐汽车要花钱。我身上还有钱。只要能把我拉回家，我可以不吃不喝，把身上所有的钱都给了汽车。

我要上了汽车，这自行车怎么办呀？放到汽车顶上，我见过汽车顶上放车子。

又有了新目标，我骑车就来了劲儿。我相信，只要这样沿着公路一直走下去，一定能寻见一个汽车停车的地方。

这样骑了很久，一直也没有碰上那样一个停车的地方，倒是碰到了一个很大的十字路口，四面都是公路。我该往哪条路走呢？这里不像是个村镇，却有卖烧饼、煮鸡蛋、茶水的。可我不能再花钱了，得留着钱坐汽车。这么大一个十字路口，也没有停车的地方。我该往哪条路走呢？

这里有不少人，可我仍然无法向他们问路。

我只能继续朝太阳升起的方向走，只能穿过十字路口，一直往前走。

走了没有多久，我进了一个比镇子还要大的地方。

## 13

这里人多,店铺多,街道既宽又长,很像我每年去一次的县城。每年夏天,县城赶庙会的时候,爹妈都要带我进一次城。我已经回到县城了?可看来看去,也看不出一点儿熟悉的景象。我记得城里有一座白色的塔,很高,远远就能看见了。可现在,我一直也看不见这座白塔。

这不是我常去的那个县城吧?

就在我寻找白塔的时候,意外地找到了汽车停车的地方。这里停着许多大姐乘坐的那种大汽车,有人上车,也有人下车。这下可好了,我可以坐汽车回家了。只要能送我回家,我愿意把身上所有的钱,都交给汽车。

这么多汽车,我该坐哪一辆好呢?

我选了一辆大姐昨天坐的那种绿颜色的车。但我走近时,把门的一个男人却不让上车,更不让我把自行车往车顶上放。我给他比画,我要回家,我有钱,我可以把所有的钱都交给他。我真把身上的钱,全都掏出来给他看。可他还是拦着不让我上车。他嘴动着,手也摇摆着,只是我看不明白他的意思。看他的表情,好像是在问我什么,可我不明白他在问什么。

没有办法,我只好去找别的汽车。别的汽车也一样,都不让我上车,都拦着想问明白。

他们到底想问明白什么?他们是不是看着我像一个要饭的乞丐,或者是不许带着自行车坐汽车?不是,不是,我终于明白了,他们是在问我去什么地方!他们指指画画,是想问明白去什么地方。即使他们不是这样问我,我也应该先明白汽车会把我拉到什么地方。我现在已经有些懂得了,世界上不是只有一条公路,汽车也不只往一个方向跑。我不弄明白就上车,汽车将把我拉到什么地方啊?

我要回家,不是要到更远的地方。可我怎么能向他们比画明白呢?家有多远,家在何方,我真无法向他们比画明白。这里虽然有这么多汽车,可我也无法知道它们到底要开向何方。这许多汽车中,也许真有一辆是开向我们那个镇子,可谁又能向我指出它呢?

这些汽车也无法帮助我了。

我伤心地离开了汽车站，但我没有哭。我已经有些懂得了，哭没有多少用，只会招来人们围观我，嘲笑我。我不再想让人们嘲笑我。别人帮助不了我，我自己帮助自己。现在，我也只能依靠自己了。但我一定要回到家。

我在这个陌生的县城里，买了点儿东西吃。有许多我想吃的东西，但都没有买，仍然是买了几个烧饼，又寻着喝了些冷水。看见卖熟鸡蛋的，真想买几个吃，可还是忍耐住没有买。我不能多花钱。钱花完了，还回不到家，那我该怎么办呀？在家的时候，我最不爱吃鸡蛋了。爹办了养鸡场，有吃不完的鸡蛋。这两天，我丢了，爹一定在四处寻找我，谁来管养鸡场呀？奶奶、妈，她们现在一定还在哭。但我不能哭。

吃了东西，我又在一个修车摊上，给车子打了气。修车的是一个比爹年纪大的老汉，他发现我是哑巴，就和气起来。打完气，也不要我的钱。老汉这是帮助我吧？

我想赶紧出城去，继续寻找回家的路，可太阳离落山已经不远。在这种时候出城赶路，会不会像昨晚那样要在野地里过夜？在野地里过夜，太叫人害怕了。想来想去，我还是决定不出城了，就在城里找个地方过一夜，等到明天一早，再去赶路。

在城里转来转去，也没有找到一个可以过夜的地方。因为这是一个陌生的县城，我不认识一个人，也寻不出一处熟悉的地方。在天快黑的时候，我还是回到了汽车站。这里总有来来往往的人，灯光也很明亮。店铺好像不打算关门，街道两边的摊贩比白天更多了。特别是这里有一个很大很大的屋子，里面摆满了长椅子，等车的人都可以进去坐下来休息。那我也可以进去坐一坐吧。到了夜里，我可以躺在那长椅子上睡觉。

我先找了个僻静的地方，把自行车停在那里，上了锁。然后，就走进了那个大屋子，在一个空椅子上坐下来。屋里比外面要闷热得多，但我还是感到很满足。两天来，我这是第一次走进一个屋子，第一次坐到了椅子上！抬头看不见天空了，屁股也不再是坐在土地上。只是，坐在这个大屋子里的其他人,我同样一个也不认识。

慢慢地,我好像认出了一个人来,他是我们的村长,眉毛很长,麻脸,一笑就露出了大门牙。我急忙向他走过去,但他好像不认识我,站起来要走。我拉住他不放,他一把就把我推倒了。我正想哭,醒来了。原来,我已经睡着了,做了这样一个梦。

看看外面,天已经黑了。大屋里,有人早躺在长椅子上睡着了。我也躺下睡吗?刚才,坐着就睡着了,屋里太热,我也是太累太困了。就在这时,我突然想到了自行车。我的车子不会被人偷走吧?

我赶紧跑了出去。还在,我的车子还在。但那里已经没有几辆自行车停着了。车子虽然锁了,但到了夜里,说不定会被人扛走。我回家,就全靠这辆自行车了。我不能把车子丢在这里,自己进屋去睡觉。

我开了车锁,推着车子走到明亮处,在一个靠墙的地方停下来。就在这里,守住车子,靠墙睡一夜吧。我重新锁了车,靠墙坐下来,还是感到不放心。这样睡着了,人家同样能把车子扛走。那怎么才好呢,不睡觉守着?要有根绳子就好了,一头拴住车子,一头拴住我的胳膊,谁来偷车子,都会把我拉醒。对,有根绳子就好了。

我站起来,开始在周围寻找。好绳子,不会找到,但只要是一根绳子就行,哪怕是一根很细的绳子也行。在一处垃圾堆上,我终于拣到一根细细的塑料绳。

用这根塑料绳把车子和自己拴在一起,别人还不容易看出来。可是他一来偷车,就会把我拉醒。我终于放心了。

我靠着墙壁,放心地睡去了。

我没有再做梦,只是不知过了多久,又被一种轻微的振动振醒。睁眼看时,见有个人正向我走过来,离车子只有七八步远。见我醒来,那人就转身离去。这人是来偷我的车子吗?也许不是。他还没有走近,我就给振醒了。那是从地下传来的一种振动,挨地的两脚和屁股都能感觉到。昨夜也被振醒过,但那是汽车、拖拉机开来时的振动,那么强烈,容易感到。现在，只是人走路的振动，这么轻微，居然也能感到。以前，我真不知道自己还有这样一种感觉呢。早知这样，我也不用找绳来拴车了。

这时，周围还很明亮，只是人少了。我又放心地睡去了。

这一夜，我被这种轻微的振动振醒过好几次，每次醒来，都看见有人向我走近。我及时醒来，又使来人不敢走近。我这种灵敏的感觉，以前怎么一点儿都不知道呢？

这种灵敏的感觉，能帮助我回家吗？

14

离开这个陌生的县城，我继续朝太阳升起的方向骑去。

只是，今天的太阳一直就没有出来。天亮的时候，太阳还把天边染红了一片，但它就没有出来。后来，天上的云越来越厚，早已看不出太阳在哪里了。太阳不出来，倒是凉快。可这几天能给我做伴的，就只有太阳了。除了太阳，一切都是陌生的，一切都是刚见面又离去了。今天，连太阳也不见了。

公路两边，仍然是望不尽的麦田。田野里的树，也仍然不多。我也仍然看不出一点儿熟悉的景象来。我不会越走离家越远吧？

慢慢地起了风，还是迎面吹来的顶头风。我骑车感到有些吃力了。麦田里涌起了凌乱的波浪，好像很慌张似的。天上的云变得又暗又低，也凌乱地飞动着，显得很不安。

这是要下雨吧？

我朝前方张望了一下，看不见一个村子，看不见一座房子，看不见一个草棚，甚至看不见一棵大树。后面，也没有经过什么村子。我也只能顶着风，继续往前骑。

风越来越大，天色越来越暗。

雨终于下起来了，而且来得很急，转眼间就是一片雨雾蒙蒙，几乎看不见了前方的路。浑身的衣服，很快就湿透了。密集的雨点儿打在脸上，我都感到有些疼痛。

我跳下车子，停在路边。但是，大雨却没有停止的意思，仍然像瓢泼似的下着。公路上，不时有顶着大雨驶过的汽车。汽车不会停下来帮助我。在大雨中，汽车也看不清我。

在大雨的浇灌下，我开始感到发冷了。衣服早已湿透了，怎么能不冷！这时，我想到了装在衣服口袋里的烧饼。烧饼也给淋湿了吧？

我急忙去掏烧饼，的确已经泡湿了。不能再给雨水泡了，我得赶紧把它吃掉。

这时，我又突然想到了装在衣袋里的钱！本来已经没有多少钱了，如果给雨水泡湿，还能花吗？我伸手摸了摸衣袋里的钱，也都已经洇湿了！但在这样的大雨中，我只穿了一身单衣，钱放到哪儿都会泡湿的。我看了半天，发现只有车座下淋不到雨。我就慌忙用手绢把所有的钱包住，塞到了车座下。

藏好钱后，我就开始吃泡湿的烧饼。这些烧饼，是我在那个陌生的县城里买的，想带在今天的路上吃。在这样的大雨中，我也不知道现在是不是到了晌午。只是这样在雨中吃烧饼，吃得一点儿也不香甜。勉强吃下俩烧饼，再也吃不下去了。因为站在大雨中，身上越来越冷。

不能这样站着淋雨了。

我抹了抹脸上的雨水，就跳上车子，向前方的大雨冲去。这时，风已经不大了，但雨还下得很大。我奋力向前骑，想使自己暖和起来，同时也想寻找一个避雨的地方。但是，我在雨中骑了很久，骑得身上已经不那么冷了，还是没有看到任何可以避雨的地方，还是连一棵大树也看不到。

雨似乎已经小了些，我也能看到远一些的情景了。

前面要上一个坡。我加了劲儿往上冲，但不知怎么车把一歪，就突然连车带人摔倒了。我摔下车来，在湿淋淋的公路上滑了很远。身上只觉得很疼痛，但我还是赶紧爬起来，去寻找自行车。车子已经滑下了公路，躺在了路边的斜坡上。我还没有来得及走下公路，就突然有一辆装货的大汽车，从我身后飞驰而过，溅起一片水花。

好险呀，刚才我要不是及时爬起来，还不定会出什么事呢！

我走下公路，去推车子时，发现前方不远处有一座桥。桥下虽然流着很急的河水，但两头的桥洞里并没有流水，似乎可以避雨。我连忙扛起车子，向桥洞走去。虽然鞋里很快就灌满了泥，还是走进了桥洞。

雨终于被挡在外面了。我脱下湿透了的衣服，正要拧一拧水，发现衣袋里还装着吃剩的烧饼。正要把烧饼掏出来，又想到了钱。连忙去车座底下摸，手绢和钱都不见了。

我冲出桥洞，在路基的斜坡上没有找到，又爬上公路，在刚才摔倒的地方，终于看见了那个手绢包！它虽然已经湿淋淋的了，但我还是找到了它。

回到桥洞里，我松了一口气。

在旷野里遇到这样的大雨，前不着村，后不着店，我以为除了挨浇，再也没有别的办法了。可我还是意外地找到了这个避雨的地方。看来，任何时候都不能灰心丧气。在大雨中挨浇，在上坡时摔倒，我都没有想哭。我已经知道，在任何时候哭都没有用。我绝不再哭了，我要想尽一切办法回到家。

## 15

我再也没有一点儿力气了，一步也不能往前走了。我甚至没有力气把自行车支起来，只好随手把它推倒在公路旁。跟着，我也两腿一软，倒在路边。

昨天淋了大雨，但在桥洞里避雨时，还没有不舒服的感觉。雨停后，我穿着湿衣服上路，虽然感到很冷，但用力骑了一段路，就不冷了。不久，太阳也出来了，湿衣服很快也给晒干了。雨后顶着太阳，骑了很长很长一段路程。直到傍晚时候，我才感到身上有些发热，两腿有些发软，头也越来越沉重，特别是嗓子里像着了火一样，难受极了。

所以，昨天夜里我也没有去寻找村镇，就在经过的另一个桥洞里过了夜。那是一座很小的桥，桥下不是河，好像是一条路。我缩在那里，身上忽冷忽热,觉得很累很乏,却睡不着。我知道我病了,但我不想哭。在家里,我一有病,奶奶、爹、妈,都要围着转,想法哄我吃药吃东西。现在,不用你们哄我了,我自己能把病抗过去。

那一夜,我也不知道自己到底睡着了没有,天亮时身子好像轻快了些。我就赶紧骑车上了路,我不能病倒在路上。我只希望今天能在公路两边,看到些熟悉的情景,希望今天能离家近些。可惜,没有骑多久,浑身就发软了。

特别是两条腿越来越没有力气,每蹬一步都很吃力。后来,我只好下了车,推着它走。推着车也慢慢走不动了,自己的身子也变得格外沉重起来。终于,两腿支持不住,我倒下了。

这时,太阳已经很高了。公路上不断有汽车驶来驶去。汽车不会停下来帮助我,疾驶的汽车也许根本就看不见我。谁会来帮助我呢?我这样躺一会儿,睡一会儿,也许就好起来了。但是,我真想喝水,喝几口热水。

一股热潮涌来,我觉得自己在往下掉,很快就什么也不知道了。

等我醒来时,发现自己已经躺在一个木床上。跟着,又看见了窗户,看见了屋顶。我这是在哪儿,是回到家了吗?

我立刻坐了起来。这时才感到,身上已经不那么难受了。

很快,有个像妈一样的女人,走进屋里来。她见我坐起来了,显出一脸惊喜。她动着嘴,在问我什么。

我无法回答她。我也看清了,她不是妈。这个屋子,也不是我的家。

这个女人问不出什么,就出去把一个像爹一样的男人叫来了。男人也动着嘴,问我什么。我看不明白他问什么,但从他们的表情中,我能看出他们是在问我:还难受不难受?

我已经不很难受了。是你们把我从公路边救回来的吧?你们一定给我喝了水,吃了药。我太感谢你们了。可是我表达不出这种感谢来。我是哑巴,你们还没有看出我是哑巴吗?我不是不回答你们的问话,我是不能回答。我是哑巴,哑巴。

我努力给他们比画，我是哑巴。

他们好像明白了我是哑巴，他们的表情有些吃惊和意外。不过，那个像妈一样的女人，还是伸过手来，摸了摸我的额头，看我还发烧不发烧。这就像在家一样，我病了时，奶奶、妈都这样来抚摩我的额头。想到这里，我忍不住流出了眼泪。

像妈一样的女人，轻轻拍了拍我，就出去了。像爹一样的男人，开始向我比画什么，但我看不明白。后来，从他的表情上，我猜想是在向我比画怎样在路边发现了我，又怎么把我背回来。可能是这样，我想也一定是这样。我太感谢你们了，可惜我无法向你们表达。

不久，像妈一样的女人给我端来了一碗热腾腾的汤面。我接过来，就闻到了一股扑鼻的香味。这使我又想到了家，止不住再次流出了眼泪。

自从离开家后，我再也没有吃到过这样香美可口的饭食了，我也再没有得到过这种爹妈一样的疼爱了。

我在狼吞虎咽吃着这碗美食时，这两位像爹妈一样的陌生人，一直快乐地看我。这太像在家里了，可惜这里不是家。

16

我在这里住了三天，病完全好了。

我看了三天，也把这里看明白了。这个紧靠公路的大院子，有长长的一排房子，住的都是养路的工人叔叔。他们对我都很好。我能看出来，他们都想帮助我回到家，可他们问不明白我的家在哪里。我除了向他们比画，我们村口有一棵高大的松树，也表达不出我的家到底在什么地方。但是，我还是很感激他们。特别是把我从公路边救回来的那个像爹一样的男人，和这几天一直在照顾我的那个像妈一样的女人。

她把我身上穿的衣服都洗干净了。

叔叔们还帮助我整修了自行车。

我真想帮助他们一回，表达一下我的感激。可是他们不让。在这个很大的院子里，有一片种着各种蔬菜的菜畦。我想在菜畦里给他们干点儿活儿,他们就是不让。

表达不了感激之情,就离开他们,我心里很难受。但我必须走了,我还得继续去寻找回家的路。叔叔们好像不想让我走,还要再想什么办法,但我不想等了。

上路的时候,叔叔们塞给我一些钱,像妈一样的女人还给我带了些干粮。我又忍不住流了眼泪。

这一天,我骑了很远很远的路程,一直都不觉得累。只是,公路两边的景色却越来越生疏。田野里仍然是望不尽的麦子,但这里的麦穗还是绿绿的。公路也不再那么平坦了,总是上坡下坡,弯弯曲曲。特别是在前方,出现了山。

远处蓝色的山,慢慢变成了绿色的山。

这是到了哪里了?这里离家一定更远了。在家乡从来就看不见山,四处都是望不到头的平原。现在,离山这样近了,那离家一定更远了。

还往前走吗?

我一直是朝着太阳升起的方向走,要是不往前走,就得朝太阳落下的方向走了。那样,也回不到家。也许翻过前方的山,就能见到熟悉的情景吧?

再说,我也真想走近山去看一看。我从来没有见过真山,过去只是在图画上,电影、电视里见过山。前方绿色的山,已经看得这样清楚了,我得走近它。

这样,我就没有停顿,一直向前骑去。前方山的诱惑,甚至使我感到异常兴奋。只是,越往前走,上坡越吃力了。后来,就得不时下车来,推着车子爬坡。下坡的时候,虽然能飞快地骑行,可遇到太陡的坡,顺坡而下又快得令人害怕,我也只好推着车下坡。

直到黄昏时候,好像才算进了山。这时,公路伸进一个深深的山谷里,两边的山峰高得令人害怕,连天空都好像变小了。公路上的汽车就显得更小,远远看去,就像花大姐那样的甲虫在爬行。太阳已经照不进山谷里了,深绿深绿的山坡好像在散发着凉气。偶尔有几只什么鸟儿,从绿色的山坡上飞起,飞向山谷的深处,久久不见它们落下。山谷里,也望不见任何村庄。

在这样的山谷里,我可怎么过夜呀?

望着这不能想象的大山,我害怕了。我想到了退回去。可在天黑以前,我能退到哪儿呢?这一路,很少路过村镇。继续往前走,山谷里更不可能有村庄吧。

我该怎么办呀?我有些慌了,但我不能哭。

这时,又有几辆汽车从我身边驶过。对了,我能不能请求汽车来帮助我呀?我不是请求汽车把我拉回家,只求把我拉出山。没有别的办法了,我只能请求汽车来帮助我。

我跳下自行车,把它停在了路边,开始等待汽车驶来。

等了很久,才终于等来一辆。远远的,我就站在路边向它摇手,可它好像根本就没有看见我似的,理也不理我,无情地从我身旁开过去了。

又等来一辆,还是这样。

又等来一辆,依然是这样。

后来,好不容易有一辆大汽车,在我身边停下来。我真是高兴极了,赶紧去推自行车。这时,从车上跳下一个叔叔来,他朝我动着嘴,显然是在问什么。我看不明白他想问什么,也许是问我要到哪儿去吧?

叔叔,我只是求你把我拉出山,出山不会太远吧,你看,天快黑了,请你帮助一下我吧。我努力给他比画着。

他看着我的比画,好像有些失望,又好像有些意外,但他并没有看明白我在比画什么。他不耐烦地转身跳上车,关了车门,把车开走了。

我望着这辆远去的大汽车,很伤心。这位叔叔发现了我是哑巴,就不想拉我了?也许,他是看不明白我的比画,无法帮助我吧。我不能埋怨他。这位叔叔毕竟看见了我在招手,毕竟把车停下来了。我不能伤心,也不能失望。

我开始继续等待汽车,继续请求开车叔叔的帮助。

我也不知道请求过多少辆了,后来终于有一辆汽车又在我跟前停下来。开车的叔叔好像也没有多问什么,就帮助我把自行车放到了车斗里。我自己也爬上了车斗。车跟着就开走了。

终于还是有人愿意帮助我的。我心里真高兴。

这时,山谷里更昏暗了,只有一边的山峰顶端,给太阳照成了金黄颜色,真好看。因为汽车跑得快,觉得风很大。不久,汽车就开始弯弯曲曲地爬山了。汽车在爬山时,我明显感觉到车斗振动很大。大概,它也很吃力吧!渐渐地,我已经升得很高了,看山谷里的汽车,显得更小。我要是推着车子,爬这样的山,那会走到什么时候呀!

爬上了眼前的山,前面还有山,汽车一直在群山中间蜿蜒行驶。有时候能望见山中的小村庄,有时候又能望见远处的平原。要不是丢失了家,这样坐了汽车在山中行驶,那会是多么快乐的一件事啊!

汽车出山的时候,天已经很黑了。所以,当汽车重新跑在平原上时,虽然有车灯射出去的一片光亮,我还是看不清路边的景色是否熟悉。我只能依稀看出公路两边仍然是麦田,远处有闪烁的灯光。汽车也没有停下来的意思,它在平原上奔跑得更快了,好像急着要向什么地方赶去。

它会把我拉向何处呢?

我要不要请求开车的叔叔停车呢?

天上的星星越来越多了。在这夜色已重的时候,我在这陌生的旷野里下了车,又能有什么用呢?我只能跟着这辆车走了。

不知又过了多久,前方渐渐出现了一片星星点点的灯光。汽车直朝这片灯光奔去,这片灯光也就越来越大,越来越密,越来越明亮。到后来,把整个半边天都映亮了。我从来没有见过这么壮观的灯光,它比天上的星空还要灿烂。

这是到了什么地方?

汽车仍在疾驰。我很快就进入了灯光的海洋。

汽车突然停下了。开车的叔叔仍然没有多问什么，只是帮我把自行车拿下来，又拍了拍我的脑袋，就开车走了。

我望着眼前灿烂的灯海和灯光映照下的陌生情景，愣了好一阵儿，才忽然想到，这就是大姐所比画的那种大城市吧？

17

我沿着灯光照亮的大路，推着车子慢慢往前走。因为这里太陌生了，我不敢骑车前进。我还看到，虽然是夜里了，路上的汽车、自行车、行人依然很多。在这样热闹的路上骑车，我也有些胆怯。

不久，我就看见了很高很高的房子！这就是大姐给我比画过的那种楼房吧？

我会不会是到了大姐上学的那个大城市？

顿时，我心里涌起一种强烈的兴奋。要是能找到大姐，那我就能回家了。

突然出现的希望，使我不再胆怯，异常兴奋地跳上了自行车，向城市的深处骑去。高大的楼房不断出现，美丽的五彩灯光到处闪烁。只是，十字路口也太多。到了十字路口，我该往哪个路口走呢？我随着车流人流穿过了两个十字路口，就感到不能再往前走了。

再往前走，会不会再迷路？

我停下车来，退到了路边。向四周望了望，更感到这个城市太大了。大姐在哪里呢？我到哪里去寻找她呢？我能跑遍这个城市吗？只要大姐真在这个城市里，我就跑遍全城去找她。只是，不知道城市的街道上，是不是整夜都是这样热闹，这样车多人多？

如果在夜深人静的时候，街道上能清静下来，我可以不睡觉，整夜奔跑着去寻找大姐。

可大姐在什么地方呢？大姐在学校里。学校的模样，我能认出来吗？大姐的学校也有很高大的楼房，除了楼房，还有操场吧？

这时，我才感到饥饿了。养路叔叔给我带的干粮，在路上已经吃光。

四周虽然都是明亮的店铺,可大多关了门,也不像是饭店。路边,也没有卖小吃的摊贩。我得先去买点儿东西吃。

我又推着车子,慢慢往前走。一边走,我一边想,昨天夜晚,我还在养路叔叔那里,现在就来到了这样一个陌生的地方。还是汽车跑得快。那个开汽车的叔叔,也是想帮助我吧!他没有多问什么,就把我拉到了这个陌生的城市里。大姐要是真在这个城市里,谁会帮助我去找大姐呢?

我正这样一边走一边想,忽然觉得车子顶到了什么。慌忙看时,发现是顶倒了路边停着的另一辆车子。我赶紧停下来,想去扶起被我顶倒的车子,但这时已经围过几个比我大一些的男孩子。

他们很生气地动着嘴,显然是在责备我,为什么碰倒了他们的车子。有一个孩子还过来推了我一把。

我连忙给他们比画,我是不小心碰倒了你们的车子,是我不对,请你们原谅。我是头一次来你们城市,哪里也不认得的,什么也不懂,请你们原谅。

那几个大孩子看着我的比画,好像很感兴趣似的。看完,他们突然笑了起来。我知道,他们看出我是哑巴了,也许会原谅我吧。但我没有想到,一个孩子冲过来就把我推倒了。

接着,其他孩子也都挤过来,踢我,打我……

后来,他们把我的车子踢倒,才扬长而去。

我一点儿都没有想到,会发生这一切。直到他们已经走远了,我从地上爬起来,拍打着衣服上的尘土,感到了身上的疼痛,仍然不明白为什么会发生这一切。是我做错了事?是我不小心碰倒了你们的车子。可我已经给你们认了错,你们还这样踢我,打我。我能看出,你们是发现了我是哑巴,才冲上来打我,踢我。

哑巴就应该被你们打,被你们踢吗?

要是在过去,我早委屈得大哭起来了。可是现在,我一点儿也不想哭!哑巴怎么了,就该受欺负呀?我是哑巴,可我不像你们那样坏。我是哑巴,可我不傻。

我找了个安静的地方,坐了下来。我要等着街道上车少下来,然后去寻找大姐的学校。受欺负后产生的气愤,倒使我感到什么也不害怕了。我也有些忘记了饥饿。

那一夜,我终于等到整个城市都安静下来,街道上几乎没有了车辆和行人,只有明亮的灯光依然映照着一切。我跳上车子,发疯似的在全城的大街小巷奔跑。可惜,我没有能找到大姐的学校,因为我根本就不知道大姐那所学校的模样。不过,我算是看清了这座城市到底有多大。我就是不停地骑下去,也不可能把它跑遍。但我还是发现了,怎样才能走出这个城市,重新回到公路。

我牢牢记住了这条走出城市的路线。因为如果找不到大姐,我还得回到公路,去继续寻找回家的路。

在天快亮的时候,我实在太累了,就随便坐在一个地方,靠墙睡着了。

## 18

我被一种振动惊醒时,睁眼就望见了太阳。接着,看见一个很胖的男人,站在我身边。我赶紧坐了起来。原来,我睡着后又躺倒了。

这个胖男人没有动嘴,只是仔细打量着我。

难道我不能躺在这里睡觉吗?我站了起来。这时,我发现这个胖男人提着一个很大的篮子,篮子里放满了各种蔬菜。街上又像昨晚一样,车多人挤,热闹异常。不过,这时似乎还只是早晨。原来,我还没有睡多少时候。

胖男人开始动嘴了,不过,他显得很和气。我当然看不明白他在问什么,可他那样和气,是不是想帮助我?

我向他比画着:我是哑巴,根本听不见你在问什么。我迷路了,我回不了家了,我想寻找大姐,你能帮助我吗?

胖男人显然也看不明白我在比画什么,但他看出了我是哑巴。他像其他人一样,发现我是哑巴后,露出了一点儿惊奇,又有一点儿失望。不过,他并没有走开,动着嘴,又乱比画着。他在表达什么意思?我看不明白。

我比画着,他也看不明白。

好在,他又慢慢变得和气起来。后来,他拉了拉我,又向前面指了指,好像是要跟他去什么地方。因为看见他和颜悦色的,我就决定跟他去看看。

我拍了拍身上的尘土,开了自行车的锁,就推了车子,跟着这个胖男人走去。

往前没有走多远,他就在一家小饭店门口停下来。看见饭店,我立刻喜出望外,难道这个和气的胖男人,已经看出我饥饿的样子了?可饭店还没有开门呀?

胖男人放下菜篮,掏出钥匙开了门,向我招了招手,就先进去了。他就是开饭店的?

我锁了车子,也推门走了进去。

这是一个很小的饭店,里面只摆着四张桌子,有两张还靠墙并在一起,上面铺着睡觉的被褥。后面,有个门,大概通向厨房。

胖男人指指一把椅子,示意我坐下。我坐下后,他就进了厨房。很快,他就给我端来一碗炒米饭,一碗鸡蛋汤,还有一小碟熟肉。他和气地示意我,快吃吧。

我真有些不知怎么才好,我要给他掏钱,他止住我,示意我快吃,快吃。我也是太饿了,不再推辞,端了碗就大口大口吃起来。

胖叔叔的饭,真好吃啊。

我吃饭的时候,他一直在旁边看着。我吃完头一碗炒米饭,他就又给我盛来一碗。我心里真是感激这个胖叔叔。

吃完饭,他又示意我躺到那并着的桌子上睡一觉。我真是遇到好心的叔叔了。我真的躺了上去,而且很快就睡着了。

我被人摇醒时,猛然间还记不起自己是在什么地方。看见胖叔叔,我才想起自己是在他的小饭店里。这时,在他旁边,还站着一个胖女人。她正在仔细打量我。我跳下地,她仍然盯住看我。她一边打量我,一边和胖男人动着嘴,不知在合计什么。

他们还想帮助我吗？我不想再麻烦你们了，我已经很感激你们了。我得走了，我还得去寻找大姐的学校，找不到，我就回公路上去了。我吃了你们的饭，还没有给钱呢。

我正要掏钱时，胖女人笑着过来拍了拍我的头，就拉着我走出后面那个门。出了这个门，原来是一个很小很小的院子，院子一头，有一间更小的房子，那才是厨房。胖女人把我拉到院中的一个水池前，比画着，又拧了拧水龙头，好像是要我洗脸。

我就拧开水龙头，洗起脸来。低下头时，发现我的自行车已经给推进了小院里。他们是怕我的车子停在街上，容易丢了吧？

我洗完脸，胖女人把胖叔叔早上买来的那一大篮菜，提出来了。她给我放了一个小凳子，又动嘴，又比画，好像是要我给她择菜，洗菜。

叫我干活儿，我不怕。你们帮助了我，我也应该帮助你们。

可是，在我干活儿的时候，无意间发现，我的车子又被加了一把新锁。是用一条细铁链子，穿过车轮，上了锁。他们为什么要把我的车子锁住呢？

## 19

我终于明白了，这一对胖男女，是想留下我给他们的小饭店干活儿。怕我跑了，就把我的车子加了锁。

我不能留下来给你们干活儿，我还得去寻找大姐，我还得回家。我已经离开家好多天了，奶奶、爹、妈、姐姐，一定快急死了。我不能留在这里。

但他们根本不理睬我的比画，不许我走出饭店。我生气，他们更生气。那个胖女人生起气来，脸变得特别可怕，大张着嘴，摇摆着头，从表情看，她肯定是在骂我。那个胖男人，有好几次挥起手来，做出要打我的样子。所以，我生气也没有办法。只好先给他们干活儿。

除了择菜、洗菜，我还得给他们烧火，倒垃圾，关门后打扫前堂，擦桌子，早上还得跟着那个胖男人，去买菜买肉。一整天，几乎忙个不停。晚上，就睡在前堂并着的桌子上。头两夜，胖男人也睡在饭店。后来，他就不在这里睡了，只把我一个人反锁在饭店里。他和胖女人另有住的地方。

夜里，我一个人躺在这小饭店里，心里真难受，更想奶奶，更想爹妈，更想家。可是我没有哭过。我不能哭。我得想办法离开这里。

我早看出来了，胖男人、胖女人是这里的主人。胖男人总是在厨房里炒菜做饭，胖女人只是在前堂收钱。除了他们，还有一个年轻的姐姐。她上午开门时来，晚上关门时就走了。她在前堂跑腿，给吃饭的客人端菜端饭。有客人的时候，她还和气，有笑脸，没有客人的时候，她好像也不高兴。她和那个胖女人经常争吵，生气。可是，那个胖男人却好像有些怕她。

这个姐姐对我很好。客人不多的时候，她常到后面来帮助我干活儿。我能看出，她想问出我是哪里来的，可惜她看不明白我的比画。有时候，胖女人给我吃客人吃剩的饭菜，她就会夺过来，倒进泔水桶。这个姐姐对我这样好，她会帮助我逃走吗？

我必须从这里逃走。这里虽然有饭吃，有地方睡，但我一定要逃走。我得回家去。

每天夜里，我一个人躺在这个小饭店，都是在想怎样逃走。要想逃走，先得打开他们加在自行车上的锁，还得打开饭店门外的锁。开锁的钥匙，很可能是挂在那个胖男人的腰间。因为我看见，他的腰间总是挂着一串钥匙。要从他的腰间拿到钥匙，那可是太难了。

那个姐姐，能替我从他那里要到钥匙吗？我又怎样才能把这个意思给她比画清楚呢？

我正发愁呢，有一天早上就偶然发现，那个胖男人买菜回来，开冰箱时，是从旁边的柜橱顶上摸出了钥匙。他每晚走时，总要把冰箱锁了，原来并没有把钥匙带在身上。冰箱里锁着肉蛋鱼虾，他都不把钥匙带在身上，锁我那辆旧自行车的钥匙，他也许同样不会带在身上吧？

当天夜晚，只剩下我一个人的时候，就开始在饭店里四处翻腾，想找到锁车的那把钥匙。但是，从前堂到厨房，再到小院，所有地方都找遍了，也没有发现那把钥匙。难道他真把这把钥匙挂在腰间了？

第二天夜晚,我又继续寻找。找到第三天夜里,我终于在厨房的窗棂上,把那把钥匙给找到了!用它去开车上的锁,一下就打开了。我真是高兴异常。当时,我又把车子照原样锁好,并把这把钥匙放回了原处。

这一夜,我躺下后很久睡不着。除了因为高兴,还总是想,怎么才能拿到饭店门上的钥匙啊?这把门上的钥匙,胖男人肯定不会放在饭店里。后来,我又想到,即使拿到了这把钥匙,门从外面锁着,我怎么从里面打开锁呀?

夜里逃走是不太可能了。我一直想在夜里逃走,因为夜里小饭店只有我一个人,夜里城市的街道也安静,容易找到出城的路。夜里难以逃走,那白天能逃走吗?

这才使我想到了早上!

每天早上,胖男人总是先来开了门,叫醒我,然后跟他去买菜买肉。不过有时候,他也让我一个人留下来,打扫卫生,从前堂一直要打扫到饭店门外的便道。这种时候,饭店的门是开着的,而饭店里也只有我一个人。对了,这是一个可以逃跑的机会。

找到了逃跑的机会,不用提我有多么高兴。

但是那几天早上,胖男人总是让我跟了他去买菜,好像已经看出我想逃走似的。其实,他哪里能看出来,只不过是我太想逃走了。

机会还是让我等来了。这天早上,胖男人终于又让我留下来打扫卫生。当时我真激动啊,但我还是努力装得和平时一样,慢腾腾地先提了水,在门口洒着。胖男人提了大篮子,也慢腾腾地向菜市场走去。我一直看着他走远,拐了弯,才慌忙回到饭店里。

我跑到后院,把自行车打开,又匆匆拿了些吃的,就推车走出饭店。正要上车快走,想了想,还是把饭店的门给他们锁上了。然后,我才跳上车子,朝菜市场相反的方向匆匆骑去。

这时,我真是又激动,又紧张。

## 20

那天，我骑车从城里逃出来时，已经快中午了。因为我又激动，又紧张，好几次几乎和别人撞了车，所以，后来也不敢骑得太快。而且，出城的路线，我是夜晚记下的，白天有些认不太清，迷了几次路。

不过，我到底还是又回到了公路。

回到公路后，我又继续朝着太阳升起的方向，飞快骑去。

走了很远一段路了，我仍然没有看到任何熟悉的情景。又是望不到边的平原，又是望不到边的麦田。可一切又都是这样陌生。我是不是离家越来越远了？不管怎样，我必须继续往前走。

回想在那个城市的遭遇，真有些后怕。我只是睡了一觉，醒来就稀里糊涂被那对胖男女扣留起来。真是太可怕了。他们看我是哑巴，才这样欺负我吗？可惜他们打错了算盘，我是哑巴，可我也能想办法。我没有求别人帮助，就这样成功地逃出了他们的魔掌，一定把那一对胖家伙气坏了！那个胖男人买菜回来，发现饭店锁了门，他会怎样吃惊发呆呀？那个胖女人知道我逃走了，她会怎样朝胖男人发火？那个年轻的姐姐，知道我逃走后，心里会感到高兴吗？

回想这次成功的逃跑，我也感到自己长大了似的。遇到可怕的事，我再也不会只害怕了，我已经学会了想办法。只要不胆怯，不灰心，好办法总会想出来的。

逃出城后，我也明白了，大姐不会在这个城市里。因为大姐坐了汽车，是一直朝着太阳落下的方向开去的，可我是一直朝着太阳升起的方向走，才闯进了这个城市。

大姐一定知道我走丢了，爹一定会写信告诉她。

到现在，离开家已经有多少天了？

真有些数不清楚。

奶奶还一直在哭吗？

爹妈还一直在四处寻找我吗？

大姐一定赶回家了。

二姐是在家里照顾奶奶，还是在寻找我？

还有我梦见的村长，他也在想办法寻找我吧？

我怎么才能想办法回到家啊！能想出回家的好办法吗？

前面又是座桥，好像是一座熟悉的桥。桥很宽，两边有白色的栏杆，桥洞都是圆的，许多圆圆的桥洞连在一起，从远处看去，真好看。公路在上桥以前，要拐一个弯。就是这种样子，我曾经走过一座这样的桥！

是哪一天经过了这样的大桥？是第一天吗？要是第一天，那就离家不远了！

我加快蹬了几步，赶到桥上，跳下车来。朝下看了看，桥下的河里流着水，还是不小的水。宽宽的河面，流着清清的水，我也曾经见过这样一条河。第一天，就经过了这样一条河吧？经过这条河时，没有停下来，后来口渴了，还后悔没有喝这里的河水。再后来，经过了一条又臭又黑的河……我向河两岸望了望，没有太熟悉的景色，但也不是太生疏吧。

如果这真是第一天经过的那条河，那真是快到家了！

我跳上车子，飞快地过了桥，飞快地向前骑去。但是一直骑到快天黑了，也没有骑到我们那个镇子，更没有发现那个回家的路口。

不过，天黑以前，我又在公路边找到了一个养路叔叔住的院子，在那里过了一夜。

## 21

在以后的许多天里，我都是白天在公路上跑，夜晚就找养路叔叔的院子住下。我学会了辨认他们的院子，也知道跑多少路，就能找到他们的院子。这些养路叔叔，大多对我很好，他们都喜欢帮助我。我也真感激他们。

有一次，我的自行车坏了。我只好推着车往前走，一路也没有找到修车的地方。等找到养路叔叔住的院子，已经是半夜了。我敲开了他们的门，他们还是帮助了我。

只是，仍然没有找到回家的路！

现在，我路过的地方，麦子都黄了，人们已经开始收割麦子了。麦子一收割，田野里的面貌就会大变，我就更难辨认沿途熟悉的景物了。

我这样一直骑下去，将流落到什么地方啊？是离家近了，还是更远了？

这天中午，我路过一个镇子。这也是一个很大很热闹的镇子，到处都是店铺和摊贩，人来车往的，就像赶集一样。但是，热闹的情景已不能吸引我了，我只想寻点儿水喝，找点儿吃的，歇一歇脚，就继续上路。自在那个城市被那一对胖男女扣留过后，我路过热闹的城镇，就尽量不多停留。再给坏人扣留住，又要耽误回家。

这天呢，我身上连一点儿钱也没有了。好几天前，我就没有一点儿钱了。所以我也只能寻找有水井或水龙头的地方，先喝饱水再说。我已经有了经验，一看这样大的镇子，就知道一定能找到水龙头。

我推着车，沿着一条最宽的街道走了下去。渐渐的，店铺和摊贩少了，开始出现了一个一个的大院子。我已经知道，这些很大很大的院子，不是住人家的，有很多人在那里面干活儿。那里面，有很高的烟囱，有很多的机器，有时还停着汽车。在这样的地方，很容易就能找到水龙头。果然，从一家很大的门口望进去，就看见了大院里的水龙头了。水龙头正开着，水白花花地流着，有个女人正在那里洗衣服。

我推着车子走进了大门，也没有人出来阻拦我，真是太好了。

我停下车子，走到水龙头跟前，正要向洗衣服的女人比画一下：我想喝口水！还没有比画出来，这个女人就挪到了一边，微笑着向我动了动嘴。

我能看出来，她是让我快喝水，仿佛早已经看出我渴得厉害。特别是她的微笑，使我想起了妈。

我低头凑近水龙头，咕咕喝起水来，真解渴啊。水龙头里流的水又大又急，不断往我身上溅，我当然顾不上来管这些。可是，我正痛快地喝着，水龙头里的水忽然就变得不那么大、不那么急了，缓缓地流着，正好一口接一口地喝。

我抬头看了看，正是这个依然微笑着的女人，把水龙头拧小了。她又向我动着嘴，我能看出，她是问我：你怎么渴成这样？

她的微笑，更使我想起了妈。

我喝完水，向她笑了笑，想表示我的感激。

她一边打量着我，一边又在问我什么。

我看不出她在问什么，但我能看出，她的表情里有种温暖的关注。我想，我要向她比画一下：我除了渴，还饿得厉害，她一定会找东西给我吃的。可是，我没有向她比画，我怕她看出我是哑巴，不再那样对我微笑。我太想看到这样的微笑了。这种微笑使我感到，离妈近了，离家近了。

我离开水龙头，在不远一个台阶上坐了下来。我有些不想离开这位像妈的女人，甚至有些不想再去赶路了。总是往前走，家又在哪里呢？

像妈的女人，继续洗衣服，只是她依然关注着我，不断打量着我。

我总是往前走，到底是离家近了，还是离家远了？

像妈的女人，忽然甩着湿手，走到我跟前来。她的表情变得有些着急，动着嘴问我什么。我好像一下就看明白了，她是问我：你饿得厉害吧？

我忍不住向她比画：我不饿，我不饿。

她笑了。我能看明白，她是笑我不说实话，也是在笑我终于露出了是哑巴。从她这时的表情，我发现她似乎早已看出我是哑巴了。但她依然笑得像妈一样……

她拉起我来，示意跟她去一个地方。

我知道她要带我去吃饭。果然，她把我带到了一个很大的厨房。她对大厨房的两个男人，动了动嘴，他们就忙碌起来。

很快，他们就给端来了饭菜。

我吃饭时，她出去了。可是，我刚吃完，她就及时回来。她把我带到了另外一个地方。那是一个很干净的房子，只有很大的桌子和很多的椅子，但没有床。

她先给了几个很大的杏儿让我吃。我不吃，她一定要我吃。

她又动嘴，又比画，开始问我许多话。从她的表情中，我明白了她在问什么。我向她做的一切比画,她似乎也能明白似的！没有多久,她仿佛已经明白了我迷路的经过。这是自从离开家后,遇到的第一个能和我交流思想意愿的人!

她真是像妈一样。

她也像妈一样,是个长得非常好看的女人。

只是,我仍然无法向她比画明白:我的家到底在什么地方。

## 第二部

### 1

那天,我第一次遇到这位像妈一样的女人,她就不让我再往前走了。

当时,从她的表情和比画中,我看得很明白:我继续沿着公路那样往前走,很可能会离家越来越远。我就是走成一个长出了白胡子的老头,公路也走不到尽头,公路太长了,太多了。她在下巴颏那儿,比画着不断长长的白胡子,同时学着老头的样子,驼了背,咳嗽,走路迟缓。她还学了老头骑车的样子,上车那么费劲,骑起来歪歪扭扭,上坡上不去……

我看着,忍不住笑了。

可是,我得回家啊！我不往前走,怎么能回得了家？我回不了家,家里人不知道会怎么着急呢。我离家时,麦子才泛黄,可现在麦子早已收割完了,我太想家了,太想奶奶、爹、妈、姐姐他们了。我得回家啊!

她微笑着,嘴动着,比画着,表情很生动地变化着,我看明白她的意思了:她不让我再往前走,就是想帮助我回家。她问我在家里时,奶奶、爹、妈他们怎么招呼我?

我给她指了指太阳。

她学着我的样子,也指了指太阳,露出很喜欢的表情。她喜欢我的名字叫太阳。接着,她又变化着生动的表情,给我指指画画,要让我明白:她们这个大院子,她们这个大镇子,也都像我一样,有一个招呼的名字。每一个城市、镇子、村庄,也都有一个名字。我们家所在的那个村庄,村子靠近的那个镇子,也有一个名字。

你们村叫什么名字,你知道吗?

我不知道。我只记得,村口有一棵很高大的松树。

你们村靠近的那个镇子,就是你送大姐的那个地方,叫什么名字,你也不知道吧?

不知道。我只记得那里也很热闹,跟你们这个镇子一样,成天像赶集似的,卖什么的都有。

她笑了笑,很坚决地让我不要走了,留下来等着,她要想办法帮助我,送我回家。

我答应了她,因为我相信她。我一点儿也没有怀疑,她会像那个胖男人似的,把我扣下来了。从我第一次看到她的微笑,就感到她是能相信的人。她让我留下来,我是既高兴,又感动。我没有回到家,但我已经见到了像妈一样的人。

那天,她领我到一间房子里,那里住着一个男人。他在屋里给我又搭了一张床,我就跟他住在了一起。他对我也非常和气,什么时候都是一脸笑容,我称呼他笑叔。笑叔每天带我到那个大厨房吃饭,半夜还怕我尿床,总要推醒我起来一次解手,简直把我当成小孩子了。

像妈一样的女人,还给我送来了一身衣服,让我把穿在身上流浪了那么多天,已经又脏又破的衣服换下来。她把我的这身衣服洗干净,补好,没有再让我穿。当时我不明白这是为什么,她给我比画了半天,我也没有看明白。一直到许多年后,她终于把我送回家,才把这身衣服拿出来给爹妈看。他们一见这身衣服,就认出了我。那时,我已经二十几岁了,爹妈一时已认不出我来。

她想得多周到啊!

她真是从一见面,就下了决心,要帮助我,要把我送回家。

留在她这里,我仍然很想家,但我已经感到了家的温暖。我再不感到孤单了,也再不担惊受怕了,再不用为吃饭、睡觉发愁了。

后来,我才慢慢知道了,我住下的这个大院子,既不是住着人家的宿舍,也不是一个村子,而是一家工厂,有许多许多人在这里做活儿,编各种各样特别好看的草帽,所以女人多,男人少。不过,我看见大家也都十分喜欢这位像妈一样的女人,都服从她的招呼,都相信她,依靠她,敬重她。她就好像是这里的家长、村长。经过许多人的比画,我才终于明白了,她就是这里的厂长。

我还慢慢看明白,她的家不在这个镇子上,是在城里。所以,她大多时候就住在工厂这个大院子里。有一次,她带我进城去她的家里,见到了一个比我小的弟弟。弟弟也很喜欢我,拿糖果给我吃,拿玩具给我看。那天,她包了饺子给我吃,按说我该很高兴,可我总也高兴不起来,因为我更想家了。

她为什么不在城里当厂长,要在离家这样远的镇上当厂长?

我向许多人比画着问这个问题,她们都看不明白我问什么。不过从大家的表情中,从厂里的许多事情中,我慢慢看明白了,大家离不开她,她也离不开大家。还有,那些各种各样好看的草帽,好像都是她先编出来,再教给大家。大家编出的草帽,也都像她编出的那样好看。好看的草帽,都拉到城市去卖了。

我也想让她教我编草帽。

她嫌我小。

我已经不小了。

她示意我,你不想家了?

想家,怎么能不想家!

但我在心里,真想叫她一声妈。

我比画着问过她,我该怎么招呼你?你也有名字吧?她给我做了许多比画,我都看不明白。她又在周围寻找了半天,也没有能指出一个东西,像她的名字。我指了指天。

蓝色的天,你就是蓝色的天,好吗?我是太阳,你是蓝色的天,我依靠着你,我离不开你,我离开你,就没有地方去了。

当时,她笑了,又摇摆着手。

我不知道她是同意,还是不同意。不过,我反正也叫不出来,只是在心里叫她,我就叫她蓝天,也叫她妈。

2

我在这里生活得很好,大家都比画着,示意我胖了。

丢失了家以后,我再也不想贪玩了,这里也没有哑巴学校,我不能成天傻坐着吧?我就开始学习编草帽。我当然想跟着妈学,可她太忙了,这里的什么事都得找她。我想了想,就决定暗暗跟着别的姨姨、姐姐们学。等学会了,让妈吃一惊。

我跟着她们学,也只能坐在一边仔细看吧,请她们比画,她们也比画不清楚。幸亏我刚学着编,她们就不断夸奖我。这使我很高兴,更有了学习的劲头。可是,我也会突然不想学,不想编了:我又想起了家。

每当这种时候,我不是躺在屋里睡觉,就是跑到镇子外面的公路旁,观看来往的汽车。我多么希望大姐坐汽车去她的学校,会路过这里!真要路过这里,她一定能看见我!

大姐已经返回她的学校了吧?她会想出好办法,找到这里来吗?她给我比画过,遇到困难,就得想办法。她为什么还没有想出办法来?

奶奶也不知道怎样了,病好了还是病重了?一定是病重了!我离开的时候,她就比画,怕活不到麦收……现在麦收早已经过去了,奶奶她不会去世吧?奶奶,你不能去世,你得等着我回家……

爹妈还在一直寻找我吧。可奶奶谁照顾?养鸡场又让谁来管?养鸡场没人管了,家里哪来钱呀?没有钱,大姐怎么上学?奶奶怎么看病?爹妈出来寻找我,怎么买饭吃?

我什么也不知道!

想到这些，我真想再骑了自行车，冲上公路去。我的自行车就在车棚里放着，除了我的那把锁，再没有别人加的锁了。我开了锁，就能骑走了，工厂的大门总是敞开的。可我能往哪儿去？就这样走了，也对不起这里的妈。

我相信妈正在给我想办法。她已经托了许多人打听，看哪里丢失了我这样一个哑巴孩子。她还找了许多报纸看，我们家可能会登报找我。她外出进城，或者到更远的地方去办事，也到处打听。可是，一直都得不到好消息。

后来，妈还领我进城照了一张相。又把这张照片登了报，写明我丢失了家，现在在什么地方。家里人、村里人要是看见这张报纸，一定会来找我。可是，一天又一天过去了，还是没有人来找我！家里人、村里人不看报吧，大姐还能看不到？她是识字看报的。

妈不让我着急，她还要继续想办法。她也赞扬我学编草帽学得快，夸我的手巧。她这样赞扬我，我当然很高兴。只是，这种高兴总是使我更想家。我总是想，要是我已经找到了家，又认识了这里的妈，自己又能编出各种特别好看的草帽，那就能真正高兴起来了。现在一高兴，就不由得想到心里难受的事，不能真正高兴。

但我也只能耐心等待，等着有人来找我，等着妈带来好消息。白天，我就去学着编草帽。傍晚，或者有了空闲，我就去公路边看汽车。

看多了来来往往的汽车，我就慢慢产生了一个愿望：我要是开着一辆汽车，到公路上跑，那用不了几天，就一定能找到家了。这个愿望真是让人激动，而且一天比一天变得强烈。我是在公路上迷了路，丢失了家，要想重新找到回家的路，有汽车的帮助最好了。望不到尽头的公路，就是跑汽车的。我再也不用骑着自行车，去寻找回家的路了。

可是，哪能有一辆汽车，让我开呀？

汽车可不像自行车，家里就有。我这辆自行车，是爹以前四处收鸡蛋、卖鸡蛋时，买下骑的。后来自家办了养鸡场，有了钱，又给大姐买了一辆新自行车。大姐那时每天骑车到镇子上学。大姐走后,二姐又骑它到镇子上学。爹还想给我买一辆新车子,可奶奶不让,怕我骑车出事。家里有两辆自行车了,可一辆汽车也没有。爹为了往城里送鸡蛋,正准备买一辆小拖拉机,钱不够,还没买。买一辆汽车,一定要花更多的钱吧?

妈这个编草帽的工厂,也没有一辆汽车。我问过妈,工厂为什么不买一辆汽车呀?买一辆汽车多好,你进城回家,外出办事,就可以坐自己的汽车了,那多好!

从妈的比画和表情中,我看出,好像是因为工厂太小了,养不起汽车。

这样大的院子,这样多的人,还小啊?但我相信,妈不是在哄我。

后来我也知道了,那时整个镇子上,也还没有几辆汽车呢。镇子上还有好几家工厂,有的比草帽厂大,有的还没有我们厂大。除了两家工厂有汽车,其他都没有。那两家,都是那种拉货物的大汽车,它们又总是早出晚归,显得很忙。我想去摸摸它们,也不容易。

那时候,镇子上倒有许多辆拖拉机,大多是那种小拖拉机。小拖拉机比自行车跑得快,也快不了多少。我的愿望,还是想开一辆汽车,去寻找回家的路。

可我知道,这是一个无法实现的愿望。

这年快过年的时候,我曾经请求妈带我去坐那种拉人的大汽车,找一找家。

她明白了我的请求后,好像很难受,看了我半天,才向我比画:公路上的大客车,是跑往各个不同地方的,有的很远,有的很近,有的往这边,有的往那边,我们该坐哪一辆呀?

能让大客车按我们的指画,往前开吗?

她难受地强笑了。

我看出,那是不可能的。

## 3

我编草帽的手艺已经很好了,大家都赞扬我,妈也赞扬我。我能看出,她们的赞扬是那种真正的赞扬，不像以前，只是为了鼓励我，安慰我，才赞扬我。妈的赞扬也是由衷的，我真高兴。

编草帽，缝草帽，染颜色，编花画花，我都学会了。我回到家里，也能开一家草帽工厂了。

她知道了我的这个意思，笑着不住地点头。

可我什么时候能回到家呢？又一年过去了，家里也没有人来找我，妈也没有带回好消息。我知道，妈仍然在不断给我想办法。我一想家，她也会很难受。可是，家里的人呢，难道他们已经把我忘记了？难道他们已经不想要我这个哑巴了？

不会，不会，绝不会！

那他们为什么还不来找我啊？

现在，我虽然不再天天往公路上跑了，可我一想家，还是要到公路边去看汽车。我还是相信，大姐真要路过这里，她一定会看见我。我也希望，爹妈坐汽车出来寻找我，经过这里，也会看见我。到了腊月和夏天，大姐放假的那些日子，我就天天到公路边，盼望着从来往的汽车上发现大姐，更盼着大姐能从停在镇外的汽车上，走下来。

到现在，我什么都没有盼来，可我相信总有一天，会把大姐和爹妈盼来。

我这样经常往公路跑，镇上的许多人都认识了我。他们都知道了我是哑巴，也知道了我是怎么迷了路。刚认识我时，人们只是对我感到稀奇，特别是镇上那些女人们，都想来看看我这个长得挺俊气的哑巴。从她们的表情中，我能看出这种意思来。

那时，人们都想跟我“交谈”——用手比画，同时加上各种表情。表达的意思，我看明白了，他们会非常高兴。不过我明白，他们的这份高兴也只是出于一种好奇：他们能同哑巴“交谈”了。其实，他们也并不太想知道我心里想什么。我虽然有些不高兴，但还是尽量让他们高兴：大多时候，我看不明白他们的比画，但我还是连连点头，表示我看明白了。后来，我和镇上的人们相处得很好，他们都真心想帮助我。

在相处中,他们发现了我对振动的那种特殊感觉,非常惊异,好像这是一种怎样了不起的特殊本领似的。我因此在镇上还变得很出名。难道他们就没有这种本领吗?

他们发现我的这种本领,也是在公路边。每当我蹲在那里想家看汽车时,有人从背后向我走来,我都能感觉到一种正在逼近的振动,于是就扭过头去看。这种感觉,我平时根本留意不到,别人也没有觉察出来。后来,是那个圆脸的小胖子,发现了我的这种本领,记得当时他的表情忽然大变,我还以为出了什么事呢。他比我小,爱来找我这个哑巴玩,我在心里称呼他圆脸。

那是一个傍晚,夏天的傍晚,太阳虽然落山了,天色还跟白天一样。我一吃过晚饭,就跑到了公路边。因为每天这个时候,先后有两辆大客车要在镇外停车。我想继续坚持看一看,有没有我盼望的人从车上下来。那天夜里,我又梦见回到了家,奶奶已经死了,大姐也认不得我了,正想哭,就醒了。这个梦,使我一整天都很难受。在等大客车到来时,我仍然回想着这个梦,希望今天能盼来一个让我惊喜的人。

就在这个时候,圆脸从背后向我走来了。我照常感到了一种渐渐逼近的振动,于是不由得扭过头去,看清了是他,就又转回头来。圆脸见我扭过头来,好像还朝我笑了笑,当时他并没有露出大惊小怪的表情。

等他走近了我,坐到了我身边,向我比画了一个问候的手势,这才像突然想起了什么,一下子从地上跳了起来,嘴大动着,手忙乱地比画着,脸上的表情也变得非常可怕。

我不明白突然发生了什么事,也看不明白他比画的意思,不由得跟着他从地上站了起来,忙向周围看去。

我什么也没有看到啊!一切都平平静静,连我等着的第一辆大客车,也还没有到。

圆脸仍在大惊小怪地向我乱比画。

到底发生了什么事情?我怎么什么也看不到?

圆脸不断用手指自己的耳朵，还过来指我的耳朵。

他这是什么意思？总是指耳朵，耳朵怎么样了？指他自己的耳朵，又指我的耳朵，难道他的耳朵也像我的耳朵一样，什么也听不见了？

见我不明白他的意思，就按住我的肩膀，让我重新蹲下，面对公路。他呢，又跑到远处，重新向我走来。当我感觉到他走路的振动，扭过头来时，他大惊小怪地跑了过来，指指他自己的脚，又指指我的耳朵，还做了一个扭头的动作。

我想了想，才明白了，他是怀疑我听见了他走路的声音。

我笑了，我哪能听见呀？我是从脚下感觉到你走路的振动，脚下，振动，明白吗？

从表情看，他没有明白。他走到我身边，把嘴对住我的一只耳朵，然后张大了嘴，开始用劲，很快，他的脸就憋红了。

他这是干什么呢？

我明白了，他是在对着我的耳朵喊叫吧？他那么大惊小怪，原来是怀疑我在假装哑巴？

我又笑了，我要不是哑巴，我为什么要装哑巴呢？我要不是哑巴，也不会迷路了，更不会来到你们镇子，有家难归。

可是，圆脸仍然以为他发现了我是假哑巴，一直在大惊小怪地比画。后来，他跑回镇子，又叫来了好几个他那么大的孩子。他们一起大惊小怪地比画了一阵儿，就想出了各种办法来试验我，看我是真哑巴，还是假哑巴。

再试验，我也是真哑巴，谁不是哑巴想装哑巴？证明我是真哑巴后，圆脸他们更显得大惊小怪了，好像发现了更加出奇的事。

他们还把这个发现，在镇上传开了。从那天起，大家对我特别感兴趣，大人、孩子、男人、女人，那么多人都跑来试验我。他们没有试出我是假哑巴，好像比圆脸他们还吃惊。从他们的表情中，我看出他们不再跟我逗着玩，真像是从我身上发现了什么特殊的本领。

这真是一种只有我自己才有的特殊本领啊？

我们草帽厂的那些姨姨、姐姐、叔叔们，对我的这种能力，也同样感到惊异。这些对我都很好的人，他们不会欺骗我吧？

我比画着问妈，你也相信我这种本领很特殊吗？

你早就注意到我的这种本领了？

妈也相信这种本领很特殊？

你们大家都没有这种本领？

那我这种本领有什么用啊？它能帮助我早日回到家吗？

妈笑了。

你这是什么意思啊？

4

我这种本领真是很特殊吗？

我迷路的第一天夜里，在野外的大路边睡着了，那中间有两次感觉到了强烈的振动，被惊醒。当时我想，那是汽车和拖拉机开过来了，传来的振动那么强烈，别人也应该能感觉到。天快亮时，我又被一种轻微的振动惊醒，那时，我也没有感到奇怪。后来还有许多次，有人走近我的身边，走近自行车，我都会被惊动。这种时候，我只是很高兴，因为我不用担心睡着后丢失自行车了。

那时候，我特别担心自行车，只怕车丢了，回不了家。

其实，我一细想，就想起来了：我好像从小就有这种本领。我天生就是哑巴，什么也听不见，什么也不会说。可是，妈向我走过来，不管看见看不见，我总能感觉到，早早地就转过脸来看她，等她。后来，爹、奶奶、姐姐们，不管谁向我走过来，我都能感觉到，也总会早早转过脸，等他们过来。正因为这样，他们一直没有发现我是哑巴。

后来，他们终于发现我是哑巴了，都只顾了难过，谁也没有去留意我这种本领。也许是家里的亲人们早都习惯了吧！奶奶就经常流露出那样一种意思：真是该让人疼你。你不会听，不会说，奶奶走过来，你怎么就早早知道了？爹、妈、姐姐们，也常有这种意思吧？那时，这些都太常见了，太平常了,谁还会留意呢?

现在,这里的人们好像发现了什么似的,那样大惊小怪。如果这真是我独有的一种本领,它怎样才能帮助我回到家呢?

日子又一天天过去了,我依然什么都没有盼来。我有这种特殊的本领,又有什么用啊!

在草帽厂,我早已经成了一个什么都能干的工人了,每月我和大家一样,也能拿到一份工资。每当我拿到工资后,就会特别想家。我现在有钱了,多想给奶奶、爹、妈、姐姐们买点儿礼物,买点儿他们喜欢的东西,送给他们,让他们高兴高兴。可我买了,怎么送给他们呀?

难道我就这样永远把家丢失了?

难过之后,我就想给这里的妈买礼物,可她总是不让。

我自己花不完工资,又找不到家,留着钱有什么用啊?

妈让我把剩余的钱,积攒起来,以后一定会有用的。

能有什么用?积攒起来,我能买一辆汽车吗?买不了大的,买小的,行不行?

妈笑了。但我能看出,她笑得很难受。我从她的表情中也看出来了,我根本买不起汽车的,大的小的都买不起。

那我就永远回不了家了?

妈不许我丧失信心,她总是不让我丧失信心。她太忙了,但仍然在为我四处托人,继续想各种办法。

但是一天天过去了,一年年过去了,任何一点儿新的希望都没有出现。

只是在第三年春天,镇里出现了一件让我动心的事。有一天,圆脸忽然跑来,见了面也没有多比画,就拉着我要去一个什么地方。我看他显得异常兴奋,仿佛有什么奇迹要让我看似的,就跟着他去了。

当时我还想,是不是有人来找我啦?

连跑带跳的,他把我领到了远处的一条巷子里。一进巷口,我就看见许多人正围着一辆汽车,比比画画。看见汽车,我也兴奋起来了。

这是哪儿来的汽车呢?

我跑过去,挤进人群中,看清了是一辆新汽车,浑身还闪闪发亮呢!更让我喜欢的,是它个头儿不大,比起那些拉货的大汽车,很像个孩子。这使我感到特别亲切。虽然也是拉货的,可车斗不大,车轱辘也不大,只是车楼倒够宽大,里面能坐两排人。

我拉过圆脸,给他比画:这是从哪儿来的车啊?

他又指车,又指人,指画了半天,我才看明白,这辆新汽车,是圆脸的叔叔刚买回来的。难怪呢,圆脸会那样兴奋。

他叔叔我也认识,那不是他叔叔嘛。他正用一块很干净的白布,在擦闪闪发光的新汽车,他一边擦,一边跟围着车的人们动嘴,满脸都是喜欢,表情很得意。

我要能有这样一辆新汽车,我可能会更高兴,因为我就能开着它去寻找家了。

圆脸的叔叔,以前也到公路边逗过我,他也想了办法试验我,看我是不是真哑巴。我只知道他是一个爱笑的人,胡子很重,前两年他在镇上摆摊卖过衣服,这两年已经不常见他了,不知道他怎么就有了这么多钱,能买回这样一辆让人喜爱的新汽车。

圆脸的叔叔,忽然看见了我,对我笑了笑,就过来把我拉到了他的新车前。他朝我比画了几个手势,我什么也没有看出来。

但他已经打开车门,跳上了车楼。他坐到车窗后面,又向我比画着什么,我仍然不明白他的意思。这时,我发现周围的人们突然都捂住耳朵,大笑起来。

圆脸也是这样,捂着耳朵,看着我,大笑。

我不知道发生了什么事。

## 5

圆脸他叔叔的这辆汽车,我虽然很喜欢,但也只能是喜欢而已,它对我不会有什么帮助的。从那次见过以后,我也很难再见到它了。从圆脸那里，我知道了他叔叔一直在城里做生意，并不常回镇上来，汽车也不常开回来。

慢慢地，又到了麦子泛黄的时候了，每年到这个时候，我心里也特别不平静。三年前，我就是在这个时候丢失了家的。那年才十三岁，今年我已经十六岁了。我走的时候，奶奶正病着，我最放心不下的就是奶奶了。奶奶，你还活着吧？你一定还活着，你一定要等我回去……

就在我心里难受，特别想家的这个时候，镇子里有一个老人去世了。我知道后，就更为奶奶担心。万一奶奶真的去世了，我连给奶奶送葬都去不了，奶奶最疼我了，我都不能给她送葬……每当知道了镇里有老人去世，我忍不住都要这样想。这两年，为了弥补我不能给奶奶尽孝，我总是尽量到镇里办丧事的人家帮忙，也算尽我一点儿心吧。

所以，我一知道镇里又有老人去世了，就匆忙跑到这家去了。我到时，已经去了许多人，都是来帮忙的。这和我们村很相似，一家办丧事，几乎全村都去帮忙。这次，我送了礼钱后，还是要求跟着几个年轻人，去墓地打墓。打墓，既费劲，又很急，常常得连夜干活儿。但是，我不怕劳累。

那天，我们又干到很晚了，还没有完工。入夜后，主家送来了一瓶酒和一些酒菜，那算是慰劳我们吧。其实，以往每次参加打墓，主家也都送些烟酒来。我是既不会吸烟，也不会喝酒。妈也不让我学吸烟喝酒，特别是我开始领工资以后，妈更不许我把钱花在吸烟喝酒上。她总是给我比画，吸烟喝酒不好，我有了这种不好的毛病，将来回到家，怎么向奶奶、爹妈交代呀？每次参加打墓，不管别人怎样劝我，我都不吸烟，也不喝酒。

可是这一次，我心里好像特别难受。更奇怪的是，心里太难受了，怎么就总想干点儿不好的事呀？白天打墓的时候，我就想学着别人的样子，吸一支烟。我闻见烟的气味很不好，反而总想吸几口这种不好的气味，让自己难受一下，反正心里已经很难受了。好在白天我管住了自己，没有学吸烟。心里太难受，就拼命干活儿。

到了夜里，主家送来了酒和菜，在两盏马灯的照耀下，其他几个年轻人席地而坐，打开瓶盖，喝起酒来。他们也比画着，劝我喝几口。

我摇摇手，表示不喝。

可我已经闻见了酒的气味。今天闻见酒的气味，好像不是那样难闻了，依稀还有那么一点儿香味似的。基地周围，是消失在夜幕中的麦田。从麦田里，也分明飘来了一种我很熟悉的青麦气味。三年前，也是在这样一个没有月亮的黑夜里，也是在这样的旷野里，我把什么都丢失了，只能闻到这种青麦气味，只能望见天上的星星，还有远处的几点儿灯光。那时，我真是害怕极了。

一股止不住的冲动涌上来，我向他们要过了酒瓶，仰头就喝了一大口。

好辣呀，又这样烧，我就像吞下了一团火……

那几个年轻人，看着我，高兴得大笑起来。他们还比画着，让我快吃几口菜。

我吃了几口菜，只觉得那团火开始在全身散开。跟着这团火，有一种既沉重又轻浮的感觉，也在全身荡漾开来，它把心里的那份难受更加强了……

我不由得又喝了一口酒。

又喝了口酒。

不知怎么了，我竟止不住哭起来。我好久都没有哭过了，这是怎么了？

那几个打墓的，见我哭了，好像也慌了，不再让我喝下去。我也突然想起了妈，她要知道我今天喝了酒，会生气吗？

我立刻站起来，跳下墓坑，干起活儿来。干活儿的时候，我觉得心里轻松了一些。这是因为喝了酒，还是因为哭了一场，我也不知道。

## 6

从那以后，每当我心里难受时，就会想到酒。可是我再也没有喝过，就是在最想家的时候，我也没有再喝酒。

那年秋天，圆脸的叔叔忽然从城里回到了镇上。一回来，就让圆脸把我叫去见他。我不知道他找我有什么事，就先比画着问了问圆脸，但圆脸只是连连摇头，表示他也不知道。我只好跟着他去了。我想去见他叔叔，实在也是因为我喜欢他叔叔那辆汽车。

圆脸把我领进了镇上的一家饭店，这就使我感到更加奇怪。

一进去，我就看见圆脸的叔叔了，他坐在一张桌子前，正和旁边站着的两个人指指画画，一脸兴高采烈的表情。

他看见了我们，扬起手来招呼了一下。站在他身边的那两个人，同时回头看了看我们，就从那张桌子前走开了。

圆脸的叔叔招呼我们坐下，就笑着向我比画起来。他笑得非常亲热，可我看不明白他在比画什么。圆脸也帮着比画，我还是看不明白，也只好假装看明白了。圆脸的叔叔见我明白了他的意思，就笑得更亲热了。

圆脸的叔叔以前又黑又瘦，现在有些胖了，也好像白了。头发亮光光的，穿的衣服也阔气得很，显得比以前还年轻了似的。不知道人们怎样招呼他，我就招呼他发亮。

这时，刚才那两个人端来了许多菜，摆满了一桌子。他们还打开一瓶酒，把桌上的酒盅都倒满了。我面前的酒盅也给倒满了。

不，我不喝酒，不喝酒，喝酒不好，我不能喝。

发亮举起了酒盅，示意我喝一盅。

我坚决摇着手：我不喝，喝酒不好。我不能喝，我也不会喝。

圆脸过来把酒盅送到我手里，用眼瞪着我，那意思是：你怎么能不喝？

我不喝，我就是不喝。我把酒盅又放到桌上。

发亮见我这样，忽然就咧开大嘴笑了。我不知道他这是笑什么。他笑完，就把手里的那盅酒，倒进了嘴里。

圆脸又瞪了我一眼，自己也喝了一盅。

我已经闻到了酒的香味，但我不能喝。再说，今天我心里也不是那么难受，为什么要喝酒呀，不喝。

发亮不断用筷子指着桌上的菜，示意我不喝酒，就多吃菜。他还扬起手来，招呼饭店的那两人。很快，有一个人就给我送过一听饮料来。

我吃了几口菜，也没留意好吃不好吃，喝了一口饮料，也只是觉得甜。因为我不知道发亮为什么要这样摆了酒席，来请我吃饭。我比画着问圆脸，他还是表示不知道。我比画着问发亮，他只是高兴地笑着，示意我吃好，喝好。

难道他只是为了让我吃这一顿饭吗？

要是这样，我不喜欢你这样帮助我。我是没有吃过这样好的酒席，可我最需要的帮助，不是解馋，是怎么能回到家。圆脸你应该明白吧？你叔叔要想帮助我，应该开了他的汽车，带我去寻找家。

我这才发现，今天圆脸好像有些不高兴。

今天，这吃的是什么酒席啊？

只有发亮一直显得很高兴。他不断地喝酒，不断地笑，不断地看我。这中间，他还把酒店的那两个人招呼过来，又对他们动嘴，又向他们指画。那两人看着我，又点头，又笑，然后就走了。不久，我感到有种正在逼近的振动传过来，不由得回头看了一下，见是刚才的一个人，正蹑手蹑脚向我走来。

原来，发亮又是让饭店的人来试验我！他正高兴得大笑呢。

我感到很不高兴。

发亮笑完，就开始向我比画起来，但我看不明白，加上他脸上的表情，我也还是看不明白。

他见我不明白他的意思，直向圆脸瞪眼，要他也帮着向我比画。圆脸很不情愿地向我比画起来。

我努力看了半天，才好像有些看出来了：发亮是在夸奖我，长相好，身体好，心眼好。还有什么好？手好？不是，是手巧，编的草帽特别好看？

他夸奖我这么多好，干什么呀？我心里更感到奇怪了。

可是，当我终于看出他们比画的那一个意思后，简直有些心惊肉跳了：发亮他真是在问我，喜欢不喜欢开汽车？愿意不愿意开汽车？不是开汽车吧？就是开汽车？

圆脸知道，我比画汽车是先比画四个车轱辘，再做一个飞跑的手势。我蹲在公路边看汽车的时候，就常给他这样比画。现在，我已经这样给他比画了好几次了，他都是使劲点头，最后一次，他是很生气地点了头。

发亮真是问我，想不想开汽车？这样的意思，真让我心惊肉跳，我怎么会不想开呢！

我正想向发亮表示，我想开汽车，这时他却忽然向圆脸发起火来。我不明白又发生了什么事，只是担心着，圆脸是不是把他的意思比画错了。

他向圆脸发了火，又换成笑脸，继续比画着问我：想不想开汽车？

想开，我当然想开汽车，我早就想开汽车了！

看我做了这种表示，圆脸好像更生了气。他是生什么气呢？

后来，我才慢慢看明白了：原来圆脸也想开汽车，但他叔叔好像愿意让我开。我不知道这是为什么，感到非常为难。我自己当然很想开汽车，可是圆脸这样不高兴，我觉得过意不去。我和圆脸一直是好朋友啊。

所以，那天我向发亮表示，我自己是很想开汽车，不过我还得看看妈同意不同意。这件事，也应该跟妈商量一下。

7

那天，我异常兴奋地回到草帽厂后，才想起来了，妈不在厂里，外出还没有回来呢。可是我真焦急呀！有了这样一个好消息，我最想传达给的人，就是妈了。我相信，妈知道了，一定会非常高兴。因为我有希望找到家了！

那天夜里，我高兴得一直睡不着觉。我总在想，学会开汽车以后，首先就去寻找回家的路！发亮他会同意吗？我不白开他的汽车，可以给他许多许多钱，可以把我积攒的钱都给他！发亮为什么喜欢让我开汽车，而不喜欢让圆脸开？真是看我长相好，身体好，心眼好吗？或者，他是想帮助我，就像妈一样，他是想帮助我找到家……圆脸，你也不要生气了，等我找到家以后，我就不开你叔叔的汽车了，你接着开，还不行吗？

妈回来以后，我正要去见她，她就来找我了。

她已经知道了发亮想让我去开汽车,这真使我感到意外。是发亮告诉了她,还是圆脸告诉了她?更使我感到意外的,是她竟然不同意我去开汽车!

我明白了她的这个意思,真是伤心极了,忍不住生了气。

为什么不让我开汽车?为什么不让我去寻找家?我想去开汽车,是为了能早一天回到家呀,为什么不让我去?

当时,妈一直在向我比画,好像在表达许多重要的意思,但我根本就没有心思看,我只是在生气:为什么不让我去开汽车?

我看见妈一直不肯答应我,一赌气,就跑出来了。我能感觉到妈追了出来,但我跑得更快了。

我跑出了草帽厂,跑出了镇子,来到了公路边。公路上仍然有许多汽车来来往往,飞快地奔跑着,多么令人羡慕啊!我这样看了三年了,羡慕了三年了,现在终于有了这样一个好机会,我终于有可能开上汽车了,妈为什么就不肯答应我呢?

妈不会是嫌我年纪小吧?我已经不小了,已经十六岁了!

那会不会嫌我是哑巴?

不,不,哑巴就怎么了?我最不高兴别人看不起哑巴了。哑巴就不能开汽车?我不信。我编草帽,不是和别人编的一样好吗?妈不应该这样看不起我,妈也不会这样看不起我。

那她为什么不肯答应我呢?

我越想心里越烦,越看不断开过的汽车,心里就越难受。就在这时候,我想起了酒。我难受得实在受不了,我得去喝几口酒!我什么也不管了,我得去喝点儿酒……

我拖着沉重的步子,回到了镇上,真的就走进了一家小饭店。

我要了一瓶烧酒,又要了两碟酒菜,找了一张空桌子坐下来。看了看小饭店里的客人,并没有熟人,就开瓶喝起来。第一盅喝下去,仍然像是一团烈火。但是,我好像已经不再怕这样的烈火了,心中的难受似乎正需要这样的烈火来烧它。

我从来没有和妈生过气，我也不应该和妈生气，可我又实在不想放弃发亮给我的这次机会。妈为什么不同意我去开汽车呢？是怕我找到家？是怕我离开她吗？

当时，我一边胡思乱想，一边不停地往嘴里倒着烈火一样的酒。很快，我觉得头上沉重异常，腿上却变得轻软无力。看了看酒瓶，才喝了不到一半呀？

还想再喝点儿，不记得又喝了没有，因为后来的事就什么也不知道了。

我醒来时，发现已经躺在自己的床上，看见了同屋的笑叔。他见我醒了，显得非常高兴，过来拍了拍我，又给我端来了水。我只觉得头疼得特别厉害，好像要裂开一样。叔叔见我不想喝水，又拍了拍我，比画了一下，就匆忙出去了。

我这才想起来了，我在小饭店喝酒，是怎么回到这里来的？

我感觉到有人走来了，而且我能感觉到是妈走来了。果然是妈匆匆走进来，我立刻看出她满脸忧郁，这是从来没有过的。我心里非常难受。

她焦急地比画着，但我完全能看明白她的手势：她是问我，还难受不难受？还想吐不想吐？头疼吧？想不想喝水……

我忍不住，眼泪流下来了。

我不该跟你生气，我再也不喝酒了……

妈在比画什么：她同意了，同意我去开汽车，但不同意我再喝酒。

这是真的吗？

真的。

那太好了，太好了！妈你放心，我绝不再喝酒了。

8

后来我才慢慢知道，妈为了这件事，找过好几次发亮。她一再问发亮，让我去开汽车，真是为了帮助我？发亮一再表示，的确是为了帮助我。让我开车，有机会到处跑，不定哪一天就会跑回家了。妈又一再问，像我这样的哑巴开汽车，到底有没有危险？发亮一再表示，像我这样机灵的哑巴，不会有什么危险。学会开车，还得通过公家的考试，才发给驾驶证。有了驾驶证，才能正式开车呢。他还向妈表示，我要通不过公家的考试，就把我送回来，还不行吗？

妈不是反对我开车，是怕我有危险。见发亮一再那样表示，她才同意了。

可这些，我当时并不知道。一见妈答应了我，我就只顾高兴了，也没有多想什么，还以为是我生了气，喝醉了酒，妈就答应了。

妈既然答应了，我更急着恨不得马上就去学开车。可是那几天，发亮仍然是在城里多，回镇上少。有时候回来，也只是让我坐进车楼里，拉我到公路上跑一圈。

开始，我不知道这是在干什么，后来才慢慢明白了：他还是在试验我。我坐在车楼里，后头有别的汽车追赶上来，我能不能感觉到？坐在车上，本身就总在振动，从公路后面传来的新振动，我还能感觉到吗？

但是，后面一来车，我真能感觉到：只要我回头，后面肯定来车了。这样试了许多次，一次都不差。

发亮又怀疑：我是不是从车门外的那个小镜子中，看到后面来了车？

我让他把这个小镜子蒙住，再试。

他蒙住试了许多次，仍然一次也没有错。后面不管是来了大车、小车，我一样都能感觉到。

发亮终于相信了。但他现在已经不再大惊小怪，只是表示满意。

又过了几天，他要把我带到城里去。这时，我是既高兴，又难受。他带我到城里，肯定要开始学开车了，我早就盼着这一天。可是，一进城，我就得离开草帽厂了，特别是要离开妈，心里真不好受。我住在这里已经三年多了，忽然要离开，就像离开家一样，有种难舍难分的感觉。

我能看出来，妈也很难受。她给我准备好了要带的衣服、行李，一再比画着，开车要小心，千万要小心，绝不能再喝酒。我有事，有困难，心里不好受，一定要到城里的家去找她。有空，一定要常回草帽厂来。这里也是你的家。

是啊，这里也是我的家！我已经有两个家了。第一个家，我丢失了。可这个家，我不会让它再丢失。我要想它，我就能回来。

到了城里，发亮并没有立刻安排我学开车，仍然是让我坐进车楼里，跟着车跑。开车的也不再是发亮，而是另一个我不认识的男人。后来我才知道，这个很年轻的男人是发亮雇的司机。

这个司机虽然比我也大不了几岁，可对我很不友好，好像很看不起我。我跟着他跑车，除了指指画画让我干活儿，就不再理我。干活儿，也只是往汽车上装东西，卸东西，除此之外，不让我多摸车，更不用说教我开车了。

他不教，我自己也能看。只要一上车，我就特别注意看他怎样开车，从怎样扭开汽车的锁，让它抖动起来，到怎样让它走，怎样拐弯，怎样快跑，怎样停车，什么都不放过。他很不喜欢我这样仔细看他开车，总是不断拿眼瞪我，嘴也动着。你瞪眼，我也要看。不过，我学会了假装。看他开车时，努力装成不再在意的样子，有时候还假装瞌睡，其实我一直在仔细看他开车。

他爱瞪眼，我就叫他瞪眼。

跟着瞪眼跑车，除了留意看他开车，我还特别注意车外的情景，看看有没有我熟悉的景象。跟车没有几天，就跑了那么多那么远的地方，我非常激动。虽然还没有发现熟悉的景物，但我已经感到有希望了，只要这样不断在公路上跑，一定有希望找到家的。

所以，虽然没有正经学开车，瞪眼又那样对我不友好，我还是很高兴。

进城后，我发现圆脸也在他叔叔这里。他有时也跟着汽车跑，但多数时候不出来，只在城里忙。他对我也不再那么生气了。

我们住在城里一个很旧的小院里。总是把很多纸箱子拉回来，又拉出去。我不知道发亮到底在做什么生意。

## 9

就这样，一直过了半年多，发亮才让我学开车。也许，那还是因为瞪眼走后，没有司机了，他才让我学开车吧。

我不知道瞪眼为什么走了。只知道瞪眼走以前，和发亮吵过架，而且吵得很厉害。当时，两个人都是怒气冲冲，脸色大变，发亮拍桌子，瞪眼跳起来，吵得很可怕。从那次吵架以后，我就再也没有见到瞪眼。我也不知道他们为什么吵架。

瞪眼走后，就是发亮自己开车，仍然让我跟车。不出车的时候，就到城里一所学校的操场上，教我开车。因为我已经用心看了半年瞪眼开车，所以学得特别快，发亮很满意。没有多久，我就能很自如地开车了。发亮怎么比画，我就能怎么开，拐弯，后退，过很窄的标杆，都不会出一点儿错。学会开车，他又教我修车。以前瞪眼修车的时候，我在一边帮忙，也总是留心看怎样修。所以，学起来也很快。

后来，利用一早一晚车少的时候，发亮带我到公路上练车，好像也很满意。

但他一直不让我正式开车。那时，我也不知道正式开车当司机，还得通过公家的考试。发亮也没有让我准备参加什么考试，他只是带我去照过一次相。

大约又过了两个月吧，发亮把一个贴了我的照片的小本本，拿给我看。我一看就明白了，那是可以当司机的证件，因为我早发现瞪眼有这样一个小本本。

有了这个小本本，我就可以正经开车了吧？

发亮表示，是这样。

接着，他向我比画了半天，意思是搞到这个小本本很不容易，花了许多钱，这都是为了我。所以，每月给我的钱不多，希望我不要觉得委屈。

我没受委屈。能让我正经开车，我太高兴了。有饭吃，有地方睡，我就满意了，我不需要那么多的钱。那时，我真不想要很多的钱。找不到家，钱再多,能有什么用?那时,我也不知道,发亮不让我参加公家的考试,花钱给我搞来这个小本本,是不合法的,是做了坏事,我反而还非常感激他。

这个小本本,他只让我看了看,就又装到他身上了。以后也一直没有交给我,总是由他装着,有时也由圆脸装着。谁坐我开的车,谁就装着那个小本本。不给我小本本,我也没有生气。我想,开车上了公路,常有人检查这个小本本,我是哑巴,人家看不明白我的比画,那就麻烦了。他们装着小本本,对付路上的检查,比我方便。那时,我还没有想过,他们是怕我把车开跑了。

我第一次正式开车上路的那天,真激动啊!多少次了,我一直是站在公路边看汽车。现在,我终于开上了汽车。在我的操纵下,汽车像飞似的奔跑在公路上,什么都是一闪就过去了。回想起以前骑了自行车追赶汽车,感到真好笑。当初,我要不是那么傻,也不会迷路了。现在终于开上了汽车,也就终于有希望找到回家的路了。

当时,发亮坐在我旁边,见我这样激动,一再拿眼瞪我。他是怕我太激动了开不好车,出事。我只好努力装成不激动的样子,可我怎么能不激动呢!只是这份激动,不会影响我开车。我开车的感觉好极了,汽车是那样听我使唤,公路上的一切又好像都在给我让道,一路畅通无阻,非常痛快。

只可惜这次没有跑更远更新的一条路,还是跑的那条老路,那条我跟着瞪眼跑了许多次的老路。

这条路也通向了望不到边的大平原,到了春天,两边也永远是绿油油的麦田。它也跨过河流,穿过村镇,两边也挺立着高大的树木。出城后踏上这条路,也一直是向着太阳升起的方向开。可这条路,一点儿也唤不起我对家乡的记忆。

我什么时候才能开着这辆车,去寻找家乡呢?

10

发亮到底在做什么生意,我一直也没有看明白。他好像也不想让我知道。跟他们出去,除了干活儿,就总是让我在车上待着,不喜欢我走近他们办事的地方。回到城里,也不喜欢我多走进他住的那间屋子。圆脸平时也不大愿意招呼我。

不过,我在跟着瞪眼跑车的时候就发现了,汽车拉出去又拉回来的那些纸箱,有的重,有的轻。这些纸箱外面,都画着一个红苹果。那些重的箱子,有时真能闻见苹果的香味。那些轻的箱子,就有一股别的气味了,直往鼻子里钻,不太难闻,也不太好闻,但肯定不是苹果的气味。我很长时间不知道轻箱子里装的是什么。

重箱子里,装的肯定是苹果。因为在我们住的那个院子里,常堆着腐烂了的苹果。发亮也常送些苹果给我吃。只是,有时出车,就让我把装了苹果的重箱子搬上车,拉到那个很远的地方,又照样拉回来。在那个很远的地方,也只是装几箱十几箱那种轻箱子。而且在装车的时候,又总是让我把轻箱子放在下面,挤在里面,而把重箱子压在上面,排在外面。

这样轻重颠倒,就不怕把轻箱子压坏吗?

我一向他们比画这个意思,无论是发亮,还是圆脸、瞪眼,都会朝我瞪眼。我也只好不替他们担心了。也许,那些轻箱子里放着不怕压的东西吧。

我有了那个能开车的小本本后,曾经到妈的家里,把这个好消息传达给她。她明白后,也很高兴。那时她也不知道,发亮是花钱搞来的这个小本本,还以为我通过了公家的考试。她一再要我小心开车,不能喝酒,吃好睡好。还问我又跑了哪些新地方,有没有什么好消息。

发亮他到底是做什么生意的,妈你知道吗?

他不是在做水果生意吗?

我把我的发现,向妈做了比画。但她看不明白。

不明白就不明白吧。自从我进城给发亮开车以来,妈总是为我担心,每次回城里来,都要看看我。如果她明白了发亮是在捣什么鬼,那会更替我担心的。

妈你就放心吧!他们做坏事,我也不会跟着他们做。

只是,发亮总是让我跑那样一条老路,去不了新的地方,这使我感到特别焦急。这一份焦急,我又不能向妈表示出来。当初妈就不愿意让我出来给发亮开车。我只能向妈表示,草帽厂要是买了汽车,我一定回去给你开车。

妈仍是笑了笑。

我真是盼着那一天呢。要是草帽厂真有了汽车,妈一定会坐在我旁边,陪我去寻找家的。

我开车一个月后,发亮忽然要我仔细检查一下汽车的机器,表示要出一次远门。这使我很激动,盼望着这次出远门,能向家乡走近。

第二天一早起程时,发亮换了一身很阔气的新衣服,头发也梳得十分明亮。他见了我,示意也得换身整齐的衣服。我只好服从他,心想,今天这是要到什么体面的地方呀?

出城以后,他果然指点我,向太阳落下的方向开去。不久就路过了草帽厂在的那个镇子,但他没有让停车,一直向前开去了。

车是空车,路上也空空阔阔,我飞跑起来了。现在,发亮已经相信了我的开车能力,见车跑得这样飞快,他也明显得意。

我就是从这条路上,流落到他那个镇子上的,到现在已经四年多了。

那时是刚刚收了麦子,现在又要入秋了,路两边的景色虽然有所不同,我总应该有所记忆吧。但我一直注意着,却怎么也看不出一点儿熟悉的迹象来。那时我已疲惫不堪,对回家已经丧失了信心。不管我跑了多少路,眼前看见的永远是陌生的景象,我已经害怕了陌生,所以我就一点儿也没有记住沿途的情景吗?

我能记住的,是经过了一座山,又经过了一个很大的城市。过那座山时,天快黑了,幸亏搭上了一辆汽车。经过那座城市时,被一对胖男女扣留住了,也幸亏逃了出来。今天,能再次经过那个城市和那座大山吗?

我不知道今天将要到哪里去,发亮往哪里指点,我就往哪里开。

对了,我还住过许多养路叔叔的院子。这些院子,我应该能认出来吧!

但是，一直跑到中午了，我还是什么也没有认出来。中午，我们停在一个小镇上，进了一家小饭店。发亮买了酒，慢慢在那里喝。我匆匆吃完饭，就出来到小镇上转了一圈，对这里的一切，也没有任何印象。

下午，我们果然开进了一个很大的城市。快进城时，发亮让我坐到一边，他亲自开起车来。他是担心我不会在城里开车，还是怕警察发现我是哑巴？

我不开车了，仔细看着这个渐渐走近的城市，还是无法辨认它到底是不是我曾经到过的那座城市。

11

进入城市后，发亮把汽车一直开到一家很漂亮的商店门前。他让我在汽车里等着，自己提了皮包，进了商店。

我下了车，站在路边看了看，也看不出任何一点儿熟悉的迹象来。

不久，发亮就出来了。他后面跟着商店的人，他们把一个很大的纸箱抬到了我们的汽车上。我看见纸箱外面，画的是一个电视机。发亮跑这么远的路，就为了买这样一台电视机？

发亮上了车，我也赶紧上了车。他开着车，弯来拐去，驶进了一条小巷，在一座旧楼后面停下来。他招呼我下了车，和他一起抬了那个刚买的大纸箱，走进了楼里。这个纸箱真重，我看发亮走起来显得有些吃力，刚上了一层楼，他脑门上就出了汗。

一直爬到第四层，才停下来。发亮示意把纸箱放下来，他擦了擦汗，理了理头发，拍打了拍打衣服，这才敲门。

门开了一条缝，伸出一颗头发不多、戴着眼镜的脑袋，看了看发亮，就飞快把门拉开了，脸上一点儿表情也没有。发亮也慌忙示意我，快往里抬。我们抬起纸箱刚进去，戴眼镜的脑袋又伸出去看了看，随即飞快把门关上了。

发亮很亲热地上前和眼镜握手，眼镜却仍然没有表情地盯着我看。发亮忙把嘴凑到眼镜耳朵边，动了动嘴，眼镜这才大笑起来。

他在笑什么呢？笑我是哑巴？反正我看见眼镜笑得不怀好意。

他们俩又动嘴，又比画，又笑，热闹了半天，发亮才好像忽然想起了我，回过头来示意我：下去吧，回到汽车上去吧。

我下楼出来，看了看这条陌生的小巷，也没有什么发现。那次被胖男女扣留在他们的小饭店，是在一条比较热闹的街上。我每天早上跟着胖男人去买菜，没有经过这样的小巷。小巷也不干净，到处都是发了旧的楼房。

眼镜这个人是干什么的？发亮为什么要给他送这样一台大电视机？

好一阵儿，发亮才下来。他开着车，又跑了几条街巷，进了几座楼房。这几次，因为没有拿东西，所以他没有带我进去，都是他独自提了皮包上去的。

在下面等他的时候，我注意看了每一个地方，依然没有任何发现。

最后，发亮开车到了一家很漂亮的饭店。进去后，他把我安排到楼下一张桌子边，示意坐在这里，不要乱走动。他自己上了楼。不久，我看见那个眼镜也来了，同他一起进来的还有好几个人。眼镜认出了我，朝我扬了扬手，奇怪地笑了一下。他们也上楼去了。

过了一会儿，饭店的女孩子给我端来了饭菜。我刚吃了几口，发亮下来了，招呼我跟他上去。我跟了他，来到楼上一个很小的房间里。看见和眼镜一起来的那几个人，都围在一张圆桌周围，只是不见眼镜。圆桌上摆满了各种各样的饭菜。

那几个人见我进来，就一齐盯住我，又动嘴，又比画，又笑。发亮在一边看着，显得很得意。我能看出，他们在观赏我这个精明的哑巴！

我心里正不高兴，忽然感到了一种正在逼近的振动，回头看了一下，看见是眼镜。眼镜和那几个人，顿时高兴得大笑起来。

是让眼镜来试验我！

我心里更不高兴了。我这不成了让人开心的怪物了！

他们笑完，发亮就朝我摆了摆手，让我下去吃饭。我跑下楼来，只吃了几口，就实在吃不下去了。

走出饭店，街面上已经是灯火辉煌。我真想开了车，冲出这个城市，连夜就去寻找回家的路！可是，那个贴着我的照片的小本本，仍然装在发亮的身上。没有那个小本本，在公路上开车就寸步难行。

我只能耐心等待机会，等待可以回家的机会。

这天很晚了，发亮才带着我住进一家旅店。但天不亮，就把我摇醒了。他开车来到很远的一处大院子，指点着我往车上装许多纸箱子。这些纸箱还是装水果的那种，也还是有轻有重，而这次是轻的多，重的少。

装完车，就让我开上车，他坐在一边指点着，驶出了这个城市。那时，这个城市依然灯火辉煌，但街道上几乎空无一人。

出城后，发亮就歪着身子睡着了。我开车行驶了很久，天都没有亮。

到中午时，我们已经跑回来了。

12

这次出远门，更使我感觉到发亮不是在做什么好事。他跟妈完全不一样，好像总是鬼鬼祟祟的。妈在草帽厂，总是像一团火，热情，明亮。在发亮这里，却一点儿也感觉不到明亮。在镇上时，圆脸多活泼，可来了这里，就变成老头儿似的了，脸上没有多少表情，也不多招呼我。更让人可气的，是发亮总是把我当怪物，拿出来给别人看稀罕！

哑巴也是人呀！

要不是为了开汽车，我早就回到妈的草帽厂了。只是，开了汽车，也不是像我想象的那样，成天满世界跑，想去哪里，就能去哪里。

自从去过那个城市以后，我就开始常往那里跑。隔几天，跑原来的那条老路；隔几天，就跑这个城市。跑了几次后，我才认出：这个城市并不是我以前流浪时去过的那个城市。它们是两个不同的城市。这个城市其实也不很大，我差不多把它转遍了，也没有发现胖男人带我去过的那个菜市场。那是一个很大的菜市场，这个城市的几个大菜市场，都没有那么大。

我记得那个大城市就在这个方向上，难道我把方向记错了？想来想去，我才想到了那个岔路口。跑这个城市时，过了草帽厂所在的镇子不远，就有一个岔路口。一直往西，就去了这个城市；拐一个弯，就转到向北的方向去了。难道当初我是从北面这条公路流浪过来的？北面，既不是太阳升起的地方，也不是太阳落下的地方，我怎么能从北面来？

先不管它北不北了，我决定有机会就拐到北面的公路跑跑看。要等发亮给我这个机会，那还不知要等到什么时候，还是自己想办法吧！

有一次，是圆脸带我跑西面的城市，上路不久，他睡着了。我一想，这不是有机会了？于是，到了那个岔路口，我就果断地转了弯，而且加了速前进。

圆脸仍然睡得很香。你就多睡一会儿吧。他要醒来，我就表示是认错了路。

在这条路上，也仍然没有发现什么熟悉的景象，不过，我还是加了速，一直往前开。这条路上的车不是很多，我加速开了好一阵儿，还是没有什么发现。就在这时，圆脸醒了。

他睁眼看了看车外，也没有表示什么，只是擦了擦流出来的口水，正了正身子，就又睡着了。

我松了一口气，继续向前开去。不久，我终于看见了一处熟悉的情景：一条没有多少流水的河流，上面并排架着两座桥，一座是跑汽车的公路桥，一座是跑火车的铁路桥。过了这座公路桥不远，就是一个养路叔叔住的大院子。我在这个院子里住过一夜，早晨出来，非常清楚地看见了这两座相隔不远的桥。

我减慢了速度，驶过了公路桥，果然看见那个养路叔叔的院子……我真是惊喜万分！这是自四年前丢失了家以来，我第一次看到的旧日情景。虽然这里离家还不知有多么遥远，我还是非常激动。

没有错了，我当年就是沿着北面这条公路流浪过来的。沿着这条路跑下去，就能到达那座很大的城市。

再往前跑，就能重新翻过那座林木茂密的大山了。

再往前……

现在,我不能再往前跑了,趁圆脸还没有醒来,我得赶紧掉转车头。今天我只能牢牢记住这条路,但不能再往前开了。我把车速减得很慢,掉了头,圆脸仍然流着长长的口水,睡得正香。

再次经过养路叔叔的那个大院时,我抓紧看了看。是的,我是在这里住过一夜。

我加速跑回原来的公路,又跑了好一阵儿,圆脸才醒过来。他看了看车外,又看了看手表,好像也没有发现什么不正常。

我也装着什么事都没有发生的样子,只是在专心开车。但我心里真高兴。我已经有了回家的办法了:先找到当年流浪的路,再沿着这条路,一段一段往回找!以前,总是想开着车,四处跑着去找,那不是乱闯瞎碰吗?弄不好,开着车也会迷了路。这样好,沿着走过的旧路往回找,总有一天会找到家的。自己走过的路,总能找回一点儿记忆。

我向圆脸比画着他刚才流口水的样子,然后就很痛快地笑起来。

圆脸看见我这样笑,露出了莫名其妙的表情。

他是不是还没有完全醒过来呀?我又痛快地笑了起来。

13

我虽然想出了好办法:沿着流浪的路,去找回家的路,可哪有机会实行呢?发亮仍然是让我跑那几条老路,根本就没有机会沿着流浪的路,再往前跑一段。

在有月亮的夜晚,我真想趁发亮他们熟睡之机,开车向北跑一跑,跑到天亮再回来。夜里,没有人检查我的小本本,夜里车少,也能开着快车跑。只是,万一我再迷了路呢?我是太害怕迷路了。我开车出去,一直有发亮或圆脸跟着,由他们指路、问路。我这样乘着月色去寻找回家的路,不跟着一个会说话的人怎么行?可除了妈,谁又会跟着我去呢?

妈太忙了。妈就是不忙,我这样偷偷摸摸开车出去,她也一定不会赞成。

我只能等待别的机会,再想别的办法。

到这年冬天，发亮又带着我出了一次远门。但这次不是向西跑，也不是向北跑，而是向东，一直朝着太阳升起的方向开出去了。而且，一连跑了三天！开车以来，我还没有跑过这样遥远的路呢。虽然这是一条陌生的路，我还是极力注意沿途的一切。

跑到第三天，还是没有发现任何旧日的景象，倒是差点出了一次车祸。

这天一早出来的时候，还看不出有雾，只是灰蒙蒙的，好像阴天似的。起程不久，发亮就打起瞌睡来。昨晚在一个小城住下之后，吃过饭他就出去了，到半夜他还没有回来，也不知他干什么去了。但天不亮他就醒来了，招呼我起来发动车，赶紧上路。一上路，他就这样接着睡。凡是跟着他出门，就总是这样。跑到了这样遥远的地方，他能去找谁呢？天气这样冷，车又开得这样快，他歪在那里还睡得那样香，看样子好像一整夜都没有睡觉似的。

他睡他的，我就按他指点的这条路往前跑。

刚上路的时候，天还黑着，虽然开了车灯，也看不清沿途的什么。等天色开始发亮了，我也开始注意车外的景色，那时还没有雾。跑着跑着，我就感到眼前有些模糊，还以为是挡风玻璃有了水气，忙擦了擦。还是看不太清。

我这才想到，是不是起雾了？

打开了车灯，果然，在射出去的灯光里，雾气显出了发白的颜色。我关了灯，很快就看见迎面驶来的车，已经亮起了车前那盏黄灯。我也赶紧打了车前车后的黄灯。

想把发亮推醒，但又感到雾也不重，就没有惊动他。我自己小心开着车，什么也不去看，不去想了。

但是，雾气还是越来越重，而且路上的车辆还不少。

我推了推发亮，没有把他推醒。又推，他终于睁开眼，缩了缩身子，看了看车外。我指指车外的雾，还有迎面车辆亮着的黄灯。

他坐直了身子，伸长脖子，朝外看着，脸色有了变化：他看明白了。

我比画着:还继续往前走吗?

他点了点头,继续伸长脖子向外看着,示意我不要开得太快。

前方的路和车辆,还能依稀看清,只是看不很远了。不过,在这样的雾天开车,我已经经历过多次了。只是没有在这样遥远的地方和这样陌生的路上,遇到过雾。发亮同意我继续往前开,他这是相信我。

我更小心地开着车。

发亮慢慢缩回了脖子,身子又靠到了座背上,脸色也平静下来了。他再次示意我:不要开得太快。

你放心,这我知道。

雾气好像又有些加重,我小心而冷静地开着车。过了一阵儿,我发现发亮又睡着了。想睡,你就睡,反正我也不会开着车去跟别人撞。

刚这样想过不久,突然看见前面车辆的尾灯亮出了红颜色,我立刻减速,预备刹车。

这是怎么了?

前面的车果然已经停下来了。我也刹了车,而且和前面的车没有靠得太近。停车后,我看清了前面是一辆装满货物的大卡车。但它挡着视线,看不清是它出了毛病,停了车,还是前面停着更多的车。这时候,我已经感觉到跟在我后面的车,也停下来了。所以,我想打开车门,望一望前面的情况。又发现发亮还没有醒来,就想先把他推醒。

就在这时,我突然感觉到一种异常强烈的振动从车下传出,正飞快地从后面逼近过来!我几乎什么都没有想,挂挡,猛扭方向盘,踩下油门,跟着就飞下了公路。幸好,公路边没有树木,也没有深沟,车只是冲下一个不高的坡,就飞进冻着的田野里了。

我还没有把车停下来,就发现发亮突然惊醒过来,惶恐万状地向公路那边看去。

我急忙刹了车,也朝那边看去,天哪,真是太可怕了!

就在我刚才停车的地方,一长串车已经撞在一起,有的被挤出了公路,翻了,有的翻在公路的那一边……最可怕的,是一辆几乎被挤扁的小货车!挤撞在它身上的,是一辆高大的翻斗车……

我刚才感觉到的,就是这个高大的家伙闯过来的振动吧?我要不是逃跑得快,发亮这辆小货车一定也被挤扁了!那辆被挤扁的小货车,就停在我的后面,我当时真是来不及招呼它了……

我跳下车跑去救人时,发亮还惊恐万状地愣在那里。

14

我正和几个人拼命地撬一个车门,但就是撬不开!因为这辆车翻了,门变了形,无法打开,但司机还活着,必须赶快把他救出来。

忽然间,发亮慌慌张张地跑来,一把将我拉到一边。

这是怎么了,你没有看见我正在救人吗?

他慌张地比画着,但我看不出他在比画什么。

不管发生了什么事,都能等一会儿再料理吧,什么能比救人要紧?

我转身要返回去,发亮又一把拉住了我,慌张地比画了一下,拽着我就往出跑。我以为别处发生了更危急的情况,便跟着他跑去了。

他一直拽着我跑回了我们的汽车前。这是干什么?发亮是让我开车去运送受伤的人吗?发亮已经跳上车,坐到了司机的座位上。他要亲自开车,好!

我也急忙上了车。

发亮已经开动了车,顺着公路,在田地里一颠一颠往前开。怎么离出事的现场越走越远了?是想绕开堵着的车辆,行驶到公路上去?

终于绕到公路上去了,可你怎么不调头回去?你开这么快,这不是要逃离出事的现场吗?

我吃惊地比画着:发亮,你这是干什么呀?出了这样大的事故,你没有看见吗?有多少人性命危急,需要救助,我们怎么能逃跑呢?你也是开车的司机啊!

但发亮依旧飞快地开着车,远离了出事的地方。我回头望望,早已什么也看不见了。

我真愤怒了:发亮,你到底为什么要这样逃走?这场事故又不是你造成的,你为什么跑啊?我们有幸逃过这场车祸,不能再见死不救!

但发亮既不理我,也不停车!

他到底是怎么了?我忽然又想,难道他是急着去报信,招呼医生和救护车来?可我无法向他比画出这个意思来。即使真是这样,我心里还是很难受。我感觉到了这场车祸的来临,但只是自己开车逃脱了,却没有能招呼更多的人脱险!虽然当时实在是来不及了,连想都来不及多想,但我心里还是非常难受。都是一样开车的同行啊……

车飞跑了好一阵儿,我才注意到车外的雾气已经小得多了。难怪发亮敢把车开得这样快呢!雾是什么时候变小的?我实在没有注意。

又过了一阵儿,发亮忽然显得紧张起来。又出现什么情况了?我抬头望了望,看见公路前方出现了许多黄灯和闪烁着的红灯、蓝灯。是警车和救护车来了吧?

果然是一长溜警车、救护车迎面开过来了。

发亮还是显得非常紧张。他到底紧张什么呢?难道他不是去招呼这些警车、救护车吗?这一溜车队飞驰着开过去了,他才好像松了一口气。

不久,他把车停了下来。

让我来开车?往哪里开?继续往前开?

不,我不想给你开车了!

我再也忍不住,推门就跳下车来,蹲到了路边。发亮见我这样,好像也生了气。他也跳下车来,胡乱地向我比画着,脸色很不好看。你生气,我也不怕。我心里的气,比你还大呢!

你为什么不让我救人呢?你为什么要那样慌张地逃跑呢?

发亮不看我的比画,只管向我胡乱地比画。

那我也不看你的比画!

我仍然蹲在那里,扭过了头,不看他。他焦急地转过这边来,继续胡乱地向我比画。我还是不看他。这样僵持了一阵儿,他才无可奈何地向我笑了一下,过来拉了拉我。

我站了起来,但我还是得问明白:你为什么不让我救人?你为什么要那样慌张地逃跑?

他比画什么?我是哑巴?哑巴就不能救人了?你要是这种意思,那我就更生气了。

不是这种意思?那是什么意思?但你还是在比画:我是哑巴!哑巴又怎么样了?开车?哑巴不能开汽车?我已经给你开了好几年车了,怎么又不能开车了?警察?警察怎么了?哪里有警察?警察不让我救人?

我忽然看明白,明白了……发亮,你是怕警察发现我这个哑巴司机,对吧?出了那么大的事故,警察肯定要来。我在事故中,又那样显眼地脱了险,警察来了,一定会问我。一问,我这个哑巴司机就露馅了。你是这个意思吧?

发亮使劲点着头:就是这个意思。

就是这个意思!因为我是哑巴,就不能做一个堂堂正正的司机。不是堂堂正正的司机,就不能堂堂正正地去救人……我这成了一个什么人!

当我明白了这个意思,我心里真是难受极了。

## 15

那天,我还是开着车走了。

我心里异常难受,但也知道不能完全怨恨发亮。我并不想给他做这种不明不白的哑巴司机,妈也一直不赞成我给发亮开车,我这样做,只是为了寻找家呀。哪一天找到了家,哪一天我就再也不做这种司机了。

见我又开着车继续往前跑了,发亮才开始赞扬起我来:你怎么能那样神奇地脱了险!要不是你,我的这辆车,我的性命,早就全完了!是你那种特殊的感觉,提醒你将要出事吧?我回去一定要奖你一笔钱,一定要奖你钱,你救了我的命!

我一直都没有怎么理他。你也知道救了你的命高兴，可你却不让我去救别人的命……

那天跑到很晚，发亮才让在一个小镇停了下来。

我们吃了点儿东西，刚住下来，发亮就不见了。我以为他又像往常一样，不知到什么时候才回来呢，就洗了洗，准备睡我的觉。今天发生了那么多的事，我也真感到累了。

刚躺下，还没有睡着，发亮忽然回来了。他见我已经躺下，好像有些生气，急忙招呼我赶紧起来，要去装货。

要去装货？跑了三天远路，就为了来这个地方？这个小地方，有什么货可装呀？

我起来开了车，跟他去了。开了没有几步远，就在一个不大的院子外停下来。院门大开着，射出了明亮的灯光。车刚停，就有人出来。接着，就有几个男人搬出纸箱来，往车上装。

我看这种纸箱比水果箱小，他们在装车时又显得十分小心。纸箱外，什么也没有画。我过去闻了闻，不是那种很刺鼻的气味了。这又是拉什么呢？

发亮把我拉进了院子，指了指一个打开的箱子。

我低头看了看，吓了一跳：箱子里装的是鞭炮！

跑了好几年车，我也懂得了：拉运鞭炮是最危险的差事。以前到了腊月，发亮也会带我出去拉一两次鞭炮，可都不往远处跑。这一次，跑了三天路，就为了来拉这一车危险的鞭炮？发亮他不想要命，我还想要！

我还要活着回家呢！

跑这么远路，来拉鞭炮，发亮一定是想多挣钱。为了挣钱，也不能不要命吧？他是不是以为，我有那种特殊的感觉，就什么危险也不怕了？你把我当成什么了，当成冒死为你挣钱的工具了？

白天感到的那种难受，又涌上了心头。

装完货，我小心地把车开回了住的地方。重新躺下后，却怎么也睡不着。想想今天发生的一切，我真是不想再给发亮开车了。我给他开车，既不能堂堂正正，又总是给他干这种危险的偷偷摸摸的差事。

常年给他去拉的那些假水果箱，里面装着什么东西，我也终于弄明白了：原来水果箱里还装着一个纸箱，里面装的是香烟！难怪有股那么刺鼻的气味。香烟街上到处都有卖的呀，发亮为什么还要跑到那么远的地方，神秘地放进假水果箱里，偷偷摸摸往回拉？我还是弄不明白。可我敢肯定，他一定是在捣什么鬼。他冒险来这里拉鞭炮，也一定是在捣什么鬼。

我就这样一直帮助他捣鬼吗？

为了帮助他捣鬼，今天都几乎出了车祸。

由今天的车祸，无意间联想到了五年前我看见的那一次车祸。那时，我那么傻地追赶大姐坐的大客车，还没有离开家乡多远吧？公路上，排着那么一长串汽车，我还是第一次见到，不知道出了什么事。我推着自行车，下了公路，绕到田地里往前走……

想着想着，我眼前忽然出现了一幅熟悉的情景：公路边是两排很高大很整齐的杨树，它直冲蓝天，使公路都好像变窄了。我穿过这些杨树下了公路，又隔着这些杨树查看停在路上的那么多汽车……中间，被田埂上的什么东西绊了一下……我朝田埂那头望了望，依然是一片麦田，稍远些，有一座孤单的古庙，就好像漂浮在麦田里……

对了，这一幅熟悉的情景，在最近依稀又重新见过……是重新见过！那不会在今天，今天上午有雾，下午又心情不好，那是昨天吗？就是昨天，出来的第二天……那天是晴天，什么都看得清楚。快到中午了吧，驶进了那个被高耸的杨树夹着的窄道里……冬天，没有绿叶，树冠光秃秃的，但仍然直冲蓝天……

当时，我好像想起了什么，朝路边的田野望了望，看见了一座古庙。又好像想起了什么，但一闪就过去了，我没有把它抓住……我现在终于把它抓住了！

两排直冲蓝天的杨树，一座古庙，那的确是我五年前碰到车祸时所看见的情景！我昨天的确又看到了这一幅情景！

昨天我经过的那个地方，真的离家乡已经不远了吗？

难道我就要找到家，找到丢失了五年多的家？

我高兴得腾地一下坐了起来！又跳下地把发亮摇醒，他吃惊地看了看我，但并不注意我的比画，好像在发愣似的。愣了一阵儿，才望了望窗户，看了看手表，朝我挥了挥手，就重新躺下睡了。

他根本不明白我在比画什么！我已经找到家了，他却理也不理！我只好重新躺下来，但兴奋得怎么能睡着觉！

我真的要找到家了吗？

## 16

在返回的路上，我一再想让发亮明白，我可能找到家了，但他怎么也看不明白。这使我很生气！

我有了好事，他就总是看不明白。他是不是看明白了，装着看不明白？不管你明白不明白，到了明天，我一定要去寻找家。

我尽量不使自己太激动，因为我拉着一车危险的鞭炮，我得十分专心地开车。可我怎么能不激动呢！想了五年，找了五年，就是盼着这一天啊……奶奶一定还活着吧？爹妈呢？他们能认得我吗？但我肯定能认得他们，还有大姐、二姐……

也许真是要找到家了，现在看沿途的景象，既有几分陌生，又有几分熟悉。这同来时的感觉大不相同。来时，还没有唤醒五年前的记忆吧？

返程的第二天，估计快跑到有杨树和古庙的路段时，激动的心情就再也按捺不住了。如果这里真是我的家乡，那很快就应该看见我们的那个镇子了。

还没有看到。

路两边已经是杨树了，只是不够那么高大。已经越来越高大，已经直冲蓝天，路在变窄……古庙呢？古庙在哪儿？

我毅然减了速，接着把车停在了路边。发亮迷惑不解地张望着，不知道出了什么事。我不再管他，开门跳下了车。

越过这高大整齐的杨树，向路边的田野望去，在记忆中应该有古庙的地方，却是一个很不小的村庄。怎么变成了村庄？

我转身向公路另一边看去，那边只有空旷的田野。没有古庙，也没有村庄。

古庙还在前方吗？车还得再往前开一段路吗？

我正要返回车上去，发亮已经慌慌张张过来了。他比画着：出了什么事？

我没有理他，只管上车。他也慌忙上了车。我开着车，缓慢地向前跑了一段路。这时发亮已经生了气，不停地向我挥动着手。我还是不理他，只管向公路两旁观看……

怎么还是看不见古庙？来时经过这里，不是还看见了那座古庙吗？这才隔了两天，怎么就不见了？难道那天我看花了眼？

公路两边，一直是空旷的田野。往前看，也还是一片空旷的田野。我失望地停了车。

发亮焦急地比画：是不是车出了毛病？

我没有理他，跳下车来。抬头望望高耸的杨树，又望望空旷的田野，一种非常可怕的失望感涌了上来。五年前迷了路的时候，我一直被这种可怕的失望感压迫着，难道现在还是那样，想找什么，就找不见什么？

不能慌，也不能急！我已经不是五年前的那个傻哑巴了，我已经长大了……难道那座古庙是被刚才看见的那个大村庄挡住了？对，我应该返回去看一看。

正要上车去，发亮过来拦住了我。我甩开他，上了车准备掉头，发亮站在车头前一动不动，满脸的气愤。

我只好重新跳下车来，向他比画：这里很可能就是我的家乡，让我去找一找吧！

发亮好像根本就没有看懂，只管又气又急比画他自己的意思：车上拉着鞭炮，不能在这里久停！

我不能管你的鞭炮了,你不让开你的车,我就靠两腿往回跑,反正离刚才那个村庄也不远。我必须去找一找,或许真的离家不远了……

我丢开发亮,撒腿就向后跑去。没有跑多远,就大口大口喘起气来,吐出的大团大团的热气,不断向后飞去。不怕,我有足够的力气跑下去。如果这里真是我的家乡,再远我也能跑回去。

望见那个村庄后,我就下了公路,从田地里斜插着往那里跑。在田野里跑,更有些费力,可这算不了什么,我还有用不尽的力气。

跑进村,把这个不小的村子都转遍了,还是没有发现那座古庙。我找村里的人比画:附近有一座古庙吗?没有人能看懂我的比画。

那种可怕的失望感又涌上来了。这真和五年前一样了:想找什么,就偏偏找不到什么!我极度伤心地向村外走去,无意中抬头望了望,看见远处公路上停着发亮那辆汽车。

他没有丢下我,自己开车来了?他还在关心着我?不会的,他是在等着我去开车。现在,我开车的技术要比他高得多。拉着这样一车危险的鞭炮,他不得不等我去开车。

可我有这样高的开车技术,还是找不到家,有什么用啊!

17

回来以后,我更加不想给发亮开车了。总是帮着他干这样一些偷偷摸摸的差事,也不知道是好事,还是坏事,多半是坏事,可我自己却总也找不到家。这样干下去有什么意思啊?

特别是回来后没有几天,圆脸也和发亮吵了一架,吵得也很厉害。吵过以后,圆脸就回镇子去了,从此再也没有回到发亮这里来。他走时来看过我,我们互相比画了一阵儿,好像谁也没有看明白谁的意思。我向他比画:你为什么跟你叔叔吵架?我也不想给你叔叔开车了……他看了,还是那样坐着,没有任何手势。后来,他向我比画了一些手势,我也看不懂,只是从他既委屈又气愤的表情上看出,他心里很不好受。这使我想起了瞪眼,瞪眼走时,也是这样啊!

回想这次出远门，我开车逃脱了那样一次可怕的车祸，等于救了发亮一命，可他仍然不肯帮我找一找家。我要是会说话，能吵架，一定也跟他大吵起来了。所以，圆脸走后，我更想离开这里。

可我离开这里，到哪里去呢？再回到妈的草帽厂去？那太不好意思了。两年过去了，我就这样一无所获地回到妈那里，一定会被人笑话的。这两年，我感到自己已经长大。在发亮这里所受到的种种委屈，我已经不再向妈多比画了。我不想让妈为我操更多的心，自己应该把自己的一切承担起来。妈还是那样忙，草帽厂好像也有许多困难。我不能帮妈的忙，还不能让妈少为我操些心吗？

这一次出远门回来，我只像往常那样，给妈送了些礼品去，没有多比画什么，并装出了心情挺好的样子。如果这次我真找到了家，还用这样装吗？我找到了家，妈一定会比我还高兴，她也会原谅我这些年所做的一切吧！

如果找到了家，我就可以理直气壮地离开发亮了，他就是给我再多的钱，我也不给他开车了。

可我的家到底在哪儿呀？

回来后，我仔细想过许多次，为什么明明记得有一座古庙，到了那里却怎么也找不到了？难道是我记错了，那里本来就是一个村庄？是我把在别处见过的古庙，乱放到这里来了？

我跑进过找古庙的那个村庄，不是一个新建的村庄，当时我就看出来了。那里有新盖的房子，也有很旧的房子，我还看见了一个很旧的戏台。就是在这个很旧的戏台附近，我遇见一个老伯。我向他比画：附近有没有一座古庙？老伯吃惊地看着我，什么手势也没有，嘴也只张着，不动。我有什么叫他这样吃惊的呢？他看出了我是哑巴？后来才明白，我当时那样大口大口地喘着气，满脸流汗，非常激动，十分慌张，又是一个人家没有见过的哑巴，谁见了能不吃惊？我擦了擦汗，尽量显得不激动，又向老伯比画了一次，他还是惊奇地看着我，什么反应也没有。我只好离开了他，继续去找……

突然，我好像又看见了一样熟悉的东西：那天，这个老伯戴着一顶很旧的驼色绒线帽子吧？在家乡，老年人到了冬天都戴这种帽子！对呀，那是我很多年没有见的一种帽子了，可我对它很熟悉。村子里以前戴这种帽子过冬的人很多，后来，年轻人都不戴了，嫌它式样老，但老年人还戴。记得爹冬天出去收鸡蛋、卖鸡蛋，就是戴的这种帽子，后来家里办了养鸡场，他出门也不戴这种老式帽子了。在那个村庄里，好像还有人戴着这种帽子。那是家乡人才戴的帽子吧？那个村庄，真是离家乡不远了？

来这里五年多了，在村镇，在城里，都没有见过有人戴这种帽子。这里冬天也很冷呀，可没有人戴这种帽子。

那天，为什么就没有认出这种帽子啊？找不到古庙，心里又发了慌吗？那天发亮如果能帮我一把，也许真的就找到家了！

发亮拉着那样一车危险的鞭炮，怎么会允许我开着车四处去跑？发亮也不是喜欢帮助人的那种人。但是，他还去那里拉鞭炮不去？为了找到家，我还愿意去拉一趟危险的鞭炮。如果那里真是家乡，家乡离这里也并不遥远，开车只要一天多的路程。

我问发亮还去不去拉鞭炮，他给我比画的意思好像是：不一定呢。再去，也得到腊月了。腊月也不怕。腊月找到家，我就能在家过年了……

18

到了腊月，发亮并没有再去拉鞭炮。这使我十分失望。

过年的时候，我的心情非常不好，真恨不得立刻再去那一带找一回，看那里到底是不是我的家乡。可是我怎么去呢？春节期间，发亮也休假了，但他不会让我开他的车乱跑。我再骑自行车去找一趟？

妈看出了我心情不好，一再问我，我都不想比画给她。直到她真的生气了，我才给她大概比画了一下：年前那次出远门，路过一个地方，很像是我的家乡，我想去找一找，可怎么去呢？

妈看明白我的意思后，很惊讶，脸上的表情立刻变了：你为什么不早告诉我?

我见你太忙了。

妈好像也有些激动了:那个地方,真像是你的家乡吗?

是的,是的,我记得以前去过那里,冲天的杨树,一座古庙,还有老人们戴的那种老式绒线帽,我都觉得熟悉……

不知道我把这一切比画明白了没有,但妈还是那样显得有些激动。她在比画什么?要帮助我去找一找?就趁过年放假的这几天去?她要亲自陪我去?

那真是太好了!太好了!可我们怎么去呀?

坐汽车,买票坐汽车去?

就是,我怎么没有想到花钱坐汽车呢,我有钱!可是,我只知道开着车怎么往那个地方跑,不知道那个地方叫什么名字。

不要紧?你去找发亮打听?

他会告诉你吗?

会?你能问出来?

那太好了。我看见像家乡的,是那次第二天中午路过的地方,不是第三天拉鞭炮的地方,对,第二天,快中午了,跑过的那个地方,有很高大的杨树,他知道,我们在那里停过车……

妈果然打听到那个地方的名字了,她拿出一张纸条来,指着上面的一行字给我看。可我不识字,什么也看不出来。她又想法给我比画,但怎么也比画不清楚。

妈你知道了,就等于我也知道了。你就带我去吧。

妈定下了日子。我们很快就要出发了,我心里真是万分激动。可是,临出发时,草帽厂偏偏有人来找她。不知有什么紧要的事情,她让我等一天,行不行?

我没有生气,我知道妈太忙了。也许,我就不应该让妈陪我去。就是没有人找,妈忙了一年,也该好好休息几天。知道了那是什么地方,别人也能陪我去呀！我已经这样大了，只需要一个会说话的人，帮我问问路，就完全可以了。

可找谁陪我去呢？城里那个弟弟放假在家，他很愿意替妈陪我去。我也很高兴带他去。

弟弟把这个意思告诉了妈，妈开始也同意。可是想了想，又不放心了：她不是担心别的，只是怕弟弟看错了我的手语。弟弟平时总爱看错我的比画，常常闹出笑话。弟弟表示，这次不会再那样粗心了，可妈还是不放心。但我坚决不让她亲自陪我去。

后来，妈从草帽厂把笑叔请来，她才放了心。我跟笑叔在一个屋子里住过几年，他熟悉我的手语，人也好，特别愿意帮助我。这样真是太好了。

出发那天，笑叔带我上了火车。

为什么不坐汽车，要坐火车？

笑叔比画着：火车快。

坐火车能到那个地方吗？

笑叔笑了：当然能。

我是第一次坐火车，又是去寻找日夜思念的家，非常兴奋。笑叔对我又特别好，一会儿给我打热水来，一会儿给我买糖果，一会儿问我去不去解手，简直把我当小孩子了。

我已经不是五年前那个哑巴孩子了，我也经常出远门呢，笑叔你就放心坐着吧，不用这么为我操心。

笑叔看明白我的意思了吧？他只是笑笑，仍然疼爱地看着我。

有笑叔陪着我，真感到温暖。这使我想起了在草帽厂那些温暖的日子，那是像家一样的温暖。这样好的感觉，这样好的心情，我已经很久没有过了。

看着车窗外飞速掠过的景物，凭着开车的经验，我知道火车跑得快多了。

越快越好！这一次，也许我真的要找到家了。

## 19

笑叔带我下车的时候,天已经黑了。

走出车站,我望着夜色中的这个小城,激动的心情真难以控制。这就是我的家乡吗?在灯光下,我还认不出它到底是不是我的家乡。我本来就不多进城,何况又是夜晚呢!但我是多么想尽早认出一些熟悉的景象来!

然而,什么都没有认出来。

笑叔先带我找了一家小旅店住下来。吃过饭,笑叔让我在房间里等着,不要乱跑,他要出去找人打听打听。明天我们将到一个镇子去,看怎么走好。

我答应了。

可是,等他一走,我也锁门出去了。放心吧,我已经会记路,不会像五年前那样再迷路。我是来寻找家乡的,怎么能把自己关在屋里不动。出了旅店,我向街道的两边望了望,都有明亮的灯光,可惜什么也认不出来。我就随便向一头走去。

我记得,每年进城来赶会,有一个非常热闹的十字路口,那里有几家大商店,人总是很多。这里要真是家乡的县城,应该能找到那个十字路口吧。可是我转了很长时间,也没有找到这个地方。还有,县城的那座很显眼的白塔,我也根本没有看见。这不是家乡的那个县城?

回到旅店,笑叔果然在很焦急地寻找我。见我回来,他才松了一口气,笑了。

他已经打听好了,明天一早有汽车去镇上。他还向许多人打听:五年前,这里有过丢失哑巴孩子的事吗?可惜没有人记得,时间太长了,再继续打听吧。睡吧,睡吧,睡好了,明天去找你的家。

可我怎么能睡得着呢!我既为即将回到丢失的家激动,又担心这里可能不是我的家乡,这一次也许依然是空欢喜一场。

第二天坐车往镇子去的路上,我看到的还是一片陌生。笑叔带我下车后，我立刻就发现，这肯定不是我们那个镇子。这个镇子也不小，可肯定不是我们那个镇子！长途汽车停车的地方，就和我们那里完全不同。在我们那里，公路是从镇子旁边经过，所以车站是在镇子外面；这里呢，公路是从镇子中间穿过的，车站就在镇子中心。

这里肯定不是我的家乡！

笑叔不让我着急，既然来了，还是找一找吧。

找就找吧，但我知道找也是白找。我领着笑叔，按我记忆的位置，去找二姐上学的学校，找不到。去找镇上的医院，也找不到。我们出了镇子，到公路上去找回我们村的那个路口，也没有找到。

我望着这条公路，根本就不像是我和发亮跑过的那条公路。这也是一条柏油路，可窄得多。我刚刚跑过的路，不会记错。

回到镇上，笑叔找人打听去了，我自己在街巷里转。我忽然注意到了家家门口贴着的红对联。现在正是正月，还没有到十五。在这个时候，家乡不仅要贴红对联，还要挂灯笼，家家都要挂灯笼。这里，却看不见有几家挂灯笼。

这里不是我的家乡。

笑叔也没有打听到好消息。我当时就想到一定是发亮没有把那个真实的地名告诉给妈，他写了一个假地名，把我们打发到这里来了！他为什么要这样做呢？他是怕我找到家吗？他是不是已经看出来了，一旦我找到家，就不会给他开车了？

返回城里后，我想尽快离开这里。可是笑叔还是坚持再找找，大老远的来了，再耐心找找。于是，我们又住了两天，把这里所有靠公路的镇子都跑遍了，结果不出我的预料，一无所获，不知笑叔从哪儿请来一辆挺高级的小货车，拉着我们在公路上跑了很远的一段路程，想找到杨树冲天的那一段路。结果也是白跑了。

高级小货车的司机，对我们格外热情，好像是熟人一样。

笑叔，是你的熟人吗？

不是？这么远，你没有熟人？

那是你花钱雇的车？

也不是？花钱也雇不到这样高级的车？

那这辆车是从哪儿请来的？

不是请来的，是碰上的？

哪能碰上这样的好事？

是我福气好，人家愿意帮助我？

我不相信。但笑叔一再表示，就是这样。他找人打听消息，碰到了一个人，一听，就表示愿意派车帮助我们。

看来，真有这样的事？可惜我也没有好好谢谢人家。

这使我对发亮更加气愤。他算个什么人啊！我再也不能给他开车了。

## 20

回来后，妈知道我们受了发亮的捉弄，也非常生气，立刻就去责问他。

发亮很快就跑来了，连连向我赔不是：是他记错了，记错了，他也不常去那一带，不太熟，记错了。

我才不相信他呢！给你自己拉鞭炮，比这还远呢，怎么就记不错？帮我寻找家，你就记错了？我反正不想给你开车了。

真是记错了？我想再去找，可以开你的汽车去？你亲自陪我去？想什么时候走，就什么时候走？想现在走，也行？什么货也不拉，专门为我跑一趟？

我不相信他。

发亮一再这样表示，他还一再向妈和笑叔解释。妈和笑叔好像终于同意再去跑一趟：万一能找到你的家呢！多年才发现了这样一个线索，不要轻易放弃。先去找你的家，别的以后再说，好不好？

我这才同意了，但我希望笑叔能再陪我跑一趟。因为我还是不相信发亮，让他代我问路打听消息，我不放心。笑叔很痛快地答应下来。

上路以后，发亮要替我开车，我没有答应，我一定要自己开。因为这次出车，是完全为了自己，这还是自开车以来的第一次呀。以前都是为发亮开车，今天我终于为自己开一次车。想到这里，我心里开始高兴起来。

现在看着沿途的景物，都能唤起很清晰的记忆。一个月前才跑了一趟，怎么可能认不出来呢！发亮肯定是把我们打发到另外一个地方了，那里公路上的一切，我连一点儿记忆都没有。发亮他是什么人啊！

可今天发亮坐在车上，不再打瞌睡了，他很热乎地和笑叔比画着什么。他这是在假装热乎，我能看出来。他最会假装了。

笑叔对我能这样熟练地开车，感到很吃惊。当然，他是又惊又喜。开车很长时间了，他一直盯着看我开车，好像非常新鲜似的，看也看不够。发亮也好像给他比画了那次雾天出车祸的可怕情形，发亮眉飞色舞，笑叔更吃惊地张着大嘴不动。

发亮又在假装。现在你这样眉飞色舞，当时你是什么模样啊，早给吓傻了，半天愣在那里不动！我也算救了你一命，可你竟这样捉弄我，你算个什么人啊！

还没有过正月十五，公路上车不是太多，跑起来十分顺当。那天，我一口气就把车开到了杨树冲天的那个地方。当时，天已经很晚了。发亮把我们带到了附近的一个小镇，住了下来。

这个小镇会是我们那个镇子吗？

我又急着想出去转转看，笑叔坚决把我拦住了：你今天太累了，休息，睡觉，哪里都不能去！休息好了，明儿才能找到家。

我怕再一次过早地失望，就服从了笑叔，哪里也没有去。但我躺在小旅店的房间里，也仍然想认出一点儿熟悉的东西来。如果这里真是我的家乡，旅店这种普通的乡间瓦房，应该和我们家的房子没有多大差别吧？能看出熟悉的迹象来吗？

不看了，不想了，一切都放到明天。

发亮也没有出去。他现在好像有些发蔫了，情绪明显低落下来。我知道，他是担心我找到家，就给他开不成车了。

笑叔出去解手,却迟迟不见回来。我猜想,笑叔不让我出去,他自己倒出去打听消息去了。我到底累了,没有等笑叔回来,就睡着了。

第二天我醒得很早。醒来,急急忙忙起了床,就往外跑,出来才发现夜里下了雪。雪不大,倒把外面映亮了。原来天还没有亮,是雪色使人觉得天快亮了。

踏着还没有多少脚印的白雪,我在镇子里跑了起来,还是觉得不像是我们那个镇子。去找二姐上过学的学校,去找送大姐上车的车站,还是找不到!

难道发亮又故意把我领到了这个远离家的地方?

可是我开着车又找了整整一天,还是没有找到我的家!杨树冲天的那段路找到了,老式的绒线帽也看到了,挂灯笼的人家也不少,可就是找不到我们那个镇子,也找不到我们那个村子。沿着那条公路来回跑了好几趟,进了不知多少个村镇,可就是没有找到我的家。笑叔询问了许多人,同样也没有得到一点儿有希望的线索。

奶奶、爹、妈、姐姐,你们到底在哪儿啊……

## 21

我没有找到家,发亮倒显得很高兴。这使我对他更反感了,下了决心离开他。

过了正月,我正式向他表示了要走的意思。他看明白后,一边给我比画,一边拿出一张纸来:你不能走,这张纸上写着我不能走。

我想走就走,谁给你写了我不能走?

我写的?

我根本就不会写字,怎么会是我写的?

你指这个红手印是什么意思?红手印是我按的?我按的又怎么了?我按了这个红手印就不能走?

不能走是什么意思?把我卖给你了?

不是卖给你?那凭什么不让我走?

我想了想，这个红手印还是我刚来这里时，发亮让我按的。当时，他向我比画，想学开车，就得按这个手印。我当时就高兴地按了，我来就是想学开车呀。你教会了我开车，我就不能离开了？

那时我不懂什么是合同。后来妈给我比画半天，我还是不太明白。那么一张纸，就能把我管住了？不过，我从妈的比画中，大概明白了那张纸上写着：我愿意给发亮开十年车。我什么时候向他表示过这种意思啊？根本没有！

妈明白我受了骗，让我不要着急，先照常开我的车，她给我想办法。

可我怎么能不着急，怎么能照常给他开车，他这是什么人啊！

幸好没过多久，发亮给警察抓走了。那天来了好几个警察，从小院里翻出了十几箱那种有怪味的香烟，然后就把发亮带走了。我一直就是给发亮开着车，偷偷摸摸去拉这种香烟，看来这真是做坏事呀！

这是一种什么坏事？我可是一直也不明白。

后来，妈给我比画了好多次，我还是不很明白什么是贩运倒卖走私香烟，反正是在干很坏的事吧！可我以前不知道是这样坏的事，要是知道，我早就离开他了。

妈向我比画：警察已经明白了，发亮让你给他当司机，就是看中了你是哑巴。他做坏事，你不容易发现；就是发现了，你也说不出去。

原来发亮看中了我是哑巴？哑巴就该帮你去干坏事？我怎么没有早看出他是这样的人啊？当初，我真是不该不听妈的话。

妈安慰我：她当初也没有看出发亮是在干坏事。

## 第三部

### 1

发亮给警察抓走后，城里有好几个人都想让我去给他们当司机，我一个也没有答应。我哪儿都不想去了，只想回到妈的草帽厂。

妈当然欢迎我回来。

回到草帽厂后,并没有人嘲笑我,大家反倒比以前更热情似的,谁见了都是惊喜我已经长这么大,长成一个英俊的小伙子了。特别是人们总向我比画开车的样子,开始我还以为是在笑话我,但看他们的表情又不像,都带出一种很真诚的赞赏,甚至是惊叹,还都要做那么一个很夸张的手势。做这种手势是什么意思呀?后来我才忽然明白了:他们是在比画可怕的车祸!一定是笑叔把我那次逃脱车祸的事,告诉给大家了。

笑叔见我回来,当然更高兴了,仍然欢迎我和他住在一起。他一再表示,以后休假的时候,还要带我去找家,他很愿意陪我出去,觉得那很有意思。

我回到草帽厂,就像回到了家。找不到家,这里就是我的家了。想想这几年为了找家,居然受了发亮的骗,帮他干了许多坏事,我真有些不想再去找家了。只怕我命里注定要丢了家,今生今世也别想回去了,草帽厂就是我的家。

妈看出了我的这种情绪,就笑我:你才多大,就这样想!命是什么?命就是你自己。离开了发亮,你就不想找家了?你是不相信妈吧?

不是,不是!我不相信你,还相信谁呢?我把草帽厂当成家,不好吗?

妈表示她太忙了,一直抽不出太多的时间,帮我寻找家。但她不让我灰心,还给我比画:草帽厂也要买汽车了。现在,她正在努力,想把我们编的草帽卖到外国去。这事努力成了,就买汽车,买一辆好汽车。

真的吗?

可不是真的!

那我太高兴了。当时我就想提出:草帽厂买了车,那得让我开吧?可我没有表示出来,因为我知道我还不是一个正式的司机呢。但不管让不让我开车,草帽厂有了汽车,我总是有了回家的新希望。

我离开厂里时,是在染色车间干活儿,现在我又回到了那里。那里重活儿多,我就是想干重活儿。草帽厂对我这样好,我居然说走就走了,一走就是好几年，我感到真对不起这里。而且，我走这几年，厂里出现了好多困难。现在，大家快把困难克服了，要把草帽卖到外国，又要买汽车，我才跑了回来，大家原谅我，我自己还是感到很难为情。没有别的，我只能拼命干活儿。

就这样，我一边拼命干活儿，一边暗暗盼着厂里买回汽车来。差不多又过了一年，终于把汽车盼来了。那是一辆外国产的中型货车，又漂亮，又好使，又省油，看见就让人喜爱。不过，我也只是看了看，摸了摸，就站到一边了。许多人让我上去开开给他们看，我都没有答应。我不是以前的我了，我已经学会了克制自己，管束自己。

看着摸着这样好的车，我哪能不想上去开一开？

可是我已经答应过妈，我不开车了。我得让她相信，我能做到。

车快买回来的时候，笑叔特别赞成我去开车，他简直认为我把车开神了，比会说话的司机还适合开车。我当然也想开车，这是给草帽厂开车，也等于是给自己家开车。

但妈认为我毕竟不适宜开车：你开车技艺特别好，我也知道。可你只会记路，不会问路，那怎么行啊？公家也不会正式发给你驾驶证，难道还想像以前那样偷偷摸摸开车呀？你给发亮开车那几年，我就一直放心不下，成天为你提心吊胆的。现在，你还想让我不放心吗？你也长大了，将来找到家后，更不能靠开车谋生吧？但像在厂里这样，专心干些技术活儿，那肯定不会比别人干得差！像你这样机灵，又能吃苦，将来就是自己办个草帽厂，也差不了。将来找到家后，也在你们家乡办个草帽厂，咱们一起把漂亮的草帽卖到外国去，好不好？

开始，我当然有些不高兴，可仔细一想，妈都是为我着想。不但为现在着想，还为我的将来着想，我还能再像以前那样生气吗？好吧，我不开车了。我只希望新车跑远路时，让我跟车去看看，万一能发现点新线索呢？

妈让我放心，她会为我把一切都安排好的。

我又看到了新希望，因为我相信妈。

## 2

新车是那年年底买回来的。但过了年,又过了整整一个春天,眼看天都热起来了,还是没有什么动静。妈既没有让我跟车去跑远路,也没有给我带回什么消息。当然,这一段妈一直很忙,新年也很忙。不能因为我,耽误了厂里的正经事吧。但我心里毕竟有些焦急。

我离开家已经六年了,我回家的希望可能越来越小了。

大概又过了半个月,妈忽然来找我。她笑着向我比画:你知道现在是什么时候?

什么时候,快到热天了吧?

不对?我再想想?

现在是干活儿的时候,对吧?

也不对?是吃饭的时候?

现在还不到吃饭的时候呀!

你不是比画吃饭?

那是比画什么?反正你比画了吃的东西,对吧?

你让我再看看,想想?

啊,我看明白了,你是在比画麦子!对吧?

对?麦子已经长高了?这么高了?齐腰高了?

那就是快到麦收时候了,对吧?

我知道了,明白了,妈指的是麦子开始泛黄的时候,也就是六年前我丢失了家的时候。现在不正是那个时候吗?麦子又开始泛黄的时候!我怎么能忘记了这个日子,可今年我真的有些忘记了这个日子。

但妈还记得这个日子……

更使我感到惊讶的,是妈还记得我那年想出的找家办法:沿着流浪的路,去寻找回家的路。真的,这个想法因为无法实现,我都有些忘记了。妈不但记得我的这个想法,还决定要帮助我去实现!

这我就更明白了,妈为什么要提起现在是麦子快要泛黄的时候,她是特别挑选了这个时候,帮助我沿着当年流浪的路,去寻找回家的路。这个时候,沿途的景象容易唤起我的记忆,更有可能找到六年前走过的路,是这样吧?

是这样!

我还猜出,妈是要派厂里的那辆新车,帮我去找回家的路?

是这样?那可是太好了。

什么?妈你也想陪我去?可惜太忙了……

不用你去!妈,我已经这么大了,你还不放心呀?

还是让笑叔陪我去?

我当然愿意让笑叔陪我去,可是他也忙啊!

他愿意去?他特别愿意去?

妈真是把什么都给我安排好了……

回来,我把这个好消息比画给笑叔,他一看就笑了。原来,他早已知道,而且把出门的一切准备都做好了。

这里完全像我的家一样。

3

出发那天,天气也好,一片晴朗明净中,有一点儿小风。

妈和厂里的许多人都出来送我们了。几个大姨、大姐,以为我真要回家了,居然哭了。看着这种情景,我也忍不住有点儿想掉泪,但我还是忍住了。

按我的指点,车离开镇子后,向西跑了不远,就在那个岔路口转向了北。

沿途的麦田果然只能望见一片整整齐齐的麦穗了,绿油油的颜色,已经开始变淡,变灰,再过不久就要变黄了。也许,我们早出发了几天。可望见这熟悉的麦田,难忘的麦田,六年前的一切还是清晰地浮现了出来。

今年的麦田,能召唤我回到家吗?

笑叔一再招呼司机不要开得太快,但我能感觉出来,车开得并不快。

这一段路,我早已经探查清楚了,可以加快车速开过去。所以,我总是嫌车跑得慢。

司机笑了,他该服从谁呢?

司机也是个很和气的人,比我年纪大,比笑叔小。他刚来厂里不久,我就看出来了,他开车的技艺很高。他大概也知道了我开过车,喜爱开车,招呼过我好几回,想让我开开这新车,过过瘾。我虽然没有那样做,可我对他很有好感。我不知道妈从哪儿找来这样一个好司机。可能好人总能遇到好人吧,我就叫他好叔。

我现在坐在这里,看着漂亮的车楼,感觉着它飞驰起来的那种痛快劲儿,仍然觉得手痒难耐。不想了,不想开车了,但愿这辆令人喜爱的新车,能把我带回故乡。

已经快到前面的那座桥了,那座与铁路桥并列不远的公路桥。一过这座桥,就到了那个养路叔叔的院子了。多么快!

当年,我离开这个养路叔叔的院子,继续往前骑车的时候,那真是既看不到一点儿希望,又浑身疲惫不堪,每往前骑一步,都感到那样艰难。我已经不记得那天是怎样骑到了草帽厂,中间歇过没有,喝水了没有,什么都记不得了。连这个养路叔叔是个什么样子,我也记不清楚了。这个院子里是不是养着一条狗啊?记不清楚了。

过一会儿路过大院,要不要停一下?不能停了,得先往前赶。等找到了家里,我一定要回来感谢这位叔叔,感谢所有帮助过我的人。

过桥前,我开始给笑叔比画:我记得这座桥,还记得在桥那边,有一位养路叔叔帮助过我。笑叔还没有看明白我的比画,车已经上桥了。我探出身来,兴奋地指点着那边清晰可见的铁路桥,示意我来过这里。

笑叔明白了我的意思,可好叔不明白,以为发生了什么事,减了车速。他看铁路桥那边,什么事也没有,一脸莫名其妙的样子。笑叔向他动了动嘴,他才明白了。他还看不懂我的手势,我要是向他做太激动的比画,可能会影响他开车吧?

过了桥,路过养路叔叔那个院子时,我没有再探出身来看,但我还是看出了一片亲切。是的,这肯定是我住过的一个地方,只是我仍然想不起来,这个院子里是不是养着一条很厉害的狗?

我把这个院子指点给笑叔看,他就转脸盯着看,直到车过去看不见了,才转过头来,好像要发现点儿什么似的。他这份认真,使我非常感动。

过了这一段,我就再没有十分清晰的记忆了。上次开着发亮的车,跑到这里来的时候,就没有认出什么来,现在也仍然没有发现有印象的景物。当年骑车到这里时,好像天已经很黑了,心里大概也快绝望了吧,什么也看不见,什么也不想看。

笑叔比画着问我:就这样一直往前开吧?

开吧,开吧!

出发以前,我就跟笑叔比画好了,今天就沿着这条公路,一直开到那个扣留过我的大城市。找到这个大城市以后,再去找那座大山。

可是,笑叔却一再给我比画:往北这条公路,通不到那个大城市呀!要是往西,能通到一个城市,可是这个城市周围并没有山呀?

我也反复给他比画:西面那个城市,不是我流浪时经过的那个大城市,我为发亮经常跑那个地方,还能认错吗?往北跑,肯定还有大城市,比西面这个城市大得多,那才是扣留过我的地方。

笑叔还是坚持,开车往北跑一整天,也不会有大城市。他还比画着,让我看好叔是什么态度。好叔直点头,我也不知道他是赞成谁。

难道我又把方向记错了?原来一直记着那个大城市在西边,后来找到了刚才的那两座桥,才发现是在北边。如果它不在北边,又会到了哪边?那时,我不会记方向,只会看太阳。反正我是沿着这条公路流浪过来的,只能沿着它往前开了。

前面路边,是一个村庄。没有多少印象。

远处,还是一望无际的麦田。这是熟悉的,难忘的。

望见了一片小树林。有印象吗?好像有点儿,又好像没有。

笑叔又比画:继续往前开吧?

开吧!

4

一直快到中午时,我才认出了一个镇子。因为离这个镇子不远的麦田里,挺立着一棵非常高大的松树。它周围也没有别的树木,所以非常显眼。特别是这棵高大的松树,使我想起了我们村前的那棵松树。当时,我真想让这个镇子变成我们那个村子,结束我的流浪。可惜这个镇子太不像我们村了,它要大得多。

但现在看,它也不算大,只是觉得比以前热闹了。

我们就停在这个镇子,吃午饭。六年前,我是不是也在这里吃过饭,喝过水,一点儿都记不得了。那时候,沿路边有许多小吃摊,现在都变成一个挨一个的小饭店。

在一家小饭店吃饭时,我和笑叔都吃得非常快,好像比赛似的。好叔又感到非常奇怪,笑叔向他动了动嘴,他反而显得更不好意思吃了。我知道笑叔又急于去打听消息,我当然是想到镇里转转,寻找以前的印象,或许能引起什么新的记忆。可我们一这样,弄得好叔非常不好意思独自留下来,继续吃饭,我只好先不走了,坐下来陪他。

还没有等我们出饭店,笑叔就回来了。他有些高兴地给我比画:他已经打听过了,再往北开,跑到明天天黑,也不会有什么大城市。不过,往前开不远,就有一个十字交叉路口,往东往西,都能跑到一个城市。往东,不用多久就能跑到,往西呢,恐怕得跑到很晚了。

笑叔给我比画完,就向好叔动了动嘴,好叔忽然笑了起来。

他笑什么呀?

笑叔不给我比画。

我比画着问好叔,他又看不懂我的意思。

我们重新上路以后,笑叔才给我比画:好叔对这一带的路很熟悉,他那样匆匆忙忙到处打听,算是白忙乎啦。我明白后,也笑了。

果然,我们就很快开到了一个十字交叉路口,好叔把车停了下来。我开门先下来,四处望了望,没有任何一点儿印象。这是一个很大的交叉路口,中心有一个环形岛,环形岛里面是个花坛。这样有特点的一个大路口,我怎么会没有一点儿印象呢?

笑叔见我这样,就又要去找人打听,被好叔招呼了回来。他们俩动嘴商量了半天,笑叔才过来给我比画:这个环形交叉路口,是三年前刚刚新修过的。

难怪呢,我什么印象也没有。那以前是什么样子啊?

你也比画不清?好叔他知道吧?他的意思是不用管以前是什么样子了?先看看我们往哪个方向开?

我觉得还是往北有希望,当年我总是一直往前骑,不敢轻易转弯。

你还是认为往北找不到那个大城市?好叔也这样认为?你们想先往东?

为什么要先往东?

西面的那个城市大些?可它周围没有山?东面的城市小些,离它不远,有山?

我记得那个城市很大呀!

我们先往东去找找?不是,再去西面?

那就这样,我们走。

重新上车出发以后,跑了很远一段路了,我依然看不到任何熟悉的景物。但我慢慢发现,笑叔的脸色越来越不好看,好像非常痛苦似的,身体也总是动来扭去。我比画着问他:是不舒服吧?

他笑笑,摇了摇手。

后来,好叔也发现了,减了车速问他,他也笑笑,挥了挥手,让继续往前走。

但没过多久,我正专心看车外的景色,忽然觉得车减了速,接着就在路边停下来。车刚一停,笑叔就慌慌张张下了车,又下了公路,朝麦田里跑去,然后一弯腰,不见了。

笑叔他干什么去了?

好叔好像不明白我的比画,什么也没有表示。

我突然明白了,笑叔是肚子不好受吧?刚才那种痛苦的样子,很像是肚子特别难受。笑叔要是坏了肚子,那一定是中午在那个小饭店,吃了不干净的饭菜了,他又吃得那样快。我吃着那里的饭菜,也觉得味道不太对。笑叔年纪大了,今天天气又这样热。

好叔,你没有事吧?

他笑了笑,指了指麦田,又摆了摆手。

这是什么意思?我明白了,他向我表示:他没有像笑叔那样拉肚子,挺好的,没有事。我有些看懂了他的比画。

笑叔回来以后,还是极力显出没有什么事的样子。但好叔已经从车上翻出一个小包来,从里面找出了几片药。我赶紧把车上的热水瓶和杯子拿下来。笑叔吃了药,又笑笑,表示没有事了,赶紧走吧。

但车往前跑了一段路,不得不又停下来,好让笑叔再往麦田里跑。

就这样,我们跑到东面那个城市时,已是傍晚了。

5

可是,这个城市并不是我们想找的那个城市。

一进这个城市,我就感觉出来了,我从来没有来这个地方。它的街道很宽阔,两边的楼房也不拥挤,没有多少太高的楼房。道路上的行人车辆,同样不是那么拥挤、稠密,显得稀疏,从容。据我跑车的经验看,这的确是一个不大的城市。但这个小城市很漂亮,很干净。只可惜它不是我要找的那个城市。

我看见笑叔极力装出已经不难受的样子,就没有把我发现的不好消息比画给他。我们找了个小旅馆住下,好叔要带笑叔去看病,笑叔怎么也不去。但吃饭的时候,他格外小心,几乎没有吃什么东西。

今天一早出来的时候,笑叔还那样精神饱满,可现在气色变得这样难看。我看着，心里很不好受。这都是为了我啊。还有那个可恨的小饭店，这不是欺负好人吗！当年我被那对胖男女扣留住，就是在那种小饭店干活儿，我知道他们会干那种坏事，把不干净的变了味的饭菜卖给客人吃。可惜，今天没有找到那对胖男女所在的城市。

吃过饭，笑叔还想出去打听消息，被我和好叔拦住，强迫让他休息了。好叔自己先上了街，他要给笑叔买点儿新药。我呢，出去转了转，想再看看到底来过这个城市没有。

在给发亮开车的时候，我就回忆起来了，那个大城市中间，有条河流穿过，河上的桥很特别，两边有那么高大的栏杆，高大得简直不像是栏杆。后来不记得在哪儿又见了这种大桥，我问过发亮，要那么高大的栏杆干什么？发亮给我比画，那不是栏杆。但那究竟是什么，他也给我比画不清楚。

我出去转了很久，也没有发现有一条河穿过城市。

第二天，我们让笑叔在旅馆里歇着养病，好叔带我去看城外的山。开车出城的时候，仍然没有发现有河流穿城而过。我又比画着问了好叔，他也表示这个城市不靠河。

出城没有跑了多久，进了山。这里的山，虽然也是树木茂盛，满目葱茏，可我感到分明不是六年前经过的那座山。因为公路一直在山谷中穿行，并没有盘旋着上山，而那一次，汽车似乎总是在高处蜿蜒而行。

没有出山，我就要求好叔往回返了。

为了照顾笑叔，我们在这个漂亮的小城里多住了一天。

第三天一早，我们就沿着来时走的那条公路往回返。到达那个环形交叉路口后时间还早，好叔建议先向北跑一段路，看我在那条路上能不能认出什么。要是认得那条路，我们就往北面去；要是认不出什么来，我们再向西去。

笑叔把这个意思比画给我，我很赞成。只是，看着笑叔的精神仍然不好，很为他担心。他又极力装出已经完全好了的样子，让好叔赶快开车。

车向北飞驰起来，沿途依然是无边无际的麦田。麦田里漂浮着村庄、树木、电线杆……这些都很平常，也显得陌生，唤不起我任何鲜明的记忆。

当年从那个大城市逃离出来后，一直到走进草帽厂，这中间是怎样渡过的，我已经没有太清晰的记忆了。那时，我也是在沿途寻找熟悉的景象，家乡那熟悉的景象，可是仿佛永远也找不到了似的，无论走到哪里，无论走了多少天，看到的总是一片陌生。逃出大城市以后，我越来越失望了，对沿途的一切已经完全失去了新鲜感，看见到处都差不多了，都不是我的家乡。

笑叔推了我一下。

怎么了？原来是让我看远处一个村庄后面突出来的一座古塔。离得太远了，但那的确是一座古塔。我见过这样的古塔吗？

好叔已经减速了。

笑叔向我比画：要不要到近处去看看？

我问好叔：公路会不会靠近它？

不会？那个村庄不靠公路？

离公路这样远的一个村庄，它背后立着一座古塔……我好像没有这样的印象。在那段杨树冲天的公路边，那座古庙没有这样远，古庙中也没有这样的古塔。在我们家乡的县城里，倒是有一座古塔，但那是一座白色的塔，比这座古塔要漂亮，壮观得多……

我不记得见过这座塔，走吧，我们继续往前开吧。笑叔还是主张开到近处去看看。好叔使眼色问我的意思，我为了使笑叔高兴，就同意了他的主张。

可车跑了好一段，也没有找到可以绕过去的路口，我们只好作罢，我给笑叔比画：当年我怕找不到家，已经不敢离开公路了。

又跑了一程，我仍然没有认出什么。好叔主张往回返，因为再跑一程，就要出省了。我和笑叔也感到再往前，希望也不大，那就返回那个十字交叉路口，再往西去。

这天，我们跑到西面那个城市时，天也黑了。可我一看，这不就是我为发亮常跑的那个城市吗？

6

我明明是从北面那条公路流浪过来的，可是沿着这条路返到那个十字交叉口，怎么从哪一面都找不到来路了？我不是从东面来，也不是从北面来，更不是从西面来，那是从何而来呢？

六年前丢失了家以后，四方碰壁的那一种恐惧，又被唤醒了。我坚决要求回去了，不找了，不找了，再也不找了。笑叔、好叔，我们回草帽厂吧，哪儿也不去了，再也不找了，草帽厂就是我的家了。

笑叔让我不要着急，再好好回忆回忆，我们还有的是办法想。

好叔怀疑我是从另外一条路流浪过来的，他知道还有一条路通过来：你流浪过来不是已经天黑了吗？摸到离我们镇子不远的那个岔路口，你可能向北拐了，然后找到了那个养路叔叔的院子，在那里住了一夜。第二天一早，你又朝这边返回来了。你想想，是不是这样？

我不想了，我再也不找家了，我们回去吧，回去吧！

不管笑叔和好叔怎么劝，我就是要回去。他们也只好答应了我。第四天，我们从西面那个城市，回到了草帽厂。

回来后，许多人都来安慰我，让我别伤心，别着急，再想别的办法找。特别是那几个送我时流了泪的大姨、大姐，见我还是找不到家，又流了泪。人们的安慰，反而使我的心情更不好了，我向她们表示：我再也不去寻找家了，再也不找了，这里就是我的家，草帽厂就是我的家！

笑叔也一再安慰我，要不是他第一天就拉起肚子，把他拉软了，即使给我找不到家，也能找到些新线索。我只是强笑了笑，没有多理他。

妈只是表示：要是那样好找，你不早回了家了？好好回忆回忆，以后再继续找。我也向妈表示：我再也不找家了，不找了……妈笑了笑，好像没有看明白我的意思似的，就走了。我知道她太忙了，特别是这麦收前后，也是厂里最忙的时候。但我还是希望她能多问我几句，甚至批评我几句，可惜她没有。

那天傍晚，我一个人偷偷跑进镇里一家小饭店，买了酒，独自喝起来。

我很久都没有喝过酒了。自从给发亮开车以后，我一直记着妈的话，不能喝酒。发亮虽然经常喝酒，但他也不让我喝酒。所以今天喝起酒来，还是像往肚子里吞火似的。燃烧的感觉，使我想家，想奶奶，想爹妈，想姐姐，更使我感到了自己的不幸，感到了身为一个哑巴的不幸！对别人那么容易的事，对我却是这样的艰难。

如果我会问路，那就不可能丢失了家。

如果我能上学识字，那就会记住家乡的名字，还用得着这样艰难地寻找？

如果我不是哑巴，那我就能堂堂正正地开车了。

如果我不是哑巴，那我大概也像大姐那样，去大城市上学了吧！

可我是哑巴！我只能这样四处碰壁，永远这样四处碰壁！

我忽然感到有种熟悉的振动向我逼近，我回头看时，见一个穿得挺讲究的年轻人向我走来。这是谁啊？是圆脸，原来是圆脸。

他在我对面坐下来。我向他比画，我几乎认不出你来了！

他满意地笑了笑。他比画什么？一进来，就看见我了？

我回到镇子后，一直找不见你，你还在城里吗？

不在了？到很远的地方去了？到了一个很大的城市？

大城市，我懂。你在大城市干什么？上学吗？

不是上学？那是干什么？我看不懂你的比画，还是看不懂。啊，看懂了，你是在那里做买卖，挣钱？对吧？

是像你叔叔那样，做香烟买卖？

不是？不是？你不会做那样的坏事？

你叔叔被警察抓走了，你知道吗？

知道？他不好，做了坏事？你和他不一样？

那就好。

我请他喝我的酒，他喝了一盅，就又买来好几个菜，加了酒，和我一起喝了起来。

好久不见圆脸了，和他一起喝酒，我渐渐高兴起来，那种像吞火似的燃烧感，慢慢也没有了。我问他当年为什么跟叔叔吵架，为什么离开了叔叔，是不是早知道叔叔在做坏事，他总是给我比画不明白。我不知道是我看不明白，还是他故意不想比画明白。不明白就不明白吧，反正你叔叔已经给警察抓走了。

你在的那个大城市，真是很大吗？

很大？特别大？非常热闹？那里的人都很有钱？都穿着你这样讲究的衣服？

城市中间有河穿过吗？

他看不明白我的意思。

河，流水的河，明白不明白？还是不明白，那就算了，不提河了，不提了。

你问什么？我愿意不愿意去？

去哪儿？

去大城市？你在的那个大城市？我去了一定会喜欢它？

我去干什么？去游玩，看热闹，买东西？

不是？是像你一样，经常住在那里？

我是一个哑巴，我住在那里干什么呀？

开车？开汽车？

不行，不行，我是哑巴，我不能堂堂正正当司机！我再不能像给你叔叔开车那样，偷偷摸摸了。

不是偷偷摸摸？能给我领到正式的开车小本本？

我不信！

真是这样？绝对不是像你叔叔那样哄我？

那是给谁开车？给你开车？

不是给你开？是给一个很有本事的人，很有钱的人，很好的人开车？

不开车，不开车，我是哑巴，我不能开车，我也不想开车了！

那晚,圆脸一直在动员我,跟他去那个很远很远的大城市,开车,挣钱,游玩,可我一直没有答应。我记得一直没有答应。我怕圆脸像他叔叔一样给警察抓走了,我一人留在那样遥远的大城市,可怎么办呀?

7

我记得那晚没有喝醉,是我自己回到草帽厂的。我也记得没有答应圆脸什么,可他一再来找我,认定那晚我答应了他许多事,特别是答应了跟他开车,去给一个什么人开车。

我怎么可能答应他?我是哑巴,领不到正式的开车小本本,不敢见警察,出了事都不能跑上去救人。我给发亮那么偷偷摸摸地开车,已经吃尽了苦头,怎么可能再答应他?那晚喝多了酒,我感到自己特别兴奋,想问别人许多事,可是我并不想答应圆脸什么事。所以,我拒绝了他的要求,不管我那晚答应了没有,反正我是再也不开汽车了。要是我能堂堂正正开车,那我还先给草帽厂开车呢!

只是,圆脸一再表示:想要我去开车的那个人,特别有本事,去过的地方特别多,认识的人也特别多,他肯定能帮助我找到家!我不敢太相信圆脸,但我也真希望有这样一个人,这样一个特别有本事的人,能为我想出一个特别好的办法,帮我找到家。

他这样一个特别有本事的人,为什么要找我这样一个哑巴给他开车?他是不是也常干坏事,不敢用会说话的司机?

圆脸连忙摇手,保证那是个好人,特别好的人,特别不喜欢别人做坏事。

那他找我这个哑巴给他当司机,也是为了做好事?

圆脸给我解释:人家当然是为了做好事,但也是因为非常敬佩我,敬佩我有那么出奇的本领!他讲了讲我的这种本领,把那个人惊奇得目瞪口呆,根本就不相信!那人还向他保证了:要是我真有这种出奇的本领,他就有办法让我找到家。

这是真的吗?

圆脸一再做了保证。

凭我自己的那种感觉振动的本领，就能找到家啊？这使我特别兴奋，就答应了圆脸：我愿意和这个特别有本事的人见一见面，先见一面。至于去不去给他开车，见了面再定。

圆脸见我终于愿意和那人见面了，非常高兴。他就是专门为这件事回来的，没有结果，他回去不好交代。他让我就在草帽厂等着，过不了几天，就把那个有本事的人领来。

圆脸走后，我想了又想，觉得这件事也太有些玄乎了：凭我自己的这种本领，他就能保证我找到家？我自己就有这种本领，为什么总回不了家呢？自己天生的本领，不知道怎样用，别人反而知道？他们是不是又要骗我去干什么坏事呀？我得格外小心，不能轻易相信他们。

十多天过去了，也没有见圆脸回来。这时，我的心情已经平静下来了，明白了自己不应该生气，喝酒。妈、笑叔、好叔，还有厂里那么多人疼我，关心我，帮助我，我还这么闹情绪，真不应该。我一生气就喝闷酒，肯定不会有好事发生。那次是招来了发亮，这次又招来了圆脸，怎么就这样巧呀？心情平静下来后，我越想越觉得圆脸比画的那一切，太不可靠。但愿他不再来找我。

一个多月以后，我以为什么事都过去了。不料，有一天圆脸突然出现在我面前，而且他还带来了那么一大帮人！

那天，我正在干活儿，笑叔跑来拉了我就走。到了前院，看到有那么多人，我以为发生了什么事。走近了，才看见妈也在，众人中有厂里的熟人，也有镇上的不少人。但他们围着的那七八个人，我却不认得。这些人的穿着打扮，与我们就很不相同，红的特别红，白的特别白，新的特别新，旧的特别旧。头发、胡子也是长的特别长，短的特别短。这是些干什么的人啊？

直到圆脸过来招呼我，我才认出了他。

他先把我拉到一个穿得特别新，头发梳得特别亮，个子又特别矮的男人跟前,那人睁大眼上下打量了我半天。接着,圆脸又把我拉到一个头发胡子特别长、衣服又穿得特别旧的大个子跟前,这人过来就拍我的肩膀,比画起我看不懂的手势。这时候,另一个人扛着一台奇怪的机器,对准了我们……

他们这是些干什么的人?

圆脸的比画,我看不明白。

笑叔的比画,我也看不明白。

连妈的比画,我居然也看不明白。

这时候,那个长头发的人过来,拉着我就进了一间屋子。那许多人也跟了过来,进不了屋的,就挤在了窗外。长头发指了指电视机,就乱比画起来,我还是看不懂。

圆脸和他领来的那些人也都争着比画,我更看不明白了。

妈挤过来比画了几下,我忽然明白了:他们要给我照电视!

一个月前,圆脸是动员我去给一个有本事的人开车,那个有本事的人能想出一个好办法,帮助我找到家;现在,怎么变成了给我照电视?

8

圆脸和许多人都争着向我比画:照进电视里,不管在多么远的地方,不管在村庄还是城市,都能看见我。我家的人,奶奶、爹、妈、姐姐,都能看见我。他们看见我在这里,就会来找我了。

真的是这样吗?

我看见妈好像也很高兴,她也相信了圆脸?

这个办法是谁想出来的?

圆脸指了指那个矮男人:就是这个很有本事的人!进电视,特别不容易,谁能把这些照电视的人请来?除了这个有本事的人,别人谁也不行!

但这个矮男人的头发梳得那样光亮,使我想起了发亮,所以我不喜欢这个人。

在照电视以前,这帮人又像发亮那样,一个一个轮流来试验我,看我是不是真有那种本领。给那么多人围着，由他们想尽各种办法来试验我，我感到很不是滋味。那个长头发的人还蒙住了我的眼，塞住了我的耳朵，好像我还会做假欺骗他们似的！可是，为了让家里人能看见我，我也只好由他们试验。

爹办起养鸡场后，家里就买回了一台电视机。那时候，全家人围着看电视，总是特别高兴。奶奶总看不懂，二姐就笑她，爹是看着看着就睡着了……自从我丢了以后，他们还看电视吗？

在院里试验完，又让我坐进汽车里试验。他们开来两辆涂抹得红红绿绿的小汽车，让我坐进前一辆，把车门都关严了，开到公路上做试验。除了把车门外的后视镜蒙住，试验我能不能感觉出后面来了车，还想出了许多花样。

试验完，就该给我照电视了吧？

没有想到，他们照电视，就照这些各种各样的试验。我非常不想让他们照这些试验，妈也不愿意让他们这样照，可圆脸却一再比画：只有这样照进电视里，人们才喜爱看。人们都不喜爱看，那你怎么能找到家啊？

可是，让奶奶、爹、妈、姐姐看见这样试验我，他们会多难受呀！

他们多少年见不到你，忽然从电视里看见了你，只有高兴，哪里会难受？

我也只好听他们的。

可我更没有想到，照电视会那么难啊！我给他们摆来摆去，这么照，那么照，还是不行，要重新照。照一次试验，不知要试验我多少次，而且我笑也不对，不笑也不对，真是太难了。家里人要看见我这种像被耍了猴似的样子，怎么会不难受！

幸好，他们还给我照了开车的样子。家里人看见我会开汽车了，一定很高兴。

就这样，照了好几天，才算照完了。照完，圆脸就要我跟着他们走，去给那个有本事的人开车。我不喜欢这个矮男人，我也不喜欢这伙人，我不能跟他们走。

圆脸见我不想走,生了气:你要不跟我们走,我们也不会让你进电视,照了电视,也不给你放。

我只是答应你,和那个矮男子见见面,也没有答应去给他开车呀!

那我们能给你白照电视吗?

我真没有想到会是这样!让他们给照了电视,就得跟他们走啊?我是真想让家里人在电视里看见我,可我又真是不想跟这伙人走!我该怎么办呀?

我想来想去,只好把这件事的前前后后,都比画给妈。妈知道了非常吃惊,嫌我为什么不早让她知道!她还以为真是来了照电视的,圆脸告诉她也是专门来照电视的,怎么还要把你带走?

妈问我,你自己愿不愿意跟他们走?

我怎么会跟他们走?我不喜欢他们。

妈让我不要害怕,她有办法弄清他们的真假。

过了两天,那伙人都不见了。原来他们真是一伙骗人的家伙,照电视也是为了挣钱,根本就不是为了帮助我找家。他们想让我去给他们开车,也是看中了我不会说话!

圆脸怎么也是这样一个人呢?

9

那伙人走后,笑叔还认为,他们为了挣钱,也许会把照我的电视放出来。他天天注意看电视,可许多天过去了,根本就是无影无踪。

快到秋天的时候,好叔要跑一次远路,特别来招呼我跟他一起去。因为那条路我没有怎么跑过,他想让我认认,也许会有新发现。我当然愿意去,妈也准许我去。

这一路,是离开镇子后一直向西,跑到半路转向了南。我给发亮开车时,的确没有从这条路向南跑过,好叔就一直怀疑我是从这条路流浪过来的。向南转弯前的那段路,因为我过去经常跑,早不需要辨认了。

向南以后，也是无边无际的平原，茂盛的秋庄稼更将广阔的田野化为绿色的海洋。只是，我也更不容易发现什么分明的标记了。所以，跑到中午时，我仍然没有认出什么来。

午后，跑了一段路，旁边出现了一个小湖，我好像记起了什么。我记得迷路后，曾经经过一个小湖。小湖边长着蒲草，里面满是荷花。我想在那里洗个澡，可水太浅了。这个小湖里也长满了荷花，但湖面好像要大一些，而且湖面也不是葫芦形状。流浪时经过的那个小湖，我记得是葫芦形状。所以，我没有让好叔停车。

再往前，就没有任何能引起记忆的景象了。跑到第二天，出现了越来越多的水田。家乡也有水田，但没有这样多。望不尽的水田，真好看，可这里分明不是我的家乡。

但我一点儿也不埋怨好叔，不是家乡就不是家乡吧，以后再继续寻找。

这天，天气一直阴得很重。行驶到下午，到底下起雨来了。开始还不大，不久雨就下得大起来。车外很快变成一片雨雾茫茫，车窗上的雨刷子奋力扫开雨水，仍然看不清多远。好叔虽然从容地开着车，但我还是想起了那次大雾天的经历，所以感到自己也要多操些心，如果感觉到了什么意外，要尽快提醒他。

幸好这段路上的车辆不是很多，好叔开车的技术也真不错，虽然雨时大时小，一直没有停过，我们还是顺利地冒雨行驶着。到晚饭时候，我们就到达了要去的那个小城。

夜里，雨还是一直在下。大雨使我想起了六年前在流浪途中遇到大雨，受冷病倒，被养路叔叔救回家的一幕幕情景，非常兴奋，久久没有入睡。什么时候才能见到那位养路叔叔呢？见到了那位养路叔叔，我也就离家近了。记得离开养路叔叔后没有几天，就遇到那座大山，过了大山，就进了那个大城市。这个大城市也让我给丢失了。找不到这个大城市，就什么也找不到，那位养路叔叔，那个长满荷花的小湖，第一次在野外过夜的那片麦田，刚刚经过就又找不到了的那个大镇，还有冲天的杨树、古庙……

全都不可能找到。这样左思右想,我也不知道是什么时候睡着的。

我更不知道自己睡了多久,突然被一种异常沉闷的振动惊醒了。这是我从来没有感觉过的一种振动,沉闷却异常有力,而且正在迅速向我逼近!

我急忙把好叔摇醒,抓起他那个装着各种证件和钱款的皮包,拉了他就往外跑。跑到我们的汽车跟前,示意好叔赶快打开车门。好叔刚掏出钥匙,我就一把夺了过来,开了车门,跳上驾驶座,发动了车,我也不知道自己怎么就能把这一切做得那样迅速。等好叔上了车,我已经飞速把车弹出去了。

雨仍然下着,街道上已经有了积水。我好像也没有多加思索,仍然把车开得飞快,向城外冲去。出城上了公路,又向前冲了一阵,爬了一段坡,才把车停了下来。

我开车往这里冲的时候,好叔一直目瞪口呆地看着我。现在我把车停下来了,他才一脸迷惑地向我比画:发生了什么事?

我给他比画:可能要发生什么事!

要发生什么事?什么事也没有发生呀!

要出事,要出事!

你是不是在做梦啊?

我怎么会是在做梦?那个沉闷的振动,我仍然能清晰地感觉到,它分明在迅速逼近!但我不知道将要发生什么事。

10

雨仍在下着,四面一片漆黑,只有我们的车亮着一点儿灯光。远处的小城,也只有一些模糊的灯光。公路上已经没有行驶的车辆了。现在正是深夜吧?

真的不会发生什么事吗?

可那个沉闷的振动,分明还在,而且已经逼近了!我们不应该在这里等待,应该去唤醒更多的人,去帮助更多的人。可是,现在连好叔也不明白我的意思，我还能去唤醒谁呢？我不会叫喊，不会说话，我的手势陌生人又看不明白……哑巴，我为什么是个哑巴！

我不能再在这里等待了。我向好叔比画：我们应该到城里去叫醒别人！好叔没有明白我的意思。那就只好自己去了。

我冲进黑色的雨幕中，向城里跑去了。不久，我感觉到一个清晰的振动在跟着我。这是好叔，肯定是好叔。

我冲进城时，发现街道上的积水已经没过膝盖，而且还在迅速升高。我没有经历过发大水，见到街道上出现了这么多水，只以为是雨下得太大了，还不明白已经出了事。我感觉到的那个危险，已经出现在眼前了，我还意识不到。

很快，街道的人多了起来，而且一个个都是惊慌失措。好叔也惊慌地赶来，拉住我，向我比画一种可怕的事发生了。我不明白他比画的是种怎样可怕的事，可我明白危险已经出现了。这危险肯定与眼前的水有关。

四面的水还在一点儿一点儿地升高。好叔又在异常紧张地向我比画什么，但我看不懂。这时候，我看见一个像笑叔那么大年纪的男人，背着一个像奶奶那么大年纪的老人，正在水中慌张地走过来。我赶紧冲了过去，替那个男人背起了老奶奶，快步向城外走去。

不久，好叔也抱着一个小孩跟过来了。

我把老奶奶背到城外公路的高处，才明白了好叔为什么总跟着我。他是担心我不会浮水吧？

我会浮水，会浮水，你不用替我操心了，你赶快去帮助别人吧！

他明白了我的意思，又比画了要我小心的手势。

你放心吧，放心吧！

我放下老奶奶，就又返回城里，水已经更高了。但是我不怕，我会浮水。这一次我可以堂堂正正地去救助别人了。

第二趟，我从一个进了水的院子里，背出一个老爷爷。他一路总是不断拍我的肩膀，不明白他是什么意思。把他背到城外，放到高处时，他又拉住我的手不放，一再动着嘴。我这才明白了，他是想让我说话，可我哪里会说话呀？

我只好挣脱他跑了。

第三趟，我刚刚连浮带走地进了一条小巷，还没有走多远，忽然挨了谁一巴掌。谁在这种时候还顾得上欺负人啊？我仔细看时，见一个像好叔那么大年纪的男人，正生气地拦在我面前，嘴大动着，用手连连指着一处地方。我顺着他指的方向看去，才看清在一个不高的小房上，坐着一位带孩子的大嫂。

啊，我明白了，那个男人刚才一定是在招呼我，让我和他一起救下这位大嫂和她的孩子，但他不知道我是哑巴。我哪能听见你的招呼呀？不过，你打我一巴掌也不要紧。

我和他一起把这位大嫂和孩子救了下来，并把他们护送出城。分手的时候，那个男人已经发现了我是哑巴，他向我乱比画着，又自己打了自己一个嘴巴。我立刻拉住他，向他表示：不要这样，在这种时候，错打我一下怕什么！

我返身继续去救人时，他也跟来了。原来，他也是奔忙着救助别人的。

我们重新赶到城区时，水已经齐胸深了。我跳进水里，向前浮去，他也跟了过来。他一定是听见了呼叫声，很快就又发现了需要救助的老人。我把那个老人救出来，向城外背去。他也抱着一个孩子，搀扶着一个女人，跟来了。

从这以后，我就一直跟着这个男人，一趟一趟往外救人。他听见呼叫，就指点我赶快过去，这比我自己在昏暗中瞎摸，要快得多。这时，我才后悔和好叔走散了，要是一开始就和好叔在一起，那也许会救出更多的人。

好叔他没有事吧？

11

一直到天亮以后，我才碰见了好叔。他也是奔忙了一夜，救助了好多的人，显得非常劳累。但我怎么觉得一点儿都不累呢？

可惜在天亮以前,我和那个一直带着我救人的男人走散了,没有能清楚地看看他长得是什么模样。夜里,有些地方虽然还有昏暗的灯光,可我一直也没有看清他的模样。那时,也顾不上看啊!我想,他一定是个挺威武的人。

天亮前,雨已经停了,城里的水也不再涨了。而且在天亮前,赶来了许许多多的军人,他们一来就冲进水里救人。他们还开着跑得很快的小船,飞奔在各处救人。他们赶来时,大水已经快没过了房顶,没有这种小船,也不大好救人了。

现在我才朦胧看见,这座小城怎么这样低呀?小城的那边,一定是靠着一条河。河里涨了大水,灌进了城里。昨天夜里,我幸亏没有把车往有河的那边开,要不,真就开进大水里去了。

夜里开着车往城外飞跑时,我真是什么都没有想,也没有顾得上分辨方向,好像是不知不觉间就跑上了公路。那时,我就记得公路比城区高吗?好像也没有这样的印象啊。

不管怎么样吧,我是和别人一样,堂堂正正地救助了许多人。那个威武的男人,发现我是哑巴以后,好像更信任我了,一直带着我救人。可惜我没有看清他的模样。

后来,我和好叔又开着我们的车,往一个没有进水的大镇子送了好几趟病人。忙到快中午时,我只是感到很饿,可发了这样的大水,到哪里吃饭啊?忍着吧。这时,我看见好叔显得更加疲惫了,脸色很不好看。

我比画着问他:是不是病了?

他连连摇手。

我不信,伸手摸了摸他的额头,滚烫!

好叔真是病了。他毕竟比我年纪大,昨夜在大水里奔忙了大半夜,已经够劳累的了。今天又忙碌了一上午,一点儿东西都没有吃,连口热水也没有喝。特别是一早雨虽然停了,可我们都没有可替换的干衣服,依然一身水淋淋地奔忙着。他一定像我那次一样,受冷发病了。

我要替他开车，把他送到那个大镇的医院去，但他不让。

你病成这样了，不去看病怎么行？我那次就是硬顶着，也没有顶住，昏倒在半路上了……你看不懂我的意思？我的意思就是，你病成这样，不能开车了，明白吧？

还要开车？不是指开车，那是指什么？

我终于明白了他的意思，我们得赶快回去。这里没有拉到的货物，厂里还等着用呢。我们得赶快回去，让厂里重想办法。

我看到还有不断赶来的军人和其他成批的人参加到救助中来，感到我们也可以离开了。好叔病得这样重，也只有赶紧拉他回去，才是最好的办法。

我来开车，好吗？

好叔也同意了。

我开起这种车，感觉非常好，我已经有很久没有开车了。不过，现在可不是我过车瘾的时候。最要紧的，是要先找一个地方，给好叔喝点儿热开水。我看见他的嘴唇都有些干裂了。可是，这场大雨好像使沿途忽然变得萧条起来，跑了很久也见不到一家开门的路边小饭店。田野里，倒是一直能看到积水。

好叔一直坚持着，看我开车，给我指路。我让他别管我，我不会有事，放心躺下休息一下吧，他就是不肯。但我能看出，他是非常难受的。

我只能尽量把车开得快些。我们是从午后出发的，直到将近黄昏时候，才在一个交叉路口发现了开着门的小饭店。我赶紧停了车，把好叔扶了下来。

小饭店里人还不少。但我总算很快给好叔要来一碗热水，又给他买来了带热汤的饭食。他吃得出了些汗，表示感觉好些了，让我放心吃饭。我也是太饿了，狼吞虎咽地吃了许多。

吃完饭，我想问问附近有没有医院，可人们都看不明白我的比画。我让好叔去问，他一再摆手，不去问。

出了饭店，我发现挨着饭店的一家小商店也开着门，就走了进去，想看看卖药不卖。里面不卖药，但我发现柜台后面挂着的各种商品中还有毯子！我忙买了一条。因为我知道，好叔这种病总是忽冷忽热，热起来像着了火，冷起来又像挨着冰。一路上，我就看见好叔几次发起冷来，直打哆嗦。

上车后，好叔看见这条新毯子很吃惊，我给他比画：我看见便宜，就买了。一边比画，一边就展开给他盖上了。

我要连夜开车往回赶，但我没有让好叔知道。我怕他知道后，不放心；不让他知道，也许他很快就能入睡。果然，开车不久，他就盖着毯子睡着了。

夜色越来越重，路上的车辆也越来越少。但我一点儿睡意都没有，甚至连一点儿疲劳感也没有，总是觉得特别有精神。我不知道这是为什么。既然有精神，我就先过一过车瘾，谁知道什么时候才能再开车呢……

## 12

天亮后不久，我就把车开回了草帽厂。

一知道我们回来，大家全都拥了出来，惊喜万状。原来，他们已经知道我们去的那个地方发了大水，正为我们着急呢。妈更是焦急得很，一直在想各种办法打听那里的消息。她见我们平安回来，才终于松了一口气。

一些人忙着把好叔送往镇上的医院，其他人就围住我，想知道那里的危险情况，特别想知道我们是怎样脱险的。可是我太累了，现在才感到太累了，简直连睁眼的一点儿力气都没有了。

我整整睡了一天一夜，好像还没有睡够。醒来以后，发现人们看我时的表情有点儿异样，好像又发现了我的什么秘密。特别是笑叔，简直把我当成个人物似的，有点儿尊敬的味道。你们这是怎么了？好像不认识我了？

仔细一想，便猜测是好叔把我夜半惊醒，开车出城，比别人提前感觉到大水涌来的脱险经过，告诉给大家了。我这点儿小本领，你们又不是不知道，还值得这样惊奇呀？好叔一定是把事情夸大了。

我跑到医院看了看他，他已经好多了。我比画着问他：是不是把我们脱险的经过编成故事，告诉大家了？他承认告诉大家了，可没有编造什么。

还没有呢，大家都快把我看成半个神仙了！我要真是有什么仙气，还不先把自己的家找到？我这点儿小本领，比起你们都有的说话能力来，算得了什么呀？我看见你们动动嘴，就什么都明白了，才觉得你们神呢！好叔，你要真觉得我能通神，我就跟你换换，你来当哑巴，我来当会说话的人，好不好？我是哑巴，本来就和你们不一样。所以我最喜欢的，是把我当成和你们一样的人看待；最不喜欢的，就是把我当成和你们不一样的特殊人看待。你明白吗？

好叔可能没有看明白我的比画，他还是那样带着些惊异，看着我笑。

笑叔和其他人，也看不明白我的这种比画，真是让我没有办法。只有妈仍然像过去一样对待我，不知道她听了笑叔讲的夸张的故事没有？她只是问我，一路开车，没有遇到什么麻烦吗？

日子又一天天过去了，人们对我的惊异也在慢慢消失。可是，大概只过了半个月，好叔和笑叔忽然拿着一张报纸来找我，争着给我比画：报纸写了我了！

写我干什么？

写我在那次发大水时救人？救了许多人？

好叔你也救人了，也救了许多人，报纸也写你了吧？

只写了我？你们看清楚了？

为什么只写我？

被我救了的许多人，只知道我是个哑巴，不知道我是谁。现在在哪儿？他们想找到我？

哑巴？就因为我是哑巴？

人家不是嫌我是哑巴？是想感谢我？

可和我一起救人的,还有一个不是哑巴的男人,没有他带着我,我也救不了那么多人。他们为什么只感谢我这个哑巴,不感谢那个会说话的男人?

是一个身体很健壮的男人?

就是!你们怎么知道的?

报纸上写的?写着这个男人和一个哑巴,救了许多人?那个男人他们也不知道是谁?也想找?我们俩都想找?

那还差不多,要是只找我一个哑巴,我就不承认是我。可他们为什么不写好叔?为什么不找你?

你没有我救的人多?

我不信。

我仍然怀疑,他们这样把我写进报纸,要找我,感谢我,只不过因为我是哑巴。妈问了我这件事,她认为只要真是救了人,就应该受报纸表扬。因为你是哑巴,就不表扬你,这也不对吧?报纸这样表扬了你,要是你的家乡知道了,要是你家里的亲人知道了,那不更好吗?所以,报纸上写的要真是你,那就应该承认。要不,你家里的亲人看了报,问报社这个哑巴在哪儿?报社也不知道,那不是丢失了一次回家的好机会?

这也可能成为一次回家的机会啊?那我承认。

13

妈给报社写了信,说我就是那个救人的哑巴。我让妈写上,好叔也救了许多人,不知道她写了没有。

信写走没有几天,镇上就又来了一伙照电视的人。妈给我比画:这些人可是真的,是真来给我照电视的。

我看这伙人虽然也穿得红红绿绿的,可没有试验我。我向他们比画:不能光照我,也得照上好叔。他们弄明白了我的意思,很痛快地答应了。我就相信了他们。

他们给我和好叔照电视,也不像圆脸领来的那伙人那么难。他们只是一再让我们随便,站着、坐着、比画着、笑着,都是越随便越好。

他们照我的时候,我就给他们随便比画起来:我是个哑巴,六年前迷了路,丢失了家,我特别想回家。大家都帮助我回家,就是回不了家。这次也是跟了好叔去找家,没有找到,遇上了发大水。我会浮水,我也特别想和你们能说话的人一样,堂堂正正地去救人,所以就跟着好叔去救人了。后来跟好叔走散了,幸亏又遇见一个挺威武的男人,就又跟着他去救人……

这样随便比画行吗?

他们表示很满意。

他们除了照我和好叔,还照了妈、笑叔,还有其他好些人。这使得我也很满意。

他们走后没有几天,电视里就真把我们都放出来了。我看见电视里的我,怎么那么傻呀?一看就跟别人不一样,一看就是个哑巴。大家都说,我照得挺好,我不信。我看见还是妈照得好,跟平时一样随便,可比平时好看。好叔也没有照好,笑得不随便,像傻笑。笑叔一次也没有笑,不知道那是想装出一种什么样,所以也显得傻。

不管傻不傻吧,电视里终于把我放出来了。这一下,奶奶、爹、妈、姐姐,她们真要看到我了!她们还能认出我来吗?她们肯定能认出我来。她们要认出我来,到哪儿来找我呀?

妈给我比画:照电视的那些人已经给她说好了,人们看了电视,要是给我写来信,他们就把信转到草帽厂;要是有人找我,他们就给我把人引来;要是我真找到了家,他们就再给我照一回电视,连奶奶、爹、妈、姐姐,一起都照进去。

这真是太好了。

从此,我又看见了希望,开始等待着好消息到来。

不久,果然不断有写给我的信转来,可惜都是我不认识的人写的。笑叔看过信,都给我比画了:这些人,有的是喜欢我,有的是敬佩我,有的是想帮助我,就是没有认识我的人。后来也有些人来看望我,但也都是我不认识的人。

日子又一天一天过去了,我等待着的好消息还是迟迟不来。我上了报纸,进了电视,家里人怎么还是不来找我?难道他们真的认不出我来了?自从我丢失以后,他们真的连电视也不看了?大姐二姐,你们也不看报呀?

14

又到了麦子即将泛黄的时候了,我丢失了家已经整整七年。在登报、上电视仍然没有任何结果以后,我对回家更丧失了信心。

可是,妈今年依然要再派车帮我找一次家,而且这一次她要亲自陪我去。这使我感到很意外,顿时增添了喜悦。

我问妈,今年她为什么要陪我去呢?

她只是给我比画:今年她恰巧不是很忙。

我后来才知道,妈因为去年没能陪我去找家,一直很难过。为了今年这次去找家,她早就做了准备,只是什么也没有对我说。

出发的那天,她也显得平平静静,还一再向我比画:要是找不着,我们就回来,不能再闹情绪。我当然赶紧答应了。

妈亲自去,笑叔当然去不成了,他非常惋惜。临走时,他一再动着嘴,不知在向妈和好叔交代什么。我猜是在交代他的经验,他已经陪我去找过两次家了。

我们这次出去,走哪条路啊?

妈给我比画,还是按我想出的办法,沿着流浪的路,去寻找回家的路。

可是,我连流浪的路也找不到了。

妈笑了笑:那我们就一边走,一边找吧!

看妈和好叔的表情,他们好像已经有了新办法。我就没有再多问,从妈的这种表情中,我更有了信心。

那天一早出发后,好叔开车还是沿着去年的路线走,出了镇子先向西,再向北，一路飞驰而去。这条路线去年就走不通，今年为什么还要走呢？我想问，但没有问。

妈这时情绪很好，她不断指着车外无边的麦田，时而和好叔说着什么，时而又向我比画：你还记得，七年前的麦子也是长得这样好吗？你在家也割过麦子吧？你们那里有割麦子的机器吗？……什么都问我。

当我路过那座紧挨着铁路的大桥时，她又指着问我：你认出来的就是这座桥吧？还有那个养路叔叔的院子，她也知道。她还问我，当年你还那么小，到这里时天已经很黑了吧，你害怕不害怕？她不断地问这问那，使我和好叔的心情变得十分愉快。

不到中午，我们的车就到了那个十字交叉路口。我们就在那里吃了午饭。我感觉到妈带我们进的这家小饭店，饭菜也好像特别好吃似的。连小饭店的那些人，对她也好像格外客气。

吃完饭，我们要朝哪个方向走啊？我想问，仍然没有问。

重新上路后，车是继续向北行驶。去年我们就向北跑过很远一段路程，都快跑到外省去了，可我什么都没有认出来，今年为什么又要向北跑呢？当然，向东、向西，也同样没有希望。

继续向北以后，妈的表情也变得认真起来。她一再让我仔细注意沿途的景物，看能不能回忆起什么来。可惜和上次一样，我什么也认不出来，什么也记不起来。无边的麦田，依然是这样熟悉，又这样陌生。飞掠而过的树木，匆匆而过的村庄，还是没有唤醒我的任何记忆。

车很快就要跑完我们上次跑过的路程了，情况依旧是这样。

好叔继续以很快的速度开车往前跑，妈的表情也显得更严肃了，但我还是什么也认不出来。

不久，好叔就给我比画，马上就要出省了。我向前望了望，看见公路前方出现了一个牌楼似的大横门。妈也指着这个大横门，示意我有没有记忆？

这样的横门，我在公路上也常常见到，出县出市，都会遇到这类的横门。这个横门也没有什么特别之处呀。

车快到这个横门时，好叔减了速，接着还停了车。我下车看了看，还是没有什么太深的印象。向四周望了望，同样也是一片陌生。

我上车后，车越过了横门，继续高速前进。

不多时，车到了一个岔路口，一路继续向北，一路转向了西。妈指点着，让好叔把车转向了西。为什么要转向西呢？我一点儿也不明白。

向西跑了一段，我还是什么也没有认出来。

15

见我一直什么都认不出来，妈已经皱起眉，好像在使劲思考什么问题。好叔也不断向妈动嘴，他一定是在问妈，还继续往前开吗？因为他一动嘴，妈就向他挥挥手：继续开。

又跑了很远一段路，在麦田的尽头，依稀出现了山的轮廓，很细小，就像是一条画得不整齐的界线……这种景象，我好像见过。是在给发亮开车的那期间见过，还是流浪时见过？家乡的麦田是没有尽头的，尽头处就是和蓝天连接的一条线。所以，当我第一次看见麦田的尽头，画着一条不整齐的界线时，曾经以为快要走到天边，离家一定非常遥远了，惊慌失措，又急又怕，简直不敢再往前走了……这是在流浪时，流浪时才常常这样害怕！

前方麦田里，出现了十几棵奇形怪状的老树，一片奇形怪状的深绿色，在麦田里非常显眼，它离公路也不远……这好像也是我见过的。我忙看了看，发现这一带公路两边没有多少树！对，这是我见过的，这是我见过的！

我激动地指着这片老树，要好叔停车。

车停下来了。我急忙跳下车，冲进麦田，向那片老树跑去。是的，这些老树就是柏树，柏树下就是一片墓地！我流浪时，经过了这里！现在我已经清晰地想起来了，我经过了这里！

妈和好叔已经跟过来，他们显然也很兴奋，忙问我发现了什么。

我非常激动地给他们比画起来：你们看，这一带的公路连点儿树荫都没有。我记得当年骑车走到这里，已经又累又渴，找不到水喝，就想休息一下。可望望四周,连片阴凉也看不见,我只好继续往前骑,后来就终于望见了这片奇形怪状的老树。骑到跟前,我就把车子锁到公路边,进了麦田,向那片老树走去。进去,发现是一片墓地,可把我吓了一跳,拔腿就往回跑。跑上公路,又忘开锁,跳上车就骑,连人带车一下摔倒了……

妈和好叔听明白后,都笑了。她们既是笑我当时的狼狈相,也是为我们到底没有白跑这样远的路,松了一口气。

重新开车后,我忍不住问妈:你怎么就看得这样准呢?出发后一直朝这里开过来,就找到了我走过的路?

妈笑了,她给我比画:我又不通神,哪能看这样准?我和笑叔、好叔,还有我们草帽厂的许多人,为你的事,商量过不知道多少次了!你怎么这样怪啊,明明是骑车沿公路来到了我们这里,可哪条路你也认不出来。你还告诉我们,来这里以前,经过了一个大城市。可是,我们周围的大小城市你都跑遍了,全都不是你去过的那个。你登了报,进了电视,你的家人还是没有来找你。你到底是从哪儿来的,你的家到底在哪儿?你不会是从天上飞来的吧?

我也笑了。我也是成天这样想呀,我到底是从哪儿来的?我要会飞,还不先飞回家?

妈继续给我比画:我们大家反复商量,还找来地图寻找你去过的那个大城市……地图,我是比画地图,你不明白什么是地图?

好叔递过一本花花绿绿的小书。这就是地图?我仍然不明白。

妈不比画地图了:我们商量来商量去,最后怀疑你是从外省流浪过来的。好叔和笑叔,他们开始还不相信,以为当年你那么一个十三四岁的孩子,怎么可能跑这样远的路?可我相信你能,为了回家,多远的路不能走?

妈想得真对。当时我只知道往前骑,心想只有往前骑才可能回到家。但那时我还不会认路记路,甚至不知道天下还有许多条公路……

妈继续比画:我们选定这条路,是因为从这条路出省后,能通向两座大城市。但是究竟哪座城市你去过,或许这两座城市都不是我们要找的,都还很难说。

我已经认出这条路了,肯定会找到那座大城市的。

我终于找到了七年前流浪的路,心里当然异常高兴。今晚能跑到那个大城市吗?我不知道离前面的城市还有多远,看看天色,太阳已经快要落山了。可是,这一幅太阳即将落山的情景,突然又使我想起什么……对了,对了,我想起来了!我明白了,我终于明白了前面那么远的一段路程,我为什么没留下任何记忆……

忽然,我想起了那天黄昏进山后拦车的经历。当时,公路上的车是不少,可我拦了十多辆也没有成功。就在快要彻底失望的时候,拦下了一辆车。记得那也是一辆拉货的卡车,但已经不记得是怎么把自行车搬上车,自己又怎么爬了上去的;也不记得上车后车是怎么行驶的。一点儿也记不得了。

我没有任何记忆的这一段路,可能就是那辆卡车跑过的路程吧?

## 16

这天夜晚,我们住在了一座不小的县城。第二天上午,我们又跑到一个十字交叉路口。从这里,可以分别通向那两个城市。

我们先去哪个城市呢?妈让我决定。

我看了看周围的景象,也没有太深的印象。我向她和好叔比画:我记得那个城市中,有一条河流穿过,河上有座很特别的桥。

妈和好叔表示,她们都没有去过这两个城市。

我就让妈定一个,她选的,一定没有错。

妈定了向北转。向北跑了不久,公路就开始偏东。我渐渐又认出了一些似曾见过的景物,我们情绪都高涨起来。

不过,一直跑到下午,我们才进入了一个城市。这个城市的确很大,但我却不敢轻易认它。住下以后,妈让我和好叔先好好休息一下。可我哪能安心休息呢?

好叔给我比画:他已经打听过了,这个城市中间是有一条大河穿过。

我更激动了，求他马上就带我去找一找那座很特别的桥。

他答应了，妈也只好同意。

因为我们开的货车不便在市区行驶，好叔带我上了公共汽车。公共汽车行驶得很慢，我一路注意观察沿途的楼房、商店、十字路口，可仍然认不出什么来。不过，城市比起田野来，也是太难辨认了。

下了车，好叔又带我走了一段路，才上了一座桥。桥下的确是一条大河，可这座漂亮的大桥，却不是我记忆中那座形状特别的大桥。我正在失望时，抬头沿河向远处望去，那不是吗？那不是我记忆中的形状特别的桥吗？原来，这条大河上不只有一座桥……

我兴奋地指给好叔看：找到了，找到桥了，找到我来过的大城市了！

回到旅馆，我把这个好消息比画给妈，她当然十分高兴。妈也向我比画：她已经打听清楚，离这个城市不太远，是有山。

这就好了，出了这座城市，越过那座大山，再往前，就要经过救了我的那位养路叔叔住的大院了，再往前，就是我遇到大雨的地方……越往前，我的记忆就越清晰，越容易找到旧日走过的路。

以前，我想过多少次了，哪一天能回到这个大城市，一定要去找找那对扣留过我的胖男女，看他们还敢不敢再欺负我！现在，我终于回到了这个城市，可我哪还有心思去寻找他们？他们开的那个小饭店，就离那座很特别的大桥不远。

这座城市，除了那个很特别的大桥，我几乎都认不得了。那天晚上，我跟着妈和好叔，一起到热闹的市区去逛了逛。我对什么都没有留意，只留意到妈的心情特别好。我自己的心情当然也特别好。

我就要回家了，就要回到丢失了七年的家了，心情怎么能不好呢！

## 17

第二天翻越那座大山的时候，我也很快就把它认出来了。满山的林木仍然是那样葱茏茂密，公路在其间蜿蜒穿行，上下盘旋，最后下到了那个苍翠的山谷。

妈不断给我比画:这里的风景多好。

可当年,我就是在这个山谷拦车的,那时心里多恐慌呀!

出山不久,就又遇到一个十字路口。我可不记得这里还有这样一个交叉路口了。

我跳下车来,看了看周围,也看不出什么来。忽然,我在稍远的麦田里,望见了架电线的铁塔。我那时还不知道这是架电线的铁塔,只觉得它是一种很奇怪的黑家伙。我记得离开那位救了我的养路叔叔后不久,在沿途的麦田里就一直能看到这种很奇怪的黑家伙……我知道该走哪条路了!

好叔在我的指点下,转上西北方向的那个路口。

我就要见到那位救过我的养路叔叔了!路过那个大院子时,我一定要让好叔把车停下来,我一定去见见这位我一直想念的叔叔,还有那位像妈似的大婶,让他们看看,我就是你们曾经救过的那个哑巴。

但是驶出交叉路口后,我发现它是一条新修的公路,比我印象中的那条路宽阔得多。难道我们转错了弯?但在不远的麦田里,却明明矗立着那熟悉的铁塔。

不久,我又发现了一些有印象的景物。显然,这条路是新修过的。

我注意寻找着养路叔叔的那个大院。这个大院,我还记得很清楚,它离公路不远,背后是一个小村庄。院里有一长排房子,一大片菜畦。我看见那个小村庄了,也看见那个大院子了!小村庄好像变大了,可那个大院子还是七年前的老样子……

好叔按我的指点,把车开到了大院子门前。可惜,大门锁着!我从门缝里看到了绿油油的菜畦,也和七年前一样。多么不走运,叔叔们都养路去了,那位像妈似的大婶呢?

我们只好继续上路。再往前,就是我病倒的地方,遇到大雨的地方,还有避雨的桥洞,可惜路新修过,我什么也认不出来了。

中午,我们跑到一个县城。吃饭时,我认出这也是我曾经到过的一个地方,我在这里过了一夜。那是离家后的第几个夜晚?这里离家已经很近。今晚,也许就能回到家?

午后,我们离开这个小城,继续向西。没有多久,我就看见了那个葫芦形的小湖,依然是满湖的荷花。这个小湖原来在这里。——都找见了,最后就该是家。

再往前,就该到那个有坡的路口了。当年就是在这个路口,重新找到公路的,可这条公路却把我带到了离家越来越远的地方。从这个路口下去,要走一段很长的乡间大路。从乡间大路重新走上公路时,那就是回家的公路了。

可是,这一带的公路也都是新修过的。记得这一带的公路两旁,几乎没有什么树木,可现在也都新栽了树。应该看见那个路口了,怎么还没有影踪?

经过又一个交叉路口时,好叔把车停下来。我下去看了看,这哪里会是那个路口?这是一个很平坦的十字路口,往哪一面走,都不下坡。我要找的那个路口,不但要下坡,而且也不在十字路口。

我们继续往西开去,一直开了很远很远,还是没有发现这个路口。

好叔给我使眼色:还往前开吗?

我也不知道!眼看就要到家了,怎么又迷了路?

妈让我不要着急,让好叔再往前开一段。

又开出很远了,还是没有发现。

怎么又迷路了?新修了公路,也不能把公路外面的那样一条乡间大路修没了吧?

妈一边让好叔把车掉了头,返回原路慢慢开,一边鼓励我再仔细找一遍,不要着急。

再仔细找,也找不到啊!眼看车就要开回那个长满荷花的小湖了,还是没有找到。我不由得焦急起来,烦躁起来,绝望起来,甚至恼怒起来……七年来,我最害怕的,就是这样一种困境:要找什么,什么偏偏找不到!可这七年来,我始终不能摆脱的,也正是这样一种困境。现在,眼看就要摆脱了,还是摆不脱!

妈看到我又这样不能控制自己,脸上显出了非常失望的表情。这是我以前从来没有见到过的。我立刻更慌乱了。

妈对好叔动了动嘴,好叔就加了速。车一直开回了刚才经过的那个县城。我们找地方住了下来。

妈比画着问我:我们是回去,还是继续找?

当然不能回去!

妈学着我绝望的样子:你既然已经这样绝望了,我们还能找到什么?

我不再那样了,不再那样了。可我们怎么才找到那个路口呢?

妈表示她也没有好办法。

但我相信她会有办法,或者帮助我想出好办法。

18

那天下午,妈和好叔在那个小城找了许多人打听消息,结果也没有什么收获。没有人记得七年前丢过一个哑巴这样的消息了。后来,她们只好根据我的记忆,打听北面还有哪些公路。决定明天就到北面的公路上,去找找看。

这天夜晚,我的心情终于平静下来了。我不能绝望。现在希望已经越来越大了,我为什么还要绝望呢?我要是绝望了,可能早已经不想找家了。在快要回到家的时候,妈一定是想让我显得更有出息,更像一个已经长大的男子汉。

第二天,我们在北面的两条公路上,来来回回跑了差不多一整天,还是没有任何发现。晚上,我们住在了另一个县城里。

我没有再闹情绪,我明白这是最难寻找的一段路了。因为当时我离开了公路,在乡间大路上乱转了那么长时间。从这里到我们家,中间既没有大城市,也没有大山。我所记得的那些大镇小村,大桥小河,喝过水的菜园,堵车的路段,还有那冲天的杨树,麦田的古庙,在地图上都不可能找到。这是好叔用手语告诉给我的。地图没有用,打听又打听不出,开车跑了一天也白跑了，真是太难了。要是不难，我还能七年回不了家吗？

什么事都是这样吗？越到最后越难？

我看妈一整天都想什么事，那一定在为我想办法。这些天，一直这样跑，她肯定也够累了。我应该劝妈今晚不要再想了，先好好休息休息。

我去了妈那里，她正在洗衣服。我要替她洗，她不让，嫌我洗得不干净。我比画一定能洗干净，她还是不让。

妈用湿手比画着问我：你怎么也不着急了？

我着急能有什么用？

妈笑了。

正在这时，好叔也来了。他向妈动着嘴，还是一脸失望的表情。我问他怎么了？他就给我比画：他又出去找了不少人打听，人们都是告诉他，没有听说过丢了一个哑巴。已经七年了，即使听说过，谁还会记得呀。

我忽然想起，七年前我刚到草帽厂时，妈曾经领我去照过一次相，要往报纸上登，想让家里人看见后，来找我。当时，妈还给我比画，我们家也会登报找我。我也相信家里会登报找我，别人想不到，大姐一定能想到这样做的。要是真登了报，那报纸就把丢了我这件事印上去了。人们都忘了，报纸不会忘了我吧？

我就把这个想法比画给妈和好叔。

好叔刚看明白就大笑起来：报纸？报纸一看完，不是卖了破烂，就是擦了屁股，谁还给你保存七年前的报纸！

还用你这样笑话我呀，我又不会看报，哪里知道这些呢。我看笑叔总爱积攒报纸。他那是攒着拿回家糊墙？糊顶棚？我哪知道呀。

妈却忽然站起来，甩了甩湿手，向我比画：有办法了，有办法了。

有什么办法了？

她先向好叔动了一会儿嘴，好叔就高兴起来。

到底想出什么好办法来了？

妈开始给我比画，我也终于明白了。原来，妈知道有一个地方专门保存书和报纸,多少年前的报纸也都能找到,一天也不会缺。如果这一带真是我的家乡,那当地的报纸一定会登寻找我的启事。我们去那专门保存报纸的地方,找出七年前的旧报纸,翻到麦收前后这些天,只要我们家登报找过我,就一定能查出来。一查出,就明白我家在哪儿了!这种专门保存报纸的地方,各地都有,这个县城里就有。明天就去查!

妈还特别比画:这个好办法,是我想出来的!

怎么是我想出来?我哪里知道有专门保存报纸的地方?我先提到了登报?那我是从好叔打听不到消息想起的,算我们大家一起想出了这个好办法。

那也好。但我知道,这个好办法是妈想出来的。

第二天,妈就带着我们去找那个保存报纸的地方。这个地方很容易地就找到了,可惜七年前的报纸没有找到。为什么没有七年前的报纸?妈没有给我比画,只是指点我们赶快上车。上车后,车又在公路上飞驰起来。原来,我们要赶到附近一个城市,去找我们想找的报纸。

在又一个陌生的城市里,我们找到了专门保存报纸的地方。这个地方可真漂亮。就在这个漂亮的地方,妈终于找到了七年前我们家登报寻找我的那则启事!

就从这一刻起,我丢失了七年的家找到了……

回家以前,妈让好叔带我去理了理发。她呢,上街给我们家买了那么多的礼物,她特别给奶奶买了礼物。她也相信奶奶还活着。

我们终于踏上了回家的路。汽车飞驰着,公路两边的景物我仍然认不出什么来,只能认出一望无际的麦田,但现在不用担心迷路了。好叔早比画给我了,他选了一条最近的路,送我回家。真的,连我寻找了多次的那段冲天的杨树都没有再见到,就回到了我们那个熟悉的镇子。我们的镇子也发生了很大的变化,可我还是一眼就认出了它!

紧接着,我就望见了我们村外那棵高大的松树,我梦了多少次的高大松树……

## 19

相隔七年后,我和家人重逢的情景,你们是可以想象到的,极度的喜悦化作一片痛哭流涕。当然,这是在妈拿出了我七年前穿着的那身衣服后,才发生的。在这之前,对我的突然出现,家里没有一个人感到惊异,因为他们把我也看成陌生人了。直到他们认出了我,也还是不敢相信我已经变成这样一个体面的小伙子了。

当时,妈——草帽厂的妈和我家中的妈,相抱着痛哭起来。爹也哭得很厉害。好叔也哭了。除了家中的妈,别的人我都是第一次见他们哭。特别是我看见草帽厂的妈,也那样哭起来,我更感到她像妈了。

当然,我也哭了。

但奶奶没有哭,她一直牢牢地看着我,好像不相信真是我,或者是怕我再丢了似的。是的,奶奶还活着,正像我和妈所坚信的那样,她会等我回来的。

那天,我的两个姐姐都不在。她们都上完了学,又都在外面有了工作。当然,她们很快就先后回来了。她们也认不得我这个哑巴弟弟了,可我能认得她们。我还记得大姐七年前答应过我的事:送我到城市上哑巴学校。

大姐又流泪了:要是早送我上哑巴学校,也许我就不会迷路了……

我现在不会迷路了。我已经会开汽车,会编草帽,会自己挣钱,会自己料理自己。我到过许多地方,认识了许多的人,许多人帮助了我,我也帮助过许多人。我还有了一个新家和另一个妈。我也吃了许多苦,经历了许多可怕的事情、危险的事情,还受过骗,挨过打,甚至帮助过坏人干坏事……但无论如何,我已经真正长大成人了,你们能看出来吗?

爹妈都显老了。他们一直在办着那个养鸡场,他们还为我盖好了新房子,等着我回来。现在,我回来了,可我又有了新的牵挂,就像以前想家一样,我是那样想念草帽厂,想念那里所有的人,想念那些爱笑又爱哭的大姨、大姐，想念笑叔、好叔，特别是想念那里的妈。妈和好叔走的那天，我真想跟着他们再回一趟草帽厂。

所以，我决定在自己的家乡也办一个草帽厂，而且要像妈那样，把各式各样美丽的草帽，卖到外国去。你们相信我能办到吗？一个哑巴！

1997年1月写毕